Harry Potter™
哈利波特
鳳凰會的密令
Harry Potter and the Order of the Phoenix

J.K. 羅琳 J.K. ROWLING 著
吳俊宏、李佳姍、林靜華、莊靜君、彭倩文、羅源祥 譯

獻給尼爾、潔西卡和大衛，
是他們讓我的世界充滿魔法。

CONTENTS

1 催狂達力

炎炎夏日逐漸接近尾聲，令人昏睡的寂靜籠罩水蠟樹街上一排排方方正正的房屋。因為乾旱，居民被禁止使用水管澆水，因此往常停在車道上那些擦洗得晶亮的車子都蒙上了灰塵，曾經翡翠般碧綠的草坪如今也變得焦黃。被剝奪了洗車和割草權利的水蠟樹街居民全都躲進涼爽的屋內，開大了窗戶，奢望能多攬進一些根本不存在的涼風。唯一逗留在屋外的，只剩下躺在水蠟樹街四號花壇裡那一個十來歲的男孩。

他是一個瘦弱、戴眼鏡的黑髮少年，就像那些短時間內猛然拔高的孩子一樣氣色不大好。他身上的牛仔褲又舊又髒，寬大的T恤已經褪色，腳上的運動鞋鞋面和鞋底分了家。鄰居們都看不慣哈利波特的儀容，他們是那種認為邋遢也應該受法律制裁的人。不過今天傍晚他躲在一大叢繡球花後面，即使是來往的路人也不會看見他。事實上，只有他的威農姨丈或佩妮阿姨從客廳窗口探頭，直接對著花壇張望時才看得到。

基本上，哈利認為躲在這裡的點子相當不賴。躺在火熱堅硬的地面也許不太舒服，但是相對地，沒有人會怒目瞪他，呼來喝去地不讓他聽新聞，或動不動就惡意地對他提出一堆問題。這些情形在他每次想坐在客廳，和阿姨、姨丈一起看電視的時候必定會發生。

這個念頭簡直像在同一時間飛進了打開的窗口，哈利的姨丈威農．德思禮忽然開口說話。

「真高興那小子不再擠進來湊熱鬧，他去哪裡了？」

「不知道，」佩妮阿姨漠不關心地說，「不在屋子裡。」

威農姨丈咕噥著。

「**看新聞**……」他刻薄地說，「我倒想知道他到底想幹嘛，想學正常的孩子一樣關心新聞——這些事連達力都還沒搞懂呢——我看連他知不知道首相是誰都是個問題！再說，**他那個族類**也上不了**我們**的新聞……」

「威農，**噓**！」佩妮阿姨說，「窗子開著！」

「喔……是……對不起，親愛的。」

德思禮夫婦不再說話。哈利邊聽著果寶牌早餐脆麥片的廣告歌，邊看著那個住在附近紫藤巷、特愛貓咪的怪婆婆費太太慢吞吞地走過，她皺著眉頭不停地喃喃自語。哈利很慶幸自己躲在花叢後面，最近費太太每次在街上遇見他，老是要叫他過去喝茶。她剛轉過街角不見蹤影，威農姨丈的聲音又從窗口飄出來。

「達達去外面喝茶了嗎？」

「在波奇斯家，」佩妮阿姨欣慰地說，「他結交了許多小朋友，很受歡迎呢……」

哈利強忍著不哼出聲來，德思禮夫婦對他們愛子達力的看法實在可笑，達力騙他們說他暑假每天晚上都和不同的朋友一起喝茶，他們居然對他這種沒腦筋的謊言照單全收。哈利很清楚達力根本沒去誰家喝茶，他和他那堆狐群狗黨每天晚上都在破壞遊樂場內的設施，在街上的轉角抽菸，還對路過的車輛和兒童扔石頭。哈利每天傍晚在小惠因區一帶散步時都會看到他們，他這一整個暑假都在街上溜達，沿路翻揀垃圾桶裡的報紙。

七點新聞的片頭音樂傳到哈利的耳中，他的胃抽了一下。說不定今晚——在苦等一個月之後——也許就是今天晚上了。

「西班牙行李搬運工的罷工行動進入第二週，受困的度假旅客塞滿機場，人數多到打破往年紀錄——」

「要是我，索性讓他們睡一輩子午覺算了。」新聞播報員剛說完，威農姨丈便咆哮。但這都無關緊要，躺在花壇上的哈利抽緊的胃鬆開了，萬一真有事發生，鐵定會放在新聞頭條——死亡和毀滅要比度假旅客滯留機場重要得多了。

他徐徐呼出一口氣，望著頭上蔚藍的天空。今年暑假他每天都這樣：緊張、期待、暫時鬆一口氣，然後又逐漸緊張……最後總是相同的疑問：**為什麼**還沒有事情發生？

他繼續聽下去，怕遺漏任何麻瓜不知其所以然的小線索——也許是一宗離奇的失蹤案件，或某樁怪異的意外事故——行李搬運工罷工的新聞後面緊接著東南部乾旱的消息（「我倒希望隔壁的也在聽！」威農姨丈怒氣沖沖地說：「他竟然半夜三點鐘在灑水！」），再下來是一架直升機差點在薩里郡一處農田墜毀，然後是一位知名女明星和她的名人丈夫的離婚消息（「誰愛聽這些八卦新聞。」佩妮阿姨不屑地說，但其實只要她拿到任何一本有相關報導的雜誌，便會興致勃勃地看得非常入迷）。

哈利向著火紅的黃昏天空閉上眼睛，新聞主播播報著：「——最後，目前住在巴恩斯利五羽的虎斑鸚鵡斑吉，今年夏天終於想出一個保持清涼的辦法，牠學會滑水了！瑪麗．杜金斯將會繼續為大家做追蹤報導。」

哈利張開眼睛，連虎斑鸚鵡的新聞都報了，看來已經沒有其他值得一聽的消息。他小心地翻過身來趴著，用手肘與膝蓋撐起身體，準備從窗台底下爬出來。

他剛剛移動兩吋左右，幾件事忽然接二連三迅速發生。

砰的一聲巨響宛如槍聲般發出迴音，劃破令人昏昏欲睡的沉寂；一隻貓從一輛停著的汽車底下飛快竄出，逃得無影無蹤；一聲尖叫，一聲怒喝，一陣從德思禮家客廳傳出的瓷器碎裂聲，彷彿一個哈利等待已久的訊號，他跳起來，像寶劍出鞘般，從牛仔褲的腰帶拔出一支細長的木製魔杖——還沒來得及完全站直，他的腦門便撞上德思禮家打開的窗戶，**砰**的一聲使佩妮阿姨更大聲尖叫起來。

哈利感覺他的腦袋好像裂成了兩半，痛得差點掉下眼淚。他晃了一下，試著集中視線，想看清楚剛才那聲巨響的來源，還沒站穩，兩隻紫紅色的大手便從開著的窗口伸出，緊緊掐住他的喉嚨。

「**拋——掉——它！**」威農姨丈衝著哈利的耳朵咆哮，「**馬上！不要——讓別人——看到！**」

「放——開——我！」哈利呼吸急促地說。兩人掙扎了一陣子，哈利左手用力扯著姨丈香腸般粗大的手指，右手仍緊緊握著高舉的魔杖。然後，當哈利腦門痛得猛然一抽時，威農姨丈忽然像被電到似地大叫一聲放開了哈利。他外甥的全身彷彿有一股隱形的力量，使他不得不鬆手。

哈利喘著氣，往前撲倒在繡球花壇上，他站起來，四下張望，看不出任何引發這聲巨響的蛛絲馬跡，倒是附近幾戶人家的窗口都探出好奇的臉在張望。哈利趕快把魔杖塞進牛仔褲，假裝沒事。

「今天下午天氣真好啊！」威農姨丈大聲地和住在對面七號的太太打招呼，她正隔著網眼窗簾往外看。「妳剛才聽到汽車引擎回火的聲音嗎？把佩妮和我嚇了一大跳！」

他臉上堆滿神經兮兮的恐怖笑容，等到好奇的鄰居各自從窗口消失，他的笑容隨即轉成怒容。他對著哈利招手示意，要他過來。

哈利上前幾步，仍保持一點距離，免得威農姨丈的手又伸過來掐他脖子。

「你**到底**是什麼意思，小子？」威農姨丈啞著嗓子問，他的聲音氣得發抖。

「什麼我什麼意思？」哈利冷冷地說，他仍在左右查看，希望看到那個弄出巨響的人。

「在我們家門口弄出像在發什麼號誌槍的怪聲音……」

「那個聲音不是我弄的。」哈利堅決地說。

佩妮阿姨瘦削的馬臉這時出現在威農姨丈紫紅色的大臉旁邊，她看上去非常生氣。

「你幹嘛在我們家窗台底下鬼鬼祟祟的？」

「對——對，說得好，佩妮！**你在我們家窗台底下做什麼，小子？**」

「聽新聞。」哈利認命地說。

他的阿姨和姨丈滿臉怒氣地互看一眼。

「**又**聽新聞？」

「新聞嘛，當然每天都不一樣。」哈利說。

「別跟我們耍嘴皮，小子！我要知道你到底在幹嘛——別再說這套**聽新聞**的鬼話！你很清楚**你那個族類**——」

「小心，威農！」佩妮阿姨一暗示，威農姨丈便把嗓子壓低到哈利幾乎聽不見的程度，

「……**你那個族類**根本上不了**我們**的新聞！」

「不見得。」哈利說。

德思禮夫婦瞪了他幾秒鐘之後，佩妮阿姨說：「你是個說謊的壞小孩，那些——」她也把聲音壓低，哈利幾乎要用讀唇語的方式才知道她在說什麼，「……**貓頭鷹**如果不是在為你們傳遞消息，那是在做什麼？」

「啊哈！」威農姨丈得意地小聲說，「沒話說了吧，小子！你以為我們不知道，你的消息都是那些討厭的臭鳥帶過來的！」

哈利猶豫一會，這次他不得不說出實話，即使阿姨和姨丈無法了解承認這件事有多讓他難過。

「那些貓頭鷹……不會為我帶消息了。」他口氣平淡地說。

「我不信。」佩妮阿姨立刻說。

「我也不信。」威農姨丈強硬地說。

「我們知道你一定又在玩什麼花樣了。」佩妮阿姨說。

「我們可不笨。」威農姨丈說。

「**這**，倒是個新聞。」哈利的火氣上升。不等德思禮夫婦開口，他立刻轉身踏過草坪，跨過花園的矮牆，大步走到街上。

這下真有麻煩了，他知道，待會勢必要面對阿姨和姨丈，為他的無禮付出代價，但此刻他不在乎，他心裡還有更重要的事。

哈利確信那個爆裂聲是某個人使用現影術或消影術引發的，那和家庭小精靈多比消失在空氣中的聲音一模一樣。多比有可能現在就在水蠟樹街嗎？多比會不會現在就跟在他後面？他這麼一想，立即轉身察看後面的水蠟樹街。街上空空盪盪，哈利也很清楚多比不懂得隱身術。

他繼續往前走，但沒看清楚走的是哪條路，最近他經常在這些街道溜達，他的兩條腿會自動帶他到他喜歡的地方。他每隔幾步路便往後看，他敢肯定，當他躺在佩妮阿姨那些奄奄一息的秋海棠花叢裡時，某個會魔法的人就在他附近。他們為什麼不跟他說話？他們為什麼不和他接觸？他們為什麼到現在還要躲著？

當他越來越懊喪的時候，他的信心也在逐漸減弱。

說不定根本不是施魔法的聲音，說不定是他太想得到他那個世界一丁點芝麻大的消息，才會對再平常不過的聲音過度反應。他能**肯定**那不是某個鄰居家裡打破東西的聲響嗎？

哈利覺得胃裡面有沉甸甸的感覺，那整個夏天一直縈繞不去的絕望感不知不覺又再度籠罩全身。

他要調鬧鐘讓自己在明天早上五點起床，以便付錢給送《預言家日報》來的貓頭鷹——他還有沒有必要再繼續訂下去？這幾天哈利都只是看一眼頭版就扔了，經營這份報紙的那些白痴一旦確定佛地魔回來了，一定會把它做成頭版新聞，這才是哈利唯一關心的消息。

運氣好的話，貓頭鷹也會為他帶來他的好友榮恩和妙麗的信，不過他早就對他們信上或許會捎來消息的期待死了心。

> 很明顯地，我們不能多談那件事……我們不可以寫太重要的事，以免信件遺失……我們很忙，但我不能告訴你這裡的詳細情形……好多事都在進行，見面時再告訴你……

但是他們何時才能見面？好像沒有人太在乎確切的見面日期。妙麗在給他的生日卡中草草帶一句「期待能早日見面。」早日是多早？哈利從信中隱約的暗示得知妙麗和榮恩都在同一個地方，也許是榮恩父母家。一想到他們兩個人在洞穴屋玩得很高興，而他卻被困在水蠟樹街，他簡直無法忍受。事實上，他很氣他們棄他於不顧，所以他們寄給他當生日禮物的兩盒蜂蜜公爵巧克力，他沒打開來就扔了。但那天晚上在佩妮阿姨端上不新鮮的沙拉當作晚餐時，他就後悔了。

榮恩和妙麗在忙什麼？他，哈利，為什麼不忙？難道他的辦事能力不如他們？他們都忘了他的功績嗎？難道不是**他**進入那座墓園，親眼看見西追遇害，而他又被綁在墓碑上，差點也沒命嗎？

不要去想那些，哈利這個夏天不下一百次嚴厲地告訴自己，惡夢中經常回到那座墓園已經夠糟，醒著的時候不要再去想它。

他拐個彎來到蘭月街，沿著狹窄的巷道走著，走到大約一半的路上有一間車庫，他就是在這裡第一次見到他的教父。至少，天狼星似乎還能了解哈利的感受。哈利承認他的信和榮恩與妙麗一樣缺乏有看頭的消息，但至少信中還有提醒他小心謹慎與安慰的字眼，而不是只有折磨人的暗示。我知道你一定很洩氣……只要守規矩不惹事，一切就沒問題……要小心，不要輕舉妄動……

哈利走過蘭月街，轉進木蘭路，直接朝著漸漸暗下來的遊樂場走去，心想，他可是（大致上）聽了天狼星的忠告了，至少他一直忍著沒把行李箱綁在飛天掃帚上，自作主張飛去洞穴屋。其實，以他被困在水蠟樹街那種沮喪和憤怒的心情而言，哈利覺得他的行為已經十分規矩。他只有躲在花壇裡，希望能聽到一點可能暗示佛地魔王已展開行動的消息。然而，被一個在巫師監獄阿茲卡班服刑十二年的越獄逃犯警告不得輕舉妄動，畢竟是件屈辱的事。因為天狼星逃獄之後，依然企圖犯下他第一次被判刑時的謀殺行動，之後又和一隻偷來的鷹馬亡命天涯。

哈利撐起上身跳過上鎖的遊樂場大門，走過乾枯的草地。園內和四周的街道一樣空盪，他走到鞦韆架旁，一屁股坐上僅剩的一座還沒有被達力和他朋友破壞的鞦韆，一手抓著鐵鍊，悶悶不樂地盯著地上。他不能再躲在德思禮家的花壇了，明天他得另外想個辦法來聽新聞。同時，他也沒有別的指望了，有的只剩睡不安穩的夜晚。因為即使不做有關西追的惡夢，夢中也常出現那些令人不安的長廊，這些長廊的盡頭不是死路，就是緊鎖的門，他猜想一定和他醒著的時候受困的感覺有關。他額頭上的傷疤經常刺痛，但他不會自欺欺人地以為，榮恩、妙麗或是天狼星還會再對這件事感興趣。以往他的傷疤每次發痛，都表示佛地魔的勢力越來越強，現在佛地魔回來了，也許這些發作只是在提醒他，痛是理所當然的……不必再擔心那些……舊聞……

這些不公平的念頭在他心中逐漸擴大，他好想憤怒地大聲喊叫。如果不是他，沒有人會知道佛地魔回來的事！而他所得到的獎賞竟然是受困在小惠因區裡整整四個禮拜，與魔法世界完全失去聯絡，還落得必須躲在奄奄一息的秋海棠花叢中偷聽虎斑鸚鵡滑水的消息！鄧不利多為什麼這麼快就忘了他？為什麼連榮恩和妙麗都不邀請他過去一起住？他還要忍受多久？天狼星叫他要做個乖小孩，忍著不要投書給愚蠢的《預言家日報》，通報佛地魔已經回來的新聞，他還要忍多久？這些憤怒的念頭一直在哈利的腦海裡盤旋，越想越氣。悶熱的夜色逐漸在他四周聚攏，空氣中有種溫暖乾燥的草味，唯一聽得到的聲音，是遊樂場圍欄外車輛行經街道時發出的低沉隆隆聲。

他不知道在鞦韆上坐了多久，直到有些說話的聲音打斷了他的沉思，他才抬起頭來。附近的路燈投射出一圈迷迷濛濛的燈光，隱約照出一票人正穿過公園。其中一人大聲唱著歌，粗俗的歌，其他人在笑，有幾個人騎著昂貴的競賽自行車，行進間發出輕柔的滴答聲。

哈利知道那些人是誰，為首的毫無疑問是他的表哥達力．德思禮，他在他那群忠實的跟班陪伴下，準備打道回府了。

達力的身材依舊龐大，但是一年來嚴格的減肥和新發現的一項才藝技能，使他的體能起了很大的改變。那就是威農姨丈每次興致勃勃逢人便說的，達力最近榮獲了「東南區次重量級校際拳擊賽」冠軍。威農姨丈口中的這個「高尚的運動」，使達力比以前更令人望而生畏。當他們兩人還在小學時代，哈利就一直充當達力的第一個練習沙包，如今哈利不再那麼畏懼他的表哥，卻還是不認同達力學會更重、更準的拳擊是件值得慶賀的事。附近鄰居的孩子們都很怕他，甚至比怕那個「波特家的男孩」更怕——他們把哈利說成是個冷酷無情的小流氓，還曾經待過聖布魯特少年慣犯監護中心。

哈利看著幾個黑影穿過草地，心想他們今晚不知又揍了誰。**看過來啊**，哈利一面看著他們，一面在心中想著，**快呀……看這裡啊……我就一個人坐著……過來試試看啊……**

要是達力的朋友看見他坐在這裡，一定會筆直地擁上來，那時達力會怎樣？他一定不想在他的朋友面前丟臉，可是又怕激怒哈利……目睹達力進退兩難，奚落他，看著他無力回應的樣子，一定很好玩……要是其他人想揍哈利，他可是有準備的——他有他的魔杖，他們來試試看……他很樂意將一部分的挫折感發洩到這一票曾經使他日子很難過的男孩身上。

他們沒有繞過來也沒看見他，他們現在已經快要走到圍欄附近了。哈利有股衝動想叫住他們……找人打架不是明智的舉動……他不能使用魔法……否則會遭到再被學校開除的危險。

達力那群同黨的聲音消失了，他們已經離開他的視線，往木蘭路走去。

就是這樣，對吧，天狼星，哈利悶悶不樂地想著，**不要輕舉妄動，要守規矩。這和你的所作所為恰巧完全相反。**

他站起來，伸伸懶腰。佩妮阿姨和威農姨丈似乎認為，只要達力回家，就是大夥都該回家的時刻，稍稍晚一步都嫌太遲。威農姨丈已經威脅過哈利，要是他再比達力晚回家，就要把他鎖在車庫內。因此，哈利打了個哈欠，仍然皺著眉頭，舉步朝遊樂場門口走去。

木蘭路和水蠟樹街一樣，兩旁矗立著寬大方正的房屋和修剪得非常整齊的草坪，住在這裡的人也都是方方正正的大塊頭，都開著類似威農姨丈那台非常乾淨的大車子。哈利比較喜歡小惠因區的夜晚，黑暗中，家家戶戶垂掛著窗簾的窗戶會透出點點珠寶似的亮彩。從他們門前走過時，也不會聽到有人對他「有失體面」的外表喃喃地表示不滿。他走得極快，木蘭路才走一半，便又看見達力那一票人了，他們正在蘭月街口互道再見。哈利躲入一大片丁香樹影下等候。

「……他叫得像隻豬一樣，不是嗎？」莫肯說，其他人大笑。

「好一記右勾拳，達老大。」皮爾說。

「明天同一時間？」達力說。

「到我家吧，我爸媽會出去。」郭登說。

「那就再見了。」達力說。

「再見，達哥！」

「再見，達老大！」

哈利等一票人都各自分手後才走出來。當他們的聲音再一次消失後，他也加快腳步拐進了蘭月街街口，不一會他和達力之間已經拉近到喊一聲便可以聽見的距離。達力悠哉遊哉地晃著，口中哼著不成調的歌。

「嘿，達老大！」

達力回頭。

「喔，」他咕噥一聲，「是你。」

「你當『達老大』多久了？」哈利說。

「少囉嗦。」達力吼著，掉頭就走。

「好酷的稱呼，」哈利笑著趕上去和他表哥走在一起，「不過在我眼中，你永遠是『小達達』。」

「我說過了，**你少囉嗦！**」達力說，他那火腿般的雙手已經握成拳頭。

「那些傢伙不知道你媽是這樣叫你的嗎？」

「閉上你的嘴。」

「你何不叫**她**閉嘴？還有『寶寶』和『小團團』呢，我可以這樣叫你嗎？」

達力沒吭氣，他好像必須使盡全力才能強忍著不動手揍哈利。

「你們今晚又揍了誰呀？」哈利問著，退去了臉上的笑意，「又一個十歲的小孩？我知道你們大前天晚上揍了馬克·伊凡斯……」

「他活該。」達力吼道。

「喔，是嗎？」

「他侮辱我。」

「是嗎？他說你的樣子像一頭學會用兩條後腿走路的豬嗎？這哪是侮辱，達哥，這是事實。」

達力下頦的一塊肉抽動了一下。哈利知道他把達力惹火了，這帶給他極大的滿足。他覺得好像在把自己的挫折感慢慢抽出來，輸送到唯一的出氣口——他表哥的身上。

他們右轉，進入哈利第一次見到天狼星的窄巷，這條巷子是蘭月街與紫藤巷之間的一條小巷弄，現在空無一人，又因為沒有路燈，比起其他街道更顯得黑暗。巷子的一邊是車庫的圍牆，另一邊是高大的圍籬，兩人的腳步聲在中間顯得分外低沉。

「你以為你帶著那個東西就很了不起了嗎？」過了一會，達力說。

「什麼東西？」

「那個——那個你藏起來的東西。」

哈利又露出笑容。

「看來你沒那麼笨嘛，達哥？不過我想，要是真的笨，你也不會同時又會走路又會說話了。」

哈利掏出魔杖，他看到達力側著臉斜睨了它一眼。

「你不能，」達力立刻說，「我知道你不能用，否則你會被你那個怪胎學校開除。」

「你怎麼知道他們不會更改規定，達老大？」

「他們沒有。」達力說，口氣卻不是很有自信。

哈利輕輕一笑。

「你沒膽子不用那東西來跟我交手，是吧？」達力大聲說。

「你不也需要四個人做後盾，才敢去揍一個十歲的小孩吧？你知道你那個拳擊手頭銜名聲響叮噹嗎？你的對手幾歲？七歲？八歲？」

「告訴你，他十六歲。」達力說，「而且他被我打昏後，過了二十分鐘才醒過來，他的體重有你的兩倍。你等著我回去告訴爸，說你把那東西拿出來……」

「現在就要去向爹地告狀了是嗎？他的小拳擊冠軍會怕討厭鬼哈利的魔杖？」

「到了晚上你就沒這個膽了吧？」達力譏諷他。

「這**就是**晚上，小達達，像這麼黑就叫晚上。」

「我是說等你上床的時候！」達力怒聲說。

他停下腳步，哈利也停下來，瞪著他表哥。達力那張他看不太清楚的大臉上，露出一副詭異的勝利表情。

「什麼叫上床以後我就沒膽？」哈利完全不懂他的意思，「我怕什麼？枕頭，還是什麼？」

「昨天晚上我都聽到了，」達力喘著氣說，「你在說夢話，**在呻吟**。」

「你說這話什麼意思？」哈利說著，胃裡突然升起一陣寒意，昨夜他在夢中又重回那座墓園。

達力猛然發出一聲爆笑，接著故意發出高頻率的哀嚎。

「『不要殺西追！不要殺西追！』誰是西追——你男朋友？」

「我——你說謊。」哈利脫口而出，但他忽然口乾舌燥。他明白達力沒有說謊——不然他怎麼會知道西追？

「『爸，救我！爸！他要殺我，爸！嗚嗚！』」

「閉嘴，」哈利鎮定地說，「閉嘴，達力，我警告你！」

「『快來救我呀！爸！媽！快來救我呀！他殺了西追了！爸，救我！他要——』**不許你拿那個指著我！**」

達力往牆角邊後退，哈利的魔杖直指著達力的心臟，他可以感覺這十四年來對達力的仇恨正在血管裡猛烈衝撞——何不現在就給他一個迎頭痛擊，好好徹底惡咒一下達力，叫他爬回家，像昆蟲，嚇到啞，長出觸角來……

「以後不准再提這件事，」哈利怒氣沖沖地說，「你聽懂沒？」

「把那東西往別的地方指！」

「我說，**你聽懂沒？**」

「**把它往別的地方指！**」

「**你聽懂沒？**」

「**把那東西拿開**——」

達力忽然神情怪異地倒抽一口氣，彷彿整個人浸到了冰水裡。

夜色中，怪事發生了。原來布滿星星的靛藍色天空，忽然變成一片漆黑，所有的光線——星星、月亮、巷子兩端迷濛的路燈，這時都消失不見。遠處車輛經過和樹木呢喃的聲音，也都沒了。悶熱的夜晚剎那間變成刺骨的寒冷，他們被密不透氣的寂靜黑暗層層包圍，彷彿有一隻巨人的手在整條巷道上罩了一塊厚厚的、冰涼的黑幕，遮斷他們的視線。

儘管哈利一直努力克制，但一瞬間，他仍以為自己在無意間施了魔法——然後理智使他認清事實——他還沒有能力熄滅星星。他轉頭左看右看，希望能看出什麼，但黑暗像一塊毫無重量的面紗，遮蓋住他的雙眼。

達力恐懼的聲音傳入哈利耳中。

「你在幹——幹——嘛？住——住手！」

「我什麼也沒幹！你閉嘴，不要動！」

「我看——看不見！我瞎——瞎了！我——」

「我叫你閉嘴！」

哈利文風不動地站著，兩隻看不見東西的眼睛左右轉動。四周冷得他全身發抖，他的手臂冒出雞皮疙瘩，脖子後面的寒毛也立了起來——他把眼睛睜到最大，盯著四周看，仍舊什麼也看不見。

不可能……牠們不可能在這裡……不會來到小惠因區……他豎起耳朵……在看到牠們之前，會先聽到聲音……

「我要告——告訴爸！」達力嗚咽著說，「你在哪——哪裡？你在幹——幹嘛——？」

「你閉上嘴巴好不好？」哈利噓他，「我在聽——」

他話才說一半就打住，他已經聽到他最害怕聽到的聲音。

巷子裡除了他們兩人之外，還有其他東西。那個東西正發出長長的、粗啞的、呼嚕呼嚕的呼吸聲。哈利驚駭莫名，在寒冷的空氣中瑟瑟發抖。

「不——不要這樣！停止！我要揍——揍你喔，我發誓！」

「達力，閉——」

砰。

一隻拳頭擊中哈利的腦袋，把他擊倒在地上，他眼前冒出白色的小星星。短短一個鐘頭內，哈利第二次覺得他的頭快裂成兩半，下一秒鐘，他已重重地跌坐在地上，魔杖飛出了他的手掌。

「你這個白痴，達力！」哈利大叫。他痛得眼淚差點流出來，兩個膝蓋奮力掙扎著想從地上爬起來，兩手慌亂地在黑暗中摸索。他聽到達力跌跌撞撞地跑開，卻又撞上巷內的圍牆摔倒在地上。

「**達力，回來！你正跑向牠啊！**」

他聽到一聲恐怖的尖叫，達力的腳步聲停了下來。哈利感覺背後有一股刺骨的寒意逐漸逼近，這代表一件事，牠們不止一個。

「**達力！嘴巴閉上！無論如何，把你的嘴巴閉上！**魔杖！」哈利狂亂地念念有詞，他的雙手像蜘蛛一樣在地上到處摸索。「在哪裡——魔杖——快呀——路摸思！」

他不自覺地念出咒語，急切地希望有一點光線助他尋找——想不到在距離他右手幾吋的地方果真現出亮光——魔杖的尖端點亮了。哈利一把抓起魔杖，爬起身來，轉頭過去。

他的心一揪。

一個戴著頭罩的高大身影正緩緩地滑過來，牠在地面上飄浮，斗篷底下根本看不見腳或臉，牠一面移動，一面在黑暗中猛吸。

哈利嚇得連退幾步，舉起魔杖。

「疾疾，護法現身！」

魔杖頂端射出一縷銀色的氣體，催狂魔的速度減慢，可是魔咒並沒有完全奏效。哈利被自己的腳絆了一跤，他往後退，催狂魔已經來到面前，朝他彎下身子。他慌成一團，大腦也不管用了——**集中精神**——

一雙灰暗、瘦巴巴、長滿疙瘩的手從催狂魔的斗篷裡面伸出來，伸向他。哈利的耳朵裡塞滿了急促的聲響。

「疾疾，護法現身！」

他的聲音聽起來既微弱又遙遠，又一縷銀色的煙從魔杖飄散出來，比先前更鬆軟無力——他再也使不出魔法了，他無法使魔咒生效。

他的腦袋裡出現一陣笑聲，尖銳、高亢的笑聲……催狂魔死屍般冰冷的腐臭味灌進他的肺，快要把他淹沒了——**想……想點快樂的事……**

可是他一點也想不出來……催狂魔冰冷的手指逐漸接近他的喉嚨——那高頻率的笑聲越來越大，一個聲音在他腦子裡說著：「就死吧，哈利……說不定根本一點也不痛……這我並不清楚……我從來沒死過……」

他再也見不到榮恩和妙麗了——

在他用力呼吸的當下，榮恩和妙麗的臉龐清晰地出現在他的腦海裡。

「**疾疾，護法現身！**」

一頭巨大的銀色雄鹿從哈利的魔杖尖端猛然跳出，牠的鹿角正對著催狂魔的心臟部位衝過去。催狂魔被這股力量衝撞得往後退，牠輕飄飄的，彷彿黑暗一般毫無重量。雄鹿一直往前衝，催狂魔一路敗退，最後像蝙蝠般飛走了。

「**這邊！**」哈利對雄鹿大聲喊叫，然後一個轉身往巷子裡跑去，點亮的魔杖舉得高高的。「**達力？達力！**」

他才跑了十幾步便找到他們：達力蜷縮在地上，兩條胳臂緊摀著臉。另一個催狂魔蹲在他的上方，瘦削有力的雙手抓住他的手腕，慢慢地，幾乎是深情款款地將它們掰開。催狂魔低下頭，像要親吻似地貼近達力的臉。

「**上去！**」哈利大聲喊，他變出來的銀色雄鹿大吼一聲，喀噠喀噠從他身邊衝過去。當雄鹿的銀角刺進催狂魔的身體時，牠那沒有眼睛的臉距離達力的臉已經不到一吋。催狂魔被雄鹿拋到半空中，和牠的同黨一樣飛走，消失在黑暗裡。雄鹿慢慢往巷子底跑去，融入了一片銀色的霧氣中。

月亮、星星、還有路燈，此時都一一恢復光明，一陣溫暖的微風吹進巷子。附近花園的樹木又發出沙沙的響聲，蘭月街上車輛來往的聲音又布滿空氣中。哈利靜靜地站著，全身的感官都在顫抖，這一刻他才猛然回到現實。過了一會，他才意識到身上的T恤黏著身子，原來他全身都溼透了。

他簡直不敢相信剛剛發生的事。催狂魔在**這裡**，在小惠因區。

達力蜷縮在地上，低聲哭泣，渾身顫抖。哈利彎身察看他是不是能夠站起來，就在這時候，他聽到身後傳來一陣響亮的腳步聲。他本能地又舉起魔杖，腳跟一轉，面對來者。

他們那位怪鄰居費太太正上氣不接下氣地出現在哈利眼前，花白的頭髮不聽話地衝出髮網外。她手腕上晃著一只哐啷作響的購物網袋，腳上一雙格子絨毛拖鞋只套了一半。哈利趕緊把他的魔杖藏起來，可是……

「別收啊，傻孩子！」她尖聲說道，「萬一牠們又來了怎麼辦？喔，我要**殺了**蒙當葛．弗列契！」

「什麼？」哈利茫然地說。

「他溜啦！」費太太絞扭著雙手說。「溜去跟某人交易一批從掃帚背上掉下來的大釜啦！我跟他說過，他要是敢去我就活生生剝了他的皮。這下可好！催狂魔！好在我事先安排了蹋蹋先生！不過我們可沒時間楞在這裡！快，快，我們得馬上送你回去！喔，這惹出多少麻煩呀！我一定要**殺**了他！」

「可是——」這位戀貓狂的鄰居怪婆婆居然知道催狂魔，這個意外發現給哈利的驚嚇不亞於剛才在巷子裡面碰上的那兩個催狂魔。「妳是——妳是**女巫**？」

「我是個爆竹，蒙當葛最清楚不過，所以我怎麼可能幫得了你抵擋催狂魔？我早**警告**過他了，他還是丟下你一個人，毫無防備——」

「這個蒙當葛一直跟著我？等等——原來是**他**！就是他在我家門口用消影術離開的！」

「對，對，**對**，幸好我安排蹋蹋先生躲在一輛車子下面，以防萬一。蹋蹋先生來通風報信，可是等我趕到你家時，你已經走了——而現在——噢，鄧不利多會**怎麼**說啊？你！」她朝著仍然仰天躺在巷弄裡的達力尖吼。「把你的肥屁股給我從地上挪走，快點！」

「妳認識鄧不利多？」哈利瞪著她說。

「我當然認識鄧不利多，有誰不認識鄧不利多？**趕快吧**——如果牠們又回來我可一點忙也幫不上啊，我頂多只能把自己變形成一個茶包。」

她彎下身，兩隻乾皺的手抓住達力一條肥壯的手臂，用力地拽。

「**起來**，你這個沒用的肥仔，**起來！**」

達力不知道是動不了，還是不想動。他癱在地上，全身發抖、臉色灰白，嘴巴閉得死緊。

「讓我來。」哈利抓住達力的胳臂使勁往上拉，費了好大的力氣才把他拉起來。達力一副隨時會昏厥的樣子，小眼睛在眼窩裡猛轉，臉上不停冒汗。哈利一放開手，他整個身體就危險地東倒西歪。

「快啊！」費太太歇斯底里地叫。

哈利拉起達力粗壯的手臂繞在自己的肩膀上，拖著他走向大馬路，他的身體被達力的重量壓得微微下沉。費太太蹣跚地走在他們前面，焦慮地向街角張望。

「把魔杖拿出來。」他們轉進紫藤巷時，她對哈利說，「現在別再管什麼保密法令，反正處罰已經逃不過了，偷一顆蛋跟殺一條龍的下場沒什麼兩樣。說起未成年巫師魔法合理限制——這**正是**鄧不利多害怕的——在馬路盡頭那個是什麼東西？噢，是溥先生……別把魔杖收起來，孩子，我不是一直跟你說我不管用嗎？」

同時拖著達力，又要穩穩地握住魔杖，實在不是一件容易的事。哈利不耐煩地戳了表哥的肋骨一下，達力似乎已經完全失去自主行動的欲望。他整個人掛在哈利的肩膀上，一雙大腳一路拖著地。

「妳怎麼不告訴我妳是個爆竹，費太太？」哈利邊問，邊喘著氣努力往前走。「我去過妳家那麼多次……妳為什麼一個字都沒提？」

「鄧不利多的命令。他要我盯著你，但是什麼都不能說，那時你還太小。很抱歉我讓你過了那麼多苦日子，哈利，可要是德思禮一家人覺得你過得舒服開心，他們就不會讓你進門了。不容易啊，你知道……可是，唉，」她悲戚地嘆著，兩隻手又緊緊地絞在一起，「等鄧不利多聽到這件事──蒙當葛怎麼可以溜走，他應該留守到半夜──**他在哪裡啊**？我要怎麼去告訴鄧不利多發生了這些事啊？我又不會現影術。」

「我有一隻貓頭鷹，可以借妳用。」哈利呻吟著說，他有點擔心自己的脊椎會被達力的重量壓斷。

「哈利，你不懂！鄧不利多必須盡快展開行動，魔法部有他們自己一套查探未成年使用魔法的方法，他們一定已經發現了，你記住我這句話。」

「可是我是為了擺脫催狂魔，非得使用魔法呀──他們應該更擔心催狂魔究竟在紫藤巷裡飄來飄去幹什麼才對吧？」

「噢，親愛的，我也希望是這樣，不過恐怕──**蒙當葛‧弗列契，我一定要殺了你！**」

接著傳來好大的一聲**啪**，空氣中傳來混雜著陳舊煙草的濃烈酒味，一個身披破爛外套、滿臉鬍碴的矮胖男人就在他們面前突然現形。他有短短的外八字腿，一頭凌亂四散的薑黃色長髮，和布滿血絲、垂垂垮垮的眼睛，這使他的神情看起來像一頭陰鬱的法國短腿獵犬。他手裡也抓著一團銀色的包裹，哈利立刻認出那是一件隱形斗篷。

「怎啦，費太？」他說，瞪大眼睛從費太太看到哈利，再看到達力。「臥底的事怎麼啦？」

「**臥**你個頭！」費太太大吼，「**催狂魔**，你這個偷偷摸摸鬼鬼祟祟的廢物！」

「催狂魔？」蒙當葛驚駭地重複，「催狂魔，在這？」

「沒錯，在這裡，你這坨沒用的蝙蝠大便，就在這裡！」費太太尖聲叫道，「催狂魔就在該你值班的時候襲擊這個孩子！」

「要命，」蒙當葛手足無措地說，兩隻眼睛在費太太和哈利身上來回轉。「要命，我──」

「而你居然溜去買贓物大釜！我是不是叫你別去？**是不是**？」

「我──呃，我──」蒙當葛看起來極為不安，「那實在是個非常好的生意機會，妳知──」

費太太舉起勾著購物網袋的手臂，拿袋子朝蒙當葛的臉和脖子狂揮猛打。從敲打時袋子裡發出的聲響判斷，裡面裝滿了貓食。

「哎唷──弄走她──弄走她，妳這隻神經病老蝙蝠！非叫人去告訴鄧不利多不可！」

「對──他們──已經──告了！」費太太一面嚷著，一面使勁把裝貓食的袋子朝蒙當葛身上每一個她搆得到的地方猛甩。「而且──最好──你──自己去──這樣──你──就能──告訴他──為什麼──你──沒在現場──幫忙！」

「把妳的髮網袋收起來啦！」蒙當葛雙手護著頭，畏縮地說。「我這就去，這就去！」

又是好大的**啪**一聲，他消失了。

「我真希望鄧不利多**處決**他！」費太太氣瘋了，「哎，**快啊**，哈利，你在等什麼？」

哈利決定不浪費僅存的力氣去向她說明，在達力超重的壓力下他簡直寸步難行。他用力托起半昏迷的達力，蹣跚地往前走。

「我送你到門口，」轉到水蠟樹街時，費太太說，「以防萬一附近還有很多……哎呀，真是一場大災難……你得要靠自己才行……鄧不利多居然說我們一定要不計代價阻止你使用魔法……算了，為打翻的魔藥再哭也沒用，我說……現在可是讓貓兒進了綠仙群，引麻煩上門啦。」

「所以，」哈利喘著氣，「鄧不利多……一直……叫人盯著我？」

「當然，」費太太不耐煩地說，「你以為發生了六月的那件事之後，他還會放你自己一個人到處亂闖呀？我的老天，孩子，他們跟我說你很聰明……好啦……進屋裡去，別出來。」到了四號門前，她說。「我猜很快就會有人跟你聯絡了。」

「妳打算怎麼辦？」哈利飛快地問。

「我打算直接回家。」費太太說，她望著黑暗的街道微微發抖。「我要等候更多的指示。乖乖待在屋子裡，晚安。」

「等一下，別走！我想知道——」

費太太已經快步離去，絨毛拖鞋劈劈啪啪拍著地面，網線袋喀啦喀啦作響。

「等等！」哈利在她身後大叫。他對任何一個與鄧不利多有接觸的人都有上百萬個問題想問，但才幾秒鐘，費太太已經隱沒在黑暗中。悶悶不樂的哈利重新調整肩膀上達力的位置，緩慢而艱苦地走上四號的花園小徑。玄關的燈亮著。哈利把魔杖塞回牛仔褲的腰帶，按下門鈴，透過前門的波紋玻璃，看著佩妮阿姨歪七扭八的身影逐漸擴大。

「達達呢！他也該回來了，我開始感到非常——非常——**達達，你怎麼啦？**」

哈利側臉看一眼達力，及時從他的手膀下鑽出來。達力在原地晃了一下，臉色泛青……接著張開嘴吐了整個門墊都是。

「**達達**！達達，怎麼一回事啊？威農？**威農**！」

哈利的姨丈連奔帶跑從客廳衝了過來，海象鬍子上下左右地吹動，就像他每次發火時的樣子。他趕忙上前幫佩妮阿姨把膝蓋無力的達力抬進門裡，一面避開地上的那攤嘔吐物。

「他病了，威農！」

「怎麼了，兒子？出了什麼事？波奇斯太太給你喝了什麼怪東西嗎？」

「寶貝，你為什麼一身泥巴？你剛剛躺在地上嗎？」

「等一下——你不會是被搶了吧，啊，兒子？」

佩妮阿姨尖叫。

「威農，打電話給警察！打電話給警察！達達，親愛的，跟媽咪說話！他們對你做了什麼？」

一陣騷亂中似乎沒有半個人注意到哈利，這對他再好不過。在威農姨丈甩上大門之前，他乘隙溜進屋裡，然後趁著德思禮一家人從玄關一路大驚小怪地走向廚房時，哈利躡手躡腳地走向樓梯。

「是誰幹的，兒子？告訴我們名字。我們會抓到他們，別擔心。」

「噓！威農，他想要說話！是什麼，達達？告訴媽咪！」

當哈利的一隻腳已經踩上最底層的台階時，達力終於發出了聲音。

「**他**。」

哈利僵住不動，一隻腳踩在樓梯上，揪著臉，準備面對接下來的大爆發。

「**小子！給我過來！**」

混雜著恐懼與憤怒的情緒，哈利慢慢移開踩在樓梯上的腳，轉身跟隨德思禮一家人。

經過剛才外頭的黑暗後，潔淨無瑕的廚房感覺有一種奇怪而不真實的光輝。佩妮阿姨伺候達力坐上椅子，他依舊是一臉泛青的病容。威農姨丈站在流理台旁的瀝水板前面，細小的眼睛狠狠瞪著哈利。

「你對我兒子做了什麼？」他威脅地咆哮。

「什麼也沒做。」哈利說，心裡非常清楚威農姨丈不會相信他。

「他對你做了什麼，達達？」佩妮阿姨顫抖著聲音問，她正在擦拭達力皮外套上的嘔吐物。「是那個——是那個東西嗎，親愛的？他是不是使用了——**那個東西**？」

達力緩慢又顫抖地點點頭。

「我沒有！」哈利激動地喊，佩妮阿姨放聲哭叫，威農姨丈舉起了拳頭。「我根本沒碰他，不是我，是——」

就在這一剎那，一隻鳴角鴞從廚房窗戶俯衝進來。牠掠過威農姨丈的頭頂，飛越廚房，把叼在嘴裡的一個大羊皮紙信封拋在哈利腳邊，優雅地回轉身，翅膀尖端輕輕掃過冰箱頂層，很快又飛了出去，橫過花園飛走了。

「**貓頭鷹！**」威農姨丈怒吼，他粗暴地關上廚房的窗戶，太陽穴旁那條使用過度的血管憤怒跳動著。「**又是貓頭鷹！我不准再有任何一隻貓頭鷹進我的屋子！**」

哈利已經撕開信封，抽出裡面的信紙。他的心臟都蹦到了喉嚨口，在喉結附近狂跳。

親愛的波特先生：

我們接獲情報，得知今天晚上九點二十三分，你於某個麻瓜居住區，當著一個麻瓜的面施展護法咒。

這項嚴重違反未成年巫師魔法合理限制法的行為，已導致霍格華茲魔法與巫術學校開除你的學籍。魔法部代表將即刻到達你的居住地毀除你的魔杖。

由於之前你已因觸犯國際巫師聯盟保密法令第十三條法規接獲正式警告，因而我們很遺憾地在此通知，你必須出席八月十二日上午九點在魔法部舉行的紀律聽審會。

祝你安好！

你誠摯的 瑪法達．霍克克
魔法部 魔法不當使用局

哈利把信從頭到尾讀了兩遍。他幾乎沒有意識到威農姨丈與佩妮阿姨在說話，他腦中一片冰冷麻木。這個事實像一支浸滿麻藥的箭刺穿他的知覺，他被霍格華茲開除了，全部結束了，再也回不去了。

他抬頭望著德思禮一家人，威農姨丈紫脹著臉，大聲咆哮，拳頭仍舊舉得老高；佩妮阿姨摟著達力，達力又開始嘔吐。

哈利暫時麻木的腦子逐漸甦醒。魔法部代表將即刻到達你的居住地毀除你的魔杖。只有一個方法可行，他必須逃走——馬上。哈利並不知道要逃去哪裡，不過有一件事可以確定：無論在霍格華茲裡面或外面，他都需要魔杖。在近乎恍惚的狀態下，他抽出魔杖，轉身離開廚房。

「你想溜去哪裡？」威農姨丈大喊。看見哈利不回答，他大步走過廚房，擋住通往玄關的門口。「我跟你還沒完，小子！」

「讓開。」哈利平靜地說。

「你得留在這裡給我解釋我兒子怎麼會——」

「你如果不讓開，我會對你施惡咒。」哈利說，舉起魔杖。

「你不准用那個東西對付我！」威農姨丈怒吼，「我知道在那間你叫學校的瘋人院外面，根本不准使用那個東西！」

「瘋人院已經把我趕出來了，」哈利憤怒地回答道，「所以我愛做什麼就做什麼。你還有三秒鐘，一——二——」

洪亮的**哐啷**一聲響遍整個廚房。佩妮阿姨尖叫，威農姨丈邊嚷邊躲。這是哈利這個晚上第三次，努力找出那個不是由他所造成的亂源，而他立刻就找到了：一隻眼冒金星，灰頭土臉的草鴞跌坐在廚房外的窗台上，顯然剛剛撞上了緊閉的窗戶。

「**貓頭鷹！**」威農姨丈痛苦地嘶吼，哈利不理會他，衝過房間，扭開窗戶。貓頭鷹伸出上面綁著一小卷羊皮紙的腿，抖了抖羽毛，等哈利一取下信件就飛走了。哈利抖著手，打開第二封信，紙上的字跡匆忙潦草，到處是黑色的墨水漬。

哈利：

鄧不利多已經來到魔法部，他正努力處理一切。**不要離開你阿姨和姨丈的屋子。不要再使用魔法。不要交出魔杖。**

亞瑟·衛斯理

鄧不利多正努力處理一切……這是什麼意思？鄧不利多有多大的權力可以推翻魔法部的決定？那，是不是還有機會讓他從霍格華茲復學？希望的小芽苗才在哈利胸口萌芽，幾乎立刻就被恐懼斬斷——不用魔法如何能做到不交出魔杖？他勢必要跟魔法部派來的代表拚鬥，真要如此，能逃得過阿茲卡班就算走運，更別提退學了。

他的思緒飛快轉動……是要冒著被魔法部捉拿的風險馬上逃跑，或是乖乖待在原地等著他們找上門來？前一個做法對他有強大的吸引力，但他知道衛斯理先生是真心為他著想……畢竟鄧不利多以前也處理過比這糟更多的情形。

「好吧，」哈利說，「我改變主意了，我留下來。」

他一屁股坐到餐桌旁邊，面對著達力和佩妮阿姨。德思禮一家人顯然被他突然間改變心意嚇壞了，佩妮阿姨絕望地瞥向威農姨丈，威農姨丈紫紅色太陽穴上的那根血管跳得前所未有的厲害。

「這一群混帳貓頭鷹是誰派來的？」他怒吼。

「第一隻是魔法部派來的，為了開除我。」哈利沉著地說。他伸長耳朵不放過屋外任何一點聲音，怕萬一沒聽到魔法部的代表到來，而且這樣回答威農姨丈的問題，也比發脾氣大聲吼叫來得輕鬆又平靜。「第二隻是我朋友榮恩的爸爸派來的，他在魔法部上班。」

「**魔法部**？」威農姨丈咆哮，「**政府機關**裡面有你們這種人？啊，這解釋了一切、一切，難怪這個國家會爛成這樣。」

哈利沒有回答，威農姨丈瞪他一眼，吐出一句：「那你為什麼會被開除啊？」

「因為我使用魔法。」

「**啊哈！**」威農姨丈轟然狂笑，拳頭往冰箱頂一搥，冰箱門彈開，好幾包達力的低脂零食從裡面滾出來，散落一地。「這下你承認啦！**你對達力究竟做了什麼？**」

「什麼也沒做，」哈利稍微沒那麼冷靜地說，「那不是我……」

「**是**。」出乎意料地，達力含糊地開了口。威農姨丈與佩妮阿姨立刻揮手叫哈利安靜，一起彎下身去聽達力說話。

「繼續講，兒子。」威農姨丈說，「他做了什麼？」

「寶貝，告訴我們。」佩妮阿姨低聲細語。

「拿魔杖指著我。」達力囁嚅道。

「沒錯，我是拿魔杖指你，可是我沒有使用……」哈利氣憤地反駁，但話才說到一半——

「**閉嘴！**」威農姨丈和佩妮阿姨異口同聲地大吼。

「繼續講，兒子。」威農姨丈重複，鬍子狂飄亂飛。

「全部變暗了，」達力嘶啞著聲音，顫抖著，「一片黑暗。然後我聽——聽見——有一些**東西**，在我——我的腦袋裡。」

威農姨丈與佩妮阿姨互相對看，眼神裡極度驚恐。如果魔法是世界上他們最恨的東西——緊追其後的就是在禁用水管澆水的期間比他們偷用更多水的鄰居——而那些聽得見怪聲音的人，肯定也名列十大排行榜。他們顯然真以為達力就要發瘋了。

「你聽見了什麼樣的東西啊，寶寶？」佩妮阿姨細聲細氣地說，她的臉色慘白，眼裡含著淚水。

達力似乎沒有辦法說清楚。他又打起哆嗦來，搖著他那顆金色的大頭。儘管從第一隻貓頭鷹抵達之後，驚懼錯愕的感覺就纏著哈利不放，但他確實也感到好奇。催狂魔引發一個人重新經歷一生中最壞最苦的時刻，驕縱、霸道、被寵壞了的達力被迫聽見的會是什麼呢？

「你怎麼會跌倒的，兒子？」威農姨丈說，溫和的語氣很不自然，這種語氣只有在得重病的人床邊才用得上。

「絆——絆倒了，」達力聲音顫抖地說，「然後——」

他朝自己肥厚的胸膛比個手勢。哈利明白他的意思，達力記起了當所有的希望和快樂從身體裡被吸走時，肺裡滿滿的溼黏冰冷感。

「好恐怖，」達力嗄聲說，「好冷，真的好冷。」

「好吧。」威農姨丈努力裝出平靜的語氣，佩妮阿姨焦慮地伸手按著達力的額頭，測試他的體溫。「後來呢，達兒？」

「覺得……覺得……覺得……好像……好像……」

「好像你永遠不會再快樂起來了。」哈利語氣平淡地幫他接下去。

「對。」達力小聲應著，仍在發抖。

「是了！」威農姨丈直起身子，聲音也恢復原本的大嗓門，「你在我兒子身上下了某種瘋癲咒，所以他會聽見奇怪的聲音，還相信他會——注定悲慘一輩子之類的，是不是這樣？」

「我到底要跟你講幾遍？」哈利說，他的聲音和怒氣一起上揚。「**不是我！**是幾個催狂魔！」

「幾個……那是什麼屁話？」

「催——狂——魔，」哈利一個字一個字地說。「有兩個。」

「這催狂魔是個什麼鬼東西？」

「是看守巫師監獄，阿茲卡班的。」佩妮阿姨說。

這句話之後，接著是兩秒鐘無聲的靜默，佩妮阿姨一手摀住了嘴巴，彷彿不小心溜出了一句下流粗話似的。威農姨丈對她瞪大了眼睛，哈利的腦袋一陣暈眩。費太太是一回事——可是**佩妮阿姨**？

「妳怎麼知道這種事？」他問她，驚愕萬分。

佩妮阿姨看起來像是被自己嚇呆了，她帶著惶恐的歉意瞥著威農姨丈，把手略微挪低一些，露出一排大馬牙。

「我聽見——那個討厭的傢伙——跟**她**提到過——在好幾年前。」她斷斷續續地說。

「如果妳指的是我爸媽，為什麼不說出他們的名字？」哈利大聲道，佩妮阿姨沒理會，她看起來非常慌亂。

哈利大驚失色，幾年前有一次，佩妮阿姨曾經尖叫地喊說哈利的母親是個瘋子，但除了那次大爆發外，他從不曾聽過她提起自己的妹妹。令哈利震驚的是，她費盡心機假裝魔法世界並不存在，這麼久了卻還記得這樣一件小事。

威農姨丈張開嘴，又閉起來，再一次張開，又再閉起來，接著，他顯然在努力回想開口說話的方法，第三度張開嘴巴，嘶啞地說：「所以——所以——牠們——呃——牠們——呃——牠們確實存在？那些——呃——催光什麼魔的？」佩妮阿姨點點頭。威農姨丈的眼睛從佩妮阿姨轉向達力再看到哈利身上，彷彿在等待哪個人突然大叫：「愚人節快樂！」當發現沒有人這麼做時，他再度開口，不過今晚降臨的第三隻貓頭鷹省去了他掙扎著找話說的痛苦。

牠像一顆毛茸茸的加農炮，射進還未關上的窗戶，劈啪一聲降落在餐桌上，嚇得德思禮一家三口跳了起來。哈利從貓頭鷹的彎嘴下接過第二封看似來自官方的信封，他撕開信封的時候，貓頭鷹已經轉身飛入夜色裡。

「夠了——這些該死的——**貓頭鷹**。」威農姨丈煩亂地嘟囔著，大步向前，再次用力地甩上窗戶。

親愛的波特先生：

接續我們約二十二分鐘之前寄達的信，魔法部更正即刻毀除魔杖的決定。你可以保有你的魔杖，直至八月十二日的紀律聽審會，屆時將達成正式的判決。

經過與霍格華茲魔法與巫術學校校長討論之後，魔法部同意將你的退學事宜同樣留至聽審會決議。因此直至進一步查詢之前，你將維持暫時停學的狀態。

祝萬事順心！

你誠摯的 瑪法達．霍克克

魔法部 魔法不當使用局

哈利飛快地把信連讀了三遍，知道自己尚未正式被開除，讓他鬆了口氣，稍微紓解了他胸口痛苦的死結。儘管如此，他的恐懼並未徹底排除，似乎所有事情的結果都有賴於八月十二日的聽審會。

「怎樣？」威農姨丈說，把哈利喚回了現實。「現在怎樣了？他們給你判了什麼刑？你們這幫人有死刑嗎？」他充滿希望地追問。

「我得出席一場聽審會。」哈利說。

「到時他們會作出判決？」

「大概吧。」

「那好，我不會放棄希望的。」威農姨丈不懷好意地說。

「好吧，如果你們說完了。」哈利站起身。他極渴望獨自靜一靜，想一想，也許寫封信給榮恩、妙麗或天狼星。

「**沒有，我們還沒有說完！**」威農姨丈大吼，「**你給我坐下！**」

「還要**怎樣**？」哈利不耐煩地說。

「**達力！**」威農姨丈咆哮，「我要知道我兒子究竟發生了什麼事！」

「**沒問題！**」哈利喊叫起來，他在氣頭上，仍緊握在他手裡的魔杖尖端射出幾星金色和紅色的火光。德思禮一家三口忙往後縮，萬分恐慌。

「我和達力在蘭月街跟紫藤巷之間的小巷子裡，」哈利說得飛快，努力控制自己的火氣，「達力想整我，我就抽出魔杖，可是我並沒有使用。接著兩個催狂魔出現了……」

「催狂魔**到底**是什麼東西？」威農姨丈怒氣沖沖地問，「牠們是**幹嘛**的？」

「我講過了——牠們吸走你所有的快樂，」哈利說，「只要給牠們逮到機會，牠們就會吻你——」

「吻你？」威農姨丈說，眼珠子微微凸出，「**吻**你？」

「那是牠們的用詞，意思是說牠們從你嘴裡吸走你的靈魂。」

佩妮阿姨發出一聲微弱的尖叫。

「他的**靈魂**？牠們沒有拿走——仍舊還在——」

她抓住達力的肩膀猛力搖晃，像是要確定自己是否能聽見靈魂在他身體裡面喀啦喀啦響。

「牠們當然沒有得到他的靈魂，如果有，妳不會看不出來。」哈利惱火地說。

「你把牠們打退了，對吧，兒子？」威農姨丈大聲說，看得出來他努力想把對話拉回他所能理解的層面。「給牠們一記左右勾拳，是吧？」

「你沒辦法給催狂魔一記**左右勾拳**。」哈利咬緊牙關說。

「那他為什麼沒事？」威農姨丈反駁，「那他為什麼沒被吸乾？」

「因為我施展護法——」

呼咻。哐啷一聲夾著颼颼撲翅聲，伴隨一團緩緩降落的煤灰，第四隻貓頭鷹從廚房壁爐裡衝出來。

「**老天爺！**」威農姨丈狂吼，拔了一大把鬍子下來，他已經很久沒有失控到做出這種事了。「**我不准貓頭鷹進來，我絕不容許，給我聽清楚！**」

哈利卻已經從貓頭鷹腿上取下了一卷羊皮紙。他很有把握這封信一定是鄧不利多寄來的，向他解釋一切——關於催狂魔、費太太、魔法部到底在計畫什麼，還有他，鄧不利多，打算怎麼處理一切——因此當他看見天狼星的筆跡時，他這輩子第一次感到真正的失望。任由威農姨丈在一旁大吼大叫咒罵貓頭鷹，哈利瞇起眼睛，避開貓頭鷹再由煙囪飛走時揚起的第二陣煙灰，他看著天狼星的便條。

亞瑟剛才把發生的事告訴了我。無論如何，千萬別再離開屋子。

哈利只覺得這封沒頭沒腦的信完全無法解釋今晚發生的事，他把羊皮紙翻到背面，想看看上面還有沒有字。什麼都沒有。

此刻他的怨氣又開始升高。自己徒手打跑了兩個催狂魔，難道沒**半個人**說「幹得好」嗎？衛斯理先生和天狼星的語氣都像是他犯了錯似的，而且好像要等到確認他造成了多嚴重的後果之後，再好好地教訓他。

「……一堆，我是說，一堆貓頭鷹在我的屋子裡衝進衝出。我絕不容許，小子，我絕不——」

「我沒有辦法阻止貓頭鷹飛來。」哈利打斷他，天狼星的信在他拳頭裡被捏成一團。

「我要你講實話，今天晚上究竟發生什麼事！」威農姨丈狂吠，「如果弄傷達力的是吹光魔，那你怎麼會被退學？你幹了那件好事，你剛剛承認了！」

哈利深深、緩緩地吸了一口氣。他的頭又開始發痛，恨不得能夠離開廚房，遠離德思禮一家人。

「我施展了護法咒擺脫催狂魔，」他逼自己保持冷靜，「這是唯一可以對抗牠們的方法。」

「但是這些摀光魔跑到小惠因區來**做什麼**？」威農姨丈用憤怒的口氣說。

「沒辦法告訴你，」哈利困乏地說，「我不知道。」

在慘白刺眼的日光燈下，他的頭開始抽痛。他的怒氣逐漸消退，感到精疲力竭。德思禮一家人全瞪著他。

「是你，」威農姨丈強悍地說，「是衝著你來的，小子，我就知道。不然牠們怎麼會在這裡出現？不然牠們怎麼會跑進小巷子裡？你一定是方圓幾百哩內唯一的——唯一的——」明顯地，他講不出「巫師」這兩個字，「唯一的**那種東西**。」

「我不知道為什麼牠們會在這裡。」

不過聽了威農姨丈的話，哈利精疲力竭的腦袋又開始運作。催狂魔來到小惠因區**做什麼**？牠們**怎麼可能**只是碰巧抵達哈利所在的小巷子？是有人派牠們來嗎？難道魔法部失去對催狂魔的控制了？難道真如鄧不利多預測的，牠們擅自離開阿茲卡班，轉而加入佛地魔？

「這些醜狂魔看守著某一座畸形監獄？」威農姨丈問，慢吞吞地跟在哈利急馳的思緒列車後面。

「對。」哈利說。

真希望他的頭別再痛了，真希望他可以現在就離開廚房，回到他幽暗的臥房裡好好**思考**……

「哈！牠們是來逮捕你的！」威農姨丈得意洋洋地說，自認為找到一個無可反駁的結論。

「小子，是這樣吧，對不對？你是個逃犯！」

「我才不是。」哈利說，他趕蒼蠅似地猛搖頭，思緒又開始奔馳。

「那為什麼——？」

「一定是他派牠們來的。」哈利小聲地說著，就像是在對自己而不是對威農姨丈說。

「你說什麼？一定是誰派牠們來的？」

「佛地魔王。」哈利說。

他隱約有些奇怪感覺，德思禮一家人每當聽見「巫師」、「魔法」或「魔杖」這類字眼時，不是畏懼、退縮，就是高聲駁斥，現在聽到這位有史以來最邪惡的巫師名號，卻沒有絲毫的顫抖。

「佛——等等，」威農姨丈說，他扭曲著臉，細窄的豬眼中浮現一種逐漸開竅的神情。「我聽過那個名字……就是那個——」

「殺死我父母親的人，沒錯。」哈利接口。

「可是他已經走了，」威農姨丈不耐煩地說，絲毫不覺得哈利父母的死亡是個傷心的話題。「那個超大塊頭講的。他已經走了。」

「他回來了。」哈利沉重地說。

這感覺實在很詭異，站在佩妮阿姨如手術室般乾淨的廚房裡，在高級電冰箱和寬螢幕電視的邊上，平靜地對威農姨丈談著佛地魔王。催狂魔在小惠因區的出現，似乎衝破了那道牆，那道原本一直將執著於無魔法世界的水蠟樹街和它以外的世界分隔開的那道巨大隱形圍牆。哈利的雙重生活在不知不覺中混成一團，所有事情都顛倒過來了。德思禮一家人詢問他魔法世界的細節，費太太認識鄧不利多，催狂魔在小惠因區飛來飛去，而他自己可能再也回不了霍格華茲。哈利的頭抽痛得越來越厲害。

「回來了？」佩妮阿姨低聲問。

她望著哈利，彷彿從沒見過他似的。忽然之間，這輩子頭一次，哈利居然非常慶幸佩妮阿姨是他母親的姊姊。他完全說不出為什麼剎那間自己會有這麼強烈的感覺，他只知道，自己並不是這個房間裡唯一察覺到佛地魔王回來有可能意謂著什麼的人。佩妮阿姨這輩子從來不曾用這種神情看過他，她那雙淡色的大眼睛（跟她妹妹完全不像）並沒有不悅或生氣地瞇起來，反而睜得好大，充滿恐懼。從小到大她對哈利始終如一的憤怒姿態——堅持絕對沒有魔法，堅持除了她和威農姨丈居住的這個世界之外，絕對沒有別的世界——似乎卸下來了。

「對，」哈利現在直接向著佩妮阿姨說，「一個月前回來的，我見到他了。」

她兩手摸索著達力披著皮外套的厚實肩膀，緊緊地抓住。

「等一下，」威農姨丈來回看著自己的妻子和哈利，眼看著兩人之間突然迸出空前的默契，顯然極為吃驚而迷惑。「等一下，你說，這個佛地什麼王的回來了。」

「對。」

「殺死你父母的那一個。」

「對。」

「現在他派出追光魔來抓你。」

「看起來是。」哈利說。

「我明白了，」威農姨丈說，目光從他臉色蒼白的太太身上轉向哈利，他把褲子往上提了提。他好像開始膨脹，紫色的大臉在哈利眼前擴展。「那，就這樣吧，」他說，襯衫前襟被他鼓脹的胸口綳得好緊，「**你可以滾出這棟房子了，小子！**」

「什麼？」哈利說。

「你聽見我的話了——**滾！**」威農姨丈怒吼，連達力和佩妮阿姨都嚇得跳起來。「**滾！滾！**我好幾年前就該這麼做了！貓頭鷹把這裡當旅館、布丁會爆炸、半張沙發給你毀了、達力的尾巴、瑪姬在天花板上飄來飄去，還有那輛飛天福特安格里亞怪車——**滾！滾！**你夠了！你現在是歷史了！我不准你留在這裡等哪個瘋子來抓你，我不准你危害到我太太和兒子，我不准你把麻煩帶到我們身上！管你是不是跟你那沒用的父母一樣，我受夠了！**滾！**」

哈利釘在原地不動，魔法部、衛斯理先生和天狼星寄來的信全在他左掌心揉爛了。無論如何，千萬別再離開屋子。**不要離開你阿姨和姨丈的屋子**。

「你聽見我的話了！」威農姨丈說，他彎身向前，巨大的紫臉幾乎要貼上哈利，他真的感覺有口水噴到臉上。「快走！半個小時前你還巴不得要走！我百分之百支持你！滾出去，永遠別再踏上我們的台階！我不知道我們一開始幹嘛要收留你，瑪姬說得沒錯，應該送你去孤兒院的。我們就是太該死的軟弱，不懂得為自己著想，以為可以把你遺傳到的怪胎基因擠出來，以為可以把你變正常。可是你從一開始就爛透了，我受夠了——**貓頭鷹！**」

第五隻貓頭鷹從煙囪裡咻地衝下來，快到來不及再飛起就尖嘯一聲撞上地板。哈利舉手要抓那只深紅色的信封，貓頭鷹卻越過他的頭頂，筆直飛向佩妮阿姨。佩妮阿姨尖叫一聲，趕緊低下頭，兩手護著臉。貓頭鷹把紅信封丟在她臉上，轉個身，筆直地竄上煙囪飛走了。

哈利衝向前撿信封，佩妮阿姨搶先一步。

「妳想看就打開吧，」哈利說，「反正我會聽見信裡的內容。這是一封咆哮信。」

「放手，佩妮！」威農姨丈喊，「別碰它，可能會有危險。」

「信是寄給我的，」佩妮阿姨顫聲說，「信是寄給**我**的，威農，你看！**水蠟樹街，四號，廚房**。**佩妮．德思禮收**——」

她屏住氣，驚恐至極。紅色的信封已經開始冒煙。

「快打開吧！」哈利催促她，「看就看吧！反正是遲早的事。」

「不要。」

佩妮阿姨的手顫抖著，她狂亂地向廚房四處亂看，彷彿在尋找一條脫逃的路徑，太遲了——信封轟的一聲燒了起來，佩妮阿姨尖叫著扔了它。

一個可怕的聲音從桌上那封燃燒的信中傳出，充滿整個廚房，在狹窄的空間裡迴響。

「**記住我最後的，佩妮。**」

佩妮阿姨一副要暈倒的樣子。她跌坐進達力旁邊的一張椅子，臉埋入手中。殘餘的信封在靜寂裡悶燒成灰燼。

「這是什麼？」威農姨丈嘶啞地說，「這是——我不——佩妮？」

佩妮阿姨一言不發。達力嘴巴開著，蠢蠢地瞪著他母親。寂靜的氣氛令人發毛，哈利注視著他的阿姨，一頭霧水，他的頭抽痛得快要爆炸了。

「佩妮，親愛的？」威農姨丈怯聲問，「佩——佩妮？」

她抬起頭，身體仍在顫抖。她吞了一口口水。

「這個男孩——這個男孩必須留下，威農。」她虛弱地說。

「什——什麼？」

「他必須留下來。」她說，她沒有朝哈利看，又重新站起來。

「他……可是佩妮……」

「如果我們把他趕出去，鄰居會說閒話。」說著，她迅速回復了平常輕快、急躁的神態，雖然臉色仍然非常蒼白。「他們會問一堆怪問題，他們會想知道他去哪裡了。我們得把他留下來。」

威農姨丈像是洩了氣的破輪胎。

「可是佩妮，親愛的——」

佩妮阿姨不理他，她轉向哈利。

「你要待在自己的房間裡，」她說，「不准離開屋子。現在上床去睡覺。」

哈利沒有動。

「那封咆哮信是誰寄的？」

「不要問問題。」佩妮阿姨一句話打斷。

「妳跟巫師他們有聯絡嗎？」

「我叫你上床去睡覺！」

「那是什麼意思？記住最後的什麼？」

「上床睡覺！」

「為什麼——？」

「你聽見你阿姨說的話了，現在上樓去睡覺！」

我剛才被催狂魔攻擊，而且有可能會被霍格華茲開除。我想知道目前的情況，到底要等到什麼時候才能離開這個地方。

3

保鑣駕到

哈利一回到他那陰暗的臥室，就立刻走到桌前，拿了三張羊皮紙，寫下同一段話。他在第一封信上寫下天狼星的名字，第二封寄給榮恩，第三封寄給妙麗。他的貓頭鷹嘿美出外捕獵去了，牠的鳥籠空盪盪地擱在桌上。哈利在房間裡來回踱步，等嘿美回來替他寄信。他的腦袋裡轟轟作響，雖然他早已累得兩眼發痠，心中卻思潮翻湧，就算想睡也睡不著。剛才一路把達力拖回家，害他現在背痛得要命，頭上那兩個分別因為被窗戶撞到和被達力狠揍而腫起的大包，也開始令他感到陣陣劇痛。

他在房中來回踱步，心中充滿了憤怒與挫敗感，他氣得咬牙切齒、握緊雙拳，每次經過窗前，都會仰頭怒視天空，但那裡除了滿天星斗，其他什麼也沒有。催狂魔跑來對付他、費太太和蒙當葛．弗列契偷偷跟蹤他、他有可能會被霍格華茲退學，還得去魔法部出庭受審——居然還沒半個人肯告訴他這究竟是怎麼回事。

還有，那封咆哮信到底——**到底**是什麼意思？那麼恐怖、充滿威嚇意味在廚房中迴響的聲音，又是誰的？

為什麼他還得被困在這裡，連半點消息都聽不到？為什麼大家全都把他當作是不懂事的頑皮小孩？不准再使用魔法，乖乖待在家裡……

他朝地上的箱子狠狠踹了一腳，這不僅無法讓他宣洩胸中的怒火，反倒使他心情更加惡劣。現在他除了原先的疼痛之外，連腳趾頭也開始發疼。

就在他一跛一跛地經過窗前時，嘿美突然咻的一聲，像個小型鬼影似地輕輕從窗口竄了進來。

「妳總算回來了！」哈利怒聲喝斥，牠輕盈地降落在鳥籠上，「把那個放下來，我有事要妳去辦！」

嘿美嘴裡緊叼著一隻死青蛙，瞪著又大又圓的琥珀色眼睛，用譴責的目光瞅著哈利。

「過來，」哈利說，他抓起三個小羊皮紙卷和一根皮繩，把羊皮紙卷綁到牠粗糙的鳥腿上。「把這些信送去給天狼星、榮恩和妙麗，這次再得不到詳細的回信，妳就別回來了。他們要是不肯寫，妳就狠狠用尖嘴去啄他們，非逼他們寫封像樣的回信不可，懂了嗎？」

嘿美發出一陣模糊的啼聲，嘴裡還是緊叼著死青蛙不放。

「快去吧。」哈利說。

牠立即振翅出發。等牠一走，哈利連衣服都沒脫就倒上床，望著漆黑的天花板發楞。現在除了原先的煩惱，他又開始為自己對嘿美這麼兇而感到內疚。牠可是他在水蠟樹街四號唯一的朋友，等牠帶著天狼星、榮恩和妙麗的信回來以後，他一定會好好補償牠。

他們這次一定很快就會回信的，催狂魔發動攻擊是件大事，他們不可能不理會。說不定明天一大早醒來，就會看到三封厚厚的信，裡面寫滿了安慰、同情，還有盡快接他去洞穴屋住的計畫。懷著這個欣慰的念頭，睡意如潮水般湧來，掩蓋了其他所有的思緒。

＊　＊　＊

第二天早上嘿美沒有回來。哈利整天都待在房間裡，只有上廁所的時候才肯踏出房門。佩妮阿姨把三餐都從貓洞門推進來，這個活門是威農姨丈在三年前暑假安裝的。哈利每次一聽到她的腳步聲，就急著想要跟她打聽那封咆哮信的事，結果就像是對著門把問話，完全得不到任何回應。除了替他送飯，德思禮一家人全都避他避得遠遠的。哈利也覺得沒必要去接近他們，再跟他們吵架不僅於事無補，說不定還會害他氣得發狂，又忍不住違規使用魔法。

這樣的情形整整持續了三天。哈利每隔一陣子，就會感到極端煩躁不安，彷彿有滿腔精力無從發洩，讓他無法安安靜靜坐下來做任何事。這時他就會在房中不停踱步，生所有人的氣，怪他們拋下他不管，讓他自己一個人困在這裡受盡煎熬。有時他又會像洩了氣的皮球似的，陷入一種死氣沉沉的呆滯狀態，躺在床上發一整個鐘頭的呆，雙眼茫然瞪視前方，滿心恐懼地惦記著要去魔法部受審的事。

如果他被判有罪怎麼辦？**要是**被學校開除，連魔杖都被折成兩半怎麼辦？他該怎麼做，該往哪裡去？自從知道世上還有另外一個世界，一個他真正屬於的世界之後，他已經沒辦法再像以前那樣，乖乖地全天候窩在德思禮家了。一年前，天狼星尚未被迫逃亡時，曾提過要哈利搬去跟他一起住，說不定這次真可以搬到天狼星家去？會不會因為他還未成年，而不准他自己一個人住呢？還是他們早就決定好要怎麼安置他了？他違反國際保密法令的罪行，會不會嚴重到讓他被關進阿茲卡班監獄？每次只要一想到這裡，他就忍不住跳下床來，又開始踱步。

在嘿美離開後的第四天晚上，哈利又無精打采地癱在床上，兩眼瞪視著天花板。就在他腦袋裡幾乎一片空白時，姨丈踏入他的房間。哈利緩緩轉過頭來望著他，威農姨丈穿著他最好的一套西裝，臉上掛著一副得意洋洋的表情。

「我們要出去。」他說。

「啊？」

「我們——也就是說，你阿姨、達力和我三個人——要出去。」

「喔。」哈利淡淡應了一聲，又重新轉頭望著天花板。

「我們不在家的時候，不准你離開房間一步。」

「好。」

「不准你碰電視、音響，任何我們的東西你都不許動。」

「是。」

「也不許你偷冰箱的東西吃。」

「好。」

「我要把你鎖起來。」

「請便。」

威農姨丈狠狠瞪著哈利，顯然是對哈利這種毫不反抗的態度感到有些懷疑。他重重地跺著步子走出房間，關上房門。哈利聽到鑰匙在鎖孔裡轉動，威農姨丈沉重的腳步聲走下樓梯。幾分鐘之後，他又聽到車門砰砰關上，引擎轟轟啟動，汽車揚長而去的聲響更是錯不了。

哈利對德思禮一家人的離去，其實沒什麼太大的感覺。他們在不在家，對他來說都沒什麼差別。他甚至懶得起床去把房間的燈打開，四周變得越來越暗，他躺在床上，傾聽從窗口飄送進來屬於夜晚的聲音，這幾天他都讓窗戶全天開著，一心期盼嘿美飛回家的快樂時刻。

空盪盪的屋子在他周遭發出各種吱吱嘎嘎的聲音，水管裡有咯咯的水聲。哈利呆呆地躺在床上，腦袋裡一片空白，整個人懸盪在悲哀中無法自拔。

然後，他聽到樓下廚房傳來一陣相當清晰的碎裂聲。

他立刻坐起來，側耳傾聽。這不會是德思禮一家人，他們不可能這麼快就回家，更何況他也沒聽到他們的汽車聲。

安靜了幾秒鐘，響起說話聲。

小偷，哈利心想，他輕輕滑下床——就這一瞬間，他突然想到，小偷一定會刻意壓低聲音，但無論在廚房中四處走動的是些什麼人，顯然根本懶得理會這些。

他一把抓起擱在床頭櫃上的魔杖，面對房門站著，全神貫注地聆聽。就在下一刻，門鎖發出響亮的喀噠一聲，房門忽地敞開，他嚇得跳了起來。

哈利定定站在原處，透過敞開的房門望著漆黑的樓梯平台，豎起耳朵，想聽辨其他的聲音，卻什麼也沒有。他遲疑一會，便安靜俐落地踏出房門，走到樓梯口。

他的心幾乎從胸腔中迸出來。有一堆人站在樓下陰暗的玄關中，玻璃門透進來的街燈光輝映出他們的輪廓。就他所能看到的，大約有八、九個人，這些人全都抬著頭在望他。

「快放下魔杖，孩子，免得不小心射瞎別人的眼睛。」一個低沉的嗓音嘶吼道。

哈利的心怦怦狂跳。他認得這個聲音，但他沒有放下魔杖。

「穆敵教授？」他不確定地問。

「我可擔不起『教授』這兩個字，」那個聲音嘶吼道，「我沒真的教過什麼書，是吧？快下來，讓我們好好看看你。」

哈利微微垂下魔杖，卻沒有放鬆握力，他的身體也沒有移動。他絕對有理由懷疑，畢竟他前陣子才跟一個他以為是瘋眼穆敵的人整整相處了九個月，結果發現那人是個冒牌貨；更可怕的是，那個冒牌貨在露出真面目之前，甚至還想要謀殺哈利。就在哈利沒法決定接下來該怎麼做的時候，樓下又傳來第二個略帶沙啞的嗓音。

「沒事的，哈利。我們是來接你的。」

哈利心頭一震。他也認得這個嗓音，他已經有一年多沒聽到這個聲音了。

「路——路平教授？」他不敢相信地問道，「是你嗎？」

「我們幹嘛要這樣摸黑說話呀？」第三個聲音說，這個聲音完全陌生，是個女人，「路摸思。」

一根魔杖冒出火花，魔光照亮了整個玄關。哈利眨眨眼睛，下面的人全都圍在樓梯底下，專注地抬頭望著他，有些人還伸長脖子，想要看得更清楚。

離他最近的人是雷木思．路平。路平還相當年輕，卻顯得很憔悴、氣色很壞。他的白頭髮比他上次跟哈利告別時多得多，長袍也比以前更破爛。不過，他對哈利笑得好燦爛，儘管仍舊處於震驚的狀態，哈利還是努力地以微笑回應他。

「喔喲，他跟我想像中一模一樣耶，」那名舉著發光魔杖的女巫說。她看起來年紀最輕，有著一張蒼白的心形臉蛋、一對閃閃發亮的黑眼睛，和一頭豔紫羅蘭色帶刺似的短髮。「你好啊，哈利！」

「哎，你說得沒錯，雷木思，」站在最後面的一名禿頭黑人巫師說。他的嗓音低沉緩慢，單邊耳朵上掛著一個金環。「活脫就是詹姆的翻版。」

「除了眼睛，」後面一名說話有喘音、滿頭銀髮的巫師說，「是莉莉的眼睛。」

一頭花白長髮、鼻子缺了一大塊的瘋眼穆敵，此時正用他那對不相稱的眼睛懷疑地打量著哈利。他的一隻眼睛小而黑亮，另一隻卻大又圓、顏色鮮藍——這隻魔眼可以穿透牆壁、房門，甚至穆敵自己的後腦勺，看到後面的景象。

「你確定真的就是他，路平？」他在咆哮，「看仔細了，別把某個冒充是波特的食死人給帶回去。最好問他一件只有波特本人才知道的事，還是有誰帶了吐真劑來？」

「哈利，你的護法是什麼形體？」路平問。

「一頭雄鹿。」哈利緊張地答。

「是他沒錯，瘋眼。」路平說。

哈利走下樓梯，清楚地意識到所有人都在凝視著他，他邊走邊順手把魔杖插進牛仔褲後面的口袋。

「千萬別把魔杖放在那裡，孩子！」穆敵吼道，「要是它突然走火怎麼辦？知道嗎，好些比你厲害的巫師，就是這樣轟掉屁股的！」

「轟掉屁股的有誰啊？」紫頭髮的女人興致勃勃地問瘋眼。

「不干妳的事，妳只要別把魔杖放到後面的口袋就行！」瘋眼吼著，「最基本的魔杖安全守則，現在都沒人放在心上了。」他踏著重步走向廚房，「我都看到啦。」他沒好氣地補上一句。那女人剛朝天花板翻了一個白眼。

路平握住哈利的手。

「還好嗎？」他仔細看著哈利。

「還──還好……」

哈利幾乎無法想像這是真的。整整四個禮拜，什麼消息也沒有，半點要接他離開水蠟樹街的暗示都沒有，突然間，一大群巫師就活生生地出現在這棟房子裡，彷彿是早就安排好的計畫。他朝圍在路平身邊的人瞥了一眼，他們仍盯著他猛看。這讓他非常清楚地意識到，他已經有四天沒梳頭了。

「我──你們運氣不錯，德思禮一家人恰好不在……」他囁嚅地說。

「運氣，哈！」紫頭髮的女人說，「是我用計把他們給騙出去的。我利用麻瓜的郵局寄了封信，說他們得到全國郊區最佳草坪維護競賽優勝獎。他們現在高高興興地要去領獎了咧……一場空歡喜。」

當威農姨丈發現根本就沒有全國郊區最佳草坪維護競賽時的嘴臉，在哈利腦袋中一閃而過。

「我們是不是就要走了？」他問，「快了嗎？」

「就快了，」路平說，「現在只是在等安全信號。」

「我們要去哪裡？洞穴屋嗎？」哈利滿懷希望地問道。

「不是洞穴屋，不是，」路平說著，示意哈利走向廚房。那一小群巫師隨後跟著，大家仍好奇地緊盯著哈利。「那裡太危險。我們已經在一個非常隱匿的地方設立了總部，花了不少時間……」

瘋眼穆敵坐在廚房餐桌邊，拿著扁酒瓶大口痛飲，魔眼滴溜溜四處打轉，打量德思禮家各種省力的家電設備。

「這位是阿拉特．穆敵，哈利。」路平指著穆敵說。

「喔，我知道。」哈利有些不太自在。對一個他自以為已經認識一年的人，再做這樣正式的介紹，讓他感到怪怪的。

「這位是小仙女……」

「拜託你別叫我小仙女好不好，路平，」那名年輕的女巫打了個寒顫，「我是東施。」

「這位是只肯讓別人叫她姓氏的小仙女．東施。」路平說。

「要是你老媽替你取個像**小仙女**這樣的笨名字，看你肯不肯讓別人這樣叫你。」東施低聲抱怨。

「這位是金利．俠鉤帽。」路平指著那位高大的黑人巫師，巫師欠了欠身子。「艾飛．道奇，」說話有喘音的巫師點了點頭。「迪達勒斯．迪歌……」

「我們以前見過。」很容易興奮的迪歌尖叫著，摘下了他那頂紫羅蘭色的高帽子。

「伊美玲．旺司。」一名雍容華貴，披著一襲翡翠綠披肩的女巫微微頷首。「史特吉．包莫。」一名方下巴、一頭濃密淺黃色頭髮的巫師朝哈利擠擠眼。「還有黑絲霞．鍾斯。」一名粉色臉頰的黑髮女巫在烤麵包機旁揮手。

哈利在路平替他做介紹的時候，笨拙地一一點頭。他真希望他們能轉移目標，不要再這樣緊盯著他不放，這感覺就像是突然被推上了舞台。他同時也感到奇怪，為什麼會來了這麼多人。

「聽說要來接你，自告奮勇的人多得出奇。」路平說，他的嘴角露出一絲笑意，彷彿看透了哈利的心思。

「哎，人手是越多越好，」穆敵陰沉沉地說：「我們是你的保鑣，波特。」

「就等信號通知我們安全上路，」路平說，抬頭往廚房窗外瞥了一眼，「大約再等十五分鐘。」

「這些麻瓜很愛**乾淨**耶，是不是？」叫東施的女巫說，她興趣濃厚地巡視廚房，「我爸是個麻瓜，他是個不折不扣的老邋遢。我想，麻瓜就跟我們巫師一樣，也是有各式各樣的人吧？」

「呃——是啊，」哈利應著。「說真的——」他轉向路平，「現在到底情況如何，我什麼消息也聽不到，佛地——？」

幾名女巫和巫師發出古怪的噓聲，迪達勒斯．迪歌又摘下他的禮帽，而穆敵厲聲吼道：「**住口！**」

「怎麼了？」哈利說。

「我們不能在這裡討論任何事情，太危險了，」穆敵說，他把那隻正常的眼睛轉向哈利，而他的魔眼仍盯著天花板。「**可惡！**」他生氣地伸手去抓他的魔眼，「又卡住了——自從被那個廢物戴過以後，就老是故障。」

突然傳來很難聽的咯吱一聲，像是把水槽的塞子拔掉似的，穆敵竟然把他的魔眼給拔了出來。

「瘋眼，你知道這樣很噁心耶？」東施用一種寒暄的語氣說。

「替我倒杯水來好嗎？哈利。」穆敵說。

哈利走到洗碗機前，取出乾淨的玻璃杯，到水槽裝了杯水。在這段過程中，那群巫師的目光仍然緊跟著他不放。他們這樣無情的凝視，開始令他有些生氣了。

「太好了。」穆敵伸手接住哈利遞給他的玻璃杯。他把魔眼扔進水裡，用手指戳上戳下的清洗。魔眼在水中咻咻滾動，輪流注視他們每一個人。「我希望能在回程中，維持三百六十度的絕佳視野。」

「要怎麼去——不管要去哪？」哈利問道。

「騎飛天掃帚，」路平說，「這是唯一的方法。你年紀太小，不能使用現影術，他們會嚴密地監看呼嚕網，而未經官方許可，我們恐怕得花一輩子的時間，才有可能設置港口鑰。」

「雷木思說你飛得不錯。」金利．俠鉤帽用他低沉的嗓音說。

「他飛得棒極了。」路平說，他低頭看看錶，「好了，你最好趕緊去收拾行李，哈利，信號一到立刻動身。」

「我來幫你打包。」東施愉快地表示。

她跟著哈利一起走回玄關，爬上樓梯，邊走邊興趣濃厚地東張西望。

「這地方挺有趣的，」她說，「但是**太**乾淨了，你懂我的意思嗎？有點不太自然——喔，這裡好多啦。」他們踏進哈利的臥室，等哈利把燈打開之後，她又補上一句。

跟這棟屋子其他地方比起來，哈利的房間的確髒亂多了。他在心情極度惡劣的情況下，在房間裡整整關了四天，完全沒心情去打掃房間。他的書有大半都七零八落地攤在地板上，這是因為他為了轉移注意力找書看，看完就隨手扔到一旁。嘿美的鳥籠也需要清理，已經開始發出臭味。他的行李箱敞開著，裡面塞滿了亂七八糟的麻瓜服裝和巫師長袍，有些還掉出來散落在周圍的地板上。

哈利撿起地上的書，順手扔進行李箱。東施在打開著的衣櫃前停下腳步，站在衣櫃門內側的穿衣鏡前，用批判性的眼光望著鏡中自己的身影。

「我覺得紫羅蘭色不太適合我，」她沉吟著，伸手抓起一小綹硬髮，「你覺不覺得這髮色讓我看起來氣色不太好？」

「呃……」哈利抬起頭，越過那本《英格蘭及愛爾蘭的魁地奇球隊》望著她。

「沒錯，這顏色不適合我。」東施的語氣十分肯定。她瞇起雙眼，做出一副像是在努力回想什麼事的怪相。轉眼間，她的頭髮就變成了泡泡糖的粉紅色。

「妳是怎麼辦到的？」哈利等她一睜開眼睛，就張口結舌地問。

「我是一名變形師啊，」她說著，又回顧起鏡子裡的自己，還不時把頭歪來扭去，好從各種不同角度欣賞她的新髮色，「也就是說，我可以隨心所欲改變自己的外貌，」從鏡中看到哈利在她背後露出迷惑的神情，她又補上一句。「這是天生的。在上正氣師訓練課程的時候，『隱藏與喬裝』這門課，我可是完全不用準備就高分通過，正點極了。」

「妳是正氣師？」哈利大為動容。他從霍格華茲畢業後唯一想做的工作，就是做一名負責追捕黑巫師的正氣師。

「是啊，」東施露出驕傲的神情，「金利也是，他的職位比我高一些。我在一年前才取得資格，我的『潛行與跟蹤』差點不及格。沒辦法，我實在太笨手笨腳了，我們剛到你家樓下的時候，你有沒有聽到摔破盤子的聲音？」

「所有人都能當變形師嗎？」哈利站直身子問她，完全忘了收拾行李的事。

東施吃吃輕笑。

「我猜你有時也不介意把那道疤藏起來吧，啊？」

她的目光落在哈利額前那道形如閃電的疤痕。

「對，不介意。」哈利別開臉，囁嚅地說。他不喜歡別人盯著他的疤看。

「嗯，你要學恐怕很難，」東施說，「變形師很罕見，這是一種天生的才能，學不來的。大部分巫師都必須使用魔杖或是魔藥，才有辦法改變自己的容貌。我們現在得快點收拾東西了，哈利，別忘了我們是來打包的。」她內疚地加了一句，掃視凌亂的地板。

「喔——對。」哈利說，連忙抓了幾本書。

「別傻了，這樣要收到哪一年呀，讓我來——打包！」東施喊著，舉起魔杖，往地板上一掃。

所有書本、衣服、全效望遠鏡，以及黃銅天平全都應聲飛起，漫無章法地落到行李箱中亂成一團。

「不是很整齊，」東施說，她走到箱子旁邊，低頭望著那堆亂七八糟的行李，「我媽有項獨門絕技，可以讓東西自動收拾整齊——她甚至可以讓襪子自己折好——那是一種特殊的彈法——」她滿懷希望地彈動魔杖。

哈利的一隻襪子在襪子堆中微微扭動一下，又回歸原位，攤在那堆雜亂不堪的行李上。

「啊，算啦，」東施闔上行李箱，「至少東西全都裝進去了，那個也該打掃一下。」

她舉起魔杖，指著嘿美的鳥籠，「滅滅淨。」籠裡的羽毛和鳥屎稍微少了些。「哎，稍微好**一點點**——這些家事類的符咒我老是抓不到竅門。好了，都帶了吧？大釜？飛天掃帚？哇！——**火閃電**？」

她瞪大眼睛望著哈利右手中的飛天掃帚。這是他的驕傲和快樂，天狼星送他的禮物，一根符合國際競賽標準的飛天掃帚。

「我還在騎彗星兩百六呢，」東施羨慕地說，「啊……魔杖還在牛仔褲裡？兩邊屁股都還在？好，我們走吧。疾疾動箱。」

哈利的行李箱立刻飛起，浮在離地幾吋的半空中。東施左手提著嘿美的鳥籠，另一手舉起魔杖，像個樂團指揮似地，先驅使行李箱掠過房間，飛出房門，再跟哈利一起走出去。哈利帶著他的飛天掃帚，跟著她走下樓梯。

他們倆回到廚房時，穆敵已重新戴上他的魔眼，清洗過後，魔眼轉動的速度變得飛快，害得哈利只看一眼就頭昏眼花。金利．俠鉤帽和史特吉．包莫在仔細研究微波爐，黑絲霞．鍾斯對著一柄她無意中在抽屜裡翻到的削馬鈴薯皮刀發笑，路平封上寫給德思禮夫婦的一封信。

「太好了，」東施和哈利一進來，路平就抬起頭來說，「大約再過一分鐘就出發。既然大家都準備好了，最好現在就到院子裡去。哈利，我留了封信給你的阿姨和姨丈，免得他們擔心——」

「他們才不會。」哈利說。

「——跟他們說你非常安全——」

「那他們就更失望。」

「——說你下個暑假會再回來。」

「還要回來？」

路平微微一笑，不作回答。

「過來，孩子，」穆敵啞聲說，用魔杖示意哈利走到他前面，「我得先滅幻你。」

「你說你要幹嘛？」哈利緊張地問道。

「施滅幻咒，」穆敵邊說邊舉起魔杖，「路平說你有一件隱形斗篷，那玩意兒在飛行的時候會被風吹開。我這個小法術可以把你藏得隱密些，注意了——」

穆敵往哈利頭頂上重重敲了一下，哈利突然有一種很古怪的感覺，彷彿穆敵剛朝他頭上砸了個雞蛋似的。冰冷的液體從剛才魔杖敲擊的地方淌下來，流遍他的全身。

「太厲害了，瘋眼。」東施盯著哈利橫隔膜的部位讚嘆不已。

哈利低下頭，看自己的身體，或者應該說是，看著原本他身體所在的位置，因為那看起來完全不像是他的身體。他並沒有隱形，只是呈現出與後方廚具一模一樣的色彩與紋路。他彷彿變成了一個人形變色龍。

「走吧。」穆敵用魔杖打開後門的鎖。

他們全體走出房門，踏上威農姨丈細心呵護的美麗草坪。

「今晚沒什麼雲，」穆敵低聲怨道，魔眼飛快地掃視天空，「多一點雲可以給我們多一點的掩護。好，你聽著，」他對哈利吼道，「待會我們得排成緊密的隊陣飛行。東施排在你正前方，緊跟著她飛就成了。路平會在下方掩護你，我負責殿後，其他人會在我們四周巡行。不論遇到任何狀況，絕不能打散隊伍，懂我的意思嗎？要是我們之中有人被殺——」

「會有這種可能？」哈利擔憂地問，但穆敵根本不理他。

「——其他人繼續往前飛，千萬別停，隊伍絕對不能亂掉。要是我們全都死光了，只有你一個人活下來，哈利，還有其他保鑣在後方待命，他們會趕過來接替任務。你只要繼續往東邊飛，他們會跟你會合。」

「拜託你別這麼興奮好不好？瘋眼，這樣他會以為我們對這事不夠認真。」東施說，她在魔杖上掛了一個提籃，正忙著把哈利的行李箱和嘿美的鳥籠裝進提籃，用皮繩捆緊。

「我是在對這孩子解說我們的計畫，」穆敵吼著，「我們的職責，就是把他平安送到總部，要是我們在執行任務的時候犧牲——」

「不會有人犧牲性命的。」金利．俠鉤帽用他那沉著渾厚的聲音說。

「快跨上掃帚，第一個信號出現了！」路平突然指著天空說。

離他們很遠、很高的地方，一陣燦爛的紅色火花閃亮在繁星之中，哈利立刻認出那是魔杖射出的火花。他連忙抬起右腿，跨上火閃電，緊緊握住帚柄，掃帚微微地顫動著，彷彿跟哈利一樣，渴望再度在空中飛翔。

「第二個信號，我們走！」路平大聲說，高空中又爆出另一蓬綠色的火花。

哈利用力一蹬腿飛離地面。涼爽的夜風吹動他的頭髮，下方水蠟樹街那些整齊方正的庭園迅速退去，在瞬間縮小成一片由墨綠與漆黑方塊組成的格子布，他心中所有的煩惱彷彿已被夜風吹散，要到魔法部出庭受審的事也拋到了九霄雲外。他覺得開心得快要爆炸，他又在飛了，嚮往了一整個暑假，此刻已經美夢成真，他在空中飛翔，飛離水蠟樹街四號，他就要回家了……在這美好的一刻，在這浩瀚無垠的星空中，原先所有的問題似乎都變得瑣碎渺小，一點也不重要了。

「左方吃緊，左方吃緊，有一名麻瓜向上看！」穆敵在他後方喊道。東施猛然掉頭轉向，哈利緊跟在她後面，望著他的行李箱在她的掃帚下激烈搖晃，「我們得再飛高一些……再上升四分之一哩！」

他們一起往上攀升，冰寒的空氣凍得哈利眼泛淚光。此刻他已無法看清下方的景象，只能隱約瞥見車燈與街燈如針尖般的細小光點。其中有兩個小光點可能就是威農姨丈的車燈……德思禮一家人應該已經發現根本沒有所謂的草坪競賽，正怒氣沖沖地駕車返回他們那空無一人的家……哈利想到這裡，就忍不住放聲大笑，不過他的笑聲都淹沒在其他人長袍迎風拍動的啪啪聲、行李箱和嘿美的鳥籠在提籃中搖晃的嘎嘎聲，還有耳邊呼嘯而過的狂烈風聲之中。這一個月來他第一次感到這麼有活力，這麼愉快。

「轉向南！」瘋眼喊道，「前面市區！」

他們飛向右，避開下面那片如蜘蛛網般的閃爍光源。

「轉向東南，繼續攀升，前方有雲層，可以進入雲裡藏身！」穆敵喊道。

「才不要飛進雲裡咧！」東施怒聲喊叫，「全身都會溼透的，瘋眼！」

哈利聽到她出聲抗議，不禁鬆了一口氣。他那雙緊握火閃電帚柄的手凍得快要麻木了，他後悔剛才忘了加件外套，現在全身冷得打顫。

大夥聽從瘋眼的指示，不時變更路線。冷冽的寒風吹得哈利雙眼緊瞇、耳朵發疼，記憶中，他過去在飛行時只有一次感受過這般的寒冷。那是他三年級時，跟赫夫帕夫學院在暴風雨中進行的一場魁地奇競賽。他周圍的保鑣有如巨大的猛禽，在他附近不斷盤旋。他不知道到底飛了多久，感覺上至少有一個鐘頭。

「轉向西南！」穆敵吼道。「避開高速公路！」

哈利已經凍到想要坐進在下方行駛的那些舒適乾爽的車子裡，甚至，他開始希望能用呼嚕粉旅行；在壁爐裡打轉是不太舒服，但待在火焰裡至少很溫暖……金利．俠鉤帽突然從他身邊掠過，光禿的頭頂和金耳環在月光下微微閃爍……現在伊美玲．旺司飛到他右方，她高舉魔杖，不停地左顧右盼……然後她也掠過他的頭頂飛去，再由史特吉．包莫接位……

「再折返一小段路，好避免敵人跟蹤！」穆敵喊道。

「**你瘋了嗎，瘋眼**？」前方的東施大聲尖叫，「我們在掃帚上都結凍啦！再這樣不斷更動路線，大概下個禮拜才能飛到目的地！再說，我們現在就快要到了！」

「準備降落！」路平的聲音響起，「跟緊東施，哈利！」

哈利隨著東施向下俯衝。他們飛向這段旅程中最大的光源，一大片縱橫交錯、漫無章法的雜亂光網，在閃爍發光的線條與格子中，點綴著一片片深不可測的黑。大夥越飛越低，最後哈利已能清楚辨識出那些車燈與街燈，煙囪與電視天線的輪廓。他迫不及待地想要回到地面，只是他恐怕得先找個人幫忙解凍，他才下得了掃帚。

「到囉！」東施喊著，幾秒後她降落到地面。

哈利緊跟著她一起著地，跨下掃帚，發現他們降落在一個小廣場正中央的雜亂草地上。東施已開始卸下哈利的行李箱，哈利環顧四周，身體仍抖個不停。周遭建築物的門面都很髒，實在不怎麼討人喜歡。有些房子的窗戶都破了，碎裂的玻璃在街燈映照下隱隱散發出黯淡的光芒，許多大門上的油漆已剝落殆盡，有好幾戶門前的台階下垃圾堆積如山。

「我們是在哪裡？」哈利問道。路平只是平靜地說：「等一下。」

穆敵把手探入斗篷裡摸索，他那雙粗糙的手已凍僵，動作變得不太靈活。

「找到了。」他低聲說著，高高舉起一個看起來像是銀色打火機的東西，按了一下。

距離他們最近的街燈啪的一聲迅速熄滅。他再按一下熄燈器，第二盞街燈應聲熄滅。他繼續不停地按，直到廣場上的所有街燈全部熄滅，周遭陷入一片漆黑，唯一的光源只剩下簾幕低垂的窗口透出來的燈光，和天上彎月的清冷光輝。

「這是跟鄧不利多借來的，」穆敵吼著，隨手把熄燈器塞進口袋。「這樣就不怕那些站在窗口往外看的麻瓜了，懂了吧？現在走吧，快。」

穆敵一把抓住哈利的手臂，拉著他踩過草地，穿越道路，登上人行道。路平和東施合力抬著哈利的行李箱，跟在他們後面，其他的保鑣全都舉起魔杖，圍在他們兩側。

從距離他們最近的一家樓上窗口，傳出一陣陣模糊的立體音響聲。破裂的大門後堆著許多裝得鼓鼓的大袋子，散發出腐爛垃圾的刺鼻惡臭。

「這裡，」穆敵低聲地說，他朝哈利那隻被施下滅幻咒的手裡塞了一張羊皮紙，再把發光的魔杖湊到紙邊，照亮上面的字跡。「快看，把它背下來。」

哈利低頭看那張羊皮紙，上面那些狹長的字跡看來有些眼熟。紙上寫著：

可於倫敦古里某街十二號找到鳳凰會總部。

4 古里某街十二號

「那是什麼啊，那個什麼會——？」哈利問。

「先等等，孩子！」穆敵說，「等我們進去再說！」

穆敵從哈利手中抽走了羊皮紙，用魔杖的尖端把它點燃。在羊皮紙化做一團火焰飄散地面的時候，哈利再次重新打量一遍這幾棟房子。他們站在十一號外面，左邊是十號，右邊卻是十三號。

「可是怎麼——？」

「想想你剛才記住的東西。」路平靜靜地說。

哈利才剛回想到有關古里某街十二號的部分，在十一號和十三號之間就冒出了一扇破爛的門，髒兮兮的牆壁和窗戶也跟著迅速出現，就好像有一棟額外的房子突然打足了氣，硬是把兩旁的房子給推開。哈利簡直看呆了，十一號裡面重重的立體音響聲仍然繼續，顯然住在裡頭的麻瓜絲毫沒有察覺有什麼不對勁。

「快啊，快啊。」穆敵不停推著哈利往前走。

哈利踏上斑駁的石階，瞪著眼前這扇才剛剛成形的門。門上黑漆已經脫落，銀色的門環是一條扭曲的蛇，沒有看到鑰匙孔，也沒有看到信箱。

路平抽出他的魔杖，在門上輕輕一點。哈利聽見一連串很響的金屬摩擦聲，聽起來像是嘩啦嘩啦的鐵鍊聲，門就吱吱嘎嘎地打開了。

「快進去，哈利，」路平小聲地說，「可是不要跑到太裡面，也不要碰任何東西。」

哈利跨過門檻，走進幾乎伸手不見五指的大廳。他嗅得出空氣相當潮溼，而且還有灰塵和一股甜甜的腐爛味道。這棟房子看來像是被棄置了好久，哈利轉頭，看見身後陸陸續續有人進來，路平和東施抬著他的行李箱和嘿美的籠子。穆敵站在最高一層的台階上，把方才用熄燈器偷取的街燈光球釋放出來，光球立刻飛回原來的燈泡，廣場上旋即亮起橘黃色的燈光。穆敵連忙跛著腳走進屋子把門關上，大廳陷入完完全全的黑暗當中。

「來——」

穆敵用魔杖在他頭上用力敲一下，哈利感覺好像有一種熱熱的東西順著他的背往下流，他知道穆敵一定把滅幻咒解除了。

「現在大家都別動，我來想辦法弄點光。」穆敵小聲地說。

其他人壓低的說話聲給哈利一種不祥的感覺，彷彿他們是走進了一個垂死的人家裡。他聽見很輕的嘶嘶聲，接著牆上老式的瓦斯燈突然冒出劈劈啪啪的火光，搖曳不定的微弱光芒映照著剝落的壁紙，和長長走廊上鋪著的破舊地毯，氣氛陰森。頭上布滿蜘蛛網的枝形吊燈也閃著幽光，陳年的老舊畫像歪歪斜斜地掛在牆上。哈利聽見踢腳板後面有東西在跑，大吊燈和附近一張破桌子上的燭台都是蛇的形狀。

一陣急促的腳步聲，榮恩的母親衛斯理太太出現在大廳的另外一端。衛斯理太太滿面笑容地趕過來，哈利發現她比上次見面時瘦，臉色也比較蒼白。

「喔，哈利，真高興再見到你啊！」衛斯理太太小聲地說。她還來不及仔細端詳哈利，就一把緊緊摟住他，只差沒把他的肋骨給勒斷。「你看起來好憔悴啊，一定要好好補一補，可是還要再等一下才能吃晚餐喔。」

衛斯理太太轉頭向哈利身後的一票巫師小小聲地說：「他才剛到，會議已經開始了。」哈利身後的巫師們都發出興奮關切的聲音，他們走過哈利身邊，往衛斯理太太剛才出來的那扇門走去。哈利正要跟上路平，衛斯理太太卻把他攔下來。

「不，哈利，只有會裡的成員才能參加會議。榮恩和妙麗在樓上，你可以和他們一起等到會議結束，然後一起吃晚餐。」衛斯理太太又急切地補上一句，「還有，記得把聲音放低喔。」

「為什麼？」

「我不希望把任何東西給吵醒。」

「妳指的——？」

「我等一下再跟你解釋，現在太趕，我應該也要參加會議——我就先帶你去看睡覺的地方。」

衛斯理太太一根手指按在嘴唇上，踮起腳帶著哈利從兩塊長長的、被蟲蛀得亂七八糟的長簾旁走過，哈利心想，簾子後面一定有一扇門。他們繞過一個看起來像是用山怪的斷腿做成的大雨傘架之後，爬上黑漆漆的樓梯間，經過掛在牆上的一整排鑲嵌著縮乾頭顱的飾板。哈利仔細一看，才發現這些原來是家庭小精靈的頭，所有的小精靈都長著相同的尖鼻子。

每走一步，哈利就感到越困惑。在這棟看起來屬於最邪惡巫師的房子裡，他們到底在做什麼呢？

「衛斯理太太，為什麼——？」

「好孩子，榮恩和妙麗會把一切跟你解釋清楚的，我真的來不及了。」衛斯理太太一副心不在焉的模樣。「到了——」他們來到三樓樓梯平台，「你的房間是右手邊那個門。會議結束我會來叫你。」

衛斯理太太匆匆忙忙地又跑下樓去了。

哈利跨過昏暗的樓梯平台，扭開造型像蛇頭的寢室門把，把門推開。

他往這個陰森的房間粗略地瞄了一眼，天花板很高，裡頭有兩張床。突然，傳來一陣很大的吱吱喳喳聲，接著是更大的一聲尖叫，然後他的視線就被一頭濃密的頭髮遮住。妙麗衝上前來抱住他，力道猛得幾乎把哈利撞倒。榮恩的小貓頭鷹豬水鳧則興奮地在他們頭上不停打轉。

「**哈利**！榮恩，他來了，哈利來了！我們沒聽見你已經到了，啊，怎麼樣？你都**還好**嗎？有沒有很生我們的氣？我猜你一定有，我知道我們寫的信都沒有用——但是我們什麼也不能說，鄧不利多要我們發誓，絕對不向你透露任何事情。喔，我們有好多好多事情要告訴你，你一定也有事情要告訴我們——催狂魔！我們聽到這個消息，還有魔法部要開聽審會的時候，簡直氣壞了。我已經查過所有的資料，他們不可以把你除名，他們根本沒資格這麼做。未成年巫師魔法合理限制法裡面有規定在面對生命威脅時使用魔法的——」

「讓他喘口氣吧，妙麗。」榮恩邊說，邊笑著把哈利身後的門關上。他們分開的這幾個月來，榮恩好像長高了幾吋，變得又高又瘦，不過長長的鼻子、亮眼的紅色頭髮和臉上的雀斑倒是沒變。

滿面笑容的妙麗放開了哈利，還沒來得及再說話，一個白色的東西就從深色的衣櫥頂咻的一聲飛了過來，輕輕降落在哈利肩上。

「嘿美！」

哈利撫摸著雪鴞雪白的羽毛，牠咂動鳥喙，深情地咬著哈利的耳朵。

「她鬧情緒，」榮恩說，「她把你最後的那封信帶來的時候，幾乎把我們啄個半死，你瞧瞧——」

榮恩把右手食指伸給哈利看，上面的傷口已經快要癒合，但還是看得出傷口很深。

「啊，真的，」哈利說，「真對不起，可是我急著想知道答案，你知道——」

「我們也想把答案告訴你啊，兄弟。」榮恩說，「妙麗急得要命，說如果你一直沒收到消息，一定會做出傻事，可是鄧不利多要我們——」

「——發誓不告訴我，」哈利接下去說，「妙麗已經說過了。」

哈利第一眼見到這兩位他最要好的朋友時，心裡感受到的那股暖意，突然被一種湧進他肚子裡的冰冷東西給冷卻了。整整一個月來，哈利不知道有多麼想見到他們——但突然間，他倒希望榮恩和妙麗能夠讓他自己一個人獨處。

沉默中，每個人都感受得到氣氛很緊張。哈利下意識地不停撫摸著嘿美，誰也不看。

「他似乎覺得這麼做最好，」妙麗屏住呼吸說，「我是指鄧不利多。」

「是啊。」哈利發現她手上也有被嘿美啄過的疤痕，但他一點都不難過。

「我想，他認為你和麻瓜在一起最安全——」榮恩說。

「是嗎？」哈利揚起眉毛，「**你們**兩個今年夏天有誰被催狂魔攻擊過嗎？」

「呃，沒有——所以他要鳳凰會的人隨時跟蹤你——」

哈利像是踩空了一階樓梯，五臟六腑震得厲害。這麼說來每個人都知道他被跟蹤，除了他自己。

「不過，好像也沒什麼效果，對不對？」哈利盡力克制，讓自己的聲音保持平靜，「還不都靠我自己才把事情解決的？」

「鄧不利多非常生氣，」妙麗用敬畏的語氣說，「鄧不利多，我們見過他。他發現蒙當葛在值班時間提前開溜的時候，擔心死了。」

「其實，我還很高興他先開溜呢，」哈利冷冷地說，「如果他不開溜，我就不能施展魔法，鄧不利多可能整個夏天都要我留在水蠟樹街了。」

「你不……你不擔心魔法部的聽審會嗎？」妙麗輕輕地說。

「不擔心。」哈利硬是說了個謊，他從他們身邊走開四處張望，嘿美心滿意足地停在他肩上。這個房間又溼又暗，不可能提升他的心情。一個非常華麗的畫框裡綳著一片空白的畫布，就算是剝落的牆面上全部的裝飾了。哈利走過畫布的時候，他覺得好像聽見有個人躲在暗處竊竊地笑。

「鄧不利多為什麼堅持不讓我知道真相？」哈利還是很努力維持像在隨口問問的語氣。「你們——呃——問過他嗎？」

哈利抬眼正巧瞥見他們兩個交換眼神，他知道他們就怕他這麼問，而這對改善他心情毫無幫助。

「我們跟鄧不利多說過，說我們想要讓你知道狀況，」榮恩說，「真的跟他說過，兄弟。不過他現在很忙，從我們到這裡之後，只見過他兩次，而且都很匆忙。他只是要我們發誓，寫信給你的時候不可以透露重要的事情，他說貓頭鷹有可能會被攔截。」

「只要他真有心讓我知道，他一定有辦法的，」哈利不領情地說，「你該不會是想告訴我，他只會用貓頭鷹傳遞訊息吧？」

妙麗瞄了榮恩一眼說：「我也這麼想過，可是他根本就不想讓你知道**任何**事情。」

「或許，他認為我不可以信任。」哈利注意他們的表情。

「別傻了。」榮恩看來已經快要招架不住。

「或者，他以為我沒辦法照顧我自己。」

「他才沒有那麼想呢！」妙麗很焦急地說。

「那為什麼我得待在德思禮家，你們卻可以在這裡，參加每一件事情？」哈利的話一個字接一個字地蹦出來，聲音也越來越大，「為什麼就准許你們知道每一件事？」

「我們才沒有！」榮恩打岔。「我媽根本就不讓我們靠近會議，她說我們年紀還太輕——」

在榮恩還沒會過意來之前，哈利開始大叫起來。

「所以你們也沒參加會議嘛，這可真了不起啊！你們一直都在這裡，對吧？你們一直都在一起！我呢？我被困在德思禮家整整一個月！我一個人就解決了你們兩個永遠都辦不到的事情，鄧不利多也知道。是誰救出了魔法石？是誰擺脫了瑞斗？又是誰把你們兩個從催狂魔的手中救出來？」

過去一個月裡，哈利所感受到的每一分辛酸和怨恨都在這時吐了出來。苦等不到消息讓他感到沮喪，兩個好朋友撇下他讓他很難過，明明被跟蹤卻沒有人告訴他更讓他生氣——原先他還有些不好意思，現在全都爆發出來。嘿美受到喧鬧聲的驚嚇，又飛回衣櫥頂，豬水鳧吱吱喳喳地發出警告，在他們頭上轉得更快。

「去年是誰必須躲過龍、人面獅身獸還有其他所有可怕的東西？是誰看見他回來？又是誰冒著九死一生的危險，才從他手掌心逃了出來？是我！」

榮恩半張著嘴站在一邊，被哈利的舉動嚇得不知道該說什麼才好，妙麗都快哭出來了。

「我幹嘛要知道究竟發生了什麼事情？大家又何必花工夫告訴我到底怎麼回事，是吧？」

「哈利，我們真的想告訴你，真的——」妙麗說。

「我看，可沒那麼想吧？不然你們早就會派隻貓頭鷹來了，可是，鄧不利多要你們發誓……」

「沒錯，他是要我們——」

「我被困在水蠟樹街整整四個星期，翻著垃圾桶裡的報紙，想知道到底發生了什麼事情——」

「我們想要——」

「我看你們一定過得很快活，對吧？兩個人一起窩在這裡——」

「不是的，其實——」

「哈利，我們真的很抱歉！」妙麗氣急敗壞地說，眼睛裡閃著淚光。「你說得一點都沒有錯，哈利——如果換成我，我一定會氣瘋的！」

哈利惡狠狠地瞪著妙麗，用力喘著氣，再次轉身背對他們，來回不停地走來走去。衣櫥頂上的嘿美悶悶不樂地叫了幾聲，三個人都不作聲，只有哈利來回走動時，腳下的地板發出的吱嘎聲。

「算了，**這裡**是什麼地方？」哈利衝著榮恩和妙麗冒出一句。

「鳳凰會的總部。」榮恩立刻回答。

「可不可以請哪個人解釋一下，這個鳳凰會究竟是……？」

「是一個秘密團體，」妙麗馬上說，「鄧不利多創建的，也由他負責，成員是上次一起對抗『那個人』的人。」

「有誰？」哈利兩手插在口袋裡，停了下來。

「滿多人的——」

「我們大概見過二十個左右，」榮恩說，「但一定不止這些人。」

哈利瞪大了眼睛。

「**說啊**？」他輪流看著他們。

「呃，說什麼？」榮恩說。

「**佛地魔！**」哈利火冒三丈，妙麗和榮恩兩個人都退了一步。「發生了什麼事？他打算做什麼？他現在在哪裡？我們要怎樣才能阻止他？」

「我們跟你**說**過了，鳳凰會的人不准我們參加會議，」妙麗緊張地說，「所以，我們也不知道細節——只知道一個大概。」看見哈利的表情，她趕忙補上這句話。

「弗雷和喬治發明了伸縮耳，記得吧？」榮恩說，「真的很好用喔。」

「伸縮——？」

「伸縮耳，沒錯。只不過媽發現後，簡直氣個半死，最近只好不用了。弗雷和喬治得把它們通通都藏起來，不然就會被媽全部沒收。可是在被媽發現之前，我們用得很過癮。我們聽到會裡有些人在跟蹤形跡敗露的食死人，監視他們的一舉一動——」

「有些人在努力招募更多人加入鳳凰會——」妙麗說。

「有些人好像在看守什麼東西，」榮恩說。「老是聽到他們在討論什麼值勤務的事。」

「他們指的該不會是我吧？」哈利挖苦地說。

「啊，沒錯。」榮恩一副恍然大悟的表情。

哈利輕蔑地哼了一聲，又開始在房間裡走來走去，東看西看，就是不看妙麗和榮恩兩個人。「既然你們兩個不能參加會議，那到底在忙些什麼？」哈利問，「你說你們都很忙啊。」

「我們，」妙麗很快地說，「我們在忙著打掃房子啊，這間房子空了好久，還長了些東西出來。我們花了好大的力氣才把廚房和大部分的房間清理乾淨，我想我們明天會去打掃客——**啊！**」

兩聲巨響，榮恩的雙胞胎哥哥弗雷和喬治平空出現在房間中央，小豬水鳧吱吱喳喳得更厲害，一下子竄升到衣櫥頂上，停在嘿美旁邊。

「**別鬧了！**」妙麗虛弱地跟雙胞胎說。他們和榮恩一樣，有著醒目的紅髮，只是比榮恩壯一些，矮一些。

「哈囉，哈利，」喬治笑著對他說，「我們聽見你那悅耳動人的聲音了。」

「哈利，你不想把怒氣都堆在心裡，就盡情地發洩出來吧。」弗雷也笑嘻嘻的。「五十哩遠的地方大概有人還沒聽到你的聲音呢。」

「你們兩個的消影術考試及格囉？」哈利沒好氣地問。
「高分過關。」弗雷說，手中還拿著一條長長的肉色繩子。
「你們走下樓的時間只省了三十秒吧。」榮恩說。
「時間就是加隆啊，老弟。」弗雷說，「不管怎樣，哈利，你干擾到我們的收訊了，伸縮耳。」弗雷看見哈利挑起的眉毛，又加了一句，他把那條繩子舉高。哈利才看清楚繩子一直延伸到樓梯間的平台。「我們正在努力聽樓下到底在幹嘛。」
「你們最好小心點，」榮恩盯著伸縮耳，「如果再被媽看見的話……」
「他們現在開的會很重要，值得冒險。」弗雷說。
房門打開，一頭長長的紅髮從門後出現。
「啊，哈囉，哈利！」榮恩的妹妹金妮愉快爽朗地說。「我就覺得聽見的是你的聲音。」
金妮轉身面對弗雷和喬治說：「伸縮耳不能用啦，媽走了，還在廚房門上施了不動咒。」
「妳怎麼知道？」喬治看起來很沮喪。
「東施教我檢查的方法，」金妮說。「你只要拿東西朝門上丟，如果東西沒辦法靠近，那扇門肯定是被下了不動咒。我從樓梯上拿屎炸彈朝著門丟，屎炸彈卻飛走了，所以，伸縮耳進不了那扇門的。」
弗雷深深嘆了一口氣。
「真可惜，原本以為可以搞清楚石內卜那老傢伙到底在玩什麼把戲。」
「石內卜！」哈利急著說，「他也在這裡？」
「對啊，」喬治說完之後，小心地把門關上，然後坐到一張床上，弗雷和金妮也跟著坐下。「他是來報告的。最高機密喔。」

「那個混蛋。」喬治閒閒地說。

「他現在可站在我們這一邊了，」妙麗沒好氣地說。

榮恩很不屑地說，「就算這樣，他還是個混蛋。瞧他看我們的那副德行。」

「比爾也不喜歡他。」金妮說，好像這就說明了一切。

哈利還不確定他的氣是不是全消了，不過，他現在只想要知道新的消息，也沒有心情不停大叫。他在對面的床上坐了下來。

「比爾也在這裡嗎？他不是在埃及工作？」哈利問。

「他申請了一個坐辦公室的職務，這樣就可以回來替鳳凰會工作。」弗雷說。「他說他很想念那些墳墓，不過，」他露出古怪的笑容，「辛苦是有代價的。」

「這話什麼意思？」

「還記得花兒．戴樂古嗎？」喬治說。「她說她在古靈閣裡找到了工作，可以『該善鷹文能力』——」

「而且比爾還私下幫她上很多課。」弗雷在一旁竊笑著。

「查理也是鳳凰會的成員之一，」喬治說，「不過他現在還在羅馬尼亞。鄧不利多希望有越多外國的巫師加入越好，所以查理放假的時候，都忙著去和那邊的巫師接觸。」

「交給派西做不行嗎？」哈利問。上次他聽到消息的時候，衛斯理家的老三派西是在魔法部的國際魔法交流合作部門工作。

一聽見哈利提到派西，妙麗和所有衛斯理家的人都互相使了一個意味深長的沉重眼光。

「無論如何，千萬不要在爸媽面前提到派西的名字。」榮恩很緊張地說。

「為什麼？」

「因為每次有人提到派西，爸手裡不管拿著什麼，都會把它摔破，媽會開始哭。」弗雷說。

「真的好可怕。」金妮難過地說。

「我想我們最好還是別提他比較好。」喬治說，臉上露出一種很難看的怪表情。

「到底發生了什麼事？」哈利問。

「派西和爸大吵了一架，」弗雷說，「我從來沒見過爸和哪個人吵得這麼兇，通常都是媽在大吼大叫。」

「事情發生在學期結束後，派西回來的第一個禮拜。」榮恩說。「當時我們正準備出發來鳳凰會會合，派西回到家，告訴我們他升官了。」

「你是在開玩笑吧？」哈利說。

雖然哈利清楚派西的野心很大，不過印象中，派西在魔法部的第一份工作並不很成功。派西犯了相當大的疏忽，他忘了通報他的上司被佛地魔王控制的事（其實魔法部並不真的相信這回事——因為他們都認為柯羅奇先生已經瘋了）。

「我們都很訝異，」喬治說，「派西因為柯羅奇的事情惹出一大堆麻煩，他們甚至還對他進行過調查。他們說，派西應該早就知道柯羅奇發瘋了，卻沒有立刻通報上級。不過，你知道派西那個人，柯羅奇由著他掌管一些事情，他是不會抱怨什麼的。」

「那他們為什麼升他的官呢？」

「這就是我們想不透的地方，」榮恩說。哈利不再大吼大叫之後，榮恩似乎竭力想讓他繼續維持現狀。「他回來的時候相當得意——甚至比平時都要得意，這你可以想像得到——他告訴爸，他接了一個在夫子辦公室裡的位子——部長初級助理——這對從霍格華茲畢業才一年的人來說是非常好的工作。我想，他希望爸對他刮目相看。」

「可惜爸沒有。」弗雷冷冷地說。

「為什麼？」哈利說。

「因為夫子在魔法部裡面動作頻頻，想要查出有誰和鄧不利多有接觸。」喬治說。

「最近魔法部的人對鄧不利多很感冒，」弗雷說，「他們覺得，鄧不利多說『那個人』回來了，只是在給他們製造麻煩而已。」

「爸說夫子的態度很清楚，不管是誰，只要站在鄧不利多那一邊，就得滾蛋。」喬治說。

「麻煩的是，夫子懷疑爸，他知道爸和鄧不利多很好。加上爸對麻瓜太有興趣，所以他總覺得爸是個怪物。」

「可是，這跟派西有什麼關係呢？」哈利搞不懂。

「我就要說到了。爸認為，夫子要派西進他的辦公室，是為了要利用派西來監視我們全家——還有鄧不利多。」

哈利低低吹出一聲口哨。

「派西一定愛死了。」

榮恩也只能苦笑一下。

「他整個瘋了。他說……呃，他說了很多可怕的話。他說打從他進入魔法部開始，爸的壞名聲就一直困擾著他。他還說爸毫無野心，所以我們始終——你知道——始終沒什麼錢，我的意思是——」

「**什麼**？」哈利簡直不敢相信，一旁的金妮發出像貓發怒的聲音。

「沒錯，」榮恩壓低聲音說，「更糟的還在後面。他說爸是個白痴才會和鄧不利多在一起。他說鄧不利多就要有大麻煩了，爸也脫不了關係。他還說，他要效忠魔法部那一邊。如果爸媽要做魔法部的叛徒，他一定會讓所有人都知道，他和我們家不再有任何瓜葛。當天晚上他就收拾行李走了，他現在也住在倫敦。」

哈利低聲咒罵。榮恩幾個兄弟裡面，他向來最不喜歡派西，可是絕對想不到他竟然會對衛斯理先生說出這種話。

「媽的情緒好壞，」榮恩說，「你知道的——哭哭啼啼。她來倫敦想和派西好好談談，派西當著她的面把門甩上。我不知道如果在工作上碰到爸，他會怎麼做。不理不睬吧，我猜。」

「不過，派西**一定**知道佛地魔回來了，」哈利慢慢地說，「他可不笨，他一定知道你爸媽如果沒有證據，絕不會冒任何險。」

「欸，是啊，你的名字也被扯了進來。」榮恩偷偷瞄哈利一眼。「派西說，唯一的證據就只有你說過的話……我不知道……他覺得這樣還不夠。」

「派西可是把《預言家日報》上的消息當真喔。」妙麗語帶刻薄地說，其他人也都點頭同意。

「你們在說些什麼？」哈利望著他們幾個，他們都小心翼翼地看著他。

「難道——難道你沒有收到《預言家日報》？」妙麗的聲音中透著緊張。

「有啊！」哈利回答。

「你有沒有——呃——仔細地看完？」妙麗更著急。

「沒有一頁一頁地看，」哈利為自己辯護。「如果有佛地魔的消息，一定會是頭條新聞，對吧？」

幾個人一聽到佛地魔的名字都有些畏縮，妙麗趕緊繼續往下說：「嗯，你得一頁一頁從頭讀到尾才會發現，不過他們——嗯——在一個禮拜裡面就提到你好幾次。」

「可是我都沒有看到——」

「你要是只看頭版，就不會看到，」妙麗邊說邊搖頭。「我不是指話題新聞。他們總是三不五時就會提到你，當你是個常備笑話似的。」

「什麼意思——？」

「其實有點過分，」妙麗儘可能冷靜地說，「都是根據麗塔寫的東西再加油添醋罷了。」

「她不是已經沒有幫他們寫文章了嗎？」

「是沒有啊，她遵守了她的諾言——倒不是她沒別的選擇，」妙麗似乎覺得很滿意。「不過，她等於幫他們現在要進行的事打好了基礎。」

「到底是**什麼**事情啊？」哈利不耐煩起來。

「好吧，你知道她曾經寫說你整個人崩潰，頭上的疤也一直發痛的那些事嗎？」

「知道啊。」哈利不會這麼快就忘記麗塔．史譏曾寫過關於他的故事。

「結果，他們把你寫成像一個容易上當，一心只想出風頭，自以為是個悲劇英雄之類的人物。」妙麗飛快地說，好像說得越快，哈利聽到就比較不會生氣似的。「他們不停惡意中傷你，如果有什麼牽強附會的事情發生，他們會說這是『哈利波特式的故事』。如果有人發生了什麼有趣的意外，他們也會說，『希望他頭上沒留下疤痕才好，否則下次他會要我們向他膜拜呢』——」

「我才不要誰來膜拜呢！」哈利惱火地說。

「我知道你不要，」妙麗很害怕地說，「我當然**知道**，哈利，你明白他們要做什麼嗎？他們想要讓所有人都不相信你。夫子在後面搞鬼，這我可以確定。他們希望外頭的巫師都認為你只是個笨小鬼，只是個笑話，到處散播一些荒謬的故事只為了要出名而已。」

「我沒有——我不想——**佛地魔殺了我父母！**」哈利氣急敗壞地說，「我之所以會出名，是因為他把我家人都殺了，卻殺不了我！誰希望因為這樣子出名啊？他們難道不曉得，我寧願從來——」

「我們都**知道**，哈利。」金妮很認真地說。

「而且理所當然的，他們一個字都不提催狂魔攻擊你的事情，」妙麗說，「有人要他們不要多嘴。失控的催狂魔應該是一件特大新聞才對，但他們甚至連你破壞國際保密法令的事也沒提。我們原先以為他們一定會報導，這事太符合他們說你像個愛炫耀的笨蛋的那種形象了。所以我們認為，他們在等你被逐出霍格華茲，到時候時機成熟，他們就會肆無忌憚地開攻——我是說，**如果**你真的被開除的話，」妙麗急促地說。「你真的不該被開除，要是他們真的遵守自己的法律，根本就不可能會有案子起訴你。」

他們回到聽審會的話題上了。哈利不想談這回事，他正想找另外的話題，但一陣走上樓來的腳步聲省了他的麻煩。

「哦喔！」

弗雷猛地把伸縮耳抽回來，再來是一聲巨響，他和喬治就不見了。幾秒鐘之後，衛斯理太太出現在臥房門口。

「會議結束了，你們可以下樓來吃晚餐了。每個人都等不及要見你呢，哈利。對了，廚房門外那些屎炸彈是誰丟的啊？」

「是歪腿，」金妮神色自若地說，「他最喜歡玩屎炸彈了。」

「喔，」衛斯理太太說。「我還以為是怪角呢，他老是會做些奇怪的事情。好了，別忘記在大廳裡面說話要小聲喔。金妮，妳的手髒死了，妳都在做什麼啊？吃飯前記得先去洗手，拜託。」

金妮朝其他人扮個鬼臉，跟著她母親走了出去，留下哈利單獨和榮恩、妙麗在房間裡。他們兩個憂心忡忡地看著哈利，好像怕他看見其他人都走了，又會開始鬼吼鬼叫起來。他們的表情真的很緊張，看得哈利有點不好意思。

「聽著……」哈利嘀咕著。榮恩搖搖頭，妙麗輕聲地說：「我們知道你很生氣，哈利，我們一點都不怪你，可是也請你了解，我們**真的**有試著去說服鄧不利多——」

「嗯，我知道。」哈利簡短地回答她。

他想找個和校長沒有關係的話題來聊，因為只要一想到他，哈利心中的怒火就又重新燃燒起來。

「誰是怪角啊？」他問。

「住在這裡的家庭小精靈，」榮恩說。「怪人一個，從來沒有人喜歡他。」

妙麗聽了眉頭一皺。

「他不是一個**怪人**，榮恩。」

「他一生最大的野心就是把頭砍下來嵌在飾板上，就像他媽一樣。」榮恩不服氣地說，「這樣也叫正常嗎，妙麗？」

「嗯——嗯，就算他有點怪，那也不是他的錯啊。」

榮恩眼珠子朝哈利一轉。

「妙麗還是念念不忘『吐』。」

「不是吐！」妙麗很激動。「是『家庭小精靈福利促進協會』[1]，而且又不是只有我一個人，連鄧不利多也說，我們應該要對怪角好一點。」

「好啦，好啦，」榮恩說。「快走吧，我都快餓死了。」

榮恩帶頭走出房門踏上樓梯平台，就在他們要下樓之前——

「慢著！」榮恩喘著氣，伸出手臂擋住哈利和妙麗，不讓他們繼續向前走。「他們還在大廳裡面，也許聽得見他們說話的內容。」

三個人小心翼翼地往欄杆外面探，樓下陰暗的走廊上擠滿了巫師和女巫，負責看守哈利的人也都在場，大夥正興奮地低聲交頭接耳。人群的正中央，哈利看見有個人頂著一頭又黑又油的頭髮和尖尖的鼻子，就知道是他在霍格華茲最不喜歡的老師石內卜教授。哈利再往欄杆外探出去一些，他很好奇石內卜教授到底在鳳凰會負責什麼事情。

1. 英文全名為「Society for the Promotion of Elfish Welfare」，縮寫為「S. P. E. W.」，「spew」有「吐」的意思。

一條細長的肉色繩子從榮恩和哈利的眼前垂下。他們抬頭，看見弗雷和喬治在上層的樓梯平台，謹慎地把伸縮耳垂向下面那群人。可是沒多久，所有人都往前門移動，消失在他們的視線之外。

「可惡。」哈利聽見弗雷小聲地咒罵，一面慢慢把伸縮耳提上來。

他們聽見前門打開，又關上。

「石內卜教授從來不在這裡吃飯，」榮恩小聲地告訴哈利。「真是大幸，快走吧。」

「別忘了在大廳裡要降低音量喔，哈利。」妙麗小小聲地說。

他們經過牆上那一排家庭小精靈的頭顱時，看見路平、衛斯理太太和東施在前門那邊，用魔法把門栓和門鎖鎖上。

「我們在廚房吃飯，」衛斯理太太在樓梯口跟他們會合，小聲地說。「哈利，好孩子，麻煩你踮起腳，過了大廳從這扇門——」

砰通。

「**東施！**」衛斯理太太生氣地叫起來，轉過頭往後看。

「對不起，」東施躺在地板上哀嚎。「是那個笨雨傘桶啦，我已經踢翻兩次了——」

她後面的話都被一陣震耳欲聾、毛骨悚然的尖叫聲淹沒了。

那兩塊被蟲蛀得亂七八糟的絲絨簾子飛了開來，後面卻沒有門。有那麼一瞬間，哈利以為他看見了一扇窗戶，而窗戶後面有一個戴著黑帽的老女人一直不停尖叫，彷彿正被人虐待似的——之後他才明白，原來他看見的只是一幅真人大小的畫像。這是他這輩子看過最真實、最令人不舒服的一幅畫。

老女人流著口水，眼睛亂轉，尖叫的時候黃臉上的皮膚繃得死緊。他們身後大廳裡的畫全被她吵醒，也開始尖叫，吵得哈利趕緊閉上眼睛，兩手摀緊耳朵。

路平和衛斯理太太衝上去，想要把老女人前面的簾子拉上，簾子卻不肯合攏，老女人越叫越大聲，揮舞著爪子般的手，彷彿想要把他們的臉給撕破。

「髒貨！人渣！骯髒邪惡的副產品！雜種，突變種，怪胎，給我滾得遠遠的！你們竟敢玷污我先人的房子——」

東施一遍又一遍地道歉，一面把又大又重的山怪腿雨傘桶拖開。衛斯理太太放棄了拉攏簾子的打算，急匆匆地在大廳四處走動，用她的魔杖搞定其他的畫像。一個頭髮又長又黑的男人，從哈利正對面的門裡衝了出來。

「閉嘴，妳這討厭的老巫婆，閉上妳的**嘴！**」他怒吼著，把衛斯理太太放手的簾子一把抓了過來。

老女人的臉馬上失去血色。

「**你你你你！**」她看到那個男人，眼睛都爆了出來。「**死叛徒，討厭鬼，家門之恥！**」

「我叫妳——閉——**嘴！**」那個男人一面吼，一面和路平費了九牛二虎之力才把簾子關攏。

老女人的尖叫停了，四周不再有一點聲音。他微微喘著氣，把又長又黑的頭髮從眼前撥開——是哈利的教父天狼星——接著他才轉過身來面對著哈利。「哈囉，哈利，」他冷冷地說，「我想你已經見過我的母親了。」

5
鳳凰會

「你的——？」

「我親愛的老媽，沒錯。」天狼星說。「我們已經試了一個月想把她從牆上請下來，不過她大概在帆布背後下了一個恆黏咒。先下樓吧，快點，不然這些人等一下又要醒過來了。」

「可是你母親的肖像在這裡做什麼？」哈利百思不解地問，這時他們已經穿過大廳的門，一路往下走到一條狹窄的石階，其餘的人就跟在他們後面。

「沒有人告訴你嗎？這以前是我父母的房子，」天狼星說。「而我是布萊克家族碩果僅存的一個，所以現在通通歸我。之前我把它提供給鄧不利多做為總部——這大概是目前為止我唯一能做的好事。」

哈利原先期待會有一場很熱烈的歡迎，現在發覺天狼星的語氣竟是那麼的冷硬苦澀。他隨著他的教父步下台階，穿過一扇門，進入地下室的廚房。

這裡同樣死氣沉沉的，和上頭的大廳可說是不相上下，這是一個洞窟似的房間，四面都是粗糙的石牆。主要的光源來自於房間盡頭生的一大團火，長長的煙氣彌漫在空中就像戰場上升起的戰煙，透過煙霧，隱約可以看見許多厚重的鐵壺、鐵鍋吊掛在黑暗的天花板上，模樣猙獰。房間裡塞了好多會議用的椅子，正中央立著一張長長的木桌，桌上雜亂地堆著羊皮紙卷、高腳杯、空酒瓶和一堆看起來像破布的東西。衛斯理先生和他的長子比爾坐在桌子的一端輕聲說話。

衛斯理太太清了清喉嚨。她的丈夫，一位削瘦、禿頭、戴著角質鏡框眼鏡的紅髮男子，轉過頭看，然後立刻從座位上跳了起來。

「哈利！」衛斯理先生說，急忙趕上前歡迎他，熱情地和他握手。「真高興看見你！」

越過衛斯理先生的肩膀，哈利看見比爾。他和以前一樣把長頭髮紮成馬尾，現在正忙著收拾桌面上散落的那些羊皮紙卷。

「旅途還順利吧，哈利？」比爾叫道，他努力想要一次收攏十二個紙卷。「瘋眼沒讓你從格陵蘭繞過來吧？」

「他本來是想這樣的。」東施說，她大步走過去協助比爾，卻立刻把一根蠟燭撞倒在最後一張羊皮紙上，「哎呀——**對不起**——」

「讓我來，親愛的。」衛斯理太太的口氣聽起來已經失去耐性，她魔杖一揮，修補好了羊皮紙。就在衛斯理太太施魔法的那一瞬間，哈利藉著閃光瞥見羊皮紙上好像是一幢建築物的藍圖。

衛斯理太太也瞧見了哈利在看。她一把抓起桌上的藍圖塞給比爾，也不管他的臂彎已經超載了。

「這些東西應該一開完會就要馬上收掉的。」她氣沖沖地說，快步走向一個古老的餐櫥，從裡面拿餐盤出來。

比爾拿出他的魔杖，低聲念著：「消消藏！」那幾捲紙立刻就消失了。

「坐下，哈利，」天狼星說。「你已經見過蒙當葛了吧？」

原先哈利以為是破布的那堆東西，發出了好長一陣唏哩呼嚕的鼾聲，接著突然驚醒過來。

「有任在叫我嗎？」蒙當葛半睡半醒地咕噥。「我通意天狼星的話……」他舉起一隻髒兮兮的手，彷彿在附議，一雙惺忪的睡眼血紅，無法聚焦。

金妮咯咯地笑著。

「會議已經結束了，阿當，」天狼星說，這時所有的人都圍繞著他坐上餐桌。「哈利已經到了。」

「啊？」蒙當葛從他那頭薑黃色的亂髮裡瞧著哈利，眼神有點煩躁。「哎呀，真的耶。呃……你還好吧，阿利？」

「還好。」哈利說。

蒙當葛慌張地翻弄他的口袋，眼睛仍舊盯著哈利，然後掏出了一支髒兮兮的黑色煙斗。他把煙斗塞進嘴裡，用魔杖點燃了，深深吸一口。不到幾秒，一大片青綠色的濃煙就籠罩了他。

「我得向你倒歉。」從那片難聞的煙霧中間咕噥出一個聲音。

「我跟你說最後一次，蒙當葛，」衛斯理太太叫著，「請你**不要**在廚房裡頭抽那個東西，特別是在我們要吃飯的時候！」

「啊，」蒙當葛說。「對。抱歉，茉莉。」

蒙當葛把煙斗收回口袋，煙霧跟著散去，但空氣中仍然殘留著一種臭襪子燒過的味道。

「還有，你們如果想在半夜以前吃到晚飯，就麻煩哪位過來幫我的忙。」衛斯理太太對全房間裡的人說。「不，你可以留在位子上，哈利好孩子，你已經長途跋涉了這麼久。」

「茉莉，我可以做些什麼？」東施跳上前熱心地說。

衛斯理太太遲疑著，表情有些為難。

「呃──不，沒有關係，東施，妳也休息吧，都累了一天了。」

「不，不，我想幫忙！」東施開心地說，馬上撞翻了一張椅子，她衝向餐櫥，金妮正在那裡打理餐具。

轉眼間，好幾把菜刀已經自己動了起來，分別切著肉和菜，衛斯理先生在一旁監督，衛斯理太太在火堆旁攪動著火上吊著的一大鍋燉菜，其他人忙著從餐儲室裡拿出更多的盤子、高腳杯和食物。哈利、天狼星和蒙當葛一起留在位子上，蒙當葛還在那裡哀傷地對他眨眼睛。

「你後來還有沒有見到費太？」他問。

「沒有，」哈利說，「我誰都沒有見到。」

「你要曉得，我本來是不會離開的，」蒙當葛傾身向前，聲音裡頭透著求情的意味，「可是我優這麼一個生意機會……」

哈利感到有什麼東西刷過他的膝蓋，嚇了一跳，原來是歪腿，妙麗那隻彎了腿的黃薑貓。牠繞著哈利的腿轉個圈，喵了一聲，便跳上天狼星的大腿，球起身子窩在他腿上。天狼星心不在焉地搔著牠的耳後，同時轉過身，看著哈利，表情依然冷峻。

「這個夏天過得還不錯吧？」

「不好，過得糟透了。」哈利說。

這是第一次，天狼星的臉上閃過一抹類似微笑的表情。

「依我看，你沒有什麼好抱怨的。」

「**什麼？**」哈利不敢相信地說。

「就我來說，我會很歡迎催狂魔來攻擊我。拚死命為自己的靈魂搏鬥一場，可以讓生活不那麼沉悶。你以為這樣就算很糟，但至少你還可以出去透透氣，伸展一下手腳，和人家打幾次架……我困在這裡已經有一個月了。」

「為什麼？」哈利問，皺起眉頭。

「因為魔法部仍然在追捕我，而且我是化獸師的事，佛地魔現在應該已經知道了，蟲尾一定會告訴他，所以我的大偽裝已經沒用了。我對鳳凰會已經派不上什麼用場……鄧不利多是這麼想的吧。」

當天狼星提到鄧不利多的名字時，語氣有著些許無奈，這讓哈利認為，天狼星同樣也對校長不是很滿意，哈利對他的教父突然產生強烈的好感。

「至少你都知道發生了什麼事。」他振奮地說。

「說得也是，」天狼星嘲諷地說：「一直聽石內卜的報告，忍受他的冷嘲熱諷，說他在外面冒著生命危險而我在這裡躺著享受人生……還問我打掃得怎麼樣了——」

「什麼打掃？」哈利問。

「我在想辦法把這個地方變得適合人住，」天狼星說著，朝這間破舊的廚房揮了揮手。「自從我親愛的母親死掉以後，這裡已經十年沒人住了，除非你把她那個很老的家庭小精靈算進去，他已經腦袋不正常——好幾年都沒有打掃了。」

「天狼星，」蒙當葛說，他好像根本沒在注意這段對話，只是很仔細地在檢查一只空的高腳杯。「老哥，這是純銀的嗎？」

「是的，」天狼星嫌惡地翻看著。「這是十五世紀妖精打造的最優質銀器，上面刻有布萊克家族的紋飾。」

「那，到時還得刮下來。」蒙當葛咕噥著，用袖口擦著杯子。

「弗雷——喬治——**不行，這些東西都要用手拿！**」衛斯理太太尖叫。

哈利、天狼星和蒙當葛轉過頭，一看之下，全都從桌子上逃了開。弗雷和喬治對一堆東西施了魔法，包括一口盛滿熱騰騰燉菜的大鍋、一個裝著奶油啤酒的鐵壺以及一塊厚重的木製切麵包砧板，附帶切麵包刀，這一切全都直直往他們飛了過來。那鍋燉菜落到長形餐桌上，一路往前滑，剛好在桌子盡頭煞住車，木頭桌面上留下好長一條焦黑的痕跡。那壺奶油啤酒哐啷一聲掉下來，壺裡的飲料潑得到處都是。切麵包刀從砧板上鬆脫，自動降落，刀尖朝下，在那裡危險地抖動著，正是幾秒鐘前天狼星右手所擺的位置。

「**我的天哪！**」衛斯理太太扯著嗓門大叫。「**根本就沒有必要——我真的受夠了——就因為准你們使用魔法，也用不著樣樣小事都拿魔杖出來揮！**」

「我們只是想省一點時間！」弗雷急忙衝上前將麵包刀從桌上拔出來。「抱歉，天狼星，老哥——不是有意要——」

哈利和天狼星兩人都哈哈大笑，整個人從椅子上向後翻倒的蒙當葛，現在邊罵邊爬了起來。歪腿生氣地嘶了一聲就衝到餐櫥底下，牠那對大黃眼在黑暗裡閃爍著。

「孩子們，」衛斯理先生說，他將燉菜端回桌子中央，「你們母親說得對，你們應該表現出責任感來，現在你們已經成年了——」

「其他幾個哥哥沒有一個會惹這種麻煩！」衛斯理太太一面斥責雙胞胎，一面把一壺新的奶油啤酒砰地放到桌上，這回潑出來的分量跟之前幾乎一樣。「比爾不會覺得有必要每隔幾呎就現影一次！查理也不會碰上什麼都施法術！派西——」

她立刻住嘴，屏著氣，害怕地望著她丈夫，他的表情突然變得僵硬起來。

「我們吃吧。」比爾趕緊說。

「看起來很好吃呢，茉莉。」路平說著，為她舀了一盤燉菜遞過去。

屋裡安靜了好一會，只聽見刀叉餐盤的鏘鏘聲以及大家坐下來用餐時椅子的刮擦聲，然後衛斯理太太轉向了天狼星。

「我一直想跟你說，天狼星，好像有什麼東西困在會客室的寫字桌裡，不停在那裡又搖又撞的。當然，有可能只是一隻幻形怪，可是我想把牠放出來之前，應該先請阿拉特檢查一下。」

「隨便。」天狼星不感興趣地說。

「那裡的窗簾裡頭也全都是黑妖精，」衛斯理太太繼續說。「明天我們來想辦法抓抓看。」

「我很期待。」天狼星說。哈利聽出了他話中的嘲諷，但並不確定其他人有沒有聽出來。

在哈利對面，東施在為妙麗和金妮做餘興表演，每吃幾口東西就把她的鼻子變形一次。就像之前在哈利房間裡那樣，她每回變形時眼睛都會瞇起來，一副痛苦的表情，鼻子一會腫成像鳥嘴般的尖突，和石內卜的頗為類似，一會縮到像鈕釦菇那麼丁點大，一會又從兩個鼻孔中長出大叢大叢的鼻毛。顯然這已經變成了吃飯時間的例行娛樂，因為妙麗和金妮很快就開始輪流點著她們最喜歡的鼻子。

「東施，變個豬鼻子。」

東施照做不誤，哈利抬頭一看，一瞬間還以為桌子對面有一個女生版的達力在對他咧著嘴笑。

衛斯理先生、比爾和路平正在進行一場關於妖精的熱烈討論。

「牠們目前完全不表態，」比爾說。「我還是搞不清楚牠們到底相不相信他已經回來了。當然，牠們可能根本不想投靠任何一邊，完全置身事外。」

「我肯定牠們不會站到『那個人』那邊，」衛斯理先生搖搖頭。「牠們也吃過不少虧。記得上一次他謀害的那個妖精家庭嗎，就在諾丁漢那一帶？」

「我認為這要看牠們得到什麼樣的條件而定，」路平說。「我說的可不是黃金。如果牠們得到的條件是幾個世紀以來一直被我們拒絕的自由解放，那麼牠們就很可能會動心。比爾，雷那那邊還是沒有進展？」

「他現在非常的反巫師，」比爾說，「他還在為貝漫的事情生氣，認為魔法部掩蓋了事實。那些妖精一直沒有從他手中拿到黃金，你知道──」

桌子中央傳來的一陣爆笑聲將比爾剩下的話整個淹沒，弗雷、喬治、榮恩以及蒙當葛紛紛笑倒在座位上翻來覆去。

「……然後，」蒙當葛笑到嗆住，眼淚都流了下來，「然後，你們相信嗎？搭居然對我說，『呃，阿當，你從哪弄來這麼多蟾蜍啊？因為不曉得哪個搏格渾球把我的蟾蜍通通偷光了！』然後我說，『把你的蟾蜍都偷光了，阿威，那怎麼辦？所以你想要再找一些新的囉？』然後你們相信嗎？小子們，這個笨蛋石像鬼居然聽我這兒把搭自己的蟾蜍都買回去了，付的錢比當初搭第一次買的時候還要多──」

「我看我們已經聽夠了你那些生意經，非常謝謝你，蒙當葛。」衛斯理太太不客氣地說，這時榮恩已經趴倒在餐桌上，笑到不行。

「抱歉啊，茉莉，」蒙當葛馬上說，他擦掉淚水對哈利眨眨眼。「可是，阿威最先是從大疣．哈里斯那裡把那些蟾蜍偷來的，所以其實錯不在我啊。」

「我不曉得你的對跟錯是從哪裡學來的，蒙當葛，可是你好像有幾堂最重要的課程沒有學到。」衛斯理太太冷酷地說。

弗雷和喬治把臉埋進了奶油啤酒高腳杯裡，喬治不斷打嗝。不曉得什麼原因，衛斯理太太狠狠瞪了天狼星一眼，接著站起身，去端一大碗布丁用的大黃碎屑。哈利轉頭看他的教父。

「茉莉不太欣賞蒙當葛。」天狼星低聲說。

「為什麼他也在會裡？」哈利偷偷地問。

「他很有用，」天狼星低聲答。「認識所有的混混騙子——呃，這也是應該的，因為他自己就是一個。可是他同時也對鄧不利多非常忠心，當初鄧不利多幫他解決過很大的麻煩。有阿當這麼樣一個人在旁邊很有用，他可以打聽到我們平常不會知道的事。可是茉莉認為邀請他來吃晚飯就太過分了，她還沒原諒他當初負責跟蹤你時偷溜的事情。」

三份大黃碎屑布丁和蛋奶凍下肚之後，哈利牛仔褲的腰身已經緊到非常難受（這說明了一點，這條牛仔褲是達力以前穿剩的）。他將湯匙放下，這時眾人的談話也變成了懶洋洋的閒聊：衛斯理先生靠在椅子上，一副酒足飯飽，非常愜意的模樣；東施打著好大的呵欠，她的鼻子現在已恢復正常；而金妮已經把歪腿從餐櫥底下引了出來，她盤腿坐在地板上，滾著幾個奶油啤酒的瓶塞讓牠去追。

「我看差不多該是上床睡覺的時間了。」衛斯理太太打著呵欠說。

「還沒到，茉莉。」天狼星說，他將空盤推開看著哈利。「我很驚訝，我以為你到了之後，第一件事就是問有關佛地魔的事。」

房裡的氣氛變了，哈利覺得轉變的速度之快簡直比得上催狂魔的出現。不過是幾秒鐘前，大家都還懶洋洋地想睡覺，現在全都警覺起來，甚至有點緊張。一提到佛地魔的名字，整個餐桌立刻起了一陣震顫。路平原先準備要喝一口葡萄酒的，現在緩緩地放下高腳杯，全神戒備。

「我問啦！」哈利憤怒地說。「我問了榮恩和妙麗，可是他們說我們還不許加入鳳凰會，所以——」

「他們說得很對，」衛斯理太太說。「你們年紀太小了。」

她已經從椅子上整個坐直起來，兩隻拳頭緊緊扣住胳臂，看不見一絲睡意。

「從什麼時候開始變成要加入鳳凰會才能問問題？」天狼星問。「哈利已經在那間麻瓜屋子裡困了一個月，他有權利知道這一陣子發生了什麼——」

「等一下！」喬治大聲打斷。

「為什麼哈利問問題就有人回答？」弗雷生氣地說。

「**我們**已經向你們打探了一個月，你們連一件鳥事都沒有說！」喬治說。

「『**你們年紀太小了！你們不是鳳凰會的一份子！**』」弗雷擠出高八度的尖音，簡直像透了他母親的嗓音。「哈利根本還沒成年！」

「沒人告訴你們鳳凰會的事情並不是我的錯，」天狼星冷靜地說，「這是你們父母的決定。至於哈利，又不一樣——」

「不是由你來決定什麼對哈利好或不好！」衛斯理太太不客氣地說，她那張平時和藹的臉現在看起來非常兇悍。「你沒忘記鄧不利多當初說的話吧，我想？」

「哪一部分？」天狼星很客氣地問，不過聽得出來他已做好大吵一架的準備。

「關於哈利**沒必要知道的事**不要告訴他這部分。」衛斯理太太說，在中間七個字上特別加重語氣。

榮恩、妙麗、弗雷和喬治的頭在天狼星和衛斯理太太之間轉來轉去，好像他們是在觀賞一場網球賽。金妮跪在一堆用過的奶油啤酒瓶塞之間，觀看著這場對話，嘴巴微微張著。路平的眼睛定在天狼星身上。

「我並沒有打算把他**沒必要知道的事**告訴他，茉莉，」天狼星說。「可是既然當初看見佛地魔回來的人是他，」（又一次，桌旁好多人因為這名字的出現而打哆嗦。）「他比大多數的人都有權利曉得──」

「他不是鳳凰會的一員！」衛斯理太太說。「他只有十五歲，況且──」

「況且他經歷過的事已經和會裡大部分的人一樣多了，」天狼星說，「甚至比有些人還要多。」

「沒有人在否定他做過的事！」衛斯理太太說，她的嗓門拉高，她的拳頭在座椅扶手上發抖。「但他還是個──」

「他已經不是小孩子了！」天狼星不耐煩地說。

「他也還不是大人！」衛斯理太太說，她的臉開始發紅。「天狼星，他不是**詹姆**！」

「我完全清楚他是誰，謝謝妳，茉莉。」天狼星冷冷地說。

「我不認為你清楚！」衛斯理太太說。「有時候，看你提到他的表情，那樣子好像以為是你最要好的朋友又回來了似的！」

「這有什麼不對？」哈利問。

「不對的地方，哈利，就在於你**並不是**你的父親，不管你長得和他有多麼像！」衛斯理太太說，她的雙眼仍舊瞪著天狼星。「你還在求學階段，那些對你有責任的大人不應該忘記這點！」

「妳的意思是我是個不負責任的教父囉？」天狼星質問，他的嗓門也拉高了。

「我的意思是大家都曉得你向來做事毛毛躁躁，天狼星。這就是為什麼鄧不利多一直提醒你要待在家裡，並且——」

「請妳不要把鄧不利多的指示牽扯進來，好嗎？」天狼星大聲地說。

「亞瑟！」衛斯理太太說，改為對她的丈夫進攻。「亞瑟，你幫我說句話！」

衛斯理先生並沒有馬上開口。他摘下眼鏡，在長袍上慢慢擦拭，不去看他的妻子。他一直等到將眼鏡重新小心戴上之後才開口。

「鄧不利多知道情勢已經改變了，茉莉。他同意讓哈利做某種程度上的參與，現在他人都已經到總部來了。」

「沒錯，可是這跟鼓勵他隨便亂問問題有差別吧！」

「就我個人來說，」路平靜靜地說，他的視線終於從天狼星身上移開，衛斯理太太立即轉向他，殷切的盼望終於有個盟友了。「我認為還是讓哈利知道真相的好——當然不是全部的真相，茉莉，而是大致的狀況——從我們口中說出來，總比從……其他人……口中傳出一些不實的版本要來得好。」

他的表情很溫和，不過哈利敢確定，路平知道——不管還有沒有其他人知道——有一部分的伸縮耳當時曾經逃過了衛斯理太太的清除行動。

「那麼，」衛斯理太太說，深深吸了口氣，眼光巡過全桌的人，希望能有人支持她，但是並沒有，「那麼……看來我的意見是被否決掉了。我只能這麼說，鄧不利多之所以不願意哈利曉得太多事，一定有他的理由。而我說這些，完全都是為了哈利好——」

「他不是妳兒子。」天狼星淡淡地說。

「他就跟我的親生兒子一樣，」衛斯理太太激動地說，「他還有誰呢？」

「他有我！」

「沒錯，」衛斯理太太扭著嘴唇說，「問題是，這些年來你一直都被關在阿茲卡班，想要去照顧他也太難了吧，是不是？」

天狼星從椅子上站了起來。

「茉莉，妳並不是這張桌子上唯一關心哈利的人。」路平不客氣地說。「天狼星，坐下。」

衛斯理太太的下唇在顫抖，天狼星慢慢坐回他的椅子，面色慘白。

「我認為哈利在這件事上應該有發言權，」路平繼續說，「他年紀已經大到可以自己作決定了。」

「我想要知道究竟發生了什麼事。」哈利立刻說。

他故意不去看衛斯理太太。聽到她說她將他當作親生兒子看待，哈利很感動，可是對於她這樣的過分呵護，他又實在不耐煩。天狼星是對的，他已經**不是**個小孩子。

「好吧，」衛斯理太太說，聲音氣得發抖。「金妮——榮恩——妙麗——弗雷——喬治——通通給我離開廚房，馬上。」這句話立刻引起騷動。「我們已經成年了！」弗雷和喬治異口同聲吼道。「既然哈利可以聽，為什麼我不可以？」榮恩大聲嚷。「媽，我想要聽！」金妮哀求著。「**不行！**」衛斯理太太大叫著站了起來，眼裡滿是怒火。「我絕對不允許——」

「茉莉，妳不能阻止弗雷和喬治，」衛斯理先生疲憊地說，「他們的確**已經**成年了。」

「他們還是學生。」

「可是就法律而言他們已經是成人了。」衛斯理先生用同樣疲憊的音調說。

衛斯理太太的臉已經氣成了猩紅色。

「我——喔，好吧，弗雷和喬治可以留下，可是榮恩——」

「反正哈利到時候還是會把所有事情都告訴我跟妙麗的！」榮恩激動地說。「你會——你會吧？」他不確定地補了一句，對上哈利的目光。

有那麼半秒鐘，哈利考慮著要告訴榮恩自己一個字都不會對他說，告訴他輪到他來嘗嘗被蒙在鼓裡的滋味，看看好不好受。可是當他們互相對望時，這個壞念頭就消失了。

「當然會。」哈利說，榮恩和妙麗開心地笑了。「很好！」衛斯理太太大嚷。「很好！金妮——**上床！**」

金妮並不是安靜聽話地離開。他們聽見她在上樓的一路上跟她母親大吵大鬧，而當她抵達大廳時，布萊克太太震耳欲聾的尖叫聲更是加入了這一場混亂。路平趕緊衝到肖像那裡重整秩序，等到他回到廚房，把門關上，在桌前坐好之後，天狼星才開口。

「好啦，哈利……你想要知道些什麼？」

哈利深呼吸一口，問出了過去一個月來一直困擾著他的問題。

「佛地魔在哪裡？」他不去理會隨著提起這名字而引來的發抖及皺眉。「他在做什麼？我一直在看麻瓜的新聞，可是好像一直沒出現任何跟他相關的消息，我沒看見離奇死亡之類的事情。」

「那是因為最近根本就沒發生什麼離奇死亡，」天狼星說，「至少就我們所知……我們知道的算是很多了。」

「至少比他以為我們所知道的還要多。」路平說。

「為什麼他不再殺人了？」哈利問。他曉得光是去年，佛地魔就犯下了不止一次的謀殺。

「因為他不想引起別人的注意，」天狼星說，「這對他來說太危險。你要明白，他的回來並不像原先他所計畫的那樣。他把事情搞砸了。」

「或者該說是，你把他的計畫搞砸了。」路平說，臉上掛著滿意的笑容。

「怎麼會？」哈利問，感到不解。

「你根本就不應該活下來！」天狼星說。「除了他手下的食死人之外，其他不應該有任何人知道他回來的事，可是你活下來做了見證。」

「他這次回來，最不想驚動的人就是鄧不利多，」路平說。「可是你馬上就讓鄧不利多知道了。」

「這又有什麼幫助？」哈利問。

「你在開玩笑嗎？」比爾難以置信地說，「『那個人』有史以來唯一怕過的，就是鄧不利多！」

「由於你的功勞，鄧不利多才有辦法在佛地魔回來後，一個小時內就召開了鳳凰會。」天狼星說。

「那，這個會到底是在做什麼？」哈利說著，環顧所有的人。

「盡我們所能阻止佛地魔執行他的計畫。」天狼星說。

「你們怎麼曉得他的計畫是什麼？」哈利問得飛快。

「鄧不利多的見解獨到，」路平說，「而鄧不利多獨到的見解通常都很準確。」

「那鄧不利多認為他的計畫是什麼？」

「首先，他會擴充他的軍隊，」天狼星說，「在過去，他手底下都有著一大批可以使喚的對象。他用威脅或是魔法來迷惑追隨他的女巫和巫師、那些忠實的食死人、各種各樣的黑暗生物。你親耳聽見他在計畫招募巨人——這，只是他鎖定的各路人馬之一而已。他絕對不會只靠十幾個食死人就去和魔法部對抗的。」

「所以你們要阻止他找更多的手下？」

「我們盡力而為。」路平說。

「怎麼做？」

「這個，最主要的就是儘可能讓大家相信『那個人』已經回來了，越多人相信越好，要讓大家有所警覺，」比爾說，「不過現在已經證明了這很難。」

「為什麼？」

「因為魔法部態度上的問題，」東施說，「哈利，你在『那個人』回來之後看到康尼留斯．夫子的反應了。他的立場一直沒有改變，他完全拒絕相信會發生這事。」

「為什麼？」哈利焦急地說，「他為什麼這麼笨？如果鄧不利多——」

「啊，你說到重點了，」衛斯理先生苦笑著說，「**鄧不利多**。」

「你知道，夫子很怕他。」東施哀傷地說。

「怕鄧不利多？」哈利不敢相信。

「怕他打算要做的事，」衛斯理先生說，「夫子認為鄧不利多在策劃趕他下台，他以為鄧不利多自己想做魔法部長。」

「可是鄧不利多不想——」

「他當然不想，」衛斯理先生說，「他從來就不打算要部長的職位。雖然說當初米莉森．巴諾退休，大家都希望他去接任。結果夫子上台了，可是他忘不掉鄧不利多那麼受大家愛戴，即使鄧不利多自己從來沒去申請過這個工作。」

「私底下，夫子很清楚鄧不利多比他要精明多了，而且是力量比他強大許多的巫師。他剛開始在魔法部的時候，一天到晚跑去請教鄧不利多的幫忙和意見，」路平說。「可是現在他迷上權力，而且比以前有自信得多。他好愛當魔法部長，他更設法說服自己他是最聰明的，鄧不利多只會無事生非而已。」

「他怎麼可以這麼想？」哈利生氣地說。「他怎麼可以認為鄧不利多會捏造這一切——認為**我會**捏造這一切？」

「因為接受佛地魔回來這件事，那就表示魔法部有麻煩要處理了，而這可是他們將近十四年來不用去面對的麻煩，」天狼星苦澀地說。「夫子就是提不起勇氣面對這件事。倒不如叫自己相信，鄧不利多是為了要他下台才撒這些謊，一切就輕鬆多了。」

「你看見問題所在了吧，」路平說。「只要魔法部堅稱佛地魔並沒有什麼好擔心的，我們就很難去說服一般大眾，何況大家本來就不想相信這件事。更何況，魔法部對《預言家日報》強力施壓，不得報導任何他們所謂的『鄧不利多造的謠』，因此大部分的巫師社群根本什麼也不知道，這很容易成為食死人下蠻橫咒的對象。」

「可是你們都沒有告訴大家嗎？」哈利說，他來回望著衛斯理先生、天狼星、比爾、蒙當葛、路平和東施。「你們要讓大家知道他已經回來啦？」

他們全都苦笑。

「既然人人以為我是一個瘋狂的殺人魔，魔法部還為我的人頭下了一萬加隆的懸賞，我要走上大街到處散發傳單，很難吧？」天狼星煩躁地說。

「對大部分社區家庭來說，我並不是一個很受歡迎的『晚餐客人』，」路平說。「這就是做為一個狼人職業上的不便。」

「東施和亞瑟要是大嘴巴起來，他們在魔法部的工作就會不保，」天狼星說，「最重要的是，我們在部裡一定要有間諜才行，因為佛地魔一定會有。」

「不過，我們還是說服了一些人，」衛斯理先生說。「比方像東施——上一次她年紀還太輕，不能加入鳳凰會，有了正氣師站到我們這一邊實在是一大優勢——金利．俠鉤帽也是項非常珍貴的資產，他負責追捕天狼星的行動，因此他一直在向魔法部報告天狼星目前人在西藏。」

「可是如果你們沒有人去發布佛地魔回來的消息……」哈利開口。

「誰說我們沒有人去發布消息？」天狼星說。「你以為鄧不利多的大麻煩是怎麼來的？」

「這是什麼意思？」哈利問。

「他們想要抹黑他，」路平說。「你沒有看上星期的《預言家日報》嗎？他們報導說因為他老了，失去掌控力，已經被罷免了國際巫師聯盟的主席職位，實情不是這樣的；其實是在他發表了一場宣布佛地魔再現的演說之後，魔法部的巫師自作主張投票表決的。他們降了他的職，取消了原來巫審加碼——巫師高等審判庭——首席魔法師的職位，此外還討論著要收回他的第一級梅林勳章。」

「鄧不利多說得好，不管他們怎麼做，他都無所謂，只要別把他從巧克力蛙卡上移走就行。」比爾笑著說。

「這並不是好笑的事，」衛斯理先生責難地說。「如果他繼續像這樣跟魔法部衝突下去，很可能會被關進阿茲卡班，而我們最怕的就是他被關起來。只要『那個人』知道鄧不利多還在外面，對他的陰謀又瞭若指掌，他行事就會有所顧忌。如果鄧不利多被除掉——『那個人』可就橫行無阻了。」

「可是如果佛地魔拚命吸收更多的食死人，那他回來的事不就傳出去了嗎？」哈利急切地問。

「佛地魔不會到處跑去敲人家的門的，哈利，」天狼星說。「他會對他們要手段、下惡咒、恐嚇勒索，他對於偷偷摸摸的做法最在行了。不管怎麼說，招募追隨者只是他熱中的一件事而已。他還有別的計畫，一些他真的可以神不知鬼不覺進行的計畫，他現在已經把重點擺在這些事情上了。」

「除了追隨者，他還想要什麼？」哈利接著問。他似乎看見天狼星和路平飛快交換了一個眼色，然後天狼星才回答。

「一些他要用偷的才能得到的東西。」

看哈利仍舊一臉茫然，天狼星說，「比方說，武器。一些他上一回手中沒有的東西。」

「是指他以前力量強大的時候？」

「是的。」

「像哪一方面的武器呢？」哈利說。「有什麼東西會超越啊哇咀喀咀啦——？」

「夠了！」

衛斯理太太從門旁的陰影裡發話。哈利沒注意到她送金妮上樓之後又回來了。她的手臂交叉在胸前，看起來極為憤怒。

「我要你們都去睡覺，現在，通通都去！」她加上一句，眼光掃視著弗雷、喬治、榮恩和妙麗。

「妳不可以這樣指使我們——」弗雷開口說。

「你看我可不可以。」衛斯理太太吼道。她的身子微微顫抖著，望向天狼星。「你已經告訴哈利夠多資訊了，再說下去，那不如就直接引介他入會算了。」

「為什麼不行？」哈利馬上說。「我會參加的。我想參加，我想戰鬥。」

「不行。」

這回說話的不是衛斯理太太，而是路平。

「這個會完全是由成人巫師所組成的，」他說。「已經離開學校的巫師。」他補充，因為弗雷和喬治已經張開了嘴巴。「其中牽扯的危險簡直超乎你們的想像，你們任何一個人都無法想像……我認為茉莉是對的，天狼星，我們說的確實夠多了。」

天狼星微微聳了聳肩，沒再爭辯。衛斯理太太毫不留情地指揮著她幾個兒子和妙麗，他們一個接一個地站了起來，哈利眼看大勢已去，也就跟著其他人離開了。

6 高尚古老的布萊克大宅

衛斯理太太跟著他們上樓，一臉凝重。

「我要你們立刻上床，不准講話，」他們走到二樓樓梯平台時，她說，「明天有很多事要忙。金妮應該睡了，」她對妙麗加了一句，「所以小心不要吵醒她。」

「睡了，笑死人。」弗雷悄聲說，這時妙麗已經向他們道了晚安，他們四個登上另一層樓。「要是金妮沒張大眼躺在床上，等著妙麗把樓下的每一件事都告訴她，那我就是一隻黏巴蟲……」

「好啦，榮恩、哈利，」衛斯理太太在三樓樓梯平台上說，指示他們進入臥房。「快上床去睡。」

「晚安。」哈利和榮恩對雙胞胎說。

「好好睡。」弗雷眨眨眼說。

衛斯理太太喀噠一聲在哈利背後用力把門關上。這間臥房似乎比第一眼看到時的感覺更潮溼、更陰暗。牆上那幅空白的畫此刻正非常緩慢深沉地呼吸著，彷彿那看不見的畫中人已經睡了。哈利穿上睡衣，摘掉眼鏡，爬上他那張冷冰冰的床，榮恩將貓頭鷹樂樂伴扔到衣櫥頂上安撫嘿美和豬水鳧，牠們正在那裡飛來撞去，煩躁不安地撲著翅膀。

「我們沒辦法每晚都放他們出去打獵，」榮恩邊解釋邊穿上他栗子色的睡衣。「鄧不利多不希望有太多貓頭鷹在廣場飛來飛去，認為那會引來別人的注意。喔對……我忘了……」

他走到門邊，上好門閂。

「幹嘛這麼做？」

「因為有怪角在，」榮恩說著把燈關了。「我到這裡的第一個晚上，他居然夜裡三點晃了進來。相信我，你絕不會希望一醒過來就看見他在房裡鬼鬼祟祟的吧。反正……」他上了床，窩進被窩裡，再轉過身在黑暗中望著哈利。靠著那髒兮兮的窗戶透進來的月光，哈利看得見他的輪廓。「**你覺得呢**？」

哈利根本不需要問榮恩指的是什麼。

「嗯，其實他們剛剛說的內容我們自己也猜得出來，不是嗎？」他說，回想著方才樓下所談到的一切。「我是說，說了那麼多，其實也只是要告訴我們，這個會是要阻止大家加入佛——」

榮恩吸了口大氣。

「——**地魔**，」哈利堅決地說完。「你什麼時候才肯用他的名字？天狼星和路平都這麼做了。」

榮恩不去理會這段評論。

「對，你說得沒錯。」他說，「其實，他們說的每一件事我們差不多都知道了，都是利用伸縮耳偷聽來的。唯一的新鮮點是——」

劈啪。

「**哎唷！**」

「小聲點，榮恩，不然媽會跑上來。」

「你們兩個現影到我的膝蓋上了啦！」

「哎呀，黑漆漆的比較困難嘛！」

哈利看見弗雷和喬治模糊的身影從榮恩的床上跳下來。這時床鋪的彈簧一陣嘰嘎響，哈利的床墊下降了幾吋，喬治在他的腳邊坐了下來。

「怎樣，有心得了嗎？」喬治急切地問。

「天狼星提到的武器嗎？」哈利說。

「真是想不到，」弗雷開心地說，他現在已坐在榮恩旁。「伸縮耳根本就沒聽到**那**一段，對不對？」

「你們認為那會是什麼？」哈利說。

「任何東西都有可能。」弗雷說。

「不可能還有比啊哇呾喀呾啦更壞的東西吧？」榮恩說。「有什麼是比死亡更壞的？」

「也許是一種能在瞬間殺掉一堆人的東西。」喬治猜測。

「也許是一種最痛苦的殺人方法。」榮恩害怕地說。

「要折磨人已經有酷刑咒，」哈利說，「他不需要再有什麼更厲害的方法。」

大家停頓下來，哈利知道其他人和他一樣，正在思考這件武器到底會引起怎樣的驚恐。

「那麼你們認為它現在在誰的手上？」喬治問。

「希望是在我們這一邊。」榮恩說，聽起來有一點點的焦急。

「如果是的話，鄧不利多可能把它藏起來了。」弗雷說。

「哪裡？」榮恩馬上說。「霍格華茲？」

「一定是！」喬治說。「他上次就是把魔法石藏在那裡的。」

「可是武器應該會比石頭大很多吧！」榮恩說。

「不見得。」弗雷說。

「是啊，大小和威力並沒有絕對的關連，」喬治說。「看看金妮就曉得了。」

「你是什麼意思？」哈利問。

「你沒有嘗過她的精怪蝙蝠咒吧？」

「噓！」弗雷說，從床上半抬起身子。「聽！」

他們安靜下來。有人一步步踩著樓梯上來。

「媽。」喬治說完，頓時出現響亮的一聲**劈啪**，哈利覺得他床尾的重量消失了。過了幾秒鐘之後，他們聽見房門外的地板嘎吱嘎吱響了起來。衛斯理太太顯然在偷聽他們有沒有在講話。

嘿美和豬水鳧哀傷地嗚嗚叫，地板又嘎吱嘎吱地響起來，他們聽見她往樓上去查看弗雷和喬治。

「你知道，她根本就不信任我們。」榮恩遺憾地說。

哈利很確定自己會睡不著覺。今晚實在發生了太多事，想當然地，他一定會清醒地躺在那裡，一件一件想清楚。他很想繼續和榮恩談話，可是衛斯理太太現在又開始嘎吱嘎吱踩下樓來，她才離開，哈利就清楚地聽見其他人開始上樓來……事實上，是有一群多腳怪獸在房門外輕輕地踩過來踩過去，奇獸飼育學老師海格在說：「**牠們真漂亮啊，對不對，啊，哈利？這學期我們要來學武器……**」哈利看見那些怪獸的頭都是一座座大炮，牠們正轉過身來面向他……他閃開……

接下來他只知道自己已經在被子底下縮成了溫暖的一球，喬治的大嗓門在整個房間響起。

「媽叫你們起床了，早餐已經擺在廚房，吃完以後她要你們到會客室去。那裡的黑妖精比她原先想的還要多，她還在沙發底下發現了一窩死掉的胖胖球。」

半個小時之後，哈利和榮恩已經迅速地換好衣服、吃完早餐，進入了會客室。這是位於二樓一個天花板很高的長形房間，裡頭的橄欖綠牆壁上掛滿了髒污的掛幔。每踩一步，地毯都會呼出小朵小朵的灰塵雲，那些苔綠色的絲絨窗簾一直在嗡嗡響個不停，彷彿裡頭長滿了隱形的蜜蜂。圍繞在這一大片髒東西四周的有衛斯理太太、妙麗、金妮、弗雷以及喬治，模樣看起來都很怪異，因為每個人的鼻子和嘴巴上頭都圍了一塊布，手上還各拿了一大瓶黑色的液體，瓶口接著噴嘴。

「把你們的臉圍好，拿一瓶噴罐，」衛斯理太太一見到哈利和榮恩便說，指著放在一張細腿桌上的兩瓶黑色液體。「這是除黑妖精劑。我從來沒看過這麼嚴重的寄生黑妖精──那個家庭小精靈過去十年來到底在做些**什麼**？」

妙麗的臉被一條茶巾遮住了一半以上，可是哈利很清楚地看見她對衛斯理太太投去責備的眼光。

「怪角年紀真的很大了，他可能沒有能力處理──」

「妙麗，怪角真的想做一件事的時候，妳就會很驚訝地發現他的處理能力有多好了。」天狼星說，他走進房間來，提著一個血跡斑斑的大袋子，裡頭好像都是死老鼠。「我剛剛去餵了巴嘴，」他補充說，答覆了哈利詢問的目光。「我把他關在我母親樓上的房間。總之……這張寫字桌……」

他將那袋老鼠扔到一張扶手椅上，然後彎下腰檢查那個上鎖的櫃子，哈利這才注意到它一直不斷輕輕搖晃著。

「呃，茉莉，我很肯定這是一隻幻形怪，」天狼星說，透過鑰匙孔查看，「不過也許我們該讓瘋眼先看一下，再把它放出來——我很清楚我母親，這裡面可能養了隻更麻煩的東西。」

「你說得沒錯，天狼星。」衛斯理太太說。

兩個人的口氣都是小心翼翼並極為客氣，這清楚地告訴哈利，他們兩個對昨晚的爭執依然耿耿於懷。

樓下傳來了一陣響亮的噹噹門鈴聲，緊跟著引爆了一連串的叫罵與哀嚎，和前一晚東施打翻雨傘桶時的情況一模一樣。

「我告訴過他們不要按門鈴的！」天狼星氣急敗壞地說，奪門而出。他們聽見他一路吼著下樓，而布萊克太太的尖叫聲又一次響徹了整幢屋子。

「**可恥的污點、下流的雜種、純種的叛徒、齷齪的後代……**」

「哈利，請你把門關上。」衛斯理太太說。

哈利儘可能拖延關門的時間，他想聽聽樓下到底發生了什麼事。天狼星顯然已經將他母親肖像上的布簾拉上，因為她不再尖叫了。他聽見天狼星在大廳走動，接著傳來了大門門鏈的喀啦聲，然後出現一個低沉的聲音，他認出是金利．俠鉤帽在說：「黑絲霞剛剛接了我的班，所以穆敵的斗篷現在在她那裡了，我會留份報告給鄧不利多……」

哈利感覺到衛斯理太太的目光盯著自己的後腦勺，只好很遺憾地關上會客室的門，回到黑妖精派對裡。

衛斯理太太傴僂著身子，翻看擺在沙發上的《吉德羅．洛哈的家庭害獸指南》當中關於黑妖精那一頁。

「好，大家聽好，你們要很小心，因為黑妖精的牙齒都是有毒的。我這裡有一瓶解藥，可是我希望不會有人需要用到它。」

她挺起身，在窗簾前頭擺好架式踩穩，打個手勢要他們全體上前。

「等我口令一下，就馬上噴灑，」她說，「我猜牠們會往我們飛過來，不過噴罐上寫了只要用力噴一次就可以把牠們麻醉。等牠們動彈不了了，就丟進這個桶子。」

她小心翼翼地從他們的火線前面退下，接著舉起自己的噴罐。

「準備——**噴**！」

哈利才噴了幾秒，一隻發育完全的黑妖精就從窗簾的一個縐折中衝了出來，甲蟲一般亮晶晶的翅膀呼嚕嚕拍著，有如針尖的利牙裸露。牠那像小仙子一樣的身軀長滿了濃密的黑毛，四隻細小的拳頭憤怒地握得死緊。哈利對準牠的臉狠狠噴了一記除黑妖精劑，牠在半空中凍住，然後掉下來，一頭栽到磨損的地毯上，撞出極為驚人的**噹**一聲。哈利撿起牠，扔進桶子裡。

「弗雷，你在幹什麼？」衛斯理太太兇巴巴地問。「立刻把那一隻噴了，然後丟掉！」

哈利轉過頭看，弗雷正用食指和拇指捏住了一隻拚命掙扎的黑妖精。

「遵命。」弗雷輕快地說，馬上朝那隻黑妖精的臉上噴了一劑，把牠弄昏，可是等衛斯理太太剛一轉身，他就眨眨眼將牠放進自己的口袋。

「我們打算拿黑妖精的毒來為摸魚點心盒做實驗。」喬治悄聲告訴哈利。

有兩隻黑妖精朝哈利的鼻子直衝過來，他敏捷地朝牠們噴完兩劑，便靠向喬治，從嘴角咕噥著：「摸魚點心盒是什麼？」

「就是好幾種會讓你生病的甜食，」喬治耳語，一邊小心盯著衛斯理太太的背影。「當然，不會生大病，只是剛好嚴重到可以讓你正大光明離開教室。弗雷和我這個夏天一直在研發，它們是兩端分別做成不同顏色記號的糖，好比說，如果你吃了嘔吐糖片的橘色那一半，你就會吐。你被緊急抬出課堂送往醫院廂房時，就吞下紫色的那一半——」

「『它讓你恢復正常，使你在下一個小時可以去做你喜愛的休閒活動，不必無聊發呆，浪費寶貴的時間。』反正，我們廣告上是這樣寫的啦。」弗雷耳語，他人已經悄悄離開衛斯理太太的視線，開始將地上幾隻失散的黑妖精掃起來放進口袋。「不過得再改良一下，目前幾個測試者嘔吐的情形還太嚴重，連停下來去吞紫色那一半的空檔都沒有。」

「測試者？」

「我們，」弗雷說，「我們輪流去吃。喬治嚐了昏幻糖——我們兩個都試過鼻血牛軋糖……」

「我媽以為我們兩個一直在決鬥。」喬治說。

「那惡作劇商店還有在營業囉？」哈利低聲說，假裝忙著調整噴罐上的噴嘴。

「呃，我們還沒有機會去弄一個店面，」弗雷說，音量壓得更低，這時衛斯理太太用她的圍巾擦了擦額頭，再接再厲。「所以目前我們是以郵購方式運作，上星期還在《預言家日報》

上登了廣告。」

「這都要謝謝你，老弟，」喬治說。「不過不用擔心……媽什麼都不曉得。她再也不看《預言家日報》了，因為它一直在抹黑你和鄧不利多。」

哈利笑起來。他當初曾強迫衛斯理雙胞胎收下他從三巫鬥法大賽贏來的一千加隆獎金，希望能幫助他們實現開惡作劇商店的夢想，不過得知衛斯理太太並不曉得他在這件事也參了一腳，還是令他很高興。她認為開惡作劇商店的生涯並不適合她那兩個兒子。

他們整個早上幾乎都花在清除窗簾裡的黑妖精這件事上，一直過了中午，衛斯理太太終於摘下她那條防護的圍巾，癱倒在一張塌陷的扶手椅上，剛一坐下就厭惡地大叫一聲，又跳了起來，原來她坐上了那一袋死老鼠。窗簾不再發出嗡嗡的聲音，而是軟趴趴地垂掛在那裡，由於密集噴灑噴劑變得溼答答的。窗簾底下，一隻隻黑妖精被裝在桶子裡，昏迷不醒地躺著，桶子邊擺著一碗牠們的黑蛋，歪腿不斷嗅著那些東西，弗雷和喬治更是眼神貪婪地不停望著。

「我們吃完午飯再來對付**那些**東西吧。」衛斯理太太指著立在壁爐兩側滿布灰塵的玻璃門櫥櫃。櫥櫃裡堆滿了各式各樣的奇特物品：一支生鏽的匕首、幾隻動物的爪子、一團皺縮捲曲了的蛇皮、好幾個生了斑點的銀盒子，上面印刻著一些哈利看不懂的語文。還有一樣最令人不舒服的，是一個雕花繁複的水晶瓶，瓶口插著一個貓眼石塞子，哈利確定那裡頭裝的滿滿都是血。

門鈴又開始噹噹響了起來。每個人都看著衛斯理太太。

「留在這裡，」她堅決地說，抓起了那袋老鼠，這時布萊克太太的尖嚎聲又從底下震了起來。「我會拿一些三明治上來。」

她離開房間，小心將門帶上。大家都立刻衝到窗口往下張望大門台階。他們看見了一頭薑黃色亂髮的頭頂和一堆疊得七歪八扭的大釜。

「蒙當葛！」妙麗說。「他拿這麼多大釜來要幹嘛？」

「可能是要找個安全的地方收藏吧，」哈利說。「他應該要跟蹤我的那一晚不就是跑去忙這個嗎？去搶一堆來歷可疑的大釜？」

「對，你說得沒錯！」弗雷說，這時大門開了，蒙當葛將他那堆大釜一個個拖進屋子，接著消失在視線之外。「哎呀，媽不會喜歡這樣的……」

他和喬治走到房門邊上站著，專心地聽。布萊克太太的尖叫聲停止了。

「蒙當葛在跟天狼星和金利講話，」弗雷小聲咕噥，全神貫注地皺起眉頭。「聽不太清楚……你看我們要不要冒個險使用伸縮耳？」

「可能很值得喔，」喬治說。「我可以偷偷爬上樓去拿一副來——」

就在這個時候，樓下爆出一陣聲響，伸縮耳也就變得不需要了。所有人都可以聽見衛斯理太太用最高分貝吼出來的每一個字。

「**我們這裡不是在開贓物蒐集站！**」

「我好喜歡聽媽對別人大吼大叫，」弗雷說，臉上掛著滿意的笑容，他將門打開了一、兩吋，好讓衛斯理太太的聲音更清晰地傳遍整個房間，「偶爾也該換人來做做倒楣鬼。」

「**——一點責任感都沒有，好像我們要煩心的事還不夠多，讓你這樣把偷來的大釜帶進這屋裡——**」

「那些白痴居然讓她這樣不停說下去，」喬治搖著頭說，「你非得一開始就把她打斷不可，否則她會越說越激動，到時候就沒完沒了。何況她早就想狠狠叱蒙當葛一頓了，就是從上回他在負責跟蹤你的時間開溜之後，哈利——天狼星的母親又開始了。」

衛斯理太太的聲音被大廳中那些肖像新開始的尖呼高叫聲蓋掉了。

喬治正打算關上門擋掉噪音，可是還沒來得及這麼做，一個家庭小精靈已經一溜煙鑽進了房間。

除了腰際圍著一條看起來像髒抹布的褲襠布之外，他全身上下都是赤裸裸的。他看起來很老了，身上的皮好像比整個骨架要大出了許多倍。他的頭和所有的家庭小精靈一樣是禿的，那對蝙蝠般的大耳朵裡卻長出了大叢大叢的白色耳毛。他兩眼布滿血絲，眼珠是很淡很淡的灰色，肥厚的鼻子長得又大又尖。

小精靈完全不去理睬哈利和其他人。他那樣子就好像根本看不見他們，只是彎腰駝背地拖著步子，慢吞吞又倔強地往房間另一側走去，一路上不停低聲嘀咕著，聲音嘶啞低沉，好像牛蛙。

「……聞起來像下水道一樣臭，而且還是個不折不扣的罪犯。可是她也沒多好，討厭的純種老叛徒，帶著她那些沒家教的小鬼來我夫人的屋子裡胡鬧。喔，我可憐的夫人，要是讓她曉得的話，要是讓她曉得他們將這群人渣放進了屋子裡，那她會怎麼對老怪角說呢？喔，真是可恥，麻種和狼人和叛徒和小偷，可憐的老怪角，他能怎麼辦……」

「你好啊，怪角。」弗雷非常大聲地說，將門喀一聲甩上。

家庭小精靈頓時僵住不走並停止嘀咕，接著擺出一副非常誇張而且沒有說服力的驚訝姿態。

「怪角沒有看到小主子，」他說，轉過身對弗雷鞠躬。他的臉仍舊對著地毯，又加了一句，那音量人人都聽得見，「果然是個純種叛徒生的可惡死小鬼。」

「抱歉？」喬治說。「我最後一句沒聽清楚。」

「怪角什麼都沒說，」小精靈說，又向喬治鞠了第二個躬，用清晰的嘀咕補充，「旁邊是這小鬼的雙胞胎，真是一對變態的小禽獸。」

哈利覺得有些哭笑不得。小精靈站直了身，用兇惡的目光審視他們每一個，結果，很顯然是相信了他們聽不見他在說什麼，因為他又繼續開始嘀咕。

「……然後還有那個麻種，大刺刺地站在那裡，喔，這要是讓我夫人曉得，喔，她一定會大哭的。還來了一個新的小子，怪角不曉得他叫什麼名字。他在這裡做什麼？怪角不曉得……」

「這是哈利，怪角，」妙麗怯生生地說。「哈利波特。」

怪角那對白眼瞪大了，他的嘀咕變得更快且更加憤怒。

「麻種居然和怪角講話，好像她是我的朋友似的，要是讓怪角的夫人看見他跟這樣子的人為伍，喔，那她會說些——」

「不准叫她麻種！」榮恩和金妮異口同聲，非常生氣。

「沒有關係，」妙麗低聲說，「他的心智狀況不太正常，他不曉得自己在——」

「別自欺欺人了，妙麗，他**完全**清楚自己說的是什麼。」弗雷說，極為憎惡地望了怪角一眼。

怪角仍然繼續嘀咕，兩眼盯住哈利。

「這是真的嗎？這真的是哈利波特嗎？怪角可以看見那道疤痕，這一定是真的。這就是阻止了黑魔王的那個男孩，怪角很想知道他是怎麼辦到的——」

「我們都想知道，怪角。」弗雷說。

「你到底想要做什麼？」喬治問。

怪角的那對大眼射向喬治。

「怪角在打掃。」他閃躲地說。

「說得跟真的一樣。」哈利身後一個聲音說。

天狼星回來了，他從門口怒目瞪著小精靈。大廳的噪音已經消退了，也許衛斯理太太和蒙當葛已經移到廚房去爭論。怪角一見到天狼星，就趕緊鞠了個躬，他的背彎得低到可笑，那尖鼻子幾乎整個貼到了地上。

「起來站好，」天狼星不耐煩地說。「我問你，你到底在搞什麼鬼？」

「怪角只是在打掃，」小精靈重複。「怪角活著就是為了要服務高貴的布萊克家族——」

「這棟屋子的確是每天越變越『布萊克』[2]，簡直是髒透了。」天狼星說。

「主子從以前就喜歡開小玩笑，」怪角說著又鞠了個躬，接著繼續低聲說著，「主子當初傷了他母親的心，真是個不知感恩的可惡小渾球——」

「我的母親根本就沒心沒肝，怪角，」天狼星打斷他。「她活著的唯一目的就是詛咒整

2. 布萊克（Black），英文有「黑」的意思。

個世界。」

怪角說話時又鞠了個躬。

「主子說了就算，」他憤怒地嘀咕。「主子連替他母親擦靴子上的泥巴都不配。喔，我可憐的夫人，要是讓她知道了怪角在伺候他，她會怎麼說呢？她當初是多麼地恨他，他真是個不成材的——」

「我問你到底在搞什麼鬼，」天狼星冷冷地說。「每次你一出現假裝要打掃，就會偷拿一些東西到你的房間，不讓我們丟掉。」

「怪角絕對不會去亂動主子屋子裡的任何東西，」小精靈說，接著又很快地嘀咕，「如果那幅掛幔被丟掉的話，夫人是絕對不會原諒怪角的。那已經在家族裡流傳了七個世紀，怪角一定要把它收好，怪角絕對不會讓主子和那些叛徒小子還有臭小鬼把它毀掉——」

「我就想可能是為了那個，」天狼星說，不屑地往對面牆上望了一眼。「她要是在那上頭也下了一個恆黏咒，我也不會懷疑的，不過只要有辦法，我一定會把它除掉。你走吧，怪角。」

看起來，怪角並不敢違背如此明確的命令。儘管如此，當他拖著步子經過天狼星時，仍舊向他丟了個憎惡之至的眼神，而且是一路嘀咕著走出房間的。

「——從阿茲卡班跑回來對怪角大呼小叫，喔，我可憐的夫人，要是讓她看到了這屋子如今變成這樣，她會怎麼說呢？人渣住了進來，她珍貴的東西通通被丟掉，她已經和他斷絕了母子關係，結果他又跑回來。聽說他還是個殺人犯——」

「再囉嗦下去，我就真的變成殺人犯給你看看！」天狼星惱怒地說，並當著小精靈的面將門關上。

「天狼星，他腦子不太正常，」妙麗求著情，「我不認為他明白我們聽得見他抱怨。」

「他已經孤獨太久了，」天狼星說，「一直接受我母親肖像的瘋狂命令，又一天到晚自言自語，不過他從以前就是一個可惡的小——」

「如果你放他自由，」妙麗抱著希望地說，「也許——」

「我們不能放他自由，他知道了太多關於這個會的事情，」天狼星不客氣地說。「再說，這樣的驚嚇會要他的命。妳去建議他離開這棟屋子，看他會有什麼反應。」

天狼星走到房間的對側，怪角拚命想要保護的那幅長長掛幔就沿著整面牆垂掛著，哈利和其他人跟了上來。

掛幔看起來非常老舊，已經褪了色，很多地方都有像是被黑妖精啃咬過的破洞。儘管如此，那上頭繡的金黃絲線仍舊閃閃發亮，看得出這是一幅族譜圖，往上可以推到（至少就哈利看得出來的部分來說）中古世紀。在掛幔的最上端寫著幾個大字：

高尚古老的布萊克大宅

「永遠純淨」

「你不在這上面！」哈利看了族譜的最下方之後說。

「我本來是在這裡，」布萊克說，指著掛幔上一個小小圓圓、燒焦了的洞，很像是用香菸燙的。「在我逃家以後，我親愛的老媽就把我註銷掉了——怪角一天到晚都在嘀咕這件事。」

「你逃家？」

「那大概是我十六歲的時候，」天狼星說。「我受夠了。」

「你跑去哪裡？」哈利瞪著他問。

「你父親那邊，」天狼星說。「你的祖父母對我真的很好，他們簡直把我當第二個兒子收養。是的，學校放假我就躲到你爸家，十七歲那年我有了自己的住處。我的叔叔阿法留給了我一大筆黃金——他也從這上面被抹掉了，大概就為了這個原因——反正，之後我就自立了。不過，波特夫婦還是歡迎我星期天常到他們家吃午飯。」

「可是……你究竟為什麼要……」

「逃家？」天狼星苦澀地笑了笑，手指撥了撥他那頭長長的亂髮。「因為我討厭他們所有人。我的父母，滿腦子純正血統的瘋狂想法，認定身為一個布萊克家族的人就等於是皇室成員……我那笨蛋弟弟，軟弱到聽信他們的話……這就是他。」

天狼星一根手指彈向了族譜的最底端，指著「獅子阿爾發．布萊克」這個名字，在他的出生日期之後跟著的是死亡日期（差不多是十五年前左右）。

「他年紀比較小，」天狼星說，「是個比我要乖很多的兒子，這是他們一天到晚提醒我的事。」

「可是他死了。」哈利說。

「對，」天狼星說，「笨蛋白痴……他居然加入了食死人的行列。」

「你開玩笑！」

「拜託，哈利，這間屋子你也看得夠多了，應該可以了解我的家人都是什麼樣子的巫師吧？」天狼星惱火地說。

「那你的——你的父母也是食死人嗎？」

「那倒不是。可是相信我，他們認為佛地魔的想法是對的。他們都贊成在魔法界施行種族淨化，除掉那些麻瓜後代，讓純正血統的人掌權。並不是只有他們如此，有不少人，在佛地魔露出真面目之前，都認為他對事物的看法是正確的……等到發現他是如何為了掌權而不擇手段時，他們都怕了。不過我認為最初獅子阿爾發要加入時，我父母一定認為他是個小英雄。」

「他是被正氣師殺掉的嗎？」哈利試探著問。

「喔，不是，」天狼星說。「不，他是被佛地魔謀殺的。或者比較有可能的是，佛地魔下令殺他，我不認為獅子阿爾發重要到非得讓佛地魔親自動手。就他死後我所查到的來看，他最初是滿腔熱血，接著就被自己所要做的事嚇壞了，於是想退出。你不可能隨便就向佛地魔遞辭呈，要嘛就是奉獻一輩子，要嘛就是死亡。」

「吃午飯了。」衛斯理太太說。

她將魔杖高舉在身前，平衡著一個盛滿三明治以及蛋糕的巨大托盤。她的臉色通紅，看起來仍舊相當的生氣。其他人都去到她那邊，急著要拿東西吃，哈利卻仍留在天狼星身旁，天狼星彎下身子更貼近掛幔。

「我已經好多年沒看這個東西了。這裡是非尼呀．耐吉……我的高曾祖父，看見沒？……霍格華茲歷來最不受歡迎的校長……還有愛拉敏．梅利法……我母親的表姊……曾經推動魔法部通過一件麻瓜獵捕合法化的法案……還有親愛的艾拉朵姑婆……把年老端不動盤子的家庭小精靈砍頭的家族傳統，就是由她開始樹立的……當然，不管任何時候，只要家族裡出了一個稍微像樣一點的人，馬上就會被逐出家門。我看見東施不在這上面，也許這就是怪角不聽她命令的原因——照理來說他應該要聽從家族裡任何一位成員的吩咐——」

「你和東施是親戚？」哈利驚訝地問。

「對啊，她的母親美黛是我最要好的表姊，」天狼星說，仔細地查看掛幔。「不對，美黛也不在這上面，你看——」

他指著另外一個燒焦的小圓記號，夾在兩個名字之間，貝拉以及水仙。

「美黛的姊妹們都還在這上頭，這是因為她們嫁的是可愛、受人尊敬的純種先生，可是美黛卻嫁給了一個麻種，泰德．東施，所以——」

天狼星做了個用魔杖轟掉掛幔的動作，接著尖酸地笑了起來。然而，哈利卻沒有笑，他正忙著細看美黛燒焦記號右邊的那些名字。一道雙排金繡線將水仙．布萊克及魯休思．馬份連到了一塊，接著另一條金線自他們的名字垂直往下連到了一個叫跩哥的名字上。

「你跟馬份家居然是親戚！」

「純正血統的家庭都是互相聯姻的，」天狼星說，「如果你只讓你的兒女和純正血統的人結婚，那麼你的選擇就非常有限。如今已經沒有多少像我們這樣的人了，茉莉和我是姻親，而亞瑟是我曾經被逐出門的遠房表哥。不必再花力氣在這裡找他們的名字了——如果說有哪一家人算是純種的叛徒，那絕對是衛斯理家。」

可是哈利現在已經在看美黛焦痕左邊的名字：貝拉．布萊克，一道雙排金線將她連上了道夫．雷斯壯。

「雷斯壯……」哈利大聲說著，這個名字讓他想起了一些事情。他記得以前見過它，就是一時想不起來在哪裡見過，但一想到這名字他的胃裡就會興起一陣怪異、毛骨悚然的感覺。

「他們被關在阿茲卡班。」天狼星簡短地說。

哈利好奇地看著他。

「貝拉和她的先生道夫當初是跟小巴堤．柯羅奇一起被關進來的，」天狼星還是用同樣急促的音調說。「道夫的弟弟巴坦也跟他們一起。」

哈利想起來了。他之前的確見過貝拉．雷斯壯，是在鄧不利多的儲思盆當中，那是一個可以將思想和記憶儲存起來的奇特裝置。他想起那個女人，高挑黝黑、眼皮厚重，在審判當中一直站著，並且當眾宣示她對佛地魔王不變的擁戴。她最大的驕傲是，在他失勢之後曾經努力地尋找過他；她最大的信念是，將來有一天會因為她的忠誠而得到回報。

「你從來沒提過她是你的──」

「她是不是我的表姊很重要嗎？」天狼星打斷他。「就我來說，他們根本就不算我的家人，**她**也絕對不算我的家人。我自從過了你這年紀之後，就沒再見過她了，除非你把她進阿茲卡班時瞥了我的那一眼算進去。你認為我有她這樣的親戚會很驕傲嗎？」

「對不起，」哈利馬上說，「我不是有意要──我只是很驚訝，就這樣而已──」

「沒關係，不用道歉。」天狼星喃喃說道，他自掛幔那裡轉過身，手往口袋裡一插。「我回到這裡很不愉快，」他說，眼睛望著會客室的另一側。「我從來沒想到我會再度被困在這幢屋子裡。」

哈利完全了解。如果有一天他長大成人了，以為自己已經完全脫離了水蠟樹街四號，結果卻又得回到那裡居住的話，那會是一種怎樣的感覺，他很清楚。

「當然，這裡做為總部倒是挺適合的，」天狼星說，「我父親住在這裡的時候，把各種各樣巫界所知的安全措施全都加在這屋子上了，所以麻瓜絕對上不了門的——好像他們真想上門似的——現在鄧不利多又另外加上了他的防護，你大概上哪裡都找不到比這更安全的房子了。你知道吧，鄧不利多是這個會的守密人——沒有人能夠找到這個總部，除非他親口說出它的位置——穆敵那天晚上給你看的紙條就是鄧不利多寫的……」天狼星短短地哈了一聲，「如果讓我的父母看見他們的房子現在被派上這種用途……呃，我母親的肖像應該已經讓你有點概念了……」

他皺了一下眉頭，嘆口氣。

「如果偶爾可以讓我出門透透氣，做點有用的事，那我是不會介意的。我已經問過鄧不利多，能不能夠讓我護送你到聽審會去——當然是以塞鼻子的身分——這樣我可以為你打打氣，你認為怎麼樣？」

哈利覺得他的心已經沉到髒兮兮的地毯底下去了。自昨晚晚餐後，他就再也沒想過聽審會的事。回到最喜歡的這些人身邊，又聽了那麼多的新聞，他實在太興奮，聽審會老早就被他拋在腦後了。天狼星這麼一提，那逼人的恐懼感就又回到他身上。他望著妙麗以及衛斯理一家人，他們全都在那裡埋頭啃著三明治，他不禁想著，到時候若是沒辦法和他們一起回到霍格華茲，自己將會有什麼感受。

「不用擔心，」天狼星說。哈利抬頭一看，原來天狼星一直在看著自己。「我肯定他們會洗刷你的罪名，國際保密法令裡，絕對會有一條准許使用魔法保命的規定。」

「可是如果他們把我開除了，」哈利安靜地說，「我可不可以來這裡和你一起住？」

天狼星哀傷地微笑。

「我們再看看吧。」

「我只要能事先知道不必再回到德思禮那裡，對聽審會上的事就不會那麼緊張。」哈利向他施壓。

「如果你真的寧願住在這裡，那他們一定是壞到了極點。」天狼星悶悶不樂地說。

「快啊，你們兩個，要不然東西都要被吃光了。」衛斯理太太叫著。

天狼星又重重嘆了口氣，陰沉地往那掛幔望了一眼，就跟哈利一起走去加入其他人。

那天下午，他們在清理玻璃門櫥櫃時，哈利儘可能不去想聽審會的事。很幸運的是，做這項工作時由不得他分神亂想，因為櫃子裡有許多東西都非常不情願離開那些灰塵滿布的架子。天狼星讓一個銀質鼻煙盒狠狠咬了一口，不到幾秒鐘，那隻被咬的手就長了一層難看的厚皮，看起來像一隻硬邦邦的褐色手套。

「沒有關係。」他很感興趣地先查看一番，才輕輕用魔杖在那隻手上敲了敲，皮膚於是又恢復原狀，「裡面八成是有疣疥粉。」

他將盒子扔進旁邊裝這些雜碎的麻袋，過了一會，哈利看見喬治拿塊布小心地把手包起來，再偷偷將那隻盒子塞進那已經塞滿了黑妖精的口袋。

他們發現一個模樣醜陋的銀質工具，看起來有點像一把多腳的鉗子，哈利一把它撿起來，那東西便像隻蜘蛛似地一溜煙爬上了他的臂膀，準備扎穿他的皮膚。天狼星抓住它，拿起一本叫做《自然界的榮光：一部魔法家族史》的厚書將它拍了個稀爛。有一個音樂盒，上緊發條之後會發出有點邪惡的音律，緊接著他們便發現自己莫名其妙變得很虛弱、昏昏欲睡，直到金妮突然驚覺過來，將蓋子蓋上。還有一個很重的小金匣，誰也沒辦法把它打開。一堆非常古老的封印，以及在一個布滿灰塵的盒子中，有一枚第一級梅林勳章，那是頒給天狼星的祖父，做為獎賞他「對魔法部的種種功績」。

「這表示他給了他們一大堆的黃金。」天狼星輕蔑地說，將勳章丟進了垃圾袋。

怪角溜進了房間好幾次，試圖將東西藏在褲襠布裡夾帶出去。每次被他們逮著後，便嘀咕起可怕的詛咒。當天狼星從他手中搶過一個刻有布萊克家徽的金色大戒指時，怪角甚至流下了憤怒的眼淚，低聲啜泣著離開房間，用哈利從來沒聽過的髒話咒罵天狼星。

「這以前是我父親的，」天狼星說，將戒指丟入垃圾袋。「怪角其實**沒那麼**喜歡他，他最喜歡我母親，可是上星期我抓到他在那裡親吻我父親留下來的一件舊褲子。」

* * *

往後的幾天，衛斯理太太繼續讓他們忙得非常辛苦。會客室花了足足三天才打掃乾淨，終於，裡頭只剩下兩樣礙眼的東西，一個是布萊克家族族譜的掛幔，不管他們怎麼用力拉扯，它仍舊抗拒到底，就是拉不下來。另一個就是那哐啷啷作響的寫字桌，穆敵還沒來總部，因此大家都不確定裡頭究竟藏的是什麼東西。

他們從會客室轉移到了一樓的飯廳，在那裡發現了像杯碟那麼大的蜘蛛在碗櫃裡爬來爬去（榮恩馬上衝出房間，說是要泡茶，結果過了一個半小時才回來）。那些刻有布萊克家徽和家訓的瓷器，全被天狼星隨意扔進垃圾袋。同樣的命運降臨在生了銀鏽的相框裡那一組老相片身上，當相框的玻璃被砸破時，相片裡的原住戶們全都放聲尖叫。

石內卜也許會把他們的工作稱為「掃除」，不過在哈利看來，他們根本就是在和整棟屋子開戰，而屋子本身就會頑強抵抗，更別提還有怪角從旁協助了。不管他們聚到哪裡，家庭小精靈都會不斷出現，凡是垃圾袋裡的東西，他都拚命想要偷走，他的嘀咕也變得越來越讓人生氣。天狼星到最後威脅地用衣服扔他，怪角卻用那對白眼盯住他說：「主子覺得該怎麼做就做吧。」一轉過身又非常大聲地嘀咕，「可是主子是不會趕走怪角的，不會，因為怪角曉得他們有什麼陰謀。沒錯，他計畫要對付黑魔王，沒錯，他跟這些麻種和叛徒和人渣一起……」

聽到這裡，天狼星也不管妙麗在一旁抗議，一把抓住怪角的褲襠布背後，將他提起來，狠狠拋出了房間。

門鈴一天總會響個好幾次，這成了天狼星母親開始尖叫的提示，對於哈利和其他人來說，就是努力偷聽訪客說話的開始。雖然他們也只能趕在衛斯理太太過來叫他們回工作崗位之前，稍微瞄上幾眼，聽到幾句簡短的對話而已。石內卜又進進出出了好幾次，令哈利安心的是，他們從來沒有面對面過。哈利還看到他的變形學老師麥教授，麻瓜的洋裝和外套穿在她身上看起來非常不搭調，而她似乎也忙到沒空多留。但有時候，訪客也會留下來幫忙。東施就曾加入他們過了一個難忘的下午，那天他們在樓上廁所裡，發現躲著一個兇殘的老惡鬼。還有路平，他其實和天狼星一起住在這裡，只是時常要出遠門為鳳凰會出使神秘任務。有一次他還幫忙修理好一座老爺鐘，這座鐘之前養成了一個很不好的習慣，看見有人走過就會拿很重的螺絲帽射人。蒙當葛已經稍微扭轉了自己在衛斯理太太面前的壞印象，他從一套古老的紫色長袍那裡拯救了榮恩，當時榮恩要把它移出衣櫃，結果它兇性大發，打算將榮恩活活勒死。

儘管仍舊睡不好，仍舊做著會讓傷疤刺痛的惡夢，夢見長長的走廊和上了鎖的門，哈利還是享受了整個夏天裡第一次的快樂時光。他只要保持忙碌就很高興了，可是當事情都忙完之後，人一鬆懈下來，或是躺在床上疲累地望著天花板上閃來閃去的模糊黑影時，魔法部聽審會的魅影就又回到他的思緒中。一想到若是真的被開除了以後該怎麼辦，那恐懼就開始像亂針刺著他的五臟六腑。這個念頭實在太可怕了，他根本就不敢說出來，連對榮恩和妙麗都不敢，雖然他常看見他們兩個在一旁竊竊私語，不時向他投來焦慮的眼光，他還是維持初衷不提這件事。有時候，他忍不住想像，一個看不清臉的魔法部官員把他的魔杖折斷成兩截，命令他回到德思禮家去……他不要回去，這一點他已經下了決心。他要回來古里某街，和天狼星一起住。

哈利真正感到像有一塊磚頭掉進胃裡，是在星期三的晚餐桌上。衛斯理太太轉過來對他輕輕地說：「我已經把你最好的一套衣服燙好了，讓你明天早上穿。哈利，你今晚去把頭髮洗一洗。如果第一印象很好，往往會出現奇蹟。」

榮恩、妙麗、弗雷、喬治和金妮全都停止交談，望著他。哈利點點頭，努力繼續吃他的豬排，可是他的嘴已經乾到根本無法咀嚼。

「我要怎麼過去那裡？」他問衛斯理太太，盡量裝出若無其事的語氣。

「亞瑟上班時會帶你一起去。」衛斯理太太溫和地說。衛斯理先生隔著桌子向哈利鼓勵地微笑著。

「在聽審會開始之前，你可以在我的辦公室裡等。」他說。

哈利望著天狼星，他還來不及提出問題，衛斯理太太就已經回答了，「鄧不利多教授認為天狼星陪你去，並不是個好主意，我必須說我——」

「——認為他說得**很對**。」天狼星咬著牙說。

衛斯理太太嘟起了嘴。

「鄧不利多什麼時候跟你說的？」哈利瞪著天狼星說。

「他昨晚來過，那時你已經上床睡了。」衛斯理先生說。

天狼星悶悶不樂地叉著一顆馬鈴薯。哈利低下頭盯著餐盤，想著鄧不利多在聽審會的前夕來過這裡，卻居然沒有見他。這一想令他的心情更壞——如果說，還能夠有更壞的餘地。

7 魔法部

隔天早上，哈利五點半就醒來了，醒得突然又徹底，就好像有人在他耳邊大吼大叫似的。有好一會，他一動不動地躺著，紀律聽審會的景象布滿了他腦子裡的每一個細小微粒。後來，他實在是受不了了，只好跳下床，戴上眼鏡。衛斯理太太已經把洗好燙平的牛仔褲和T恤放在床腳，他亂穿一通，牆上那幅空白的畫像在暗暗竊笑。

榮恩四肢呈大字型攤在床上，嘴巴張得開開的，睡得很熟。就連哈利穿過房間，走到樓梯口，輕輕地在他身後關上門，他都沒有醒來。哈利試著不去想，下次和榮恩見面的時候，他們也許就不再是霍格華茲的同學了。哈利靜靜地走下樓，經過怪角祖先的人頭像，走到樓下的廚房。

他原本以為裡面沒有人，但一走近廚房門口，就聽到裡面傳來輕聲低語。他推開門，看見衛斯理先生、衛斯理太太、天狼星、路平和東施坐在那裡，彷彿就是在等他。大家全都穿戴整齊，除了衛斯理太太，她穿了一件拼布式縫法的紫色晨袍。哈利一進來，她便跳起身子。

「早餐。」她拔出魔杖邊說，邊趕緊走到爐火邊。

「早──早──早安，哈利，」東施打著呵欠，她今天早上是金色鬈髮。「睡得好嗎？」

「好。」哈利說。

「我整晚都——都——都沒睡，」她說，全身抖了一下，又打了一個呵欠。「過來這邊坐……」

她拉出一張椅子，在拉椅子時又推翻了旁邊那張椅子。

「你想吃些什麼，哈利？」衛斯理太太問他。「麥片粥？鬆餅？燻鮭魚？培根加蛋？吐司？」

「只——只要吐司，謝謝。」哈利回答。

路平看了哈利一眼，然後對著東施說，「妳剛說昆爵怎麼樣？」

「喔……是啊……嗯，我們得更加小心，他問了我和金利一些怪問題……」

哈利隱約覺得不需要加入這個對話是件好事，他心裡忐忑不安。衛斯理太太把幾片吐司和果醬放在他面前，他努力吃，感覺卻像在嚼蠟。衛斯理太太坐在他的另一邊，開始關心起他的T恤，忙著把衣服的標籤塞好，肩膀上的折縫弄平。他真希望她不要這麼做。

「……然後我要跟鄧不利多說，明天不能值晚班了，我真的是太——太——太累了。」東施說完，又打一個大呵欠。

「我可以代妳的班，」衛斯理先生說。「沒問題，反正我有個報告要完成……」

衛斯理先生沒穿巫師長袍，只穿著直條紋長褲和舊舊的短夾克。他把臉從東施轉向哈利。

「心情如何？」

哈利聳聳肩。

「很快就會結束的，」衛斯理先生打氣地說，「再過幾個小時，你就沒事了。」

哈利什麼都沒說。

「聽審會是在我那一層，就在愛蜜莉．波恩的辦公室。她是魔法執法部門的統籌，也就是負責審問你的人。」

「愛蜜莉．波恩人還不錯，哈利。」東施真誠地說，「她很公正，她會聽你說的。」

哈利點點頭，還是想不到要說些什麼好。

「千萬別情緒失控，」天狼星突然說，「要有禮貌，要忠於事實。」

哈利又點點頭。

「法律是站在你那邊的，」路平靜靜地說，「即使是未成年巫師，也准許在生命遭受威脅的時候使用魔法。」

有個冰冷的東西沿著哈利的後頸一滴滴往下流，一時他還以為有人在對他施滅幻咒，之後他才搞清楚，原來衛斯理太太正用一把溼梳子進攻他的頭髮。她使勁地在他的頭頂上壓。

「它從來就沒服貼過嗎？」她絕望地說。

哈利搖搖頭。

衛斯理先生看了一下手錶，再抬頭看哈利。

「我想我們該走了，」他說，「時間還早，不過與其在這裡耗，不如先到魔法部。」

「好。」哈利無意識地說，丟下吐司，站了起來。

「你不會有事的，哈利。」東施說著，拍拍他的手臂。

「祝你好運，」路平說。「我相信一定會沒事的。」

「如果有事，」天狼星兇狠地說，「我會替你去好好修理愛蜜莉．波恩……」

哈利虛弱地笑了笑。衛斯理太太緊緊摟住他。

「我們全都會為你祈禱的。」她說。

「好，」哈利說，「嗯……待會見。」

他跟著衛斯理先生上樓，走到大廳。他可以聽見天狼星的母親在簾子後面睡覺的呼嚕聲，衛斯理先生拉開門閂，兩人走入了寒冷灰暗的黎明。

「你平常不是走路上班的吧？」他們倆加快腳步走上廣場時，哈利問他。

「對啊，我都用現影術，」衛斯理先生說，「不過你顯然還不會用。所以我想，我們最好還是用完全非魔法的方式到那裡……留給他們一個好印象，表示你很守紀律……」

他們走路的時候，衛斯理先生一直把手放在夾克的口袋裡，哈利知道他手上緊握著魔杖。這破敗的街道幾乎渺無人煙，可是當他們到達了那個又小又破的地鐵車站時，卻發現那裡早就擠滿了一大早通勤的人。當衛斯理先生發現自己居然這樣貼近麻瓜的日常生活時，他的熱情簡直難以克制。

「真的是太棒了，」他指著自動售票機輕聲說。「實在是巧奪天工。」

「都故障了。」哈利指著告示牌說。

「是的，但即使是這樣……」衛斯理先生眉開眼笑地望著它們。

他們只好向睡眼惺忪的站務員買票（哈利負責處理這件事，因為衛斯理先生搞不大清楚麻瓜錢）。五分鐘後，他們搭上一班急速前往倫敦市中心的地鐵。衛斯理先生一直焦慮地一而再、再而三地檢查車窗上方的地鐵地圖。

「還有四站，哈利……就剩三站了……只剩兩站了，哈利……」

他們在倫敦市中心的一個站下車，那些穿戴整齊、拿著公事包的男男女女，如潮水般把他們沖下地鐵。他們搭電扶梯到出口，穿過剪票口（衛斯理先生很滿意旋轉柵門吞掉他車票的方式），走上一條寬闊的街道，街上是一排排雄偉的高樓大廈和已經陷入混亂的交通。

「我們這是在哪裡？」衛斯理先生茫然地說，一時哈利差點心跳停止。雖然衛斯理先生在那猛查地圖，他還是以為他們下錯了站，但過了一會，他說，「哎呀，對對……往這邊，哈利。」就帶著他走旁邊的一條路。

「不好意思，」他說，「我從沒搭地鐵來過，這地方從麻瓜的角度來看，完全是兩回事。老實說，我以前從來沒有使用過遊客的入口。」

他們走得越遠，周圍的建築就變得越小越不氣派。最後，他們來到了一條街，街上有著幾間破辦公室、一間酒吧和一輛裝得滿到不能再滿的廢料車。哈利之前還以為魔法部會位在一個非常像樣的地方。

「我們到了，」衛斯理先生愉快地說，指著立在一堵滿是塗鴉的牆前面、玻璃窗缺了好幾塊的一個紅色老舊電話亭。「哈利，你先。」

他打開電話亭的門。

哈利走了進去，疑惑著這到底是什麼東西。衛斯理先生縮緊身子擠到哈利旁邊，然後把門關上。裡面擠得密不通風，哈利全身扭曲地貼在電話機上，電話機歪曲地掛在壁上，好像有人曾經蓄意要把它扯掉過。衛斯理先生把手伸過哈利的面前，拿起電話筒。

「衛斯理先生，我想這東西應該也壞了。」哈利說。

「不，沒有壞，我確定它是好的。」衛斯理先生說著，把電話筒舉高過頭頂，專注地盯著撥號盤。「我看看……六……」他開始撥號碼，「二……四……再一個四……又一個二……」

撥號盤順暢地回歸原位，之後電話裡便出現了一個酷酷的女聲，聽起來好像是發自電話亭，而不是從衛斯理先生手上的話筒傳來。那聲音又大又清楚，彷彿有個隱形女人就站在他們旁邊。

「歡迎光臨魔法部。請說出你的姓名和接洽的業務……」

「呃……」衛斯理先生說，顯然搞不清楚該不該對著聽筒說話，最後乾脆握著話筒對準他的耳朵，「亞瑟．衛斯理，麻瓜人工製品濫用局，我是護送哈利波特來的，他要來出席紀律聽審會……」

「謝謝，」酷酷的女聲說。「訪客，請拿識別徽章，把它別在你的長袍前面。」

一陣喀啦喀啦的聲音。哈利看到有個東西從金屬槽，也就是退幣孔滑了下來。他拿起來，那是一個正方形的銀色徽章，上面寫著「哈利波特，紀律聽審會」。他把徽章別在T恤前面，女聲又說話了。

「魔法部的訪客，請到中庭最裡面的安檢櫃台，接受檢查並出示魔杖辦理登記。」

電話亭的地板開始震動。他們緩緩降入地下，哈利心驚膽戰地看著人行道往上升，高過了電話亭的玻璃，最後黑暗整個覆蓋了他們的頭頂。接著就什麼也看不到了，他只能聽到電話亭降到地底下低沉的轟隆轟隆聲。過了大約一分鐘——但在哈利的感覺上絕對超過——忽然一束金黃色的光照在哈利的腳上，擴大，再擴大，照上他的身體，打上他的臉，他必須眨一下眼睛，才不至於流出淚水。

「魔法部祝你有個愉快的一天。」這個女聲說。

電話亭的門彈開，衛斯理先生走了出去，哈利目瞪口呆地跟在後面。

他們站在一個很長很輝煌的大廳裡，暗木地板亮得發光，孔雀藍的天花板上鑲著閃亮的金黃色符號，不停在移動和變化，像極了一面巨大的天庭告示板。兩邊的牆上都嵌著光亮的深色木料，和許多鍍了金的壁爐。每隔幾秒，就會聽到輕柔的**嘶**一聲，女巫和巫師就會從左手邊其中一個壁爐裡冒出來。在右手邊，一小排一小排的隊伍站在壁爐前，等候出發。

大廳正中央是一座噴水池。圓形的水池中間，立著一群比真人還要高大的鍍金雕像。最高的一尊是個長相高貴的巫師，手裡拿著魔杖筆直指著天空。圍在他四周的是一個美貌的女巫、一頭人馬、一隻妖精和一個家庭小精靈，後面三個仰著頭，崇拜地望著那女巫和巫師。閃爍的泉水從魔杖的尖端、人馬的箭頭、妖精的帽尖和家庭小精靈的兩隻耳朵噴出。此刻，在噴泉淅瀝瀝的水聲裡又多了現影者出現時的**砰啪**聲和噹啷的腳步聲，數百個女巫和巫師大步邁向大廳盡頭那兩扇金色的大門，絕大多數人都是一副大清早臭臉的表情。

「這邊。」衛斯理先生說。

他們倆加入人潮，和這群魔法部的上班族走在一起。有些人抱著一大疊搖搖欲墜的羊皮卷宗，有些拿著扁扁的公事包，還有些人邊走邊看《預言家日報》。經過噴水池時，哈利看到銀西可和青銅納特在池底閃閃發光，旁邊有塊髒污的小牌子寫著：

魔法弟兄奉獻給此噴水池的錢，將全數捐贈聖蒙果魔法疾病與傷害醫院。

如果沒被霍格華茲開除，我就投十加隆進去。哈利發覺自己幾乎是不顧一切了。

「過來這裡，哈利。」衛斯理先生說，他們離開那群往金色大門走去的魔法部員工。左邊有個櫃台，底下的牌子寫著：安檢。一個臉沒刮乾淨，穿著孔雀藍長袍的巫師，看到他們走過去，便放下手邊的《預言家日報》，抬起頭來。

「我護送一位訪客來。」衛斯理先生指著哈利說。

「過來。」巫師用煩躁的聲音說。

哈利走近他，巫師舉起一支和汽車天線一樣細細的、可以任意彎曲的金色長桿，在哈利前後上上下下移動。

「魔杖。」安檢巫師放下金色的長桿，向哈利伸出手。

哈利交出了魔杖。巫師把它丟在一個奇怪的黃銅器具上，看起來就像是只有一個盤子的磅秤。秤盤開始震動。細長的羊皮紙快速從底部狹長的裂口跑出來，巫師把羊皮紙撕下，念出上面的字。

「十一吋長，鳳凰尾羽，已經用了四年。對嗎？」

「對。」哈利緊張地說。

「這張紙我留著，」巫師說，把那張羊皮紙用小小的黃銅大頭釘給釘起來。「這個你拿回去。」說著，將魔杖推給了哈利。

「謝謝。」

「等一下……」巫師緩慢地說。

他的目光從哈利胸前的銀色訪客徽章移上他的前額。

「謝謝你，阿瑞。」衛斯理先生語氣堅定，抓著哈利的肩膀，把他拉離櫃台，回到巫師和女巫的人潮，往金黃色的大門走去。

哈利跟隨衛斯理先生一路摩肩接踵地穿過大門，進入裡面比較小的大廳，在精細的金色柵欄後面至少有二十台電梯。哈利和衛斯理先生加入其中一群人，有個留長鬍子的巫師站在他們附近，抱著一個不斷發出刺耳噪音的大紙盒。

「你好嗎，亞瑟？」巫師向衛斯理先生點點頭說。

「你帶了什麼來，鮑伯？」衛斯理先生看著箱子問。

「還不敢確定，」巫師嚴肅地說。「在牠噴火之前，我們一直以為只是一隻普通的小雞。看起來我好像嚴重違反了實驗繁殖禁令。」

在一陣鈴聲和轟隆聲之後，一台電梯降到他們面前，金色的柵欄往後滑動，哈利和衛斯理先生跟其餘的人一起走進電梯，哈利被擠到貼在後面的牆上。好幾個女巫和巫師好奇地看著他，他盯著自己的腳，一面弄平搭在額前的劉海，避免對上任何人的眼光。柵欄在一陣巨響後，應聲關了起來，電梯緩慢地上升，鐵鍊發出喀啦喀啦的聲音，哈利在電話亭聽到的那個酷酷女聲又再響起。

「地下七樓，魔法遊戲與運動部門，合併有英格蘭和愛爾蘭魁地奇聯盟總部、多多石官方俱樂部和搞笑專利處。」

電梯的門打開。哈利瞥了一眼凌亂的走廊，牆上歪歪斜斜地釘了一堆魁地奇球隊的海報。電梯裡一個抱著一堆掃帚的巫師，好不容易才從裡面脫身，消失在走廊裡。電梯門關起來，又搖搖晃晃往上升，女聲開始播報：

「地下六樓，魔法運輸部門，合併有呼嚕網管理局、掃帚管控局、港口鑰局和現影術測試中心。」

再一次，電梯門打開，四、五個女巫和巫師走出去。在這同時，有一些紙飛機衝進電梯，繞著哈利的頭頂閒閒打轉。他抬眼望著它們，紙飛機是淡紫羅蘭色，機翼的邊緣印著「魔法部」的戳記。

「只是一些部門間互傳的便條紙，」衛斯理先生低聲跟他說。「我們以前是用貓頭鷹，結果搞得一團亂……桌上都是鳥大便……」

他們又哐啷哐啷地往上升，便條紙繞著電梯頂晃來晃去的燈打轉。

「地下五樓，國際魔法交流合作部門，合併有國際魔法貿易標準組織、國際魔法法律處和大不列顛國際巫師聯盟中心。」

門一打開，兩張便條紙跟著幾個女巫和巫師後面衝出去，迅速消失，但又飛進來了好幾張，電梯的燈光因為它們在周圍飛來飛去，閃爍不定。

「地下四樓，奇獸管控部門，合併有野獸處、生命處、靈魂處、妖精連絡處和有害動物諮詢局。」

「借過。」抱著噴火小雞的巫師說著，離開了電梯，後面跟著一小群便條紙。門鏗鏗鏘鏘地又關了起來。

「地下三樓，魔法意外和災難部門，包括魔法意外矯正組、除憶師總部和麻瓜適當解釋委員會。」

所有的人都在這一層下電梯，除了衛斯理先生、哈利和一個女巫，她專心看著一張長到拖地的羊皮紙。電梯再度搖搖晃晃往上升，剩下的便條紙繼續往電燈的地方飛竄。然後電梯門打開，聲音再度廣播。

「地下二樓，魔法執法部門，包括魔法不當使用局、正氣師總部和巫審加碼行政單位。」

「我們到了，哈利，」衛斯理先生說，他們跟在女巫後面走出電梯，進了一條整排都是門的走廊。「我的辦公室是在這層樓的另外一邊。」

「衛斯理先生，」當他們經過一個陽光流洩的窗子時，哈利說，「我們是不是還在地底下？」

「是啊，還在，」衛斯理先生說，「這些都是施了魔法的窗子，魔法維護部門負責決定我們每天會有什麼樣的天氣。上次我們連續兩個月都是颶風暴雨，因為他們想要爭取加薪……就在這附近，哈利。」

他們轉了個彎，走過兩扇笨重的橡木門，進入一個嘈雜開闊的空間。裡面分成很多小隔間，談話聲和笑聲不斷，便條紙像小型的火箭在小隔間進進出出。最靠近的一個小隔間上有一塊歪斜的牌子寫著：正氣師總部。

哈利經過時，偷偷往門裡面瞧。正氣師在小隔間的牆上貼滿各種各樣的東西，從被通緝的巫師圖片和他們的家庭照，到最喜歡的魁地奇球隊海報，還有《預言家日報》剪下的文章。有個穿著紅袍的巫師，綁著比比爾還要長的馬尾、穿著長統靴坐在他的桌上，指示他的羽毛筆寫報告。再過去一點，有個貼著單眼眼罩的女巫，就著隔間牆的頂端，和金利·俠鉤帽討論事情。

「早啊，衛斯理，」金利在他們走近時漫不經心地說。「我想跟你說句話，你有一秒的時間嗎？」

「有，真的只能一秒，」衛斯理先生說，「我趕時間。」

他們一副好像很不熟的樣子，哈利開口跟金利說哈囉的時候，衛斯理先生擺出一副跟他無關的表情。他們跟著金利沿著整排隔間，走進最後一間。

哈利有些震驚，從四面八方跟他眨眼的全是天狼星的臉。剪報、老照片——甚至天狼星在波特夫妻結婚時當男儐相的那張照片——貼滿了全部的牆壁。唯一沒有天狼星的地方是一張世界地圖，上面釘滿小小的紅色大頭針，像寶石一樣閃亮。

「拿去，」金利隨意地跟衛斯理先生說，把一捆羊皮紙塞到他的手裡。「我要知道過去十二個月以來，發現的逃亡麻瓜交通工具的資料，越多越好。我們收到一個消息，聽說布萊克可能還在騎他那輛舊摩托車。」

金利跟哈利使了個好大的眼色，低聲加了一句，「把雜誌給他，他會很有興趣的。」然後他用正常的腔調說，「別耗掉太多時間，衛斯理，那份遲交的火腳報告耽誤了我們一個月的調查時間。」

「如果你看過我的報告，就會知道那叫**火器**，」衛斯理先生冷冷地說。「而且，摩托車的資料恐怕得等上一陣子，我們最近都快忙翻了。」他忽然降低聲調說，「看能不能在七點以前閃人，茉莉要做肉丸子。」

他朝哈利點點頭，帶著他離開了金利的小隔間，穿過第二道橡木門，進入另一個通道，左轉，再走過一個通道，向右轉進一個燈光昏暗、十分破舊的走廊，最後到了盡頭。左手邊有扇門微微開著，一看就知道是個掃帚櫃，右手邊的門上掛了一塊陳舊的銅牌寫著：麻瓜人工製品濫用局。

衛斯理先生晦暗的辦公室似乎比掃帚櫃還小了一點。兩張桌子已經把裡面塞滿了，幾乎沒有轉身的空間，因為所有牆角都被整排的檔案櫃塞爆，而檔案櫃上面放了一疊疊快要崩塌的檔案。牆上僅剩的空間，貼了些顯然是衛斯理先生迷戀的東西：好幾張車子的海報，其中包括被解體的引擎、兩張好像是從麻瓜童書裡撕下來的郵筒插圖，和一張火星塞纏線方式的解說圖表。

坐在衛斯理先生滿出來的公文籃最上面的，是個老舊的烤麵包機，它用一種很惆悵的方式打著嗝。還有一雙正在玩弄自己拇指，沒人用的皮手套。衛斯理全家的照片就放在公文籃旁邊，哈利注意到派西好像已經走掉了。

「我們這裡沒窗戶。」衛斯理先生略表歉意地說，他脫掉短夾克，放在椅背上。「我們去要求過，但是他們似乎覺得我們並不需要。坐，哈利，薄京好像還沒進來。」

衛斯理先生快速翻閱金利．俠鉤帽給他的那捆羊皮紙，哈利勉強把自己擠進薄京辦公桌後面的椅子裡。

「啊哈，」他咧著嘴笑，把一本《謬論家》雜誌使勁地從那捆羊皮紙的中間抽了出來，「好……」他拍了拍它。「好，他說得沒錯，我敢肯定天狼星一定很有興趣——哎呀，這又是什麼？」

一張便條紙從敞開的門衝進來，拍著機翼停在打嗝的烤麵包機上。衛斯理先生打開它，大聲念出來。

「『據通報，在貝思納爾綠地出現第三個回流的公共廁所，煩請馬上調查。』這真的很荒謬……」

「回流的廁所？」

「反麻瓜的搗蛋份子，」衛斯理皺著眉頭說。「我們上個星期發現了兩個，一個在溫布頓，一個在象堡區。麻瓜只要一拉沖水器，所有不該沖的東西也全部沖光光——嗯，你可以想像那個畫面。這種倒楣事不斷找上那些——叫做什麼**管公**的人——你知道的，就是修水管那一類的人。」

「水管工人？」

「完全正確，沒錯，人家當然是感到很困惑。真希望我們可以抓到幹這種事的傢伙。」

「正氣師會去抓他們嗎？」

「喔，不會，這種瑣事不需要勞駕正氣師，這會交給一般的魔法執法人員來處理——啊，哈利，這是薄京。」

一個駝著背、滿頭蓬鬆白髮，一副膽小怕事模樣的老巫師，喘著氣走進房間。

「啊呀，亞瑟！」他氣急敗壞地說，連看都不看哈利。「謝天謝地，我都不知道該怎麼辦了，也不知道是不是該在這裡等你。我剛派了一隻貓頭鷹去你家，顯然你是錯過了——十分鐘以前才收到的緊急通知——」

「我知道回流廁所的事了。」衛斯理先生說。

「不，不，跟廁所無關，是波特男孩的聽審會——他們已經改了時間和審判地點——改在八點鐘開始，就是現在，地點是在底下那個舊的十號審判室——」

「底下那個舊的——可是他們告訴我——梅林的鬍子啊！」

衛斯理先生看手錶，大叫一聲，從椅子上跳起來。

「快，哈利，我們五分鐘前就該到那裡啦！」

衛斯理先生起跑，哈利緊跟在後。他們離開辦公室時，薄京幾乎把自己貼平在檔案櫃上。

「為什麼他們要改時間？」衛過正氣師的小隔間時，哈利氣喘吁吁地問。他們飛奔過去時，小隔間裡許多人探出頭來看。哈利覺得他好像把五臟六腑全留在薄京的桌上了。

「完全不知道，好在我們提早到，如果錯過就慘了！」

衛斯理先生在電梯旁緊急煞車，急躁地按著「下」的按鈕。

「**快啊！**」

電梯哐噹一聲，出現在眼前，他們急急忙忙進去。每次電梯一停，衛斯理先生就怒聲咒罵，用拳頭狂敲九號的按鈕。

「那些審判室已經多年沒有使用了，」衛斯理先生氣憤地說，「我想不透他們為什麼要在那底下——除非——這不會的——」

這時候一個豐滿的女巫拿著一個冒煙的高腳杯進了電梯，衛斯理先生就不再多話。

「中庭。」酷酷的女聲說，金黃色的柵欄滑了開來，哈利遠遠瞥見噴水池中的那些金色雕像。豐滿的女巫出了電梯，一個臉色灰黃的瘦巫師苦著一張臉走進來。

「早，亞瑟，」電梯開始下降時，他用死氣沉沉的聲音說，「很少看你下來這裡。」

「緊急事件，簿德。」衛斯理先生心急如焚，急切地向哈利使著眼色。

「喔，是，」簿德說，兩眼眨也不眨地打量著哈利。「當然。」

哈利根本沒有心情理會簿德，可是他逼視的眼光讓他非常不舒服。

「神秘部門。」酷酷的女聲說，只說這麼簡單一句就沒下文了。

「快，哈利。」衛斯理先生說，電梯門喀嚓一打開，他們立刻衝刺。這裡的走廊跟上面那些截然不同，牆壁光禿禿的，沒有窗子也沒有門，除了走廊盡頭有扇純黑的門以外。哈利原以為他們會通過那裡，想不到衛斯理先生卻抓著他的手臂，把他拽到左邊，那裡是樓梯口的通道。

「在下面，在下面，」衛斯理先生喘著，三步併成兩步跑下樓梯。「連電梯都不會到那層……**為什麼**他們要在這底下，我……」

他們下完樓梯，又沿著另一個走廊奔跑，這裡非常像是霍格華茲通往石內卜地牢的走廊，有粗糙的石牆和安了支座的火把。他們經過的門全都是一些笨重的木門，有著鐵製的門閂和鑰匙孔。

「審判室……十號……我想……很接近了……沒錯。」

衛斯理先生在一個髒髒暗暗、有個超級大鐵鎖的門前略微猶豫地停了下來，最後整個人靠倒在牆上，緊抓著衣服的前襟。

「去吧，」他喘著氣，用拇指指著門。「快進去。」

「你不——你不跟我一起——？」

「不行，不行，我不能進去。祝你好運！」

哈利的心跳加速，怦怦怦地狂敲著他的喉嚨口。他用力吞了一口口水，轉開笨重的鐵門把手，踏進審判室。

8 聽審會

哈利倒抽一口氣，他克制不了自己。他進入的這個大地牢，實在是太熟悉不過了。他不只是看過這裡，還曾經**來過**這裡。這就是他進入鄧不利多儲思盆的地方，也就是他看到雷斯壯夫婦被判終生監禁在阿茲卡班的地方。

牆壁是由黑色的石頭打造的，靠著火炬的光線昏暗地亮著。他的兩邊豎著一排排空長椅，但是正前方，最高的一排長椅上，有許多模糊的人影。他們低聲說著話，就在哈利背後的大門關上的那一刻，一種不祥的靜默驟然降臨。

一個冷漠的男人聲音響徹審判室。

「你遲到了。」

「抱歉，」哈利緊張地說，「我──我不知道時間已經改了。」

「這不是巫審加碼的錯，」有個聲音說，「早上就派貓頭鷹送信過去了。坐下。」

哈利的視線落在房間正中央的那張椅子，兩邊的扶手覆蓋著鐵鍊。他曾經看過這些鍊子突然有了生命，自動把坐在椅子上的人給綑綁住。他走過石頭地板，腳步的回聲異常響亮。他小心謹慎地坐在椅子邊緣，鐵鍊威脅似地叮噹作響，但並沒有把他綁住。他感覺有些不舒服，抬起頭看著高坐在長椅上的人。

大概有五十個人左右，就他的眼力可及之處，所有人全都穿著紫紅色的長袍，左胸前都有著細緻的銀色「W」。全部的人都用鼻孔看著他，有些人的表情非常嚴肅，其他則很明顯一副好奇的樣子。

前面一排的正中央，坐著康尼留斯．夫子，魔法部的部長。他是個矮胖的男人，今天少了那頂他常常拿在手上把玩的檸檬綠圓頂禮帽，除此之外，他今天還少了以前跟哈利說話時那副笑容可掬的樣子。一個四角臉寬下巴、灰白短髮的女巫坐在夫子的左手邊，她戴著單片眼鏡，一副不可侵犯的嘴臉。夫子的右手邊坐著另一個女巫，她的身子太過往後靠，所以臉被陰影擋住看不清楚。

「很好，」夫子說，「被告出席了——總算是——那就開始。你準備好了嗎？」他向著整排座位發喊。

「是的，長官。」一個哈利熟悉的熱切聲音說。榮恩的哥哥派西坐在前排長椅的最尾端，哈利看著派西，期待能獲得一個招呼之類的表示，但是都沒有。派西藏在角質框架眼鏡後面的眼睛，專注在他的羊皮紙上，他定定地握著一枝羽毛筆。

「八月十二日的紀律聽審會開始，」夫子用響亮的聲音說，派西馬上開始記錄，「居住在薩里郡小惠因區，水蠟樹街四號的哈利．詹姆．波特，違反未成年巫師魔法合理限制法和國際聯盟保密法令。」

「質詢者，康尼留斯．傲司沃．夫子，魔法部長。愛蜜莉．蘇珊．波恩，魔法執法部門統籌。桃樂絲．珍．恩不里居，魔法部政務次長。審判庭記錄，派西．伊內修斯．衛斯理……」

「被告證人，阿不思．博知維．巫服利．布萊恩．鄧不利多。」一個平靜的聲音從哈利背後傳來，他因為轉頭轉得太快而扭到脖子。

鄧不利多穿了一件深藍色的長袍，表情十分鎮靜，沉著地邁著步伐走過房間。他銀白色的鬍子和頭髮在火炬下閃閃發光，他走到跟哈利同一個位置，半月形的眼鏡架在嚴重扭曲的鼻子中間，透過鏡片看著夫子。巫審加碼的成員在竊竊私語，所有的目光全都落在鄧不利多身上。有些看起來十分惱怒，有些帶著些許的畏懼，坐在後一排座位上有兩個年邁的女巫向他揮手致意。

一看見鄧不利多，哈利的胸中燃起一股激烈的情緒，彷彿打了一劑強心針，有點像那首帶給他無限希望的鳳凰之歌。他想要捕捉鄧不利多的眼神，但鄧不利多並沒有往他這邊看，他依然抬頭看著顯然相當激動不安的夫子。

「哎呀，」夫子一臉慌亂的樣子。「鄧不利多。是、是，那麼，你——呃——收到我們的——呃——訊息，通知聽審會的時間和——地點——變更了？」

「我一定是錯過了，」鄧不利多爽朗地說。「不過，由於一個幸運的錯誤，讓我提早三個小時到魔法部，所以沒有造成什麼損失。」

「是的——這個嘛——我想我們需要加一張椅子——我——衛斯理，你能不能——？」

「不必麻煩，不必麻煩。」鄧不利多愉悅地說。他取出魔杖，輕輕彈一下，然後一張柔軟的棉布扶手椅就出現在哈利隔壁。鄧不利多坐了下來，他修長手指的十個指尖合在一起，優雅有禮地看著坐在他們對面的夫子。整個巫審加碼團還在那竊竊私語，坐立難安，靜不下來，直到夫子再度開口說話才把場面穩住。

「是的，」夫子又說了一次，亂翻他的筆記。「好，那麼呢，所以呢，指控，是的。」

他從面前的一疊資料裡抽出一張羊皮紙，深深吸了一口氣，開始宣讀，「對該被告的指控如下：

「『他明知故犯，而且清楚明白自己的違法行為。他過去也收過魔法部針對此類指控所發給他的警告信函。八月二日九點二十三分，他在麻瓜居住的地方，當著麻瓜的面前施行護法咒，構成觸犯一八七五年所制定的未成年巫師魔法合理限制法第三條，以及國際巫師聯盟保密法令第十三條。』

「你是薩里郡小惠因區，水蠟樹街四號的哈利．詹姆．波特嗎？」夫子說，越過羊皮紙瞪視著哈利。

「是的。」哈利說。

「你在三年前因為違法使用魔法，曾收過一封魔法部發出的官方警告信函，有沒有？」

「有，但是——」

「即便如此，你還是在八月二日的晚上召喚一個護法？」夫子說。

「是的，」哈利說，「但是——」

「你知道未滿十七歲，是禁止在校外使用魔法的？」

「是的，但是——」

「你知道自己在一個都是麻瓜的地方？」

「是的，但是——」

「明知那個時候你跟一個麻瓜離得很近？」

「**是的**，」哈利生氣地說，「但我使用魔法是因為我們——」

戴著單片眼鏡的女巫，用低沉的聲音打斷他的話。

「你召喚了一個完整的護法？」

「是的，」哈利說，「因為——」

「一個有形的護法？」

「一個——什麼？」哈利說。

「你的護法有具體的外形，輪廓分明？我的意思是說，不只是水汽或是煙霧而已？」

「是的，」哈利說，交雜著不耐與略帶絕望的情緒，「牠是頭雄鹿，一直都是頭雄鹿。」

「一直？」波恩夫人低沉地說。「你在這之前就已經召喚過護法了？」

「**是的**，」哈利說，「一年多以前就召喚過了。」

「你十五歲嗎？」

「是的，而且——」

「你是在學校學的嗎？」

「是的，路平教授在我三年級時教我的，那是因為——」

「佩服，」波恩夫人往下盯著他瞧，「一個真正的護法，在他這個年紀……非常讓人佩服，真的。」

有些在她旁邊的巫師和女巫們又開始竊竊私語，少數幾個點著頭，其他的卻皺著眉，頻頻搖頭。

「重點不是他的魔法有多麼讓人佩服，」夫子用煩躁的聲音說，「事實上，越讓人佩服就越糟，我想到的是，這個男孩竟然把它完整呈現在一個麻瓜面前！」

這些皺眉的人現在全都低聲表示贊同，不過驅使哈利繼續辯論的，卻是因為看到派西微微點頭的那一副假道學模樣。

「我這麼做是因為催狂魔！」在大家還來不及打斷之前，他大聲地說。

他原本預期會有更多的低語，但降臨的卻是比之前更加緊繃的沉默。

「催狂魔？」沒過多久，波恩夫人問。她的濃眉挑了起來，直到她的單片眼鏡險些掉下來。「年輕人，你是什麼意思？」

「我的意思是有兩個催狂魔跑到小巷子裡，攻擊我和我的表哥！」

「哎呀，」夫子又說話了，他環顧巫審加碼團，露出令人不悅的虛偽笑容，好像要跟他們分享這個笑話。「是啊，是啊，我想我們當然會聽到這樣的說法。」

「催狂魔在小惠因區？」波恩夫人用一種相當驚訝的語氣說。「我不懂──」

「妳不懂嗎，愛蜜莉？」夫子說，還是虛假地笑著。「讓我來解釋。他設想得很周詳，決定用催狂魔杜撰一個很棒的小藉口，真的非常棒。麻瓜根本看不到催狂魔，他們看得到嗎，年輕人？真的是太方便了，太方便了……所以那只是你的片面之詞，沒有任何證人……」

「我沒說謊！」哈利大喊，壓過法庭另一波興起的低語。「牠們有兩個，從對面的巷尾走過來，所有的東西都變得又暗又冰冷。我的表哥感覺到了牠們，拚命逃跑──」

「夠了，夠了！」夫子說，臉上露出一種異常輕蔑的表情。「我很抱歉打斷這個肯定是排演得相當熟練的故事──」

鄧不利多清清他的喉嚨，巫審加碼團又再度陷入沉默。

「事實上，我們有一個證人出來作證，催狂魔的確出現在那個巷子。」他說，「我的意思是，除了達力・德思禮以外。」

夫子胖嘟嘟的臉垮了下來，好像有人把裡面的氣給放掉。他瞪著鄧不利多一兩分鐘，然後整個人回復到之前的樣子，他說：「鄧不利多，恐怕我們沒有時間去聽更多微不足道的謊話，我希望這個案子趕快——」

「我也許錯了，」鄧不利多愉快地說，「但我很確定根據巫審加碼特許條例，被告有權為他或她的案子請證人出席吧？這不是魔法執法部門的政策嗎，波恩夫人？」他對戴著單片眼鏡的女巫加了一句。

「沒錯，」波恩夫人說，「完全正確。」

「喔，很好，非常好，」夫子厲聲道。「人在哪？」

「我把她帶來了，」鄧不利多說，「她就在門外，需要我——」

「不用——衛斯理，你去！」夫子對著派西大吼。派西馬上站了起來，從審判台跑下石階，經過鄧不利多和哈利，連看都沒有看他們一眼。

沒多久，派西走回來，後面跟著費太太。她看起來很害怕，而且比以前更加古怪。哈利真希望她能換下那雙格子絨毛拖鞋。

鄧不利多站了起來，把自己的椅子讓給費太太，用魔法再變出一張給自己。

「全名？」夫子大聲地說，費太太緊張地把自己安置在椅子的一小角。

「阿拉貝拉・多琳・費。」費太太用顫抖的聲音說。

「妳到底是哪位？」夫子用不耐煩的自大口吻問。

「我是小惠因區的居民，住在哈利波特附近。」費太太說。

「除了哈利波特以外，我們沒有紀錄顯示有任何女巫或巫師住在小惠因區，」波恩夫人馬上說。「那個地點一直被嚴密地監控，因為……因為過去的事件。」

「我是一個爆竹，」費太太說。「所以你們不會有我的紀錄，對吧？」

「爆竹，呃？」夫子懷疑地審視著她。「我們會去查證，到時妳得把出身背景的細節交給我的助理衛斯理。順便問一下，爆竹能夠看見催狂魔嗎？」他補上一句，然後往長椅的左右瞧了瞧。

「是的，我們看得到！」費太太憤怒地說。

夫子瞪著她看，眉毛揚了起來。「非常好，」他冷冷地說，「那妳看到什麼？」

「在八月二日晚上，大概九點鐘左右，我到紫藤巷街角的商店買貓食。」費太太立刻又急又趕地說，就好像她已經把內容都背熟了，「那時我聽到蘭月街和紫藤巷之間的穿堂裡傳來一陣騷動。一走近穿堂口，我看到催狂魔在跑——」

「跑？」波恩夫人突然說。「催狂魔不用跑的，牠們用滑行的。」

「那就是我的意思，」費太太很快地說，她憔悴的臉頰上一陣紅暈。「沿著巷子，好像往兩個男孩那個方向滑行。」

「那兩個看起來是什麼樣子？」波恩夫人瞇起眼睛說，使得單片眼鏡框的邊緣整個消失在她的肉裡。

「這個嘛，一個非常壯，另一個看起來瘦了點——」

「不，不是，」波恩夫人不耐煩地說，「我是說催狂魔……描述一下牠們。」

「喔，」費太太說，紅暈現在蔓延到她的脖子上。「牠們很大。很大，而且穿著斗篷。」

哈利的心重重往下沉。不管費太太怎麼說，聽起來都像是她頂多看過催狂魔的照片而已，而照片根本無法傳達催狂魔真實的樣貌。牠們懸浮在地面上，有著令人毛骨悚然的移動方式，身上有股腐敗的味道，牠們吸吮周圍空氣時會發出極其恐怖的呼嚕呼嚕聲……

在第二排的地方，有個留著大大黑色八字鬍的矮胖巫師，傾著身跟坐在他旁邊的鬈髮女巫咬耳朵。她不自然地笑著，然後點頭。

「很大而且穿著斗篷，」波恩夫人冷冷地重複，夫子輕蔑嘲笑著。「我了解。還有什麼嗎？」

「是的，」費太太說，「我感覺到牠們。一切都變得好冷，容我提醒一下，那是一個很暖熱的夏夜。然後我感覺到……好像所有的快樂已經從世上消失，我想起的……都是很壞的事……」

她的聲音打顫，然後變弱。

波恩夫人的眼睛稍稍睜大，哈利看到她眉毛下方被鏡框壓出的紅色印痕。

「催狂魔做了什麼？」她問，哈利湧起一絲希望。

「牠們攻擊那兩個男孩，」費太太說，現在她的聲音變得比較有力，也更有自信，紅暈從她的臉上褪去。「其中一個倒了下來。另一個往後退，試著要擊退催狂魔，那個是哈利。他試了兩次，只有召喚出一些銀色的煙霧。試了第三次的時候，他成功召喚了一個護法，收服了第一個催狂魔，然後護法受到了他的指示，把第二個從他表哥身邊驅走。這……這就是事情的經過。」費太太說完了，結束得很沒力。

波恩夫人靜靜凝視著費太太，而夫子看都沒有看她一眼，逕自不安地翻閱文件。最後，他抬起眼睛，帶有敵意地說：「這就是妳看到的，是嗎？」

「這就是事情的經過。」費太太重複。

「很好，」夫子說，「妳可以走了。」

費太太一臉驚懼，目光從夫子落到鄧不利多身上，然後站了起來，拖拖拉拉地走向門口。哈利聽到他背後響起砰的關門聲。

「不是很讓人信服的證人。」夫子傲慢地說。

「喔，很難說，」波恩夫人用她低沉的聲音說，「她確實是很精確地描述了催狂魔攻擊人時所造成的影響。而且我也猜不透，如果牠們不在那裡，她卻偏要說牠們在那裡，是出於什麼理由。」

「催狂魔在麻瓜的住宅區遊蕩，又**碰巧**遇上一個巫師？」夫子嗤之以鼻。「這個賠的機率一定相當相當高，恐怕連貝漫也不敢下注吧——」

「喔，我不覺得在座有誰會相信，催狂魔去那裡是純屬巧合。」鄧不利多輕聲地說。

坐在夫子右手邊，臉被陰影擋住的女巫，稍稍動了一下。其他的人全都僵在那裡，異常沉默。

「你這話是什麼意思？」夫子冷冰冰地說。

「意思是我想牠們是被派去那裡的。」鄧不利多說。

「如果有人指派一對催狂魔到小惠因區晃蕩的話，我想我們應該是會有紀錄！」夫子大吼。

「但不包括如果催狂魔在這段時間受到魔法部以外的人的指示。」鄧不利多冷靜地說，「我已經把我對這件事的觀點告訴你了，康尼留斯。」

「是的，你是告訴我了，」夫子強而有力地說，「鄧不利多，而我根本沒有任何理由去相信你的觀點，這簡直就是無稽之談。催狂魔都在阿茲卡班裡，做著我們交代牠們去做的每一件事。」

「那，」鄧不利多又快又清楚地說，「我們就得捫心自問，為什麼某個在魔法部裡的人會在八月二日派一對催狂魔到那個巷子去。」

迎接這些話的是全然的沉默，坐在夫子右邊的女巫把身子往前傾，哈利第一次看清楚她。他覺得她看起來就像一隻大又蒼白的蟾蜍。她有點矮胖，一張鬆垮的大餅臉，跟威農姨丈一樣的短脖子，一張寬大呆滯的嘴巴。她的眼睛又大又圓，還有些微凸，甚至連綁在她短短的、鬈髮上的黑絲絨蝴蝶結，都讓他聯想到是她準備用溼黏黏的長舌頭捕捉的一隻大蒼蠅。

「主席允許魔法部政務次長，桃樂絲．珍．恩不里居發言。」夫子說。

這個女巫用種焦躁、帶有小女孩式的尖音說話。哈利大為吃驚，他原本想像的是青蛙呱呱的叫聲。

「我確定我一定是誤解你了，鄧不利多教授，」她說，帶著忸怩的笑容，和一雙又大又圓、比任何人都還不友善的眼睛。「我真的好蠢。可是就只那麼一會的時間，這話乍聽起來好像是，你暗指我們魔法部下令去攻擊這個男孩！」

她發出銀鈴似的笑聲，使得哈利頸子後面的寒毛都豎了起來。有少數幾個巫審加碼的成員也跟著她一起笑，但不難看出，並非每個人都覺得有趣。

「如果只有魔法部才能指使催狂魔是真的，而哈利和他的表哥在一個星期前被兩個催狂魔攻擊也是真的，那就可以很合理地推斷，可能是某個魔法部的人下令攻擊他們。」鄧不利多有禮貌地說，「當然，這些特殊的催狂魔也可能不受魔法部的控制——」

「沒有一個催狂魔不受魔法部的控制！」夫子厲聲說道，整張臉脹紅了起來。

鄧不利多的頭低下來，微微敬了個禮。

「那毫無疑問地，魔法部得去查個水落石出。為什麼這兩個催狂魔會跑到距離阿茲卡班這麼遠的地方？為什麼牠們會沒得到批准就做出攻擊行為？」

「鄧不利多，魔法部什麼該做或什麼不該做，並不是由你來決定的！」夫子怒吼，現在他的臉是威農姨丈最引以為傲的紫紅色。

「當然不是，」鄧不利多溫和地說，「我只是表達我的信心，相信這件事絕對會受到調查。」

他瞥了波恩夫人一眼，她重新調整好單片眼鏡，再回看他，皺了皺眉頭。

「我要提醒大家，這些催狂魔的行為，即使真的不是這個男孩的想像力所虛構出來的，那也不是這次聽審會的重點！」夫子說，「我們來這裡，是為審查哈利波特違反未成年巫師魔法合理限制法的！」

「我們當然是，」鄧不利多說，「但催狂魔出現在巷子是重要的關鍵。法令的第七條說明，在某些特殊情況下是可以在麻瓜面前使用魔法的。這些特殊情況包括威脅到巫師或女巫自身的生命安全，或是威脅到當場任何女巫、巫師、麻瓜——」

「我們很熟悉第七條款，謝謝你！」夫子咆哮道。

「你們當然是，」鄧不利多有禮貌地說，「那就是說，我們對哈利使用護法咒這件事達成了共識，他的行為是完全符合這個條款所描述的特殊情況囉？」

「前提是如果那裡真的有催狂魔，但我持懷疑的態度。」

「你已經聽到目擊證人的證詞了，」鄧不利多打斷他。「如果你還懷疑她的真實性，把她叫回來，再質詢她。我相信她不會反對的。」

「我——那個——不是——」夫子咆哮著，胡亂翻閱在他面前的文件，「這……我希望今天可以結案，鄧不利多！」

「不過當然啦，你從證人那裡聽再多次也無濟於事，如果你決定選擇的是嚴重的誤判。」鄧不利多說。

「嚴重的誤判，天啊！」夫子用最高分貝說，「你有沒有好好地計算過，這個男孩為了遮掩他在校外濫用魔法，瞎掰過多少故事，鄧不利多？我想你已經忘了他在三年前施行的飛行咒吧——」

「那不是我，那是家庭小精靈！」哈利說。

「**你瞧！**」夫子大喊，誇張地向哈利的位置比個手勢。「一個家庭小精靈！在麻瓜的屋子裡！這我倒要問問你。」

「目前討論的家庭小精靈現在任職於霍格華茲，」鄧不利多說，「只要你願意，我可以立刻召喚他來作證。」

「我——不是——我才沒有時間去聽一個家庭小精靈說話！不管怎麼樣，這不是唯一的——他把他的姑姑充成大氣球，天啊！」夫子大喊，一拳打在法官席上，弄翻了一瓶墨水。

「而你當時非常仁慈地沒把那些事強行定罪。容我放肆地假設，你也相信，就算是最好的巫師也無法永遠控制好他們的情緒。」鄧不利多冷靜地說，夫子試著要把沾在筆記上的墨水給擦掉。

「我都還沒有開始討論他在學校裡做的那些驚人之舉。」

「但是，魔法部並沒有權力處罰霍格華茲學生在學校裡的任何錯誤行為。哈利在那裡的行為跟聽審會的內容無關。」鄧不利多跟之前一樣的有禮，但話中卻透露出一種冷漠。

「啊哈！」夫子說，「他在學校做的事跟我們無關，呃？你這麼認為嗎？」

「魔法部並沒有權力開除霍格華茲的學生，康尼留斯，就如同我在八月二日晚上提醒你的，」鄧不利多說，「也沒有權力沒收魔杖，除非有確切的證據證實對他的指控，這也是我在八月二日晚上提醒你的。你以令人敬佩的速度確保法律受到維護和保障，但我很確定，你自己反倒是忽略了一些法律的細節。」

「法律是可以更改的。」夫子粗野地說。

「當然可以，」鄧不利多說，微微點了一下頭。「而且你似乎做了相當多的改變，康尼留斯。為什麼短短幾週前，在我被迫離開巫審加碼團之後，單純的未成年魔法使用事件已經要用完整的刑法審判程序來處理了？」

上面幾個巫師在他們的座位上不安地移動。夫子的臉上一陣青紫，坐在夫子右手邊的那個蟾蜍臉女巫只是瞪著鄧不利多，臉上幾乎沒有什麼表情。

「就我所知，」鄧不利多繼續說，「沒有任何的法律條款指出，這個審查庭的職責是要處罰哈利之前所施行過的魔法。他以特定的違規事件遭到指控，而他也完成了答辯的工作。我和他現在唯一可以做的事，就是等待你們的裁決。」

鄧不利多又把十個指尖合在一起，然後一句話也不說了。夫子瞪視著他，很顯然地被激怒了。哈利看著旁邊的鄧不利多，想要尋求安心的保證。他真的不敢確定，鄧不利多這樣命令巫審加碼做出裁決的做法對不對。然而，鄧不利多對哈利想要吸引他注意的企圖卻再度視而不見，他仍繼續抬頭看著審判席，現在整個巫審加碼團都陷入交頭接耳的緊急討論當中。

哈利看著自己的腳。他的心好像腫脹成一個非常奇怪的形狀，在他的肋骨底下大聲怦怦作響。他原本以為這場聽審會再拖久一點，他完全不確定他有沒有給人家一個良好的印象。他說的不是很多，他應該把催狂魔的情形再解釋清楚一些，他是怎麼跌倒，他跟達力是怎樣差一點被催狂魔吻了……

有兩次他抬頭看著夫子，張開嘴巴想要說話，但腫脹的心臟堵住了空氣的流通。兩次他都只是深深吸了一口氣，繼續低頭看自己的鞋子。

然後交頭接耳停止了。哈利很想抬頭看審判席，但他發現繼續盯著自己的鞋帶要簡單多了。

「有誰贊成解除對被告的所有指控？」波恩夫人用她低沉的聲音說。

哈利的頭猛然抬起。有幾隻手舉在半空中，有很多……超過半數！他的呼吸加速，試著去數有幾個，還沒數完，波恩夫人就說：「誰贊成有罪？」

夫子舉起他的手，還有六個人也舉起手來，包括坐在他右邊的女巫以及坐在第二排的大鬍子巫師和鬈髮女巫。

夫子環顧周圍，看起來就像是有個很大的東西卡住了他的喉嚨似的。他把手垂了下來，做了兩次深呼吸，強忍著怒氣，用壓抑到極不自然的口氣說，「很好，很好……解除所有的指控。」

「太棒了。」鄧不利多輕快地跳了起來。他拿出魔杖，讓那兩張印花棉布的扶手椅消失。

「好，我得走了。祝你們有個愉快的一天。」然後連一眼都不看哈利，快速離開了地牢。

9 哭泣的衛斯理太太

鄧不利多的驟然離去令哈利感到錯愕，他仍然坐在有鐵鍊的椅子上，雖然感到震驚，但也鬆了一口氣。巫審加碼團都站了起來，有的互相交談，有的收拾東西準備離去。哈利站起來，所有人瞧也不瞧他一眼，除了那個坐在夫子右手邊的蟾蜍臉女巫，她將原先注視著鄧不利多背影的眼光轉移到他身上。哈利不理會她，他希望夫子或波恩夫人能看他一眼，他想問是不是可以走了，但夫子似乎決意不理會哈利。波恩夫人在忙著收拾她的手提箱，於是他試探性地朝門口走了幾步，等到確定沒有人叫他回去，才快步離開。

最後幾步路他是用小跑步的，扭開門把，差點和站在門外的衛斯理先生撞個正著。衛斯理先生臉色發白，滿臉憂慮。

「鄧不利多沒有說——」

「解除，」哈利說著，把門帶上，「所有的指控！」

衛斯理先生綻出笑容，一把抓住哈利的肩頭。

「哈利，這太好了！當然，他們本來就不能判你有罪，就憑那個證據。不過，我還是不能假裝說我不擔——」

衛斯理先生的話猛然打住，因為審判室的門開了，巫審加碼團陸續走出來。

「梅林的鬍子啊！」衛斯理先生驚呼一聲，把哈利拉到一旁讓他們通過，「你被整個巫審加碼團審問嗎？」

「我想是吧。」哈利鎮定地說。

有一、兩個巫師從旁經過時向哈利點頭，另外有幾個，包括波恩夫人，都和衛斯理先生打招呼說：「早，亞瑟。」但多數人都迴避他們的目光。康尼留斯．夫子和那個蟾蜍臉女巫幾乎是最後離開的，夫子把衛斯理先生和哈利當作牆壁的一部分似地視而不見，那個女巫經過時卻刻意打量了一下哈利。最後一個離開的是派西，他和夫子一樣，完全不理會他父親和哈利。他手上緊抓著一大卷羊皮紙和一大把備用的羽毛筆，脊梁挺直，頭仰得高高的。衛斯理先生的嘴角抽了一下，除了這個動作，他在見到他的第三個兒子時，臉上沒有任何表情。

「我這就送你回去，讓你能告訴他們這個好消息。」當派西的後腳跟消失在通往地下九樓的樓梯時，他示意哈利往前走，「我要去貝思納爾綠地看一下那個馬桶，順路送你回去。來吧……」

「你打算怎麼處置那個馬桶？」哈利笑著問。一切事物彷彿都變得比以往有趣五倍，事情總算逐漸明朗：**他沒有罪，他要回霍格華茲了**。

「啊，這是一件很簡單的防惡咒事件，」他們邊爬樓梯，衛斯理先生邊說，「破壞的事小，嚴重的是破壞行為背後的動機，哈利。有些巫師也許覺得逗弄麻瓜很好玩，但這個問題所表達的含意更深遠、更邪惡，我身為──」

衛斯理先生話說到一半猛然打住，他們剛剛走到地下九樓的走廊，赫然發現康尼留斯．夫子就站在不遠的地方，小聲地和一個高大的男人說話。這個人有一頭梳得油亮的金髮，和一張尖削蒼白的臉孔。

那個男人聽見他們的腳步聲立即轉過頭來，他的話也是說了一半就打住，只見他瞇著陰冷的灰眼珠望著哈利。

「哎呀呀……護法波特。」魯休思．馬份冷冷地說。

哈利喘了一下，彷彿踩到了什麼硬物。他最近一次看到這對陰冷的灰眼珠，是在一個食死人的頭罩裡；最近一次聽到這個人嘲弄的聲音，是在一座漆黑的墓園裡，當時佛地魔王正在折磨他。哈利不敢相信魯休思．馬份還敢看他。他不敢相信他會在這裡，在魔法部露面。更不敢相信康尼留斯．夫子還跟他說話，哈利在幾個星期以前才告訴夫子說馬份是個食死人。

「部長剛剛告訴我，你幸運逃過一劫，波特，」馬份先生懶洋洋地說，「太令人吃驚了，你竟然一次又一次逃出死穴……**真像條蛇**，老實說。」

衛斯理先生警戒性地抓住哈利的肩膀。

「是啊，」哈利說，「是啊，我很會逃。」

魯休思．馬份抬眼望向衛斯理先生的臉。

「還有亞瑟．衛斯理！你在這裡做什麼，亞瑟？」

「我在這裡上班。」衛斯理先生簡短地說。

「不是**這裡**吧？」馬份先生揚揚眉毛，瞥一眼衛斯理先生背後那扇門，「我以為你應該是在地下二樓上班……你該不會是做了什麼把麻瓜的手工藝品偷偷帶回家施魔法的事吧？」

「沒這回事。」衛斯理先生怒聲說，他的手指現在已經掐進哈利的肩膀。

「那**你**在這裡做什麼？」哈利問魯休思．馬份。

「我和部長之間的私事跟你無關，波特。」魯休思．馬份說著，摸摸他的長袍前面。哈利聽見細微的叮噹聲，聽起來好像是滿滿一袋金幣。「說真的，別以為你是鄧不利多最心愛的學生，我們就應該同樣寵你……那麼，我們上去你的辦公室吧，部長？」

「好的，」夫子說，轉身背對著哈利和衛斯理先生，「這邊請，魯休思。」

兩人一邊低聲交談一邊離開，直到他們兩個走進電梯裡，衛斯理先生都還是緊緊扣著哈利的肩膀。

「如果他們有事要商量，他為什麼不在夫子的辦公室外頭等？」哈利憤怒地脫口而出，「他在這裡幹什麼？」

「你要是問我，我會說他是想偷偷溜進法庭，」衛斯理先生說，他的表情焦慮不安，還不時轉頭去看，彷彿擔心會有人偷聽到他的談話，「想知道你有沒有被開除。送你回去後我會送個信給鄧不利多，他應該知道馬份又和夫子談話的事。」

「他們到底有什麼私事？」

「黃金吧，我猜，」衛斯理先生憤怒地說，「馬份早幾年前就為各種事物在大力打點……結交權貴……這樣他就可以提出要求……拖延他不喜歡的一些法律條文通過的時間……喔，他的關係可好著咧，這個魯休思．馬份。」

電梯來了，裡面沒人，只有一大堆便條紙在衛斯理先生頭上到處飛。他按下到中庭的按鈕，門哐噹一聲關上，他煩躁地將那些便條紙趕開。

「衛斯理先生，」哈利緩緩地說，「假如夫子和馬份這種食死人見面，假如他單獨接見他們，我們怎麼知道食死人不會對他施蠻橫咒？」

「別以為我們沒想到這一點，哈利，」衛斯理先生不慌不忙地說，「不過鄧不利多先生認為夫子目前是按照他自己的意願在做事──依鄧不利多的說法，這事讓人不太舒服，不過我們現在最好不要再談論這件事了，哈利。」

電梯門打開，他們踏入中庭，這時候的中庭已經變得很冷清，負責守衛的巫師阿瑞又埋著頭看《預言家日報》。他們經過黃金噴泉時，哈利忽然想起一件事。

「等等……」他對衛斯理先生說，然後從口袋掏出他的錢袋，轉身走向噴泉。

他注視著那尊英俊巫師雕像的臉，只是此刻近看之下，哈利覺得他有點弱不禁風，也有點笨。女巫臉上帶著好像在參加選美似的虛假笑容，哈利從他對妖精與人馬的了解，知道他們無論如何都不可能如此虛情假意地凝視人類，只有那個家庭小精靈卑躬屈膝的姿態比較符合事實。哈利想到妙麗要是看到這尊小精靈的雕像不知會作何感想時，忍不住微笑起來。他打開錢袋，把裡面的錢幣（不止十個加隆）全數倒進噴水池中。

＊　＊　＊

「我就知道！」榮恩大叫，往空中揮出一拳，「你總是可以化險為夷！」

「他們一定會判你無罪的，」妙麗說。哈利走進廚房時，她的臉上有明顯的焦慮，現在她用一隻顫抖的手遮著眼睛，「你根本沒做錯事。」

「你們不是早就知道我會沒事嗎？怎麼好像都鬆了一口氣的樣子。」哈利含笑說。

衛斯理太太拿起她身上的圍裙揩臉，弗雷、喬治和金妮邊跳戰舞邊歡呼：「**他沒事，他**

沒事，他沒事……」

「夠了！安靜下來！」衛斯理先生大吼，但他臉上也是堆滿笑容，「告訴你，天狼星，魯休思．馬份去了魔法部——」

「什麼？」天狼星嚇了一跳。

「**他沒事，他沒事，他沒事……**」

「安靜點，你們三個！是的，我們在地下九樓看見他和夫子在談話，後來他們又一起上樓去夫子的辦公室，我們應該讓鄧不利多知道這件事。」

「那當然，」天狼星說，「我們會告訴他，別擔心。」

「那，我該走了，貝思納爾綠地那裡還有個會吐的馬桶等著我去處理。茉莉，我會晚一點回來，我要替東施代班，不過金利可能會過來吃晚飯——」

「**他沒事，他沒事，他沒事……**」

「夠了——弗雷——喬治——金妮！」衛斯理先生離開廚房後，衛斯理太太說，「哈利，親愛的，坐下來吃午飯，你幾乎沒吃早餐。」

榮恩和妙麗也在他面前坐下來，他們看起來比他剛到古里某街時快樂多了。哈利覺得有點暈淘淘的解脫感，雖然因為遇到魯休思．馬份而打了一點折扣，但此刻那種如釋重負的感覺又膨脹起來，陰森的屋子似乎也忽然變得比較溫暖舒適。連聽到嘈雜聲而把尖鼻子伸進廚房探個究竟的怪角，看起來似乎也沒那麼醜了。

「當然囉，只要鄧不利多站在你這邊，他們就沒辦法把你定罪。」榮恩高興地說，在每個人的盤子裡舀上一大勺馬鈴薯泥。

「是啊，他一直為我辯護。」哈利說。他覺得如果說「但是我真希望他能和我說句話，甚至看我一眼」，會讓人覺得他很不懂得感激，更別提太幼稚。

他這樣想著，額頭上的疤忽然一陣劇痛，他忍不住用手去捂著。

「怎麼啦？」妙麗警覺地問。

「傷疤，」哈利喃喃說，「但是不要緊……最近常常痛……」

沒有人注意到任何異狀，大家都忙著吃東西，慶幸哈利逃過一劫。弗雷、喬治和金妮還在歡呼，妙麗有點煩躁，但她還沒來得及開口，榮恩已經高興地說：「你知道，我想鄧不利多今晚會出現，來和我們一起慶賀。」

「我想他不會來，榮恩，」衛斯理太太邊說邊把一大盆烤雞擺在哈利面前，「他這時一定很忙。」

「**他沒事，他沒事，他沒事……**」

「**閉嘴！**」衛斯理太太大吼。

＊　＊　＊

接下來幾天，哈利發現古里某街十二號有一個人對於他可以回霍格華茲這件事，好像不怎麼高興。天狼星最初聽到這個消息時，表現得非常高興，他和哈利握手，也和其他人一樣笑容滿面，但是很快又露出比以往更心事重重、更陰鬱的神情。他不大和人說話，甚至包括哈利，而且大部分時間都把自己關在他母親的房間裡跟巴嘴在一起，不吭一聲。

幾天後，哈利、妙麗和榮恩在四樓刷洗一座發霉的櫥子時，哈利忍不住向他們兩人傾訴心裡的感覺。妙麗嚴厲地說：「你不要有罪惡感！你屬於霍格華茲，這點天狼星也知道，我個人倒是認為他太自私。」

「這樣說有點太苛刻了，妙麗，」榮恩說，一面皺著眉頭刮去沾在他手指上的一塊霉斑，「要是沒有人陪伴，**妳**一定也不願意一個人住在這樣的房子裡。」

「他有人陪！」妙麗說，「這裡是鳳凰會總部，不是嗎？他只是希望哈利能搬過來和他一起住。」

「我想不會，」哈利一面把抹布擰乾說，「我以前問他我能不能搬來住，他都不給我正面答覆。」

「他只是不敢奢望而已，」妙麗機智地說，「而且，他說不定還有點罪惡感，因為我覺得他有點巴不得你被學校開除，這樣你們兩個就可以一起亡命天涯。」

「別胡扯了！」哈利和榮恩同時喊道，但妙麗只是聳聳肩。

「隨便你們，不過我有時覺得榮恩的媽說得對，天狼星有點分不清你是你，還是你父親，哈利。」

「所以說，妳認為他的腦袋受傷了？」哈利激動地問。

「不，我只是覺得他長久以來太孤單了。」妙麗簡短地答。

這時，衛斯理太太走進臥室，站在他們身後。

「還沒洗好？」她說，探頭看看櫥櫃內部。

「我還以為妳會來叫我們休息一下，」榮恩委屈地說，「妳知道自從我們來到這裡以後，已經清掉多少霉斑了嗎？」

「你們一直很熱心想要幫鳳凰會的忙，」衛斯理太太說，「現在正好可以貢獻一份心力，讓總部適合住人啊。」

「我覺得自己好像一個家庭小精靈。」榮恩抱怨說。

「現在你明白他們過的是多悲慘的生活了吧？你以後是不是要對小精靈福進會多主動關心一點呀！」妙麗滿懷希望說。衛斯理太太轉身又出去了，把這裡留給他們自己去解決。「讓大家知道整天打掃是件多痛苦的事，說不定也是個不錯的點子——我們可以發起打掃葛來分多交誼廳的行動，一切都為了小精靈福進會，這樣不但可以提高自覺意識，同時還可以募款。」

「我寧可發起叫妳閉口不提**小精靈福進會**的行動。」榮恩煩躁地嘟囔著，不過只有哈利聽得見。

＊ ＊ ＊

假期逐漸逼近尾聲時，哈利發現他越來越渴望回到霍格華茲。他迫不及待想見到海格，想打魁地奇球賽，甚至散步跨過菜圃到藥草學的溫室。只要是能夠離開這間到處是灰塵又充滿霉味的屋子就好，這裡有一半以上的櫥櫃都還上著鎖，怪角也老是躲在暗處咒罵他們，不過哈利說話還是很謹慎，生怕一個不小心傳到天狼星耳朵裡。

事實上，住在這個對抗佛地魔的總部，一點也不如哈利原先所預期的那樣好玩。雖然鳳凰會的成員們來來去去，有時留下來吃飯，有時只待幾分鐘說幾句悄悄話，但衛斯理太太早就對哈利和其他人明白宣示，禁止他們偷聽（無論是用伸縮耳或正常管道都不行）。而且包括天狼星在內，似乎每一個人都認為，哈利除了第一天晚上抵達時所聽到的事情以外，沒有必要知道得更多。

暑假的最後一天，哈利正在打掃嘿美留在衣櫥頂上的糞便，榮恩拿著兩封信進來。

「書單寄來了，」他說，把其中一封扔給站在椅子上打掃的哈利，「也差不多該來了，我還以為他們忘記了呢，往年都比這個時候更早……」

哈利把最後一點貓頭鷹大便掃進垃圾袋，然後將垃圾袋從榮恩頭上扔飛進角落的垃圾桶，垃圾桶吞下去後大聲地打起嗝來。這時候他才打開他的信封，裡面有兩張羊皮紙：一張是一般的通知單，說新學期將在九月一日開始，另一張是通知他新學年需要添購的書單。

「只有兩本新書，」他念著書單說，「米蘭達．郭沙客寫的《標準咒語．五級》，以及威伯．史林哈著作的《魔法防禦理論》。」

砰。

弗雷和喬治忽然雙雙出現在哈利身旁，他現在已經很習慣他們以這種方式出現，所以不會從椅子上跌下來了。

「我們還在想，是誰決定要用史林哈那本書。」弗雷說。

「這表示鄧不利多找到一個新的黑魔法防禦術老師了。」喬治說。

「也差不多是時候了。」弗雷說。

「什麼意思？」哈利問，從椅子上跳下來。

「我們幾個禮拜前用伸縮耳偷聽到爸媽在談話，」弗雷告訴哈利，「他們在談話中說到，鄧不利多為了今年找不到人來教這門課而傷腦筋。」

「也難怪，看過去四年就知道了。」喬治說。

「一個被解聘，一個死了，一個失去記憶，還有一個被關在箱子裡長達九個月。」哈利說著，一面屈著指頭數著，「沒錯，我懂你們的意思。」

「榮恩，你怎麼啦？」弗雷問。

榮恩沒回答，哈利回頭去看，榮恩嘴巴微張、不聲不響地站著，吃驚地讀著霍格華茲學校寄來的信。

「怎麼回事？」弗雷不耐煩地問，走過去從榮恩背後看他手上的羊皮紙。

弗雷的嘴巴也張得開開的。

「級長？」他說，滿是懷疑地看著那封信。「**級長？**」

喬治往前跳一步，抓住榮恩另一隻手上的信封，把它顛倒過來，哈利看到有個紅紅金金的東西掉在喬治的手掌心。

「不可能。」喬治低聲說。

「搞錯了吧，」弗雷說，從榮恩手上搶走羊皮紙，對著光線，彷彿在察看有沒有浮水印，「他們瘋了，才會選榮恩當級長。」

雙胞胎不約而同轉頭望著哈利。

「我們以為一定是你！」弗雷說，他的口氣好像他們全被哈利耍了似的。

「我們以為鄧不利多**一定**會選你！」喬治忿忿不平地說。

「你贏得三巫鬥法大賽，還有種種傑出表現呀！」弗雷說。

「我猜一定是那些瘋子都反對他。」喬治對弗雷說。

「是喔，」弗雷緩緩說道，「是喔，你惹來太多麻煩了，老弟。不過，至少你們當中有人被選上了。」

他走到哈利身邊，拍拍他的背，同時不屑地看了榮恩一眼。

「**級長**……小榮榮也會當級長。」

「喔，媽會樂翻了。」喬治唉聲說著，把級長徽章扔還給榮恩，彷彿怕被它污染似的。

榮恩仍然不發一語，接過徽章，他注視了一會，然後遞給哈利，好像在無言地請他鑑定是不是真的。哈利接過來，一個大大的「P」字繡在象徵葛來分多的獅子上。他在進入霍格華茲就學的第一天，就曾在派西的衣襟上見過一枚和它一模一樣的徽章。

門砰的一聲打開，妙麗淚眼汪汪衝進來。她的臉頰緋紅，頭髮飛舞，手上拿著一個信封。

「你也——你也收——？」

她看見哈利手上的徽章，立即發出尖叫。

「我就知道！」她興奮地說，揮舞手上的信封，「我也是，哈利，我也是！」

「不，」哈利趕緊說，急忙把徽章塞進榮恩手中，「是榮恩，不是我。」

「是——什麼？」

「榮恩是級長，不是我。」哈利說。

「**榮恩**？」妙麗說，她驚訝得張大了嘴，「可是……你確定嗎？我是說——」

當她發現榮恩一臉不服氣的表情時，她的臉紅了。

「信封上寫的是我的名字。」他說。

「我……」妙麗說，一臉不解，「我……啊……哇！太好了，榮恩！真是——」

「想不到。」喬治說著，點點頭。

「不，」妙麗說，臉更紅了，「不，不是……榮恩的表現也很好……他真的……」

她背後的門又被推開一些，衛斯理太太抱著一堆剛洗乾淨的長袍進來。

「金妮說書單總算寄來了，」她一面走到床邊將長袍分成兩堆，一面瞥一眼那幾個信封，「你們把信封交給我，我今天下午就可以去斜角巷幫你們把書買齊，你們可以在家整理行李。榮恩，我得替你多買幾件睡衣，你這些睡衣至少短了六吋，我真不敢相信你長這麼快……你喜歡什麼顏色？」

「給他買紅金色的吧，可以配他的徽章。」喬治揶揄說。

「配他的什麼？」衛斯理太太隨口說，一面把一雙紅褐色的襪子捲好放在榮恩的衣服上。

「他的**徽章**，」弗雷說，口氣就像是要把最壞的消息趕快講完，「他心愛的亮晶晶**級長徽章**。」

衛斯理太太一心想著睡衣的事，弗雷的話隔了一會才進入她腦中。

「他……可是……榮恩，你該不會……？」

榮恩舉起徽章。

衛斯理太太像妙麗剛才一樣發出尖叫。

「我不相信！我不相信！喔，榮恩，太好了！級長耶！這一來，家裡的每一個人都當過級長了！」

「那弗雷和我算什麼，隔壁的鄰居？」當他母親一把把喬治推開，伸手去抱她最小的兒子時，喬治忿忿不平地說。

「你父親聽到這個消息不知道會有多高興！榮恩，我真以你為榮，這個消息太好了，你可以和比爾和派西一樣，最後就當上男學生主席，這是第一步！啊，在這個煩惱特多的時候，這個消息太好了，我真高興，喔，**榮榮**……」

弗雷和喬治都在衛斯理太太背後發出乾嘔聲，但衛斯理太太不予理會。她摟著榮恩的脖子，在他臉上到處親，使榮恩的臉比徽章更紅。

「媽……不要……媽，太緊了……」他喃喃說，想把她推開。

她終於鬆手，喘口氣說：「啊，應該怎麼辦？我們以前送派西貓頭鷹，不過你已經有一隻了。」

「什──什麼意思？」榮恩說，一臉不敢相信的表情。

「為了這個，你應該得到一點獎勵！」衛斯理太太高興地說，「一套新的禮袍好嗎？」

「我們已經買給他了。」弗雷酸酸地說，彷彿很後悔對他這麼大方。

「或者一個新的大釜，查理那個舊的已經鏽到穿底了。或者一隻新老鼠，你一直很喜歡斑斑──」

「媽，」榮恩滿懷希望地說，「我能不能要一把新的飛天掃帚？」

衛斯理太太的臉色微微一黯，飛天掃帚買起來很貴的。

「不必太好的！」榮恩趕緊又說，「只要──只要換支新的就好……」

衛斯理太太猶豫一下，然後微笑。

「**當然**可以……那，如果還要再買一把飛天掃帚，我就得趕快了，我等一下再來……小榮榮，要當級長囉！別忘了整理你們的箱子……級長耶……喔，我太高興了！」

她又在榮恩臉上親了一下，這才大聲吸著鼻子，快步走出房間。

弗雷和喬治相互對看一眼。

「如果我們不親你，你不會介意吧，榮恩？」弗雷假裝焦慮地說。

「我們可以向你行屈膝禮，只要你喜歡。」喬治說。

「喔，閉嘴啦。」榮恩皺著眉頭說。

「不然你想怎樣？」弗雷不懷好意地笑著說，「罰我們勞動服務？」

「我倒想看他敢不敢。」喬治不屑地說。

「你們如果不小心點，他可是會喔！」妙麗氣憤地說。

弗雷和喬治大笑，榮恩囁嚅說：「算了，妙麗。」

「我們要小心一點囉，喬治。」弗雷說，假裝發抖，「有這兩個人在監視……」

「是啊，看來我們為非作歹的好日子要結束了。」喬治說著，搖搖頭。

然後**砰**的一聲巨響，這對雙胞胎又消失了。

「這兩個人！」妙麗生氣地說，抬頭望著天花板，他們可以聽到弗雷和喬治正在樓上的房間大笑。「別理他們，榮恩，他們只不過是在吃醋！」

「我想不是，」榮恩心有疑慮，他也望著天花板，「他們老是說只有傻瓜才會當級長……不過，」他換上比較開心的語氣說，「他們從來沒用過新的飛天掃帚！真希望我能和媽一起去挑選……她是買不起光輪系列啦，不過新的狂風系列出來了。好棒……對，我要去告訴她我喜歡狂風系列，這樣她就知道了……」

他快步衝出房間，留下哈利和妙麗兩人。

不知道為了什麼，哈利發現自己不想看妙麗。他轉身走向床鋪，抱起衛斯理太太放在床上的乾淨長袍，走到房間另一頭放進他的行李箱。

「哈利？」妙麗欲言又止。

「太好了，妙麗，」哈利說，他的語氣過於熱絡，聽起來一點也不像他的聲音。他還是沒看她，「太帥了，級長，真好。」

「謝謝，」妙麗說，「呃——哈利——我可以跟你借嘿美送信給我爸媽嗎？他們會很高興——我是說，當**級長**這回事他們懂的。」

「好啊，沒問題。」哈利說，還是那種不像他自己的熱絡口氣，「儘管借！」

妙麗走到衣櫥旁呼喚嘿美下來，哈利還在整理他的行李，他把長袍放在箱子的最底層，然後假裝在裡面撈東西。過了一會，哈利聽到關門聲，但他還是繼續彎著腰，仔細聽。現在唯一的聲音就是牆上空白畫布再度傳出的竊笑聲，以及牆角的垃圾桶吃下貓頭鷹大便後的咳嗽聲。

他直起身子往後看，妙麗早已離開，嘿美也飛走了。哈利走回他的床鋪，一屁股坐下，茫然注視著衣櫥底部。

他完全忘了五年級要選級長這回事。他一直在擔心會被學校開除，根本無暇細想只有擁有特定條件的人才能得到級長徽章。可是，假如他**真**想到了……假如他**真**想到了這件事……他會有什麼期待？

*不是現在這樣。*他的腦袋裡有個細小而忠實的聲音在說。

哈利皺起眉頭，把臉埋在手掌心。他不能欺騙自己，要是他早知道快要頒發級長徽章了，他當然會希望是他得到，而不是榮恩。但他這樣想豈不是和跩哥・馬份一樣傲慢？他自認為他比其他任何人更優秀嗎？他真的相信他比榮恩**更優秀**嗎？

不，那個小小的聲音反對說。

是真的嗎？哈利心想，焦慮地探討他自己內心的感覺。

*我的魁地奇打得比較好，*那個聲音說，*但我不是樣樣都比別人強。*

那倒是千真萬確的事，哈利心想。他的功課沒有榮恩好，但是除了功課以外呢？他、榮恩和妙麗自從進入霍格華茲後共同經歷過的那些冒險，風險不是都比被學校開除更大？

*榮恩和妙麗大部分時候都和我在一起，*哈利腦袋裡的聲音說。

也沒有每次啦，哈利跟自己辯解。他們沒有和我一起對抗奎若，沒有和瑞斗及蛇妖對決。天狼星逃走那一夜，他們也沒有除掉催狂魔。佛地魔回來的那個晚上，他們也沒有和我一起在墓園……

他剛抵達這裡的那個晚上感受到的不公平待遇，此刻又襲上心頭。哈利忿忿不平地想，我做得比他們多很多，我的功勞比他們兩個都大！

*可是，*那個小小的聲音又說了，*也許鄧不利多選他們當級長，並不是因為他們經歷過許多險境……他選他們或許有別的理由……榮恩一定有你缺乏的優點……*

哈利張開眼睛，從他的指縫中望著衣櫥底下四隻爪形的腳，他想起弗雷說的話：「他們瘋了，才會選榮恩當級長……」

哈利忍不住笑出來，旋即又覺得自己很惡劣。

榮恩又沒有要求鄧不利多讓他當級長，這不是榮恩的錯。反倒是他，哈利，榮恩最要好的朋友，因為沒有得到徽章而生氣，並且在榮恩的背後和雙胞胎一起譏笑他。榮恩頭一次在某方面擊敗他時，他反而要破壞他的好事？

這時哈利聽到榮恩上樓的腳步聲，他站起來，扶正一下眼鏡。榮恩推門進來，他立即在臉上堆起笑容。

「剛好趕上！」榮恩快樂地說：「她說她如果看到狂風，她會買回來。」

「好酷。」哈利說，他聽到自己的聲音已經沒有出現假惺惺的熱絡，因而鬆了一口氣，「聽著——榮恩——太好了，兄弟。」

榮恩臉上的笑容消失了。

「我從沒想到會是我！」他說著，搖搖頭，「我一直以為是你！」

「欸，我惹太多麻煩了。」哈利順應弗雷的話說。

「哎啊，」榮恩說，「哎啊，我想……好吧，我們最好趕快整理行李吧。」

他們真沒想到打從來到這裡以後，東西亂丟的範圍還真大。他們幾乎花了一整個下午的時間，從屋子裡的各個角落找回書本和物品，通通收進他們的行李箱內。哈利發現榮恩不斷移動他的級長徽章，先是擱在床頭櫃上，再又放進他的牛仔褲口袋內，不一會又拿出來，放在他折疊好的長袍上，彷彿要看紅色配黑色的效果如何。只有當弗雷和喬治路過進來，見狀提議用恆黏咒把它黏死在他額頭上，他才小心翼翼地把它塞進栗子色的襪子內包好，鎖進箱子裡。

衛斯理太太在六點左右從斜角巷回來，帶回來一些書本和一個用厚牛皮紙包著的長包裹，榮恩滿臉渴望地從她手上接過。

「現在不要打開吧，大家都要來吃晚飯了，你們都下來。」她說。但是等她一離開，榮恩便迫不及待地撕開包裝紙，臉上帶著狂喜，仔細檢查他的新飛天掃帚。

衛斯理太太在地下室擺滿食物的餐桌上方掛起一幅紅布條，上面寫著：

狂賀

榮恩和妙麗

當選級長

她的心情比哈利這幾天看到的好多了。

「我想我們應該辦一場小小的慶功宴，而不只是坐下來吃頓飯。」她對魚貫進門的哈利、榮恩、妙麗、弗雷、喬治還有金妮說。「榮恩，你父親和比爾正在路上，我已經派貓頭鷹送信給他們，他們都**高興死了**。」她開心笑著說。

弗雷翻白眼。

天狼星、路平、東施還有金利．俠鉤帽都已經就座，哈利給自己拿了一瓶奶油啤酒後不久，瘋眼穆敵也一蹬一蹬地進來了。

「噢，阿拉特，真高興你也來了，」當瘋眼甩下他身上的斗篷時，衛斯理太太高興地說，「我們早就想請你幫個忙——能不能請你看一看會客室裡的那張寫字桌，告訴我們裡面是什麼？我們一直不敢打開，怕有討厭的東西。」

「沒問題，茉莉……」

穆敵的鮮藍色眼珠滴溜溜往上一翻，焦點固定在廚房上面的天花板。

「會客室……」他沉吟著，瞳孔縮小，「放在角落的寫字桌？有，我看到了……有的，那是一隻幻形怪……要我上去把牠除掉嗎，茉莉？」

「不，不，等一下我自己去好了。」衛斯理太太含笑說，「你喝你的，我們正要舉行一個小慶功宴，說真的……」她指著紅色的布條，「我們家的第四個級長！」她開心地揉著榮恩的頭髮。

「級長，嗄？」穆敵沉吟著說，他的正常眼睛停留在榮恩身上，魔眼卻在一陣滴溜溜亂轉後，盯向哈利的側面。哈利被那眼睛盯得渾身不自在，便把身子移向天狼星和路平。

「喔，那恭喜了。」穆敵說，他的正常眼睛仍注視著榮恩，「權威人物總是會惹來麻煩，不過我想鄧不利多一定認為你能頂得住大部分的惡咒，否則他不會任命你……」

榮恩對他這個觀點有些錯愕，幸好這時他父親和大哥回來了，替他省去了回應的麻煩。衛斯理太太情緒高昂，連蒙當葛跟著一起進門她都沒有抱怨。蒙當葛穿了一件長大衣，在不該鼓起來的地方顯得鼓鼓的，別人叫他脫掉大衣和穆敵的旅行斗篷放在一起，他也一口回絕。

「那，我們就照規矩敬酒吧，」當大家手上都有一杯飲料時，衛斯理先生說，他舉起酒杯，「敬榮恩和妙麗，葛來分多的新級長！」

每個人都舉杯敬他們，然後鼓掌。榮恩和妙麗開心地笑著。

「我從來沒當過級長。」當大家都移向餐桌拿菜時，排在哈利後面的東施愉快地說。她今天的頭髮是紅豔豔的番茄色，長到腰際，看上去像金妮的姊姊。「我那個學院的導師說我缺少某些必要的特質。」

「比如說？」金妮說，拿起一個烤馬鈴薯。

「比如守規矩的能力。」東施說。

金妮笑起來，妙麗不知道該不該笑，只好喝一大口奶油啤酒，結果被嗆到。

「那你呢，天狼星？」金妮問，一面替妙麗拍背。

和哈利站在一起的天狼星發出他習慣性的狗吠式笑聲。

「沒有人會選我當級長，我和詹姆一天到晚被罰勞動服務。路平是乖孩子，他當過級長。」

「我想鄧不利多也許是希望我能管一管我的好朋友們，」路平說。「我乾脆告訴他，我沒辦法。」

哈利的心情一下子好轉，他的父親也沒當過級長，這頓慶功宴似乎剎那間變得更有意思了。他在盤子裡堆滿食物，覺得屋子裡每一個人都好可愛。

榮恩逢人便熱心介紹他的新飛天掃帚。

「……十秒內便可以從零加速到七十哩，不賴吧？《飛天掃帚型錄》上說，彗星兩百九只能從零加速到六十，還得是剛好碰到順風的時候耶！」

妙麗興致勃勃地對路平說明她對家庭小精靈權益的看法。

「我是說，這和狼人被隔離一樣荒唐，不是嗎？這完全是來自於巫師自以為比其他生物優越的可怕觀念……」

衛斯理太太和比爾照樣為比爾的頭髮在爭辯。

「……真是越來越不像樣了，你長得那麼好看，頭髮剪短一點會更好看，你說是不是，哈利？」

「噯——我不——」哈利說，猛然被徵求意見似乎讓他有點嚇一跳。他趕緊溜開，跑到弗雷和喬治那邊，雙胞胎這時候和蒙當葛縮在角落裡。

蒙當葛一見到哈利便立即住口，弗雷卻對哈利使眼色，並叫他過來。

「不要緊，」他對蒙當葛說，「我們可以信任哈利，他是我們的財務後盾。」

「瞧阿當為我們帶來什麼。」喬治說，伸出一隻手給哈利看，手心上滿滿一把看起來好像乾縮的黑豆莢。這些東西雖然都靜止不動，裡面卻發出細微的震動聲。

「毒觸手種子，」喬治說，「我們的摸魚點心盒要用的，但它們是三級禁售品，所以不容易取得。」

「那這一把就算十加隆囉，阿當？」弗雷說。

「我可是千辛萬苦才拿到的，」蒙當葛說，他那眼袋鬆弛、滿布血絲的眼睛圓睜，「很抱歉，小鬼，二十個要一納特，否則不賣。」

「阿當真是愛說笑。」弗雷對哈利說。

「是啊，最好笑的是一袋魔刺蝟刺要賣六個西可。」喬治說。

「你們最好小心一點。」哈利不慌不忙地警告他們。

「怎麼？」弗雷說，「媽忙著在談榮恩級長的事，我們很安全。」

「可是你們逃不過穆敵的眼睛。」哈利指出重點。

蒙當葛緊張地回頭看一眼。

「說得好，那，」他咕噥著說，「好吧，小鬼，就算十加隆好了，要就快。」

「太好了，哈利！」弗雷說。蒙當葛將口袋裡的東西全數掏出，放進雙胞胎伸出的掌心，便急忙跑過去取食物。「我們最好先把這些拿到樓上……」

哈利目送他們離開，心中略感不安。他忽然想到，萬一衛斯理先生和衛斯理太太問起是誰出資供弗雷和喬治開惡作劇商店，最後發現是他該怎麼辦？當時把三巫鬥法大賽的獎金送給雙胞胎，似乎是天經地義的事，但是，萬一這件事又造成他們家庭失和，以及類似和派西的隔閡時，又該怎麼辦？要是衛斯理太太發現是哈利提供資金給弗雷和喬治，經營她認為不妥的事業，她還會認為他和她的兒子們一樣好嗎？

哈利站在雙胞胎剛剛離開的地方，心中沉甸甸的，十分自責，這時他忽然聽到有人提到他的名字。儘管四周都是聊天的聲音，金利・俠鉤帽低沉的嗓音仍舊聽得很清楚。

「……鄧不利多為什麼沒讓波特當級長？」金利問。

「他一定有他的理由。」路平回答。

「可是選他當級長才表示對他有信心，要是我就會這樣做。」金利說，「尤其是《預言家日報》每隔幾天就報導一下……」

哈利沒有回頭，他不想讓路平或金利知道他聽到他們的談話。因此他即使不是很餓，還是跟在蒙當葛後面走向餐桌。他對這場慶功宴的喜悅來得快也去得快，他真希望早早上床睡覺。

瘋眼穆敵正在用他剩餘的鼻子聞著一隻雞腿，他顯然已查出雞腿沒有毒，因為他已經在用牙齒撕啃了。

「……這個掃帚的帚柄是用西班牙橡木做的，上面塗著防惡咒的亮光漆，而且有隱藏式防震控制……」榮恩在和東施說話。

衛斯理太太大聲打了一個呵欠。

「我睡覺以前先去解決那個隻幻形怪好了……亞瑟，不要讓孩子們太晚睡，好嗎？晚安，哈利，親愛的。」

她離開廚房。哈利放下餐盤，心想不知道他能不能不動聲色地跟著她離開。

「你沒事吧，波特？」穆敵邊吃東西邊說。

「是啊，沒事。」哈利騙他。

穆敵從他的扁酒瓶喝了一大口酒，用他那極其鮮豔的藍眼珠橫著看哈利。

「你過來，我有樣東西你或許會有興趣。」他說。

穆敵從長袍內側口袋掏出一張非常破舊的魔法照片。

「最早期的鳳凰會，」穆敵吼著說，「昨天晚上我在找另外一件隱形斗篷時找到的。包莫真沒禮貌，也不把我最好的一件隱形斗篷還給我……不過，大家也許會想看到這個。」

哈利接過照片，裡面有一小群人，有的在向他招手，有的抬起眼鏡在仔細看他。

「這是我，」穆敵說，其實不用指也看得出來，照片中的他和現在沒有兩樣，不過頭髮沒有現在那麼灰白，鼻子也還是完整的。「我旁邊是鄧不利多，另外一邊是迪達勒斯・迪歌……那個是馬琳・麥金農，她拍了這張照片兩個禮拜後就遇害了，他們把她全家都殺了。那邊是法蘭克和愛麗絲・隆巴頓——」

哈利看著愛麗絲・隆巴頓，原本不舒服的胃抽得更緊。他即使沒見過她，也能立即認出她那友善的圓臉，她長得和她的兒子奈威一個模樣。

「——可憐的傢伙，」穆敵氣憤地說，「這種下場，死了反倒痛快……那個是伊美玲・旺司，你見過她。那個是路平……班吉・方維克，也送命了，我們只找到他一點零碎的殘骸……向旁邊移。」他說著，戳戳照片，照片中的人立即向旁邊移，讓那些只看得見一小部分的人移到中間來。

「那是艾加．波恩……愛蜜莉．波恩的哥哥，他們也把他全家殺了，他是個偉大的巫師……史特吉．包莫，哎呀，他看起來好年輕……開多．狄本，拍完這張照片，六個月以後就失蹤了，我們一直沒找到他的屍體……海格，當然，還是一點都沒變。艾飛．道奇，你已經見過他，我都忘了他老是戴那頂很蠢的帽子……吉昂．普瑞，他們派出五個食死人才把他和他的弟弟費邊殺掉，他們奮勇抵抗……讓開，讓開……」

照片中的小人推擠著，原先躲在後面的，這時都移到最前面。

「那是鄧不利多的兄弟阿波佛．鄧不利多，很難得見到他，一個怪人……那是朵卡．麥道，佛地魔親手殺死的……天狼星，那時候他還是短頭髮……還有……有了，我想這個你一定有興趣！」

哈利的心臟差點跳出來，他的母親和父親正笑吟吟地望著他。他們分別坐在一個有著一對水汪汪眼睛的小個子兩旁。哈利一眼就認出那個人是蟲尾，他背叛了他的父母，將他們的住處洩漏給佛地魔知道，導致他們被殺害。

「如何？」穆敵說。

哈利注視穆敵那張滿是疤痕和坑坑凹凹的臉，顯然穆敵認為哈利已經看到最精采的東西。

「是啊，」哈利說，想擠出一絲笑容，「呃……我剛想到，我還沒有打包我的……」

他還沒來得及想出一個要打包東西的名稱，天狼星便開口問道：「你手上拿的是什麼，瘋眼？」穆敵轉頭望著他，哈利趕快走過廚房，不等任何人叫住他，就已經上樓了。

他不明白自己為什麼會如此震驚，他以前也看過他父母的照片，也見過蟲尾……但是他們突如其來地出現在他眼前，而他一點也沒有心理準備……誰都會不高興，他氣憤地想著……還有，他們四周那一張張開心的臉……班吉．方維克，只找到殘骸；吉昂．普瑞，奮勇戰死；隆巴頓夫婦，被折磨到發瘋……他們都在照片中快樂地揮著手，完全不知道近在眼前的劫數……穆敵也許覺得有意思……他，哈利，卻痛苦萬分……

哈利踮著腳尖上樓，經過大廳，經過小精靈的填充頭顱，很高興終於可以一個人靜一靜了。就在他接近第一個樓梯口時，聽到了一個聲音，有人在會客室裡哭泣。

「哈囉？」哈利說。

沒有人回答，但哭聲不斷。他一次踏兩級快步上樓，走過樓梯平台，打開會客室的門。

有個人縮靠在黑暗的牆上，她手上拿著魔杖，哭得全身顫抖。月光下，有個人趴在骯髒的舊地毯上，很明顯已經死了，是榮恩。

哈利肺裡的空氣彷彿一下子全部被抽乾，他覺得自己快要昏倒了。他的腦子一片冰冷——榮恩死了，不，不可能——

等等，**這不可能**——榮恩在樓下——

「衛斯理太太？」哈利啞著嗓子說。

「叱——叱——叱叱，荒唐！」衛斯理太太嗚咽著說，魔杖顫抖著指著榮恩的屍體。

砰。

榮恩的屍體變成了比爾的屍體，四仰八叉躺著，空洞的雙眼圓睜。衛斯理太太哭得更厲害了。

「叱——叱叱，荒唐！」她又哭著說。

砰。

衛斯理先生的屍體取代了比爾的屍體，他的眼鏡歪了，一條血跡流到他臉上。

「不！」衛斯理太太哀嚎，「不……叱叱，荒唐！叱叱，荒唐！**叱叱，荒唐！**」

砰，雙胞胎的屍體。**砰**，派西的屍體。**砰**，哈利的屍體……

「衛斯理太太，快出去吧！」哈利大聲說，他望著地上自己的屍體。「叫別人來——」

「怎麼回事？」

路平衝進門，後面緊跟著天狼星，穆敵也一蹬一蹬地跟在後面。路平看看衛斯理太太，再看看地上哈利的屍體，似乎馬上就明白了。他拔出他的魔杖，堅定清晰地說：

「叱叱，荒唐！」

哈利的屍體消失，就在原來屍體躺臥的位置懸空著一顆銀球。路平再次揮動魔杖，銀球化做一陣煙消失了。

「喔——啊——啊！」衛斯理太太雙手蒙著臉嚎啕大哭。

「茉莉，」路平淡淡地說，走到她身邊，「茉莉，不要……」

她立刻又靠在他肩上放聲大哭。

「茉莉，那只是一隻幻形怪，」他安慰她，拍拍她的頭，「只是一隻無聊的幻形怪……」

「我老是看到他們都死——死——死了！」衛斯理太太趴在他肩上哭著說，「老——老——老是這樣！我老——老——老是——夢到……」

天狼星盯著那塊地毯，剛才幻形怪化成的哈利屍體就躺在那裡。穆敵注視著哈利，哈利避開他的視線。他有個奇怪的感覺，穆敵那顆魔眼好像一路跟著他離開廚房。

「不——不——不要告訴亞瑟，」衛斯理太太哽咽著說，拿袖口用力擦眼睛，「我不——不——不要讓他知道……這麼傻……」

路平遞給她一條手帕，她接過來擤鼻涕。

「哈利，對不起，你會不會笑我？」她抽噎著說，「連一隻幻形怪都除不了……」

「別傻了。」哈利說，想擠出一個笑容。

「我只是很——很——擔心，」她說，眼淚又嘩啦嘩啦流出來，「一家子人有——一半——半在會裡，如果我們能夠平安無事，那才叫奇——奇——奇蹟。而且派——派——派西又不理我們……萬一發生不——不——不幸——我們跟他永遠無法彌——彌——彌補怎麼辦？萬一亞瑟和我都被殺了，誰來——來——來照顧榮恩和金妮？」

「茉莉，夠了。」路平厲聲說。「這次和上次不一樣，這次會裡有了更妥善的準備，我們有很好的開始，我們知道佛地魔的企圖——」

衛斯理太太聽到這個名字驚叫一聲。

「好了，茉莉，妳也該習慣聽到這個名字了——聽我說，我不能保證沒有人受傷害，沒有人能保證這一點，但我們已經比上一次更好。那時候妳還沒進鳳凰會，妳不明白，上一次我們的人數和食死人相比只有一比二十，他們又是一個一個對付我們……」

哈利又想起那張照片，想起他父母的笑容。他知道穆敵還在注視他。

「別擔心派西，」天狼星忽然說，「他會回心轉意的。佛地魔早晚都會公開露面，到時整個魔法部就會來求我們原諒了，而我會不會接受他們的道歉還是問題。」他又略帶挖苦地說。

「至於萬一妳和亞瑟都死了，誰來照顧榮恩和金妮，」路平微微笑著說，「妳以為我們會怎樣，讓他們餓死？」

衛斯理太太顫抖著微微一笑。

「我真傻。」她喃喃說著，抹抹眼睛。

哈利並不認為衛斯理太太很傻。他在十分鐘後回到臥室，仍然可以看到他的父母從那張破舊的照片中向他招手，完全不知道他們和四周那些人一樣，生命即將結束。幻形怪幻化成衛斯理一家人的屍體躺在地上的影像，一直在他眼前閃動。

在毫無預警的情況下，他額頭上的傷疤忽然又痛了，他的胃可怕地翻攪著。

「不要再痛了。」他堅決地說，揉搓著傷疤，痛楚慢慢消失。

「這是發瘋的徵兆，自言自語。」牆上的空白畫布出現一個俏皮的聲音說。

哈利不理會它，他覺得自己好像忽然長大了很多。這個感覺在此刻尤其不尋常，因為不到一個小時以前，他還在為惡作劇商店和誰該得到級長徽章而煩惱呢。

10 露娜．羅古德

哈利一整晚睡得很不安穩。夢裡，他的父母不時出現又消失，一句話也不說。衛斯理太太對著怪角的屍體啜泣，頭戴皇冠的榮恩與妙麗在一旁注視。然後再一次哈利又發現自己走在一條長廊裡，盡頭是一扇鎖住的門。他陡然驚醒，額頭上的傷疤隱隱作痛，一睜眼看到榮恩已經換好衣服，正對著他說話。

「……你最好快起床，媽就要發飆了，她說我們會趕不上火車……」

屋裡一團混亂。在嘈雜的叫嚷聲中哈利飛快換上衣服，憑著他所聽見的來推斷，弗雷與喬治為了省力氣，把他們的皮箱施了魔法，讓它們自己飛下樓，結果皮箱直直地衝向金妮，撞得她跌落兩級台階滾進大廳裡。布萊克夫人和衛斯理太太同時用最高的音量尖叫起來。

「**——她很可能會受重傷，你們兩個白痴——**」

「**——骯髒的雜種，糟蹋我先人的房子——**」

哈利正在穿球鞋時，妙麗一臉慌亂地跑進房裡，嘿美搖搖晃晃地站在她肩膀上，她懷裡還抱著扭來扭去的歪腿。

「我爸媽剛送嘿美回來。」貓頭鷹熱切地拍拍翅膀飛過去，蹲在自己的籠子上。「你好了沒？」

「快了。金妮還好吧？」哈利問，推了推眼鏡。

「衛斯理太太已經替她包紮好了，」妙麗說，「不過現在瘋眼抱怨說，除非史特吉．包莫來了，不然我們還不能走，因為那樣會少一個保鑣。」

「保鑣？」哈利說，「我們到王十字車站需要保鑣。」妙麗糾正他。

「**你**到王十字車站需要保鑣？」

「為什麼？」哈利不悅地說，「我以為佛地魔現在應該躲起來了，還是妳認為他會從垃圾桶後面跳出來，試圖幹掉我？」

「我不知道，那是瘋眼說的，」妙麗看著手錶，心不在焉地說，「但是如果我們不趕快走，鐵定會錯過火車……」

「**拜託你們幾個現在立刻下來！**」衛斯理太太大吼，妙麗彷彿被燙到似地跳起來，急衝出房間。哈利抓起嘿美，把牠隨隨便便往籠子裡一塞，拖著皮箱跟著妙麗走下樓。

布萊克夫人的肖像在憤怒地狂吼，但大家都懶得拉上她面前的布簾，反正大廳裡的叫嚷一定會再吵醒她。

「哈利，你跟我還有東施一起走，」衛斯理太太的喊叫聲壓過了反覆不斷的尖叫怒罵聲——**爛麻種！賤渣！垃圾堆裡生的！**——「不用帶你的皮箱和貓頭鷹，阿拉特會負責行李……噢，上天保佑，天狼星，鄧不利多說**不行！**」

當哈利千辛萬苦地爬過大廳裡散亂一地的各式皮箱走向衛斯理太太時，一隻像熊一樣大的黑狗出現在他身旁。

「噢，這真是……」衛斯理太太絕望地說，「好，一切後果你自己負責！」

她扭開前門，邁開腳步踩進微弱的九月陽光裡，哈利與大狗跟著她。大門在他們身後砰然甩上，布萊克夫人的尖聲叫罵頓時被切斷。

「東施在哪？」哈利說，四處張望。他們走下石階，一踏上人行道，十二號的這幢房子立刻消失。

「她就在這裡等我們。」衛斯理太太僵硬地說，眼睛刻意避開哈利身旁蹦蹦跳跳的黑狗。一個老女人在街角迎接他們。她有一頭盤得緊緊的灰髮，頭戴一頂狀似豬肉餡餅的紫色軟帽。

「你好啊，哈利。」她說著，眨眨眼，「我們得趕快了吧，茉莉？」她看了看手錶又補上一句。

「我知道，我知道，」衛斯理太太唉唉叫著，加大了步伐，「可是瘋眼想等史特吉……要是亞瑟可以再從魔法部那裡調幾輛車過來就好了……可是這陣子夫子連一個空的墨水瓶都不肯讓他借……麻瓜**怎麼**受得了不用魔法旅行……」

不過大黑狗卻開心地吠了一聲，繞著他們跑跑跳跳，一會趕鴿子一會追著自己的尾巴打轉。哈利忍不住哈哈大笑，天狼星在屋子裡實在關太久了。衛斯理太太嘟著嘴唇，那模樣甚至有點像佩妮阿姨。

他們花了二十分鐘才走到王十字車站，途中除了天狼星故意嚇跑幾隻貓逗哈利之外，沒再發生更重大的事件。進入車站後，他們漫不經心地在九號和十號月台間的路障旁徘徊，等到四周人都走光了之後，他們才一個接著一個往路障一歪，輕鬆落到九又四分之三月台。那裡擠滿了要出發的學生和送行的家人，霍格華茲特快車停靠在月台邊，噴出濃稠的煤煙。哈利深吸一口熟悉的氣味，感覺精神大振……他真的要回去了……

「希望其他人都趕上了。」衛斯理太太焦慮地說，她望著身後橫跨月台的鐵拱門，新到的旅客都會從那裡進來。

「好棒的狗啊，哈利！」一個滿頭髮辮的高個男孩喊著。

「謝啦，李。」哈利咧嘴笑，天狼星狂熱地搖著尾巴。

「噢，太好了，」衛斯理太太鬆口氣說，「阿拉特帶行李來了，看……」

穆敵戴著一頂腳夫的帽子，帽簷壓得很低，遮住不對稱的雙眼。他推著一輛堆滿行李的推車，一跛一跛穿越拱道。

「一切順利，」他對衛斯理太太和東施嘟囔著，「我們應該沒被跟蹤……」

緊接著，衛斯理先生帶著榮恩和妙麗出現在月台上。大家把穆敵手推車上的行李幾乎全部搬下來時，弗雷、喬治、金妮和路平才一起出現。

「沒遇到麻煩？」穆敵粗聲粗氣地說。

「沒有。」路平回答。

「我還是要向鄧不利多報告史特吉，」穆敵說，「這是史特吉這一星期裡第二次沒有出現了，他變得跟蒙當葛一樣不可靠。」

「要好好照顧自己啊。」路平說著，輪流和所有人握手。最後輪到哈利，他拍了一下哈利的肩膀。「你也一樣，哈利，處處小心。」

「對，行事低調，眼睛放亮一點。」穆敵說，他也握了握哈利的手，「還有千萬要記住，你們全體——當心寫信的內容。如果有了疑慮，信上一個字都不要提。」

「很高興認識你們大家，」東施摟著妙麗和金妮說。「我想我們很快又會見面的。」

催促的汽笛聲響起，還在月台上的學生急著跑上火車。

「快，快，」衛斯理太太慌了手腳，胡亂地抓著他們摟抱，結果哈利被摟了兩次，「寫信……要乖……如果你們忘了帶什麼我們會送去……現在快上火車，好啦，快走……」

忽然之間，大黑狗用後腿站起，揚起前腳爪擱在哈利的肩膀上，衛斯理太太一把將哈利推向火車門，一面低嘶：「拜託你，天狼星，有一點狗的樣子好不好！」

火車開始移動，哈利向著車窗外大喊：「再見！」榮恩、妙麗和金妮在他旁邊揮手。東施、路平、穆敵以及衛斯理夫婦的身形很快地越縮越小，黑狗卻追著車窗又蹦又跳，尾巴猛搖。月台上模糊的人影都在笑著看牠追火車，接著火車轉一個彎，就看不見天狼星了。

「他不該跟我們來的。」妙麗語帶擔憂地說。

「哎，輕鬆一點嘛，」榮恩說，「他已經好幾個月沒看到陽光了，可憐的傢伙。」

「好啦，」弗雷兩手一拍，「不能杵在這裡跟你們聊一整天，我們跟李有生意要談，等會見。」他和喬治消失在向右轉的走道上。

火車繼續加速，車窗外的房屋飛快地閃過，他們站在原地搖搖晃晃。

「我們要不要去找一間包廂？」哈利問。

榮恩和妙麗互看一眼。

「呃。」榮恩說。

「我們——嗯——我和榮恩好像應該去級長車廂。」妙麗侷促不安地說。

榮恩沒有看哈利，他好像忽然對自己左手的指甲感到莫大的興趣。

「啊，」哈利說，「對，好吧。」

「我想也用不著一路上都待在那裡，」妙麗飛快地說，「信上說我們只要先聽完男女學生主席講話，之後隨時在走廊上巡邏一下就好了。」

「好吧，」哈利又說，「那，那我——那我們待會再見吧。」

「是啊，當然。」榮恩說，朝哈利投下一個焦慮閃爍的眼神。「想到要去那邊就很痛苦，我寧願——可是我們不得不——我的意思是，我並不享受這件事，我不是派西。」他大膽地說出這最後一句。

「我知道你不是。」哈利微笑著說。然而當妙麗和榮恩拖著自己的皮箱、歪腿和籠子裡的豬水隉朝火車頭走去的時候，哈利感到一種莫名的失落。每次搭霍格華茲特快車，榮恩一定都會和他坐在一起。

「走吧，」金妮叫他，「如果我們動作快點，還能幫他們留位子。」

「對。」哈利說，一手拎起嘿美的籠子，一手抓起皮箱的提手。他們艱難地沿著走廊走，每經過一個廂座就透過門上的玻璃小窗往裡頭望，全部客滿。哈利很難不去注意許多人好奇地瞪著他看，有些人還會推推鄰座的朋友，再指指哈利叫他們看。連續經過五節車廂都讓他碰到相同的情況，他這才想起，《預言家日報》整個暑假不停灌輸讀者說他是一個撒謊的愛現鬼。他氣悶地想著，不知道現在這些瞪著他說悄悄話的人，是否都相信那些故事。

在最後一節車廂裡，他們遇到了和哈利同樣是葛來分多五年級的奈威．隆巴頓，他的圓臉油光閃亮，因為他又要使勁拖行李，又要騰出一隻手用力抓緊他那隻掙扎扭動的蟾蜍吹寶。

「嗨，哈利，」他喘吁吁地說，「嗨，金妮……到處都滿了……我找不到座位……」

「誰說的？」金妮說，她從奈威旁邊擠過去，瞥向他身後的一間包廂。「這間有空位，裡面只有露瘋子．羅古德而已——」

奈威咕噥著一些不想打攪之類的話。

「別傻了，」金妮笑著說，「她很好的。」

她拉開門，把自己的皮箱拖進去，哈利和奈威跟在後面。

「嗨，露娜，」金妮說，「我們可以坐這些位子嗎？」

窗邊的女孩抬起頭來看。她有一頭凌亂骯髒的及腰金髮，眉毛很淡，眼珠凸出，讓她看起來好像始終處於驚嚇狀態。哈利馬上明白奈威為什麼會自動跳過這一間包廂了，這女孩很明顯地散發出一種怪裡怪氣的氛圍。或許是因為她把魔杖插在左耳後面以防被偷，或許是因為她選擇佩戴一條用奶油啤酒瓶塞串成的項鍊，也或許是因為她上下顛倒地在看一本雜誌。她的目光滑過奈威，停在哈利身上，她點點頭。

「謝啦。」金妮說，對她微微一笑。

哈利與奈威把三個皮箱以及嘿美的籠子放進行李架，然後坐下。露娜躲在上下顛倒的《謬論家》雜誌後面瞄他們，她眨眼的次數似乎比正常人類少很多。哈利坐在她正前方，被她死死瞪著，現在他開始後悔自己挑錯了位子。

「暑假過得愉快嗎，露娜？」金妮問。

「是，」露娜夢囈般地說，眼睛片刻不離開哈利，「是，過得相當開心。**你**是哈利波特。」她加上一句。

「我知道我是。」哈利說。

奈威低聲偷笑，露娜把灰白色的眼睛轉向他。

「我不知道你是誰。」

「我誰都不是。」奈威連忙說。

「才怪，」金妮尖刻地說，「奈威・隆巴頓——露娜・羅古德。露娜跟我同年級，不過她在雷文克勞學院。」

「**無盡的智慧是人類最珍貴的寶藏**。」露娜唱歌般地說。

她舉起上下顛倒的雜誌，遮住自己的臉，陷入沉默。哈利和奈威揚起眉毛互相對望，滿頭霧水。金妮強忍住咯咯的笑聲。

火車轟隆轟隆向前行駛，飛快離開城市，載著他們進入寬闊的鄉間。這天的天氣很怪，陰晴不定。前一秒車廂內還陽光普照，下一秒就籠罩在不祥的烏雲裡。

「猜猜我生日得到什麼禮物？」奈威說。

「又一顆記憶球？」哈利說，想起了奈威的奶奶為了加強他的深層記憶，特地寄給他的那顆大理石球般的東西。

「不是，」奈威說，「不過我也滿想要那個的，原先的那一顆早不見了……不是啦，你看這個……」

他一隻手緊抓住吹寶，另一隻手伸進書包裡挖。翻了老半天後，終於掏出一個盆子，裡面種了一株看起來像灰色仙人掌的小東西，只不過它的表面不是覆蓋著針刺，而是長滿了像瘡一樣的疙瘩。

「**惡人掌**。」他驕傲地說。

哈利瞪著那個東西。它正微微地搏動著，看起來異常邪惡，像是某種病變的內臟。

「這真的非常、非常稀有，」奈威容光煥發地說，「我甚至不知道霍格華茲的溫室裡有沒有種，我實在等不及要拿給芽菜教授看。這是我阿吉叔公從亞述帶回來給我的，我想試試看能不能用它來繁殖。」

哈利明白奈威最喜愛的科目是藥草學，但儘管如此，他還是想不透奈威要這一株畸形的小植物做什麼。

「它會——呃——做什麼嗎？」他問。

「多得很呢！」奈威驕傲地說，「它有一種厲害的防禦機制。來，替我抓住吹寶……」

他把蟾蜍扔到哈利腿上，從書包裡拿出一枝羽毛筆。露娜．羅古德的凸眼又從上下顛倒的雜誌上方探出來，觀察奈威在做什麼。奈威把惡人掌舉到眼前，上下排牙齒抵著舌頭，選擇植物身上一個部位，用羽毛筆尖狠狠戳下去。

黏液立刻從每一個瘡口噴出來，又黏、又臭、墨綠色的汁液四處噴濺，噴向天花板、車窗，濺上露娜．羅古德的雜誌。金妮及時伸手擋住臉，她看起來就像戴了一頂黏滑的綠帽。而哈利因為雙手忙著阻止吹寶逃跑，被噴了滿臉，黏液聞起來像是腐爛的肥料。

臉跟身體全部溼透的奈威，甩了甩頭，把眼睛裡最大的一坨黏液給甩掉。

「抱——抱歉，」他喘著氣說，「我從來沒試過……沒想到它竟然這麼……不過放心，臭樹汁沒有毒。」他緊張地補充。哈利把滿嘴的汁液吐到地上。

好巧不巧在這一剎那，包廂的門滑開了。

「噢……嗨，哈利，」一個緊張的聲音說，「嗯……不方便嗎？」

哈利用那隻沒有抓著吹寶的手，抹了抹鏡片。一個有著黑亮長頭髮的漂亮女孩站在門口對他微笑。是張秋，雷文克勞學院，魁地奇球隊的搜捕手。

「噢……嗨。」哈利發楞地說。

「嗯……」張秋說，「只是……想來打聲招呼……那麼拜囉。」

她紅著臉關上門離開。哈利一頭栽進座位裡呻吟，他多希望張秋看見他跟一群很酷的傢伙坐在一起，大夥兒正為他所講的笑話笑翻天。他絕對不願意選這個時間，讓她看到自己跟奈威和露瘋子．羅古德坐在一起，手裡捏著一隻蟾蜍，全身浸滿了臭樹汁。

「沒關係，」金妮鼓舞地說，「看，要清掉這些東西很容易的。」她抽出魔杖，「滅滅淨！」

臭樹汁消失了。

「抱歉。」奈威又小聲地說了一遍。

榮恩和妙麗幾乎過了一個小時後才出現，那時餐車已經離開了，哈利、金妮和奈威剛吃完南瓜泥，正忙著交換巧克力蛙卡。包廂的門突然滑開，他們兩個帶著歪腿和關在籠子裡嗚嗚尖啼的豬水鳧走進來。

「我餓死了。」榮恩說。他把豬水鳧安置在嘿美旁邊，從哈利手裡搶過一塊巧克力蛙，一屁股坐上旁邊的位子。他撕開包裝紙，咬掉青蛙頭，接著閉上眼睛往後一靠，彷彿過了一個疲累不堪的早晨。

「每個學院各有兩位五年級的級長，」妙麗說，她往座位坐下，看起來滿心不悅，「都是一男一女。」

「猜猜看誰是史萊哲林的級長？」榮恩說，仍閉著眼睛。

「馬份。」哈利立刻回答，他確定，最害怕的事情鐵定成了事實。

「當然了。」榮恩嘲諷地說，他把剩下的巧克力蛙塞進嘴裡，又拿了一塊。

「還有那隻討厭的**大母牛**潘西．帕金森，」妙麗惡毒地說，「她居然也能當上級長，就連腦震盪的山怪都比她靈敏……」

「赫夫帕夫學院是哪兩個人？」哈利問。

「阿尼．麥米蘭跟漢娜．艾寶。」榮恩口齒不清地說。

「雷文克勞是安東尼．金坦和芭瑪．巴提。」妙麗說。

「你和芭瑪．巴提一起參加耶誕舞會。」一個細微的聲音說。

每個人都轉頭看露娜．羅古德，她正從《謬論家》上方眨也不眨地盯著榮恩。他嚥下滿口的巧克力蛙。

「對，我知道。」他說，表情略微驚訝。

「她玩得不大開心，」露娜向他打小報告。「她覺得你有點冷落她，因為你不跟她跳舞。我想我不會在乎，」她若有所思地加上一句，「我不大喜歡跳舞。」

她再度縮回《謬論家》後面。榮恩瞪著封面，張著嘴好幾秒鐘都合不起來，然後他轉頭望金妮，想從她臉上得到某種解釋，金妮卻用拳頭塞住嘴巴，唯恐自己笑出聲來。榮恩搖搖頭，一頭霧水，他看了看手錶。

「我們要不時到走道去巡邏，」他告訴哈利和奈威，「如果有人行為不良，我們可以處罰他們。我等不及要整整克拉和高爾……」

「你不可以濫用職權，榮恩！」妙麗嚴厲地說。

「是，沒錯，因為馬份絕對不會濫用嘛。」榮恩諷刺地說。

「所以你也想降到他的層次？」

「不，我只是想確定在他整我的夥伴之前，我先去整他的。」

「看在老天的份上，榮恩——」

「我會逼高爾造句，讓他痛苦死，他最恨寫作了。」榮恩開心地說。他壓低聲音模仿高爾的咕噥聲，皺起臉裝出絞盡腦汁的表情，在空中比畫寫字。「**我……絕對……不要……長得……像……狒狒……的……屁股。**」

所有人都笑了，但沒有人笑得比露娜．羅古德誇張。她發出一聲歡樂的尖叫，惹得嘿美驚醒過來，忿忿不平地拍動翅膀，還嚇得歪腿跳進行李架裡，嘶嘶怒吼。露娜笑得全身打顫，手裡的雜誌掉了下來，滑過她的腿落到地板上。

「**好好笑喔！**」

她大口喘氣，那一對在淚水裡游泳的凸眼珠子緊盯著榮恩。他窘極了，轉頭張望其他人。大家仍笑個不停，只不過現在是因為看到榮恩臉上的表情，以及聽到露娜．羅古德沒完沒了的滑稽笑聲。露娜雙手扠腰，笑得前仰後合。

「妳是喝了什麼興奮酒嗎？」榮恩皺著眉對她說。

「狒狒的……屁股！」露娜抱著肚子喘不過氣地說。

其他人都在看露娜狂笑，只有哈利，他瞥了一眼地上的雜誌，某樣東西吸引了他的注意，他彎下腰仔細研究。剛才上下顛倒的時候很難看出封面的圖片是什麼，現在哈利發現那是一張康尼留斯．夫子的漫畫，畫得頗差。要不是那頂檸檬綠的圓頂禮帽，哈利還分辨不出是誰呢。夫子一隻手緊抓著一袋黃金，另一隻手勒住一個妖精的脖子。漫畫旁有說明的文字：夫子不擇手段只為古靈閣？

漫畫下面列出了雜誌內其他文章的標題。

魁地奇大聯盟的腐敗內幕：龍捲風隊如何掌控全局

古代神秘文字揭秘

天狼星．布萊克：大惡棍或受害者？

「可以借我看一下嗎？」哈利熱切地問露娜。

她點點頭，仍盯著榮恩，笑得上氣不接下氣。

哈利翻開雜誌，搜尋目錄。在此之前他完全忘了金利曾拿一本雜誌給衛斯理先生，請他轉交給天狼星，八成就是這期的《謬論家》。

他找到頁碼，興奮地翻到那篇文章。

上頭同樣也有一幅很糟的漫畫，要不是圖旁邊加了文字說明，哈利絕對猜不出那是天狼星。漫畫裡，天狼星站在一堆人骨上，高舉他的魔杖。文章的標題是這麼寫的：

天狼星——真如大家想的那麼「黑」嗎？

是惡名昭彰的殺人狂還是無辜的情歌唱將？

第一句話哈利讀了好幾遍，才確定自己並沒有誤解它的意思。天狼星什麼時候變成了情歌唱將？

十四年來，天狼星·布萊克始終被視為殺人狂，犯下屠殺十二個無辜麻瓜及一個巫師的罪行。兩年前布萊克從阿茲卡班大膽脫逃，引發魔法部展開一場有史以來規模最大的搜捕行動，而我們所有人都堅信他應當再遭逮捕，並交回催狂魔的手中。

然而真是這樣嗎？

最近新挖掘出來的驚人證據顯示，天狼星·布萊克很可能並沒有犯下當初送他進阿茲卡班的罪行。事實上，根據小諾頓區亞肯錫街十八號的杜莉·普濟斯的說法，兇殺案發生時，布萊克可能根本不在現場。

「大家所不知道的是，天狼星·布萊克是個藝名，」普濟斯太太說，「大家以為是天狼星·布萊克的那個男人，其實是史大餅·伯門，一個流行音樂團體『淘氣精靈』的主唱。大約十五年前，他在小諾頓區禮拜堂舉行的一場演唱會中，被一顆大頭菜砸到耳朵，因而退出演藝生涯。我一看到報紙上的照片馬上就認出他了，嗯，我說，史大餅絕不可能會犯下那些罪，因為案發的那一天，他正和我在一起享用浪漫的燭光晚餐。我已經寫信向魔法部長抗議，並隨時等待他向化名天狼星的史大餅提出一個完整的道歉。」

哈利讀完，無法置信地瞪著那一頁。或許這是開玩笑，他想，或許這本雜誌時常刊登一些不實的笑話。他往回翻幾頁，找到關於夫子的文章。

魔法部長康尼留斯・夫子，五年前在當選魔法部長時，曾否認自己有任何計畫要接管古靈閣巫師銀行的運作。夫子始終堅持自己沒有任何企圖，只想與我們的黃金保管人「和平共處」。

然而真是這樣嗎？

最近部長身邊的消息來源揭露，夫子最大的野心便是掌控妖精的黃金財庫，而且如有需要，他將不擇手段採取暴力。

「這也不是第一次了，」一位魔法部的內幕人士指出，「康尼留斯・『妖精——榨汁機』・夫子，他的朋友都這麼稱呼他。如果你能夠聽見他在自以為四下無人之際所說的話，啊，他老是在談論那些被他幹掉的妖精，有些被他淹死，有些被他丟下樓，有些被他下毒，有些被他做成餡餅……」

哈利不想再讀下去了。夫子可能犯了許多錯，但哈利完全無法想像他會下令把妖精做成餡餅。他很快地翻著雜誌其餘的部分，每翻幾頁就停下來大略看一看：一篇報導指控特茲丘龍捲風隊之所以能贏得魁地奇大聯盟，是靠著各種恐嚇、非法改裝掃帚以及酷刑的手段；一篇是某位宣稱乘坐狂風六號飛上月球的巫師專訪，他還帶回了一袋月球蛙以茲證明；還有一篇關於古代神秘文字的文章，它至少解釋了露娜上下顛倒地看《謬論家》的原因。根據雜誌的說法，如果你把這些古文頭上腳下倒過來，它們會顯示出一段咒語，能使你敵人的耳朵變成金桔。說實話，和《謬論家》裡其他的文章相比，天狼星很可能是淘氣精靈樂團主唱這件事還頗為合理。

「裡面有什麼好東西嗎？」當哈利合上雜誌時，榮恩問。

「當然沒有，」哈利還來不及回答，妙麗就不屑地說，「大家都知道《謬論家》是垃圾雜誌。」

「對不起，」露娜說，她的聲音忽然失去了夢幻的語調，「我父親是裡面的編輯。」

「我——啊，」妙麗說，一臉尷尬，「嗯……它滿有趣的……我是說，它很……」

「請還我，謝謝。」露娜冷冷地說，她傾身向前從哈利手中搶回雜誌，快速翻到第五十七頁，斷然地再把書上下顛倒過來，遮住了她的臉。就在此時，包廂門第三次打開。

哈利抬頭張望，他知道該來的逃不過。即便如此，看到跩哥．馬份站在他兩個親信克拉和高爾之間對著他嘻皮笑臉的樣子，還是讓他極為反感。

「幹嘛？」在馬份開口之前，他先挑釁地說。

「禮貌點，波特，不然我可得罰你勞動服務哦。」馬份慢條斯理地說，他一頭油亮的金髮和尖下巴跟他父親一模一樣。「你知道的，我，不像你，我已經當選為級長。意思就是，我，不像你，我有權力處罰人。」

「沒錯，」哈利說，「可是你，不像我，你是個智障。所以滾出去別來煩我們。」

榮恩、妙麗、金妮和奈威一起大笑，馬份扭著嘴唇。

「我問你，波特，比衛斯理次一等的感覺如何呀？」他問。

「閉嘴，馬份。」妙麗厲聲道。

「顯然我戳到某個痛處了，」馬份得意地笑著說，「好吧，小心一點，波特，因為我會**像狗一樣尾隨**你，你出一丁點錯我都不會放過。」

「出去！」妙麗說，站了起來。

馬份冷笑著，再惡毒地瞧了哈利一眼，轉身離開，克拉和高爾笨重地跟在後面。他們走後，妙麗用力摔上包廂的門，轉頭望著哈利。哈利立刻明白她也和自己一樣，不但察覺馬份話裡的暗示，而且同樣感到驚慌失措。

「再來一份巧克力蛙。」榮恩說，顯然什麼也沒注意到。

在奈威和露娜面前，哈利沒辦法自在說話，他緊張地和妙麗再交換了一個眼色，隨即望向窗外。

他本來覺得天狼星送他到車站只是好玩，但忽然間，這整件事如果說不上危險，似乎也過於魯莽……妙麗說得沒錯……天狼星不該跟來的。如果馬份先生注意到那隻黑狗而告訴了他兒子跩哥，會發生什麼事？如果他推斷出衛斯理、路平、東施和穆敵全知道天狼星躲在哪裡，那怎麼辦？或者，有沒有可能馬份說「像狗一樣尾隨」純粹只是巧合？

他們繼續朝北方行駛，天氣仍舊陰晴不定。雨水無精打采地濺在窗戶上，等到微弱的太陽才稍稍露臉，雲層又飄過來遮蔽了日光。接著夜晚降臨，車廂內燈火亮起，露娜這才捲好《謬論家》，小心地收進書包裡，然後輪流盯著包廂裡的每一個人瞧。

哈利坐在位子上，額頭抵著車窗，希望能率先看到遠處的霍格華茲。可惜這是個沒有月亮的夜，水漬斑斑的窗戶也污穢不清。

「我們最好換上衣服。」最後妙麗說。她和榮恩小心翼翼地把級長徽章別在胸前，哈利看見榮恩藉著漆黑窗戶上的倒影檢查是否有別好。

終於，火車開始慢了下來，他們聽見列車上下充滿熟悉的吵鬧喧嘩，每個人都爭相搬動自己的行李和寵物，準備下車。榮恩和妙麗必須負責管理秩序，所以他們又離開了車廂，留下歪腿和豬水鳧給哈利等人照顧。

「如果你願意的話，我可以幫你拿那隻貓頭鷹。」露娜對哈利說，並朝豬水鳧伸出手來，這時奈威正小心地把吹寶放進長袍內袋。

「啊——呃——謝啦。」哈利說，把豬水鳧的籠子交給了她，同時更加牢牢地抱緊嘿美的籠子。

他們一步一拖地走出包廂，踏入擁擠的走廊，感覺第一股夜晚的空氣刺上臉頰。大夥緩慢移向車門邊，哈利已經聞得到湖邊小徑傳來的松樹香，他下了階梯踏上月台，環顧四周，想聽見那熟悉的聲音呼喊著：「一年級新生到這兒來……一年級新生……」

可是那並沒有出現。相反地，一個截然不同的輕快女聲，正放聲大喊：「一年級新生到這裡排隊，謝謝！所有一年級新生到我這裡來！」

一個燈籠朝著哈利晃過來，藉由它的光線，哈利看見葛柏蘭教授突出的尖下巴和削齊的短髮。這位女巫去年曾代替海格上了一陣子的奇獸飼育學。

「海格在哪？」他大聲說。

「我不知道，」金妮說，「不過我們最好別站在這裡，我們堵住門口了。」

「喔，對……」

沿著月台出車站的過程中，哈利和金妮走散了。哈利擠在人潮裡，瞇起眼睛朝黑暗中搜尋海格的身影。他非出現不可，因為哈利一直惦念著他——再度見到海格也是他最期待的一件事，然而卻絲毫不見他的蹤影。

他不可能離開。哈利告訴自己，他緩慢地通過狹窄的出口，和其餘的人一起走到馬路上。**他大概是得了感冒什麼的……**

他四處尋找榮恩和妙麗，想知道他們對葛柏蘭教授再度出現的事有什麼看法，但附近都看不到他們，他只好任由人潮推擠，踏上活米村車站外被雨水沖涇的黑色街道。

路旁停靠了一百多輛無馬的驛馬車，負責載送一年級以上的學生前往山上的城堡。哈利瞥了馬車一眼，轉過頭去留意榮恩和妙麗，接著忽然覺得不大對勁，他又回頭再看馬車一眼。

馬車不再沒有馬了，在馬車的軸井中間站著一些生物。如果硬要給牠們取一個名字，他大概會叫牠們馬，雖然有些部分看起來也很像爬蟲類。這些生物沒有半點肉，黑色的獸皮緊巴著一身的瘦骨頭。牠們的頭像龍，白色的眼睛沒有瞳孔，只是茫然地瞪著。一對翅膀從兩邊的肩胛骨長出來——又寬又大的黑色皮革翅膀，看起來似乎屬於某種巨型蝙蝠。這些生物沉默而平靜地站在黑暗中，看起來既詭異又邪惡。哈利不懂，既然這些馬車有能力自己移動，為什麼還要找這些恐怖的馬來拉。

「小豬呢？」榮恩的聲音從哈利背後傳來。

「那個叫露娜的女孩幫忙拿著。」哈利回答說，他連忙轉身，急著想問榮恩有關海格的事。「你認為——」

「——海格在哪？我不知道。」榮恩說，語氣有點擔憂，「他最好沒事……」

不遠處，跩哥．馬份後面跟著克拉、高爾和潘西．帕金森等一票親信，正大搖大擺而來。馬份推開幾個神色怯懦的二年級學生，把他們的馬車據為己有。一會後，妙麗氣喘吁吁地從人群中冒出來。

「馬份剛剛在那邊虐待一個一年級新生，我發誓我一定要告發他。三分鐘前他才剛拿到徽章，現在就已經開始濫用它欺負弱小，甚至比以前還過分……歪腿呢？」

「在金妮那裡，」哈利說，「她來了……」

金妮從人群中冒出來，手裡抓著扭來扭去的歪腿。

「謝啦，」妙麗說，趕緊上前解救金妮，把貓接了過去，「走吧，我們一起找輛空馬車，免得等會坐滿了……」

「我還沒看到小豬！」榮恩說，但妙麗已經朝最近的一輛空馬車走去。哈利留在原地陪榮恩。

其他學生如潮水般從他們身邊湧過，哈利問榮恩，「**那是**什麼東西呀，你認得嗎？」他用下巴比了比那些恐怖的馬。

「什麼東西？」

「那些馬——」

露娜手裡抱著豬水骉的籠子出現在面前，小小的貓頭鷹一如往常，興奮地咯咯咕咕叫。

「拿去吧，」她說，「他真是一隻可愛的小貓頭鷹，對不對？」

「呃……對……他還不錯，」榮恩沒好氣地咕噥，「好了，走吧，我們上……你剛剛說什麼，哈利？」

「我剛剛說，那些像馬的東西是什麼？」哈利說，一邊和榮恩、露娜走向馬車，妙麗和金妮已經坐在裡面了。

「什麼像馬的東西？」

「拖著馬車的那些像馬的東西！」哈利失去耐性地說。畢竟最近的一匹離他們才三呎而已，牠正用一雙空洞的白眼望著他們。然而，榮恩卻投給哈利一個迷惑的眼神。

「你在說什麼啊？」

「我在說——看！」

哈利抓起榮恩的手臂，拉著他轉過身正對那匹長了翅膀的馬。榮恩直直瞪著牠幾秒鐘，然後轉過頭看著哈利。

「我到底應該要看什麼東西？」

「看那——那裡，在車軸中間！用轠繩綁在車子前面！牠就在正前——」

榮恩滿臉困惑的表情仍舊沒變，一個奇異的念頭在哈利腦中升起。

「你……你看不見牠們嗎？」

「看見**什麼**？」

「你看不見拖著馬車的東西嗎？」

現在榮恩真的有點被嚇到了。

「你還好吧，哈利？」

「我……嗯……」

哈利感到滿腦子昏亂。那匹馬就在他的正前方。從身後的車站窗口漫出的微弱燈光，映在牠的身體上，清楚反射出閃閃的光澤，牠鼻孔噴出的水汽在寒夜的空氣中凝結成霧。可是，除非榮恩在作怪，但如果真是這樣，這個玩笑未免太無聊。看來榮恩真的完全看不到。

「我們可以上車了嗎？」榮恩遲疑地問，擔心地注視著哈利。

「欸，」哈利說，「好，走吧……」

「沒事的，」當榮恩沒入幽暗的車廂時，一個如夢的聲音在哈利身旁揚起。「你沒有發瘋什麼的，我也能看見牠們。」

「妳能嗎？」哈利焦急地問，轉向露娜。他可以看見長著蝙蝠翅膀的翼馬反映在她銀亮的大眼裡。

「喔，當然，」露娜說，「打從我第一天到這裡來，就能夠看見牠們了，一直是由牠們拉馬車的。別擔心，你的神志跟我一樣清楚。」

她淡淡一笑，跟隨榮恩爬進溼霉的車廂裡。儘管仍有一點恍惚，哈利還是跟在她後面上了馬車。

11 分類帽的新歌

哈利可不想讓別人知道，他居然會跟露娜看到同樣的幻象，前提是如果那真的只是什麼幻象。因此他上車後絕口不提那些馬，只是靜靜坐下來，砰的一聲關上車門。但他一路上還是老是忍不住偷瞄窗口，望著那些馬的剪影。

「你們有沒有看到那個叫葛柏蘭的女人？」金妮問道，「她為什麼會在這裡？海格該不會離開學校了吧？」

「他要離開學校，我還覺得滿高興的，」露娜說，「他教得不太好，對不對？」

「不對，他教得很棒！」哈利、榮恩和金妮生氣地答道。

接著哈利惡狠狠地瞪著妙麗，她連忙清清喉嚨說：「呃……對呀……他是教得很棒。」

「喔，是嗎？我們雷文克勞的人，卻覺得他根本就是個笑話。」露娜毫不留情地說。

「那只代表你們的幽默感糟透了。」榮恩怒聲斥喝道，這時車輪開始吱吱嘎嘎地向前滾動。

露娜似乎完全不把榮恩的無禮放在心上，她反而緊盯著榮恩看了好一會，活像他是個還算有趣的電視節目似的。

馬車鏗啷鏗啷、搖搖晃晃地排成一列縱隊，沿著道路往前行駛。當他們駛過兩旁列著飛豬石柱的城門，進入霍格華茲校園時，哈利連忙俯身向前，想看看位於禁忌森林旁海格的小木屋是否亮著燈光，卻發現校園裡一片漆黑。不過，他可以隱約瞥見，霍格華茲城堡現在距離他們越來越近了。在黑暗的天空中，浮現出一個如黑玉般漆黑的龐大剪影，那是一座巍峨聳立、高塔成群的巨大建築，不時點綴著一、兩個燦若星火的明亮窗口。

馬車唧唧嘎嘎地減緩速度，停在通往城堡橡木大門的石階前。哈利第一個跳下馬車，他再度轉過身來，想要在禁忌森林附近找到那個亮著燈光的窗口，但海格家仍是一片漆黑，完全看不出有半點動靜。哈利回過頭來，勉強將目光轉向那些皮包骨的奇怪生物，心裡暗暗希望牠們都已經自動消失不見，卻發現牠們仍靜靜佇立在冰冷的夜風中，沒有瞳孔的白眼在黑暗中閃閃發亮。

哈利以前也有過一次類似的經驗，當時他看到一些榮恩看不到的景象，但那只不過是虛幻的鏡中影，跟眼前這些看起來結結實實、壯得足以拉動一整列車隊的野獸，完全無法相提並論。要是露娜說的是實話，這些野獸其實一直都在學校拖馬車，只是大家看不見罷了，那為什麼偏偏是他——哈利——突然間變得可以看見牠們，而榮恩卻還是把牠們當成空氣？

「你到底要不要走啊？」榮恩在他身邊問。

「喔……走吧。」哈利飛快地說。他們往前走，跟大家一起快步爬上石階，踏入城堡。

無數火把將入口大廳照得亮如白晝，四周迴盪著陣陣響亮的腳步聲。學生們全都忙著越過石板地，走向那扇通往餐廳與開學宴會的大門。

餐廳裡，排著四張長長坐滿人的學院餐桌，頭頂上是漆黑一片，找不到半顆星星的魔法天花板，看上去就跟高窗外的夜空沒有半點差別。餐桌上方飄浮著許許多多的蠟燭，照亮了散布在餐廳各處的銀白色幽靈，和學生們熱切交談著的面龐。大家都在互相報告暑假所發生的種種樂事，扯起喉嚨跟其他學院的朋友們問候致意，仔細打量對方的新髮型和新長袍。哈利又再次注意到，總是有人在他經過時交頭接耳、竊竊私語。他咬緊牙關，裝出一副既沒注意也不在乎的自在神情。

露娜像個幽靈似地飄離他們身邊，走向雷文克勞餐桌。他們一走到葛來分多餐桌邊，就有幾名四年級學生高聲歡呼著迎接金妮，把她拉去跟她們坐在一起。哈利、榮恩、妙麗和奈威繼續往前走，在餐桌中央找到了四個連在一起的座位，正好位於葛來分多學院幽靈差點沒頭的尼克，跟芭蒂·巴提和文妲·布朗三人中間。兩個女生故作熱情地向哈利問好，態度顯得有些過分友善，哈利一看便知道，她們剛才正在說他的閒話。但他沒空管這些，他心裡惦記著另一件更重要的事：他越過學生們的頭頂，望著餐廳盡頭處的教職員餐桌。

「沒看到他。」

榮恩和妙麗同樣也在察看教職員餐桌。其實沒這必要，海格的大塊頭不管在哪裡都特別突出，根本不用找就可以一眼看到他。

「他該不會是離開了吧。」榮恩的語氣顯得有些擔憂。

「不可能。」哈利堅定地表示。

「你想他會不會是……**受傷**，或是碰到什麼意外？」妙麗不安地問道。

「不會。」哈利立刻說。

「那他到底在哪裡呢？」

哈利沉默了一會，然後為了避免讓奈威、芭蒂和文妲聽到，他刻意壓低聲音說：「說不定他還沒回來。懂我的意思吧——他在執行任務——忙著在夏天替鄧不利多辦事。」

「沒錯……沒錯，應該就是這樣，」榮恩的語氣顯得安心許多，妙麗卻咬著嘴唇，目光沿著教職員餐桌來回掃視，彷彿是想替海格的缺席找一個更合理的解釋。

「**那是**誰啊？」她突然指著教職員餐桌中間問。

哈利順著她的手望過去。他的目光先落在鄧不利多教授身上，這位校長坐在教職員餐桌正中央，窩在他的高背金椅中，身上穿著一襲綴滿銀星的深紫色長袍，頭上戴著一頂同樣花色的巫師帽。鄧不利多的頭微微傾向坐在他身邊的女人，她正附在他耳邊說話。哈利心想，她看起來就像是哪一家的老處女姑姑：身材矮胖，留著一頭又短又鬈的鼠褐色頭髮，頭髮上戴著一個嚇人的粉紅色大蝴蝶結髮箍，為了搭配髮箍，她在長袍外面還罩了一件粉紅色的羊毛衫。然後，她微微偏過頭來，就著高腳杯啜了一口，哈利震驚至極地認出那張毫無血色、活像蟾蜍似的面孔，和那對眼袋肥厚、又凸又鼓的眼睛。

「她就是那個叫恩不里居的女人！」

「誰啊？」妙麗問。

「我在聽審會見過她，她是夫子的手下！」

「那件毛外套可真漂亮啊。」榮恩冷笑著說。

「她是夫子的手下！」妙麗重複哈利的話，皺起眉頭，「那她跑到這裡來幹什麼？」

「不曉得……」

妙麗來回掃視教職員餐桌，瞇起眼睛。「不，」她低聲說，「不，該不會是……」

哈利不明白她是什麼意思，但也沒開口問，他的注意力完全集中在葛柏蘭教授身上。她剛出現在教職員餐桌後方，此刻正沿著餐桌走到最末端，坐上海格的老位子。這表示一年級新生都已經越過湖泊，抵達城堡了。果然沒錯，沒過幾秒，入口大廳的門就大大敞開。一列看起來嚇得半死的一年級新生，在麥教授的帶領下，排成一條長長的隊伍走進來。麥教授搬著一張凳子，凳上放了一頂非常舊的巫師尖帽，帽上到處都是補釘，磨損的帽簷有著一條大大的裂縫。

餐廳中嗡嗡的交談聲迅速沉寂下來。一年級新生排成一排，站在教職員餐桌前方，面對著其餘的學生。麥教授小心翼翼地將凳子放在他們前面，再退向後方。

那些一年級新生的面孔在燭光照耀下發出慘白的光，一名站在隊伍正中央的小男孩看起來好像全身都在顫抖。哈利腦海中掠過當年的情景，他回想起他站在分類帽前，等著一場未知的測驗來決定他該進入哪個學院就讀，當時心裡是多麼的害怕。

全校學生屏住氣息，靜靜等待。然後帽簷的裂縫像嘴巴似地大大咧開，分類帽放聲高歌：

許久以前當我還嶄新亮麗，
霍格華茲也才剛剛成立，
我們這所高貴學校的創辦人，
深信他們將永不分離；
他們擁有共同的理想目標，
有著同一份渴望需要，
創建一所全世界最棒的魔法學校，

讓他們的學識火種代代延燒。
「我們將一同興學傳道！」
四名好友立定目標，
但他們完全夢想不到，
有朝一日他們將會分道揚鑣。
想想看，有哪對死黨的情誼
比得上史萊哲林和葛來分多？
誰說赫夫帕夫和雷文克勞的交情
不能夠被人引為傳說？
誰能料到這會出任何差錯？
深厚情誼怎可能就此打破？
我當年曾在場目睹經過，
讓我來把這整個悲傷的故事好好說一說。
史萊哲林表示：「我們的學生必須血統純正。」
雷文克勞認為：「我們的學生必須智冠群倫。」
葛來分多堅持：「我們的學生必須無比英勇。」
赫夫帕夫則說：「我是有教無類，對學生完全一視同仁。」
當這些差異才剛剛出現，
只造成一些小小紛爭歧見，

這是因為，四位創辦人分別擁有自己的專屬學院，
他們所揀選的學生必定如其所願。
比方說，史萊哲林
只選擇那些跟他一樣狡猾機智，
並且血統純正的巫師。
唯有聰明絕頂的有識之士，
才能跟隨雷文克勞專心求知。
英勇無匹的葛來分多，
專門歡迎那些大無畏的勇士。
而他們挑剩的人就交給赫夫帕夫，
她總是毫不保留地盡傳所知，
正因如此，四個學院和他們的創辦人
才能長保友情堅定真摯。
霍格華茲就這樣在安定中成長，
度過許多年的快樂時光，
但不和的種子已悄悄潛入我們之間，
並在我們的錯誤與恐懼中長大茁壯。
過去學院宛如四根擎天大柱，
共同撐起霍格華茲的一片晴天，

此刻卻互相心生嫌怨，
各自爭著想要掌管大權。
曾有一段時間，
這所學校似乎將提前走到終點，
決鬥與紛爭頻頻出現，
朋友之間的衝突屢見不鮮。
最後，在一天清晨，
老史萊哲林憤而掉頭離去，
此後紛爭雖漸漸平息，
我們卻有些感傷唏噓。
在四名創辦人縮減為三人之後，
我們再也無法回到從前，
如當初一般團結共修。
現在分類帽已來到此處，
大家都知道我到此的緣故：
我將你們分到各個學院，
那就是我肩負的任務，
但今年我將更進一步，
仔細聆聽我的歌曲，切莫心有旁騖：

我不得不將你們分散各處，
但我擔心自己會犯下錯誤，
雖然我必須執行任務，
每年將學生分成四部，
我卻害怕分類儀式會帶來惡果，
使我們日後步上歧途。
喔，正視危險，注意警兆，
歷史正對我們提出警告，
霍格華茲此刻已危機四伏，
面臨外來恐怖仇敵的威脅，
我們若不能一心團結，
就會因內訌而崩塌瓦解。
我已通知各位，我已警告過各位……
現在，讓我們的分類儀式就此揭開。

分類帽又再度靜止不動。大家開始拍手，但掌聲中夾雜著許多嗡嗡的耳語聲，在哈利記憶中，這種情況還是第一次出現。餐廳裡所有學生都在交頭接耳，而跟著大家一起拍手的哈利，心裡很清楚他們在說些什麼。

「今年好像不太一樣，是不是？」榮恩抬起眉毛說。

「沒錯。」哈利說。

分類帽過去只是描述四個學院的學生所必須具備的特質，和介紹它自己在分類儀式中所扮演的角色。哈利不記得它以前曾對學校提出過什麼建議。

「它以前有像這樣提出過警告嗎？」妙麗的語氣顯得有些擔憂。

「有，確實有過，」差點沒頭的尼克露出一副學識淵博的模樣，直接穿透奈威的身體俯向妙麗（奈威抽搐了一下，被幽靈穿過身體是一件非常不舒服的事），「分類帽認為它在道義上不能置身事外，應該在必要的時候，對學校提出適當的警告——」

這時，本來已準備要大聲喊出一年級新生名字的麥教授，正用她那令人膽寒的眼神，惡狠狠地瞪著那些忙著交談的學生。差點沒頭的尼克連忙將一根透明的手指頭湊到唇上，挺起身軀乖乖坐好。麥教授皺著眉頭，抬頭朝四張學院餐桌掃過了最後一眼，再垂下頭來，望著手中那張長長的羊皮紙，高聲喊出第一個名字。

「尤安．愛波。」

哈利剛才注意到的那個滿臉驚恐的小男孩，立刻踉踉蹌蹌地走向前方，把分類帽套在頭上。幸好他長了對招風耳，要不然帽子就會一溜煙地落到他的肩膀上。分類帽考慮一下，然後帽簷的裂縫又再度咧開，大聲喊道：

「**葛來分多！**」

哈利跟其他葛來分多學生們一起熱烈鼓掌，尤安．愛波跌跌撞撞地走到他們餐桌邊坐下來，他露出一副窘得要死的表情，彷彿恨不得挖個地洞跳進去，免得大家再盯著他瞧。

站在前方的一年級新生漸漸變得越來越少。在麥教授喊出姓名，和分類帽做出決定的空檔時間，哈利都可以聽到榮恩的肚子在咕嚕咕嚕叫個不停。最後，分類帽終於將最後一名學生「蘿絲・齊樂」分到赫夫帕夫學院。麥教授拿起分類帽和凳子轉身離開，這時鄧不利多站了起來。

哈利最近雖然對這位校長有些怨氣，但當他一看到鄧不利多站起來，笑吟吟望著大家，他的心就不知不覺平靜下來。這次他一回到霍格華茲，先是發現海格不在，接著又看到那些長得像龍的馬，使他忍不住感到，他所期待已久的返校之旅，竟然充滿了種種令人震驚的意外。就像是一首熟悉的曲調中，夾了許多刺耳的雜音似的。但至少此刻的情景，讓他覺得事情終於又步回原先的軌道：他們的校長像往常一般，在開學宴會之前站起來歡迎大家。

「歡迎我們的新夥伴，」鄧不利多用洪亮的嗓音說，他敞開雙臂，臉上滿滿的笑意，「歡迎！我們的老朋友，歡迎大家回到學校！我們的確還有事情要向大家報告，但現在不是時候。大吃大喝吧！」

餐廳裡爆出一陣如雷的掌聲與感激的笑聲，鄧不利多姿態優雅地坐下來，將他那把銀白色的長鬍甩上肩膀，免得垂到餐盤裡——餐盤裡突然平空冒出各式各樣的食物，五張長餐桌在剎那間堆滿了無數佳肴，有帶骨肉排、派餅甜點、各式蔬菜，還有麵包、調味醬汁，和一大瓶一大瓶的南瓜汁。

「太棒了。」榮恩發出一聲渴望的呻吟，一把抓住離他最近的一盤肉排，開始拚命替自己添菜。差點沒頭的尼克望著他，臉上露出羨慕的神情。

「你剛才在分類儀式開始前，好像話還沒說完對不對？」妙麗詢問這位幽靈，「也跟分類帽提出的警告有關嗎？」

「喔，是的。」尼克說，他似乎很高興能有件事引他分心，讓他將目光自榮恩身上移開。榮恩正在狼吞虎嚥地吃烤馬鈴薯，吃相實在是難看至極。「是的，我聽說，分類帽以前也提出過幾次警告，都是在它感到學校面臨強大威脅時。當然啦，它所提出的建議每次都一樣：團結一心，從內部壯大。」

「阿巴奧子嗯麼茲凹靴要危險？」榮恩問道。

哈利認為，他嘴裡塞得這麼滿的情形下，居然還能發得出聲音，已經非常了不起了。

「抱歉？」差點沒頭的尼克彬彬有禮地問，而妙麗露出嫌惡的神情。榮恩努力把一大口的食物吞了下去，說：「它不過是頂帽子，怎麼會知道學校有危險？」

「這我不清楚，」差點沒頭的尼克說，「不過，它住在鄧不利多的辦公室裡，自然有機會聽到很多事情。」

「它居然要我們跟各個學院的人交朋友？」哈利望著遠處的史萊哲林餐桌。跩哥．馬份在那裡神氣活現，彷彿正在接見臣民似的。「想都別想。」

「嗯，你這種態度就不對了，」尼克用譴責的語氣說，「團結合作，和平共存，才能真正解決問題。我們幽靈雖然分屬於各個不同的學院，彼此還是能保有良好的友誼。就算葛來分多和史萊哲林競爭得再厲害，我也從來不會想要去跟血腥男爵起任何衝突。」

「那只是因為你怕他怕得半死。」榮恩說。

差點沒頭的尼克臉上露出受到嚴重侮辱的神情。

「怕他？說什麼笑話，我，堂堂敏西－波平敦的尼古拉斯爵士，這輩子可從來沒怕過任何人！我血管裡流著貴族的血液——」

「什麼血液？」榮恩問道，「莫非你現在還有——？」

「那只是一種象徵性的說法！」差點沒頭的尼克說，他氣得渾身顫抖，整個頭顱在他那沒被完全砍斷的脖子上不祥地搖晃，「就算我不能再享受飲食的樂趣，但我至少還能保有隨意使用辭句的自由吧！算了，你們這些學生一天到晚拿我的死亡來開玩笑，反正我早就習慣了！」

「尼克，他不是故意要嘲笑你的！」妙麗說，惡狠狠地瞪了榮恩一眼。

不巧的是，榮恩這時嘴巴裡又塞得滿滿的，所以他只能含混說了聲：「窩無日嘔意噁。」尼克似乎對這個道歉並不滿意。他浮到空中，整了整他那頂墜著羽毛的帽子，接著就像一陣風似地從他們身邊飄走，飛到餐桌另一端，坐到柯林．克利維和丹尼．克利維兩兄弟中間。

「看你幹的好事。」妙麗氣沖沖說。

「什麼？」榮恩憤慨地說，他費了好一番工夫，才把嘴裡的食物全都吞下去，「難道我連問個問題都不行嗎？」

「喔，算了。」妙麗沒好氣地說，在剩下來的用餐時間裡，這兩個人都臭著臉，沒再說過一句話。

哈利早已習慣他們兩個一天到晚吵架，根本懶得去當和事老。還不如利用這段時間好好大吃一頓，於是他盡情享用牛肉腰花派，然後又吃了一大盤他最愛的糖漿餡餅。

等所有學生全都吃完大餐，餐廳裡的聲浪開始再度上升時，鄧不利多又站了起來。餐廳在瞬間變得鴉雀無聲，大家全都轉頭望著他們的校長。哈利現在舒服得有點想睡覺，他的四柱大床正在樓上等著他，那裡又溫暖又柔軟……

「好，我們大家都在忙著消化這頓豐盛的大餐，現在我必須請各位給我一點時間，專心聽我進行每年開學時的例行報告。」鄧不利多說，「一年級新生請注意，校園裡的森林，絕對禁止任何學生進入——而少數幾名舊生也該好好記住這項規定。（哈利、榮恩和妙麗笑著互相使眼色。）

「管理員飛七先生要我告訴大家，說這是他第四百六十二次提醒各位，下課時間不得在走廊施展魔法。另外還有許多其他禁止事項，在飛七先生的辦公室門前，貼了一張長得嚇人的單子，各位可以自行前去察看。

「今年我們的教職員陣容做了兩項更動。我們非常高興能請葛柏蘭教授回到這裡，為我們教授奇獸飼育學，我同樣也很榮幸能為大家介紹恩不里居教授，她是我們的新任黑魔法防禦術老師。」

餐廳裡響起一陣不怎麼熱烈的禮貌性掌聲，哈利、榮恩和妙麗微帶驚慌地面面相覷，鄧不利多並沒有說葛柏蘭要在這裡待多久。

鄧不利多繼續說下去：「學院的魁地奇球隊選拔賽將於——」

他突然停下來，詫異地望著恩不里居教授。由於她站起來也不比坐著高多少，在那一刻，完全沒人理解鄧不利多為什麼要突然停止說話，但接著恩不里居教授「**嗯哼，嗯哼**」地清著喉嚨，大家才知道原來她已經站了起來，準備發表演說。

鄧不利多臉上吃驚的神情只出現了一剎那，隨即瀟灑地坐下來，專注望著恩不里居教授，彷彿迫不及待想要聽她說話似的。其他的教職員就沒像他那麼善於掩飾心中的驚訝，芽菜教授的眉毛抬得奇高，甚至完全沒入了她飄拂的頭髮裡。哈利從來沒看過麥教授的嘴唇抿得這麼薄，以前哪會有新老師膽敢打斷鄧不利多說話。許多學生都露出等著看好戲的笑容，這個女人顯然一點也不了解霍格華茲的規矩。

「感謝你，校長，」恩不里居教授假假笑著，「感謝你說了這麼動聽的歡迎詞。」

她的聲音又尖又高，略帶些嬌嗲的氣音，聽起來活像是個小女孩，哈利心中又再度升起一股強烈的憎惡感，他自己也不明白這是為了什麼；他只知道，從她那蠢蠢的嗓音，到她那件毛茸茸的粉紅色外套，全身上下沒有一處讓他看得順眼。她又「**嗯哼，嗯哼**」地輕咳兩聲，清清喉嚨，繼續往下說。

「我一定要說，回到霍格華茲感覺真的好棒唷！」她微微笑著，露出一口尖銳的牙齒，「更高興的是，還有這麼多可愛的小臉蛋抬頭看著我呢！」

哈利朝四周瞥了一眼，沒有人臉上露出高興的表情。相反地，大家顯得有點吃驚，居然會有人用這種語氣致詞，簡直就把他們當成是五歲的小娃娃。

「我真的好期待能趕快認識大家喔，我相信我們一定可以成為很好的朋友！」

學生們面面相覷，有些人甚至忍不住笑了出來。

「她只要不逼我穿那件蠢外套，我倒是可以考慮跟她交個朋友。」芭蒂輕聲對文妲說，接著她們倆就陷入無聲的爆笑之中。

恩不里居教授又「**嗯哼，嗯哼**」地清了清嗓子，再度開口時，原本那些嬌嗲的氣音明顯收斂了許多。她換上一副相當職業化的口吻，而她說話的內容，聽起來也變得像背書似的單調沉悶。

「魔法部向來非常重視年輕巫師女巫的教育問題。你們與生俱來的稀有天賦，若是未得到審慎教育的滋養與磨練，最後終將一事無成。我們必須將魔法社會所特有的古老技藝代代傳承下去，以免這些珍貴的遺產就此失傳。而我們祖先們所累積的豐富知識寶藏，必須交由那些有志從事神聖教職的人士來細心守護，並加以發揚光大。」

說到這裡，恩不里居教授暫時停下來，朝她的同事們微微鞠了一個躬，但沒有任何人點頭回禮。麥教授那對濃黑的眉毛緊緊皺在一起，這使她看起來活像是一頭老鷹。當恩不里居又「**嗯哼，嗯哼**」地輕咳兩聲，繼續開始發表演說時，哈利清楚看到，麥教授意味深長地跟芽菜教授互望了一眼。

「霍格華茲的歷任校長們，不僅承擔起治理這所古老學校的重責大任，同時也各自開始為學校注入一些新意，這自然是正確的行為，若是不求進步，我們終將會變成一攤死水，開始腐敗墮落。但我必須在此強調，我們絕不鼓勵只為了進步而刻意求進步，因為，我們古老的傳統絕對禁得起歷史考驗，而且不容人任意更動破壞。所以說，我們必須努力在古老與創新、在永恆與變動、在傳統與改革之間取得一個完美的平衡點……」

哈利發現自己沒辦法再集中注意力，就好像他的腦袋老是調不準頻道似的。過去每當鄧不利多說話的時候，餐廳裡總是一片寂靜，現在四周變得鬧哄哄的，大家都把頭湊到一起，不停低聲交談並吃吃輕笑。哈利望著雷文克勞的餐桌，看到張秋在跟她的朋友開心聊天。坐在張秋旁邊幾個位子的露娜．羅古德，又重新取出她的《謬論家》專心閱讀。不過呢，坐在赫夫帕夫餐桌邊的阿尼．麥米蘭，卻是少數幾名仍在望著恩不里居教授的學生之一，但他看起來目光呆滯、神情恍惚，因此哈利十分確定，他只不過是故意裝出專心聽講的模樣，免得辱沒他胸前那個閃閃發亮的嶄新級長徽章。

恩不里居教授好像完全沒發現她的聽眾已變得極端浮躁不安，哈利甚至有種感覺，就算眼前突然爆發一場大規模暴動，她還是會努力繼續講下去。然而，那些老師都非常專心在聽，妙麗更是聽得渾然忘我，彷彿已深深沉浸在恩不里居教授的話語中，但根據她臉上的表情判斷，她顯然對演講的內容非常不滿。

「……因為某些改變雖能對我們有所助益，但若是以長遠的眼光觀之，我們終究會發現，大多數變革事實上都是判斷錯誤的結果。所以，我們將會保有一些優良的古老傳統，這一點是無庸置疑的，但在另一方面，我們也必須揚棄那些太過落伍過時的陋習。因此讓我們一同攜手前進，踏入一個開明、可靠，並且富於效率的新紀元，致力於保存那些應該保存的珍貴傳統。只要一發現謬誤就加以修正，以求臻於完美，並徹底禁絕那些早該揚棄的陋規。」

她坐了下來。鄧不利多開始鼓掌，其他教職員也跟著一起拍手，哈利注意到有好幾位老師只拍了一、兩下就停下來。有些學生也跟他們一起拍手，但大部分人都沒專心聽她講話，所以根本沒發現演講已經結束了。就在他們還沒來得及好好鼓掌的時候，鄧不利多再度站起身來。

「非常感謝妳，恩不里居教授，帶給我們這麼發人深省的演說。」他說，朝她鞠了一個躬，「現在請大家注意聽，我剛才說到，魁地奇選拔賽將於……」

「沒錯，那的確是發人深省。」妙麗壓低聲音說。

「妳該不會是說，妳覺得她講得很棒吧？」榮恩輕聲問道，一臉茫然地望著妙麗，「這是我這輩子聽過最無聊的一場演講，妳別忘了，**我**可是從小跟派西一起長大的。」

「我又沒說她講得很棒，我是說這場演講發人深省，」妙麗說，「它解釋了很多事情。」

「是嗎？」哈利驚訝問道，「我只聽到一大堆廢話。」

「這些廢話裡面藏了一些很重要的訊息。」妙麗嚴肅表示。

「有嗎？」榮恩滿頭霧水地問道。

「你們難道沒聽到她說『絕不鼓勵只為了進步而刻意求進步』？還有『徹底禁絕那些早該揚棄的陋規』？」

「好吧，那到底是什麼意思啊？」榮恩沒耐心地問道。

「我告訴你們那是什麼意思，」妙麗用不祥的語氣說，「那代表魔法部準備干涉霍格華茲的校務。」

他們四周響起一陣劈哩啪啦、乒乒乓乓的喧鬧聲，鄧不利多顯然剛剛宣布解散，因為全體師生都已站起來，準備走出餐廳。妙麗跳了起來，露出慌張的神情。

「榮恩，我們應該去替一年級新生帶路欸！」

「對喔，」榮恩說，他顯然完全忘了這回事，「嘿——嘿，我說你們這些人啊！矮小鬼們！」

「**榮恩**！」

「幹嘛，他們本來就是啊，他們這麼矮小……」

「我知道，但你也不能叫他們矮小鬼啊！——一年級新生！」妙麗架式十足地朝餐桌邊喊道，「請往這邊走！」

一群新生害羞地走過來，站在葛來分多和赫夫帕夫的餐桌中間，全都畏畏縮縮躲在後方，生怕自己會站到隊伍最前面。他們看起來真的很小，哈利非常確定自己剛到這裡的時候，看起來絕對比他們成熟得多。他咧嘴對他們微笑，一名站在尤安・愛波旁邊的金髮男孩，露出嚇得半死的表情，用手肘推推尤安，貼在他耳邊說了幾句話。尤安・愛波也同樣露出嚇壞了的神情，驚恐地偷瞄了哈利一眼，哈利感到他的微笑就像臭樹汁似地迅速從臉上滑落。

「待會見。」他對榮恩和妙麗說了一聲，就獨自走出餐廳。一路上老是有人在旁邊朝他指指點點，盯著他猛瞧，要不然就是互相咬耳朵，但他努力不去注意這些。他目光定定望著前方，穿過入口大廳的人群，快步爬上大理石階梯，接著再抄了一、兩條隱密的捷徑，很快就把人潮遠遠拋在後面。

他真是個白痴，居然沒料到這種情況，他憤怒想著，沿著樓上空盪盪的走廊往前走。大家當然會盯著他看啦，他在兩個月前，拖著一名同學的屍體，從三巫大賽的迷宮中走出來，還宣布說他親眼看到佛地魔王重新恢復力量。那時同學們正準備回家過暑假，所以他在上學期結束前，並沒有時間向大家詳細解釋當時的情況——但話說回來，即使有時間，他也不確定自己是否有勇氣，把當時發生在墓地的恐怖事情鉅細靡遺地向全校師生報告。

哈利走到通往葛來分多交誼廳的走廊盡頭，站在胖女士的畫像前，直到這時他才想到，他根本就不曉得新的通關密語。

「呃……」他悶悶不樂地說，抬頭望著胖女士。她整了整她那粉紅色的絲綢禮服，神情嚴厲地望著哈利。

「不知道通關密語，就休想進去。」她高傲表示。

「哈利，我知道通關密語！」他背後有某個人正氣喘吁吁地朝他跑來，他回過頭，看到奈威慢吞吞地跑到他面前，「你知道嗎？我這次一定不會再忘記通關密語了……」他揮揮曾在火車上給他們看過的矮小仙人掌，「**惡人掌！**」

「正確。」胖女士說，接著畫像就像門一樣向外敞開，露出牆上的圓形洞口，哈利和奈威爬了進去。

葛來分多交誼廳看起來還是跟以往一樣溫馨宜人，這是一個有著高聳天花板的舒適圓形房間，裡面擺滿了破舊的鬆軟扶手椅，和老是在搖搖晃晃的舊餐桌。壁爐裡有一盆嗶啪作響的爐火，有幾名學生坐在爐火前，趁著回寢室睡覺前先烤烤手。在房間的另一端，弗雷和喬治・衛斯理兩兄弟正忙著把某個東西貼到布告欄上。哈利揮手向他們道晚安，然後直接走向通往男生寢室的大門，他現在沒什麼心情說話。奈威跟著他上樓。

丁・湯馬斯和西莫・斐尼干已先回到寢室，他們把一大堆海報和照片貼到床邊的牆壁上。在哈利推開門的時候，兩人正在交談，一看到他，就立刻閉上嘴巴。哈利先懷疑他們是否在談論他，又懷疑自己是否太多心了。

「嗨。」他說，越過房間走到自己的行李箱前，把它打開。

「嘿，哈利，」丁說，他換上一套顏色跟西漢姆足球隊完全相同的睡衣。「暑假過得怎樣？」

「還可以。」哈利低聲說，他若真要把暑假發生的事都告訴他們，恐怕得花上大半夜才能說得完，何況他也不願再去回想那些事情。「你呢？」

「我算是還不賴啦，」丁咯咯輕笑，「反正總比西莫好一些，他剛才正在說他的悲慘遭遇呢。」

「怎麼啦，發生了什麼事啊，西莫？」奈威問道，他溫柔地把惡人掌放到床頭櫃上。

西莫並沒有立刻回答，他慢條斯理地反覆調整坎梅爾茶隼魁地奇球隊海報的位置。然後他開口說話，仍然背對著哈利：「我媽不肯讓我回學校。」

「什麼？」哈利說，原本準備脫下長袍的他立刻停止動作。

「她不想讓我回到霍格華茲。」

西莫終於轉身離開他的海報，從行李箱裡取出睡衣，還是不看哈利。

「可是——這是為什麼？」哈利驚訝地問。他知道西莫的母親是一名女巫，因此他完全無法理解，她怎麼會突然變得這麼的德思禮。

西莫先把睡衣釦子全都扣好，才開口回答。

「這個嘛，」他用慎重的語氣說，「我想……是因為你。」

「你這話是什麼意思？」哈利立刻問道。

哈利的心怦怦跳，他隱隱感到有某種不祥的事物在朝他逼近。

「這個嘛，」西莫又開口說，仍然不肯正視哈利的雙眼，「她……呃……其實也不只是因為你，還有鄧不利多……」

「她相信了《預言家日報》的報導？」哈利說，「她真的認為我是個騙子，鄧不利多是個老傻瓜？」

西莫抬頭望著他。

「沒錯，差不多就是這樣。」

哈利什麼也沒說。他把魔杖扔到床頭櫃上，脫下長袍，氣沖沖塞進行李箱，再取出睡衣。他真是受夠了，受夠了這種老是有人對他指指點點、說長道短的可怕生活。要是他們能知道，要是他們能稍稍理解，遭受到這一切恐怖待遇的人心裡是什麼感覺……斐尼干太太一點也不了解，那個愚蠢的女人，他恨恨想著。

他爬上床，想要拉上床邊的簾幕把自己遮起來，還沒來得及動手，西莫又開口說：「等等……那天晚上**到底**發生了什麼事……你知道，我是指……就是西追・迪哥里那些事？」

西莫的語氣聽起來既緊張又急切，丁本來彎下身往他的行李箱裡取拖鞋，現在也硬生生停止動作，哈利知道他在專心傾聽。

「這你何必問我？」哈利反擊，「你為什麼不去看《預言家日報》，就跟你母親一樣啊？你想知道的報上全寫啦。」

「不准你抨擊我的母親。」西莫厲聲說。

「誰說我是騙子，我就抨擊誰。」哈利說。

「你說話給我小心點！」

「我愛說什麼就說什麼，」哈利說，他勃然大怒，一把抓起床頭櫃上的魔杖，「你要是不想跟我一起住，可以去找麥教授，叫她替你換寢室啊……免得你媽咪擔心。」

「別再扯上我的母親，波特！」

「你們怎麼啦？」

榮恩出現在門口。他瞪大眼睛，望著那跪在床上，用魔杖指著西莫的哈利，再把目光轉向那站在一旁，高舉著拳頭的西莫。

「他抨擊我的母親！」西莫喊道。

「什麼？」榮恩說，「哈利不會做這種事的——我們都見過你的母親，我們都很喜歡她啊……」

「那是在她開始相信《預言家日報》上所有關於我的鬼話之前！」哈利扯起喉嚨大聲吼道。

「喔，」榮恩滿是雀斑的臉上露出恍然大悟的表情，「喔……好吧。」

「你知道我怎麼想嗎？」西莫激動地說，滿懷惡意地瞥了哈利一眼，「她說得沒錯，我的確不想再跟他住在同一間寢室，他是個瘋子。」

「你太過分了，西莫。」榮恩說，他的耳朵開始脹紅——這通常是危險的訊號。

「我過分？」西莫大喊，他跟榮恩正好相反，臉色變得一片慘白，「你相信他那些關於『那個人』的胡說八道對不對？所以說，你認為他說的全是實話囉？」

「沒錯，我是相信！」榮恩生氣地說。

「那你也是個瘋子。」西莫露出厭惡的神情。

「是嗎？好吧，那你倒楣了，同學，別忘了我也是位級長！」榮恩說，伸出一根手指，戳戳自己的胸膛，「所以呢，你要是不想被罰勞動服務的話，你說話最好小心一點！」

西莫在那一瞬間露出不顧一切的神情，似乎是覺得就算被罰勞動服務，他也要把心裡的話全都說出來。但最後他卻不屑地哼一聲，轉過身去，跳上床，像洩恨似地用力拉上簾幕，不料整片簾幕被他硬生生地扯了下來，髒兮兮地堆在地板上。榮恩狠狠瞪了西莫一眼，再轉看丁和奈威。

「還有誰的父母對哈利有意見？」他用挑釁的語氣問道。

「我父母是麻瓜，兄弟，」丁聳聳肩說，「他們根本就不曉得霍格華茲有人死掉，因為我可沒笨到把這種事告訴他們。」

「你不知道我母親的個性，不管別人跟她說什麼，她全都會相信！」西莫對他厲聲吼道，「再說，你的父母也不會收到《預言家日報》。他們不曉得我們的校長已經被巫審加碼和國際巫師聯盟雙雙開除，因為他已經發瘋啦——」

「我奶奶說那些全都是胡說八道，」奈威尖聲說，「她說根本就是《預言家日報》自己開始墮落，鄧不利多連半點錯也沒有。她現在乾脆已經不再訂報了，我們相信哈利。」奈威斷然表示。他爬上床，把棉被直拉到下巴底下，目光越過他們的頭頂，用嚴肅的眼神望著西莫。「我奶奶常說，『那個人』總有一天會東山再起。她說，既然鄧不利多說他已經復活了，那就一定不會有錯。」

哈利心中對奈威湧出一股強烈的感激。沒有人再開口說話，西莫取出魔杖，施法將簾幕修好，把自己藏在簾幕後面。丁爬上床，翻了個身，一聲不吭。奈威顯然也沒別的話可說，只是深情款款望著他那株沐浴在月光下的惡人掌。

哈利躺到枕頭上，榮恩在隔壁床邊走來走去收拾東西。剛才跟西莫的爭吵，讓哈利感到非常震驚，他以前一直都非常喜歡西莫。將來還會有多少人明示暗示地說他撒謊，或是罵他神經錯亂？

鄧不利多是不是整個夏天也都遭受到同樣的折磨，先是被巫審加碼解聘，接著又被國際巫師聯盟給踢出門外？也許鄧不利多就是因為在生哈利的氣，所以才一連好幾個月不跟他聯絡？但不管怎樣，他們兩個現在等於是同在一條船上。鄧不利多相信哈利，他曾完全根據哈利的說詞，先後對全校師生和更廣大的巫師社會宣告事情的經過。所有認為哈利說謊的人，必然也會把鄧不利多看做騙子，要不然就是覺得鄧不利多年老昏庸，上了哈利的大當……

他們總有一天會明白，我們說的全是事實，哈利難過地想著。榮恩此時已爬上床，熄掉了寢室的最後一根蠟燭。但他仍忍不住想到，在真相大白之前，他到底還得忍受多少次像西莫這樣的無情攻擊。

12 恩不里居教授

第二天一早，西莫以最快的速度穿好衣服。他離開寢室的時候，哈利連襪子都還沒穿好。

「難道他以為跟我一起待在房間裡太久，也會變成瘋子是不是？」西莫的衣角才剛消失在眼前，哈利就扯開喉嚨大聲地問。

「別為這件事情煩惱了，哈利，」丁邊拿起書包邊跟哈利說，「他只是……」不過，很顯然他也說不出西莫到底是怎麼了。一段尷尬的沉默之後，他跟著哈利走出了房間。

奈威和榮恩的眼神都告訴哈利：「那是他的問題，跟你無關。」可是哈利並沒有因此覺得比較好過，他還要忍受多少像這樣的事情？

「怎麼啦？」五分鐘之後，妙麗從交誼廳那端趕上了也是去吃早餐的哈利和榮恩。「你看起來真的很——喔，我的天啊。」

妙麗瞪著交誼廳裡的布告欄，上頭貼著一個大大的新告示。

上加侖的加隆！

零用錢不夠花嗎？
想要多賺點加隆嗎？
想要簡單、輕鬆，一點都不疼痛的兼職工作嗎？
請至葛來分多學院交誼廳聯絡弗雷及喬治·衛斯理。
（所有申請人必須自行負擔工作風險。）

「他們真的太過分了。」妙麗聽起來相當生氣，順手把弗雷和喬治貼的告示撕下來。告示下面是另一張海報，標有活米村第一個週末的日期，時間就在十月。「我們得和他們談談，榮恩。」

榮恩嚇了一跳。

「為什麼？」

「因為我們是級長啊！」他們爬出畫像洞口時，妙麗這麼說，「這種事情該由我們來阻止！」

榮恩什麼也沒說，哈利從榮恩臉上悶悶不樂的表情看得出來，他沒有興趣去阻止他兩個哥哥弗雷和喬治想做的事。

「對了，到底發生了什麼事情，哈利？」妙麗又繼續問，他們沿著掛滿老巫師、老女巫畫像的樓梯往下走，畫像中的人自己聊得起勁，根本沒有理會他們。「你好像在為什麼事情生氣。」

「西莫認為，『那個人』的事情是哈利在說謊。」榮恩看哈利沒回答，簡單告訴妙麗。哈利原本以為妙麗也會替他感到生氣，她卻只是嘆了口氣。

「文妲也是這麼認為。」妙麗有點難過。

「然後妳們一起討論，看我究竟是不是一個靠說謊來引人注意的白痴，對吧？」哈利的音量放大。

「不，」妙麗冷靜地說，「事實是，我要她閉上她的大嘴，不要再談論你的事。還有，你最好不要再這樣粗暴打斷我說話，哈利。因為，恐怕你還沒搞清楚，我和榮恩可是站在你這邊的。」

有那麼一段時間，他們三個都沒說話。

「抱歉。」哈利低聲說。

「好啦，這也沒什麼，」妙麗很有尊嚴地說，接著她搖了搖頭。「你難道忘記了鄧不利多在期末的餞別宴會上說的話嗎？」

哈利和榮恩兩個人都一臉木然，妙麗又嘆了一口氣。

「就是關於『那個人』的事，鄧不利多說他『非常善於分化與散播敵意，他挑撥離間的功夫幾乎可說是已經出神入化。我們唯有展現出同樣強大堅定的友誼與信任，才有辦法去對抗他——』」

「妳怎麼會記得這種東西呢？」榮恩滿臉崇拜地看著妙麗。

「因為我有用耳朵聽啊，榮恩。」妙麗的語氣有點兇。

「我也有用耳朵聽啊，可是我還是不能很正確地告訴妳——」

「重點是，」妙麗大聲強調，「這就是鄧不利多說話的內容。『那個人』才復活兩個月而已，我們竟然就已經起內訌了。分類帽的警告也是一樣，齊心協力，團結——」

「哈利昨天晚上說的話才有道理，」榮恩反駁妙麗，「如果這代表我們要跟史萊哲林學院的人和好——**想都別想**。」

「我覺得，我們連學院間的團結都做不到，真是太可惜了。」妙麗很氣憤地說。

他們已經下到大理石的樓梯最下層。一隊雷文克勞學院四年級的學生正好穿過入口大廳，他們一看見哈利，馬上就擠成一團，好像生怕他會攻擊落單的人似的。

「是啊，我們真的應該試著去和這樣的人交朋友才是。」哈利諷刺地說。

他們跟著雷文克勞的學生走進餐廳，直覺地往教職員的桌子那邊看。葛柏蘭教授正在和教天文學的辛尼區教授聊天，海格還是不知去向。頭頂上一片愁雲慘霧灰濛濛的魔法天花板，似乎也在回應哈利的心情。

「那個叫葛柏蘭的女人要在這待多久，鄧不利多甚至連提都沒有提。」他們往葛來分多的桌子走去時，哈利迸出這句話。

「或許……」妙麗若有所思說。

「什麼？」哈利和榮恩同時說。

「嗯……或許他不想讓海格不在的事情引起大家注意。」

「妳這是什麼意思，引起大家注意？」榮恩半笑著說，「我們怎麼可能不注意到呢？」

在妙麗回答之前，一個高高的、綁著辮子的黑皮膚女孩向哈利走了過來。

「嗨，莉娜。」

「嗨，」莉娜的聲音很輕快，「夏天過得還好嗎？」她沒等哈利回答就說，「我被指定為葛來分多的魁地奇隊長了。」

「好消息喔。」哈利露出笑容，他猜想莉娜大概不會像奧利佛．木透一樣愛長篇大論，這算是唯一的改善吧。

「是啊，不過奧利佛離開後，我們就需要一個新的守門手。選拔賽是在星期五傍晚五點，我希望全隊都能到齊，好嗎？到時再看看怎樣安排新的成員。」

「沒問題。」哈利說。

莉娜對哈利笑笑就走開了。

「我都忘記木透已經離開了，」妙麗含含糊糊地說。她在榮恩旁邊坐下，把一盤吐司拉到面前。「這樣對球隊的影響一定很大吧？」

「可能，」哈利說著在對面的板凳上坐下。「他是個很優秀的守門手……」

「不過，有新血加入也不差啊。」榮恩說。

四周傳來咻咻的聲音，上百隻貓頭鷹從上面的窗戶飛進來。牠們降落在餐廳各處，給主人帶來信件及包裹，也給早餐帶來不少水滴，這表示外面雨下得很大。哈利沒看見嘿美的蹤影，不過他一點也不意外，唯一會跟他聯絡的人只有天狼星，而他們兩個才分開二十四小時，他不認為天狼星會有什麼新的事情要告訴他。可是妙麗卻得趕緊移開她的柳橙汁，好讓一隻溼淋淋的大草鴞把嘴裡溼答答的《預言家日報》放下。

「妳現在還要這種東西幹嘛？」哈利忿忿地說，想起了西莫。妙麗在貓頭鷹腿上的小皮袋裡面放進一個納特，貓頭鷹飛走了。「我才不想理……那一大堆垃圾呢。」

「最好知道敵人在說些什麼。」妙麗語氣中透著警告的意味，她打開報紙擋在臉上，就這樣一直看到哈利和榮恩都吃飽為止。

「沒什麼，」妙麗簡單地表示，把報紙捲起來，放到餐盤旁邊。「什麼消息都沒有，不管是你還是鄧不利多，或者其他的事情。」

這時，麥教授沿著餐桌走來，發給每個人課程表。

「看看今天的課程！」榮恩沒好氣地說，「魔法史、兩堂魔藥學、占卜學、兩堂黑魔法防禦術……丙斯、石內卜、崔老妮，還有那個叫恩不里居的女人通通都在同一天！真希望弗雷和喬治的動作快點，趕快把摸魚點心盒打理好……」

「我沒聽錯吧？」突然傳出弗雷的聲音，只見他和喬治兩個人擠到哈利的板凳上來。「霍格華茲的級長不會真的要蹺課吧？」

「你看看今天安排的課，」榮恩邊抱怨邊把課程表塞到弗雷的鼻子底下。「這真是我見過最糟糕的星期一了。」

「沒錯，我的小弟，」弗雷迅速看了課程表之後說。「喜歡的話，可以給你一點便宜的鼻血牛軋糖。」

「為什麼便宜？」榮恩懷疑其中有詐。

「因為你會一直流血，流到你虛脫為止。到目前為止，我們還沒研發出解藥呢。」喬治邊說邊拿了份燻鮭魚。

「很好，」榮恩悶悶地說，一邊把課程表塞進口袋，「不過，我想我還是會去上課的。」

「說到摸魚點心盒，」妙麗眼睛銳利地盯著弗雷和喬治，「你們不可以把徵求試驗者的廣告，貼在葛來分多的布告欄上。」

「誰說的？」喬治一臉驚訝的表情。

「我說的，」妙麗說，「榮恩也這麼認為。」

「這不甘我的事。」榮恩趕緊澄清。

妙麗瞪了他一眼，弗雷和喬治竊笑起來。

「不用多久妳就會改變心意的，妙麗，」弗雷在煎餅上塗上厚厚的奶油，「妳才剛升上五年級，妳馬上就會求我們給妳一個點心盒的。」

「為什麼上了五年級，我就會需要一個摸魚點心盒？」妙麗問。

「因為五年級是普等巫測年。」喬治說。

「所以呢？」

「所以你們就得應付考試，對吧？你們鐵定會被一堆考試壓得透不過氣來，磨掉一層皮的。」弗雷一副很得意的模樣。

「我們班上有一半的人為了達到普等巫測的標準，都得了輕度精神耗弱，」喬治非常得意地說，「整天哭哭啼啼發脾氣……派翠西亞．史丁森三不五時就會昏倒……」

「肯尼斯．多勒最後還生了瘡呢，你們不記得了嗎？」弗雷用一種懷舊的口氣說。

「那是因為你在他的睡衣裡面放進了不拉豆粉。」喬治說。

「喔，對喔，」弗雷咧著嘴笑，「我都忘記了……有時候還真難把事情給記清楚，你說是吧？」

「總之，如果你很在乎考試結果的話，五年級就會像是惡夢年，」喬治說，「不過，弗雷和我還是有辦法混得不錯。」

「哎……你們通過了，那個什麼，普等巫測的三個測驗，對吧？」榮恩說。

「沒錯，」弗雷漫不經心地說。「不過我們覺得，未來的發展應該擴展到學術成就以外的領域。」

「我們曾經認真討論過，還要不要回來上七年級的課，」喬治興匆匆地說，「因為我們——」

喬治看見哈利警告的眼光，馬上住口。哈利知道，喬治又要提起他把三巫鬥法大賽贏得的獎金給了他們兄弟的事。

「——因為我們已經通過了普等巫測。」喬治倉卒地說。「我的意思是，難道我們真的還需要那些超勞巫測嗎？問題是，媽一定不准我們提前離開學校，尤其是在派西變成全世界最蠢的白痴以後。」

「不過，我們可不會白白浪費在這裡的最後一年，」弗雷說，眼神充滿愛意地環顧餐廳。「我們要把最後一年用來做些市場調查，看看霍格華茲裡的一般學生究竟希望從惡作劇商店買到什麼東西，仔細評估我們調查的結果，然後根據需求，製作產品。」

「可是，你們要去哪弄來開店需要的錢呢？」妙麗感到很懷疑，「而且，你們還得要有原料和配方——還有店面……」

哈利不敢看這兩個雙胞胎。他的臉在發燙，還故意弄掉叉子，低下身去撿起來。他聽見頭頂上弗雷在說：「妙麗，妳不問我們問題，我們就不會對妳說謊。快點，喬治，如果我們早點到，搞不好可以在藥草學開始之前，賣出幾對伸縮耳呢。」

哈利從桌子下鑽出來，看見弗雷和喬治兩個人各帶著一堆吐司離開。

「那到底是什麼意思啊？」妙麗看看榮恩，又看看哈利，「什麼『妳不問我們問題……』難道他們已經拿到足夠的錢，可以開間惡作劇商店了嗎？」

「我一直都在想這個問題，」榮恩皺起眉頭，「今年夏天他們送了我一套禮袍，我真搞不懂他們哪來的錢……」

哈利知道，他現在必須要把他們從這個危險的話題上引開才行。

「你們認為今年真的會很辛苦嗎？因為那些考試？」

「是啊，」榮恩說，「一定是吧？普等巫測真的很重要，會影響到工作申請，還有其他大大小小的事情。今年晚點我們也會得到一些就業的資訊，這是比爾說的，好讓你選擇明年要接受哪些超勞巫測。」

不久之後，他們離開餐廳，準備去上魔法史的課。哈利問他們兩個，「你們知道自己畢業後想做什麼嗎？」

「不很確定，」榮恩慢慢地說，「只是……嗯……」

他顯得有一些些膽怯。

「什麼？」哈利催促著。

「嗯，我是覺得當正氣師很酷啦。」榮恩隨口說。

「對，真的很酷。」哈利熱烈附和。

「可是，正氣師幾乎都是菁英。」榮恩說，「真的要非常傑出才可能當上正氣師。妙麗妳呢，妳有什麼打算？」

「我不知道，」妙麗說，「我大概會去做些很有價值的事。」

「正氣師很有價值啊！」哈利說。

「對啦，沒錯，可是那不是唯一有價值的事。」妙麗若有所思地說，「我在想，如果我可以讓小精靈福進會繼續發展的話……」

哈利和榮恩兩個人刻意迴避彼此的眼光。

魔法史是眾所公認最無聊的課。他們的幽靈老師——丙斯教授——有著氣喘般低沉單調的聲音，幾乎保證在十分鐘之內，就可以讓人陷入嚴重的昏迷狀態。天氣如果再溫暖些，更是只要五分鐘就能辦到。他從不改變上課方式，不管學生是在抄筆記，還是昏昏沉沉地呆視空中，他的演說絕不暫停。哈利和榮恩一直以來都是靠考前抄妙麗的筆記，才很勉強地通過考試。似乎只有妙麗能夠抵擋丙斯教授聲音中的催眠力量。

今天，他們辛苦地撐過了四十五分鐘講述巨人族戰爭的課。哈利只聽了十分鐘就明白，這堂課如果由別的老師來教，或許還有可能稍微有趣一些。之後他的腦袋就脫線了，剩下來的三十五分鐘的課就用羊皮紙角角的地方和榮恩玩起吊死鬼遊戲，一旁的妙麗用眼角餘光惡狠狠瞪著他們。

「這樣怎麼行呢？」他們下課離開教室的時候，妙麗冷冷地問他們（丙斯教授穿過黑板飄走了），「如果我今年不願意把筆記借給你們怎麼辦？」

「那我們一定沒辦法通過普等巫測，」榮恩說，「只要妳良心過得去，妙麗……」

「你們活該，」妙麗馬上回他，「你們根本連試著聽他上課都沒試，啊？」

「我們有試啊，」榮恩說，「可是我們又沒有妳的腦袋，沒有妳的記憶力，也沒辦法像妳那麼專心。妳就是比我們都聰明，這樣妳滿意了嗎？」

「少跟我來這套。」妙麗雖然這麼說，可是感覺起來情緒已經比較緩和了。她走在他們前面，走進潮溼的天井。

外頭下著濛濛的細雨，使得三三兩兩聚在天井四周的人群看起來都有些朦朧，哈利、榮恩和妙麗選了個偏僻角落，上面的陽台不停滴水，他們翻起衣領抵擋九月的寒意，談論著石內卜在這學年的第一堂課不知道會給他們設下怎樣的陷阱。三個人都有同感，很可能是件非常困難的事，趁他們放了兩個月假回來，心情鬆懈之際，好好整整他們。這時，有個人轉過角落，朝他們三個走過來。

「嗨。哈利。」

來的人是張秋，而且這一次她又是獨自一個人。這真的非常不尋常，張秋身旁幾乎總是圍繞著群嘰嘰喳喳的女生。哈利還記得當初想要趁她落單，約她參加耶誕舞會時有多痛苦。

「嗨！」哈利覺得自己的臉直發燙，他跟自己說，**至少這一次你沒有全身上下都是臭樹汁**。張秋好像也正想著這回事。

「你把那些東西都弄掉了？」

「是啊。」哈利想要擠出一些笑容，就當他們上次的見面是一次很好的回憶，一點也不令人難堪。「嗯，妳的……呃……暑假過得如何？」

哈利才一開口，就後悔自己問了這句話。西追曾是張秋的男朋友，西追的死，對張秋這個暑假所產生的影響，一定不比哈利少。張秋的臉繃了起來，但是她說：「喔，還好啦……」

「妳戴的是龍捲風隊的徽章嗎？」榮恩突然冒出這一句，手指著張秋長袍上一個天藍色底繡有兩個金色T字的徽章。「妳該不會真的支持他們吧？」

「沒錯，我就是他們的球迷。」張秋說。

「妳一直都是他們的球迷，還是從他們打贏比賽之後才開始支持他們的呢？」榮恩說。哈利覺得他的聲音裡有種不必要的指責語氣。

「我從六歲起就是他們的球迷。」張秋冷冷地說，「那就……再見囉，哈利。」她走了。妙麗等到張秋走過天井的一半之後，才開始砲轟榮恩。

「你實在很蠢！」

「什麼？我只不過問她是不是——」

「你難道看不出來她想要單獨和哈利說話嗎？」

「那怎樣？她可以跟他說話啊，我又沒有阻止她。」

「那你幹嘛抨擊她支持那個魁地奇隊？」

「抨擊？我哪有抨擊她，我只不過——」

「誰**管**她支不支持龍捲風隊？」

「可是別著那些徽章的人，至少有一半以上是在上個球季才買的——」

「那這又有什麼**關係**呢？」

「這表示他們不是真正的球迷啊，他們不過是趕流行罷了——」

「上課鐘響了。」哈利無精打采地說，榮恩和妙麗兩個人吵得不可開交，連鐘聲都沒聽見。往石內卜地牢的路上，他們兩個還是一直吵個不停，哈利心想，如果換作奈威和榮恩兩個人在旁邊，而且他還能和張秋說上兩分鐘話，再加上回想的時候又不會覺得無地自容的話，那就算是相當幸運了。

排隊準備進入石內卜教授的教室時，哈利心想，是張秋自己走來跟他說話的，不是嗎？她以前是西追的女朋友，西追死在三巫鬥法大賽中，他卻全身而退。她大有理由恨他，可是她和他說話的時候非常友善，大概沒把他當成瘋子，也不認為他是個騙子，更不可能認為他應該要為西追的死負責……沒錯，是她自己想要來跟他說話的，而且在兩天之內就發生了兩次……一想到這，哈利心情就好了起來。即使石內卜地牢的門打開時發出不祥的吱嘎聲，也不能刺破哈利心中飽滿的希望小泡泡。哈利在榮恩和妙麗之後進入教室，跟著他們走向習慣坐的最後一排位子，完全不去理會他們煩人的爭吵。

「安靜。」石內卜冷冷地說，隨手把門關上。

其實他根本沒有必要叫大家安靜，門關上的那一刻起，所有人都停止打鬧，教室裡變得鴉雀無聲。因為往往只要石內卜出現，就足以讓教室保持安靜。

「今天開始上課之前，」石內卜掃視教室裡所有的學生，瞪著他們說，「我應該要提醒各位，明年六月你們將會有一場重要的考試，考驗你們究竟對於魔藥的成分及使用了解多少。雖然有些課程的確很愚蠢，但我還是希望你們在普等巫測上能拿個『合格』的成績，不然就得忍受我的……不滿。」

石內卜的眼光停留在奈威身上，他緊張地吞著口水。

「當然，今年過後，你們當中許多人就不會再跟我學習魔藥學。」石內卜繼續說，「我只接受最優秀的學生加入我的超勞巫測魔藥學班，意思就是，有些人肯定要說再見了。」

石內卜的眼光停留在哈利身上，撇了撇嘴。哈利也回瞪他，經過了五年之後，終於有機會擺脫魔藥學，感覺真是無比快樂。

「不過，在我們珍重再見之前，還有辛苦的一整年要度過。」石內卜溫和地說，「因此，不論是否打算嘗試超勞巫測，我奉勸各位，務必努力維持高分過關的水準，這是我對普等巫測學生的期望。

「今天我們要調製的是一種常在普等巫測中出現的魔藥：『安寧劑』，這種魔藥可以用來減輕焦慮，撫平煩躁。要特別注意，處理原料時，如果成分下得太重，有可能讓喝下這種魔藥的人陷入深沉，甚至醒不過來的睡眠狀態中，所以在操作時請格外小心。」哈利左手邊的妙麗直了直身子，集中所有的注意力聽講。「原料以及方法——」石內卜輕輕揮動他的魔杖，「——就在黑板上——」（所有原料以及調製方法立刻就浮現在黑板上）「——所有需要的東西都可以——」他又揮了揮手中的魔杖，「——在碗櫥裡找到——」（碗櫥的門打了開來）「——你們有一個半小時的時間……開始。」

就像哈利、榮恩和妙麗之前猜測的一樣，石內卜幾乎拿出最難搞又最瑣碎的魔藥來整他們。原料必須按照精準的順序及分量加入大釜中，攪拌的次數一次都不能多，而且先要順時針，再逆時針攪拌。在加入最後的原料之前，大釜底下煨的火還必須降到某個特定的溫度，維持特定的時間。

「現在，你們的魔藥應該會散發出一陣淡銀色的煙霧。」課程還剩下十分鐘的時候，石內卜告訴所有學生。

滿頭大汗的哈利絕望地環顧地牢四周。他的大釜冒出大量深灰色的蒸汽，榮恩的大釜不斷吐出綠色的火花。西莫．斐尼干大釜底下的火似乎快要滅了，他急得拚命用魔杖的尖端去戳火焰。妙麗的魔藥表面果然閃爍著銀色的煙霧，石內卜經過的時候，低下鼻子，瞧了瞧，什麼話也沒說，這表示他找不到可以挑剔的地方。可是在經過哈利的大釜時，石內卜教授停了下來，看著他的大釜，臉上出現很假的笑容。

「波特，這是什麼東西啊？」

坐在前面的史萊哲林學院學生紛紛抬起頭來，他們最喜歡聽石內卜奚落哈利了。

「安寧劑。」哈利很緊張。

「告訴我，波特，」石內卜輕柔地說，「你認識字嗎？」

跩哥・馬份爆出大笑。

「認識。」哈利的手指緊緊抓著他的魔杖。

「請把第三行說明念給我聽，波特。」

哈利瞇起眼睛往黑板看，地牢裡現在全都是各種顏色的蒸汽，想要把說明看清楚還真是不容易。

「加入磨碎後的月長石，逆時針攪拌三次，再用慢火煮七分鐘，然後加入兩滴黑藜蘆糖漿。」

哈利的心整個沉了下來。他沒有把黑藜蘆糖漿加進去，用慢火煮了七分鐘之後，他就直接跳到說明的第四行去了。

「第三行說的每件事情你都做了嗎，波特？」

「沒有。」哈利的聲音很小。

「抱歉，你說什麼？」

「沒有，」哈利這次把音量提高，「我忘記加入黑藜蘆糖漿了。」

「我知道你忘了加，所以這一堆東西現在是毫無價值的廢物。消消藏。」

哈利的魔藥消失了，只剩下他愚蠢地站在那只空空的大釜旁邊。

「那些仔細**看過**說明的同學，把你們的魔藥取一些樣本裝進瓶子裡，貼上名字，放到我的桌上讓我檢查。」石內卜說，「課後作業是十二吋的羊皮紙，寫清楚月長石的特性，還有它在製作魔藥中的功用，星期四交上來。」

哈利周圍的人都在把魔藥裝瓶，只有他一肚子火氣地在收拾善後。他的魔藥也沒比榮恩或奈威的魔藥差到哪裡去，榮恩的魔藥現在散發出蛋壞掉的惡臭味，奈威的更是和剛調好的水泥一樣濃稠，他得一勺一勺從大釜裡挖出來才行。不過，只有他，哈利，今天會抱回一個鴨蛋。哈利把魔杖塞回書包，跌坐在座位上，看著每個人帶著塞好的瓶子走向石內卜的桌子。等了好久之後，下課鐘終於響了，哈利第一個衝出地牢，等到榮恩和妙麗到餐廳跟他碰面的時候，哈利已經開始吃午餐了。經過一個早上，魔法天花板變得更加灰暗，雨水不斷敲打在高窗上。

「真是太不公平了，」妙麗說著安慰的話。她坐在哈利身邊，拿了份牧羊人派。「你的魔藥跟高爾差不多啊，他把魔藥放進瓶子的時候，整個瓶子都碎了，衣服還著火。」

「是啊，不過，」哈利憤怒盯著他的盤子，「石內卜什麼時候對我公平過了？」

榮恩和妙麗沒有人答話，他們三個人都明白，打從哈利踏進霍格華茲的那一刻起，哈利和石內卜之間的敵意就絲毫沒有化解的餘地。

「我原本還以為他今年會比較好一些，」妙麗顯然相當失望，「我是指……你知道……」

妙麗小心翼翼看了看四周，他們兩旁有六個空位子，沒人經過他們這桌，「他現在都已經加入鳳凰會了。」

「毒蕈身上的斑點是不會改變的，」榮恩賣弄了一下。「而且，我一直認為鄧不利多是腦袋不清楚才會相信石內卜。有什麼證據可以證明他不再替『那個人』做事了啊？」

「我想鄧不利多可能有很多證據，只是他沒有告訴你罷了，榮恩。」妙麗厲聲說。

「閉嘴，你們兩個。」哈利重重地說。榮恩張開嘴原本想要頂撞妙麗，這下兩個人都僵住，露出一副被冒犯的生氣表情。「你們不能稍微停一下嗎？」哈利說，「你們兩個每天吵來吵去，弄得我都快煩死了。」哈利丟下他的牧羊人派，把書包往肩膀上一甩，留他們兩個坐在那裡。

哈利一步兩階地踏上大理石階梯，迎面而來的都是衝下來準備吃午餐的學生。剛才突然竄出的怒火還在哈利心中燃燒，榮恩和妙麗那副驚訝的表情讓他覺得很滿足。**活該**，哈利心想，**為什麼他們不停一下……整天吵個不停……不管是誰都會抓狂的……**

哈利經過樓梯間一幅卡多甘爵士的大畫像，卡多甘爵士抽出劍來，兇狠地朝著哈利不停揮舞，哈利不予理會。

「給我回來，你這隻下流的狗！站穩腳，跟我決鬥吧！」卡多甘爵士的聲音從盔甲後面傳來，有點含糊。哈利還是沒理他，卡多甘爵士不肯罷休地想要跟著他，於是闖進隔壁的一幅畫裡，卻被畫裡那隻兇惡的大狼犬給趕了回來。

午餐剩下的時間，哈利一個人坐在北塔頂端的活板門下。因此上課鐘響的時候，他就成了第一個爬上銀梯進入西碧．崔老妮教室的學生。

除了魔藥學以外，最令哈利討厭的就數占卜學。因為每隔幾堂課，崔老妮教授就習慣性地預言他會死。這個女人骨瘦如柴，身上披滿了圍巾，脖子上掛著數不清的珠串，再加上被那副超大眼鏡放大之後的眼睛，總是讓哈利聯想到某種昆蟲。哈利走進教室的時候，崔老妮正忙著把一些破破的皮面書放在一張張單薄的小桌子上。由於燈上都罩著圍巾，那些味道難聞的火芯又很小，讓整個教室看來昏沉沉的，所以她並沒有發覺哈利已經在昏暗中挑了個位子坐下。五分鐘後，其他同學陸續進入教室。榮恩從活板門後冒出來，仔細地四處張望，一瞥見哈利，便越過桌子、椅子和一大堆塞得非常飽滿的厚坐墊，直奔哈利而來。

「妙麗和我不吵了。」榮恩邊說邊在哈利身邊坐下。

「很好。」哈利嘟囔著說。

「不過妙麗說，如果你不要再對我們發脾氣會更好。」榮恩說。

「我沒有——」

「我只不過是傳個口信給你罷了，」榮恩說，「不過我也覺得妙麗說得對，西莫和石內卜用那樣的方式對待你，可不是我們的錯。」

「我從來沒這麼說——」

「日安，」崔老妮教授用她一貫如霧般的迷濛聲音向大家打招呼。哈利的話剛好說到一半，他既生氣又對自己的態度有點不好意思。「歡迎各位回到占卜學的課程。當然，在放假的時候，我也特別仔細地追蹤各位的命運，很高興看到各位平安回到霍格華茲來，這和我之前的預期一模一樣。

「你們在自己面前的桌上會發現一本有意果．沒意果所寫的《夢諭》。解夢是占卜未來最重要的一種方法，也是普等巫測必考的一個項目。當然，我不認為考試方面的成敗，對於占卜這項神聖的藝術有什麼重要性可言。如果你們有了通靈眼，證書和分數就都無足輕重了。不過，校長希望你們參加考試，所以……」

她結尾時候的聲音語調控制得很有技巧，讓所有學生確信，崔老妮教授認為她的占卜學比起考試這類糟糕的事情來得要高明許多。

「請先翻到介紹的部分，看看沒意果對於解夢這種藝術有什麼見解。然後兩兩配對，用《夢論》互相解釋最近做過的夢，開始進行吧。」

這門課有一個好處，那就是不必連上兩堂。等大家念完介紹的部分時，就只剩下十分鐘左右的時間練習解夢了。在哈利和榮恩隔壁的那一桌，丁和奈威配成一對。奈威立刻開始對一個惡夢進行一長串的解釋，惡夢裡面有一把好大的剪刀戴著他祖母最好的帽子，哈利和榮恩只是悶悶地互看著對方。

「我從來就不記得做過什麼夢，」榮恩說，「你就隨便說一個吧。」

「你至少會記得一個吧。」哈利沒耐心地說。

哈利不想讓任何人知道他夢見什麼，他很清楚時常夢見的那個墓園代表什麼意思，根本用不著崔老妮教授、榮恩，或是那愚蠢的《夢論》來告訴他。

「好吧，前幾天晚上，我夢見我在打魁地奇，」榮恩歪著臉，努力回想夢境，「你覺得那代表什麼意思？」

「代表你可能很快就會被一個巨大的棉花糖之類的東西吃掉。」哈利意興闌珊地翻著《夢論》。看著書裡面一段又一段不連續的夢境實在很枯燥，崔老妮教授指派他們連續記錄夢境一個月當作課後作業，哈利更是沒興趣。下課鐘聲響起時，哈利和榮恩第一個爬下銀梯，榮恩一個勁地大聲抱怨。

「你知不知道我們已經有多少課後作業了？丙斯教授要我們對巨人族的戰爭寫一篇一呎半的文章，石內卜要我們寫一呎關於月長石使用法的文章。現在，崔老妮竟然又要我們記錄一個月的夢境！弗雷和喬治對普等巫測年的看法真是沒錯，那個叫什麼恩不里居的女人最好別再給我們任何……」

他們一走進黑魔法防禦術的教室，就發現恩不里居教授已經坐在老師的位子上，穿著前一天晚上的毛茸茸、粉紅色羊毛衫，頭頂上打了個黑天鵝絨的蝴蝶結。哈利忍不住又想起一隻大蒼蠅愚蠢地停在一隻更大的蟾蜍上頭。

學生進入教室後非常安靜，大家對恩不里居教授的個性都不了解，也沒有人知道她是不是一個紀律嚴明的人。

「各位午安！」等到全體就位之後，恩不里居教授說。

只有幾個人含糊回了聲「午安」。

「嘖嘖，」恩不里居教授說。「**這樣**可不行吧？請你們回答『午安，恩不里居教授』，好，我們再來一次。午安，同學們！」

「午安，恩不里居教授。」台下的學生這次一起回答她。

「很好，」恩不里居教授很高興，「一點都不難，對吧？請把魔杖收起來，羽毛筆拿出來。」

班上好些人都看來看去，彼此交換無趣的眼神，只要有「把魔杖收起來」這一聲令下，這門課鐵定無趣。哈利把魔杖塞回書包裡，拿出羽毛筆、墨水還有羊皮紙。恩不里居教授打開她的手提包，拿出她那支特別短的魔杖，使勁地在黑板上點了一下，立刻就浮現出這些字：

黑魔法防禦術

回歸基本原則

「各位同學，一直以來，你們在這一門課當中所學到的東西都相當混亂而不完整，對吧？」恩不里居教授轉頭對全班說，雙手整齊交握在身前。「老師不停地換，他們當中有許多人又沒有遵照魔法部許可的課程來上課。因此，在這個普等巫測年中，大家的程度遠不及我們對你們原有的期望。

「不過，你們會很高興，這些問題現在都獲得了改善。接下來這一年，你們可以享受到經過仔細規劃、以理論為中心，並經過魔法部認可的防禦魔法教學課程。請把黑板上的字抄下來。」

她又在黑板上敲了一下，原先的字都消失無蹤，取而代之的是「課程目標」。

1. 了解防禦魔法的基本原則。
2. 學習判斷在何種情況下可以合法使用魔法。
3. 討論防禦魔法的實際運用方式。

有好幾分鐘的時間，教室裡面都是羽毛筆在羊皮紙上抄寫的聲音。大家把恩不里居教授的三個課程目標全部抄完之後，她問：「是不是每個人都有一本威伯．史林哈寫的《魔法防禦理論》了？」

台下同學只是懶懶咕噥了幾句。

「我想，我們得再來一次，」恩不里居教授說，「問你們問題時，我希望你們能夠回答『是的，恩不里居教授』或者『不是，恩不里居教授』。好，是不是每個人都有一本威伯．史林哈寫的《魔法防禦理論》了？」

「是的，恩不里居教授。」回答聲響徹整個教室。

「很好，」恩不里居教授說，「請各位翻到第五頁，開始讀〈第一章，初學者入門〉。這一章用不著講解。」

恩不里居教授離開黑板，坐到講桌後面的椅子上，用她那對腫凸的蟾蜍眼睛觀察每一個人。哈利翻到這本《魔法防禦理論》的第五頁開始讀。

第五頁的內容無聊到了極點，簡直就像聽丙斯教授上課一樣。他發現他逐漸沒有辦法集中注意力，才過沒多久，他就一直重複讀著同樣一段話，真正進入腦袋裡的，只有前面幾個字。幾分鐘過去了，教室裡面沒有任何聲響。在他旁邊，榮恩心不在焉地不停用手指轉著他的羽毛筆，眼睛瞪著書上同一個地方。哈利往右看，嚇了一跳，整個人馬上就清醒過來。妙麗根本就沒打開《魔法防禦理論》，她高舉著手，眼睛動也不動盯著恩不里居教授。

在哈利的印象中，老師如果要他們念書，妙麗向來是馬上照辦，而且不論是哪本書，都能夠引起她閱讀的興趣。哈利滿臉疑惑地看著妙麗，可是妙麗只是微微搖搖頭，表示現在不想回答任何問題。她繼續盯著恩不里居教授，教授卻一直看著另外一個方向，沒有理會她。

又過了幾分鐘，其他人也和哈利一樣盯著妙麗看。恩不里居教授要他們讀的那一章實在乏味到了極點，所以有越來越多人寧願看妙麗用這種無聲的方式努力吸引恩不里居教授的注意，也不願繼續和〈初學者入門〉奮鬥。

等到全班有一半以上的人都看妙麗不看書的時候，恩不里居教授才不得不去理會她。

「對於這一章，妳有什麼問題要問嗎，親愛的？」恩不里居教授一副好像剛剛才注意到妙麗的模樣。

「不，這一章沒有問題。」妙麗回答她。

「很好，我們才剛開始而已，」恩不里居教授露出她尖尖的小牙齒，「如果妳有其他疑問，我們可以在課堂最後討論。」

「我對妳的課程目標有疑問。」妙麗說。

恩不里居教授的眉毛豎了起來。

「請問妳是？」

「我叫妙麗．格蘭傑。」妙麗說。

「好的，格蘭傑小姐，只要妳仔細地徹底看過一遍，我想，課程目標是非常清楚的。」恩不里居教授的聲音很甜很軟，可是軟中帶硬。

「可是我還是不懂，」妙麗說得很直接，「黑板上完全沒有提到**使用**防禦咒語的事情。」

教室裡陷入了短暫的沉默，許多同學都回頭去看黑板上那三項課程目標。

「**使用**防禦咒語？」恩不里居教授語帶笑意地重複了一遍，「啊，我想像不出在我的教室裡會發生什麼狀況，讓妳非得使用防禦咒語不可，格蘭傑小姐。妳不會真的以為，我們會在上課的時候遭到攻擊吧？」

「我們不使用魔法嗎？」榮恩大聲地問。

「在我的課堂上，想發言的同學必須先舉手。請問你是——？」

「衛斯理。」榮恩很快地把手舉起來。

恩不里居教授臉上的笑容更明顯，但是轉過身去不理會榮恩。哈利和妙麗及時舉起手來，恩不里居教授腫凸的眼睛在哈利身上停留了一會，然後才對妙麗說話。

「是的，格蘭傑小姐，妳還想問其他問題嗎？」

「是的，」妙麗說，「整個黑魔法防禦術的重點，不就是在練習防禦咒語嗎？」

「格蘭傑小姐，請問妳是經過魔法部訓練的教育專家嗎？」恩不里居教授用那虛假的甜美聲音問。

「不是，但——」

「那恐怕妳並沒有資格決定任何課程的『全部重點』是什麼。我們新的課程內容是由比妳年長而且睿智的巫師所設計的，你們會在一個很安全又沒有風險的狀況下，學習防禦咒語——」

「這樣有什麼用？」哈利大聲說，「如果我們受到攻擊，絕對不會是在一個——」

「**手**，波特先生！」恩不里居教授幾乎是用唱的。

哈利趕緊舉起拳頭，可是恩不里居教授又立刻把頭轉開。現在有好幾個人都舉起了手。

「請問你的大名是？」恩不里居教授問丁。

「丁．湯馬斯。」

「湯馬斯先生，請說？」

「嗯，哈利說的話沒錯，對不對？」丁說。「如果有人打算攻擊我們，那就絕對不會是毫無風險的。」

「我再重複一遍，」恩不里居教授露出一種被激怒的笑容對著丁說，「你們認為在我的課堂上會遭受攻擊嗎？」

「不會，可是——」

恩不里居教授用話來壓他，不讓丁繼續說下去。「我不希望批評校方對一些事情的運作方式，」她的大嘴巴拉開一個不誠懇的笑容，「可是你們在這個班上，已經受到很不負責任的一些巫師們的影響，他們真的很不負責任，更別提——」她發出惹人厭的笑聲，「那些危險到極點的混種了。」

「如果妳指的是路平教授，」丁很生氣地說，「他可是我們最好的——」

「手，湯馬斯先生！就像我剛才說的——你們接觸到的咒語，不適合你們這個年紀的學生，不但太過複雜，而且還有致命的危險。有人嚇唬你們，讓你們以為隨時有可能受到黑魔法攻擊——」

「我們才沒有呢，」妙麗說，「我們只是——」

「**妳的手沒舉，格蘭傑小姐！**」

妙麗舉起手，恩不里居教授掉頭不理她。

「據我了解，前面幾位老師不但在你們面前施展不合法的咒語，而且還曾經施展在你們身上。」

「最後證明他是個瘋子，對吧？」丁激動地說。「容我提醒一句，我們還是學了不少東西。」

「**你的手沒舉，湯馬斯先生！**」恩不里居教授的聲音已經有點發抖。「請各位聽好，魔法部認為，要通過考試，理論方面的知識就綽綽有餘了，畢竟，來上學就是為了要考試的。妳的名字？」恩不里居教授看著舉起手的芭蒂說。

「芭蒂．巴提。難道我們的黑魔法防禦術普等巫測裡面，就沒有一些比較實際的東西嗎？難道我們真的用不著施一些反詛咒之類的咒語嗎？」

「只要你們用功把理論讀通，考試的時候就沒有理由不會施那些咒語，更何況考試時各種狀況都在嚴密的掌控之中。」恩不里居教授很不屑地回應著。

「事先完全沒有練習的機會嗎？」芭蒂簡直不敢相信。「妳該不會是說，我們第一次施這些咒語，就是在考試當天吧？」

「我再重複一次，只要你們用功把理論讀通——」

「理論在真實世界中怎麼派得上用場呢？」哈利高舉握拳的手大聲問。

恩不里居教授抬頭看了看他。

「這裡是學校，不是真實世界，波特先生。」恩不里居教授輕柔地說。

「所以，我們用不著為了在外頭可能碰見的事情預作準備囉？」

「外頭根本沒有什麼東西，波特先生。」

「喔，真的嗎？」哈利一整天隱忍的憤怒，這個時候已經到達了沸點。

「你認為誰會想要攻擊像你們這樣的小孩呢？」恩不里居教授用一種很恐怖的奉承語氣

問他。

「嗯，讓我想想看……」哈利則是一副假裝在思考的嘲弄口氣，「會不會是……**佛地魔王**？」

榮恩倒抽了一口氣，文妲．布朗尖叫了一聲，奈威從椅子上滑了下來。不過，恩不里居教授一點害怕的感覺也沒有，她瞪著哈利波特，臉上有一種奇怪的滿足表情。

「葛來分多學院扣十分，波特先生。」

整間教室一片死寂，所有人不是瞪著恩不里居，就是瞪著哈利。

「好，我要把幾件事情說得更清楚些。」

恩不里居教授站起來，身體微微向前傾，張開又粗又短的手指按在桌上。

「有人說，某個邪惡的巫師死而復生——」

「他沒死，」哈利生氣地說，「但沒錯，他回來了！」

「波特——先生——你——已經——害——你們——學院——損失——十分——不要——因為——你的——緣故——把事情——弄得——更糟。」恩不里居教授看也不看哈利一眼，一口氣說完這句話。「就像我說的，有人放消息給你，說某個黑巫師又要再度出馬了，**那全是謊話**。」

「那才**不是**謊話！」哈利說，「我親眼看過他，還跟他打了起來！」

「我罰你勞動服務，波特先生！」恩不里居教授好像打贏勝仗般的得意。「明天傍晚，五點整，在我的辦公室。我再重複一次，**那是個謊話**。魔法部保證你們絕對不會受到任何黑巫師的傷害，如果你們還是擔心的話，都可以在課餘時間來找我。如果有人用一些無憑無據的話，警告你們有哪個邪惡巫師復活了，我倒想聽聽看他說什麼。我很願意幫助你們，我是你們的朋友。現在，請你們繼續看書吧。第五頁，〈初學者入門〉。」

恩不里居教授在講桌後面坐下，哈利卻站了起來。教室裡的每一個人都盯著哈利看，西莫臉上的表情看起來害怕又著迷。

「別衝動，哈利！」妙麗拉著他的衣袖小聲警告他，可是哈利甩開了她的拉扯。

「那麼，照妳的意思看來，西追．迪哥里是自己暴斃的囉？」哈利的聲音顫抖著。其他的同學都倒抽了一口氣，因為除了榮恩和妙麗之外，沒有人聽哈利提起過西追死的那天晚上到底發生了什麼事情。他們興致高昂地看看哈利，又看看恩不里居教授，她的眼睛睜得極大，先前臉上硬裝出來的笑容也已經消失無蹤。

「西追．迪哥里的死是個令人難過的意外。」她冷冷地說。

「他是被謀殺的，」哈利反駁，他可以感覺到自己在發抖。他幾乎沒有跟任何人說過這件事，更別提是當著三十個拉長耳朵的同學了。「佛地魔殺了他，妳清楚得很。」

恩不里居教授的臉上沒有任何表情。一瞬間，哈利還以為她會對他狂吼。可是，她卻用最溫柔、最甜美、小女孩般的聲音對哈利說：「過來，親愛的波特先生。」

哈利一腳把椅子踢開，繞過榮恩和妙麗，走向講桌。他可以感覺到其他同學都屏息以待，不過他真的太生氣了，根本不管可能發生什麼事情。

恩不里居教授從她的手提包裡面抽出一小捲粉紅色的羊皮紙，攤在桌上，用羽毛筆沾了些墨水後，開始在羊皮紙上寫了起來。她弓著身體，哈利看不見她在寫些什麼。教室裡沒有人說話，過了差不多一分鐘之後，她捲起羊皮紙，用魔杖點了一下，羊皮紙就自己封了起來，封得連一點縫隙都沒有，讓哈利沒辦法打開。

「把這個拿給麥教授，親愛的。」恩不里居把羊皮紙交給哈利。

哈利拿了羊皮紙，二話不說離開教室，重重把門甩上，甚至沒有回頭看榮恩或妙麗一眼。哈利在走廊上走得很快，手中緊緊握著這捲要給麥教授的羊皮紙，轉彎的時候剛好撞上愛吵鬧的皮皮鬼。一個大嘴巴的小男人，飄浮在半空中，一面耍弄著幾個墨水瓶。

「瞧我遇見誰了，是我的波裡波多呢。」皮皮鬼不饒人地說，眼睜睜讓兩個墨水瓶摔在地上，把牆壁濺得都是墨水。哈利大叫一聲，往後跳開。

「閃開，皮皮鬼。」

「哦喔，瘋子生氣囉。」皮皮鬼在走廊上不停追著哈利，飄浮在半空中的他還一直斜眼瞟著哈利。「這次又怎麼啦，我親愛的波裡好友？聽見奇怪的聲音嗎？看到奇怪的景象嗎？說了什麼——」皮皮鬼用力吥了好大一聲，「——**奇怪的話嗎？**」

「我說，離我**遠一點！**」哈利朝他吼著，從最近的樓梯跑下去，可是皮皮鬼只須躺在欄杆上往下滑。

「喔，大家都說他在發飆，這個波裡波多，
但，有些好心的人說，他只是難過，
可，只有皮皮清楚不過，他已經瘋囉——」

「**你給我閉嘴！**」

哈利左邊的一扇門打開了，麥教授從她的辦公室裡探出頭來，表情很難看，有點像是受到打擾。

「你**到底**在大叫什麼，波特？」麥教授說。皮皮鬼高興地咯咯笑，飛離了哈利的視線。

「你為什麼沒有在教室上課？」

「有人派我來找妳。」哈利的聲音有點僵硬。

「派你來？你這是什麼意思，**派你來**？」

哈利拿出恩不里居教授的羊皮紙，麥教授眉頭皺成一團接過羊皮紙，用魔杖一點，羊皮紙就自動打開。麥教授讀字條的時候，方框眼鏡後面的眼睛瞇了起來，每讀一行就瞇得更小。

「進來辦公室，波特。」

哈利跟著麥教授走進她的書房，書房的門在哈利進來後自動關上了。

「好了，」麥教授劈頭就問，「這是真的嗎？」

「什麼是真的嗎？」哈利的口氣比他預期的還要不客氣。「教授？」哈利又加了一句，想讓自己聽來有禮貌些。

「你真的對恩不里居教授大吼大叫了？」

「是的。」哈利說。

「你說她是個騙子？」

「是的。」

「你告訴她『那個人』回來了？」

「是的。」

麥教授在她的書桌後面坐下，對哈利皺皺眉頭，然後她說：「吃塊餅乾吧，波特。」

「吃塊——什麼？」

「吃塊餅乾，」麥教授不太耐煩地又重複一遍，指了指文件堆上的一個格子花紋的錫罐。「坐下。」

之前有一次，哈利以為麥教授要懲罰他，後來卻指派他加入葛來分多的魁地奇球隊。這一次，哈利在麥教授對面的椅子上坐了下來，拿了一塊薑汁蠑螈餅，感覺就像上次一樣，吃驚又困惑。

麥教授放下恩不里居教授的字條，很嚴肅地看著哈利。

「波特，你得謹慎一點。」

哈利吞下口中的薑汁蠑螈餅，睜大眼睛瞪著麥教授。她剛才的聲音和平常完全不一樣，不是乾脆俐落又嚴格，而是低沉焦慮，聽起來比平常更多了幾分人情味。

「在桃樂絲·恩不里居的課堂上不守規矩，可不是扣葛來分多十分或勞動服務就可以了事的。」

「這話是什麼——？」

「波特，動動你的腦筋，」麥教授馬上又恢復她慣有的語氣。「你知道她是從哪來的，你也一定知道她會向誰打小報告。」

下課鐘聲響起，他們的頭頂上和四面八方都傳來學生衝出教室的聲音。

「羊皮紙上寫著，她罰你這星期每天傍晚都要勞動服務，而且從明天開始。」麥教授邊說邊低頭再看一次恩不里居教授的字條。

「這星期每天傍晚？」哈利簡直不能相信，「可是教授，難道妳不能——？」

「不，我不能。」麥教授很平靜地說。

「可是——」

「她是你的老師，她有權力罰你勞動服務。明天是第一次的勞動服務，你得在傍晚五點到她辦公室報到。千萬記住，別去招惹桃樂絲．恩不里居。」

「可是我說的都是實話啊！」哈利簡直氣瘋了，「佛地魔復活了，妳清楚得很，鄧不利多教授也知道他——」

「我的老天啊，波特！」麥教授氣沖沖地把眼鏡扶正（剛才哈利提到佛地魔的時候，她抖得厲害），「你真以為這是說實話或謊話的問題嗎？這是要你壓低姿態，好好控制你的脾氣！」

麥教授站起來，掀著鼻孔，嘴巴抿得死緊。哈利也站了起來。

「再吃塊餅乾吧。」麥教授氣呼呼地把錫罐塞給哈利。

「不用，謝謝。」哈利冷冷地說。

「不要無理取鬧。」她馬上說。

哈利拿了一塊。

「謝謝。」他很勉強地說了一聲。

「難道在開學宴會的時候，你沒有聽見桃樂絲．恩不里居說的話嗎，波特？」

「有啊，」哈利說，「有……她說……進步及發展將不被允許，或者是……嗯，意思就是……就是魔法部打算干預霍格華茲的意思。」

麥教授意味深長地盯著哈利看了一會，然後吸吸鼻子，繞過書桌替哈利打開門。

「無論如何，要是你能多聽聽妙麗・格蘭傑的話，我會很高興的。」麥教授說著，示意哈利離開她的辦公室。

13 桃樂絲的勞動服務

那天晚上，哈利在餐廳吃了一頓不愉快的晚餐，他對恩不里居「大小聲」的事，以霍格華茲的標準而言，算是異常迅速地傳了開來。當哈利坐在榮恩和妙麗中間吃飯時，可以聽到四周嗡嗡的耳語，有趣的是這些耳語似乎都不怕他聽到，反而好像都希望他生氣後再開始「大小聲」，這樣他們就可以親耳聽見他的第一手故事了。

「他說他親眼看見西追．迪哥里被殺……」

「他說他和『那個人』決鬥……」

「太扯了……」

「他騙誰呀？」

「**拜——託——**」

「我真不懂，」哈利放下刀叉（因為手抖得太厲害而握不住）顫聲說，「為什麼兩個月前鄧不利多告訴他們時，他們都相信……」

「問題是，哈利，我不認為他們相信，」妙麗冷冷地說，「噢，我們出去吧。」

她用力放下她的刀叉，榮恩心疼地看看吃了一半的蘋果派，但還是跟著出去。大家一路注視著他們走出餐廳。

「剛才那句話是什麼意思，妳不認為他們相信鄧不利多？」他們來到二樓樓梯平台轉角時，哈利問妙麗。

「哎，你不明白那件事發生後的情形，」妙麗平靜地說，「你緊緊抓著西追的屍體回到草地中央……我們誰也沒看到迷宮裡面的情形……我們只聽到鄧不利多說『那個人』回來了，不但殺了西追，還跟你決鬥。」

「那是事實呀！」哈利大聲說。

「我知道那是事實，哈利，**請**你不要對我那麼兇好嗎？」妙麗無可奈何地說，「只不過在完全接受真相之前，大家都各自回家過暑假了，在家兩個月又讀了不少批評你是瘋子、鄧不利多快要老年痴呆的報導！」

他們慢慢走回葛來分多寢室的長廊，大雨不斷打在窗櫺上。哈利覺得他開學的第一天彷彿有一個星期那麼長，但他就寢前還有一大堆作業要寫，他的右眼上方又在隱隱作痛。當他們拐進胖女士的走廊時，他從不斷被大雨沖刷的窗戶看了一眼漆黑的大地，海格的小木屋依舊不見燈火。

「**惡人掌**。」妙麗不等胖女士開口便說出通關密語，畫像立即打開，現出後面的洞口，三人爬了進去。

交誼廳空無一人，大家都還在樓下吃飯。歪腿本來蜷縮在一張扶手椅上，這時快步迎上來，大聲喵喵叫。哈利、榮恩和妙麗各自找了一張他們最喜歡的椅子在壁爐邊坐下，歪腿輕巧地跳到妙麗的腿上縮成一團，像極了毛茸茸的薑黃色靠墊。哈利望著火光，覺得精疲力盡。

「鄧不利多**怎麼**會讓事情發展到這種地步？」妙麗忽然大聲說話，把哈利和榮恩嚇了一跳。歪腿從她身上跳下來，一臉被冒犯的表情。她氣憤地重重搥了一下扶手，使得椅子裡的一些填充物從許多小孔掉出來，「他怎麼會讓那個可怕的女人來教我們？而且是在我們的普等巫測年！」

「我們始終沒有一位好的黑魔法防禦術老師，不是嗎？」哈利說，「妳知道的嘛，海格說過，沒有人願意教這門課，他們都說這門課被詛咒了。」

「話是不錯，但是聘請一位完全不願意讓我們使用魔法的老師！鄧不利多在搞**什麼**鬼？」

「她還叫大家幫她做間諜，」榮恩低聲說，「還記得嗎？她說，要是我們聽到任何人說『那個人』回來了，叫我們要去向她報告。」

「她當然是來監視我們的，這事再明顯不過，否則夫子為什麼要叫她來？」妙麗怒聲說。

「不要再吵了，」榮恩正想回嘴時，哈利有氣無力地說，「能不能……我們做功課吧，不要再說了……」

他們各自從房間的角落拎起書包，回到壁爐邊的椅子，這時其他人都陸陸續續吃完晚飯回來了。哈利盡量避免把臉對著畫像入口的方向，但仍感覺到他們投注的眼光。

「我們先做石內卜的作業好嗎？」榮恩說著，拿起羽毛筆沾沾墨水，「**月長石……的特性……和它在……魔藥製作……上的用途……**」他一面念著，一面在羊皮紙最上方寫下這幾個字，「好了。」他在標題下面畫一條線，然後期待地看著妙麗。

「月長石有什麼特性，它在魔藥製作上又有什麼作用？」

但妙麗沒有在聽，她瞇著眼睛望著房間的另一個角落。那邊是弗雷、喬治和李．喬丹，他們坐在一群天真的一年級生中間，這些一年級生嘴巴都在嚼東西，好像是從弗雷手中握著的一個大紙袋裡拿出來的。

「不行，他們太過分了，」她說著站起來，明顯非常生氣，「來吧，榮恩。」

「我——什麼？」榮恩說，想拖延時間，「不要，算了啦，妙麗——我們不能禁止他們分糖果。」

「你明明知道那是鼻血牛軋糖，或——或者是嘔吐糖片，或——」

「昏幻糖？」哈利輕輕提示。

一個接一個，這些一年級新生彷彿被隱形的大木槌敲到腦袋似的，紛紛癱倒在座位上。有的往右邊滑到地上，有的雙手垂掛在扶手外，每個人都吐出長長的舌頭。許多人看著笑了，但是妙麗挺起胸膛直接朝他們走過去。弗雷和喬治這時手上都拿著一個夾板，正在仔細觀察這些不省人事的新生。榮恩從椅子上撐起半個身子，猶豫了一下，最後對哈利喃喃說：「她一個人處理就夠了。」說著又坐回椅子上，把身體縮到不能再縮為止。

「夠了！」妙麗大聲對弗雷和喬治說，兩人都有點吃驚地望著她。

「哎，妳說得沒錯。」喬治說，點點頭，「這個劑量真夠強的，可不是？」

「我今天早上就對你們說過了，你們不能在學生身上試驗你們的垃圾商品！」

「我們付錢給他們！」弗雷忿忿不平地說。

「我不管，這可能帶來危險！」

「胡說。」弗雷說。

「冷靜點，妙麗，他們沒事！」李・喬丹安慰妙麗，他一個個察看那些一年級生，並在他們口中放進一種紫色的糖果。

「沒錯，妳看，他們醒來了。」喬治說。

有幾個一年級新生果然在動了，其他幾個躺在地上或掛在椅子上的，都露出吃驚的表情，哈利因此肯定弗雷和喬治一定沒有事先警告他們糖果的作用。

「感覺還好吧？」喬治親切地對躺在他腳邊的一個黑髮小女生說。

「我——我想是吧。」她哆嗦著說。

「太好了。」弗雷高興地說，但妙麗迅速搶下他們兩人手上的夾板，和那一大袋子的昏幻糖。

「太**不好**了！」

「當然好，他們不都還活著？」弗雷氣憤說。

「你不能這樣做，萬一他們當中有人生病了呢？」

「我們不會害他們生病的，而且我們早就自己先試驗過了，現在只是看看每個人的反應是不是都一樣而已——」

「你們要是不停止，我就要——」

「罰我們勞動服務？」弗雷說，一副「妳——給——我——試試——看」的口氣。

「罰我們寫字？」喬治取笑她。

房間內的旁觀者都笑了起來，妙麗挺直身子、瞇起眼睛，她蓬蓬的頭髮彷彿要放電似的。

「都不，」她說，她的聲音氣得發抖，「我要寫信告訴你母親。」

「妳不會。」喬治大驚，退離她一步。

「啊，會，我會。」妙麗狠狠地說，「我沒辦法阻止你們自己吃這些愚蠢的東西，但是你們不能拿給一年級新生吃。」

弗雷和喬治一副遭到雷殛的模樣，他們知道，妙麗的威脅不是唬人的。她威嚇地瞪了他們一眼，便將弗雷的夾板和糖果還給他們，大步走回火爐旁。

榮恩縮在椅子裡，鼻子快頂到膝蓋了。

「多謝你的支持，榮恩。」妙麗嘲諷說。

「妳一個人就能處理得很好呀。」榮恩囁嚅說。

妙麗瞪著她的空白羊皮紙看了好一會，頹然說道：「唉，不行，我現在無法集中精神，我要去睡了。」

她打開書包，哈利原本以為她要收拾書本，不料她反而從書包裡掏出兩團奇形怪狀的羊毛織品，小心翼翼放在壁爐旁的桌上，再拿出幾片作廢的羊皮紙和一枝壞掉的羽毛筆蓋在上面，然後退一步欣賞她的傑作。

「妳在搞什麼梅林的名堂？」榮恩說，他看著她的樣子彷彿怕她瘋了。

「這是給家庭小精靈戴的帽子，」她高興地說，這才把她的書塞回書包內。「我在暑假做的，雖然不用魔法織得很慢，但現在回學校了，我應該可以多織一點了。」

「妳要把這些帽子放在這裡送給家庭小精靈？」榮恩慢慢地說，「還要先用垃圾把它們蓋住？」

「是的。」妙麗不服氣地說著，把書包甩到肩上。

「不行啦，」榮恩生氣地說，「妳是想騙他們去撿帽子，他們說不定不想要自由，妳卻硬要給他們自由。」

「他們當然想要自由！」妙麗立即說，不過她的臉開始微微泛紅，「不准你碰那些帽子，榮恩！」

她走了。榮恩等她消失在女生寢室門內，這才拿掉毛線帽上的垃圾。

「至少要讓他們看清楚他們撿到的東西，」他堅定地說，「反正……」他捲起他已經寫上標題的石內卜報告羊皮紙，「今天也別想寫了，沒有妙麗我根本寫不出來。我對月長石一點概念也沒有，你呢？」

哈利搖頭，他發現他越搖頭，他右邊的太陽穴就疼得更厲害，他想著巨人戰爭的長篇報告，頭更痛了。明知到了早上，他一定會後悔今晚沒有把作業寫完，但還是把書裝進書包裡。

「我也要去睡覺了。」

哈利回寢室時從西莫的旁邊經過，但並沒有去看他。他好像瞥見西莫張嘴想跟他說話，但他加快腳步走向螺旋形的石梯，避開一場可能的挑釁。

＊＊＊

第二天清晨，天色仍然灰撲撲的，雨勢和前一天不相上下。海格仍然沒有出現在教職員餐桌上吃早餐。

「不過往好處想，石內卜今天也不在。」榮恩高興說。

妙麗張口打了一個大呵欠，給自己倒了一些咖啡。她看上去很開心，榮恩問她什麼事那麼高興，她只簡單說：「帽子不見了，看來家庭小精靈終於想要自由了。」

「我不相信，」榮恩斷然說，「他們說不定不知道那是可以穿戴的，我看它一點也不像帽子，倒像長毛的膀胱。」

那一整個早上，妙麗沒再跟他說過一句話。

兩堂符咒學後緊接著是兩堂變形學，孚立維教授和麥教授都在上課的前十五分鐘講述普等巫測的重要性。

「你們一定要記住，」個子矮小的孚立維教授尖聲說，他和往常一樣站在一堆書上面，這樣才不會被講桌擋住視線，「這些考試可能影響你們未來的前途！如果你們還沒有認真想過你們的將來，該是開始考慮的時候了。同時，大家可能要比以往更加用功，才能充分發揮自己的能力！」

他們花了一個多小時復習召喚咒，孚立維教授說他普等巫測會考這個，下課前又開了一大堆符咒學的課後作業。

變形學也一樣，甚至更糟。

「你們如果不加緊運用、練習和學習，」麥教授板著臉說，「一定無法通過普等巫測。但只要肯用功，我相信全班每個人都能通過變形學的普等巫測。」奈威不敢置信地嘆一口氣，「是的，你也能，隆巴頓，」麥教授說，「你只差一點信心而已。那麼……今天我們從消失咒開始。消失咒比召現咒簡單，後者要等到超勞巫測時才會考，但是前者仍然是你們普等巫測中最難的項目之一。」

她說得一點也沒錯，哈利發現消失咒果真很難。兩堂課過去了，他和榮恩都沒辦法把他們練習用的蝸牛變不見，但是榮恩滿懷希望地說他的蝸牛顏色好像變淡了。相反地，妙麗在第三次練習時便成功讓她的蝸牛消失，為葛來分多贏了十分。她是唯一可以不用寫作業的人，其他每個人都必須開夜車練習，準備第二天下午再試。

現在哈利和榮恩面對一大堆作業開始恐慌了，連午餐時間也窩在圖書館尋找月長石在製作魔藥時的用途。妙麗還在為榮恩取笑她的毛線帽而生氣，所以沒有加入他們。等到那天下午上奇獸飼育學時，哈利的頭又開始痛。

天氣變涼爽了，微風習習，他們走在斜坡的草地上，往禁忌森林邊上的海格小木屋走去時，間歇的雨點開始落在他們的臉上。葛柏蘭教授站在距離海格家門前十碼的地方等大家集合，她面前擺著一張架高的長桌，桌上放著許多小樹枝。當哈利和榮恩快要接近她時，他們背後忽然傳來爆笑聲。兩人轉頭去看，發現跩哥・馬份正大步朝這邊走過來，身邊依然跟著他那一票史萊哲林密友。顯然他剛剛說了什麼好笑的話，因為克拉、高爾、潘西・帕金森和其他人一面走過來，一面大聲笑著。哈利從他們緊盯著他看的情況判斷，不難猜出他們談笑的話題。

「都到齊了嗎？」等史萊哲林與葛來分多的學生都到齊了以後，葛柏蘭教授大聲說，「那就開始上課吧，誰能告訴我這些東西是什麼？」

她指著她面前的樹枝。妙麗唰地一下舉手，馬份在她後面模仿她的齙牙和跳上跳下爭著答題的模樣。潘西・帕金森尖聲大笑，但笑聲幾乎立刻變成一陣驚呼，因為桌上的小樹枝忽然跳起來，現出原形。牠們看上去很像木頭做的小淘氣玩偶，每個都有著長了小樹瘤的棕色手腳，每隻手的末梢都有兩根樹枝狀的指頭。牠們還有一張扁扁的樹皮臉，上面有一對深棕色的眼睛。

「哦——！」芭蒂和文妲齊聲說，令哈利聽了非常刺耳。大家總是認為海格從來沒有展示過令人驚豔的奇獸，的確，黏巴蟲是有點乏味，可是火蜥蜴和鷹馬倒還滿有趣的，爆尾釘蝦或許又太過頭了些。

「女生請小聲點！」葛柏蘭教授嚴厲地說，在這些樹枝狀的小動物間撒了一把看起來像棕色米粒的東西，牠們立刻去搶奪食物。「那──有誰知道這些動物的名字？格蘭傑小姐？」

「木精，」妙麗說，「牠們是樹的守護精靈，通常住在魔杖樹上。」

「葛來分多加五分。」葛柏蘭教授說，「是的，牠們是木精，格蘭傑小姐答對了，牠們通常住在可以用來製造魔杖的樹上。還有誰知道牠們都吃什麼？」

「樹蝨，」妙麗迅速回答，這說明了哈利以為是棕色米粒的東西會蠕動的原因，「但是可以的話，牠們比較喜歡吃小仙子的蛋。」

「好孩子，再加五分。所以，你們想從木精居住的樹上摘取樹葉或者枝條的時候，最聰明的辦法是先準備一些樹蝨，可以分散牠們的注意力又好安撫牠們。木精看起來沒有危險，但是如果激怒牠們，牠們也會用手指去戳人的眼睛。你們可以看到這些指頭又尖又利，千萬不能讓它們靠近你們的眼睛。現在請大家過來，拿幾隻樹蝨和木精去瞧瞧──我這裡的數量夠三個人共用一隻──你們可以仔細觀察，我要你們每個人在下課前畫出牠身上各個部位，並且寫上說明。」

同學們紛紛湧上前去，哈利故意繞到桌子後面，站在葛柏蘭教授旁邊。

「海格去哪了？」他問葛柏蘭教授，趁著其他人都在挑選木精。

「你不用操心。」葛柏蘭教授說，一副想要息事寧人的樣子。上一次海格沒來上課時，她也是這個態度。跩哥・馬份的尖臉帶著得意的笑，從哈利後面伸手過來抓了一隻最大的木精。

「說不定，」馬份低聲說給哈利聽，「那個大笨蛋自己也受了重傷。」

「如果你不閉嘴，說不定連你也會。」哈利抿著嘴說。

「你要是問我，我會說他說不定養出一個連他自己也控制不了的**大**怪獸。」

馬份說完後就走開，一面還回頭對哈利得意地笑。哈利忽然覺得很不舒服，馬份是不是知道什麼內幕？畢竟，他的父親是食死人，他會不會知道和海格有關的情報，而這些情報一時還沒有傳到鳳凰會的耳中？他急急繞過長桌，找到正蹲在草地上叫木精乖乖站好，好讓他們畫圖的榮恩和妙麗。哈利拿出羊皮紙和羽毛筆，也在他們旁邊蹲下，然後低聲轉述馬份的話。

「要是海格出事，鄧不利多一定會知道。」妙麗立刻說，「你如果表現出很擔憂的樣子，正好中了馬份的圈套，這等於是告訴他我們完全不知道是怎麼一回事。我們一定要假裝沒事，哈利。來，你把這個木精抓好，讓我畫他的臉……」

「是啊，」馬份從旁邊的一個小組慢吞吞地說，「我父親兩天前和魔法部長談過話，看來魔法部似乎下定決心要開除一些不適任的教師，所以即使那個白痴巨人**真的**回來了，恐怕也要馬上收拾行李回家去囉。」

「**哎呀！**」

哈利把木精捏得太緊，快把牠捏斷了，木精立刻報復他，用又尖又利的手指在他手上劃了一下，那裡馬上就出現兩道又長又深的傷口。哈利扔下木精，克拉和高爾原本就在為海格被解聘的說法哈哈大笑，這時笑得更大聲。木精使盡力氣往禁忌森林跑去，頃刻間只見一個小木頭人沒入樹根底下。遠處下課鐘聲響了，哈利捲起那張沾了血跡的木精畫像，用妙麗的手帕包紮手上的傷口，走去上藥草學。馬份嘲弄的笑聲仍在他耳邊響著。

「要是他敢再說一遍海格是白痴……」哈利咆哮。

「哈利，不要去和馬份吵架。別忘了，他現在也是級長，他會讓你日子很難過……」

「哇，真不知道日子難過是什麼樣子？」哈利諷刺地說。榮恩大笑，妙麗卻蹙起眉頭。他們一起走過菜圃，天空還是拿不定主意要不要下雨。

「我只是希望海格能快點回來而已。」他們抵達暖房時，哈利低聲說，「**不可以**說那個葛柏蘭教得比他好！」他又威嚇地補上一句。

「我沒有。」妙麗平靜地說。

「因為她永遠不可能跟海格一樣好。」哈利堅定地說。他剛上完一堂堪稱典範的奇獸飼育學，心裡很不痛快。

一旁溫室的門開了，幾個四年級生走出來，金妮也在裡面。

「嗨。」她從旁邊經過時輕快打招呼，幾秒鐘後露娜．羅古德也出現了。她走在全班的最後面，鼻子上還沾著一點泥土，她的頭髮盤在頭頂梳了一個髻。她一看見哈利，那一雙凸出的大眼立即顯得很興奮，並且筆直朝哈利走過來。她的許多同學都好奇地轉頭去看，露娜深深吸了一口氣，連招呼也不打便開口說：「我相信『那個人』回來了，我相信你和他決鬥過，而且逃了出來。」

「呃——是的。」哈利尷尬地說。露娜戴著一副看起來好像橘色小蘿蔔的耳環，芭蒂和文妲似乎也注意到了，兩人正吃吃笑著，對她的耳垂指指點點。

「妳們儘管笑吧，」露娜說，她抬高音量，顯然她以為芭蒂和文妲在笑她說的話，而不是在笑她戴的耳環，「就像一般人過去也不相信八寶獸或犄角獸那些事情一樣！」

「他們沒錯啊。」妙麗不耐煩地說，「因為根本就**沒有**八寶獸或犄角獸。」露娜狠狠瞪她一眼，一蹦一跳地走開了，那對蘿蔔耳環發瘋似地晃著。現在呵呵大笑的人不止芭蒂和文妲兩個了。

「請妳不要冒犯唯一相信我的人好嗎？」走進教室時，哈利對妙麗說。

「唉，拜託，哈利，你可以找到比**她**更好的。」妙麗說，「金妮把她的事都告訴我了，她顯然只相信全無證據的事。我才不會去相信一個父親在《謬論家》雜誌工作的人。」

哈利想起他抵達學校當晚看到的那些邪惡翼馬，想著當時露娜說她也看見了的情形，他的心情略略一沉。難道她說謊？但他還來不及細想，阿尼．麥米蘭已經走到他面前。

「我告訴你，波特，」他以支持的語氣大聲說，「並不是只有怪胎才支持你，我個人也百分之百相信你。我家人始終都支持鄧不利多，我也是。」

「呃──多謝，阿尼。」哈利說，他有點吃驚，但是很高興。阿尼偶爾是會有這樣的脫線演出，但哈利還是很感激能有一個耳垂上沒掛蘿蔔的人對他投信任票。阿尼這一番話當然立刻使文妲．布朗臉上的笑容消失，他轉頭和榮恩與妙麗說話時，哈利注意到西莫一臉不解又不服氣的表情。

不出所料，芽菜教授一上課便對他們宣講普等巫測的重要性。哈利真希望那些教授不要這樣，現在只要想起有多少作業要趕，他就焦急到開始胃痛，尤其下課時芽菜教授又叫他們回去寫一篇報告，他更加覺得不舒服。疲倦加上聞了強烈的龍糞──那是芽菜教授最喜歡的一種肥料──的味道，葛來分多的學生走回城堡時，大家都不怎麼說話，又是沉重漫長的一天。

哈利肚子好餓，他五點還要去恩不里居教授的辦公室接受第一次的勞動服務，因此沒把書包帶回葛來分多塔就直接去吃晚飯。他想不管她要怎麼整他，先填飽肚子再說，但他還沒進入餐廳，就聽到有個憤怒的聲音大喊：「喂，波特！」

「又怎麼了？」他無奈地喃喃自語，轉身一看是莉娜．強生，她看上去非常生氣。

「我告訴你**怎麼**了，」她說，直直走到他面前，手指用力戳他的胸口，「你幹嘛給自己搞出個星期五下午五點的勞動服務？」

「什麼？」哈利說，「啊……對了，守門手的選拔！」

「**現在**才想起來！」莉娜怒聲說，「我不是告訴過你我要**全員到齊**，然後挑選可以**和每個人都配合**的守門手嗎？我不是告訴過你我特別預定了魁地奇球池嗎？現在你居然決定不出席！」

「我沒有決定不出席！」哈利說，這番不公平的話令他錯愕，「我的勞動服務是那個恩不里居搞出來的，就因為我實話實說，把『那個人』的真相告訴了她。」

「那你就直接去找她，叫她星期五放你假。」莉娜強硬地說，「我不管你用什麼辦法，甚至告訴她說，『那個人』的事是你用想像力捏造出來的都可以，反正**你一定要出席就對了！**」

說完，她就氣沖沖地走了。

榮恩和妙麗進入餐廳時，哈利對他們說：「知道嗎？我想我們最好問一下泥水池聯隊，看奧利佛．木透是不是在受訓時遇害了？因為莉娜好像被他的靈魂附身了。」

「你想恩不里居星期五放你假的機會有多大？」他們在葛來分多的餐桌坐下時，榮恩懷疑地說。

「低於零。」哈利沒好氣地說，叉了一塊羊排到他的餐盤開始大嚼起來，「不過，總要試一試，對吧？說我願意多罰兩天什麼的，不知道……」他嚥下一大口馬鈴薯後又說，「希望她今天晚上不要把我留太久。你知道我們有三篇報告要寫，還要練習麥教授的消失咒，孚立維還要我們想出一個反符咒，又要完成木精的畫，還要寫那個無聊的崔老妮的夢境日記。」

榮恩呻吟一聲，若有所思看看天花板。

「而且看來好像會下雨。」

「那跟我們的作業有什麼關係？」妙麗揚起眉毛說。

「沒什麼。」榮恩立刻說，耳根紅了起來。

到了四點五十五分時，哈利向他們兩個說聲再見，就往四樓恩不里居的辦公室走。他一敲門，她就喊道：「進來。」聲音甜蜜蜜的。他謹慎地跨進門，四下打量這間辦公室。

他在前幾任教授教課期間來過幾次這裡。吉德羅．洛哈住在這裡時，裡面掛了許多他笑咪咪的畫像。路平住在這裡時，好像總有可能看到籠子或水槽裡關著某種令人著迷的黑生物。在那個冒牌穆敵居住的時期，裡面裝滿各式各樣用來偵測不當使用魔法和偽裝的儀器。

但是現在，它看上去完全不一樣了，到處披掛著蕾絲的窗簾和布料。有幾只花瓶插滿乾燥花，每只花瓶底下又墊著墊子。其中有一面牆上擺了許多裝飾用的盤子，每個盤子上都有一隻彩繪的大貓，脖子上分別戴著不同顏色的蝴蝶結。房間內東西很多，哈利看得眼花撩亂、呆若木雞，直到恩不里居教授又開口說話。

「晚安，波特先生。」

哈利嚇了一跳，看看四周。他沒注意到她，因為她穿了一件鮮豔大花的長袍，和她身後桌布的色彩幾乎融為一體。

「晚安，恩不里居教授。」哈利生硬地說。

「坐下吧。」她說，指著旁邊一張鋪著蕾絲桌巾的小桌子。她還拖了一張直背椅放在旁邊，桌上有一張空白的羊皮紙，顯然是專為哈利而準備的。

「呃，」哈利站著不動。「恩不里居教授，呃——在開始之前，我——我想請妳幫……幫忙。」

她的凸眼瞇了起來。

「喔，什麼事？」

「呃，我……我有加入葛來分多的魁地奇球隊，我本來應該在星期五下午五點出席，參加新守門手的選拔賽，我在——在想，我是不是可以跳過那天晚上，改天——改天晚上再……補……」

他還沒說完就知道這樣做不妥。

「哦，不行，」恩不里居說，她笑得很開心，彷彿剛剛吞下一隻肥美多汁的蒼蠅，「哦，不行，不行，不行。這是懲罰，罰你為了引人注意而惡意散播邪惡又齷齪的謠言，波特先生，既然要懲罰當然就不能配合犯錯者的方便。不行，你明天也要在五點鐘過來，還有後天，星期五也一樣，按照計畫接受課後留校的勞動服務。我想，讓你錯過你真正想做的事倒也不錯，這樣可以加強我要給你的教訓。」

哈利覺得一股熱血衝上腦門，他聽到體內熱血沸騰的聲音，原來他是「為了引人注意而惡意散播邪惡又齷齪的謠言」啊？

她微微偏著頭看他，臉上依然堆滿笑，彷彿早知道他心裡在想什麼，就等著看他是否又開始大吵大鬧。哈利費了好大力氣才移開他的視線，他把書包往直背椅旁邊一放，坐下。

「來，」恩不里居嗲聲嗲氣說，「我們在控制脾氣方面都有進步了，對不對？現在，你要為我寫幾行字，波特先生。不，不用你的羽毛筆，」哈利彎腰打開他的書包時，她又說，「你要用我這枝特別的羽毛筆，來，給你。」

她遞給他一枝細長、筆尖特別尖銳的黑色羽毛筆。

「我要你寫『**我不可以說謊**』。」她輕柔對他說。

「寫幾遍？」哈利問，假裝很有禮貌地問。

「啊，那要看這句話**烙印**的程度而定，」恩不里居甜蜜蜜地說，「開始吧。」

她回到辦公桌上，坐下來低頭專注在一疊羊皮紙上，看來像是有待批閱的報告。哈利舉起尖銳的黑色羽毛筆，忽然想起還缺了什麼。

「妳沒有給我墨水。」他說。

「啊，你不需要墨水。」恩不里居教授說，有一點點想笑的樣子。

哈利把筆尖擱在紙上，寫上「我不可以說謊」。

他立刻痛得倒吸一口氣，羊皮紙上的字好像是用鮮紅色的墨水寫成的，在這同時，這幾個字也出現在哈利的右手背上，彷彿是用解剖刀在皮膚上劃過似的——就在他注視著鮮血淋漓的傷口時，他的皮膚卻又自然癒合，只是比先前略微發紅，摸上去卻很平滑。

哈利抬頭看恩不里居，她也在看他，她那蟾蜍似的大嘴拉出一個微笑。

「什麼事？」

「沒事。」哈利平靜地說。

他看看羊皮紙，又把羽毛筆放上去，寫著：我不可以說謊，又一次感覺手背上的刺痛。這幾個字一次次割進他的皮膚裡，同時又一次次在幾秒鐘後自動癒合。

就這樣，哈利在羊皮紙上一遍又一遍寫下這幾個字。他很快便明白，這不是墨水，而是他自己的鮮血。他就這樣一遍又一遍在他的手背上刻下這幾個字，自動癒合，等下一次在羊皮紙寫下這幾個字時，又再度出現。

恩不里居窗外的天色已經黑暗，哈利沒有問他什麼時候可以停止，他甚至沒有看錶。他知道她在等著看他示弱，他不要表現出來，就算叫他坐一整夜，用這枝羽毛筆割他自己的手也不要……

「過來。」過了好幾個鐘頭後，恩不里居說。

哈利站了起來，他的手十分刺痛。他低頭去看，卻發現傷口已經癒合了，癒合的地方長出了紅色的新肉。

「手。」恩不里居說。

哈利把手伸出去，恩不里居伸手一把握住，她用肥厚粗短、戴著許多醜陋舊戒指的手指碰到他的手時，哈利全身一震。

「嘖，嘖，好像還沒有留下什麼痕跡，」恩不里居含笑說，「那就明天晚上再試試看，好嗎？你可以走了。」

哈利一語不發地離開恩不里居的辦公室。學校這時已經一片岑寂，顯然已經過了午夜。他慢慢走回長廊，等他轉過一個轉角，確定她聽不見了，才拔腿狂奔。

＊＊＊

哈利沒有時間練習消失咒，沒有寫半點夢境日記，也沒畫完木精的畫像，更沒寫他該寫的報告。次日上午，哈利早飯也沒吃，匆匆捏造了兩篇第一堂課要交的占卜學作業。他很驚訝地發現，頭髮和衣服都亂七八糟的榮恩也和他一樣在趕作業。

「你昨晚為什麼不寫？」榮恩在交誼廳到處找尋靈感時，哈利問他。他昨夜回到寢室時，榮恩已經睡著了。此刻榮恩喃喃說了些什麼「在做別的事」之類的話，低頭又在羊皮紙上寫了幾個字。

「行了，」他說，碰一聲把日記蓋上，「我說夢見我在買一雙新鞋，她總沒辦法說那些古里古怪的話了吧？」

他們一起快步走向北塔。

「你被恩不里居叫去勞動服務的情況如何？她叫你做些什麼？」

哈利猶豫了一下，然後說：「罰寫字。」

「那還好嘛，嗯？」榮恩說。

「嗯。」哈利說。

「嘿──我忘了──她有沒有准你星期五放假？」

「沒有。」哈利說。

榮恩同情地嘆口氣。

對哈利而言，這又是難過的一天。他是變形學這門課中表現最差的一位，完全沒有練習消失咒。他必須放棄午餐好完成木精的畫像，同時，麥教授、葛柏蘭教授，還有辛尼區教授又發給他們更多作業，他根本不可能做完，因為晚上還要去恩不里居那裡接受第二次勞動服務的處罰。最慘的是，莉娜‧強生在吃晚飯時又緊追不捨，她在得知他無法參加星期五的守門手選拔賽之後，對他說她不欣賞他的態度到了極點，還說她認為想繼續留在隊上的選手絕對應該以訓練為重。

「我被罰勞動服務啊！」她大踏步走開時，哈利在她後面大聲喊，「妳以為我願意和那個老蟾蜍待在一個房間裡，不喜歡魁地奇嗎？」

「還好只是罰寫字而已，」哈利頹然坐下，望著眼前的牛肉腰花派胃口盡失時，妙麗安慰他說，「還不算太嚴厲……」

哈利張口，欲言又止，接著點點頭。他也不知道自己為什麼不告訴榮恩和妙麗他在恩不里居房間內的遭遇，他只知道他不想看到他們驚慌的表情，那只會讓事情變得更棘手、更難面對。而且他隱約認為，這是他和恩不里居之間的事，是一種意志力的暗中較勁，他不要讓她知道他在抱怨而為此洋洋得意。

「我真不敢相信我們會有那麼多作業。」榮恩懊喪說。

「你昨天晚上為什麼不做呢？」妙麗問他，「你到底去哪了？」

「我……我去散步了。」榮恩趕快把話岔開。

哈利肯定，不是只有他一個人藏有秘密。

* * *

第二次勞動服務和第一次一樣慘，哈利手背上的皮膚刺痛的速度更快了，紅得也更快，還出現灼燒感。哈利認為字跡不可能一直很快癒合，他相信不久傷口就會蝕刻在他手上，也許這樣恩不里居才會滿意。但他堅決不讓自己痛得叫出來，而且從他進門到過了午夜才放行的這段期間，他只說了兩句話，就是「晚安」和「再見」。

現在他只好拚命寫作業了。他回到葛來分多交誼廳，儘管已經精疲力竭，卻也沒有上床睡覺，而是打開書本，開始寫石內卜要求的月長石作業。等他寫完作業時，已經過了半夜兩點。他知道他的作業寫得很不理想，沒辦法，如果不交作業，下一個罰他勞動服務的就會是石內卜。接下來他匆匆填寫麥教授要他們作答的問題，草草畫好葛柏蘭要求的木精畫像，這才蹣跚回到寢室，衣服也沒脫，往床上一倒立刻睡著。

* * *

星期四依然在疲憊中度過。榮恩似乎也睡眠不足，哈利不明白為什麼。他的第三次勞動服務和前兩次一樣。但經過兩個小時以後，「我不可以說謊」這幾個字並沒有從哈利的手背上消失，而是一直留在那裡，不停滲血。哈利的筆尖一停，恩不里居教授立即檢查。

「啊，」她溫柔地說，離開她的書桌，親自檢查他的手，「好，這樣應該可以讓你牢牢記住了，是不是？今晚就到此為止，你可以回去了。」

「我明天還要來嗎？」哈利說，用左手而不是慣用的右手拎起書包。

「喔，要的，」恩不里居教授說，依然滿臉笑容，「喔，我想我們再多做一個晚上就可以讓這句話更深刻一點了。」

之前，哈利從沒想過天底下還會有比石內卜更可恨的老師，在走回葛來分多塔的路上，他不得不承認，現在已經找到一個更強勁的對手。他一面爬樓梯上八樓，一面想著，她是個邪惡的、畸形的、瘋狂的老——

「榮恩？」

他走到樓梯頂端，右轉，差點撞上榮恩。榮恩躲在瘦子拉克蘭的雕像後面，手上握著他的飛天掃帚。他看見哈利時嚇了一大跳，立刻把他的新飛天掃帚狂風十一號藏在背後。

「你在幹嘛？」

「呃——沒什麼。那**你**在幹嘛？」

哈利皺眉頭。

「好了，你就明白告訴我吧！你躲在這裡做什麼？」

「我——我在躲弗雷和喬治，如果你一定要知道的話，」榮恩說，「他們剛剛帶了一票一年級新生經過，我猜他們一定又在新生身上做實驗了。我的意思是，現在他們不能在交誼廳做這種事，有妙麗在就不行。」

他話說得又急又緊張。

「那你幹嘛帶著飛天掃帚，你該不會是在飛吧？」哈利問。

「我——好吧——好吧，告訴你好了，可是你不能笑，好嗎？」榮恩防衛地說，漸漸脹紅了臉，「我——我想，既然我有了一把很棒的飛天掃帚，我想試試看能不能被選為葛來分多的守門手。好了，你笑吧。」

「我不會笑你，」哈利說，而榮恩迴避地眨著眼。「這個點子好極了！如果你能加入，那就太酷了！我沒看過你當守門手，你的技術好嗎？」

「還不壞，」榮恩說，見到哈利的反應，他大大鬆了一口氣，「查理、弗雷和喬治在假日期間練習時都叫我當守門手。」

「所以你今天晚上是在練習？」

「從禮拜二開始，每天晚上……不過只有我一個人。我本來想引誘快浮來追我，但是不容易，我不知道這樣效果好不好。」榮恩看起來有點緊張與焦慮，「我如果去參加選拔，弗雷和喬治一定會笑我笨。自從我當上級長後，他們就一直在挖苦我。」

「真希望我也能參加。」哈利幽幽說，兩人一起走向交誼廳。

「是啊，我也——哈利，你手背上那個是什麼東西？」

哈利本來用右手在抓鼻子，聽到這句話立刻想藏起來，結果和榮恩想藏他的狂風十一號一樣，藏不住。

「只是一點傷——沒什麼——是——」

但榮恩已經抓起哈利的手，拉到他眼前，仔細看刻在上面的幾個字。他立即露出頗不以為然的神情，放下哈利的手。

「你不是說她只罰你寫幾個字嗎？」

哈利猶豫了一下，他覺得既然榮恩對他說了實話，自己也得對他誠實。所以他也把自己在恩不里居辦公室那幾個小時發生的事說給他聽。

「這個老巫婆！」榮恩反感地小聲說著，他們這時已經來到胖女士前面停下，胖女士的腦袋靠在畫框上熟睡著。「她真病態！去找麥教授，向她報告！」

「不要，」哈利馬上說，「我不要讓她覺得吃定我而洋洋得意。」

「**吃定你**？你不能讓她就這樣算了！」

「我不知道麥教授有多少權力可以壓制她。」哈利說。

「鄧不利多，那就去找鄧不利多！」

「不要。」哈利斷然說。

「為什麼？」

「他的煩惱夠多了。」哈利說，其實這不是真正的原因。他不去找鄧不利多，是因為鄧不利多自從六月到現在一句話也沒跟他說過。

「那，我想你應該——」榮恩還想說些什麼，卻被胖女士打斷，她正睡眼惺忪地望著他們說：「你們到底要不要告訴我通關密語，還是要叫我等一整夜，直到你們把話說完？」

＊＊＊

星期五清晨的天氣和前幾天一樣陰沉潮溼，哈利進入餐廳時本能地看了一眼教職員餐桌，卻還是沒有見到海格。他立即把注意力轉移到他自己的層層問題上，例如堆積如山的作業，和必須再一次到恩不里居辦公室接受勞動服務。

這一天有兩件事讓哈利的心情好了一點：一是快要到週末了，另外一件是，雖然逃不掉這最後一次悲慘的勞動服務，但從恩不里居的窗口可以遠眺魁地奇球池。運氣好的話，說不定他可以看到榮恩的選拔賽。當然光線很微弱，但是能有一點讓他開心的事，他就很感激了。這是他到霍格華茲就讀以來，開學後最慘的第一個禮拜。

那天下午五點鐘，他來到恩不里居教授的辦公室外敲門，滿懷希望這會是最後一次。恩不里居教授應聲喚他進去，鋪著蕾絲桌巾的小桌上已經擺好一張空白的羊皮紙，尖銳的羽毛筆擱在旁邊。

「你知道該怎麼做了吧，波特先生？」恩不里居說，對他甜甜一笑。哈利拿起羽毛筆，瞥一眼窗外。如果他把椅子稍微往右邊移個一吋……藉口要靠近桌子一點——他辦到了。現在他可以看到遠方的葛來分多魁地奇球員在球池上下翱翔，大約有六個小小的黑色人影站在那三根高聳的球門底下，顯然在等候輪流守門，從這麼遠的距離很難看出哪個是榮恩。

我不可以說謊。哈利寫下這幾個字，他的右手背上的傷口裂開了，開始流出鮮血。

我不可以說謊。傷口挖得更深了，產生刺痛。

我不可以說謊。鮮血順著他的手腕流下。

他乘機偷看一眼窗外，這個時候守門的不知道是誰，技術很爛。就在哈利偷偷瞧去的這幾秒鐘，凱娣．貝爾就有兩次得分，他真希望那個守門手不是榮恩。他收回視線，專注在血跡斑斑的羊皮紙上。

我不可以說謊。

我不可以說謊。

只要他認為可以冒個險的時候，譬如當他聽到恩不里居的羽毛筆在羊皮紙上寫字的聲音，或者她開抽屜的聲音，他就會抬頭偷看一眼。第三個人的技術很棒，第四個簡直糟透了，第五個非常巧妙地避開了搏格的追擊，可惜漏接球，使得對方輕鬆得分。天色漸漸暗下來，哈利懷疑他是否可以看到第六個和第七個角逐者的表演。

我不可以說謊。

我不可以說謊。

羊皮紙現在沾滿從他手背滴下來的鮮明血跡，他的傷口痛進身體。等他再度抬頭時，夜幕已經低垂，看不到魁地奇球池了。

「讓我們來看看你懂得這句話的意義沒有，好嗎？」半個小時後，恩不里居柔聲說。

她走過來，朝他伸出她那粗短的手指，當恩不里居抓起他的手檢查刻在皮膚上的幾個字時，哈利忽然感覺到一陣刺骨的疼痛。這個疼痛不是來自他的手背，而是來自他的前額，同時，他的上腹部也有股很不對勁的感覺。

他立刻把手抽回來，唰一下站了起來，瞪著恩不里居。她也回望著他，一抹微笑把她那張恐怖的大嘴拉得更大。

「會痛，對不對？」恩不里居柔聲說。

他沒有回答，他的心在怦怦跳，跳得又猛又快。她是在說他的手，還是她知道他的額頭在痛？

「我想我已經表達我的意思了，波特先生，你可以走了。」

他抓起他的書包，以最快的速度離開辦公室。

保持鎮定，他告訴自己，快步跳上樓梯，**保持鎮定，這不一定就是你所想的那樣……**

「**惡人掌！**」他喘著氣對胖女士說出通關密語，門開了。

迎接他的是一陣嘈雜聲，榮恩對著他跑過來，滿臉興奮的笑容。他手上握著高腳杯，杯子裡溢出的奶油啤酒濺得他胸前都是。

「哈利，我做到了，我被選上了，我是守門手了！」

「什麼？喔——太好了！」哈利說，儘可能露出自然的笑容。他的心仍在劇烈跳動，他的手也依然刺痛，而且還在流血。

「來瓶奶油啤酒吧，」榮恩在他手上塞進一瓶奶油啤酒，「我真不敢相信——妙麗去哪裡了？」

「她在那裡。」弗雷說，指著火爐邊一張扶手椅，他手上也有一瓶奶油啤酒。妙麗坐在椅子上打盹，手上的飲料斜歪一邊。

「我告訴她的時候，她說她很高興。」榮恩說，有一點點不安。

「讓她睡吧。」喬治急忙說。哈利這才注意到，他們附近有幾個一年級新生，個個都有剛剛流過鼻血的明顯痕跡。

「榮恩，過來，看看奧利佛這件舊袍子你能不能穿，」凱娣．貝爾喊道，「我們可以拆掉他的名字，換上你的……」

榮恩走開了，莉娜大步走到哈利面前。

「抱歉，波特，先前對你有點兇，」她說，「做隊長的管理工作壓力實在太大了，你知道嗎？我開始在想，我以前是不是有時候對木透的態度太差了點。」她從她的高腳杯邊緣望著榮恩，面有憂色。

「我知道他是你最要好的朋友，但他的球技並不是很出色，」她率直地說，「不過，我想經過一番訓練後，他應該也沒問題。他的家人都是魁地奇高手，我希望他將來也能有比今天更好的表現。老實說，維琪．法比榭和傑瑞．胡柏今天都飛得很好，但胡柏太愛嘀咕，老是這個那個，維琪又參加太多社團活動。她自己承認，要是集訓時間和她的符咒社活動衝突，她會以符咒社為優先。總而言之，我們明天下午兩點有個練習，這次你一定要到。還有，幫個忙，請你盡量協助榮恩，好嗎？」

他點頭，莉娜又邁開大步走向西亞．史賓特。哈利走到妙麗旁邊坐下，他放下書包時，她動了一下猛然醒來。

「喔，哈利，是你……榮恩很棒，不是嗎？」她模模糊糊地說，「我呵——呵——好累，」她打了個呵欠，「昨天一點才睡，做了好多帽子，它們一下子就不見了！」

果然不錯，哈利發現房間各個角落到處藏有毛線帽，容易上當的小精靈很可能會在無意中撿到。

「好棒，」哈利心不在焉地說，他如果不馬上把話說出來就要爆炸了，「告訴妳，妙麗，我剛才在恩不里居的辦公室，她碰到我的手……」

妙麗仔細聽他敘述完後，徐徐說道：「你擔心『那個人』會像控制奎若一樣控制她嗎？」

「嗯，」哈利說，把音調放低，「這不是很有可能嗎？」

「大概吧，」妙麗說，她的語氣不是很肯定，「我想他不會以控制奎若的方式來**控制**她。我的意思是，他現在已經活過來了，不是嗎？他有他自己的身體，不需要和別人共用一個了，我想他可能會用蠻横咒來控制她……」

哈利看著弗雷、喬治和李．喬丹在丟空的奶油啤酒瓶玩耍，一會後妙麗說：「可是去年沒人碰你，你的傷疤也會痛，鄧不利多不是說過，這和『那個人』當時的心情有關嗎？我是說，說不定這件事和恩不里居毫無關係，也許只是巧合，碰巧在你和她在一起的時候發生了？」

「她很邪惡，」哈利說，「很畸形。」

「她是很恐怖沒錯，但是……哈利，我認為，你應該告訴鄧不利多你的傷疤在痛。」

這是兩天之內第二次有人勸他去找鄧不利多，他給妙麗的答覆和他給榮恩的一樣。

「我不要拿這種小事去煩他，妳剛說過這沒什麼大不了的，反正整個暑假都在痛——只不過今晚更痛而已——」

「哈利，我相信鄧不利多不會嫌煩，他一定會**想**知道這件事——」

「是啊，」哈利說，他再也忍不住了，「這不就是鄧不利多唯一關心的事嗎，我的傷疤？」

「不要這樣說，這不是真的！」

「我想寫信給天狼星，問他有什麼看法——」

「哈利，這種事不能寫在信裡面！」妙麗說，一臉緊張，「你忘了，穆敵告訴我們寫信時要小心！我們再也無法保證貓頭鷹不會被半路攔截了啊！」

「好吧，好吧，那我不告訴他就是了！」哈利不耐煩地站起來說，「我要去睡了，替我跟榮恩說一聲，好嗎？」

「喔，不用了吧。」妙麗說著，鬆了一口氣，「如果你可以去睡，那表示我也可以，也不至於顯得太沒禮貌。我可是累壞了，明天還有更多帽子要織呢。聽我說，如果你願意，你也可以做，很好玩的。我現在越織越好了，可以織出各種花樣和小絨球了呢。」

哈利看著妙麗因為開心而發亮的臉，然後試著露出有些受到她的建議打動的表情。

「呃……我想我不行，謝了。」他說，「呃，明天不行，明天有好多作業要趕……」

說完，他懶洋洋地往男生寢室的樓梯走去，留下妙麗露出微微失望的表情。

14 派西和獸足

第二天早上，哈利是寢室裡最早醒來的一個。他在床上躺了一會，太陽光從掛著的那四張海報的空隙射進來，他看著灰塵在光線中打旋，細細體會好不容易到了星期六的感覺。新學期的第一週拖得似乎無休無止的長，就像是一堂大規模的魔法史課程。

四周仍是一片昏昏欲睡的寂靜，太陽的光線也剛剛才成形，因此哈利認為現在還是黎明時分。他將床鋪周圍的簾幕拉開，站起身換衣服。除了遠方傳來的鳥鳴之外，唯一的聲響是他那些葛來分多室友們緩慢、深沉的呼吸聲。他小心地將書包打開，拿出羊皮紙和羽毛筆，走出寢室，往交誼廳走去。

哈利直接往壁爐旁邊他最喜歡的那張柔軟扶手椅走去，壁爐的火已經熄滅，他舒舒服服坐下，看看四周，再將羊皮紙攤開。那些通常會在一天結束時堆滿整個交誼廳的垃圾，包括羊皮紙團、老舊的多多石、空的原料瓶以及糖果包裝紙，現在已通通不見，就連妙麗的那些小精靈帽子也是。哈利心想，不曉得現在已經有多少小精靈在自願或非自願的情況下被解放了。他打開墨水瓶，將羽毛筆放進去沾了沾，握著它，離開羊皮紙黃色光滑的表面約一吋左右，努力地想……可是過了一、兩分鐘後，他發現自己瞪著那空盪盪的火爐，完全不曉得該如何下筆。

現在他可以了解，之前榮恩和妙麗在夏天時要寫信給他有多麼不容易。他要怎麼將這過去一個星期發生的大小事情告訴天狼星，將他等不及要提的那些問題全部提出，並且又要小心不能亂寫，以免信件遭到攔截時秘密洩漏？

他一動也不動地坐了好一會，望著壁爐，然後終於做了決定。他將羽毛筆沾進墨水瓶，毅然決然地把它壓到羊皮紙上。

親愛的塞鼻子：

希望你一切都好，回到這裡的第一個星期實在是糟透了，我真的很高興終於到了週末。

我們有了新的黑魔法防禦術老師，恩不里居教授，她簡直就跟你的母親一樣和藹。我之所以寫這封信，是因為去年夏天我寫信告訴你的那一件事又發生了，時間是在昨晚我和恩不里居一起做勞動服務時。

我們都很想念我們最大號的那個朋友，希望他很快就會回來。

請盡快回信。

一切順心。

哈利

哈利又將信反覆讀了幾次，試著從一個外人的角度去看它。如果單憑信的內容來看，他實在看不出來別人要怎麼知道他在談些什麼，或是他在和誰交談。他倒是希望天狼星看得懂關於海格的暗示，並且向他們透露他可能會在什麼時候回來。哈利不想太直接地問，以免引來太多人去注意海格不在霍格華茲這段期間的一舉一動。

這封信實在很短，卻花了他不少時間。寫到一半時，陽光已經爬升上來，照亮了大半個房間，此刻他也聽見了從樓上的寢室隱約傳出一些走動的聲響。他小心地將羊皮紙封好，爬出畫像洞口，往貓頭鷹屋走去。

「我如果是你，就**不會**往那邊走，」哈利剛來到通道上，差點沒頭的尼克就從正前方的牆壁穿出來，對他說。「皮皮鬼正在走廊裡，他打算對下一個經過帕拉瑟半身像的人開一個有趣的玩笑。」

「是不是包括把帕拉瑟直接推倒在人家頭上？」哈利問。

「真是絕了，**的確如此**。」差點沒頭的尼克用厭煩的語氣說道，「皮皮鬼從來就不懂得適可而止，我現在要想辦法找到血腥男爵……也許他能夠制止這一切……再見，哈利……」

「好，再見。」哈利說，於是他由向右轉改為向左轉，選了一條較遠但是較安全的路徑前往貓頭鷹屋。他走過一扇又一扇亮出耀眼藍天的窗戶，精神越來越抖擻。再過一下就要去參加訓練，他終於要回到魁地奇球池了。

有什麼東西拂過他的腳踝。他往下一看，發現管理員那隻骨瘦如柴的灰貓拿樂絲太太，從他身邊悄悄走過。牠用那對燈籠般的黃眼打量了他好一會，接著消失在一尊憂愁韋夫的雕像後頭。

「我又不是在做什麼壞事。」哈利在牠後面喊著。牠看起來就是一副要跑去向老闆打小報告的模樣，可是哈利實在搞不懂，他當然有權在星期六早上走到貓頭鷹屋。

太陽現在已經高高升到空中，哈利進入貓頭鷹屋時，那一扇扇沒有玻璃的窗戶亮得讓他有點眼花。一道道銀亮的陽光密集地在圓形的房間中交叉四射，好幾百隻貓頭鷹棲息在樑木上，被早晨的陽光曬得有些煩躁，有的顯然是剛剛狩獵回來。哈利踩過許多細小的動物骨頭，覆滿稻草的地板隨著他的腳步輕輕地咯吱咯吱響著，他伸著脖子尋找嘿美。

「妳在這裡啊，」他說，在圓拱形的天花板幾乎最頂端的地方認出了牠。「下來，我有信要給妳。」

牠伸展開那對白色大翅膀，低沉地嗚嗚叫了一聲，俯衝到他的肩膀上。

「哎，我知道這外面寫的是塞鼻子。」哈利把信交給牠，讓牠用喙啣住。不知道為什麼，他很小聲地說，「其實是給天狼星的，懂嗎？」

牠眨了一下那對琥珀色的眼睛，他認為這表示牠聽懂了。

「一路小心喔。」哈利帶牠來到一扇窗戶旁，嘿美在他的臂膀上稍微一蹬，便向蔚藍的天空展翅飛去。他望著嘿美直到牠變成了一個小黑點，最後完全消失，他這才把視線轉到海格的小屋上頭。從這扇窗戶可以很清楚地看得出那裡目前沒有人住，煙囪沒煙，窗簾也是拉上的。

禁忌森林裡，高高的樹梢都在微風中搖曳。哈利眺望著，一面享受吹拂在臉上的新鮮空氣，一面想著等一下的魁地奇……接著，他看見牠了。一隻身形巨大、長得像爬蟲類、有著翅膀的馬，就跟那些拉霍格華茲馬車的翼馬一模一樣，有著如同翼手龍般伸展開來的黑色皮革翅膀，像一隻怪異的巨鳥般自樹林中升起。牠在空中繞了一個大圓圈，又衝回樹林裡。這一切發生得太快，哈利根本無法相信自己所看見的，只曉得自己的心瘋狂怦怦跳著。

哈利身後貓頭鷹屋的門突然打開了，他嚇得跳起來，連忙轉過身一看。原來是張秋，她手裡拿著一封信和一個包裹。

「嗨。」哈利機械式地說。

「喔……嗨。」她有些氣喘地說。「我還以為這麼早不會有人上這裡來……我五分鐘前才想起來，今天是我媽的生日。」

她揚了揚那個包裹。

「真的。」哈利說。他的大腦好像變成了一團漿糊，他很想說些幽默有趣的話，可是那隻可怕的翼馬一直鮮明地存在他的腦子裡。

「天氣很好。」他說，往窗戶比了一比。他覺得自己的內臟好像都窘得全部萎縮掉了，天氣，他居然在談什麼**天氣**……

「是啊。」張秋說，四下找尋著合適的貓頭鷹。「滿適合打魁地奇的。我這一整個禮拜都沒有出去，你呢？」

「我也沒有。」哈利說。

張秋選了隻學校的草鴞。她輕輕將牠引導到手臂上，牠很熱誠地伸出一隻腳讓她將包裹綁上去。

「欸，葛來分多找到新的守門手了嗎？」她問。

「找到了，」哈利說。「就是我朋友榮恩·衛斯理，妳知道他嗎？」

「那個討厭龍捲風隊的人？」張秋極為冷淡地說。「他行嗎？」

「行，」哈利說，「我認為他可以。不過，我並沒有去看他角逐選拔的情形，那時我正好在勞動服務。」

張秋抬起頭，那個包裹在貓頭鷹腳上只綁到一半。

「那個叫恩不里居的女人好可惡，」她低聲說。「只因為你把他是怎麼──怎麼──怎麼死的真相說了出來，就罰你勞動服務。大家都聽說了，這件事已經傳遍學校。你敢這樣挑戰她，真的很勇敢。」

哈利的內臟像充氣似地一下子全都膨脹了，讓他覺得自己簡直可以從這滿是排泄物的地板上飄浮起來。誰在乎什麼笨翼馬，張秋認為他是真的很勇敢耶。一時間，他考慮著要替她綁好貓頭鷹腳上的包裹，藉機假裝不小心讓她看見自己那隻割傷的手……可是就在這個絕妙主意浮現的同時，貓頭鷹屋的門又開了。

管理員飛七大聲呼著氣走進房間。他那張凹陷、青筋暴露的臉頰上浮著紫色的血暈，下巴的贅肉抖啊晃的，那頭稀疏的灰髮更是亂糟糟，他顯然是一路跑著來的。拿樂絲太太輕快地跟在他腳邊，仰望著頭頂上的那些貓頭鷹，貪婪地喵喵叫。上方出現了一陣翅膀亂拍的騷動，一隻黃褐色的大褐鴞更是惡狠狠地亂啄一通。

「啊哈！」飛七說，踏著扁平足向哈利靠近一步，鬆垮的臉頰憤怒地搖晃著。「我接到了密告，說你打算去訂購一大批屎炸彈！」

哈利交疊起手臂，瞪著管理員。

「誰告訴你我在訂屎炸彈？」

張秋看看哈利又看看飛七，眉頭同樣也皺著。她手臂上的那隻草鴞，單腳站了太久實在是累了，警告性地對她嗚嗚叫了一聲，她並不理會。

「我自有我的消息來源，」飛七自鳴得意嘶吼著。「現在不管你寄的是什麼東西，都把它給我交出來。」

哈利立刻慶幸自己剛剛寄信時沒有拖延，他說：「沒辦法，已經寄了。」

「**寄了**？」飛七說，由於憤怒而臉扭曲著。

「寄了。」哈利冷靜地說。

飛七怒氣沖沖張開嘴，無聲說了幾個字，接著目光上下打量哈利的長袍。「我怎麼曉得你沒有把它藏在口袋裡？」

「因為——」

「我看見他寄的。」張秋生氣地說。

飛七轉向她進攻。

「妳看見他——？」

「沒錯，我看見他寄的。」她惡狠狠地說。

兩人都住了口，飛七怒目瞪著張秋，張秋照樣瞪回去，然後管理員轉身，拖著腳步往門那邊走。他的手按著門把，停住腳步，回頭看著哈利。

「只要讓我看到一小塊屎炸彈……」

他一步步重重踩著梯子下樓去了。拿樂絲太太又朝那些貓頭鷹渴望地瞄了一眼，也跟著主人走了。

哈利和張秋彼此對望著。

「謝謝。」哈利說。

「不客氣。」張秋說，終於在草鴉的另一隻腳上固定好包裹，她的臉微微泛著粉紅色。

「你不會是**真的**在訂屎炸彈吧？」

「不是。」哈利說。

「那我搞不懂，他為什麼會這樣認為呢？」她邊說邊將貓頭鷹帶到窗邊。哈利聳了聳肩。關於這點，他和她一樣感到不解，不過奇怪的是，此刻這件事並不會怎麼困擾他。

他們一起離開貓頭鷹屋，到了通往城堡西廂走廊的入口，張秋說：「我要往這邊走。呃，那就……那就再見啦，哈利。」

「嗯……再見。」

她對他笑了笑，轉身離去。哈利繼續走下去，覺得很開心。他終於好好地和她講完一次話，完全沒有出醜……你敢這樣挑戰她，真的很勇敢……張秋居然說他很勇敢呢……她並不恨他還活著……

當然，她之前還是比較喜歡西追，這他很清楚……只是如果當初他早西追一步邀她參加舞會，事情發展也許就會不一樣了……當時哈利開口邀她，她卻不得不拒絕的模樣，看起來似乎真的很遺憾……

「早啊。」哈利開心地向榮恩和妙麗說，他已經來到餐廳裡葛來分多學院的餐桌前。

「你為什麼笑咪咪的？」榮恩驚訝地打量著哈利。

「呃，等一下要打魁地奇了嘛！」哈利高興地說，將一大盤培根和蛋拉到面前。

「喔……對……」榮恩放下了正在吃的那片吐司，灌了一大口南瓜汁。然後，「聽我說……你想不想跟我早一點過去？只是要──呃──在訓練開始之前幫我先練習一下？這樣我就可以，你知道，比較熟練。」

「好啊，沒問題。」哈利說。

「聽好，我不認為你們應該這麼做，」妙麗嚴肅地說。「你們兩個的功課都落後了——」說到一半她忽然打住，早晨的郵件送到了，跟往常一樣，一隻嗚角鴞叼著《預言家日報》朝她飛過來。牠緊緊貼著一只糖碗，險象環生地降落在桌上，伸出一隻腳來。妙麗將一個納特塞入牠腳上繫的皮袋，拿了報紙，用批判的眼光掃視頭版，貓頭鷹飛走了。

「有什麼好玩的嗎？」榮恩說。哈利笑了，他知道榮恩急著要將妙麗的話題從功課上轉移開來。

「沒有，」她嘆口氣，「只不過是一些八卦緋聞，怪姊妹樂團的貝斯手要結婚了。」

妙麗打開報紙，整個人消失在報紙後頭。哈利忙著繼續吃第二份蛋和培根，榮恩抬頭望著頂上的窗戶，神情有點恍惚。

「等等，」妙麗突然說。「喔，不……天狼星！」

「怎麼了？」哈利說，一把搶過報紙，用力太大，把報紙從中間撕了開來，他和妙麗一人一半。

「『魔法部日前接獲可靠消息來源密報，天狼星．布萊克，惡名昭彰的連續殺人犯……等等等等……目前就藏匿在倫敦！』」妙麗痛苦地悄聲讀著那半張報紙。

「魯休思．馬份，我打賭一定是他，」哈利憤怒地低聲說道。「他在月台上果然認出了天狼星……」

「什麼？」榮恩滿臉驚恐。「你該不會是說——」

「噓！」其他兩人說。

「……『魔法部警告巫界民眾，布萊克極端危險……殺害了十三個人……從阿茲卡班脫逃……』跟平常一樣的垃圾，」妙麗下了結論，將那一半的報紙放下，擔憂地望著哈利和榮恩。「他以後都不能再離開那棟房子了，就這句話，」她低語著。「鄧不利多確實警告過他別亂來的。」

哈利悶悶不樂地低頭看著他手上那一半《預言家日報》，那一版的大部分篇幅都刊載著摩金夫人的各式長袍店的廣告，顯然這家店目前正在大減價。

「嘿！」他將報紙攤開來，好讓妙麗和榮恩都能看見。「你們看這個！」

「我想要的長袍都已經有了。」榮恩說。

「不是啦，」哈利說。「你們看……這裡的一小篇文章……」

榮恩和妙麗彎下身子靠近來看，這篇文章還不到一吋長，被安置在最底下的一欄。上頭的標題是：

魔法部遭侵入

史特吉．包莫，三十八歲，居住於克拉珀姆，金蓮花園街二號，日前在巫審加碼出庭受審，被指控的罪名為八月三十一日晚間侵入魔法部及搶劫未遂。包莫是當場遭到魔法部門警巫阿瑞．門區逮捕，警巫當時發現他於凌晨一點意圖強行進入設有最高防護措施的一道門。包莫拒絕為自己的行為辯護，兩件指控均遭宣判有罪，判入阿茲卡班監獄服六個月的刑期。

「史特吉・包莫？」榮恩緩緩說道。「他就是那一個有鳥窩頭的傢伙，對不對？他也參加了鳳凰——」

「榮恩，**噓！**」妙麗說，害怕地朝周圍望了望。

「在阿茲卡班關六個月！」哈利震驚低語。「只為了要穿過一道門！」

「別傻了，這不可能只為了穿過一道門而已。他凌晨一點跑到魔法部到底是要做什麼？」妙麗很輕地說。

「你們看他會不會是在替鳳凰會出任務？」榮恩低聲說著。

「等等……」哈利緩緩說道。「包莫本來應該要來送我們的，記得嗎？」

其他兩人望著他。

「沒錯，他本來應該是護送我們去王十字車站的保鑣之一，記得嗎？結果穆敵氣壞了，因為他沒有出現，所以他不可能是去替他們出任務，對不對？」

「嗯，也許他們沒有料到他會被逮到。」妙麗說。

「這是預先設好的計謀！」榮恩興奮叫著。「不——聽我說！」他繼續說，看見妙麗臉上那威脅的神情，趕緊戲劇化地壓低嗓門。「魔法部懷疑他是鄧不利多的人馬，於是——我不曉得——他們就把他**騙**到了魔法部，而他根本就不曉得自己要闖過一道什麼門！也許他們只是假造一些事情來騙他過去！」

哈利和妙麗思索著這番話，三人沉默了一會。哈利認為這個說法實在有些牽強，然而妙麗看起來卻極為贊同。

「你們知道嗎？如果真的就是這樣，那我一點也不會驚訝。」

她若有所思地將她那半張報紙折好，等到哈利放下刀叉時，她好像才回過神來。

「好，嗯，我想我們應該先解決芽菜那篇關於自體施肥灌木的報告，運氣好的話，我們午飯前就可以開始練習麥教授的非動物召現咒……」

一想到樓上還有一堆功課等著自己，哈利就興起了小小的罪惡感，可是天空是那麼的清澈蔚藍，藍得教人興奮，他這一整個星期都沒騎過他的火閃電……

「我是說，我們可以今晚再做嘛。」榮恩說，他和哈利正在通往魁地奇球池的斜坡草坪上走著，兩人肩膀上扛著掃帚，耳朵裡仍舊迴盪著妙麗的嚴重警告，她說他們兩個一定會被當掉普等巫測的所有科目。「何況還有明天啊。她實在用功過頭了，這就是她的毛病……」他停頓一下，用稍微焦急的聲音補上一句，「她說我們到時候不可以借她的來抄，她是認真的嗎？」

「我想她是，」哈利說。「可是，這個也很重要，如果我們還想在魁地奇球隊裡待著，就得花時間練習……」

「對，沒錯，」榮恩說，馬上士氣又高昂起來。「反正我們有足夠的時間把每一件事都做好……」

他們快到魁地奇球池時，哈利瞥向他的右方，看著禁忌森林的樹木陰沉地搖來晃去。沒有任何東西從林子裡飛出來，天空上空盪盪，只有幾隻貓頭鷹在貓頭鷹屋尖塔的周圍打轉。他要擔心的事已經夠多了，那匹翼馬又沒有對他造成任何傷害，他決心不再去想牠。

他們從更衣室的櫃子裡取了球，開始練習。榮恩守著三根高高的球門柱，哈利打追蹤手的位置，試著把快浮射過榮恩。哈利認為榮恩的表現很不錯，射過去的球當中，他守住了四分之三，而且越練習下去，他的表現越好。過了幾個小時，他們回城堡午餐——飯桌上，妙麗很明確地表示，她認為他們兩個人毫無責任感——飯後他們又再回到魁地奇球池，準備參加正式的訓練。他們進入更衣室時，發現除了莉娜，所有的隊友都到了。

「還好吧，榮恩？」喬治說，對他眨著眼。

「還好。」榮恩說，到球池來的一路上他顯得越來越安靜。

「準備好要大展身手了嗎，小級長？」弗雷將魁地奇隊袍套上頭，頭髮給壓得亂七八糟，他臉上微微露著使壞的笑容。

「閉嘴。」榮恩臭著臉說，這是他第一次穿上屬於他的隊袍。這件袍子原本是奧利佛．木透的，和肩膀特寬的木透相比，現在套在榮恩身上已經算是挺合身的了。

「好，各位，」莉娜邊說邊從隊長辦公室走進來，衣服已經換好了。「我們上場吧。西亞和弗雷，可不可以請你們把球箱抬出來？喔，還有，外頭會有一些人在看著，我希望大家別去理會，好嗎？」

她的聲音聽起來有點故作悠閒，哈利於是心裡有數，曉得那些不請自來的觀眾大概會是誰。果不其然，他們從更衣室來到那青空萬里的球池時，另一頭馬上傳來一陣喧囂嘲笑聲。源頭是史萊哲林的魁地奇隊員以及一堆雜七雜八的攪局者，他們圍聚在空曠的觀眾席中間偏高的位置，聲音響徹了整個運動場。

「衛斯理騎的那是什麼啊？」馬份用嘲諷的拖長語調大喊。「怎麼會有人對一根發霉的爛木頭下飛天咒啊？」

克拉、高爾和潘西．帕金森尖聲笑著。榮恩騎上他的掃帚離地起飛，哈利跟在他後頭，看到他的耳根都變紅了。

「別理他們，」他說，加速趕上了榮恩，「等到我們跟他們打過之後，就曉得是誰有資格笑了……」

「我就是喜歡這種態度，哈利。」莉娜讚許地說，手臂下夾著個快浮飛到他們旁邊，將速度放慢，在她這支空中球隊的前方盤旋著。「好了，各位，我們一開始先傳幾個球做為暖身運動，請所有的隊員——」

「喂，強生，妳那個叫什麼頭啊？」潘西．帕金森從底下尖聲嚷著。「怎麼會有人把頭髮弄成一堆從腦袋瓜裡爬出來的蛀蟲呢？」

莉娜將她那頭長辮子從臉上甩開，冷靜地繼續說，「現在大家散開，讓我們來好好玩一場……」

哈利反方向離開其他人，往球池最遠的一邊飛去，榮恩反向飛到另一側的球門。莉娜用單手舉起快浮，用力丟給弗雷，弗雷把它傳給喬治，喬治再傳給哈利，哈利再傳榮恩，榮恩把球弄掉了。

史萊哲林球員在馬份的帶頭下狂吼尖笑。榮恩往地面衝去，搶在球落地前將它接住，他毫無章法地往上急竄，以至於整個人側歪在掃帚上，面紅耳赤地爬到了正常的打擊高度。哈利看見弗雷和喬治交換了一個眼色，不過兩個人一反常態，什麼話都沒說，這讓哈利覺得很感激。

「把球傳出去，榮恩。」莉娜只當沒事似地叫著。

榮恩將快浮丟給西亞，西亞傳給哈利，哈利傳給喬治……

「喂，波特，你那道傷疤怎麼樣啦？」馬份叫道。「你該不會需要躺下吧？上一回你在醫院廂房躺了多久？有一個禮拜喔，那是你的最高紀錄，對不對啊？」

喬治將球傳給莉娜，莉娜再傳回給哈利，哈利沒料到球會傳過來，但還是用指尖一把抓住，迅速傳給榮恩，榮恩衝上前救球，卻以幾吋的差距漏接了。

「拜託你，榮恩，」莉娜不悅地說，看著榮恩再度往地面俯衝去追快浮。「專心點。」

榮恩再度回到了打擊區，這時他的臉已經變成像快浮一樣的深紅色，不過很難分得清哪一個顏色比較深。馬份和史萊哲林隊的其餘成員在那裡鬼叫笑鬧著。

到了第三次，榮恩終於搶到了快浮。也許是一時鬆懈，他過於興奮地將球傳出，結果球直直越過凱娣伸出的那隻手，狠狠擊中了她的臉。

「抱歉！」榮恩哀叫，趕緊衝上前查看有沒有因此造成任何傷害。

「回到你的位置上，她沒事！」莉娜大吼。「請你傳球給隊友的時候不要把人打下掃帚好嗎？我們已經有搏格在負責這件事！」

凱娣的鼻子在流血。下方，史萊哲林的人又是跺腳又是嘲笑。弗雷和喬治圍到凱娣身旁。

「來，把這個吃下去，」弗雷從口袋裡掏出一樣紫色的小東西遞給她，「吃了馬上就會止血。」

「好啦，」莉娜叫著，「弗雷、喬治，去拿你們的球棒和搏格。榮恩，移到球門那裡去。哈利，等我說好的時候就把金探子放出來。我們現在要進攻榮恩守的球門，這不用多說了。」

哈利跟在雙胞胎身後飛開，準備去拿金探子。

「榮恩真是把事情搞得一團亂，對不對？」喬治咕噥著，這時他們三人已經降落到裝球的箱子旁，從箱子裡拿了一個搏格和金探子出來。

「他只是緊張而已，」哈利說，「今天早上我和他練習時，他表現得很好。」

「是嗎？嗯，那我希望這不是他所謂的最好表現。」弗雷悶悶不樂地說。

他們回到了空中。莉娜哨子一吹，哈利便放出金探子，弗雷和喬治也對搏格鬆了手。從那一刻起，哈利就沒再去管其他人的動向。他的責任就是捕捉那顆飛來飛去的小金球，捕捉到它的搜捕手可以為他的那隊加一百五十分，而要捕捉到它需要最快的速度和技巧。他加速，在追蹤手之間翻滾來穿梭去，秋天的溫暖空氣拍打在他臉上，遠處史萊哲林的叫囂已變成了毫無意義的嗡嗡聲在他耳內響著……可是，叫暫停的哨子聲來得太快。

「停——**停**——**停！**」莉娜尖叫。「榮恩——你沒在守中間的球門。」

哈利轉頭望向榮恩，他正在左邊籃網前盤旋，留下其他兩個網子門戶大開。

「喔……抱歉……」

「你在看守追蹤手的時候一直移來移去地亂轉！」莉娜說。「你可以留在中央不要動，除非有哪個特定籃網要守，要不然你可以繞著籃網轉圈。不要毫無目標地朝一邊亂飄，你剛剛就是這樣丟了三次射門的！」

「抱歉……」榮恩又說了一次，他的臉紅得發光，就像襯著藍天燒得火紅的一把烽火。

「還有凱娣，妳不能想想辦法讓鼻血不流嗎？」

「它越流越厲害耶！」凱娣吃力地說，試著要用衣袖將血流堵住。

哈利瞥向弗雷，弗雷看起來很焦急，他查看著口袋。哈利看見他掏出來一樣紫色的東西，檢查了一下又再轉頭望向凱娣，他的臉色大變。

「好吧，我們再來一次，」莉娜說。她不去理會史萊哲林，他們現在已經開始高唱著「**葛來分多大爛隊，葛來分多大爛隊**」，不過她坐在掃帚上的姿勢卻明顯非常僵硬。

這一回他們只飛不到三分鐘，莉娜的哨子就響了。哈利正好發現金探子就在敵方的球門那裡打轉，現在只好煞車停住，覺得很惱火。

「又怎麼了？」他不耐煩地對靠他最近的西亞說。

「凱娣。」她簡短答道。

哈利轉身看見莉娜、弗雷和喬治都在以最高速衝向凱娣，哈利和西亞也朝著她那裡飛過去。很明顯地，莉娜總算趕上了最後一刻喊停，凱娣的臉已經變得慘白，而且全都是血。

「她得去醫院廂房。」莉娜說。

「我們送她去，」弗雷說。「她——呃——有可能不小心吞錯了噴血泡泡豆——」

「哎呀，沒有了打擊手，又少了一個追蹤手，那也沒必要再練習下去了。」莉娜不悅地說，這時弗雷和喬治將凱娣架在他們兩人中間，向著城堡俯衝。「快，我們快回去換衣服吧。」

他們走回更衣室時，史萊哲林的人還繼續在那裡高聲唱著。

「練習得如何？」妙麗在半個小時之後冷冷問道，這時哈利和榮恩已從畫像的洞口爬進了葛來分多交誼廳。

「還算——」哈利開口說。

「糟透了。」榮恩毫無生氣地說著，一頭埋進妙麗旁邊的一張椅子。她抬頭看看榮恩，冷冰冰的態度似乎和緩了下來。

「哎，這只是你第一次練習而已，」她勸慰著說，「總得要花上一段時間才能——」

「誰說是我把練習搞糟的？」榮恩打斷她。

「沒人這樣說，」妙麗說，看起來被他嚇到了，「我以為——」

「妳以為我表現得一定會很爛嗎？」

「沒有，我當然沒有！聽著，是你說情況很糟，所以我才——」

「我要去做功課了。」榮恩生氣地說，大步踩上通往男生寢室的樓梯，走出了他們的視線。

妙麗轉頭望向哈利。

「他**是不是**表現很爛？」

「不會。」哈利真誠地說。

妙麗揚了揚眉毛。

「喔，我想他應該可以打得更好啦，」哈利咕噥著，「可是這不過是第一次訓練，就像妳剛剛說的……」

哈利和榮恩那一晚似乎都沒在作業上有多少進展。哈利知道榮恩對今天魁地奇練習賽的差勁表現耿耿於懷，而哈利自己卻是怎麼都無法將高唱「**葛來分多大爛隊**」的聲音逐出腦袋。

他們星期天整天都待在交誼廳裡，埋首書本當中。四周的人來來去去，擠滿之後又漸漸走掉，大廳變得空盪盪的。又是一個晴朗的好日子，葛來分多學院的同學大部分都在戶外的操場上，享受這也許是今年最後的陽光。到了傍晚，哈利覺得整個腦子好像讓人乒乒乓乓敲了半天似的，又腫脹又昏沉。

「也許我們以後該試著在週末之前多做點功課。」哈利向榮恩嘀咕，他們終於將麥教授那一長篇非生物召現咒的報告擺到一旁，痛苦地開始研究起辛尼區教授有關木星諸多衛星的報告，這一篇的長度和難度和上一篇完全一樣。

「對啊，」榮恩揉著他那對已經有點充血的眼睛，一面將第五張寫壞了的羊皮紙扔進一旁的火爐。「哎……我們要不要乾脆問妙麗，借看一下她寫好的報告？」

哈利朝她瞥了一眼，她坐在那裡開心地和金妮聊著天。歪腿窩在她腿上，兩支棒針在她面前的半空中閃啊閃的，正織著一對奇形怪狀的小精靈襪子。

「不要，」他悶悶地說，「你知道她不會讓我們這樣做的。」

於是他們繼續努力，窗外的天色一點一點暗下去。交誼廳裡頭的人又開始慢慢變少了，到了十一點半，妙麗打著呵欠晃過來。

「差不多快弄好了吧？」

「還沒。」榮恩簡單地說。

「木星最大的衛星應該是蓋尼米德，不是卡利斯多，」她說，手越過榮恩的肩膀指向他天文學報告的其中一行，「然後上面有火山的是埃歐。」

「謝謝。」榮恩吼著，將那幾行惹禍的句子劃掉。

「對不起，我只是想——」

「是嗎，妳只是想過來這裡批評——」

「榮恩——」

「我沒有時間聽妳說教，行嗎？妙麗，我現在已經焦頭爛額了——」

「不是——你看！」

妙麗指著離他們最近的一扇窗戶，哈利和榮恩都轉過頭去看。一隻英挺的鳴角鴞正站在窗台上，瞪著房間裡的榮恩。

「那不是赫密士嗎？」妙麗說，聲音聽起來很驚訝。

「哎呀，真的是耶！」榮恩小聲地說，將羽毛筆一扔，站起身來。「派西寫信給我要做什麼？」

他走到窗口，把窗子打開。赫密士飛了進來，降落在榮恩的報告上，伸出一隻腳，腳上繫著一封信。榮恩將信一解下，貓頭鷹立刻飛走，還在榮恩畫的一個埃歐衛星上留下了一排墨汁爪印。

「這絕對是派西的筆跡，」榮恩說，一頭栽進椅子裡，瞪著寫在那捆紙卷外面的幾個字：榮恩‧衛斯理，葛來分多學院，霍格華茲。他抬頭望著其他兩人。「你們怎麼說？」

「打開啊！」妙麗急急地說，哈利也點頭。

榮恩把紙卷攤開來看。他的目光順著羊皮紙越往下移，眉頭就鎖得越緊。等到全部看完後，他臉上是一副厭惡至極的表情。他將信丟給哈利和妙麗，兩人湊在一起看：

親愛的榮恩：

我剛才聽說了（自然是從魔法部長本人那裡，而他是從你們的新老師，恩不里居教授那裡聽來的），你當上了霍格華茲的級長。

這個消息實在讓我感到太驚喜了，首先我自然得先說聲恭喜。我必須承認，過去我一直擔心你會走上我們所謂的「弗雷與喬治」路線，而不是跟隨著我的腳步。因此你可以想像，當我聽到你終於停止挑釁權威並且決定擔下一些真正的責任時，心中有多欣慰了。

但是我要對你說的並不只有道賀，榮恩，我還想要給你一些忠告。這也就是為什麼我選擇了在晚上寄這封信，而不是照平常的早晨郵件。希望你在讀這封信時，能避開一些鬼頭鬼腦的人，免得回答一些多餘的問題。

當部長告訴我你當選級長的同時，他也透露了其他一些消息給我，而我據此得知你和哈利波特仍舊往來密切。我必須告訴你，榮恩，你要是再跟那個男孩繼續保持兄弟情誼，那麼，你的那枚徽章實在就岌岌可危了。是的，我知道你聽到這些會很驚訝——毫無疑問地，你會說波特向來都是鄧不利多最寵信的學生——可是我覺得有義務要告訴你，鄧不利多掌管霍格華茲的日子可能不長了，而之後接管的人對於波特的行為會有著非常不同——應該說是更為精確——的看法。我在這裡就不多說了，但是如果你讀了明天的《預言家日報》，你就會很清楚風向到底是吹往哪一邊——同時也想一想你自己到底該往哪邊站！

說真的，榮恩，你不會想要背上和波特一樣的壞名聲，這可能會對你未來的前途很危險，而我這裡所指的還包括畢業後的出路。我想你一定很清楚，因為是由我們的父親護送他到法庭的，今年夏天波特在整個巫審加碼團面前接受紀律聽審會的調查，他並不是很光采地離開那裡。他之所以脫罪完全是由於技術上的動作。如果你要問我的看法，其他許多人和我談起這事也都深信他是有罪的。

也許你很害怕和波特斷絕關係——我曉得他情緒常常很不穩定，而且據我所知，還有暴力傾向——如果你擔心這一點，或是發現了波特其他任何困擾你的行為，我極力推薦你找桃樂絲·恩不里居談一談。她是位很可親的女士，我知道她一定會很樂意給你建議的。

這又談到了我的另一點建議。如同我上頭所暗示的，鄧不利多在霍格華茲的位子應該是坐不久了。你的忠誠，榮恩，不應該放在他身上，而該放在學校以及魔法部這裡。我很遺憾地聽見，到目前為止，恩不里居教授雖然努力想要照魔法部所希望的，對霍格華茲推動必要的改革，但在教職員那裡得到的協助少之又少。（不過到下個禮拜，她做起事來應該就順手多了——同樣的，去看明天的《預言家日報》！）我只說這麼一句——若是有哪個學生願意現在表態協助恩不里居教授，那麼幾年內就很有可能成為男學生主席的人選！

我很遺憾這個夏天沒能夠多見見你。我這樣批評我們的父母，實在是感到很痛心，但是只要他們繼續和鄧不利多身邊的狐群狗黨攪和，我恐怕就不能再住在他們的屋簷下。（如果你有時間寫信給母親，可以告訴她有一個叫史特吉．包莫的人，鄧不利多很要好的一個朋友，最近才因為私闖魔法部而被關進阿茲卡班。這也許會讓他們看清楚，自己到底是在和什麼樣低下的罪犯稱兄道弟。）我認為自己非常幸運，能夠不用再和這種人打交道——部長對我實在是太慷慨了——而我真心希望，榮恩，你以後也不會讓家庭親情蒙蔽你的理智，不會再繼續相信我們父母親的想法和行動。我衷心地希望，有一天，他們能省悟自己到底犯了什麼樣的錯誤，等到那一天來臨時，我自然會樂意接受他們誠心的道歉。

希望你能真的好好想一想我所說的，特別是關於哈利波特的部分，同時再一次恭喜你當選級長。

你的哥哥　派西

哈利抬頭看榮恩。

「這個，」他說，試著想裝出一副整件事不過是個大笑話的口吻，「如果你想要——呃——他怎麼寫的？」他看了一下派西的信，「喔，對——和我『斷絕關係』，我發誓我絕對不會有暴力行為。」

「把信還給我。」榮恩伸出手。「他是——」他狠狠罵著，將派西的信撕成兩片，「這個世界上——」他將它撕成四片，「最大的——」他將它撕成八片，「**豬頭**。」他把碎片扔進火爐。

「來吧，我們得在天亮前把這些寫完。」他輕快地對哈利說，將辛尼區教授的報告抓回面前。

妙麗用一種古怪的表情望著榮恩。

「喔，拿來吧。」她突然說。

「什麼？」榮恩說。

「把這些報告給我，讓我整個看一遍再做訂正。」她說。

「妳是認真的嗎？啊，妙麗，妳救了我的命，」榮恩說，「我要怎麼樣才能——」

「你可以說『我們答應以後再也不會拖到這麼晚才做功課』。」她說，雙手伸出來接他們的報告，不過還是一副有點頑皮的表情。

「十二萬分的感謝，妙麗。」哈利虛弱地說，他把報告遞過去，癱回他的扶手椅上，揉著眼睛。

時間已經過了午夜，交誼廳已經整個空了，只剩下他們三個和歪腿在那裡。唯一聽見的聲響是妙麗的羽毛筆在他們的報告上到處劃掉句子的唰唰聲，以及當她翻閱桌上散著的那些參考書時的啪啪聲。哈利累壞了，他同時發現胃裡起了一陣怪異、噁心、空虛的感覺，這跟疲勞一點關係也沒有，而是全部來自爐火中央焦黑捲曲的那封信。

他明白霍格華茲裡有一半的人認為他很怪異，甚至認為他瘋了。他明白《預言家日報》過去幾個月以來一直在刊登對他的不實指控，可是親眼看到派西將這一切寫在信裡的感覺又不一樣。派西居然建議榮恩拋棄他，甚至還要他向恩不里居打小報告，這些都讓他真實體認到自己的處境，也是平常他不會面對到的。他和派西已經認識了四年，曾經在他家度過那麼多個暑假，在魁地奇世界大賽時和他共睡一個帳篷。在去年的三巫鬥法大賽進行第二項任務時，甚至還從他那裡拿到了滿分。如今，派西居然認為他情緒不穩定，而且還可能有暴力傾向。

哈利突然對他的教父起了無比的同情，他認為眼前真正能了解他感受的大概只有天狼星一個人，因為天狼星也處於相同的處境。幾乎巫界裡頭的每一個人都認為天狼星是一個危險的殺人犯、佛地魔的忠實信徒，而他過去十四年來都必須抱著這樣的屈辱生活……

哈利眨了眨眼。他剛剛在火爐裡看見了一樣不可能在那裡的東西。那樣東西閃了一下，立刻又消失了。不……不可能……這都是因為他太思念天狼星才想像出來的……

「好，把這些寫下來，」妙麗對榮恩說，將他的報告和一張她寫得滿滿的紙推到他面前，「然後把我寫給你的結論加進去。」

「妙麗，妳真的是我遇過最棒的人了，」榮恩虛弱地說，「以後我再對妳無禮的話——」

「——那我就知道你已經回復正常了，」妙麗打岔說。「哈利，你的沒有問題，只除了最後的這一小部分。我認為你一定是誤解辛尼區教授的話了，歐羅巴衛星上頭是覆滿冰層，不是鼠層——哈利？」

哈利已經從椅子滑下來跪到地上，此刻正蹲在那燻焦、磨損了的壁爐地毯上頭，凝視著火焰。

「呃——哈利？」榮恩遲疑地說。「你幹嘛蹲在那裡？」

「因為我剛剛在火焰裡面看見了天狼星的頭。」哈利說。他的語氣很冷靜，畢竟，他去年也在同一堆火焰裡見到了天狼星的頭，而且還和它說了話。儘管如此，他還是不敢確定這次是不是真的看見了，它消失得太快……

「天狼星的頭？」妙麗重複。「你是說就像他在三巫鬥法大賽時想要跟你交談的情況一樣？可是他現在不會再這樣做了，這樣實在是太——**天狼星！**」

妙麗驚呼著，直直瞪著火堆，榮恩拋下了羽毛筆。在那跳躍的火焰正中央就掛著天狼星的頭，深色長髮散落在他那嘻嘻笑著的臉部周圍。

「我剛剛還在想，也許你們會在大家都離開前就上床睡覺了呢，」他說。「我每隔一個小時就查看一次。」

「你每隔一個小時就把頭探進火裡？」哈利半笑著說。

「只是停個幾秒，看看周圍是否安全。」

「可是要是你被看見了怎麼辦？」妙麗焦急地說。

「呃，我想有一個小女生——從她的外表看起來應該是一年級的——之前可能有瞄見我一眼，可是不必擔心，」天狼星急急說道，因為妙麗一隻手已經捂上了她的嘴巴，「等到她回頭想再看我一眼時，我已經離開了，我敢說她八成會以為我是塊形狀奇怪的木柴之類的東西。」

「可是，天狼星，這樣實在太冒險了——」妙麗開口說。

「妳講話開始像茉莉了，」天狼星說。「我只有這個辦法才能不靠密碼來回哈利的信——

而密碼是可以破解的。」

一聽到哈利寫信這件事，妙麗和榮恩馬上轉過身瞪他。

「你沒告訴我們你寫信給天狼星！」妙麗責問。

「我忘了，」哈利說，這其實是實話，他在貓頭鷹屋遇見了張秋，接著就把那之前發生的事都忘得一乾二淨。「不要這樣瞪我，妙麗，沒有人會從那封信攔截到什麼秘密的，對不對，天狼星？」

「沒錯，你做得很好，」天狼星微笑著說。「總之，我們最好動作快一些，以免等一下有人來打擾──你的傷疤。」

「跟那有什麼──？」榮恩才開口，妙麗便打斷了他。

「我們晚一點再告訴你。天狼星，你繼續說。」

「哦，我曉得如果它痛起來應該是不會有好事，不過也不必過分擔心。它去年就不停在痛，不是嗎？」

「對，鄧不利多說過，只要佛地魔情緒一激動，這種情況就會發生。」哈利說著，照往常一樣，不去理會榮恩和妙麗在旁邊打哆嗦。「所以，也許在我被罰勞動服務的那一晚，他是真的，我也不曉得，非常生氣之類的吧。」

「嗯，既然他現在已經回來了，那以後你的疤痛可能會時常發作。」天狼星說。

「意思是，你並不認為這跟我在做勞動服務時，恩不里居碰觸了我有關係囉？」哈利問。

「我懷疑，」天狼星說，「我對她的名聲很清楚，我確定她不是食死人──」

「她壞到可以去當食死人了。」哈利不開心地說，榮恩和妙麗聽了連連點頭同意。

「是沒錯，可是這世界上並不是只有好人跟食死人而已，」天狼星苦笑著說，「我知道她很惹人厭，這倒是真的——你們應該聽聽路平談她。」

「路平認識她嗎？」哈利馬上問，想起了恩不里居在她第一堂課上談到混種生物有多麼的危險。

「不認識，」天狼星說，「不過她在兩年前草擬了一部反狼人法案，差點害他找不到工作。」

哈利想起路平近來變得那麼憔悴，不禁更加深了對恩不里居的恨意。

「她為什麼要打壓狼人？」妙麗生氣地說。

「怕他們吧，我想，」天狼星說，看見妙麗如此忿忿不平，不禁微笑起來。「顯然她很痛恨混種生物。她去年還發動了一場文宣戰，要求把人魚集中起來貼標籤追蹤。想想看，居然浪費時間跟精力去迫害人魚，而放任像怪角這種敗類到處亂跑。」

榮恩聽了大笑，妙麗看起來卻不大高興。

「天狼星！」她責備道。「說真的，要是你多關心怪角一點，我想他會有回應的。畢竟，你是他唯一剩下的家人了，鄧不利多教授說過——」

「所以，恩不里居的課都在教些什麼？」天狼星打斷了她的話。「她是不是在訓練你們大家去殺混種生物？」

「沒有，」哈利說，儘管妙麗因為對方打斷她為怪角辯護而一臉不高興，他仍舊不去理會她。「她根本就不讓我們使用魔法！」

「我們只是一直在那裡讀愚蠢的教科書。」榮恩說。

「啊，那就沒錯了，」天狼星說。「從魔法部內部的消息也指出，夫子不希望你們做實地格鬥演練。」

「**格鬥演練**？」哈利不敢相信地重複著。「他以為我們在這裡做什麼，籌組一支什麼巫師軍隊嗎？」

「那正是夫子認為你們在進行的，」天狼星說，「或者該說是，那正是他害怕鄧不利多所要做的——籌組他自己的私人軍隊，這樣他就有本錢對付魔法部。」

他們停頓了一會，接著榮恩說：「這是我所聽過最荒謬的事，連露娜．羅古德說的東西都沒這個可笑。」

「所以才要阻止我們學習黑魔法防禦術，因為夫子害怕我們會用魔法對付魔法部？」妙麗滿臉憤怒地說。

「沒錯，」天狼星說。「夫子認為鄧不利多會不計一切代價奪取權力，他現在越來越怕鄧不利多，遲早會找一個藉口逮捕鄧不利多。」

這讓哈利想起了派西的信。

「明天的《預言家日報》上是不是會刊登有關鄧不利多的報導，這事你知不知道？榮恩的哥哥派西認為明天會有——」

「我不知道，」天狼星說，「我整個星期都沒有見到鳳凰會的人，他們每個都很忙。現在只有我和怪角……」

天狼星的聲音中明顯帶著一股怨氣。

「所以你也沒聽見任何關於海格的消息囉？」

「啊……」天狼星說，「這個，他現在其實應該已經回來了才對，沒有人確定他到底發生了什麼事。」一看到他們驚嚇的臉，他又趕緊追加了一句，「可是鄧不利多並不擔心，所以你們三個也不要緊張兮兮的，我確定海格很好。」

「如果說他現在應該回來了……」妙麗的聲音很小，很焦慮。

「美心夫人之前和他在一起，我們有跟她保持聯絡，她說他們在回程就分開了——不過實在看不出他究竟是受傷了，還是——哦，目前並沒有任何證據顯示他出了什麼問題。」

哈利、榮恩和妙麗都不相信，三個人焦急地互望著。

「聽著，不要問太多關於海格的問題，」天狼星急急說道，「這只會讓更多人注意到他還沒回來，我知道鄧不利多不希望如此。海格很強悍，他沒事的。」天狼星看見他們仍舊高興不起來，只好繼續說，「對了，你們下一次參訪活米村是哪一個週末？我在想，我們在車站不是用狗的偽裝躲過了嗎？我想我可——」

「**不行！**」哈利和妙麗一起大聲說道。

「天狼星，你沒有看《預言家日報》嗎？」妙麗焦急地說。

「喔，那個啊，」天狼星笑著說，「他們永遠在猜我躲在哪裡，其實並不是真的清楚——」

「是沒錯，可是我們認為這一次他們掌握到了。」哈利說。「馬份在火車上說了一些話，讓我們覺得他知道那是你，而且他父親也在月台上。天狼星——你知道的，魯休思·馬份——所以不管你怎麼做，都不要來這裡了。如果再讓馬份認出你來——」

「好啦，好啦，我懂你的意思了。」天狼星說，他看起來非常不高興。「只是個想法而已，以為你們會想要團聚一下。」

「我是想啊，我只是不希望你又被關回阿茲卡班！」哈利說。

談話停住了，天狼星從火焰中望著哈利，他那凹陷的眼睛瞇了起來。

「你沒有我原先想的那麼像你父親，」他終於說道，聲音變得非常冷酷。「你認為這是冒險，但對詹姆來說這會是挑戰。」

「聽我說——」

「好吧，我該走了，我可以聽見怪角下樓梯來了。」天狼星說，可是哈利敢肯定他是在撒謊。「我會先寫信給你，告訴你我下次進火焰的時間，這樣可以嗎？你禁得起這樣的冒險嗎？」

輕微的**劈啪**一聲之後，原本天狼星的頭所在的位置，又重新跳出了火焰。

15

霍格華茲總督察

他們原本還期待第二天早上能仔細翻閱《預言家日報》，找出派西在信中所提起的那篇文章。然而，在送報的那隻貓頭鷹剛要離開，連牛奶壺頂端的高度都還沒飛到時，妙麗已經重重驚呼了一聲，把報紙攤平——上頭出現了一幅桃樂絲．恩不里居的大相片，她正從標題底下開心微笑，朝他們緩緩眨著眼。

魔法部推動教改——

桃樂絲．恩不里居出任首位總督察

「恩不里居——『總督察』？」哈利不開心地說，他那塊吃了一半的吐司從手指滑落。

「**這**到底是什麼意思？」妙麗高聲朗讀：

「昨晚魔法部有一項驚人的措施，決議通過新的法案，賦予部會本身對霍格華茲魔法與巫術學校史無前例的監管權。

「『部長對於霍格華茲近來的情形感到越來越不安，』部長初級助理派西．衛斯理表示。『對於焦急的家長所發出的關切，他們認為校方也許正朝他們不贊同的方向走，如今部長做出了回應。』

「這已經不是康尼留斯．夫子部長在過去幾週以來第一次使用新法案推動巫師學校的改革。八月三十日，教育章程第二十二條才剛剛通過，目的是為了確保在現任的校長沒有能力提出教職人選之際，魔法部得以推派適當人選。

「『桃樂絲．恩不里居就是因此被指派為霍格華茲的教授，』衛斯理昨晚表示。『鄧不利多並未能找到任何人選，所以部長就指定了恩不里居。當然，她一上任就獲得了各方好評——』」

「她獲得**什麼**？」哈利大聲說。

「等等，後面還有。」妙麗嚴肅地說。

「『——獲得了各方好評，徹底革新了黑魔法防禦術的教學，並且就霍格華茲的真實情況為部長提供了最實在的意見。』

「鑑於恩不里居這最後一項績效，魔法部又研擬通過了教育章程第二十三條，設立霍格華茲總督察此一新職。

「『魔法部一直努力要掌控教學品質**日益低落**的霍格華茲，這項立法可說是讓我們邁入一個新階段，』衛斯理表示。『督察將有權監督其他教師，並且確保他們的教學維持一定的水準。我們已經向恩不里居教授提議，除了她原來的教職之外，另外增加此一職位。我們在此高興地宣布，她已經接受這個提議。』

「魔法部的新措施已經受到了霍格華茲家長的熱烈支持。

「『我得知鄧不利多會接受公開公平的審查之後，實在是放心多了，』四十一歲的魯休思．馬份先生昨晚在他位於威爾特的宅邸表示。『我們這些關心孩子的家長對於鄧不利多這幾年來的異常決策一直都很關切，現在知道魔法部已經密切監控這個狀況，我們實在是很欣慰。』

「在這些**異常的決策**當中，毫無疑問包括了極具爭議性的教職員人選問題，本報之前曾就此做過一系列的報導。這些爭議人選包括了狼人雷木思．路平、巨人混血兒魯霸．海格以及心智失調的前正氣師『瘋眼』穆敵。

「關於阿不思．鄧不利多的謠傳自然已經是滿天飛，這位曾經擔任過國際巫師聯盟主席以及巫審加碼首席魔法師的偉大巫師，被認為不再有能力管理聲譽卓著的霍格華茲。

「『我認為這次的督察任命，是進一步確認了霍格華茲校長一職必須由大家能信服的人選擔任。』魔法部一位官員在昨晚表示。

「對於在霍格華茲設立督察一職，巫審加碼的大老溫順．馬治邦以及太比略．歐登已經分別提出辭職表示抗議。

「『霍格華茲是一所學校，不是康尼留斯．夫子的辦公室分部，』馬治邦夫人表示。『這又是一次企圖抹黑阿不思．鄧不利多的噁心行動。』

「（關於外界宣稱馬治邦夫人勾結妖精叛亂組織的詳細報導，請參閱第十七版。）」

妙麗念完了，望著桌子對面的兩個人。

「所以現在曉得為什麼我們會上恩不里居的課了！夫子通過了這個『教育章程』，然後把她硬塞到我們這裡！而現在他還給了她監督其他老師的權力！」妙麗急促地呼吸著，她的雙眼變得炯炯有神。「我真不敢相信！這**太過分了**！」

「我知道。」哈利說。往下看著他那扣緊在桌面上的右手，看見了之前恩不里居強迫他刻進皮膚那幾個字的輪廓。

可是榮恩的臉上卻浮現一抹笑容。

「怎麼了？」哈利和妙麗瞪著他，異口同聲地說。

「喔，我等不及看麥教授被監督，」榮恩開心地說。「恩不里居不曉得自己會惹上什麼樣的對象。」

「哎呀，快點，」妙麗說，跳了起來，「我們還是趕快走吧，要是她跑去監督丙斯的課，那我們可不能遲到……」

然而恩不里居教授並沒有去監督他們的魔法史課，這堂課今天上的就和上星期一同樣沉悶。接下來他們到石內卜的地牢上兩堂魔藥學時，她也沒有出現。魔藥學的課堂上，哈利的月長石報告被批改完發了下來，上方塗著一個很大很刺眼的黑色字母「D」。

「我現在給的分數，是你們在普等巫測可能會拿到的成績，」石內卜竊笑著說，一邊在他們當中走來走去，發還作業。「這可以讓你們對考試評分的標準有點概念。」

石內卜走到了教室前端，轉身面對他們。

「這一次交出的作業水準普遍都非常差。如果這是正式考試的話，大部分的人都沒有通過。這個禮拜的報告是研究各式各樣的毒液解藥，我希望你們能更盡力，否則我就要開始罰那些拿『D』的笨蛋勞動服務了。」

他不懷好意地笑著，這時馬份也在下頭賊笑，一邊以大家都聽得見的低音量說：「有人拿到『D』啊？哈！」

哈利發現妙麗的眼睛正往旁邊瞄，打算看他拿到了什麼成績。他用最快的速度將他的月長石報告塞進書包，覺得這種成績還是別讓別人知道比較好。

哈利決心不給石內卜任何當掉他這堂課的藉口，於是將黑板上的每一行指示讀了又讀，至少有三遍之多，然後才開始實地操作。他調出來的強化魔藥雖然不是妙麗調的清澈藍綠色，但總算也是藍色的，不像奈威的是粉紅色。他在課程結束時裝了一瓶送到石內卜桌上，心裡頭混著一股毫不屈服卻又放鬆了的感覺。

「嗯，這比上禮拜要好得多了嘛，不是嗎？」妙麗說，這時他們正踩著地牢的樓梯往上爬，穿過入口大廳前去吃午飯。「而且報告成績的結果也不是那麼差嘛，對不對？」

看見榮恩和哈利都悶不吭氣，她故意說下去，「我是說，好吧，我並不指望要拿最高分，因為他是用普等巫測的標準打分數。可是以目前這個階段來說，能及格就算是不錯了吧，你們說對不對？」

哈利用喉嚨擠出了一陣表示不予置評的聲音。

「好吧，從現在到考試之前還有很長一段時間，我們有很多時間去改進。不過我們現在所拿到的分數該算是一個基準吧，對不對？算是我們可以掌握的一個起點……」

他們在葛來分多的餐桌坐下。

「當然，如果真的讓我拿到了個『O』，那我一定會**樂死**——」

「妙麗，」榮恩不客氣地說，「妳如果想要知道我們的成績的話，妳就問。」

「我不——我沒有這個意——好吧，如果你想要告訴我的話——」

「我拿了個『P』，」榮恩說，將湯舀進他碗裡。「高興了嗎？」

「喔，這沒有什麼好丟臉的啊，」弗雷說，他剛剛才和喬治以及李．喬丹來到桌邊，現在他坐到了哈利的右邊。「拿到一個健康的小『P』也挺好的。」

「可是，」妙麗說，「『P』代表的不是……」

「『不佳（Poor）』，沒錯，」李．喬丹說。「不過，還是比『D』好吧，不是嗎？『糟糕（Dreadful）』？」

哈利覺得自己的臉變得好燙，於是就著他的麵包捲掩護假裝咳嗽了一會。他咳完抬起頭卻沮喪地發現，妙麗仍舊在興奮地談著普等巫測的成績。

「所以最高分『O』是代表『傑出（Outstanding）』，」她說，「接著是『A』——」

「不對，是『E』，」喬治糾正她，「『E』代表『超乎期待（Exceeds Expectation）』。而我一直以為弗雷和我每一科都會拿到『E』，因為我們光是出現在考場就已經超乎老師的期待了。」

大家都笑了，但是妙麗除外，她繼續說下去，「所以，在『E』之後是『A』，代表『合格（Acceptable）』，而這是及格的最低分數，對吧？」

「沒錯。」弗雷說，把一整塊麵包捲泡進湯裡，接著送進嘴裡整個嚥了下去。

「接下來是『不佳』的『P』——」榮恩假裝歡呼地舉起雙手，「然後是『糟糕』的『D』。」

「然後還有『T』。」喬治提醒他。

「『T』？」妙麗問，看起來驚嚇不已。「居然還有比『D』更低的？那麼『T』代表的到底是什麼？」

「山怪（Troll）。」喬治馬上答道。

哈利又笑了，雖然他不確定喬治是不是在開玩笑。他想像著自己所有的普等巫測都拿了「T」時，努力向妙麗隱瞞的情況，一想到這裡他便下了決心，從現在開始要好好用功。

「你們上過被督察的課了嗎？」弗雷問他們。

「還沒，」妙麗馬上說。「你上過了嗎？」

「剛剛才上過，就在吃午飯之前，」喬治說。「符咒學。」

「那是什麼樣子？」哈利和妙麗異口同聲地問。

弗雷聳聳肩。

「也沒那麼糟啦，恩不里居就只是躲在角落裡頭拿塊記事板寫報告而已。你也曉得孚立維是什麼樣子，他就把她當成客人，好像完全不會干擾到他。她的話不多，問了西亞一些問題，像是平常課堂上的狀況怎麼樣，西亞告訴她上得都很好，就這樣而已。」

「我無法想像老孚立維被評得很低，」喬治說，「他的考試通常都讓大家滿好過的。」

「你們今天下午是誰的課？」弗雷問哈利。

「崔老妮——」

「如果有人會打『T』的話，就是她啦。」

「——還有恩不里居她自己。」

「哎呀，你今天可得做個乖小孩，別再跟恩不里居吵架，」喬治說。「要是你再錯過任何魁地奇練習的話，莉娜會發飆的。」

不用等到黑魔法防禦課，哈利就已經遇見恩不里居教授了。他坐在陰暗的占卜學教室最後一排，拿出他的夢境日記，榮恩戳了一下他的腰，他轉過頭一看，看見恩不里居教授從地板上的活門下冒出頭來。全班本來很開心地交談著，馬上都安靜下來。一聽見噪音突然消失，原本走來走去發著《夢論》的崔老妮教授便轉過頭察看。

「妳好，崔老妮教授，」恩不里居教授嘴咧得開開地說。「我想妳有收到我的紙條吧？通知妳督察的時間和日期？」

崔老妮教授冷冷點了點頭，一副不高興的表情，轉身背對著恩不里居教授，繼續發她的書。恩不里居教授仍舊微笑著，抓了離她最近的一張扶手椅，拖到教室前端，就在崔老妮教授座椅後頭幾吋的地方。她坐了下來，從那小碎花圖案的袋子裡拿出記事板，滿懷期待地抬起頭，等著課程開始。

崔老妮教授將她的頭巾緊緊裹住自己，兩手微微顫抖，透過她那對將眼睛放大許多倍的鏡片望著全班。

「我們今天要繼續研究預知性的夢境，」她很努力地試著用平常的神秘語調說話，可是聲音卻微微顫抖著。「請分成兩人一組，然後用這本《夢論》來詮釋你們同伴的最新睡間意象。」

她急轉了個身似乎想要回到座位上，但看到恩不里居教授就坐在後頭，趕緊又轉身走向芭蒂和文妲，她們已經在熱烈討論芭蒂最新的夢。

哈利打開他那本《夢論》，一邊偷偷瞄著恩不里居，她已經開始在記事板上記筆記了。過了幾分鐘之後她站起身，接著開始跟在崔老妮後頭繞著房間，聽她和學生的交談，並且三不五時問些問題。哈利趕緊將頭低下對著他的書。

「想一個夢出來，快點，」他對榮恩說，「免得老蟾蜍等一下走到我們這邊來。」

「上次我想過了，」榮恩抗議，「換你想了，你說一個給我聽。」

「呃，我不曉得……」哈利急急說道，他根本不記得過去幾天來有做過任何夢。「我們就說我夢見我……把石內卜淹死在我的大釜裡。好，這個不錯……」

榮恩呵呵笑著，把他的《夢論》打開。

「好，我們得把你的年齡加上你做夢的日期，這個主題的字母數目……主題要用『淹死』還是『大釜』還是『石內卜』？」

「無所謂啦，隨便挑一個。」哈利說，一邊往身後偷瞄了一眼。恩不里居教授現在站在崔老妮教授的身旁記筆記，而占卜學老師則在詢問奈威的夢境日記。

「你是哪一晚又夢到的？」榮恩說，專注計算著。

「我不曉得，昨晚吧，挑你喜歡的時間。」哈利告訴他，試著去聽恩不里居在對崔老妮教授說些什麼話。她們現在距離他和榮恩只有一張桌子遠，恩不里居教授又在她的記事板上記筆記，崔老妮教授看起來滿臉不悅。

「現在，」恩不里居教授說，抬頭望向崔老妮，「妳已經擔任這個職務多久了，精確來算？」

崔老妮教授皺眉望著她，雙臂環抱，肩膀也弓了起來，彷彿想要儘可能讓自己不因為接受督察而失去尊嚴。稍微停頓一會之後，她似乎判定了這個問題並沒有那麼不禮貌，而自己也不需要太過在意，於是她用一種極為怨恨的語氣說：「幾乎有十六年了。」

「滿長的一段時間，」恩不里居教授說，在她的記事板上記了筆記。「當初是鄧不利多教授雇用妳的？」

「沒錯。」崔老妮教授不客氣地說。

恩不里居教授又記了一段。

「妳是那位著名的占卜先知卡珊卓．崔老妮的玄孫女？」

「沒錯。」崔老妮教授說，頭稍微抬得高了一些。

恩不里居又在筆記板上寫了一段。

「可是我以為——如果我說錯了請糾正我——繼卡珊卓之後，妳是你們家族裡第一個具備第二視象的？」

「這種東西都會隔上個……呃……三代遺傳。」崔老妮教授說。

恩不里居教授那蟾蜍般的笑容咧得更開了。

「當然，」她甜甜地說，接著又記下了一筆。「那麼，妳可以為我預測一下未來囉？」她詢問性地抬頭望著崔老妮教授，仍舊笑容滿面。

崔老妮教授全身僵住了，彷彿不敢相信自己的耳朵。「我不明白妳的意思。」她說，像是痙攣一般揪住包著她那瘦脖子的頭巾。

「我要妳為我下一個預言。」恩不里居教授明確地說。

哈利和榮恩並不是目前在場唯一從書本後頭偷看偷聽的人。班上大部分的人都一動也不動地盯著崔老妮教授，而她則站直了身子，身上掛的那些珠寶首飾叮叮咚咚響著。

「心靈之眼是不接受人家對它下命令的！」她用一種羞憤的口吻說。

「原來如此。」恩不里居教授輕輕說道，在記事板上又記了一些東西。

「我——可是——可是……**等等！**」崔老妮教授突然說道，一邊試著要保持她平常的夢幻語調，不過效果不是很好，因為她的聲音憤怒地顫抖著。「我……我想我**確實**看見了一些東西……跟**妳**有關的東西……哎呀，我感受到了什麼東西……**黑暗**的東西……很可怕的危機……」

崔老妮教授用一根搖晃的手指指向恩不里居教授，而恩不里居教授繼續冷冷笑著，眉毛揚了起來。

「恐怕……恐怕妳有很可怕的危險！」崔老妮教授戲劇化地結束。

接著停頓了一會。恩不里居教授的眉毛仍然揚得高高的。

「是嗎？」她輕輕說道，再度在她的筆記板上寫起東西。「好吧，如果妳真的只能做到這樣的話……」

她轉過身，留下崔老妮教授一動也不動地站在原地，胸部急促起伏著。哈利捕捉到榮恩的眼神，曉得他和自己正想著同樣的事情：他們都曉得崔老妮教授是個大騙子，但從另一方面來說，他們兩個又實在很痛恨恩不里居教授，以至於他們覺得該站在崔老妮這一邊——這想法至少一直持續到幾秒鐘後她盯上他們兩個為止。

「怎麼樣？」她說，長長的拇指和食指伸到哈利的鼻子下，異常活潑地清脆彈了一下。

「請讓我看看兩位夢境日記的開頭如何。」

她以最大的音量解讀完哈利的夢境之後（全部的內容，甚至包括吃燕麥片的部分，並且說這顯然預言了他短命早死的悲慘命運），他對她的同情心已經減少許多。同時，恩不里居教授一直站在好幾呎以外，在那塊記事板上記筆記。直到鈴聲響起時，她是第一個爬下那座銀色梯子的人，十分鐘後當他們到達黑魔法防禦術的教室時，她人已經等在那裡。

他們進入房間時，她正在那裡面帶微笑，哼著歌。哈利和榮恩告訴妙麗占卜學課發生的事，她那時在上算命學。他們邊說邊將《魔法防禦理論》拿出來，但在妙麗來得及提任何問題之前，恩不里居教授卻已經叫所有人注意，現場馬上一片安靜。

「把魔杖收起來，」她微笑著對所有人下了指令，那些原本滿心期待拿出魔杖的人現在只好傷心地將它們放回書包。「我們上一堂課已經看過第一章，因此今天我要你們通通翻到第十九頁開始看〈第二章，普通防禦理論以及其衍生〉。看的時候請勿交談。」

她仍舊露出那咧得開開的自滿笑容，在她的桌前坐了下來。整個班級都大聲地嘆了口氣，動作一致地把書翻到第十九頁。哈利煩悶地想，不曉得這本書有沒有足夠的章節讓他們讀上一整年，就在他打算去翻目錄的時候，他注意到妙麗的手又高高舉了起來。

恩不里居教授也注意到了，不止如此，她似乎早就料到，還準備好了一套對策。她沒有假裝沒注意到妙麗，反而站了起來，繞過前幾排的桌子，和她面對面。接著她彎下身低語，不讓班上其他人聽見，「這一次又是怎麼回事，格蘭傑小姐？」

「第二章我已經看過了。」妙麗說。

「是嗎，那麼就往下看第三章。」

「那我也看完了。我整本書都看完了。」

恩不里居教授眨了眨眼，但是幾乎馬上又讓自己鎮定下來。

「是嗎？那麼妳應該可以告訴我，史林哈在第十五章對於反惡咒的說法。」

「他說反惡咒根本就不是個適當的名字，」妙麗馬上說。「他說『反惡咒』只是人們為他們施的惡咒所取的名稱，因為這樣聽起來比較具正當性。」

恩不里居教授揚起眉毛，哈利曉得她一定很佩服，儘管她不願意承認。

「可是我不同意。」妙麗繼續說。

恩不里居教授又揚了揚眉毛，目光明顯冷酷了許多。

「妳不同意？」

「沒錯，我不同意。」妙麗說，她不像恩不里居那樣低語，而是用很明亮清晰的聲音說話，因此班上其他的人老早都豎起耳朵在聽了。「史林哈先生不喜歡惡咒，對吧？可是我認為拿它們來防衛非常有用。」

「喔，是嗎，妳這麼認為是嗎？」恩不里居教授說，已經忘了要保持低語，整個人站直。「可是很抱歉，在這門課裡，重要的是史林哈先生的意見，而不是妳的，格蘭傑小姐。」

「可是——」妙麗開口。

「夠了，」恩不里居教授說。她走回教室前端並站在他們面前，原本在剛上課時所表現出的洋洋得意已經完全不見。「格蘭傑小姐，我要扣葛來分多學院五分。」

眾人馬上忿忿不平地低語著。

「為什麼？」哈利生氣地說。

「你不要又捲進去！」妙麗著急地對他耳語。

「因為她無端打擾我上課，」恩不里居教授若無其事地說。「我來這裡是要以魔法部所認可的方法來教導你們，而這種教學方法並不歡迎學生對他們不懂的議題亂做評論。你們之前這一科的老師也許比較縱容你們，不過由於他們當中沒有一個能夠通過魔法部的督察——可能只有奎若教授除外，他至少還能夠克制自己只教適合你們年齡的題材……」

「是啊，奎若真是個好老師，」哈利大聲說，「他只有一個缺點，就是頭的後面長了一個佛地魔王出來。」

哈利這番話引來了有史以來最可怕的一次靜默場面，然後——

「我看再來一個星期的勞動服務對你會有些好處，波特先生。」恩不里居不慌不忙說道。

＊　＊　＊

哈利手背上的割傷才剛剛痊癒，第二天早上又開始流血了。晚上的勞動服務他是咬著牙決不抱怨，他決心不讓恩不里居稱心如意。他一遍又一遍地寫著「我不可以說謊」，一聲都不吭，雖然說每刻一個字，傷口就越來越深。

這第二週的勞動服務最慘的部分在於莉娜的反應，就如同喬治所預測的一樣。星期二早上，哈利剛抵達葛來分多餐桌準備吃早餐時，她就堵了上來，咆哮的音量是如此之大，以至於麥教授立刻從教職員餐桌衝到他們兩人旁邊。

「強生小姐，妳**居然**在餐廳公然大呼小叫！葛來分多扣五分！」

「可是教授——他**又**把自己弄到罰勞動服務了——」

「這是怎麼回事，波特？」麥教授尖銳地說，轉向哈利質問。「勞動服務？被誰罰的？」

「被恩不里居教授罰的。」哈利低語，不敢正視麥教授那對戴著鑲珠方框眼鏡的雙眼。

「難道你是說，」她說，聲音壓得很低，以免後頭那群好奇的雷文克勞學生聽見，「我上星期一警告過你之後，你又在恩不里居教授的課堂上發脾氣了？」

「是的。」哈利低語，只敢對著地板說話。

「波特，你必須學會自制！你再這樣下去會惹出很大的麻煩！葛來分多再扣五分！」

「可是——什麼——？不行啊，教授！」哈利說，對這樣的不公正感到憤怒，「我已經被**她**處分過了，為什麼妳還要再扣分？」

「因為看來勞動服務對你一點效果也沒有！」麥教授不客氣地說。「不行，沒有什麼好說的，波特！至於妳，強生小姐，妳最好把妳大吼大叫的力氣留到魁地奇球池上，否則妳很可能會失去球隊隊長的資格！」

麥教授大步走回教職員餐桌。莉娜用極端厭惡的眼神瞪了哈利一眼，接著怒氣沖沖地離去，哈利只能一屁股坐到榮恩旁邊的長椅上生悶氣。

「她居然因為我的手每晚被割開而扣葛來分多的分數！這公平嗎，**啊**？」

「我知道，兄弟，」榮恩同情地說，撥了一塊燻肉到哈利的盤子上，「她實在激動過頭了。」

妙麗卻只在那裡翻著《預言家日報》，一句話也不說。

「妳認為麥教授是對的，是吧？」哈利生氣地對那張遮住妙麗臉龐的康尼留斯．夫子的相片說。

「我希望她沒有扣你的分，可是我認為她警告你不要去惹恩不里居是對的。」妙麗說。這同時，夫子正在頭版激動比著手勢，顯然是在做某種演說。

符咒學的課堂上，哈利從頭到尾沒和妙麗說一句話，可是一進到變形學教室，他馬上忘了要繼續跟她生氣。恩不里居教授拿著她的記事板坐在一個角落裡，哈利一見到她便把早餐發生的事都拋到腦後。

「太棒了，」榮恩說，這時他們在平常的座位上坐下。「我們等著看恩不里居遭受報應吧。」

麥教授大步走進教室，理都不理恩不里居教授，彷彿她完全不存在似的。

「好了，」她話一說完，教室便馬上安靜下來。「斐尼干先生，麻煩你到這幫忙我發作業——布朗小姐，請過來拿這盒老鼠——別傻了，小姐，牠們不會傷害到妳的——每一位發一隻——」

「**嗯哼，嗯哼**。」恩不里居教授用著開學頭一晚打斷鄧不利多的同樣伎倆，麥教授根本不理她。西莫發還哈利的作業，哈利在收下時故意不看著西莫，接著低頭一看，鬆了口氣，他拿了個「A」。

「好的，那麼各位請仔細聽好——丁．湯馬斯，你要是再對老鼠那樣，我就罰你勞動服務——你們大部分的人都已經成功把你們的蝸牛『消失』了，有些人雖然還留下了一大塊殼，也還是掌握住了這個符咒的重點。今天，我們要來——」

「**嗯哼，嗯哼**。」恩不里居教授說。

「**是的**？」麥教授說，轉過身，眉毛整個揪到一起，看起來像是一長條嚴厲的線。

「我只是在想，教授，不曉得妳是否收到了我的紙條，通知妳督察時間和日——」

「我當然收到了，否則我早就問妳跑到我的課堂上做什麼。」麥教授說，堅決地轉身背對恩不里居教授。許多學生都開心地彼此互望著。「如同我剛剛所說的，今天，我們要來練習更複雜的讓老鼠消失的消失咒，這次的消失咒——」

「**嗯哼，嗯哼**。」

「我很好奇，」麥教授憤怒地冷冷說道，轉身面對恩不里居教授，「請問妳這樣不停打斷我上課，要怎麼了解我平日的教學狀況？妳要曉得，平常若是我在說話，是不允許別人打岔的。」

恩不里居教授看起來像是被賞了一巴掌。她什麼都沒說，但是馬上將記事板上的羊皮紙拉直了，憤怒地振筆疾書。

麥教授看起來毫不在乎，再一次對全班發言。

「如同我剛剛所說的，隨著動物複雜性的提高，消失咒的困難度也會增加。蝸牛是軟體動物，算不上什麼艱難的挑戰；老鼠是哺乳類，挑戰性就比較高了，這可不是一個你們邊想著今天的晚餐菜色邊可以同時完成的咒語。好——你們都已經知道咒語的念法了，讓我看看你們能做到多少……」

「她怎麼有資格教訓我不要對恩不里居發脾氣！」哈利壓低聲音對榮恩說，可是他邊說卻邊咧嘴笑著——他對麥教授的氣已經消了一大半。

恩不里居教授並未像之前緊跟在崔老妮教授身後那樣去跟麥教授，也許她明白麥教授是不會容忍這種事的。然而，她倒是坐在角落那裡做了不少筆記，當麥教授終於說他們大家可以收東西時，她站了起來，一臉嚴峻。

「嗯，總算是個起頭啦。」榮恩說，抓起一隻拚命扭動的長長老鼠尾巴，丟回文妲傳出來的箱子。

他們魚貫走出教室時，哈利看見恩不里居教授往教師桌走去。他暗暗推了榮恩一下，榮恩又暗暗推了妙麗一下，於是三個人便故意落到隊伍最後偷聽。

「妳在霍格華茲教多久了？」恩不里居教授問。

「今年十二月就滿三十九年。」麥教授冷冷說道，啪噠一聲扣上她的袋子。

恩不里居教授記下一些東西。

「很好，」她說，「妳會在十天內收到妳的督察結果。」

「我等不及了。」麥教授說，口氣非常冷淡，大步往門走去。「動作快點，你們三個。」她又說道，趕著前頭的哈利、榮恩和妙麗走出教室外。

哈利忍不住對麥教授微微笑了一下，他發誓她也給了同樣的回應。

他以為接下來要一直等到晚上勞動服務時才會再見到恩不里居，可是他錯了。他們沿著草坪走向禁忌森林上奇獸飼育學時，便發現了她和她的記事板正在葛柏蘭教授身旁等著他們。

「這堂課通常不是由妳來上的，對不對？」哈利聽見她問，這時他們已經來到折疊桌這裡，旁邊有一堆被困住了的木精正拚命搔抓搜找著樹蝨，看起來像是一根根會動的木條。

「沒錯，」葛柏蘭教授說，手背在身後，並在那裡扭來扭去。「我是來這裡代替海格教授上課的。」

哈利焦急地和榮恩以及妙麗交換了個眼色。馬份正和克拉、高爾交頭接耳，他一定不會放過這個對魔法部官員打海格小報告的好機會。

「嗯，」恩不里居教授說，聲音壓得低低的，不過哈利還是可以聽得很清楚。「我在想——校長似乎很不願意提供我關於這件事的消息——不曉得妳能不能告訴我，為什麼海格教授會離開這麼長一段時間呢？」

哈利看見馬份焦急地抬起頭。

「恐怕幫不上忙，」葛柏蘭教授笑嘻嘻說，「我知道的也不比妳多。我收到了鄧不利多的貓頭鷹送來的信，問我要不要來上幾個禮拜的課，我就接受了，我只知道這麼多。這個……那麼我可以開始了嗎？」

「是的，請便。」恩不里居教授說，在記事板上唰唰寫著。

恩不里居在這堂課上採取了不同的策略，她在學生當中走來走去，問他們有關奇獸方面的問題。大部分的人都能夠對答如流，哈利的精神也跟著振奮了些，至少這個班沒有讓海格失望。

「大致說來，」恩不里居教授說，這時她已問完丁．湯馬斯一連串的問題，回到了葛柏蘭教授的身旁，「妳認為，以一個臨時教職員的身分——我想妳算是客觀的局外人——妳認為霍格華茲的情況如何？妳覺得妳從學校當局那裡有得到足夠的支持嗎？」

「喔，當然，鄧不利多實在是太好了。」葛柏蘭教授熱誠地說。「是的，我對一切運作的情形都非常滿意，真的非常滿意。」

恩不里居的表情仍舊很有禮貌，不過看得出來她完全不信，她在記事板上又記了一小筆，然後繼續說道，「那麼妳今年打算在這個班上教些什麼內容呢——當然，這是假設海格教授不回來的話？」

「喔，我會帶他們看過一遍普等巫測中最常出現的動物，」葛柏蘭教授說。「剩下的其實不多了，他們已經學過獨角獸和玻璃獸，我想我們會來看看醜馬伕和獅尾貓，確定他們會指認叉尾犬和魔刺蝟，妳知道……」

「嗯，至少**妳**似乎知道自己是在做什麼。」恩不里居教授說，在她的記事板上打了個很明顯的勾勾。哈利很不喜歡她故意在「**妳**」這個字上加強語氣，更不喜歡她接下來問高爾的問題。「現在，我聽說這個班上曾經有人受過傷？」

高爾傻笑起來，馬份急忙回答了問題。

「就是我，」他說。「我被一隻鷹馬抓傷了。」

「鷹馬？」恩不里居教授說，急促地記筆記。

「那都是因為他笨到不去聽海格的指示。」哈利生氣地說。

榮恩和妙麗都哀叫了一聲。恩不里居教授緩緩轉過頭，望向哈利。

「我看要再加一晚的勞動服務，」她輕輕說道，「這個，非常感謝妳，葛柏蘭教授，我想我已經知道所有我該知道的了。妳會在十天內接到妳的督察結果。」

「太好了。」葛柏蘭教授說，於是恩不里居教授便越過草坪往城堡走回去。

* * *

那晚哈利離開恩不里居辦公室時已將近午夜，他手流血的情況已經嚴重到把包紮在上頭的一整條絲巾都浸溼了。他心想現在交誼廳裡頭應該已經沒有人了，但是榮恩和妙麗卻沒睡，待在那裡等他。他看到他們好高興，特別是因為妙麗一副很同情的模樣，不像平常那樣要對他說教。

「來，」她焦急地說，遞給他一小碗的黃色液體，「把你的手泡進去，這是醃製海葵鼠鬚的榨汁，應該會有幫助。」

哈利將他那流血疼痛的手泡到碗裡，馬上就有一種鬆弛的舒服感覺。歪腿蜷在他的腿邊休息，大聲咕嚕著，接著跳到他的膝上舒服地趴下來。

「謝謝。」他感激地說，用左手搔著歪腿的耳後。

「我還是認為你應該對這提出抗議。」榮恩低聲說道。

「不要。」哈利乾脆地說。

「要是讓麥教授知道了，她會瘋掉的——」

「是的，她可能真的會。」哈利說，「你認為恩不里居需要花多久時間通過新的法案，規定馬上開除任何膽敢對總督察提出抱怨的人？」

榮恩張開嘴想要駁斥，但是一句話都說不出口，過了一會，他嘴巴又閉上，被打敗了。

「她真是個可惡的女人，」妙麗小小聲說，「**可惡透了**。你知道，你剛剛進來時我還在對榮恩說……我們得針對她採取行動。」

「我建議下毒。」榮恩悶悶不樂說。

「不……我的意思是，針對她實在是個糟糕老師這件事，而我們從她那裡又學不到任何的防禦術。」妙麗說。

「嗯，那我們又能怎麼做呢？」榮恩說，打了個呵欠。「太遲了吧，不是嗎？她已經拿到這個職位了，她也會待下來。夫子會想辦法讓她待在這裡的。」

「嗯，」妙麗怯生生說。「你們知道，我今天一直在想……」她有點緊張地往哈利看了一眼，接著鼓起勇氣說下去，「我一直在想——也許我們乾脆就——就自己來吧。」

「自己來做什麼？」哈利狐疑地說，手仍舊泡在海葵鼠鬚汁當中。

「呃——自己來學黑魔法防禦術。」妙麗說。

「別開玩笑了，」榮恩呻吟著，「妳還要我們增加工作量？妳曉不曉得哈利跟我的功課進度已經落後了，現在才第二週而已耶？」

「可是這比功課重要多了！」妙麗說。

哈利和榮恩目瞪口呆地望著她。

「我還不曉得這宇宙中有比功課更重要的東西！」榮恩說。

「別傻了，當然有。」妙麗說。哈利馬上有一種不祥的預感，因為他從她臉上看見了通常是在小精靈福進會啟發她靈感時才有的表情。「我說的是我們自己要做好準備，就像哈利在恩不里居的第一堂課中說的，這樣才有辦法去面對之後等著我們的事。我們必須能夠保護自己，如果我們一整年都沒學到東西的話——」

「我們自己也做不了什麼，」榮恩很沮喪地說。「我是說，好吧，我們可以去圖書館查一些惡咒的資料，試著去練習它們，也許就這樣吧——」

「不，我同意我們已經過了只從書本學習的階段，」妙麗說，「但我們需要一個老師，一個適當的老師，可以來為我們示範如何使用咒語，同時在我們犯錯時糾正我們。」

「如果妳指的是路平的話……」哈利開口。

「不，不，我指的不是路平，」妙麗說，「光是鳳凰會的事就讓他忙不完了，我們也只有在活米村的週末才能看見他，這樣根本不夠。」

「那要找誰？」哈利對她皺著眉說。

妙麗用力嘆了一口氣。

「這不是很明顯嗎？」她說。「我說的就是**你**啊，哈利。」

一陣沉默。榮恩身後的窗櫺被一陣輕微的晚風吹得喀啦喀啦響，火焰則在那裡劈啪跳著。

「就是我的什麼？」哈利問。

「我說的就是由**你**來教我們黑魔法防禦術。」

哈利瞪著她，接著他轉向榮恩，準備好要和他交換眼神，也就是每回妙麗想到類似小精靈福進會這種不切實際的計畫時，他們兩個會交換的厭煩眼神。但哈利很震驚地發現，榮恩臉上居然沒有厭煩的表情。

他微微皺著眉頭，一副在思索的樣子。接著他說：「這倒是個好主意。」

「什麼是個好主意？」哈利問。

「你啊，」榮恩說。「來幫我們上課。」

「可是……」

哈利笑了起來，確定這兩個人在開他玩笑。

「可是我不是老師，我沒有辦——」

「哈利，你是全年級裡黑魔法防禦術學得最好的。」妙麗說。

「我？」哈利說，現在笑得更明顯了。「喔，才不是我，妳每一科成績都比我好——」

「其實，我沒有。」妙麗冷冷地說，「你在我們三年級時——唯一一年有像樣的考試和一個真正知道自己在教什麼的老師——贏了我。可是我說的並不是考試結果，哈利，想一想你所**做過**的！」

「妳是什麼意思？」

「妳知道嗎，我不確定是否要讓這麼笨的人來教我。」榮恩對妙麗說，微微竊笑起來。他轉向哈利。

「我們看看，」他說，裝了個好像高爾在思考的表情。「喔……第一年——你從『那個人』的手中救回了魔法石。」

「可是那只是運氣好，」哈利說，「又不是靠實力——」

「第二年，」榮恩打斷他，「你殺了蛇妖，除掉了瑞斗。」

「對，可是要是佛客使沒有出現的話，我——」

「第三年，」榮恩說，音量越來越大，「你一口氣打退了一百多個催狂魔——」

「你明明知道那只是湊巧而已，要是時光器沒有——」

「去年呢，」榮恩說，現在簡直是用叫的了，「你**又**打敗了『那個人』——」

「聽我說！」哈利說，簡直要發脾氣了，榮恩和妙麗兩個都開始偷偷笑著。「聽我說完好嗎？照你這樣說，事情是很容易沒錯，可是那些都只是運氣——我有一半的時候都不曉得自己在做什麼。這通通不是我計畫好的，我只是想到什麼做什麼，而且幾乎每次都有人幫忙——」

榮恩和妙麗仍舊在偷笑，哈利覺得火氣上來了，他甚至不確定自己為什麼會這麼生氣。

「不要光坐在那裡笑，好像你們比我清楚似的，當時在場的都是我，不是嗎？」他激動地說。「我曉得實際的情形，好嗎？我之所以能通過那些，並不是因為我的黑魔法防禦術很厲害。我之所以會通過是因為——因為每次都正好有救援來到，或者因為讓我猜對了——可是那都是誤打誤撞，當時我根本不曉得自己在做什麼——**不要笑了！**」

裝海葵鼠鬚汁的碗翻在地上砸碎了。哈利意識到自己已經站著，但是卻不記得是怎麼站起來的。歪腿溜到了一張沙發下頭。榮恩和妙麗的笑容都消失了。

「**你們根本就不曉得那是什麼感覺！**你們——你們兩個都一樣——你們從來就不用去面對他，不是嗎？你們以為這只是背下一些咒語然後對他發出去，就像你們在課堂上練習的那樣嗎？每一分每一秒你都知道自己和死亡之間只差那麼一步——什麼頭腦或勇氣或什麼的都沒有用——還以為有時間用腦子去想，那種情形都是差一秒就會死掉，或是被抓去嚴刑拷打，或是看著你的朋友們死去——他們在課堂上從來就不會教這些，不會告訴你怎麼去處理這種情況——而你們兩個居然還坐在那裡，假裝我之所以能活生生站在這裡是因為我很聰明，好像西追很笨，好像他全部都做錯了——難道你們不懂嗎？當時死的很有可能就是我，如果不是佛地魔當時想要利用我的話，那我早就已經——」

「我們並沒有在說那件事啊，兄弟，」榮恩說，滿臉驚嚇。「我們並沒有在批評西追，沒有——你真的誤——」

榮恩不知所措地望向妙麗，她的表情也是飽受打擊。

「哈利，」她膽怯地說，「你不明白嗎？這……這就是為什麼我們需要你的原因……我們需要知道那到底——到底是什麼感覺……去面對他……去面對佛——佛地魔的時候。」

這是她第一次說出佛地魔的名字，而也正是這個原因，讓哈利冷靜下來。他仍舊氣喘吁吁，癱坐回椅子上，同時意識到自己的手又開始劇烈疼痛。他真希望自己剛剛沒打破那碗海葵鼠鬚汁。

「這個……你就考慮看看吧，」妙麗說。「拜託？」

哈利實在不知道該再說些什麼，開始對自己剛才發脾氣的行為感到羞愧。他點了點頭，不曉得自己到底在同意什麼。

妙麗站了起來。

「好吧，我要上床睡覺了。」她說，聲音明顯聽得出是硬裝成若無其事。「呃……晚安。」

榮恩也起身。

「要一起走嗎？」他很不自在地問哈利。

「好，」哈利說。「馬……馬上就去，我把這個收一下就好。」

他指著地上的破碗，榮恩點點頭離開了。

「復復修。」哈利低語，用魔杖指著那些瓷器碎片。它們飛起來拼湊到一起，完好如新，可是那些海葵鼠鬚汁卻沒能回到碗裡頭。

突然間他覺得好疲倦，好想再坐回扶手椅上，好好睡一覺，但還是逼自己站起來，跟著榮恩上樓。這天晚上他又開始做惡夢了，夢見那些長長的走廊和那些深鎖的門，第二天醒來時，他頭上的傷疤又開始刺痛。

16 豬頭酒吧

在最初的提議之後，妙麗有兩個星期的時間都沒有再提要哈利教授黑魔法防禦術的事。哈利被恩不里居罰的勞動服務終於告一段落（他懷疑，那些現在已經刻進他手背的字，以後到底會不會褪掉），榮恩又做了四次的魁地奇練習，最後兩次終於沒有遭到責罵。三個人都成功地在變形學課將老鼠變消失了（妙麗其實已經進展到讓小貓消失），然後在九月底一個狂風大作的夜晚，這個話題又被提了起來。當時他們三個坐在圖書館裡，在查石內卜課程中的魔藥成分。

「我在想，」妙麗突然說，「你後來有沒有再想過黑魔法防禦術的事，哈利。」

「我當然有想過，」哈利埋怨說，「怎麼可能忘得了，一天到晚在上那個老巫婆的課——」

「我指的是榮恩和我提的那個主意——」榮恩用警覺、威脅的眼光瞪了妙麗一眼，她對他皺眉，「——喔，好吧，就算是我一個人的主意好了——關於要你來教我們的事情。」

哈利沒有馬上回答，他假裝正在翻《亞洲獸毒解藥大全》的某一頁，因為他並不想說出心裡的想法。

過去這兩週，他已經將這件事仔細考慮過。有時想想，這好像真的是個瘋狂的主意，就像那一晚妙麗提出時給他的感覺一樣。可是另外一些時候，他發現自己是在思索，當初和那些黑生物以及食死人搏鬥的時候，幫助自己最大的到底是哪些咒語——他發現自己，事實上，已經不知不覺地開始計畫課程內容了……

「這個，」他緩緩說道，因為他實在無法再假裝《亞洲獸毒解藥大全》很好看了，「對啊，我——我有想過一些。」

「然後呢？」妙麗急問。

「我不曉得。」哈利說，故意拖延時間，他抬頭望向榮恩。

「我從一開始就認為這是個好主意。」榮恩說，現在似乎比較積極地在參與這場對話，因為他確定哈利不會再大吼大叫了。

哈利不自在地在椅子上挪了挪身體。

「我說過那大部分都是運氣的關係，這一點你們有聽進去吧，對不對？」

「有，哈利，」妙麗溫和地說。「可是不管怎麼樣，都沒有必要假裝你對黑魔法防禦術不在行。你是去年唯一有辦法完全抵抗蠻橫咒的人，你能夠召喚護法咒，你可以使出各種成年巫師不會的咒語，維克多每次都說——」

榮恩馬上轉過頭看她，速度快得似乎扭到了脖子。他揉著脖子說道：「是嗎？小維說了些什麼？」

「呵呵，」妙麗懶洋洋地說。「他說哈利有辦法做一些連他都做不到的事情，他都已經在念德姆蘭的最後一年了。」

榮恩懷疑地瞪著妙麗。

「妳該不會還跟他有來往吧，有嗎？」

「有又怎麼樣？」妙麗冷冷地說，不過她的臉卻微微泛紅了起來。「如果我想要交一個筆友，當然可——」

「他可不只是想要當妳的筆友而已。」榮恩指責說。

妙麗厭煩地搖了搖頭，不再理會榮恩，他卻仍繼續瞪著她。妙麗對哈利說，「怎麼樣，你覺得呢？你願不願意教我們？」

「就只有妳跟榮恩？」

「嗯，」妙麗說，看起來又有一點焦急了。「嗯……這個，哈利，你不要又突然發脾氣，拜託……可是我真的認為只要有人想學，你都應該教。我是說，我們現在可是在談要保護自己對抗佛——佛地魔。喔，別那麼沒用好不好，榮恩。如果我們不把這個機會提供給別人，好像不公平。」

哈利考慮了一會，接著說：「好吧，可是我懷疑除了你們兩個以外，還會有誰願意來讓我教。我是個瘋子，記得嗎？」

「這個嘛，如果你知道有多少人有興趣要來聽你『教課』，你可能會嚇一跳。」妙麗嚴肅地說。「聽著，」她傾身靠向哈利——榮恩原本還在皺眉觀望，現在也傾向前來聽——「你知道十月的第一個週末是活米村週吧？我們要不要對那些想來聽的人說，到時候在村子裡和我們碰頭，然後大家一起來討論？」

「為什麼非要跑到學校外面去談？」榮恩問。

「因為，」妙麗說，又開始畫她原先在臨摹的中國脆白菜簡圖，「恩不里居如果發現了我們的計畫，我看她會不太高興的。」

＊＊＊

哈利一直期盼著活米村週末活動的到來，但是有一件事讓他很擔心。天狼星從九月初在火爐中出現之後，就一直冷漠地不再與他們聯絡。哈利知道，他對他們不希望他再露面的事感到非常生氣，但哈利仍不時擔心天狼星會一時衝動，不管三七二十一的出現。到時候如果那隻黑色大狗真的沿著活米村的大街朝他們走過來，一旁也許還站著跩哥．馬份，那他們該怎麼辦？

「哎呀，你也不能怪他想要出來透透氣，」當哈利把他的恐懼向榮恩和妙麗表示時，榮恩說。「我是說，他已經逃亡了兩年，不是嗎？我知道那滋味一定不好受，不過至少他還是自由的，對不對？可是他現在卻又一天到晚跟那個討人厭的小精靈關在一起。」

妙麗不高興地瞪著榮恩，倒並沒有因為他這樣辱罵怪角而說什麼。

「問題是，」她對哈利說，「除非佛——佛地魔——喔，**拜託你**，榮恩——除非他公開現身，不然天狼星就得一直躲著，不是嗎？我是說，這個笨蛋魔法部不會明白天狼星是無辜的，除非有一天他們肯承認鄧不利多說的都是實話。等這些傻瓜再開始去抓真的食死人，那時就可以證明天狼星的清白了……我的意思是，他身上沒有黑魔標記，這就是一個證據。」

「我想他不會真的笨到隨便跑來，」榮恩討好地說。「真要如此，鄧不利多會氣瘋。天狼星一向很聽鄧不利多的話，就算有時候不滿意也還是會聽。」

看見哈利仍舊憂心忡忡的，妙麗便說：「聽我說，榮恩和我已經挑選了一些對學習黑魔法防禦術可能有興趣的人，而且也和他們提過這件事，結果真的有幾個人很有興趣。我們告訴他們到時候在活米村碰面。」

「好。」哈利敷衍著說，他心裡仍舊想著天狼星。

「不用太擔心，哈利，」妙麗小聲地說。「就算少了天狼星，你也已經有夠多事要操心的了。」

當然，她說得很對，他的功課幾乎都趕不上，好在他現在不用每晚被恩不里居罰勞動服務，時間變得比較充裕。榮恩的功課落後得甚至比哈利還要嚴重，因為雖然他們兩個每週都做兩次魁地奇練習，但榮恩另外還有級長的工作要做。然而妙麗，她修的科目比他們任何一個都要多，不只能把所有作業做完，甚至還有時間編織更多的小精靈衣服。哈利必須承認她的功力不斷在進步，現在他幾乎可以分辨出她織的哪一些是帽子，哪一些是襪子了。

參訪活米村的那個早晨，天空很晴朗，風也很大。吃完早飯後，他們一個個在飛七面前排好隊，他翻著那張長長的名單核對名字，上頭列的學生都是經過家長或監護人同意參觀村子的。哈利突然想起，要不是有天狼星的簽名，他根本就去不了活米村。

哈利走到飛七面前的時候，管理員用力嗅著他，彷彿想從哈利身上偵查出某種氣味。接著他冷酷地點了點頭，下巴贅肉又跟著晃動起來，於是哈利便繼續向前走，上了石階，走向那冷冷的陽光下。

「呃——飛七為什麼要那樣聞你？」榮恩問，這時他、哈利和妙麗已經沿著那條寬廣的步道輕快地往大門走去。

「我猜他是想檢查有沒有屎炸彈的味道，」哈利微微一笑說。「我忘了告訴你們……」

於是他講起先前那段經歷，說出他寄信給天狼星，以及飛七在幾秒鐘後闖入，要求檢查信件的整個經過。他有些驚訝地發現，妙麗居然對這件事非常感興趣，事實上，比哈利自己還要感興趣。

「他說有人向他密告你在訂屎炸彈？可是誰會跑去向他密告呢？」

「我不曉得，」哈利說，聳了聳肩。「也許是馬份吧，他會認為這樣很好玩。」

他們在一根根高石柱當中走著，柱子的頂端立著長翅膀的野豬，隨後他們轉向左邊通往村子的道路，風不停將他們的頭髮打到眼睛上。

「馬份？」妙麗說，一副懷疑的樣子。「嗯……對……也許……」

然後，一直到進入活米村的外圍她都沒有再講話，努力思考著。

「我們到底是要走到哪裡去？」哈利問。「三根掃帚嗎？」

「喔——不，」妙麗說，這時她才回過神來，「不是，那裡永遠都擠得要命，又吵。我跟其他人說了到『豬頭』碰面，就是另一家酒吧，你知道的，那不是在大馬路上。我想那一家有一點……你知道……亂……可是學生們通常不會到那裡去，所以我認為我們不會被偷聽什麼的。」

他們沿著大路走過了桑科的惡作劇商店，在那裡看見了弗雷、喬治以及李．喬丹，這一點都不足為奇。接著他們經過郵局，貓頭鷹會在固定的時段從郵局發派出去。最後他們走上一條後街，路的頂端是一家小小的酒館。店門上方是一個生鏽的水桶，吊著一塊破爛的木頭招牌，上面畫的是一個切下來的野豬頭，血不停滴在它周圍的白布上。他們走近時，招牌讓風吹得咿呀響。三個人站在門外猶豫著。

「好吧，走啊。」妙麗有一點緊張地說，哈利帶頭走了進去。

這裡完全不像三根掃帚，那裡的空間很大，讓人感受到帶有光澤的溫暖與清潔，而豬頭酒吧是一個又小又窄的房間，很髒，可以聞到一股濃濃像山羊身上的怪味道。底層的窗戶都積滿了塵垢，陽光很難射進房間裡，房裡的照明只好靠粗糙木桌上點著一些快要燒完的蠟燭頭來解決。乍看之下，地板好像是用泥土壓平做成的，可是哈利一踩上去才明白，那原來都是石頭，只不過上面已經積了不知有幾世紀的灰塵。

哈利記得在他一年級時，海格曾提過這間酒吧。「『豬頭』裡面的怪胎多得很。」他曾經這麼說過，並解釋他是如何從一名戴頭罩斗篷的陌生人那裡贏來一顆龍蛋。當時哈利還覺得很好奇，這個陌生人在會面當中一直都把臉遮著，海格怎麼會不感到奇怪。現在他明白了，在豬頭酒吧裡，將臉遮起來是件很平常的事。在吧台那裡有個男的整個頭都裹在髒兮兮的灰色繃帶裡，不過他還是有辦法透過嘴部的一條細縫，一杯接一杯地喝下某種冒煙又冒火的飲料。其中一扇窗戶旁的桌位上坐著兩個包著頭罩斗篷的身影，要不是聽見了他們用約克郡的口音在交談，哈利會以為那是兩個催狂魔。在火爐旁的一個陰暗角落坐著一個女巫，臉上包著厚厚黑黑的面紗，一直垂到她的腳趾。他們只能看到她的鼻尖，因為那使得面紗稍微凸了起來。

「妙麗，我覺得這裡感覺不太對，」哈利低語，他們在往吧台的方向走。他特別盯著那個戴著厚重面紗的女巫。「妳有沒有想過那一個可能就是恩不里居？」

妙麗朝那個戴面紗的身影上下打量了一眼。

「恩不里居比那個女的矮，」她小聲地說。「而且不管怎麼樣，就算恩不里居來到這裡，她也不能阻止我們，哈利。因為我已經把校規查了三遍，我們沒有違規。我還特別問過孚立維教授學生到底可不可以進入豬頭，他說可以，不過他強烈建議我們要自己帶杯子。我也盡我所能地翻遍了所有關於研究社團和讀書社團的規定，上面都說絕對可以。我只是認為我們不應該太**張揚**地去做這件事。」

「沒錯，」哈利冷冷地說，「何況妳所計畫的也不完全是個讀書社團，不是嗎？」

酒保從裡面房間蹣跚地向他們走來。他是一個看起來脾氣很壞的老頭子，有著長長的灰髮和鬍子，身子又高又瘦，哈利覺得他似乎有點眼熟。

「要什麼？」他咕噥著。

「請給我們三瓶奶油啤酒。」妙麗說。

那個男的伸手往櫃台底下摸，拿出了三個沾滿了灰塵、非常髒的瓶子，摔到吧台上。

「六西可。」他說。

「我來付。」哈利馬上說，將銀幣推了過去。酒保的目光飄向哈利，在他那道傷疤上停了半秒，接著他轉過身，將哈利的錢存入一個老舊的木製收銀機。抽屜自動打開，收了錢。哈利、榮恩和妙麗退到了離吧台最遠的一張桌子坐下來，開始東張西望。包灰色繃帶的那個男人用指節敲著吧台，從酒保那裡再要來一杯冒煙的飲料。

「你們知道嗎？」榮恩低語，興奮地望向吧台。「我們想喝什麼在這裡都可以點得到，我打賭那個傢伙什麼都會賣給我們，他才不會在乎。我一直想試一試火燒威士忌——」

「你——是——一個——**級長**。」妙麗咬牙說道。

「喔，」榮恩臉上的笑容褪去了。「對喔……」

「妳說到底還有誰要來？」哈利問，他扭開奶油啤酒生鏽的瓶蓋，喝了一口。

「就只有幾個人而已。」妙麗說著，看了下錶，焦急地望著大門。「我告訴他們差不多就是這個時間，我也確定他們知道這個地方——啊，你們看，那可能就是他們了。」

酒吧的門打開。一道混濁的、滿布灰塵的陽光頓時將屋子劈成兩半，又很快消失不見，光線已經被一大群湧進來的人整個遮住了。

首先進來的是奈威、丁和文妲，後頭緊跟著芭蒂、芭瑪．巴提姊妹以及（哈利的胃突然翻騰了一下）張秋和她那群常常傻笑的女生朋友們之中的一個，接著是露娜．羅古德（她獨自一個人，一副恍惚的神情就好像是碰巧走進來似的）。再來是凱娣．貝爾、西亞．史賓特和莉娜．強生，還有柯林、丹尼．克利維兄弟、阿尼．麥米蘭、賈斯汀．方列里和漢娜．艾寶，另外一個留著及腰長辮子的赫夫帕夫女孩，哈利不曉得她的名字。還有三個雷文克勞的男孩，他很確定他們是安東尼．金坦、麥可．寇那和泰瑞．布特，還有金妮，後面又緊跟著一個高高瘦瘦、翹鼻子的金髮男孩，哈利模糊地認出他是赫夫帕夫魁地奇球隊的一員。最後進來的是弗雷、喬治和他們的朋友李．喬丹，三個人都提著大包小包，裡頭塞滿了桑科的商品。

「幾個人？」哈利粗啞地對妙麗說。「**這叫幾個人？**」

「對啊，嗯，因為這個主意似乎挺受歡迎的，」妙麗開心地說。「榮恩，你要不要再拉幾張椅子過來？」

酒保原本正在用一塊髒抹布擦著玻璃杯，那塊抹布髒到看起來像從來沒洗過，現在他整個人僵住了，他極有可能從來沒見過酒吧來這麼多人。

「你好。」弗雷說，搶第一個到吧台，一面開始清點同夥的人數，「我們可不可以來個……二十五瓶奶油啤酒？」

酒保怒目瞪著他看了一會，惱火地將抹布扔下，彷彿是一件非常重要的事被干擾了似的，再從吧台底下把一瓶瓶的奶油啤酒拿出來。

「謝啦。」弗雷說，將飲料分送出去。「吐錢吧，各位，我可沒有那麼多金子來付這全部……」

哈利麻木地望著這一大群聒噪的人從弗雷手中接過啤酒，一邊翻弄著他們的長袍尋找零錢。他無法想像這麼多人來這裡到底是要做什麼，然後他突然明白了，他們可能是來聽他發表某種演說的，於是他馬上找妙麗問話。

「妳到底對這些人說了些什麼？」他低聲說道。「他們到底是等著看什麼？」

「我跟你說了，他們只是想聽聽你有什麼話要說而已，」妙麗安撫他，可是哈利仍舊憤怒地望著她，她只好趕快追加一句，「你什麼都不用做，一開始我來跟他們說就好了。」

「你好，哈利。」奈威說，笑得好開心，挑了他對面的位子坐下。

哈利也試著笑了笑，卻說不出話，他的嘴乾得要命。張秋剛剛對他微笑了一下，她坐在榮恩的右邊。她的朋友，一個金紅色鬈髮的女孩卻毫無笑容，對哈利很不信任地打量一眼。那意思很明顯是說，如果由她做主，根本就不會來這裡。

新到的人開始三三兩兩坐到哈利、榮恩和妙麗身旁，有的人看起來很興奮，其他的人很好奇，露娜．羅古德像在做夢似地發著呆。每個人都就座之後，閒聊聲停了下來，所有的眼睛都對準哈利。

「呃，」妙麗說，她的音調緊張地拉得要比平常高。「這個——呃——大家好。」

眾人把注意力移轉到她身上，不過目光仍舊不時射向哈利。

「這個……嗯……這個，大家都知道我們為什麼會在這裡。嗯……這個，哈利有一個想法——我是說，」（哈利狠狠瞪了她一眼。）「是我有一個想法——就是想要學黑魔法防禦術的人也許應該——我指的是，真正地學，不是恩不里居給我們上的那些垃圾——」（妙麗的嗓門突然大了起來，語氣也變得更有自信）「——因為那種東西根本就不能叫黑魔法防禦術——」（「說得好，說得好。」安東尼．金坦說，妙麗聽了很開心。）「——所以，我想我們這些人應該……這個……自己來想辦法解決這個問題。」

她停下來，側眼瞥向哈利，繼續說：「我的意思是大家要積極地學習如何自衛，不是只學理論，而是實地練習咒語——」

「可是妳還是想要通過黑魔法防禦術這一科的普等巫測吧，我猜？」麥可．寇那說。

「那當然，」妙麗立刻說。「不過除此以外，我還想在防禦這方面能有更有效的訓練……因為……因為……」她吸了一大口氣把話說完，「因為佛地魔王已經回來了。」

眾人的反應直接，而且也在意料之中。張秋的朋友尖叫一聲，將奶油啤酒打翻在自己的身上。泰瑞．布特全身像是痙攣了一下，芭瑪打了個寒顫。奈威怪叫一聲，叫到一半又趕緊轉成了咳嗽。所有的人都不約而同地目不轉睛，甚至急切地注視著哈利。

「這……反正計畫就是這樣，」妙麗說。「如果你們有興趣加入，我們就得研究應該如何進——」

「妳說『那個人』回來了，有什麼證據？」那個赫夫帕夫的金髮隊員用很不友善的語氣說。

「這個嘛，鄧不利多相信他回來了——」妙麗開口說。

「妳是說，鄧不利多相信**他**吧。」金髮男孩說，腦袋朝哈利點了一下。

「**你**是誰？」榮恩很粗魯地問。

「災來耶．史密，」男孩回說，「我們有權利知道他憑什麼說『那個人』回來了。」

「聽我說，」妙麗很快地介入，「這個跟今天要開的會真的一點關連都沒有——」

「妙麗，沒關係。」哈利說。

他剛剛才弄明白為什麼會來這麼多人，他以為妙麗早該料到會有這樣的狀況。這些人當中某一部分的人——也許甚至是大部分——之所以來到這裡，是為了要聽哈利親口說故事。

「我憑什麼說『那個人』回來了？」他直直望著災來耶的臉。「我看見他了。不過鄧不利多去年就已經對全校說明了事情經過，如果你不相信他，你也不會相信我。而我，絕不會浪費一個下午的時間試著去說服每一個人。」

哈利一開口說話，所有的人似乎都屏住了呼吸。哈利感覺到就連那個酒保都在聽，他還在用那塊髒抹布擦著同一個杯子，越擦越髒。

災來耶用否決的口氣說：「鄧不利多去年只告訴了我們，西追．迪哥里被『那個人』殺了，你把西追的屍體帶回了霍格華茲。他並沒有告訴我們細節，也沒告訴我們究竟西追是怎麼被殺害的，我們都想要知道——」

「如果你來這裡是想聽佛地魔到底怎麼殺人的，那我幫不了你。」哈利說。他的火氣最近一直很大，現在又開始上來了。他的目光絕對不要離開災來耶．史密那張布滿敵意的臉，更決心不飄向張秋那邊。「我不想談西追．迪哥里的事，好嗎？所以如果你來是為了這件事，那你現在就可以走了。」

他生氣地向妙麗瞪了一眼。這都是——他心想——她的錯。她居然決定要把他當作一個怪物一樣來展覽，結果大家當然都來了，只為了想要聽一聽他的故事到底有多誇張。可是他們竟沒有一個離開座位，連災來耶・史密都沒有，不過他仍舊毫不放鬆地盯著哈利。

「所以，」妙麗說，她的音調又高了八度起來。「所以呢……像我剛剛所說的……如果大家想學一些防禦術，那我們就要研究以後該怎麼做，要多久碰一次面，要在什麼地方——」

「我聽說，」留著及腰長辮子的那個女孩打了岔，看著哈利，「你會召喚護法咒？」

大家馬上感興趣地交頭接耳起來。

「會啊。」哈利有點防衛性地說。

「實體的護法咒？」

這句話的用詞讓哈利想起了某些事情。

「呃——妳該不會認識波恩夫人吧？」他問。

女孩子微笑。

「她是我姑姑，」她說。「我是蘇珊・波恩。她跟我說了你那個聽審會的事。所以——這都是真的囉？你會召喚雄鹿形狀的護法咒？」

「是的。」哈利說。

「哇，哈利！」李說，看起來十分佩服。「我完全不知道呢！」

「媽叫榮恩不要到處亂傳，」弗雷說，對哈利嘻嘻笑著。「她說你引來的注意力已經夠多了。」

「她說得可真是沒錯。」哈利低聲說，有幾個人聽了都在笑。

那個單獨坐在角落裡的戴面紗女巫非常輕微地在座位上挪動了一下。

「那你真的用鄧不利多辦公室那把劍殺過蛇妖嗎？」泰瑞．布特追問。「那是牆上的一幅畫像去年告訴我的……」

「呃──對，沒錯。」哈利說。

賈斯汀吹了聲口哨，克利維兄弟交換了個敬畏的眼神，文妲輕輕說了聲：「哇！」哈利現在覺得領口那裡有點燥熱，他下定決心，不管眼睛往哪裡看，就是不去看張秋。

「在我們第一學年的時候，」奈威對著全體說，「他搶救了魔化石──」

「魔法石。」妙麗低聲叫著。

「對，就是那個──而且是從『那個人』手中搶回來的。」奈威把話說完。

漢娜．艾寶兩眼瞪得跟加隆硬幣一樣圓。

「其他更不用說了，」張秋說（哈利的目光轉向她那邊，她在看他，含著笑，他的胃又翻了個觔斗）。「像他在去年三巫鬥法大賽經歷過的那些考驗──通過龍群、人魚、巨大蜘蛛，還有一大堆東西……」

整張桌子都是讚嘆的低語聲。哈利的內臟整個都捲了起來，他努力控制臉部肌肉，好讓自己看起來不要太自滿。他原本下定決心要說的一段話，由於張秋剛才那樣的誇讚，使得這段話變得非常非常難說出口。

「聽著，」他說，大家立刻都安靜下來，「我……我不希望自己聽起來像是裝得很謙虛或是怎麼樣，可是……我能做到這些，其實都是因為有很多幫助的關係……」

「在龍的那一關就沒有，」麥可．寇那馬上說。「那種飛行技巧實在是太酷了……」

「是，這個──」哈利覺得再否認下去就要討人厭了。

「而且今年夏天也沒有人幫助你打敗催狂魔。」蘇珊．波恩說。

「沒有，」哈利說，「是沒有，好吧，有一些的確是我自己做到的，但我要說的重點是——」

「你是不是想要混水摸魚，任何一項技巧都不打算示範？」災來耶．史密說。

「我有個想法，」榮恩大聲說，搶在哈利來得及開口之前，「你為什麼不乾脆閉上你的嘴巴？」

可能是因為「混水摸魚」這幾個字讓榮恩聽了格外激動，無論如何，他現在狠狠盯著災來耶，看來恨不得好好揍他一頓。災來耶的臉紅了起來。

「我們來這裡是要跟他學習的，可是現在，他卻說根本沒有辦法做到這些。」他說。

「他才不是這樣說的。」弗雷咬牙說道。

「你是不是要我們幫你把耳朵通一通？」喬治問，從其中一個桑科的購物袋裡抽出一根長長的，看起來非常危險的金屬品。

「或者其他任何一個部位，真的，要捅你哪裡我們都不講究，悉聽尊便。」弗雷說。

「好，」妙麗急急說道，「我們繼續……重點是，我們是不是都同意要上哈利的課？」

大家咕噥了一陣，大致上算是同意了。災來耶雙臂環抱著，一句話也不說，這或許是因為他忙著要盯住弗雷手中那樣東西的關係。

「很好，」妙麗說，她為終於討論出一個結果而鬆了一口氣。「那，下一個問題就是我們要多久上一次課。我真的認為一星期如果上不到一次課，那還有什麼意義——」

「等等，」莉娜說，「必須確定的是，這不會衝到我們的魁地奇練習。」

「沒錯，」張秋說，「也不能衝到我們的。」

「還有我們。」災來耶．史密補充道。

「我們一定有辦法找到一個適合大家的晚上，」妙麗說，顯得稍微有點不耐煩，「大家要知道，這是件非常重要的大事，我們是在談如何保護自己對抗佛──佛地魔的食死人──」

「說得好！」阿尼．麥米蘭大吼，哈利一直在等著他發言。「就我個人而言，我認為這是非常重要的，可能是我們今年所要做的事中最重要的一件，就算是有普等巫測等著我們也一樣！」

他神氣地望著大家，彷彿等著有人大叫「當然不是！」看見沒有人反駁，他繼續說：「我，個人而言，實在不明白，魔法部為什麼要在這種艱困時期，把一個無能的老師塞給我們。很明顯，他們拒絕接受『那個人』已經回來的這件事，可是給我們這麼一個處處阻撓我們使用防禦魔法的老師──」

「我們認為，恩不里居不肯讓我們接受黑魔法防禦術的訓練，」妙麗說，「是因為她有些……有些瘋狂的主意，認為鄧不利多會利用學校的學生組成某種私人軍隊。她以為他會動員我們對抗魔法部。」

聽到這訊息，幾乎所有的人都呆住了。所有的人，除了露娜．羅古德，她發言了，「那很合理，畢竟康尼留斯．夫子自己就有他的私人軍隊。」

「什麼？」哈利說，完全被這突如其來的消息嚇到了。

「沒錯，他有一批『太陽霸』大軍。」露娜嚴肅地說。

「不可能，他沒有。」妙麗否定了。

「有，他有。」露娜說。

「太陽霸是什麼？」奈威問，看起來茫然不知。

「牠們是火精靈，」露娜說，她那對凸凸的眼睛睜得更大了，這讓她看起來比以往還要瘋狂，「又大又高的火焰生物，在大地上奔馳著，把凡是擋在牠們面前的東西，通通都給燒掉——」

「牠們不存在，奈威。」妙麗不客氣地說。

「啊，存在，牠們是存在的！」露娜生氣地說。

「很抱歉，不過證據在哪裡？」妙麗回嘴說。

「有好多親眼目睹的案例，只因為妳自己心胸狹窄，一定要每樣東西都放到妳的鼻子下面，妳才願意去——」

「**嗯哼，嗯哼**，」金妮說，學恩不里居教授學得太像，有好幾個人緊張地東張西望，然後都笑了。「我們不是要決定多久上一次防禦術課程嗎？」

「對，」妙麗馬上說，「妳說得沒錯，金妮。」

「一星期一次聽起來不錯。」李．喬丹說。

「只要不——」莉娜開了口。

「對，對，我們知道魁地奇的事，」妙麗用緊繃的語氣說。「那，另外一項就是決定會合的地點……」

這一點就比較困難了，所有人都安靜下來。

「圖書館呢？」凱娣．貝爾幾秒鐘後建議。

「我不認為平斯夫人會樂意看見我們在圖書館裡練惡咒。」哈利說。

「挑一間沒人用的教室？」丁說。

「對啊，」榮恩說，「麥教授應該會讓我們用她的，上次哈利要準備三巫大賽時，她就讓他用了。」

哈利敢肯定，麥教授這一回不會那麼慷慨。儘管妙麗說了一堆關於研究和讀書社團的合法性，他卻很清楚，這件事可能會被老師們看作極為叛逆的行為。

「好吧，那我們再想辦法吧。」妙麗說。「只要確定了第一次集會的時間和地點，我們就會把消息傳給大家。」

她在袋子裡摸索一會，拿出了羊皮紙和一枝羽毛筆，遲疑了一會，似乎是在逼自己說出某些話。

「我──我想大家都應該簽個名，這樣我們才曉得今天有誰在場。同時我也想到，」她深呼吸一口，「我們都必須同意對這件事保密。所以簽了名，就代表同意不對恩不里居或是任何人透露我們的計畫。」

弗雷伸手接過羊皮紙，很愉快地簽上他的名，哈利立刻發覺，有好幾個人聽說要把自己的名字簽在名單上，就變得非常不情願。

「呃……」災來耶拖拖拉拉，不願意接過喬治遞給他的羊皮紙，「這……阿尼一定會把集會時間告訴我的。」

可是阿尼對於簽名也是一副猶豫的樣子。妙麗對他揚起眉毛。

「我──我們是**級長**啊，」阿尼爆發了，「如果這份名單被人發現了……這，我的意思是……妳自己都說，如果被恩不里居發現了──」

「你剛才說這個團隊是你今年所要做的事中最重要的一件。」哈利提醒他。

「我──對，」阿尼說，「對，我是這樣相信沒錯，只是說──」

「阿尼，你真的認為我會讓這份名單到處流傳嗎？」妙麗試探地說。

「不，不，當然不是，」阿尼說，他顯得沒那麼焦慮了。「我──好吧，我當然會簽。」

在阿尼之後，沒有人再提反對意見，不過哈利看見張秋的朋友在簽字之前，用責備的眼神瞪了她一眼。當最後一個人──災來耶──簽完之後，妙麗將羊皮紙收回，小心地將它收進袋子裡。現在氣氛突然變得很奇怪，感覺上大家好像簽下了某種契約似的。

「好吧，時間很寶貴，」弗雷輕快地說，站了起來。「喬治、李和我還有一些敏感物品得去採購，就晚點再跟各位見面啦。」

剩下的人也三三兩兩地分別離開了。張秋坐在那裡綁她的袋子，故意綁了半天不打算走，她那頭黑色瀑布般的長髮垂在前面，遮住了她的臉。她的朋友卻站在她身旁，雙臂交疊，不斷咂著舌頭，張秋只好和她一起走。就在她朋友推著她出門時，張秋回頭一望，朝哈利揮了揮手。

「進行得挺順利的。」妙麗開心地說，幾分鐘以後，她、哈利和榮恩從豬頭酒吧走到了耀眼的陽光底下。哈利和榮恩手裡都抓著他們的奶油啤酒瓶。

「那個災來耶實在不是個好東西。」榮恩說，他怒目望著史密已經走遠的背影。

「我也不太喜歡他，」妙麗承認，「可是他在赫夫帕夫的餐桌上正好聽見我、阿尼還有漢娜的談話，他似乎非常想來，我能怎麼說呢？其實人越多越好──我是說，麥可．寇那和他的朋友本來是不可能來的，要不是他和金妮在約會──」

榮恩正在吸最後幾滴的奶油啤酒，聽到這裡飲料整個噴了出來，灑得他衣服整個都是。

「他**什麼**？」榮恩極為震怒地哇哇叫著，他的耳朵現在看起來就像生牛肉捲。「她居然跟他約——我妹妹約——妳什麼意思，麥可．寇那？」

「嗯，就是因為這樣他和他朋友才會過來的吧？我想——哎，他們顯然是對學習防禦術真的有興趣，不過如果金妮沒有告訴麥可這些事——」

「這是什麼時候的——她是什麼時候——？」

「他們是在耶誕舞會上認識的，去年年底就在一起了。」妙麗很冷靜地說。他們這時已經來到大街上，她在寫字人羽毛筆店前停下腳步，櫥窗裡擺設著一整排雉雞的羽毛筆。「嗯……我該換枝新的羽毛筆了。」

她轉身走進店裡，哈利和榮恩跟了進去。

「麥可．寇那到底是哪一個？」榮恩憤怒地質問。

「黑皮膚的那個。」妙麗說。

「我不喜歡他。」榮恩馬上說。

「還真意外啊。」妙麗低聲回嘴。

「可是，」榮恩說，跟隨著妙麗經過一整排裝在銅罐裡的羽毛筆，「我還以為金妮喜歡哈利呢！」

妙麗有點憐憫地看著他，搖了搖頭。

「金妮**以前**是喜歡哈利沒錯，可是她好幾個月前就已經放棄了。當然，這並不是說她**討厭**你。」她好意地對哈利補充一句，一面查看著一枝長長的、黑金兩色的羽毛筆。

哈利依舊滿腦子是張秋離去時的模樣，對這個話題並不像榮恩那樣有興趣，而榮恩真的是氣壞了。不過也因為談起這個話題，讓哈利明白了一些之前一直想不透的事。

「這就是她現在開始講話的原因嗎？」他問妙麗，「她以前從來不在我面前說話的。」

「完全正確，」妙麗說，「好的，我想要這一枝……」

她走到櫃台拿出了十五西可又兩納特時，榮恩仍在她脖子後面噴著怒氣。

「榮恩，」她嚴厲地說，轉過身時恰好踩上他的腳，「這就是為什麼金妮不告訴你她跟麥可約會的原因，她曉得你的反應會很惡劣。不要這樣**小題大作**的，拜託你。」

「妳什麼意思？誰反應惡劣了？我才不會什麼小題大作……」一路上榮恩都繼續嘟囔著。

趁榮恩還在那裡不停咒罵著麥可．寇那的時候，妙麗眼睛一轉，向哈利小聲地問，「講到麥可和金妮……張秋和你怎麼樣了？」

「妳什麼意思？」哈利飛快回答。

彷彿有股沸水在他體內急速上漲，使他的臉在寒冷的天氣裡也有一種刺痛的燒灼感——他真的表現得那麼明顯嗎？

「嗯，」妙麗說，微微一笑，「她的眼睛一直都離不開你呢，不是嗎？」

哈利從來沒像現在這樣，感受到活米村的風景居然是這麼的美麗。

17 教育章程第二十四條

從開學以來，就屬這個週末讓哈利覺得最快樂。他和榮恩又一次把星期天大部分的時間拿來趕功課，這事其實談不上有趣，只是秋陽還硬撐著最後一點威力，與其待在交誼廳裡，佝僂背向著桌子，不如把功課帶到外面，靠在湖邊高大的山毛櫸樹蔭下趕工。功課老早就已經做完的妙麗，隨身帶著更多的毛線，在棒針上施了魔法，讓它們在她身旁懸空替她織出更多的帽子和圍巾。

他知道他們這一群人正在想辦法努力對抗恩不里居和魔法部，而他又是其中的關鍵人物，這讓哈利感到極大的滿足。星期六開會的情形不斷浮現在他腦海：那些人都來向他學習黑魔法防禦術……當他們聽到他曾有過的英勇事蹟時，臉上那種崇拜的表情……**張秋**還稱讚他在三巫鬥法大賽中的表現很棒。這些人不但沒有把他當作是一個說謊的怪胎，反而對他非常崇敬，這讓他整個人一直到星期一早上都還感覺輕飄飄的，哪怕接下來一整天都是他最不喜歡的課，也絲毫沒影響他的好心情。

哈利和榮恩從寢室下樓，討論莉娜提議在今晚魁地奇訓練時要練習的新戰術：樹獺翻勾式。他們走過了大半個交誼廳，才發現灑滿陽光的廳裡多了一樣新東西，而且已經引起一小群人的注意。

葛來分多的布告欄上貼著一大張告示，這張告示之大，原先那些二手符咒課本拍賣清單、飛七的例行校規注意事項提醒、魁地奇球隊訓練時程表、用巧克力蛙卡片交換其他物品的告示、衛斯理兄弟徵求受試者的最新廣告、活米村週末假期的日期，還有失物招領等等的告示，都被這張新告示給遮住了。新告示上面的字體又黑又大，最底部捲曲而又整齊的簽名旁邊，還蓋著一個看來相當正式的印章。

霍格華茲總督察令諭

所有的學生組織、協會、球隊、集團以及社團，

自即日起一律解散。

自即日起，凡是人數在三人以上、定期聚會者，

都將被視為是組織、協會、球隊、集團或社團的一種。

如欲重新改組，請向總督察（恩不里居教授）申請許可。

在總督察不知情或不允許的情況下，

不許任何學生組織、協會、球隊、集團以及社團運作。

若發現任何學生，
涉嫌組織或參加任何未經總督察許可的組織、協會、球隊、集團以及社團，
都將被開除。

上述規定係依照教育章程第二十四條頒定。
簽署者：桃樂絲．珍．恩不里居總督察

哈利和榮恩越過前面一堆焦急的二年級生的腦袋，把這篇告示看完。

「這是不是代表他們要關閉多多石社啊？」一個二年級生問他身旁的朋友。

「我想多多石社不會怎麼樣的，」榮恩陰沉地說，那個二年級生嚇了一跳，立刻掉頭離開。

「我想我們可就沒那麼幸運囉，對吧？」榮恩問哈利。

哈利又把告示仔細讀了一遍，從星期六開始充滿在他心頭的快樂感覺立刻消失無蹤。他整個人都因為強烈的憤怒而顫抖不已。

「這絕對不可能是巧合，」哈利握緊拳頭，「恩不里居一定知道了。」

「她不可能知道的啊。」榮恩說。

「那間酒吧裡面一定有人偷聽我們說話。面對現實吧，我們不知道那天出現的人裡面有多少個真的可以信任……他們每一個人都有可能偷偷跑去和恩不里居通風報信……」

哈利還以為他們都信任他，甚至以為他們都崇拜他……

「災來耶．史密！」榮恩雙手一拍，「也有可能是——麥可．寇那，他看起來也是一副

狡詐的模樣——」

「不知道妙麗看到這個沒有？」哈利望著通往女生寢室的門口。

「我們去告訴她吧。」榮恩說著就往前衝去，拉開大門，往螺旋狀的樓梯走上去。

榮恩走到第六階的時候，突然傳來一聲彷彿是喇叭在哭嚎的巨響，頓時所有階梯在一團混亂中化成一道又長又平滑的石頭滑梯。有那麼短暫的幾秒鐘，榮恩還試著繼續往上跑，雙手像忙碌的風車一般死命揮動，然後就往後倒了下來，仰面沿著這道新形成的滑梯咻地滑了下來，一直滑到哈利腳邊。

「嗯——我想我們可能沒辦法進入女生寢室喔。」哈利邊說邊把榮恩拉起來，而且還得用力忍住才沒有笑出來。

兩個四年級的女生從樓梯上有說有笑地溜了下來。

「噢，是誰想要上樓啊？」她們兩個呵呵笑，跳著站了起來，眼睛還不停看著哈利和榮恩。

「是我，」仍然相當狼狽的榮恩說，「我不知道樓梯會變成這樣，這真是太不公平了！」榮恩跟哈利抱怨。那兩個四年級的女生朝畫像洞口走去，還是不停呵呵笑。「妙麗都可以進我們寢室，為什麼我們不能進她的寢室——？」

「這是老傳統了，」妙麗姿態優雅地溜到他們身前的地毯上，正好要站起來。「而且呢，《霍格華茲：一段歷史》裡面說，創建學校的人認為女生要比男生值得信賴。好了，快說你為什麼想要上樓呢？」

「為了要找妳啊——快來看這個！」榮恩把妙麗拉到布告欄旁邊。

妙麗很快地把告示看過一遍，臉上表情立刻僵硬。

「一定有人跟她打小報告！」榮恩生氣地說。

「可是，這不可能啊。」妙麗的聲音很低。

「妳太天真了，」榮恩說，「妳以為每個人都像妳一樣重榮譽、做人又正直嗎？」

「不是，他們不可能洩密的，因為我在我們簽名的那捲羊皮紙上施了一個惡咒。」妙麗凝重地說，「相信我，如果任何人跑去和恩不里居打小報告，我們一定可以知道到底是誰幹的，到時候他們一定會後悔。」

「他們會有什麼下場？」榮恩急著想要知道。

「嗯，讓我這麼說好了，」妙麗說，「我施的咒語會讓艾蘿・米金的粉刺看來就像一些可愛的雀斑一樣。來吧，我們先去吃早餐，看看其他人怎麼想……不知道是不是所有的學院裡都貼上了這個告示？」

他們才一進到餐廳，就很確定恩不里居的告示不只貼在葛來分多塔而已。人群嘰嘰喳喳的聲音裡，透著一種少見的緊張氣氛。餐廳裡面也多了些人在不同的桌子之間跑來跑去，討論告示上公布的事情。哈利、榮恩和妙麗才剛坐下來，奈威、丁、弗雷、喬治和金妮就跑來加入他們。

「你看到了嗎？」

「你看她是不是已經知道了？」

「我們要怎麼辦才好？」

他們都盯著哈利，哈利四面瞧了瞧，確定沒有老師在偷聽他們說話。

「就算這樣，我們也絕不罷手。」哈利小聲說。

「就知道你會這麼說。」喬治興高采烈地在哈利的手臂上搥了一拳。

「我們的級長也一樣嗎？」弗雷用逗弄的眼神看著榮恩和妙麗。

「當然囉。」妙麗很酷地說。

「阿尼和漢娜．艾寶來了，」榮恩轉過頭去，「**還有**雷文克勞學院那群傢伙和史密……可是沒有人看起來臉上有雀斑呀。」

妙麗突然驚覺了一下。

「別管什麼雀斑了，那些笨蛋現在不能到這裡來，這樣太惹人起疑了——快坐下！」她拚命對阿尼和漢娜比手劃腳，要他們趕緊回赫夫帕夫學院那邊的桌子去，「先等等！我們——**等一下**——再跟——你們——說！」妙麗用嘴形跟他們說。

「我要告訴麥可，」金妮不耐煩地說，說著就跳下板凳，「那個笨蛋，真是的……」

哈利看著金妮匆忙趕回雷文克勞那邊的桌子。張秋也坐在不遠處，跟那個她帶去豬頭酒吧的鬈髮朋友聊天。恩不里居的告示會不會嚇到張秋，讓她不敢再跟他們見面呢？

可是直到他們離開大廳準備去上魔法史的時候，才真正明白那告示的影響有多大。

「哈利！**榮恩**！」

莉娜一副氣急敗壞的模樣，匆匆忙忙朝他們趕來。

「別緊張，」哈利等莉娜到了身旁能夠聽見他說話的地方時，悄悄地說，「我們還是會——」

「你知不知道魁地奇也在那張告示的範圍裡面？」莉娜不等哈利說完馬上搶著說，「我們必須去向她申請重組葛來分多球隊的許可才行！」

「**什麼**？」哈利簡直不敢相信。

「這太扯了吧。」榮恩更是無法忍受。

「你也讀了告示吧，裡面有提到球隊啊！聽好，哈利……我只說一次……**拜託**，拜託你不要再跟恩不里居發脾氣，不然她有可能再也不讓我們打魁地奇了！」

「好啦，好啦，」眼看莉娜的眼淚都快流出來了，哈利只好趕緊答應她。「別擔心，我會控制我自己的……」

往魔法史課的路上，榮恩悶悶地說，「我敢打賭恩不里居一定也在魔法史教室裡，她還沒有監督丙斯……跟你們打賭，她一定在那裡……」

不過，榮恩卻猜錯了。他們走進教室時，只有丙斯教授單獨在那裡，跟往常一樣飄浮在他椅子上方一吋左右的地方，準備用枯燥單調的聲音繼續講他的巨人族戰爭。哈利根本沒注意丙斯教授今天的進度到了哪裡，只是無所事事地在他的羊皮紙上塗鴉，哪怕妙麗三不五時就看他一眼，或用手肘推他一把，他都不為所動。直到突然有一拳打在他肋骨上，痛得受不了，他才氣沖沖地把頭抬起來。

「**幹嘛**？」

妙麗指指窗戶，哈利朝她指的方向看過去，發現嘿美停在窄窄的窗沿，透過厚厚的玻璃眼巴巴望著他，腿上還綁著一封信。哈利不明白為什麼嘿美不像平常一樣，在剛才他們吃早餐的時候送信來，而偏偏要選在這個時候。班上許多同學的注意力這時也全部都移到了嘿美身上。

「噢，我一直都好喜歡這隻貓頭鷹喔，她真是漂亮。」哈利聽見文如小聲對芭蒂這麼說。

哈利看了看丙斯教授，他還是繼續念著他的筆記，渾然不覺今天全班同學甚至比平常更不專心。哈利悄悄離開座位，壓低身子，趕忙跑向窗戶，把窗鉤輕輕拉起來，非常緩慢地把窗戶打開。

哈利還以為嘿美會伸出腳，讓他把信拿下來，然後飛回貓頭鷹屋去。可是嘿美一等窗戶開得夠大，就馬上跳了進來，難過地叫著。哈利緊張地看著丙斯教授，一邊把窗戶關上，又壓低身子帶著肩上的嘿美迅速溜回座位。一回到座位後，他就把嘿美放到腿上，準備從牠的腳上把信拆下來。

這時候哈利才發現嘿美的羽毛簡直亂成一團，不但有些羽毛彎的角度很奇怪，連牠的翅膀也被折成一個很奇怪的角度。

「她受傷了！」哈利小聲說，把頭低下靠近嘿美，榮恩和妙麗也湊了過來，妙麗甚至還放下了手中的羽毛筆。「快看──她的翅膀有點不對勁──」

嘿美全身都在發抖，哈利碰到牠翅膀的時候，牠還痛得跳了一下，所有羽毛都豎了起來，好像吹飽了氣一樣，用斥責的眼神瞪著哈利。

「丙斯教授，」哈利大聲說，全班同學都轉過頭來看他，「我身體不太舒服。」

丙斯教授抬起盯著筆記的雙眼，發現教室裡竟滿滿的都是學生，一如往常露出困惑的表情。

「身體不太舒服？」丙斯教授含含糊糊重複哈利的話。

「我真的太不舒服了，」哈利又用堅定的語氣重複了一遍，一邊站了起來，並把嘿美藏在他身後，「我想我得去醫院廂房一趟。」

「好的，」丙斯教授有點混亂地說，「好的……好的……到醫院廂房……那你快去吧，薄京……」

一出教室，哈利立刻把嘿美放回肩上，衝上樓梯，等到看不見丙斯教室的門才停下來想該怎麼辦。要治療嘿美，海格當然是不二人選，可是他壓根不知道海格人在哪裡，所以僅有的選擇就是去找葛柏蘭教授，希望她會願意幫忙。

哈利從窗戶看出去，外頭一片陰暗，風狂雨驟。海格小屋附近完全沒有葛柏蘭教授的蹤影，如果她不在上課，就應該會在教職員休息室裡。哈利立刻下樓，嘿美在哈利肩上東搖西晃，虛弱地叫著。

教職員休息室外頭立著兩個石像鬼，哈利靠近時，其中一個用沙啞的聲音說：「你應該回教室裡去，老弟。」

「我有很要緊的事情。」哈利說。

「喔喔喔，**要緊**的事情，是吧？」另外一個石像鬼用很尖的聲音說。「**我們**就是專門在這裡處理要緊的事情的，對吧？」

哈利敲了敲門，聽見門後有腳步聲傳來。門打開的時候，他發現和他面對面的人竟然是麥教授。

「你沒有被罰另一次勞動服務吧！」麥教授立刻對哈利說，方框眼鏡反射出令人害怕的光芒。

「沒有，教授！」哈利匆忙地說。

「那你為什麼跑到教室外頭來？」

「是**要緊**的事情呢，那還用說。」第二個石像鬼故意這麼說。

「我在找葛柏蘭教授，是我的貓頭鷹，她受傷了。」哈利這麼跟麥教授解釋。

「受傷的貓頭鷹，你是說？」

葛柏蘭教授從麥教授身後冒了出來，嘴裡抽著煙斗，手中還拿著一份《預言家日報》。

「是的，」哈利小心地把嘿美從肩膀上移下來，「其他貓頭鷹信差都離開之後她才出現，而且她的翅膀很奇怪，你看——」

葛柏蘭教授咬緊嘴裡的煙斗，從哈利手中接過嘿美，一旁的麥教授也專心看著。

「嗯，」葛柏蘭教授說話時，嘴裡的煙斗輕微搖晃著，「看來是被什麼東西攻擊了，可是看不出來是被什麼攻擊的。騎士墜鬼馬有時候是會攻擊鳥類沒錯，不過海格把霍格華茲裡的騎士墜鬼馬都訓練得很好，不會輕易去碰貓頭鷹的。」

哈利不知道騎士墜鬼馬是什麼，而且他一點也不在意，他只想知道嘿美不會有事。不過，一旁的麥教授卻用銳利的眼光看著哈利說，「你知道這隻貓頭鷹飛了多遠嗎，波特？」

「嗯，」哈利說，「應該是從倫敦飛過來的，我想。」

哈利瞄了麥教授一眼，從她眉毛往中間靠攏的樣子看來，哈利知道麥教授明白「倫敦」指的就是「古里某街十二號」。

葛柏蘭教授從長袍的口袋裡掏出單片眼鏡，緊緊固定在眼窩上，仔細檢查嘿美的翅膀。「如果你把她交給我，我想我可以弄清楚究竟是怎麼一回事，波特。」葛柏蘭教授說，「而且，無論如何，幾天之內她都不應該再做長途飛行。」

「呃——好的——那謝了。」哈利說，下課鐘聲這時也剛好響起。

「就交給我吧。」葛柏蘭教授沒好氣地說，轉頭往教職員休息室裡去。

「等一下，薇米！」麥教授說，「別忘了波特的信啊！」

「啊，對！」哈利一時竟然忘記綁在嘿美腳上的信，葛柏蘭教授把信交給哈利之後，就帶著嘿美往裡面走去。嘿美瞪著哈利，好像無法相信他就這樣把牠交給葛柏蘭教授。哈利心中浮現一絲絲罪惡感，轉身要走，被麥教授給叫了回來。

「波特！」

「有事嗎，麥教授？」

麥教授看了看走廊，兩邊都有學生朝他們走來。

「千萬記住，」麥教授的聲音很小而且速度極快，眼睛盯著哈利手中的信，「這種聯絡霍格華茲內外的方式很可能已經被人監視了，明白嗎？」

「我——」哈利幾乎馬上就被從兩旁湧上的學生淹沒。麥教授匆匆向哈利點了點頭，然後就回到教職員休息室裡去，留下哈利一個人被下課的人潮推著往天井去。哈利瞥見榮恩和妙麗已經在一個隱密的角落等他，兩個人的衣領都拉了起來抵擋冷風。哈利朝他們走過去的時候拆開了信件，發現裡面只有天狼星寫的十個字：

今天晚上，老地方，老時間。

「嘿美還好吧？」妙麗一等哈利靠近就著急地問。

「你把她帶到哪去了？」榮恩問。

「我帶她去找葛柏蘭教授，」哈利說，「而且我還碰見了麥教授……聽著……」

哈利把麥教授跟他說的話全都告訴他們倆，不過讓哈利吃驚的是，他們兩個一點也不覺得訝異。相反地，他們兩個意味深長地看了對方一眼。

「怎麼了？」哈利說，看看榮恩，又看看妙麗。

「我剛剛才跟榮恩說……如果有人要攔截嘿美怎麼辦？我的意思是，嘿美從來沒有在飛行時受過傷，對吧？」

「信是誰寫的？」榮恩邊說邊把信從哈利手上拿過來。

「塞鼻子。」哈利靜靜地說。

「『老地方，老時間』？他指的是交誼廳的火爐嗎？」

「當然，」妙麗看了信件之後說，表情有點緊張，「希望沒有其他人看過這……」

「可是這封信還封得好好的啊，」哈利像妙麗一樣，試著想要說服自己，「而且不管是誰看到這封信，只要不知道先前我們和他在哪裡說話，就不可能知道這封信在說什麼，對吧？」

「我不知道，」妙麗憂心忡忡地說，上課鐘聲響起的時候，她又把書包背上肩，「用魔法把信重新封好並不難……而且，如果有人留意呼嚕網的話……可是我想不出有什麼其他辦法可以讓我們聯絡他，**同時**又不被人發現！」

他們三個人拖著沉重的步伐，心事重重地走下石階到地牢去上魔藥學。走到最底下的一階時，踋哥．馬份的聲音把他們的注意力拉了回來。他就站在石內卜教室的門外，揮舞著一張看來像是正式公告的羊皮紙，故意扯高了嗓門，好讓所有人可以把每一個字都聽得清清楚楚。

「哈，我今天一大早就去找恩不里居教授，她二話不說馬上就發給史萊哲林魁地奇球隊繼續練習的許可。我覺得這根本一點都不費力嘛，我爸經常進出魔法部，她跟我爸可熟了……我倒要看看葛來分多的魁地奇球隊是不是也能拿到許可，這一定很有趣，是吧？」

「別發火，哈利，」妙麗小聲懇求哈利和榮恩，他們兩個都惡狠狠瞪著馬份，拳頭握得死緊，「他就是要惹你們生氣。」

「我說啊，」馬份把聲音又拉得更高一些，故意往哈利和榮恩這邊看過來，灰色的眼睛閃爍著惡毒的光芒，「如果這是一個對魔法部影響力夠不夠的問題，那我看他們大概沒什麼機會了……我爸跟我說，他們好幾年來都一直想要找個理由把亞瑟．衛斯理給炒魷魚……至於波特嘛……我爸說魔法部遲早會把他送到聖蒙果魔法疾病與傷害醫院去……那裡顯然有專門替被魔法搞壞腦袋的病人準備的房間呢。」

馬份扮出一副怪臉，嘴巴張得大大的，眼睛不停打轉。克拉和高爾又發出像豬一般呼嚕呼嚕的笑聲，潘西．帕金森更是興奮得不停尖叫。

突然有個東西用力撞上哈利的肩膀，把他撞到一邊去，一會之後他才發現是奈威從他後面往馬份直衝過去。

「奈威，**不可以！**」

哈利大步向前跳過去，抓住奈威長袍的背後。奈威不停揮拳，死命掙扎著想往馬份衝過去。有那麼一會，馬份簡直嚇死了。

「快幫幫我！」哈利一隻手朝榮恩伸過去，另一隻手繞過奈威的脖子，想要把他往後拖離史萊哲林那群人。克拉和高爾站到馬份身前，雙手微曲，一副準備要大幹一場的模樣。榮恩一把抓住奈威的手臂，和哈利合力把奈威拉回到葛來分多這邊。奈威的臉脹得紫紅，哈利的手繞過他脖子，勒得他無法說話，可是他的口中還是吐出幾個奇怪的字眼。

「一點也……不好笑……不要……聖蒙果……告訴……他……」

地牢的門打開了，石內卜就站在門後，黑色的眼睛往葛來分多那邊看去，瞥見哈利、榮恩和奈威扭纏成一團。

「竟然敢打架啊，波特、衛斯理、隆巴頓？」石內卜用他輕蔑又冰冷的聲音說，「葛來分多扣十分。放開隆巴頓，波特，不然我就罰你勞動服務。所有的人都給我進教室去。」

哈利放開奈威，奈威站在原地不停喘氣，目光憤怒地瞪著哈利。

「我得攔住你才行，」哈利邊說邊撿起他的書包，「不然你一定會被克拉和高爾痛宰一頓的。」

奈威什麼也沒說，只是抓起他的書包大步走進地牢。

「我的梅林呀，」他們跟在奈威後面的時候，榮恩慢慢地說，「**那**到底是怎麼回事啊？」

哈利沒有回答他。他很清楚為什麼一提到因為魔法傷了腦子而住進聖蒙果魔法疾病與傷害醫院的病人，奈威就會這麼憤怒。不過他已經向鄧不利多發誓，絕對不會向任何人透露奈威的秘密。哪怕是奈威本人，也不曉得哈利已經知道他的秘密。

哈利、榮恩和妙麗走到教室後面的老位子坐下，拿出羊皮紙、羽毛筆和《一千種神奇藥草與蕈類》。四周的同學還在交頭接耳討論剛才奈威的事情，不過當石內卜砰一聲關上地牢大門時，所有的人都立刻自動閉起了嘴巴。

「你們會發現，」石內卜用他緩慢輕蔑的口氣說，「今天班上來了一位客人。」

石內卜手指著地牢昏暗的角落，哈利馬上就看出恩不里居教授坐在那裡，膝蓋上還放著記事板。哈利感覺大事不妙，瞄了一下旁邊的榮恩和妙麗。石內卜和恩不里居這兩個他最深惡痛絕的老師竟然會碰在一起，他還真不容易判斷到底比較恨哪一個。

「我們今天要繼續調製我們的強化魔藥。你們手上都有上節課做好的混合劑，只要你們的方法沒錯，經過一個週末應該就已經好了。步驟──」石內卜又揮了揮手中的魔杖，「就在黑板上。請開始。」

這堂課的前半個小時，恩不里居教授都坐在角落裡記東西。哈利滿腦子都在想，如果她向石內卜教授發問會是怎樣的狀況，結果又忘了去顧好他的魔藥。

「是火蜥蜴血才對，哈利！」妙麗念了他一句，趕緊抓住他的手腕，以免他第三次把錯誤的原料加到魔藥裡面去，「不是石榴汁！」

「對喔。」哈利含糊地回答著。他放下手中的瓶子之後，還是繼續往角落裡看。石內卜正在看丁．湯馬斯大釜裡的魔藥，恩不里居站起來，沿著兩排桌子往石內卜走過去，哈利輕輕發出「哈！」的一聲，就等好戲上場。

「嗯，這班學生看起來程度好像不錯喔，」恩不里居速度很快地朝著背對著她的石內卜說，「可是我卻懷疑，在這個時候就教他們像強化魔藥這樣的魔藥，到底適不適合。我想魔法部一定也不希望看見課程中包含這些東西。」

石內卜慢慢直起身體，轉過頭，看著恩不里居。

「嗯……你在霍格華茲教書多久了？」恩不里居問，羽毛筆就放在記事板上。

「十四年了。」石內卜的表情讓人摸不清他到底在想什麼。哈利眼睛盯著石內卜，順手滴了幾滴汁液到魔藥裡去，大釜發出可怕的嘶嘶聲，從原本的藍綠色變成橘色。

「你最初是申請擔任黑魔法防禦術的老師，我沒說錯吧？」恩不里居教授問石內卜。
「是的。」石內卜靜靜地說。
「可是，卻沒有成功？」
石內卜的臉垮了下來。
「我想，我應該沒猜錯。」
恩不里居教授在記事板上抄下一些東西。
「你在加入學校之後，還是一再申請教授黑魔法防禦術，是不是？」
「沒錯。」石內卜的嘴唇幾乎連動都沒有動，而且看起來非常非常生氣。
「你知不知道，鄧不利多為什麼一而再再而三拒絕你的申請呢？」恩不里居問。
「我建議妳親自去問問他。」石內卜斷斷續續說。
「啊，我當然會去問他。」恩不里居掛上她甜甜的微笑說。
「這難道有這麼重要嗎？」石內卜黑色的眼睛整個瞇了起來。
「啊，是的，」恩不里居教授說，「是的，魔法部希望能夠徹底了解老師的——嗯——背景。」
恩不里居轉過身，朝潘西．帕金森走過去，開始問她課程上了些什麼東西。石內卜看了看哈利，兩人眼神相交了一會。哈利匆忙把眼光移向他的魔藥，大釜裡面的魔藥不但凝固了，而且還發出陣陣燒焦橡膠的味道。
「又沒成績了啊，波特。」石內卜不懷好意地說，魔杖一揮又把哈利大釜裡的東西給變不見。「交一篇報告上來，寫出這種魔藥的正確成分，還必須說明你為什麼會失敗，下次上課的時候交，明白了嗎？」

「明白了。」哈利憤怒地說。石內卜已經給他們出了課後作業，他今晚還得去練習魁地奇，看來又有幾天晚上不用睡覺了。現在想起來，早上他起床的時候心情那麼好，簡直就像在騙人。他現在只巴不得這一天趕快結束。

「或許占卜學我會蹺課，」吃過午餐後，他們站在天井裡，哈利悶悶不樂地說，風吹得他的衣服和帽簷不停翻飛，「我要假裝生病，然後去寫石內卜罰我寫的報告，這樣今晚就不必熬夜到三更半夜。」

「你不行蹺占卜學。」妙麗嚴肅地跟哈利說。

「瞧瞧是誰在說話呀，沒有去上占卜學的人是妳欸，妳可是最恨崔老妮了！」榮恩忿忿地說。

「我才不恨她呢，」妙麗高傲地說，「我只是覺得她是一個糟糕透頂的老師、不折不扣的老騙子而已。哈利今天已經沒上到魔法史了，我覺得他現在一堂課都不能漏掉！」

妙麗說的話很有道理，所以半個小時之後，哈利還是出現在悶熱又有點香得過頭的占卜學教室裡，他看誰都不順眼。崔老妮教授還是一樣在發那本《夢諭》，哈利真的覺得，與其坐在這裡從一堆瞎掰的夢境裡尋找意義，不如去寫石內卜罰他寫的報告還比較有意義。

不過，教室裡心情不好的人，好像不止哈利一個。崔老妮教授在哈利和榮恩的桌上重重摔下一本《夢諭》，就嘟著嘴走開。之後她又把另外一本《夢諭》丟在西莫和丁的桌上，書還差點打到西莫的頭。崔老妮教授把最後一本《夢諭》用力甩在奈威的胸口上，害得奈威整個人從厚坐墊上跌了下來。

「好了，開始讀！」崔老妮教授扯著尖嗓大叫，簡直有點歇斯底里，「你們都知道該怎麼辦吧！難道我這個老師真的差勁到她班上學生連怎麼把書打開都不會嗎？」

全班學生都一頭霧水地看著她，然後又滿臉疑惑地看看彼此。不過，哈利猜他大概知道是怎麼一回事。崔老妮教授又爬回那張高背的教師椅，那雙透過鏡片看來大大的眼睛裡滿是憤怒的淚水。哈利把頭湊近榮恩的頭旁邊，小聲說：「我猜她已經看到她的審查報告了。」

「教授？」芭蒂．巴提（她和文妲一直都相當仰慕崔老妮教授）壓低聲音說，「教授，妳還——呃——好嗎？」

「好？」崔老妮教授情緒激動地大叫，「當然不好！我被人侮辱了……有人找上我，狠狠羞辱了我一頓……還提出毫無根據的指控……不，我一點都沒事，我好得很！」

她顫抖著深深吸了一口氣，轉頭看其他地方，憤怒的眼淚從她眼鏡底下冒了出來。

「十六年來，」她已經泣不成聲，「盡心盡力付出……結果他們根本沒看見……不，我絕不允許人侮辱我，絕不可以！」

「教授，到底是誰侮辱了妳？」芭蒂膽怯地問。

「學校！」崔老妮教授的聲音抖得厲害，「沒錯，那些人的眼睛都被塵世蒙蔽了，沒辦法像我一樣明察秋毫、無所不知……沒錯，人們總是害怕先知，先知總是不斷受到迫害……這——唉——這就是我們的命運呀。」

她大大吸了一口氣，用圍巾的一端輕輕擦了擦淚溼的臉頰，然後從袖子裡抽出一條繡有花紋的手帕，用力擤了一把鼻涕，聲音就好像皮皮鬼在吐舌頭做鬼臉一樣。

榮恩在底下偷笑，不過卻惹來文妲的白眼。

「教授，」芭蒂說，「妳指的……是不是恩不里居教授——？」

「別在我面前提到那個女人的名字！」崔老妮教授大叫，整個人跳了起來，身上的珠串響個不停，眼鏡也閃爍著光芒。「請繼續讀你們的書！」

占卜課剩下的時間，崔老妮教授就在一排又一排的學生之間走來走去，眼淚不停從眼鏡後面滴落，嘴裡喃喃小聲念東念西，好像在咒罵什麼一樣。

「……乾脆離開算了……簡直是太侮辱人了……列入觀察……等著瞧……她竟敢……」

「妳和恩不里居有一個地方很像，」黑魔法防禦術課堂上，哈利碰見妙麗的時候說，「她一定也認為崔老妮是個老騙子……看來她決定把她列入觀察。」

就在哈利說話的同時，恩不里居走進教室裡，頭上繫著黑色天鵝絨蝴蝶結，臉上滿是洋洋得意的表情。

「午安，同學們。」

「午安，恩不里居教授。」全班都無精打采地齊聲說。

「請把魔杖收起來。」

不過台下卻沒有聽見匆忙收拾東西的聲音，因為大家根本就懶得在黑魔法防禦術課堂上把魔杖拿出來。

「請翻到《魔法防禦理論》第三十四頁，開始念第三章〈遭魔法攻擊時的非攻擊性反應〉，請不要——」

「——不要說話。」哈利、榮恩和妙麗三個人壓低聲音異口同聲地說。

＊＊＊

「魁地奇練習**取消**。」那天晚上哈利、榮恩和妙麗吃過晚餐後，才一進到交誼廳，莉娜就沮喪地跟他們說。「可是，我已經控制我的脾氣了啊！」哈利的聲音聽來有些害怕，「我什麼也沒跟她說，莉娜，我發誓，我——」

「我知道，我知道，」莉娜難過地說，「她只說她需要一點時間來考慮。」

「考慮什麼？」榮恩很生氣，「她都已經給史萊哲林許可了，為什麼不肯給我們？」

不過哈利一想就知道，恩不里居藉著不准葛來分多練習魁地奇來展現威勢並取樂，他當然也明白她為什麼不想太早放棄她的威權。

「好吧，」妙麗說，「如果我們試著往好處想——至少現在你有時間寫石內卜要你交的報告了！」

「這算哪門子的好處啊？」哈利馬上回了她一句，榮恩更是難以置信地瞪著妙麗，「不能練習魁地奇，還要寫額外的魔藥學作業，這也叫好？」

哈利跌坐進一張椅子裡，心不甘情不願地從書包裡拿出魔藥學的報告開始寫，可是一直沒辦法專心。他明知道天狼星還要很久才會出現在火爐裡，還是忍不住三不五時就往爐子那邊瞄一眼，生怕會錯過什麼。交誼廳裡吵得不得了，弗雷和喬治終於把摸魚點心盒改良完成，兩人輪流向一群高興歡呼的人展示他們的成果。

首先，弗雷咬那顆軟糖橘色的一頭，咬一口之後就對著水桶大力嘔吐。然後再吞下軟糖紫色的那一頭，嘔吐立刻停止。一旁協助表演的李．喬丹每隔一段時間，就會懶懶散散地用石內卜在課堂上經常讓哈利的魔藥消失的消失咒把嘔吐物變不見。

反胃、嘔吐、歡呼的聲音不斷傳來，弗雷和喬治也不斷接受人群進一步的表演要求，這一切的聲音都讓哈利沒有辦法專注在正確的強化魔藥配方上。一旁的妙麗也沒能幫上什麼忙，她那不高興大力吸鼻子的聲音，穿插在喬治的嘔吐聲和歡呼聲之間，讓哈利更是無法專心。

「妳乾脆就直接去阻止他們嘛！」哈利很不耐煩地說，這已經是他第四次寫錯鷹面獅身獸爪粉的重量了，只能悻悻然地把它擦掉重寫。

「我也沒辦法，**技術上**來說，他們並沒有做什麼不對的事情，」妙麗咬牙切齒說，「他們大可以把那些噁心的東西吞下去。而且，我也找不到哪條規定說其他笨蛋不能買這些東西，除非它們有危險性，不過看來好像不是這麼回事。」

妙麗、哈利和榮恩看著喬治以拋物線的角度，把嘔出的東西吐進水桶裡，再把剩下的軟糖吞下去，直起身子，滿臉笑容地張開雙臂，接受眾人歡呼。

「嘿，我真不懂為什麼弗雷和喬治只通過三個普等巫測，」哈利看著弗雷、喬治和李向躍躍欲試的人收錢，「他們真的很有一套。」

「他們知道的東西只是炫而已，根本一點用都沒有。」妙麗顯然不以為然。

「一點用都沒有？」榮恩不認同妙麗的看法，「他們可是已經賺進二十六個加隆了耶。」

過了好久，圍繞在衛斯理雙胞胎身旁的人才漸漸散去，過了更久，弗雷、李和喬治三個人才把賺來的錢給算清楚。所以，當交誼廳裡面終於只剩下哈利、榮恩和妙麗三個人的時候，早就已經過了半夜。再過一會，弗雷離開的時候，才把通往男生寢室的門關上，故意把裝著加隆的盒子搖得叮叮噹噹響，惹得妙麗臉都沉了下來。眼看魔藥學的作業一點進展也沒有，哈利決定今晚就到此為止。當他把書收進書包的時候，坐在一旁扶手椅上打瞌睡，還發出含糊的呼嚕呼嚕聲的榮恩突然醒過來，睡眼惺忪地往火爐裡面看。

「天狼星！」榮恩叫了出來。

哈利立刻跑過來，天狼星亂成一團的黑髮又出現在火焰裡面。

「嗨。」天狼星笑著說。

「嗨。」哈利、榮恩、妙麗三個人都跪在火爐邊的地毯上。歪腿大聲喵喵叫，不管火有多熱，還是靠近火爐邊，把臉往天狼星的臉湊上去。

「最近還好嗎？」天狼星問。

「不太好，」哈利說。妙麗把歪腿拉回來，以免牠的鬍鬚被烤焦。「魔法部又強行通過了另外一項法令，結果我們連魁地奇都沒辦法繼續打——」

「那秘密的黑魔法防禦陣線呢？」天狼星說。

四個人都沉默了一會。

「你怎麼知道這回事？」哈利問。

「你們應該找個更合適的地點碰面才對，」天狼星的嘴咧得更大了，「竟然會在豬頭酒吧碰面，拜託。」

「可是，那裡至少比三根掃帚好啊！」妙麗不服氣地說，「那裡老是擠滿了人——」

「擠滿人代表你們會比較不容易被人偷聽啊，」天狼星說，「你們要學的還多著呢，妙麗。」

「是誰偷聽我們說話？」哈利問。

「除了蒙當葛，還會有誰？」天狼星看到他們臉上疑惑的表情，才告訴他們，「那個圍著面紗的女巫就是他。」

「竟然是他？」哈利簡直不敢相信，「他在豬頭酒吧幹嘛呀？」

「你以為他會在那幹嘛？」天狼星很不耐煩，「當然是在監視你囉。」

「難道現在還有人在跟蹤我？」哈利很生氣地問。

「是的，沒錯，」天狼星說，「你不覺得這樣不錯嗎？如果一到週末，你腦袋裡就只想著要成立非法的防禦陣線的話。」

不過天狼星看起來既不生氣也不擔心。相反地，他還滿懷驕傲地看著哈利。

「阿當為什麼要躲躲藏藏的呢？」榮恩的語氣聽起來有點失望，「我們看到他一定會很高興的。」

「二十年前，他就被禁止進入豬頭酒吧了，」天狼星說，「而且那個酒保的記憶力驚人。史特吉被抓的時候，穆敵的備用隱形斗篷也泡湯了，所以呢，最近阿當常常得打扮成女巫的模樣……無論如何……正事要緊，榮恩，我答應你媽要帶個口信給你。」

「真的嗎？」榮恩說，聲音中透露著一絲不安。

「你媽說，不管是在什麼情況下，你都不准參加非法的秘密黑魔法防禦陣線。如果你參加了，一定會被退學，那你的前途就毀了。她說，以後還多得是時間來學怎樣防衛自己，你現在年紀還太小，用不著操心這件事。她還——」（天狼星朝哈利和妙麗兩人看去）「建議哈利和妙麗就到此為止。她沒權力管你們，不過還是請你們記住，她時時刻刻都在替你們著想。她本來是要寫信跟你們說的，但是萬一貓頭鷹被攔截，那你們麻煩就大了，再加上她今晚有任務在身，所以沒辦法親自來跟你們說。」

「哪方面的任務啊？」榮恩接著問。

「這你不用操心，反正是替鳳凰會做的事。」天狼星說，「所以囉，我才會來擔任信差，我要確認你會告訴你媽我把話都帶到了，因為我認為她並不信任我。」

四個人又沉默了一會，歪腿喵喵叫著，想要用腳掌去摸天狼星的頭，榮恩玩弄著地毯上的一個小洞。

「所以，你是要我答應絕不參加防禦陣線嗎？」榮恩最後終於含含糊糊地說出了這句話。

「我？才沒有呢！」天狼星滿臉驚訝，「我覺得那樣棒透了！」

「真的嗎？」哈利整個人都興奮了起來。

「那還用說！」天狼星說，「你認為你爸和我會乖乖地聽一個像恩不里居那樣的醜老太婆的話嗎？」

「可是——上學期你就只會叫我要多加小心，不要冒險——」

「那是因為去年所有的證據都顯示霍格華茲裡面有人想要殺你啊，哈利！」天狼星很不耐煩地說，「今年呢，卻是霍格華茲外頭有人想要把我們全都給殺光，所以我才認為學著適當地防衛自己是個很棒的主意！」

「那，如果我們被退學的話怎麼辦？」妙麗臉上有著疑惑的表情。

「妙麗，這一切可全都是妳的主意！」哈利睜大眼睛瞪著她。

「這我知道，我只是想要聽聽天狼星的看法罷了。」妙麗聳聳肩。

「我認為就算會被退學，只要能夠保護自己，還是比安安全全待在學校裡，卻絲毫摸不清頭緒來得強。」天狼星說。

「看吧，看吧。」哈利和榮恩兩個都興奮得不得了。

「那，」天狼星問，「你們要怎樣組織這個團體呢？你們要在什麼地方碰面？」

「現在問題就在這裡，」哈利說，「我們不知道有什麼地方可以去。」

「尖叫屋怎麼樣？」天狼星這麼建議他們。

「嘿，這個主意不錯喔！」榮恩激動地說，妙麗卻不表贊同。其他三個人都看著她，火焰裡頭的天狼星把頭轉向妙麗這邊。

「天狼星，你們在念書的時候，聚會只有四個人，是可以在尖叫屋碰面沒錯，」妙麗說，「而且你們四個人都可化身成動物，如果逼不得已，還可以通通擠進一件隱形斗篷裡面。可是現在我們有二十八個人，而且沒有一個人是化獸師。光只有隱形斗篷可能不夠，我看，得要隱形帳篷才行——」

「說得有道理，」天狼星看來有點沮喪，「反正，一定能夠想得出碰面的地方的。以前五樓那面大鏡子後面有很多寬敞的秘密通道，你們可以有足夠的空間在裡面練習惡咒。」

「弗雷和喬治跟我說那裡被堵起來了，」哈利搖搖頭說，「不知道是坍了還是怎麼的。」

「噢……」天狼星眉頭皺了起來，「好吧，先讓我想想，再回來——」

他突然靜了下來，臉上的表情顯得很緊張，好像有什麼事情發生了。他轉過頭，看著火爐邊扎實的磚牆。

「天狼星？」哈利焦急地說。

可是天狼星就這樣消失了。哈利瞠目結舌地看著火焰，一會之後才轉頭看榮恩和妙麗。

「他為什麼——？」

妙麗發出一聲驚叫，跳了起來，眼睛還瞪著火焰。

火焰中出現一隻手，一隻粗粗短短、戴滿醜陋老式戒指的手不停摸來摸去，彷彿要抓住什麼東西。

他們三個人轉身拔腿就跑，跑到男生寢室門邊的時候，哈利轉頭去看。恩不里居的手還在火焰裡東抓西抓，好像她很清楚剛才天狼星的頭髮到底在什麼地方，而且非抓到不可似的。

「恩不里居已經看到你的信了，哈利。只有這一個解釋。」

「妳認為是恩不里居攻擊嘿美的？」哈利憤慨地說。

「我幾乎可以確定。」妙麗嚴肅地說。「小心你的牛蛙，牠要跑掉了。」

哈利把魔杖指向那隻滿懷希望正要跳到桌子另外一邊的牛蛙──「速速前！」──牠只好悶悶不樂飛回到哈利手上。

符咒學是一個可以好好私下聊天的最佳課程。一般來說，走動活動的時候相當多，所以被偷聽到的機率比較小。今天，整間教室都是牛蛙的呱呱叫和烏鴉的ㄚㄚ叫聲，加上嘩啦嘩啦打在教室窗戶上的滂沱雨聲，使得哈利、榮恩和妙麗在小聲討論恩不里居幾乎逮到天狼星的事情時，並沒引起任何注意。

「我從飛七指控你訂屎炸彈時就開始懷疑了，因為那根本就是個笨謊。」妙麗低聲說。「我的意思是，只要有人看了你的信就會真相大白，知道你根本**沒有**訂屎炸彈，那你不就一點事也沒有──這不就變成一個無聊的惡作劇嗎？太牽強了。後來我又想，搞不好是有人藉故想偷看你的信？那，恩不里居就想到一個得來全不費工夫的完美方式──就是把消息透露給飛七，讓他去做這個骯髒的工作，沒收這封信，然後找個機會把信從飛七那裡給偷出來，或是乾脆命令他把信交出來——我想飛七不會反對的，他什麼時候維護過學生的權利了？哈利，你要把你的牛蛙給壓扁了。」

哈利朝下一看，他真的把牛蛙握得太緊，牠的眼睛都爆了出來，他趕緊把牠放在桌上。

「昨天晚上真的是太……太僥倖了，」妙麗說。「我只是很好奇恩不里居到底知道多少。默默靜。」

她用來練習靜默咒的牛蛙呱呱呱叫到一半就變啞巴，只能帶著責備的眼神瞪著她。

「如果她逮到塞鼻子——」

哈利幫她說完這句話。

「——他可能今天早上就被送回阿茲卡班了。」他根本就沒專心在揮他的魔杖，他的牛蛙脹得跟綠色的氣球一樣，發出尖銳的哨音。

「默默靜！」妙麗急匆匆說，她把魔杖指向哈利的牛蛙，牠馬上在他們面前靜悄悄洩了氣。「反正就是，他絕對不可以再這麼做了。我只是想不出該怎麼讓他知道，我們又不能叫貓頭鷹送信給他。」

「我不認為他會再冒這種危險，」榮恩說。「他又不笨，他知道自己差一點就被她抓到。默默靜。」

他面前那隻又大又醜的烏鴉，扯開嗓子發出嘲笑人的ㄚㄚ聲。

「默默靜。**默默靜！**」

這隻烏鴉ㄚㄚㄚ叫得更大聲。

「問題出在你移動魔杖的方式，」妙麗挑剔地看著他，「你不是在揮，簡直是拚命**戳**。」

「烏鴉比牛蛙還要難。」榮恩煩躁地說。

「那好，我們交換。」妙麗說，抓住榮恩的烏鴉，用她那隻胖牛蛙來交換。「默默靜！」這隻烏鴉的尖喙繼續一開一閉，但就是發不出一點聲音。

「非常好，格蘭傑小姐！」孚立維教授小又尖銳的聲音說，讓哈利、榮恩和妙麗全都跳了起來。「現在你來試試看，衛斯理先生。」

「什——？喔——喔，好，」榮恩說，十分慌張。「呃——默默靜！」

榮恩不僅把那隻牛蛙戳得太過用力，還捅到牠的眼睛。這隻牛蛙發出震耳欲聾的聲音呱呱大叫，然後跳離桌子。

一點都不意外的，哈利和榮恩的回家作業多了一項靜默咒的練習。

由於外面的雨勢太大，下課休息時間也可以隨便待在教室內，他們在一樓一間又擠又吵的教室找到座位。皮皮鬼像遊魂一樣在吊燈附近飄來盪去，不時會在某人的頭上吹爆墨水彈。他們好不容易才坐定，莉娜就從一群嘈雜的學生堆裡努力擠到他們旁邊。「我得到允許了！」她說，「可以重組魁地奇球隊！」

「**太好了**！」榮恩和哈利異口同聲。

「是啊，」莉娜笑容滿面。「我去找麥教授，我**猜**她之前可能已經去拜託過鄧不利多。不管怎麼樣，恩不里居一定得讓步了，哈！所以，我要你們今天晚上七點到球池，好，我們要把之前沒有練習到的時間補回來。你們知道我們離第一場比賽只剩三個星期嗎？」

她從他們身邊擠出去，正巧躲過皮皮鬼的一個墨水彈，結果那擊中了旁邊的一個一年級生，而莉娜已經跑不見了。

榮恩往窗外看，笑容退了一些，滂沱大雨把窗戶都變得不透明了。

「希望天氣能放晴。妳怎麼了，妙麗？」

她同樣也在盯著窗外看，又似乎不是真的在看。她的眼神茫然，眉頭深鎖。

「只是在想……」她說，依舊對著雨水沖刷的窗子皺著眉頭。

「關於天狼——塞鼻子？」哈利說。

「不……不完全是……」妙麗慢慢說。「更多的……疑惑……我想我們做的應該是正確的事……我想……不是嗎？」

哈利和榮恩對望一眼。

「哦，有理就不亂啦，」榮恩說。「如果妳自己無法找到合理的解釋，自然就會傷透腦筋。」

妙麗看著他，好像這一刻才注意到他在這裡。

「我只是疑惑，」她的聲音變得比較有力了，「不知道我們成立這個黑魔法防禦陣線是不是對的。」

「什麼？」哈利和榮恩異口同聲。

「妙麗，這一開始是妳出的主意耶！」榮恩憤慨地說。

「我知道，」妙麗把手揪成一團。「可是跟塞鼻子說過話之後……」

「他是全力支持的啊。」哈利說。

「沒錯，」妙麗又繼續盯著窗外。「沒錯，這就是為什麼我會覺得這或許根本不是個好主意……」

皮皮鬼俯趴著飄過他們，拿起射豆槍準備射擊。他們三個很自動地把書包舉起來擋住頭，一直到他飄走為止。

「那我們就直接挑明來說，」他們把書包放回地上，哈利生氣地說，「天狼星同意我們的做法，所以妳就認為我們不應該再繼續下去？」

妙麗緊繃著臉，神情慘淡，這下她盯著自己的手說：「你是真的信任他的判斷力嗎？」

「是的，當然！」哈利馬上說。「他總是給我們很棒的建議！」

一個墨水彈颼颼經過他們，正中凱娣‧貝爾的耳朵。妙麗看著凱娣跳起來，開始往皮皮鬼丟東西。有一小段時間妙麗沒有開口說半句話，好像在謹慎挑選她的遣詞用字。

「你不覺得他變得……有點……魯莽……從他在古里某街被關禁閉之後？你不覺得他……有點……想借我們的勢？」

「『借我們的勢』，妳這話是什麼意思？」哈利回嘴。

「我的意思是……他是很希望能在魔法部派來的人面前，組織一個秘密的防禦陣線……我想，他一定對他自己的處境感到相當挫敗，因為根本什麼事都做不了……所以，他很積極地想要……慫恿我們。」

榮恩看起來是徹底的困惑。

「天狼星說得沒錯，」他說，「妳**真的**就跟我媽一個樣。」

妙麗咬緊嘴唇，什麼話也沒說。正當皮皮鬼往凱娣俯衝，把整瓶墨水倒在她頭上時，鈴聲響了。

＊＊＊

過了沉悶的一天，天氣並沒有好轉。哈利和榮恩晚上七點到魁地奇球池練習，沒多久就全身溼透了，他們的腳在潮溼的草地上打滑，接著跌倒。天空陰沉沉又灰濛濛的，到了更衣間休息時，室內的溫暖和光線讓他們獲得了短暫的紓解。他們發現弗雷和喬治正在為了要不要使用自創的摸魚點心盒半路開溜，展開激烈的爭辯。

「……我打賭，她一定會識破我們的伎倆，」弗雷抿著嘴，從嘴角冒出話來。「真希望我昨天沒有賣給她那些嘔吐糖片。」

「我們可以試試發燒牛奶糖，」喬治低聲地說，「還沒有人見識過——」

「有用嗎？」榮恩滿懷希望地問。這時雨勢更加猛烈地敲打著屋簷，而風在大樓周圍怒吼狂嘯。

「這個啊，」弗雷說，「你的體溫會直線上升。」

「不過，你也會長出大粒大粒的膿瘡，」喬治說，「我們到現在還不知道該怎樣避免。」

「我看不到任何瘡啊。」榮恩說，盯著雙胞胎瞧。

「不，這你看不到的，」弗雷悄悄說，「它們不是長在我們平常露在外面的地方。」

「但你一坐上掃帚就痛到不行，那就在——」

「好了，大家，仔細聽好，」莉娜大聲說，從隊長辦公室出現。「我知道這不是個理想的天氣，不過我們跟史萊哲林對打的時候，說不定就會遇到這樣的情況，所以我們可以乘機了解一下如何應付這種天氣。哈利，上回我們和赫夫帕夫對打，遇到暴風雨，你有沒有在眼鏡上做什麼防霧措施？」

「是妙麗做的，」他說著，取出魔杖，輕輕敲一敲他的眼鏡，然後說，「止止，不透！」

「我想我們全都應該試試，」莉娜說。「如果我們可以擋掉臉上的雨，自然而然就會提高我們的能見度——大家一起來——止止，不透！好，我們開始。」

大家都把魔杖放進長袍口袋，扛起掃帚，跟著莉娜走出更衣間。

他們的腳踩在更加泥濘不堪的地上，走到運動場的正中央。即使是使用了防滲咒，能見度還是很低。光線暗得很快，層層雨幕無情沖刷著場地。

「好，聽我的哨音。」莉娜大聲說。

哈利朝地上一蹬，泥漿四濺，往上直衝，風把他稍稍吹離原定的方向。這種天氣下要怎樣才能看見金探子，他完全沒概念。他同樣也幾乎看不到那顆練習用的搏格，練習才開始，那顆搏格就差點讓他栽下掃帚，他必須用樹獺翻勾式才能倖免。可惜的是，莉娜根本沒有看到。事實上，她幾乎什麼也不可能看到，他們誰也搞不清楚其他人在做什麼。風又開始呼呼作響，即使是隔了相當遠的一段距離，哈利仍可以聽見雨水猛烈打在湖面上的重擊聲。

莉娜讓他們這樣持續了將近一個鐘頭之後才肯罷手，停止練習。她帶著全身溼透、滿臉不高興的隊員回到更衣室，仍堅持這個練習並沒有白費，雖然她的語氣一點說服力都沒有。弗雷和喬治看起來特別不高興，兩個人的腳都向外彎曲，抽搐個不停。哈利把頭髮擦乾時，聽到他們壓低聲音在抱怨。

「我的身上有些部分好像已經裂開了。」弗雷用低沉的聲音說。

「我的沒有，」喬治痛得縮了一下，「它們像瘋子一樣在抽痛……腫得跟什麼似的。」

「**哎喲！**」哈利說。

他把毛巾壓在臉上，痛得兩眼瞇得死緊。他前額的傷疤又在灼燒，比前幾個星期更加疼痛。

「怎麼了？」好幾個聲音說。

哈利的臉從毛巾後面露出來，因為他沒有戴上眼鏡，更衣室內顯得模糊不清，不過仍可以感覺到每個人的臉都向著他。

「沒事，」他咕噥地說，「我——戳到自己的眼睛，就這樣。」

但他對榮恩使了個眼色。他們倆退到一邊，其他的隊員都用斗篷把身體裹緊，拉下帽子蓋住耳朵，陸續離開。

「發生什麼事了？」榮恩說，這時西亞也從門口消失了。「是你的傷疤？」

哈利點點頭。

「但是……」榮恩有些害怕地走到窗邊，看著窗外的雨，「他——他現在——會接近我們嗎，不可能吧？」

「不可能，」哈利低聲含糊地說，倒坐在長椅上，用手揉著前額。「他距離我們大概還很遠。痛是因為……他在……生氣。」

哈利根本沒有打算要這樣說，這些話彷彿是從一個陌生人的口中說出來的——但是他一聽就知道這是千真萬確。他不明白自己為什麼這麼確定，可他就是知道。佛地魔，不管他在哪裡，不管他在做什麼，一定是在盛怒當中。

「你看到他了？」榮恩一臉驚恐地說。「你是……看到幻象，還是什麼的？」

哈利全身僵硬地坐著，瞪著自己的腳，盡量讓自己的心思和記憶在疼痛之後放鬆一下。

一個混亂模糊、令人困惑的影像，一個咆哮急促的聲音……

「他希望完成某一件事，可是這件事進行的速度不夠快。」他說。

又一次，他為這些從他自己嘴裡說出來的話感到驚訝，然而他非常肯定這是真的。

「但……你怎麼知道？」榮恩說。

哈利搖著頭，把手遮住眼睛，再用手掌心壓住。他的眼裡冒出許多小星星，他感覺得到榮恩在他身旁的長椅坐下，猛盯著他看。

「這就是上次的那種情形嗎？」榮恩壓低聲音說。「就是你的傷疤在恩不里居的辦公室痛起來的那次？是『那個人』在生氣？」

哈利搖搖頭。

「不然是什麼？」

哈利試著回想。他那時看著恩不里居的臉……他的傷疤在痛……有個古怪的感覺在他的胃裡翻攪……一個奇怪的、跳躍的感覺……一個**快樂**的感覺……可是當時，他當然分辨不出來，因為當時他只覺得自己太可憐了……

「上次，那是因為他很高興，」他說。「真的高興。他認為……有件好事要發生了。而在我們出發到霍格華茲的前一個晚上……」他回想那個時刻，那時在古里某街，在他和榮恩的臥房裡，他的傷疤疼痛不已……「他氣得發狂……」

他轉過頭看著榮恩，他正張口結舌地凝視著他。

「你可以取代崔老妮了，兄弟。」他用驚嘆的口氣說。

「我又沒有在預言什麼。」哈利說。

「沒有？你知道你現在在做什麼嗎？」榮恩說，聽起來交雜著驚恐和佩服。「哈利，**你在讀『那個人』的心啊！**」

「不是，」哈利說，搖搖頭。「更像是……他的情緒，我猜啦，我只是接收到他情緒傳來的訊息。鄧不利多去年曾說過會發生像這類的事，他說當佛地魔靠近我，或是他感到憤恨的時候，我可能會感受得到。現在連他高興的時候，我也可以感覺得到了……」

一陣靜默，風雨強勁地鞭打著整幢樓。

「有個人你一定要告訴他。」榮恩說。

「我上次就跟天狼星說了。」

「那，就跟他說這次的事！」

「不能，怎麼可能呢？」哈利冷冷地說。「恩不里居監控了貓頭鷹和火爐，記得嗎？」

「那就跟鄧不利多說。」

「我剛跟你說了，他已經知道了。」他簡短地說，站了起來，把斗篷從掛鉤上取下來披在身上。「沒有必要再跟他說。」

榮恩也把自己的斗篷披好扣緊，意味深長地看著哈利。

「鄧不利多會想知道的。」他說。

哈利聳聳肩。

「走吧……我們還有靜默咒要練習。」

他們急忙趕回去，走過又黑暗又滑又難走的爛泥巴地，一句話也沒說。哈利絞盡腦汁思索，到底佛地魔想要完成哪件進展速度不如他預期的事？

「……他還有別的計畫……一些他真的可以神不知鬼不覺進行的計畫……一些他要用偷的才能得到的東西……比方說，武器……一些他上一回手中沒有的東西……」

哈利已經有好幾個禮拜沒有想到這幾句話了，他太專注在霍格華茲發生的事，太忙於跟恩不里居永無止息的戰爭，以及在所有魔法部干預的不公正事件中求得生存……現在這些話又回到他的心裡，讓他感到疑惑……如果佛地魔無法更進一步去弄到那個**武器**，他的憤怒是很合理的，姑且不論那是什麼。鳳凰會有沒有阻撓他、制止他去奪取那個東西？它存放在哪？現在是誰在擁有？

「**惡人掌**。」榮恩的聲音說，他們穿過畫像的洞口進到交誼廳，哈利這才回過神來。

妙麗很早就上床睡覺了，留下歪腿蜷曲地窩在附近的椅子上，火爐旁邊的桌上還放著幾頂各種顏色的編織家庭小精靈帽。哈利有點慶幸她沒在旁邊，因為他不太想討論傷疤在痛的事，也不想聽她催促他去找鄧不利多。榮恩還是不斷丟給他焦慮的眼神，哈利拿出符咒課本，一副要認真完成作業的模樣，其實只是在假裝專心。一直到榮恩說他也要去睡的時候，他都沒寫出半個字來。

午夜來了又走，哈利一遍又一遍地念著一整段關於辣根菜、獨活草和噴嚏草的使用法，結果一個字都沒讀進去。

這些植物在加劇腦部燃燒上最具效果，所以經常使用在困惑劑和混沌劑裡，給那些亟欲製造激動、魯莽的巫師……

……妙麗說天狼星禁閉在古里某街裡，變得相當魯莽……

……在加劇腦部燃燒上最具效果，所以經常使用在……

……《預言家日報》如果發現他知道佛地魔的想法，一定會認為他的腦筋燒壞了……

……所以經常使用在困惑劑和混沌劑裡……

……對，就是這個字，困惑。**為什麼**他會知道佛地魔的想法？他們之間的神秘連結到底是什麼？鄧不利多從來沒給他一個滿意的解釋。

……給那些亟欲……

……哈利好想要睡覺……

……製造激動、魯莽的巫師……

……坐在火爐前的扶手椅實在是好暖和、好舒服，雨依舊猛烈打在玻璃窗上，歪腿發出呼嚕呼嚕的聲音，火焰發出劈哩啪啦的爆響聲……

書本從哈利鬆弛無力的手滑下來，掉落在火爐邊的地毯上，發出悶悶的砰一聲。他的頭垂在一邊……

他又走到了那個沒有窗子的走廊上，他的腳步聲在寂靜中迴響，他的心興奮地怦怦跳……

如果他可以就這樣把門打開……走進去裡面……

他把手伸直……他的指尖就快碰到了……

「哈利波特，先生！」

他驚醒。交誼廳的燭火已經全部熄滅，有個東西在靠近他。

「是誰？」他從椅子上坐起來。火爐的火幾乎已經全熄滅了，交誼廳裡很暗。

「多比帶了你的貓頭鷹來，先生！」一個尖銳的聲音說。

「多比？」哈利啞著聲說，透過昏暗往聲音的來源看。

家庭小精靈多比就站在妙麗放著半打毛線帽的桌子旁。他那兩隻又大又尖的耳朵從一堆帽子底下露出來，看樣子妙麗織好的帽子全部都在他頭上了。他一頂接一頂地往上堆，所以他的頭好像又變長了兩、三呎。在最高的那頂小絨球上坐著嘿美，牠安詳地嗚嗚叫，顯然是痊癒了。

「多比自願要把哈利波特的貓頭鷹送回來。」家庭小精靈吱吱叫著，帶著一臉十足崇拜哈利的表情。「葛柏蘭教授說她已經全好了，先生。」他深深鞠了一個躬，鉛筆似的鼻子刷到破舊不堪的火爐地毯表面，嘿美不高興地叫了幾聲，然後拍著翅膀飛到哈利的座椅扶手上。

「謝謝，多比！」哈利摸著嘿美的頭，拚命眨眼睛，想要把夢裡那扇門的影像給剔除掉……它實在太鮮明了。他再看了看多比，才注意到這個家庭小精靈身上穿了好幾件圍巾和數不清的襪子，所以他的腳看起來大到和他的身材不成比例。

「呃……你是不是把妙麗留下的衣服**全都**穿上了？」

「喔，沒有，先生，」多比快樂地說。「多比也拿了一些給眨眨了，先生。」

「是啊，眨眨好嗎？」哈利問。

多比的耳朵微微往下垂。

「眨眨還是喝很多，先生，」他傷心地說，像網球一樣大的圓綠色大眼睛垂了下來。「她還是不在意她的穿著，哈利波特。其他的家庭小精靈也是，他們沒有人要打掃葛來分多塔，也不要他們的帽子和襪子，把它們到處亂藏，覺得那些東西侮辱了他們，先生。全都是多比自己一個人在做，先生，但多比不介意，先生，因為他總是希望見到哈利波特，而今天晚上，先生，他如願以償！」多比又深深鞠了一個躬。「但哈利波特看起來很不快樂，」多比繼續說，挺起身子，膽怯地看著哈利。「多比聽到他在睡夢中喃喃自語。哈利波特做很壞的惡夢了嗎？」

「不算太壞啦，」哈利打了個呵欠，揉揉眼睛。「我做過更糟的。」

家庭小精靈用他那雙像圓球般的大眼睛審視著哈利，然後垂下耳朵，很認真地說：「多比希望他可以幫助哈利波特，因為哈利波特讓多比自由，多比現在快樂多了。」

哈利露出笑容。

「你幫不了我，多比，但謝謝你的提議。」

他彎下腰撿起他的魔藥課本，他明天得努力把作業寫完。他把課本合上，在這個時候，爐火的火光照亮他手背上細細的白色疤痕——被恩不里居處罰勞動服務的結果……

「等一下——**有件事**你可以幫我，多比。」哈利緩慢地說。

多比轉過身，笑容滿面。

「儘管說，哈利波特，先生！」

「我需要一個可以容納二十八個人來練習黑魔法防禦術的地方，而且不會被任何老師發現，尤其是，」哈利握緊手上的書，疤痕閃爍著珍珠白，「恩不里居教授。」

他預期家庭小精靈的笑容會消失，耳朵會下垂；他預期他會說根本不可能，或是他會試著去找找看，但希望渺茫。他完全沒預料到多比會輕輕地跳來跳去，耳朵高興地搖來搖去，興奮地拍著手。

「多比知道最好的地方，先生！」他高興地說。「多比剛來霍格華茲的時候，就聽別的家庭小精靈說過，先生。我們都稱它為來去室，也就是萬應室！」

「那是什麼？」哈利好奇地問。

「它是一個只有在人們真正需要它的時候，才能進去的房間，」多比嚴肅地說，「它有時候在那裡，有時候又不在，但只要出現，總會滿足有求者的需要。多比就用過它，先生，」家庭小精靈的音量降了下來，一臉罪惡感，「當眨眨喝得爛醉如泥的時候，他會把她藏在萬應室。他在那裡會找到奶油啤酒的解酒藥，還有一張家庭小精靈尺寸的床好安置她睡覺，先生……而且多比知道飛七先生如果缺清潔用品的話也會去那裡找，先生，而且——」

「如果你急著要找廁所的時候，」哈利說，他突然想到去年耶誕舞會時，鄧不利多說過的事，「裡面會裝滿一堆夜壺？」

「多比也是這麼想的，先生。」多比認真地點頭。「它真的是一個超級不可思議的房間，先生。」

「有多少人知道這個房間的事？」哈利說，在椅子上坐得更直了一些。

「很少，先生。大部分的人都是在他們有需要的時候才會偶然碰見它，先生。通常都沒法再找到它了，因為他們不知道它一直都在那裡等著為人服務，先生。」

「聽起來很棒，」哈利說，他的心跳加快。「聽起來很完美，多比。你什麼時候可以帶我去看看？」

「任何時候，哈利波特，先生。」多比高興地看著哈利熱情的回應。「如果你喜歡，我們現在就可以走！」

有一度，哈利差點就要跟多比去了。他半離開座位，打算快點上樓去拿他的隱形斗篷，可是在他的耳邊有個很像妙麗的聲音，不止一次輕聲對他說：**魯莽**。的確，現在已經很晚了，而且他早就精疲力竭了。

「多比，今天晚上先不去，」哈利不情願地說，倒回椅子上。「這件事非常重要……我不想把它搞砸了，得要好好地計畫才行。聽著，你可以告訴我萬應室明確的地點和進去的方法嗎？」

＊　＊　＊

他們一路上踩著四濺的水花，經過淹水的菜圃跑向藥草學教室，被吹得鼓鼓的長袍在他們身上亂飛。雨滴像冰雹一樣猛打在溫室的屋頂，他們幾乎聽不到芽菜教授說的話。下午的奇獸飼育學也從原先狂風亂掃的地點改到一樓的空教室，莉娜午餐的時候找到她的隊員，通知他們魁地奇練習取消了，這讓他們大大鬆了一口氣。

「很好，」莉娜通知哈利的時候，他靜靜說，「因為我們已經找到舉行第一次防禦陣線聚會的地方了。今天晚上八點，在八樓那幅山怪棒打呆子巴拿巴掛氈的正對面。妳可以告訴凱娣和西亞嗎？」

她看起來有點吃驚，但還是答應會轉告其他人。哈利飢餓地回去吃他的香腸和馬鈴薯泥，當他抬起頭來要拿南瓜汁的時候，發現妙麗盯著他看。

「什麼事？」他口齒不清地說。

「嗯……只是覺得多比的計畫並不是那麼安全。你難道忘了，他上次害你整條手臂的骨頭都沒了？」

「那個房間不光是多比瘋狂的想法，鄧不利多也知道那個地方。他在耶誕舞會時跟我提到過。」

妙麗的表情亮了起來。

「鄧不利多有跟你說過？」

「只是不經意提到。」哈利聳聳肩。

「喔，這個嘛，那就沒問題了。」妙麗輕快地說，就沒有再提任何反對的意見。

他們兩個和榮恩大部分的時間都在找那些在豬頭酒吧簽過名的人，告訴他們今天晚上碰面的事。哈利有點失望的是，金妮在他之前先找到了張秋和她的朋友。不管怎麼樣，在晚餐結束時，他很確定，這消息已經傳給那天現身在豬頭酒吧的另外二十五個人了。

七點半，哈利、榮恩和妙麗離開葛來分多交誼廳，哈利手上緊緊抓著一張很舊的羊皮紙。五年級生九點以前可以在走廊外走動，但他們三個沿著樓梯走上八樓時，一路上還是緊張地東張西望。

「等一下。」哈利提醒他們，走到最上面一層樓梯時，他打開羊皮紙，往羊皮紙上輕輕點了一下，低聲說：「我在此鄭重發誓，我絕對不懷好意。」

霍格華茲的地圖馬上出現在空白的羊皮紙表面。那些移動的小黑點上面標示著名字，顯示出許多人的所在位置。

「飛七在三樓，」哈利拿著地圖貼近眼睛，「拿樂絲太太在五樓。」

「那恩不里居呢？」妙麗不安地問。

「在她的辦公室，」哈利指著地圖說。「好，我們走吧。」

他們急忙沿著走廊走到多比向哈利描述的地方，一大片的空白牆壁，正對面是一幅超大的掛氈，描繪著呆子巴拿巴愚蠢地想要訓練山怪跳芭蕾舞。

「好了，」哈利小聲地說，此時一個蓬頭垢面的山怪暫停棒打那位自稱芭蕾舞老師的傢伙，看著他們。「多比說要走過這一小段牆壁三次，專心地想著我們需要的東西。」

在這片空白牆壁的那一邊有一扇窗，另一邊是一個人形大小的花瓶。他們照實在這兩頭認真地來回走動，榮恩專心地瞇著眼，妙麗屏著氣在默念，哈利拳頭緊握，盯著前面瞧。

我們需要有個地方去學、去對抗……他想著。**只要給我們一個練習的地方……一個不會被他們發現的地方……**

「哈利！」就在他們轉身走第三次時，妙麗機警地說。

一面擦得雪亮的門出現在牆壁上。榮恩戒慎恐懼地盯著它，哈利伸出手，抓住黃銅色的門把，拉開門，打頭陣走進一個寬敞的房間。搖曳的火把照亮裡面，這裡的火把就跟照亮位於八層樓下方地牢的火把一樣。

牆壁是一整排的書架，裡面沒有椅子，取而代之的是地上那些大大的絲質坐墊。房間最裡面有一組書架，上面有一排器具，像是測奸器、秘密感應器，還有一個裂開的大仇敵鏡，哈利很確定那就是去年掛在假穆敵辦公室裡的東西。

「這個很方便我們練習昏擊咒。」榮恩熱心地說，用腳戳著其中一個坐墊。

「啊，看看這些書！」妙麗興奮地用指尖在一本本皮革裝訂的大書書背間遊走。「《一般詛咒及其反制術概要》……《智勝黑魔法》……《自我防禦施咒法》……哇……」她望向哈利，臉上泛著紅光，他知道眼前這上百本的書，終於讓妙麗相信了他們的作為是正確的。「哈利，這真是太棒了，所有我們需要的東西這裡都有！」

她不再囉嗦，從書架挑了一本《以惡咒制惡咒》，倒向最靠近她的坐墊，開始看起書來。

這時響起了輕輕的敲門聲。哈利張望一下，金妮、奈威、文妲、芭蒂和丁都到了。

「哇喔，」丁讚嘆地四處瞧著。「這是什麼地方啊？」

哈利開始解釋，還沒講完又有更多的人到了，他只好再重複一次。到了八點，所有的坐墊都坐滿了。哈利走到門口，把門鎖鎖上，響亮的喀喳一聲，每個人都靜了下來，看著他。妙麗仔細地把《以惡咒制惡咒》的頁數標好，把書放在一邊。

「這是，」哈利有點緊張地說。「我們找到的練習場地，你們──呃──顯然都覺得這裡還不錯。」

「這裡真的是太好了！」張秋說，好幾個人低聲表示贊同。

「真是怪啊，」弗雷皺著眉四處張望。「我們有一次為了躲飛七藏在這裡面，記得嗎，喬治？那時候這裡只是個掃帚櫃。」

「嘿，哈利，這是什麼？」丁在房間的後面，指著測奸器和仇敵鏡。

「黑魔法偵測器，」哈利跨步經過坐墊走到那邊。「基本上，只要有黑巫師或是敵人在附近，它就會顯示出來。不過你們可別太依賴這些，它也是會被騙……」

他盯著裂開的仇敵鏡看了一會，裡面有模糊的人影在晃動，只是一個也看不清楚。他轉過身來。

「嗯，我一直在考慮我們首先應該做什麼──呃──」他看到有人舉手。「什麼事，妙麗？」

「我認為我們應該選出一個領導人。」妙麗說。

「哈利就是領導人。」張秋馬上說，看著妙麗，一副她的提議很愚蠢的樣子。

哈利的胃又是一陣翻攪。

「是的，但我認為我們應該要有適當的選舉，」妙麗鎮靜地說。「這樣比較正式，也可以給那個人正當性。所以——有誰認為哈利應該當我們的領導人？」

每個人都舉起手來，即使是災來耶．史密也舉了手，雖然他並不是很熱心。

「呃——好的，謝謝，」哈利感覺到自己的臉在發燙。「那——**什麼事**，妙麗？」

「我還認為我們應該要有個名稱，」她爽朗地說，手還舉在半空中。「這會促進團隊精神和團結，你們不覺得嗎？」

「我們可以叫做反恩不里居同盟嗎？」莉娜滿懷希望地說。

「或是魔法部是低能兒團隊？」弗雷建議。

「我認為，」妙麗皺著眉看著弗雷，「最好是別取一個讓人一聽就知道我們在做什麼的名字，那我們在外面聚會就可以很安全地提起它。」

「防禦聯盟？」張秋說。「簡稱ＤＡ，這樣就沒有人知道我們在說什麼了。」

「是啊，ＤＡ很好，」金妮說。「不如，我們就以它代表鄧不利多的軍隊（Dumbledore's Army）好了，因為那就是魔法部最害怕的，不是嗎？」

有許多表示讚賞的低語和笑聲。

「大家都贊成ＤＡ？」妙麗用專制的口氣說，跪在坐墊上數。「過半數——提議通過！」

她把一張有全部人簽名的羊皮紙釘在牆上，然後在最上面寫上大大的字：

鄧不利多的軍隊

「好的，」當她又坐下來之後，哈利說，「我們該來練習了嗎？我在想，我們第一個應該做的練習就是『去去，武器走』，你們知道的，就是繳械咒。我知道這很基本，但我發現這非常有用——」

「喔，**拜託**，」災來耶．史密轉著眼睛，雙手抱胸說。「我認為『去去，武器走』不見得幫得了我們對抗『那個人』，你說呢？」

「我用來對抗過他，」哈利靜靜地說。「它今年六月就救了我一命。」

史密蠢蠢地張大嘴巴，房間裡其餘的人都非常安靜。

「如果你覺得它太簡單了，可以離開。」哈利說。

史密沒有移動，其他人也一樣。

「好，」哈利的嘴巴比平常還乾，每個人的眼睛都盯著他瞧。「我們應該分成兩人一組，一對一來做練習。」

發號施令的感覺很怪，不過再怪也沒有看到他們跟著指令的感覺更怪。每個人立刻站了起來，進行分組。果然不出所料，奈威又落單了。

「你可以跟我一起練習，」哈利跟他說。「好——數到三——一、二、三——」

房間裡頓時充滿了『去去，武器走』的喊叫聲。魔杖四處飛散，偏了方向的咒語擊中書架上的書，使得它們在空中亂飛。哈利的速度對奈威來說太快了，魔杖從奈威手中轉開，擊中天花板，引起一陣火花，哐噹一聲掉在書架的頂端，哈利用召喚咒把它取回。他環顧四周，認為一開始建議他們先練習基本的咒語是正確的。他看到許多拙劣的施咒法，很多人根本無法成功地讓對手繳械，頂多只能夠讓對方往後跳幾步，或是當軟弱無力的咒語嘶嘶施向對手時，令對方退縮一下而已。

「去去，武器走！」奈威說，哈利一個不留神，感覺到他的魔杖從手上飛了出去。

「**我成功了！**」奈威開心地說。「我以前從來沒有成功過——**我成功了！**」

「做得好！」哈利鼓勵他，決定暫時不向他說明在一個真正的決鬥裡，對手不可能會看著反方向，鬆散地把魔杖放在一邊。「聽著，奈威，你可不可以過去跟榮恩和妙麗一起練習個幾分鐘？我要四處走走，去看看其他人做得怎麼樣。」

哈利走到房間的中央。災來耶．史密這組發生了很怪的事，每次他一張開嘴要安東尼．金坦繳械，他自己的魔杖就會飛出手去，而安東尼好像都還沒出聲。哈利根本不用怎麼看，就解決了這個謎題：距離史密好幾呎遠的弗雷和喬治偷偷地把他們的魔杖轉了向，指到他的背後。

「不好意思，哈利，」當哈利和喬治的眼神交會時，他匆忙說，「實在是克制不住。」

哈利走到別組，設法糾正那些施法錯誤的人。金妮和麥可．寇那一組，金妮做得很好，而麥可要不做得很差，要不就是不想對她下惡咒；阿尼．麥米蘭胡亂揮魔杖，讓對手有機會趁他沒有防備時攻擊他；克利維兄弟很用心但很不穩定，周圍那些從書架上掉下來的書，大多得歸咎於他們；露娜．羅古德也是很不穩，偶爾會讓賈斯汀．方列里的魔杖脫手，其他的時候，就頂多只有讓他的頭髮豎起來而已。

「好的，停！」哈利大喊。「**停！停！**」

我需要一個哨子，他想著，立刻在最近的一疊書上面發現一個哨子。他拿起哨子用力吹，大家都放下了魔杖。

「很不賴啊。」哈利說，「不過一定還有進步的空間。」災來耶‧史密氣呼呼地盯著他看。「讓我們再試一次。」

他又開始在房間裡走動，這裡那裡的停下來給一些建議。慢慢的，大部分的表現都有進步。有好一陣子他避免走近張秋和她的朋友，在房間裡其他各組那裡轉了兩次之後，他覺得自己沒辦法再故意忽略她們了。

「喔，不，」他接近時，張秋有點慌亂地說。「去去，武武走！我是說，去去，武器去！我——喔，對不起，毛莉！」

她那位鬈髮的朋友袖子著火了，毛莉一面用她自己的魔杖滅火，一面惱火地瞪著哈利，好像這全是他的錯。

「你讓我好緊張，我之前都做得好好的！」張秋可憐兮兮地跟哈利說。

「做得很不錯，」哈利撒謊，一看她揚起眉毛，就馬上接著說，「哦，不，真是糟透了，不過我知道妳可以做得很正確，我剛才在那邊看到了。」

她笑開了。她的朋友毛莉有點酸溜溜地看著他們，然後轉身離開。

「別在意她，」張秋小聲說。「她一點都不想來，是我硬要她跟來的。她的父母禁止她做任何反對恩不里居的事，你想嘛——她的媽媽在魔法部工作。」

「那妳的父母呢？」哈利問。

「這個嘛，他們也禁止我跟恩不里居唱反調，」她自負地抬起頭來，「可是他們要是以為在西追發生那件事之後，我不會去對抗『那個人』——」

她突然住口，看起來有點慌亂，接下來是一陣尷尬的沉默。泰瑞．布特的魔杖咻咻地飛過哈利的耳朵，狠狠擊中西亞．史賓特的鼻子。

「唔，我爸爸可是**非常**支持反魔法部的行動！」露娜．羅古德在哈利正後方驕傲地說，顯然她一直在偷聽他的對話，而這時候，賈斯汀．方列里正忙著要扯掉那件飛起來蓋在他頭上的長袍。「他總是說夫子做了什麼事他都相信。我的意思是，夫子暗殺妖精的數量！當然還有，他利用魔法部去製造可怕的毒藥，偷偷去餵那些反對他的人。然後還有他那個恩咕魯咕勒——」

「不許問。」張秋一臉疑惑地張開嘴巴，哈利低聲跟她說。她咯咯笑了。

「嘿，哈利，」妙麗從房間的另一頭問他，「你看了時間嗎？」

哈利低頭看手錶，驚訝地發現已經九點十分了，這意味著要趕快回交誼廳，否則就得冒著被飛七逮到的危險，再讓他以不遵守校規來處罰他們。他吹起哨音，大夥停止了「去去，武器走」的喊聲，最後只剩兩、三根魔杖掉在地上的哐噹聲。

「非常好，」哈利說，「可是我們已經超過時間了，得趕快離開這裡。下個禮拜，同一時間、同一地點？」

「再早一點！」丁．湯馬斯熱切地說，很多人都點頭表示同意。

然而莉娜很快地說，「魁地奇球季快要開始了，我們的隊員也需要練習！」

「那我們先訂下週三晚上，」哈利說，「到時候再決定其他的聚會時間。快，我們趕緊走吧！」

他再度拿出劫盜地圖，仔細檢查八樓有沒有任何老師出現的跡象。他讓大家三三兩兩走出去，盯著他們的小黑點，焦慮地查看他們是否安全抵達了寢室。赫夫帕夫的人走到可以通往廚房和寢室的地下室走廊，雷文克勞的人走到城堡的西塔，葛來分多的人沿著走廊走到胖女士的畫像前。

「真的非常非常棒，哈利。」妙麗說，最後只剩下她、哈利和榮恩。

「對啊，真的！」榮恩熱烈地說，他們三個溜出了門外，看著那扇門慢慢在他們背後變回石頭。「你看到我讓妙麗繳械了沒，哈利？」

「只有一次，」妙麗大受刺激。「我贏你多過你贏我——」

「我不止贏妳一次，我贏妳至少三次——」

「哼，如果你是把絆倒自己的腳，把我手裡的魔杖敲掉了的那一次也算進去——」

他們一路爭辯著回到交誼廳，哈利根本沒有聽進去。他緊盯著劫盜地圖，滿腦子想著張秋說他讓她緊張的那句話。

19

獅與蛇

接下來的兩個禮拜，哈利的心裡彷彿藏了個護身符，這個炙熱發光的秘密，不僅可以支撐他度過恩不里居教授的無聊課程，甚至可以讓他毫不畏懼地直視她的恐怖凸眼，沉著露出微笑。他和ＤＡ的成員們等於是在她眼前公然造反，進行著她和魔法部最最恐懼的活動。每當他應該在她課堂上閱讀威伯．史林哈的著作時，他總是深深陷入那些美好的回憶，仔細回想在他們最近一次聚會中，奈威是如何成功卸下妙麗的武器；柯林．克利維如何在經過三次聚會的努力練習後，終於將障礙惡咒練得滾瓜爛熟；芭蒂．巴提又是如何將消除咒施展得爐火純青，把放滿測奸器的桌子縮小成一粒灰塵。

他漸漸發現，他不太可能每個禮拜硬性規定一個夜晚讓ＤＡ的成員定期聚會，因為他們必須配合三個不同魁地奇球隊的練習時間，而且這還得看老天臉色，只要天候不佳就會隨時更改時段。但哈利認為這也沒什麼不好，他總覺得，他們的聚會時間最好盡量保持機動性，讓人難以預料。這樣就算有人注意到他們，也很難摸清他們的底細。

妙麗很快就發明了一種非常聰明的方法，方便他們萬一臨時要有更動，可以立刻把新的聚會日期時間告訴大家。這主要是因為，他們要是常在餐廳裡去找別的學院的人說話，時間久了難免會讓人起疑心。她發給每位ＤＡ成員一個假的加隆（榮恩剛開始興奮得不得了，他看到她手裡的籃子，還以為她要發真的金幣給大家呢）。

「你們看到硬幣邊緣那圈數字了嗎？」妙麗在他們第四次聚會結束時，舉起一個假金幣讓大家仔細察看。那枚硬幣在火炬照耀下發出黃澄澄的燦爛光芒。「在真正的加隆上面，這些數字是代表熔鑄這枚錢幣的妖精編號，但這些假錢幣上的數字卻會隨時改變，顯示出我們下次聚會的日期和時間。在日期改變的時候，這些錢幣會變得很燙，所以你們要是把它放在口袋裡，就可以立刻感覺得到。我們每個人拿一枚硬幣，等哈利決定好下次聚會的日期，他只要更改**他**錢幣上的數字，其他錢幣也全都會一起改變，因為我對它們施了一個多身咒。」

妙麗說完之後，房中變得一片死寂。妙麗往四周望了一圈，看到大家全都抬起頭來望著她，神情顯得有些驚惶。

「嗯——我自己是覺得這主意還不錯啦，」她不太有把握地說，「我的意思是，就算恩不里居教授逼我們把口袋裡的東西全掏出來，身上帶著一枚加隆也沒什麼可疑的吧？不過……好吧，要是大家不想用這些錢幣——」

「妳會施多身咒？」泰瑞．布特問道。

「是啊。」妙麗說。

「但那可是……那可是超勞巫測等級的高難度符咒呢。」他虛弱地說。

「喔，」妙麗努力露出謙遜的表情，「喔……嗯……是啊，我想應該是吧。」

「妳怎麼沒被分到雷文克勞呢？」他問道，用一種幾乎可說是驚嘆不已的表情凝視妙麗，「妳腦袋這麼聰明！」

「嗯，在分類儀式的時候，分類帽的確是有認真考慮要把我分到雷文克勞，」妙麗開心地說，「可是它最後還是決定把我分到葛來分多。好了，所以說，大家都願意用這些加隆囉？」房中響起一片表示同意的嗡嗡聲，大家紛紛走向前方，各自從籃中取了一枚錢幣。哈利斜睨了妙麗一眼。

「妳知道這讓我想起什麼嗎？」

「不知道，什麼啊？」

「食死人的疤痕，佛地魔只要碰其中一個人的疤，其他人的疤也全都會開始灼痛，這樣他們就知道要趕去跟他會合。」

「嗯……沒錯，」妙麗輕聲說，「我就是從**那裡**得到靈感的……不過你應該有注意到，我是把日期刻在金屬上，而不是我們成員的皮膚上。」

「沒錯……我比較喜歡妳的做法，」哈利咧嘴笑道，順手把加隆塞進口袋，「這東西唯一的風險就是，我們說不定會不小心把它給花掉。」

「這哪有可能，」榮恩說，他仔細檢查他的假加隆錢幣，神情顯得有些哀傷，「我身上連一個真的加隆都沒有，哪有機會跟它搞混啊。」

當這季的第一場魁地奇球賽，也就是葛來分多與史萊哲林的對抗賽逐漸逼近時，莉娜幾乎每天都要他們去練球，因此DA聚會只好宣告暫停。魁地奇球賽實在太久沒有舉行了，所以大家全都對這場即將來臨的比賽特別感興趣，心情也顯得比往常更加興奮。雷文克勞和赫夫帕夫的學生們最關心的就是比賽結果，因為他們未來也必須分別跟這兩支球隊在球池上競賽。而兩支參賽球隊的學院導師呢，雖然都努力裝出一副合乎運動精神的良好風範，但私底下全都下定決心，非要讓自己的球隊取得勝利不可。麥教授甚至在球賽開始前一個禮拜，就不再出給他們任何作業，哈利這才真正了解到，她心裡有多希望能在球池上擊敗史萊哲林。

「我想你們目前已經有夠多事情要忙了。」她態度高傲地表示。大家全都不敢相信自己的耳朵，但接著她就直接望著哈利和榮恩，用嚴厲的語氣說：「魁地奇獎盃一直擱在我的書房裡，我已經看它看得很習慣了，孩子。我可絕對不想把它交給石內卜教授，所以利用這多出來的時間去好好練球，知道了嗎？」

石內卜自然也不會置身事外，他預定了一大堆魁地奇球池練習時段，專門供史萊哲林球隊使用，害葛來分多球隊根本沒多少機會到球池練習。更過分的是，當一大堆人向他告狀，說史萊哲林學生企圖在走廊上施厄咒陷害葛來分多球員時，他也像突然變聾似的，來個相應不理。有一天，西亞．史賓特的眉毛突然變得又長又密，垂下來遮蔽她的視線，甚至蓋住嘴巴，嚇得她趕緊跑到醫院廂房求助。當時雖有整整十四名目擊者作證，說他們親眼看到史萊哲林的守門手邁爾斯．賴里，趁她在圖書館念書的時候從背後用惡咒偷襲，石內卜卻仍堅持說是她自己愛漂亮施了個濃毛咒，完全怪不了別人。

哈利認為葛來分多的勝算相當大，不管怎樣，他們過去跟馬份的球隊比賽時，可從來沒有過落敗的紀錄。當然，榮恩的球技目前仍未能達到木透的水準，但他練球練得很勤，努力想要提升自己的技術。榮恩最大的弱點是，他只要失誤一次，就會完全喪失自信。所以說，他若是不小心讓敵方射進一球，接下來他就會完全慌了手腳，反而更容易讓別人射門得分。不過，在榮恩情況良好的時候，哈利倒也看過他展現出幾次精采的救球絕技。讓人印象特別深刻的那一次，他用單手抓著飛天掃帚掛在半空中，擋在球門柱前，下狠勁踢了飛竄過來的快浮一腳，讓快浮高速掠過整個球池，直接竄進球池另一端中央的球門柱，成功射門得分。其他球員們對他的表現大為讚賞，誇獎他這次的傑出球技跟愛爾蘭國家代表隊的守門手巴利．雷恩在最近一場比賽中，成功擋下波蘭首席追蹤手拉迪斯勞．扎莫斯基時的精采演出可說是完全不相上下。甚至連弗雷都表示，他和喬治說不定有朝一日會為榮恩感到驕傲。他們目前正在認真考慮承認榮恩跟他們的血緣關係，那可是他們這四年來一直想努力撇清，死都不肯承認的事實。

哈利真正擔心的是，榮恩可能會受到史萊哲林攻心戰術的影響，還沒踏進球池就完全喪失了鬥志。這種遭遇哈利當然不陌生，忍受了整整四年的冷嘲熱諷，已經使他百毒不侵，因此當他聽到有人輕聲說：「嘿，剝皮，我聽說瓦林頓已經發下毒誓，非要在星期六把你踢下掃帚不可。」他不僅一點也不害怕，甚至還放聲大笑。「瓦林頓根本連踢都踢不準，他要是對準我旁邊的人踢，我反而還會比較擔心咧。」他回嘴道，這讓榮恩和妙麗忍不住捧腹大笑，而潘西．帕金森臉上得意的笑容則立刻消失。

但是，榮恩從未承受過像這樣侮辱加嘲弄外帶恐嚇連番而來的殘酷攻擊。有一次，他們在走廊上遇到一群史萊哲林的學生，其中還包括幾名身材比榮恩高大許多的七年級學生。在榮恩經過時有人輕聲說：「你在醫院廂房訂好床位了嗎，衛斯理？」榮恩聽了非但沒笑，臉色還有些發青。當跩哥．馬份模仿榮恩不慎讓快浮從手中掉下來的糗狀（馬份最近只要一看到榮恩，就會立刻開始耍這個老把戲）時，榮恩立刻耳朵脹得通紅，雙手簌簌抖個不停，這時不管他手裡拿著什麼，顯然也都逃不了掉下來的命運。

十月在一場狂風暴雨中宣告結束，十一月翩然來臨，氣候變得酷寒無比。每天清晨，草地上都結了一層厚厚的霜，學生們裸露在寒風中的雙手和面頰也全都凍得發僵。天空和餐廳的魔法天花板變成了一片黯淡的珍珠灰，環繞在霍格華茲周圍的群山覆蓋著皚皚白雪，城堡裡的氣溫陡然劇降。每逢下課時間，聚集在走廊上的眾多學生全都會戴上保暖的龍皮手套。

在比賽那天清晨，天氣顯得晴朗而寒冷。哈利一醒過來，就轉頭望著榮恩的床，卻看到他直挺挺坐在床上，雙手抱著膝蓋，兩眼直勾勾凝視前方。

「你還好吧？」哈利問道。

榮恩點點頭，並沒有開口說話。哈利忍不住回想起榮恩當初不小心對著他自己施了個「吐蛞蝓咒」時的情形。他那時看起來就是這副臉色慘白、冷汗直冒的可憐相，而最像的就是，他現在也跟那時一樣，死都不肯把嘴巴張開。

「去吃點早餐吧，」哈利試著替他打氣，「走啊。」

他們到達餐廳時，大批人潮正迅速湧進來，學生們的交談聲比平常響亮許多，心情更是雀躍無比。在哈利和榮恩經過史萊哲林餐桌的時候，桌邊轟然爆出一陣喧鬧聲。哈利回過頭來，看到他們除了戴上跟往常一樣的銀綠兩色圍巾和帽子之外，每個人還別上一個看起來像是皇冠形狀的銀色徽章。不知道為什麼，很多史萊哲林學生都在朝榮恩揮手，而且還笑得死去活來。哈利在經過他們身邊時瞄了一眼，想看看那些徽章上到底刻了些什麼字，卻因為太急著想要把榮恩拖開，沒時間仔細看清楚。

他們在同學們震耳欲聾的歡呼聲中到達葛來分多餐桌，大家全都穿著紅金兩色的服裝，但同學們的喝采聲並沒有讓榮恩士氣大振，反而好像還害他喪失了最後一絲鬥志。他頹然坐到離他最近的椅子上，看起來活像是一名正要享用最後一餐的死刑犯。

「我一定是瘋了才會做這種事，」他用一種沙啞的耳語聲說，「**瘋了**。」

「別傻了，」哈利堅定地表示，把玉米穀片推到榮恩面前，「你會表現得很好的，緊張是正常現象。」

「我是個廢物，」榮恩嗄聲說，「我糟糕透頂，我休想靠打球來改善我的人生。我當初究竟是怎麼想的？」

「振作一點，」哈利正色說，「別忘了你那天單腳救球的精采演出，甚至連弗雷和喬治都誇你厲害呢。」

榮恩望著哈利，臉上露出痛苦的神情。

「那只是個意外，」他淒慘地輕聲說，「我不是有意要那麼做的──我只是在你們不注意的時候，沒抓穩從掃帚上滑了下來，在我亂踢亂蹬想要重新爬上掃帚的時候，卻不小心踢中了快浮。」

「喔，」哈利既驚訝又失望，但他很快就恢復鎮定，「像這樣的意外再多來幾次，我們就贏定了，是不是？」

妙麗和金妮在他們對面坐下來，她們戴著紅金兩色的圍巾、手套，另外還別了一朵紅金兩色的胸花。

「你現在還好吧？」金妮詢問榮恩，他現在正低頭望著他的空玉米穀片碗，凝視著碗底的牛奶殘渣，彷彿是在認真考慮，該不該跳進去把自己給淹死。

「他只是有點緊張。」哈利說。

「嗯，這是個好現象。我總覺得每次在考試的時候，只要你覺得心情有些緊張，那次的表現都會特別好。」妙麗誠摯地說。

「哈囉。」他們背後傳來一個朦朧夢幻的嗓音。哈利抬起頭來。露娜・羅古德已從雷文克勞餐桌輕飄飄地走過來，許多人都瞪大眼睛望著她，有些人甚至毫不掩飾地指著她大笑。她不知道從哪裡弄來一頂形狀大小都跟真的獅子頭一樣的怪帽，把它顫巍巍地頂在頭頂上。

「我支持葛來分多，」露娜說，伸手指著她的帽子，這其實是多此一舉。「你們看看……」她舉起魔杖敲了一下帽子，它咧開血盆大口，發出一聲無比逼真的獅吼，害坐在附近的人全都嚇得跳了起來。

「很不賴吧？」露娜開心地說，「我本來還想讓它嘴裡咬著一隻代表史萊哲林的蛇，可惜時間不夠……祝你好運了，榮恩！」

她輕飄飄離去。他們還沒完全從獅頭帽帶來的震驚中恢復過來，莉娜就急匆匆走到他們面前，凱娣和西亞跟在她身邊。西亞的眉毛在經過龐芮夫人的治療後，現在已完全恢復正常了。

「等你們準備好，」她說，「我們就直接到球池去，先去檢查環境和換上球袍。」

「我們馬上就去，」哈利對她保證，「先讓榮恩好好吃頓早餐。」

十分鐘過後，大家都看得出來榮恩根本就什麼都吃不下，哈利認為最好還是趕緊把他帶到更衣室去。在他們起身離開餐桌時，妙麗也站了起來，她抓住哈利的手臂，把他拖到一旁。

「千萬別讓榮恩看到史萊哲林徽章上刻的字。」她急切地低語。

哈利用詢問的目光望著她，但她只是警告性地搖搖頭。榮恩此時正帶著一臉茫然絕望的表情，慢吞吞地走到他們面前。

「祝你好運了，榮恩。」妙麗說，然後她踮起腳，在他的面頰上吻了一下，「你也是，哈利——」

他們再度穿過餐廳時，榮恩似乎已稍稍恢復理智。他摸摸臉上剛才被妙麗親過的地方，露出迷惑的表情，彷彿不太確定剛才究竟發生了什麼事。他的思緒似乎已經亂到完全沒辦法注意身邊的事情，哈利卻趁著經過史萊哲林餐桌時好奇地瞥了皇冠型徽章一眼，這次他總算看清刻在徽章上的字：

衛斯理是我們的王

他心中隱隱掠過一絲不安，直覺這絕對不是什麼好話。他趕緊催著榮恩快步穿越入口大廳，走下石階，踏入冰寒刺骨的空氣中。

兩人匆匆越過草坪斜坡，走向下方的體育場，結霜的青草在他們腳底下嘎扎嘎扎地響著。四周一點風也沒有，天空是一片無垠的珍珠白色，這表示今天的能見度極佳，不用擔心會被陽光眩到眼睛。哈利邊走邊把這項有利因素告訴榮恩，好替榮恩打打氣，但他心裡明白榮恩根本就沒在聽。

他們踏入更衣室時，莉娜已換上球袍，正在跟其他隊員們說話。哈利和榮恩換上球袍（榮恩努力試著穿上球衣，卻把前後給弄反了，就這樣傻呼呼地白忙了好幾分鐘，最後還是西亞看他可憐，才走過去幫助他換好），然後坐下來，聽莉娜的賽前精神喊話。此時已有大批人潮從城堡走出來，紛紛湧進球池，外面的說話聲開始變得越來越響亮。

「好，我剛才查出史萊哲林最新的球員陣容，」莉娜說，低頭查閱一張羊皮紙，「去年的打擊手德瑞和波爾已經離開，不過呢，蒙塔好像並沒有去找真正會飛的高手，還是像往常一樣，找了兩隻他們偏愛的大猩猩。這兩個傢伙的名字是克拉和高爾，我對他們不是很了解——」

「我們倒是清楚得很。」哈利和榮恩異口同聲。

「很好，他們看起來挺笨的，我甚至懷疑，他們連飛天掃帚的頭尾都分不清。」莉娜說，將手中的羊皮紙塞進口袋，「但話說回來，我以前也總覺得奇怪，德瑞和波爾這兩個蠢貨居然不需要路標幫忙，就有辦法自己走到球池。」

「克拉和高爾也是這副德行。」哈利對她保證。

他們可以聽到外面傳來陣陣響亮的腳步聲，有好幾百人正忙著走向看台上的座椅。有些人在唱歌，哈利聽不清楚他們在唱些什麼。他開始感到緊張，但他知道他的緊張不安跟榮恩的情況根本沒得比。榮恩現在又抱著肚子，茫然望著前方。他的下巴繃得死緊，臉色一片慘灰。

「時間到了，」莉娜低頭看看錶，壓低聲音說，「大家走吧……祝我們好運。」

球員們站起身來，把飛天掃帚扛在肩上，排成一列整齊的隊伍，大步走出更衣室，踏入炫目的天空下。四周響起一陣歡迎他們的喝采聲，而在那震耳欲聾的歡呼口哨聲中，哈利依然可以隱約聽到模糊的歌聲。

史萊哲林代表隊站在球池上等待他們。這些球員身上同樣也別著那皇冠形狀的銀色徽章。他們的新任隊長蒙塔，身材簡直就跟達力．德思禮一模一樣，他們都有著一對活像是長毛醃豬腿的肥壯手臂。克拉和高爾躲在蒙塔背後，他們倆的個子幾乎跟蒙塔一樣魁梧，此時正露出一臉蠢相，眨巴著眼睛，不停揮舞他們剛拿到的新打擊手棍棒。馬份站在最旁邊的位置，他那白金色的頭髮在陽光下閃閃發亮。他迎上哈利的視線，露出得意的笑容，伸手敲敲他胸前皇冠形狀的徽章。

「兩位隊長握手。」裁判胡奇夫人下達命令，莉娜和蒙塔踏步走到對方面前。哈利可以看出，蒙塔根本就是想要下死勁把莉娜的手指頭給捏碎，但莉娜毫不畏縮，連眉毛都沒動上一下。「騎上掃帚……」

胡奇夫人將口哨湊到唇邊，用力吹響。

她將魁地奇用的球放出來，十四名球員迅速竄到空中。哈利從眼角瞥見榮恩疾飛越過球池，直接飛向球門柱。哈利繼續向上攀升，閃過一個搏格，開始沿著球池邊緣兜圈子巡行，瞪大眼睛四處搜尋一點金色的光芒，而跩哥·馬份也在球池另一端展開同樣的行動。

「現在是強生——快浮落到了強生手中，這個女孩子真是位出色的球員，我追了她好多年，但她到現在還是不肯跟我約會——」

「**喬丹！**」麥教授吼道。

「——我只是說說自己的傷心史，供大家一笑，替報導增加一點趣味性嘛——她避開瓦林頓，閃過蒙塔，她——哎喲——被克拉從後面打過來的搏格狠狠擊中……蒙塔搶到快浮，蒙塔轉身飛越球池，再——漂亮，喬治·衛斯理及時送來一個搏格，不偏不倚地正中蒙塔的頭，快浮從蒙塔手中掉下來，凱娣·貝爾立刻趕過去接住，葛來分多的凱娣·貝爾一記長傳，將快浮回傳給西亞·史賓特，史賓特趕緊——」

李·喬丹的現場實況報導響遍了整個體育場，觀眾們不停喊叫、喝倒采，甚至大聲歌唱。哈利努力在耳邊呼嘯的狂風和下方群眾的鼓譟聲中凝神傾聽，試圖聽清楚他在講些什麼。

「——閃過瓦林頓，及時避開一枚搏格——真是千鈞一髮啊，西亞——觀眾們愛死妳的精采表現了，聽聽他們的喝采聲，咦，他們在唱什麼呀？」

李一閉上嘴，看台上史萊哲林那片銀綠兩色的人海中，就爆出一陣越來越高亢，越來越清晰的歌聲：

衛斯理球技不強，
他連一球都無法抵擋，
我們史萊哲林高聲歌唱，
衛斯理是我們的王。

衛斯理誕生在臭垃圾場，
看到快浮他就閃到一旁，
衛斯理使我們勝利在望，
衛斯理是我們的王。

「──西亞重新把球傳回給莉娜！」李扯起喉嚨大喊，哈利掉轉方向，剛才聽到的歌詞讓他氣得滿肚子火，他知道李是故意大喊，想要蓋過那些歌聲。「快呀，莉娜──看來她現在只要攻破守門手的防備，就可以成功射門得分！──**她射出**──**她**──啊啊啊……」

史萊哲林的守門手賴里成功攔住這一球，他將快浮傳給瓦林頓，而瓦林頓在西亞和凱娣的包圍下，不停往來穿梭向前疾飛。他距離榮恩越來越近，下方的歌聲也變得越來越響亮。

衛斯理是我們的王，
衛斯理是我們的王，
看到快浮他就閃到一旁，
衛斯理是我們的王。

哈利實在是忍不住了，乾脆不再去搜尋金探子，駕著火閃電，掉過頭來望著球池另一端的榮恩。他看起來只是遠方一個孤零零的人影，忙著在三根球門柱前不停往來盤旋，那肥大壯碩的瓦林頓正在快速朝他衝過去。

「——現在快浮落到瓦林頓手中，瓦林頓正在全速飛向球門柱。他已經成功擺脫搏格的攻擊，現在只剩下守門手……」

下方史萊哲林座席所發出的歌聲，在瞬間變得更加高亢洪亮：

衛斯理球技不強，
他連一球都無法抵擋。

「——這是葛來分多新任守門手衛斯理所面臨的第一場考驗。他是打擊手弗雷和喬治的弟弟，同時也是葛來分多球隊裡極被看好的一位新生代好手——快呀，榮恩！」

這時史萊哲林的觀眾已發出一陣欣喜的尖叫聲，榮恩兩隻手臂大大敞開著，慌亂地朝下俯衝，快浮卻從他的雙手中間一溜煙穿過去，竄進中央的球門柱射門得分。

「史萊哲林射門得分！」李的嗓音在下方群眾的歡呼與噓聲中響起，「現在史萊哲林以十比零領先——運氣真背哪，榮恩。」

史萊哲林的歌聲變得更加洪亮：

衛斯理誕生在臭垃圾場，
看到快浮他就閃到一旁……

「——球又再度回到葛來分多手中，凱娣．貝爾現在加足馬力飛越球池——」李不屈不撓地大聲狂吼，但是下方那震耳欲聾的歌唱聲實在太過響亮，他不管吼得再用力，都無法蓋過歌聲。

衛斯理使我們勝利在望，
衛斯理是我們的王……

「哈利，**你到底在幹嘛？**」莉娜尖聲叫道，颼的一聲從他身邊竄過去，趕上前方的凱娣，「**快動啊！**」

哈利這才發現，原來他已經在半空中停了一分多鐘，只顧著看比賽，完全忘了要搜索金探子的蹤跡。他猛然一驚地回過神來，趕緊向下俯衝，重新開始沿著球池往來盤旋，瞪大眼睛四處搜尋，努力不去注意這時已經轟隆隆響遍整個體育場的大合唱：

衛斯理是我們的王，
衛斯理是我們的王……

他找了半天，還是沒發現金探子的蹤跡，馬份顯然也跟他一樣，仍在繞著體育場兜圈子。他們環繞球池飛行時在半空中擦身而過，各自往相反的方向飛去，哈利聽到馬份在大聲唱著：

衛斯理誕生在臭垃圾場……

「——球再度落到瓦林頓手中，」李厲聲大喝，「他把球傳給阿尊，阿尊閃過史賓特，快上啊，莉娜，妳可以擋住他的——好吧，妳顯然擋不住——但弗雷·衛斯理及時使出漂亮的一擊，把搏格送了過來，哎呀錯了，我是說喬治·衛斯理，喔，管他的，反正就是他們雙胞胎兄弟中的其中一個。現在快浮從瓦林頓手中落下來，而凱娣·貝爾——呃——也失手漏接——現在快浮落到蒙塔手中，史萊哲林的隊長蒙塔帶著快浮飛快越過球池，快上啊，葛來分多球員們，快擋住他！」

哈利呼嘯著飛到體育場盡頭，從史萊哲林球門柱後方繞過去，強迫自己不去看榮恩那邊的情況。就在他迅速掠過史萊哲林守門手賴里身邊時，他聽到賴里隨著下方的群眾大聲在唱：

衛斯理球技不強……

「——阿尊再度閃過西亞，直接朝球門柱飛過去，快擋球啊，榮恩！」

哈利連看都不用看就知道發生了什麼事。葛來分多的觀眾發出一聲可怕的呻吟，史萊哲林卻又再度爆發出一陣尖叫歡呼。哈利往下看，看到那個哈巴狗臉的潘西．帕金森背對著球池，就站在看台最前方，指揮史萊哲林的啦啦隊大聲狂吼：

我們史萊哲林高聲歌唱，
衛斯理是我們的王。

二十比零根本不算什麼，葛來分多還是有時間可以迎頭趕上或是抓住金探子。只要多投進幾球，他們就可以像往常一樣遙遙領先，哈利一面暗暗安慰自己，一面上下左右地在其他球員中往來穿梭，追著某個閃閃發光的東西，結果發現，那只是蒙塔的錶帶。

榮恩又再度失手，一連失掉了兩球。哈利現在心裡開始發慌，他急著想要趕快找到金探子。只要能趕快找到金探子，就能立刻結束這場比賽。

「——葛來分多的凱娣．貝爾避開阿尊，一個俐落的空中急轉，及時閃過蒙塔，實在是太精采了，凱娣。現在她將球傳給強生，莉娜．強生帶著快浮，飛快掠過瓦林頓身邊，飛向球門柱，快呀，莉娜——**葛來分多射門得分**！現在比數是四十比十，史萊哲林以四十比十領先，現在阿尊接住快浮……」

哈利可以聽到露娜．羅古德那頂滑稽的獅頭帽，在葛來分多觀眾席的歡呼聲中發出陣陣獅吼，他立刻感到士氣大振。只差了三十分，那不算什麼，他們很快就可以把比數拉平。哈利低頭閃過克拉朝他送過來的一個搏格，又重新開始繞著球池打轉，慌亂搜尋金探子的蹤跡，一邊還得騰出一隻眼睛盯住馬份，看他是否露出任何發現金探子的跡象。但他顯然就跟哈利自己一樣持續繞場飛行，努力搜尋卻一無所獲……

「──阿尊將球傳給瓦林頓，瓦林頓傳給蒙塔，蒙塔再回傳給阿尊──強生飛過來準備截球，強生搶到快浮，強生將球傳給貝爾，情況看來不錯──我是說很糟──史萊哲林的高爾送來的搏格擊中貝爾，現在球又重新回到阿尊手中……」

衛斯理誕生在臭垃圾場，

看到快浮他就閃到一旁，

衛斯理使我們勝利在望……

哈利終於看到，在史萊哲林那一端的球池邊緣，細小的金探子正拍著翅膀，在離地一呎遠的半空中往來盤旋。

他向下俯衝……

沒過幾秒，馬份就從哈利左方的高空竄下來。他整個人趴在飛天掃帚上，看起來就像是一個模糊的銀綠色小點……

金探子低飛繞過其中一根球門柱，迅速飛向看台另一邊。馬份離那邊比較近，因此金探子改變方向對他十分有利。哈利駕著火閃電掉過頭去，現在他跟馬份兩人並駕齊驅地向下俯衝……

在距離地面僅有一呎遠的地方，哈利的右手鬆開掃帚伸向金探子……在他右邊的馬份也開始伸出一隻手去抓、去摸索……

就在屏氣凝神、狂風飛掃、奮不顧身的短短兩秒鐘之後，一切都結束了——哈利的手指牢牢握住那不斷掙扎的小球——馬份的指甲在哈利手背上絕望地胡抓亂刮——哈利緊握著那拚命掙扎的金球，拉起掃帚柄開始向上攀升，葛來分多的觀眾尖叫著為他喝采……

他們得救了，榮恩不管輸掉多少球都無所謂，只要葛來分多贏了這場比賽，就不會有人記得這些事——

砰。

一個搏格正中哈利的後腰，把他從掃帚上打了下來。幸好剛才他去抓金探子時俯衝得夠低，因此這時距離地面只有五、六呎。但當他整個人重重摔下來，平躺在冰冷的球池上時，他還是痛得幾乎喘不過氣。他聽到胡奇夫人尖銳的哨音，聽到看台上爆出一陣混雜了噓聲、怒吼和嘲笑的鼓噪，接著是一記重物落地的響聲，他耳邊出現了莉娜慌亂的嗓音。

「你還好吧？」

「沒事。」哈利好強地表示，抓住她的手，讓她把他拉起來。胡奇夫人竄到空中，飛向他上方某個史萊哲林的球員，但從現在這個角度，他沒辦法看清那到底是誰。

「都是那個叫克拉的蠢漢，」莉娜憤怒地說，「他一看到你抓到金探子，就馬上揮棒用搏格攻擊你——但是我們贏了，哈利，我們贏了！」

哈利聽到背後有人冷哼了一聲，他回過頭來，手裡仍然緊握著金探子。跩哥・馬份就在附近降落，他雖然氣得臉色發白，仍舊努力擠出一絲冷笑。

「救了衛斯理一命，是吧？」他對哈利說，「我這輩子還沒見過像他這麼爛的守門手……這也難怪，他是**誕生在臭垃圾場**嘛……你喜歡我寫的歌詞嗎，波特？」

哈利沒吭聲，他轉身走開，去找葛來分多其他隊員。他們現在紛紛降落到地上，全都在得意地大吼大叫，興奮地朝空中揮舞拳頭。只有榮恩例外，他降落在球門柱附近，跨下掃帚，似乎想要自己一個人慢慢走回更衣室。

「我們本來還想再多寫幾首呢！」馬份喊著，這時凱娣和西亞都來擁抱哈利。「可惜肥和醜這兩個字不太好押韻——我們是打算寫他母親，知道吧——」

「哎唷，真酸哪。」莉娜說，厭惡地瞄了馬份一眼。

「——**無用的廢物**也很難找到合適的韻腳——這是要寫他父親，你曉得吧——」

弗雷和喬治這才明白馬份是在說什麼。他們本來在跟哈利握手，這時突然全身僵住，轉頭望著馬份。

「算了！」莉娜立刻說，一把抓住弗雷的手臂。「算了啦，弗雷，就讓他去鬼吼鬼叫吧。他只是輸不起罷了，那個自以為了不起的小——」

「——你倒是很喜歡衛斯理一家人，是不是，波特？」馬份冷笑說，「你還跑到他們那裡去度假，沒錯吧？真不懂你怎麼受得了那股臭味，不過我曉得，反正你從小也是被麻瓜胡亂養大的，這樣比起來，衛斯理家的狗窩還算挺香的咧——」

哈利連忙抓住喬治。同時，莉娜、西亞和凱娣也合力拉住弗雷，免得他撲向馬份，馬份毫不掩飾地放聲大笑。哈利回過頭來想找胡奇夫人，她現在仍然在痛罵克拉，怪他不該違規用搏格倫襲。

「或許，」馬份說，一面後退，一面斜睨著哈利，「你還記得**你**母親老家的臭味，波特，那衛斯理家的豬圈就勾起了你的回憶——」

哈利不知道他在何時放開了喬治，他只曉得，下一秒，他們兩人就一起撲向馬份。他完全忘了所有老師都在旁邊圍觀，他只想到要盡一切可能去傷害馬份，傷得越重越好。他等不及抽出魔杖，就舉起拳頭，朝馬份肚子上狠狠一拳——

「哈利！**哈利！喬治！不！**」

他可以聽到女孩子在尖叫，馬份嘶聲大喊，喬治忿忿咒罵，另外還有尖銳的哨音，和周圍群眾發出的怒吼，但他什麼都不管了。直到附近有某個人揚聲喊起：「噴噴障！」他被魔法擊中，整個人往後栽倒才停下手來，放棄了把馬份全身上下打個稀爛的企圖。

「你們到底在幹什麼？」胡奇夫人尖聲喊道，哈利跳起身來。看來剛才用障礙惡咒攻擊他的人就是胡奇夫人，她一手抓著口哨，另一手握著魔杖，她的飛天掃帚棄置在幾呎外的地上。馬份躺在地上縮成一團，不停嗚咽呻吟，他的鼻子上全都是血。喬治摸著他那腫起的嘴唇，弗雷仍然被那三個追蹤手牢牢抓住，克拉在背後呵呵大笑。「我從來沒見過這麼惡劣的行為——回城堡去，你們兩個，直接到你們學院導師辦公室報到！去啊！**現在就去！**」

哈利和喬治大步踏出球池，兩人都在不停地喘氣，一路上誰也沒開口說過話。群眾的咆哮與哄笑聲漸漸變得越來越模糊，最後他們踏進了入口大廳，四周一片寂靜，只聽見自己的腳步聲。哈利這才注意到，有個東西在他右手中拚命掙扎，他右手的指關節也因剛才痛揍馬份的下巴而瘀青。他低下頭看，金探子的銀翅從他指縫間冒出來，掙扎著想要脫離他的掌握。

他們才剛走到麥教授的辦公室門前，她就沿著他們背後的走廊快步趕過來。她圍了一條葛來分多的紅金兩色圍巾，朝著他們一面走，一面用顫抖的雙手用力把脖子上的圍巾扯下來，她氣得臉色發青。

「進去！」她狂怒地指著門說。哈利和喬治走進去。她大步繞到她的書桌後面，面對著他們，把葛來分多圍巾扔到地板上，氣得渾身顫抖。

「**怎麼搞的？**」她說，「我從來沒見過這麼丟臉的舉動。你們兩個！立刻給我解釋清楚！」

「是馬份先激怒我們的。」哈利頑強表示。

「激怒你們？」麥教授大叫，用力往桌上捶了一拳，害她的格子花紋鐵罐從桌上掉下來摔開，撒了滿地的薑汁蠑螈餅。「他剛輸了球，是不是？他當然會想要激怒你們！他究竟說了什麼，讓你們兩個自以為有理由——」

「他侮辱我的父母，」喬治怒吼道，「和哈利的母親。」

「可是你們兩個非但沒有把這件事交給胡奇夫人裁決，反倒自行決定表演一場麻瓜式決鬥，是不是？」麥教授沉聲大喝，「你們難道完全不知道自己——」

「**嗯哼，嗯哼**。」

哈利和喬治兩人立刻轉過身去。桃樂絲．恩不里居站在辦公室門口，身上穿著一件綠色斜紋軟呢斗篷，看起來更像是一隻大蟾蜍。她臉上掛著那恐怖噁心的不祥笑容，哈利只要一看到她那種笑容，就感到自己又要倒大楣了。

「要我幫忙嗎，麥教授？」恩不里居教授用她那最可憎的甜蜜嗓音說。

麥教授的臉在瞬間脹得通紅。

「幫忙？」她用一種努力壓抑的嗓音重複說，「妳這是什麼意思，**幫忙**？」

恩不里居教授踏進辦公室，臉上仍然掛著她那噁心的笑容。

「怎麼，我還以為多一個校方人員來幫點小忙，妳會很感激呢。」

就算麥教授的鼻孔裡冒出火花，哈利也不會感到驚訝。

「妳錯了。」她說，轉身背對著恩不里居。「好，你們兩個給我仔細聽清楚。我不管馬份是怎麼激怒你們，我不管他是不是侮辱了你們全家大小，你們的行為實在是可惡至極。我要罰你們每人一個禮拜的勞動服務！少用這種眼光看我，波特，你是罪有應得！你們兩個要是再——」

「**嗯哼，嗯哼**。」

麥教授閉上眼睛，彷彿是在祈求上天多賜給她一點耐心，再轉過頭面對著恩不里居教授。

「**什麼事**？」

「我認為只判他們勞動服務，實在是罰得太輕了些。」恩不里居說，臉上的笑意變得更濃了。

麥教授猛地睜開眼睛。

「真不巧，」她說，努力對恩不里居回以微笑，看起來卻是一副突然染上牙關緊閉症的怪樣，「他們是我學院的學生，桃樂絲，所以我說的話就算數。」

「嗯，**事實上**，麥教授，」恩不里居假笑道，「我想妳馬上就會發現，我說的話**才算數**呢。我看看，到底在哪裡呀？康尼留斯剛寄給我的……我是說，」她發出一陣假假的輕笑，伸手在她的手提包裡摸索，「是**魔法部長**剛寄給我的……啊，在這裡……」

她掏出一張羊皮紙，把它攤開，裝模作樣地清了清喉嚨，開始念上面的內容。

「**嗯哼，嗯哼**……『教育章程第二十五條』。」

「怎麼又來了！」麥教授激動得失聲驚呼。

「嗯，沒錯，」恩不里居臉上仍掛著微笑，「坦白說，米奈娃，其實是妳讓我看清楚，我們**必須**再多修訂一條新法令……妳該記得，在我不肯批准讓葛來分多重組魁地奇球隊的時候，妳是怎樣故意藐視我的嗎？妳直接把這個案子呈報給鄧不利多，讓他堅持要我批准球隊練習，是不是？很好，我告訴妳，我絕不容許這類事情發生。我立刻聯絡魔法部長，而他也完全同意我的看法，學校的總督察有權剝奪學生享有的特權，否則她——也就是指我本人——的權力簡直還不如一個普通教員呢！所以現在妳應該知道，米奈娃，我當初企圖制止葛來分多重組球隊，這個舉動有多聰明了吧？**可怕的**脾氣啊……不說這些了，讓我把我們的新法令念給妳聽聽……**嗯哼，嗯哼**……『總督察今後得以享有至高無上的職權，負責決定所有與霍格華茲學生們相關的懲罰方案，以及批准與撤銷學生特權等相關規定。同時，也有權更動由其他教職員所發布的懲罰方案，以及批准與撤銷學生特權等相關規定。簽名，康尼留斯．夫子，魔法部長，第一級梅林勳章，等等、等等。』」

她捲起羊皮紙，塞回她的手提包，臉上仍掛著微笑。

「所以呢……我是真的認為，我必須永遠禁止這兩個人參加魁地奇比賽。」她說，目光在哈利和喬治兩人身上來回梭巡。

哈利感到金探子在他手中拚命拍動翅膀。

「禁止我們？」他說，他的嗓音聽起來出奇地遙遠，「參加比賽……永遠？」

「是的，波特先生，我的目的就是要讓你們終身禁賽，」恩不里居說，看到哈利努力想要理解她說的話時的傻樣，她臉上的笑意變得更濃了，「我指的是你**和**這位衛斯理先生。不過呢，為了慎重起見，我認為這位年輕人的雙胞胎兄弟也該停止參賽——要不是其他隊員制止的話，我確定他一定也會衝去攻擊小馬份先生。當然，我必須沒收他們的飛天掃帚，我會把它們安安全全地鎖在我的辦公室裡，以免有人違反我的禁令。不過呢，我也不是個不講理的人，麥教授，」她轉頭望著麥教授，繼續說下去，而麥教授像座冰雕似的，一動也不動地站在原處，望著恩不里居發楞，「其他球員還是可以繼續參加比賽，我倒是沒發現**他們**有任何暴力傾向。好的……祝你們午安。」

恩不里居帶著極端滿意的表情離開房間，留下來的是一片驚駭的寂靜。

* * *

「禁賽，」莉娜當晚深夜在交誼廳裡，用一種空洞的聲音說，「**禁賽**。沒有搜捕手，也沒有打擊手……我們究竟該怎麼辦？」

交誼廳裡完全沒有半點贏球的歡樂氣氛。哈利放眼望去，大家臉上全都帶著沮喪和憤怒的表情。所有的球員都頹然圍坐在爐火旁邊，除了榮恩，他在比賽結束後就失去了蹤影。

「這實在是太不公平了，」莉娜帶著麻木的表情說，「我是說，那克拉呢？他不是在哨聲響後，還用搏格去攻擊哈利嗎？她有罰**他**禁賽嗎？」

「沒有，」金妮難過地說，她和妙麗兩人分別坐在哈利兩旁，「他只被罰寫作業，我在吃晚餐的時候聽到蒙塔提起這件事，他還開心地大笑呢。」

「弗雷根本什麼也沒做，就被罰禁賽！」莉娜憤怒地說，握拳猛捶自己的膝蓋。

「可別怪我什麼也沒做，」弗雷的臉色變得難看至極，「要不是妳們三個攔住我，我非把那個小廢物給揍扁不可。」

哈利悲傷地凝視黑漆漆的窗口。外面在下雪，他之前抓到的金探子，現在正在交誼廳中不斷盤旋飛翔。大家彷彿被催眠似的，眼睛一直緊跟著它打轉。歪腿在眾多椅子間蹦來跳去，急著想要抓住它。

「我要去睡了，」莉娜說，緩緩站起身來，「說不定這只是一場惡夢……說不定我明天早上醒來，就會發現我們根本就還沒比賽……」

西亞和凱娣跟著她一起上樓。過了一會，弗雷和喬治兩人也走上樓去休息，他們兩人一邊走，一邊怒目瞪視身邊所有的人。沒過多久，金妮也回寢室去了，爐火邊只剩下哈利和妙麗。

「你有看到榮恩嗎？」妙麗低聲問道。

哈利搖搖頭。

「我覺得他是故意在躲我們，」妙麗說，「你想他會去哪裡──？」

就在那一刻，他們背後傳來一陣吱吱嘎嘎的聲音，胖女士畫像突然向前敞開，榮恩從畫像洞口爬了進來。他的臉色一片慘白，髮上沾了雪花。他一看到哈利和妙麗，就立刻停下腳步。

「你跑到哪裡去了？」妙麗跳起來，擔心地問道。

「走走。」榮恩囁嚅地說，他身上仍然穿著魁地奇球袍。

「你看起來快凍僵了，」妙麗說，「來這邊坐！」

榮恩走到爐火邊，倒在離哈利最遠的一張椅子上，連看都不看哈利一眼。偷來的金探子飛過他們的頭頂。

「對不起。」榮恩囁嚅地說，望著自己的腳。

「幹嘛道歉？」哈利說。

「我竟然自以為可以打魁地奇，」榮恩說，「我明天第一件事就是去退出球隊。」

「你要是再退出，」哈利沒好氣地說，「整支球隊就只剩下三名球員了。」他看到榮恩露出迷惑的表情，於是又開口說，「我剛才被罰終身禁賽，弗雷和喬治也跟我一樣。」

「什麼？」榮恩大吼。

哈利實在不願再去述說這些事情，所以由妙麗把整件事情告訴榮恩。等她說完之後，榮恩的表情變得比先前更加痛苦。

「這全都是我的錯——」

「又不是你**逼**我去揍馬份的。」哈利生氣地說。

「——全都是因為我魁地奇比賽表現得太爛了——」

「——這跟那件事無關——」

「——我一聽到那首歌就開始緊張——」

「——誰聽到那鬼歌不會緊張啊。」

妙麗站起來，走到窗邊，避開他們的爭吵，望著在窗玻璃邊迴旋飛舞的雪花。

「你到底鬧夠了沒！」哈利突然大聲喊道，「情況已經夠糟的了，你還在那裡沒完沒了地把一切都怪到自己頭上！」

榮恩什麼也沒說，只是可憐兮兮地望著他那溼透的長袍下襬。過了一會，他用一種無精打采的聲音說：「我這輩子從來沒像現在這樣難過。」

「難過的又不是只有你一個。」哈利冷酷地說。

「聽我說，」妙麗說，她的聲音微微顫抖，「我想有一件事，可以讓你們兩個心情好起來。」

「喔，是嗎？」哈利懷疑地說。

「是啊。」妙麗說，轉身離開那沾滿雪花的漆黑窗口，臉上綻放出一個燦爛的笑容，「海格回來了。」

20 海格說故事

哈利用最快的速度衝回男生寢室，從行李箱中取出隱形斗篷和劫盜地圖。他的動作實在是太快了，所以在他和榮恩兩人已準備要出發之後，至少又再多等了五分鐘，妙麗才急匆匆地從女生寢室走回來。她身上圍著圍巾，戴著手套，頭上還加了頂她那粗針亂線、織得凹凸不平的小精靈帽。

「外面很冷欸！」她有點防衛地說，榮恩在一旁不斷發出不耐煩的嘖嘖聲。

他們輕手輕腳地穿過畫像洞口，接著立刻披上隱形斗篷——榮恩長高了許多，現在他必須彎下身，才能把腳完全蓋住——然後他們小心翼翼地慢慢往前走，下了一道又一道的樓梯，每隔一段時間就拿出劫盜地圖，察看上面是否出現飛七或拿樂絲太太的記號。他們運氣不錯，一路上沒碰到任何人，只遇見差點沒頭的尼克。這位幽靈心不在焉地在空中滑翔，嘴裡哼著歌，聽起來非常像是那首恐怖的「衛斯理是我們的王」。他們悄悄穿越入口大廳，踏入雪花紛飛的靜謐校園。哈利看到前頭那小塊小塊的金黃色亮光，和海格家煙囪冒出來的陣陣煙氣，他的心猛然一震。他加快腳步向前走，其他兩人也推推擠擠、碰碰撞撞地緊挨在他身後。他們懷著興奮的心情，嘎喳嘎喳地踩過厚厚的積雪，走到了海格家的木頭大門前。哈利朝門上敲了三下，屋內有隻狗立刻開始狂吠。

「海格，是我們！」哈利對著鑰匙孔喊。

「想也知道！」一個粗啞的嗓音說。

他們躲在隱形斗篷下開心地笑著對望。從海格的嗓音聽來，他現在心情好得很。「到家還不到三秒鐘……走開，牙牙……**走開**，你這隻小笨狗……」

門閂被拉開，大門吱吱嘎嘎地打開，海格從門縫探出頭來。

妙麗大聲尖叫。

「梅林的鬍子啊，別作聲！」海格趕緊說，眼睛胡亂望著他們的頭頂上方，「躲在隱形斗篷下是吧，嗄？好，進來，進來！」

「對不起！」妙麗喘著氣說。他們三人從海格身邊擠過去，走進屋裡，把隱形斗篷摘了下來，好讓海格看見他們，「我只是——喔，**海格！**」

「沒事兒，沒事兒！」海格連忙說，他關上門，再急匆匆地把所有窗簾全都拉上，妙麗仍驚恐地凝視著他。

海格的頭髮上結滿了血塊，他的左眼變成一道腫起的裂縫，擠在一大片紫黑瘀青的正中央。他的臉上和手上到處都是傷，有些傷口還在淌血，而且走動的時候，動作顯得特別小心，這使得哈利懷疑他的肋骨斷了。他們可以看出他的確是剛回到家，椅背上掛了一件厚厚的黑色旅行用斗篷，門旁的牆腳邊擱著一個可以裝得下好幾個小孩的大背袋。塊頭比正常人大上一倍的海格正一跛一跛地走到爐火前，把一個銅壺擱在爐子上。

「你究竟出了什麼事？」哈利詢問。牙牙在他們四周蹦蹦跳跳，想要舔他們的臉。

「跟你說過了，**沒事兒**，」海格堅定地表示，「喝杯茶吧？」

「少裝蒜，」榮恩說，「你看起來慘斃了！」

「我告訴你，我好得很。」海格說，抬頭挺胸地轉過身來，笑咪咪地望著他們，臉上的肉卻在抽搐。「哎呀，能再看到你們三個，我真是太高興啦——暑假過得不錯吧？」

「海格，有人攻擊你！」榮恩說。

「我再說最後一次，沒事兒！」海格堅定地表示。

「那我問你，要是我們之中有哪個人的臉變成一團爛碎肉出現在你面前，你還會說沒事嗎？」榮恩質問道。

「你真的應該去找龐芮夫人，海格。」妙麗擔心地說，「有些傷口看起來很嚴重。」

「我馬上就來治傷，可以了吧？」海格用安撫的語氣說。

他走到小木屋正中央的巨大餐桌前，掀開一塊擱在桌上的擦碗布。下面放了一塊微帶綠色、比一般汽車輪胎稍大一些的血淋淋生肉。

「你該不會是要拿來吃吧，海格？」榮恩說，俯身向前好看清楚些，「看起來好像有毒。」

「它本來就是長這副德行，這可是龍肉呢，」海格說：「何況我又不是要拿來吃的。」

他抓起那片龍肉，啪的一聲貼到他的左臉上。淡綠色的血淌下來流進他的鬍子裡，他輕輕發出一聲滿足的呻吟。

「好多了。這玩意兒可以止疼，懂吧？」

「那你現在可以告訴我們，你到底出了什麼事嗎？」哈利問道。

「不能說，哈利。這可是最高機密，告訴你會害我丟掉飯碗的。」

「你是被巨人打傷的嗎，海格？」妙麗平靜地問道。

海格的手指鬆開，龍肉咯吱一聲滑落到他的胸前。

「巨人？」海格說，趕在龍肉滑到他皮帶之前一把抓住，再重新貼回臉上，「有誰提到巨人嗎？你們跟誰說過話啦？是誰告訴你們說我——是誰說我去——嗄？」

「是我們猜的。」妙麗歉疚地說。

「喔，你們猜的，是吧？」海格說，用他那隻沒被龍肉遮住的眼睛，嚴肅地定定望著妙麗。

「這其實還滿……明顯的。」榮恩說。哈利點點頭。

海格怒目瞪視他們，然後哼了一聲，把龍肉扔回桌上，大步走向正在嗚嗚作響的銅壺。

「從沒見過像你們三個這麼鬼靈精的孩子，」他喃喃地說，劈哩啪啦地把滾水倒進三個水桶狀的馬克杯裡，「我這可不是在誇你們。就像有些人說的，包打聽，淨愛管別人的閒事兒。」

但他的鬍鬚在微微抽動。

「所以你真的是去找巨人囉？」哈利咧嘴笑道，在桌邊坐下來。

海格把茶放到他們面前，坐下來，抓起龍肉，啪的一聲重新貼回臉上。

「好吧，沒錯，」他咕嚕地說，「我是去了。」

「那你找到他們了嗎？」妙麗輕聲問道。

「嗯，老實說，他們還挺好找的，」海格說，「塊頭大嘛，懂吧？」

「他們在哪裡？」榮恩問。

「在山裡。」海格敷衍地答。

「那為什麼麻瓜沒——？」

「他們有，」海格陰沉地說，「只是一有人死掉，他們就全部推說是山難，對吧？」

他調整了一下龍肉，蓋住瘀傷最嚴重的部位。

「好了啦，海格，快告訴我們你到底去做了什麼！」榮恩說，「你先跟我們說你被巨人打傷的事，再讓哈利告訴你他被催狂魔攻擊的事——」

正拿著馬克杯喝茶的海格立刻被嗆到，臉上的龍肉也在同一時間掉了下來。海格一邊咳嗽，一邊發出嘰哩咕嚕的怪聲，把桌上噴得到處是口水、茶汁和龍血，而龍肉也輕輕**啪噠**一聲，掉在地板上。

「你說啥，被催狂魔攻擊？」海格咆哮。

「難道你不曉得嗎？」妙麗瞪大眼睛詢問他。

「我走了以後，就完全不清楚這兒的狀況。我是去出使秘密任務，知道吧？我可不希望有貓頭鷹成天跟著我到處亂飛——該死的催狂魔！你不是在開玩笑吧？」

「不，是真的，牠們突然出現在小惠因區攻擊我和我表哥，接著魔法部又說要開除我——」

「**什麼**？」

「——結果我還得去魔法部出庭受審，好了，你先告訴我們巨人的事。」

「你被**開除**？」

「等你先把你暑假發生的事說清楚，我才告訴你。」

海格用他唯一能看到的眼睛怒目瞪視哈利。哈利迎上他的目光，露出一臉故作無辜，但卻充滿決心的表情。

「喔，好吧。」海格用無可奈何的語氣說。

他彎下身來，把龍肉從牙牙嘴裡扯出來。

「喔，海格，不要，這樣很不衛生欸——」妙麗才剛開口，海格就已經啪的一聲，把龍肉貼回他腫脹的眼睛上。

他又猛灌下一大口茶，才開口說：「好吧，我們上學期一結束就出發——」

「所以美心夫人也跟你一起去囉？」妙麗插嘴。

「是啊，沒錯，」海格說，在他那沒被鬍鬚或是綠龍肉蓋住的一小片臉龐上，流露出一絲溫柔的神情，「是啊，就我們倆一塊兒去。我告訴你們，歐琳她可一點兒都不怕吃苦哩。懂我的意思吧，她是個貴婦啊，總是穿得漂漂亮亮的。我一曉得我們要上哪兒去，心裡就在犯嘀咕，要她去爬石頭、睡山洞什麼的，天曉得她受不受得了，但她可從來沒抱怨過一聲。」

「你曉得你們要上哪裡去？」哈利問道，「你知道巨人在哪裡？」

「這個嘛，鄧不利多知道，是他告訴我們的。」海格說。

「他們藏在哪裡？」榮恩問道，「這是秘密嗎？」

「不算是，」海格搖著他那毛茸茸的頭顱說，「只是他們實在離我們太遠了，大多數巫師根本懶得去管他們到底在哪兒。不過，要去他們住的地方不太容易，至少對人類來說很難啦，所以我們需要鄧不利多的指示。我們花了一個月左右的時間才走到那兒——」

「**一個月**？」榮恩說，他似乎從來沒聽說過有哪段旅程得花上如此久到荒唐的時間，「可是——難道你們就不能去找個港口鑰用用嗎？」

海格斜著眼盯著榮恩，他露在外面的眼睛流露出一絲幾乎可說是憐憫的古怪神情。

「有人在盯著我們哪，榮恩。」他粗聲粗氣地說。

「你這話是什麼意思？」

「你不懂，」海格說，「魔法部一直在監視鄧不利多，和所有他們認為跟他同夥的人，而且——」

「這我們曉得，」哈利立刻表示，他迫不及待地想要聽海格繼續說下去，「我們知道魔法部在監視鄧不利多——」

「所以你們不能用魔法旅行？」榮恩露出嚇呆了的表情，「你們**全程**都得像麻瓜那樣傻傻走去？」

「呃，也不能算是全程，」海格謹慎地說，「我們只是得小心點兒。因為歐琳跟我，呃，我們長得比較顯眼——」

榮恩發出一種半像噴氣半像吸氣的模糊怪聲，他連忙吞了一大口茶。

「——所以要跟蹤我們兩個還挺容易的。我們裝作是要一起去度假，先進入法國，假裝是要去歐琳的學校，因為我們發現，我們已經被某個魔法部派來的人盯上了。其實我們也只好用走的，因為我本來就不應該使用魔法，而魔法部又正想找個理由來逮捕我們。不過呢，我們終於在什麼『滴濃』附近甩掉了那個蠢蛋——」

「喔喔喔喔，你說第戎嗎？」妙麗興奮地說，「我有去那裡度過假耶，那你有沒有看到——？」

她一看到榮恩的臉就立刻閉上嘴。

「在那以後，我們冒險使了點兒魔法，那段旅程倒是還不壞。一路上只在波蘭邊界碰到了一、兩個笨山怪，在明斯克的酒吧裡跟一個吸血鬼起了點兒小衝突，其他都挺順利的。

「然後我們到達了那個地點，開始穿越山區，到處尋找他們的行蹤……

「在快要接近他們的時候，我們卻又不能使用魔法。一部分是因為，他們本來就不喜歡巫師，所以我們不想一開始就惹他們反感；另一部分是因為，鄧不利多警告過我們，說『那個人』一定會去跟巨人接觸。他告訴我們，在快接近巨人的時候得特別小心，盡量別引起別人注意，說不定食死人就躲在我們附近哩。」

海格停下來，喝了一大口茶。

「快說啊！」哈利焦急地催他。

「後來我們找到他們了。」海格直接切入。「有天晚上，我們越過一道山脊，發現他們就在山腳下，黑壓壓的一大群人。下面有一些小小的火堆，影子卻大得嚇人……看起來簡直就像是一座座小山在動。」

「他們究竟有多大？」榮恩輕聲問。

「大約二十幾呎高，」海格不當一回事地答，「最高的幾個大概有二十五呎。」

「那邊一共有多少個巨人？」哈利問。

「大概有七、八十個。」海格說。

「這麼少？」妙麗說。

「是啊，」海格難過地說，「就只剩下八十來個了，以前巨人多得很哩，全世界少說也有上百個不同的部落，可惜早就開始漸漸絕種了。當然啦，有些是被巫師殺的，但大多數都是自己互相殘殺，現在他們消失的速度比以前更快囉。他們不適合大夥聚在一塊兒住，這不符合巨人的天性。鄧不利多說，這全都是我們的錯，是我們巫師把他們趕走，逼他們搬到離我們很遠的地方去住，而他們為了保護自己，只好全都聚在一塊兒不敢落單。」

「所以說，」哈利說，「你看到他們了，然後呢？」

「嗯，為了安全起見，我們等到早上才行動，我們可不想摸黑偷偷走過去找他們。」海格說，「在凌晨三點左右，他們坐在原地倒下來就睡。我們可不敢睡，為什麼呢？第一，我們得小心提防，免得有巨人突然醒過來，爬到我們的藏身處；第二，他們的鼾聲實在是吵得嚇死人，天快亮的時候還震得雪崩了呢。

「反正，等天一亮，我們就走下去見他們。」

「就這樣？」榮恩露出敬畏的神情說，「你們就這樣大剌剌地直接踏進巨人的營地？」

「嗯，鄧不利多有指示過我們該怎麼做，」海格說，「就是送禮物給咯咯，表示一點兒敬意。」

「送禮物給**什麼**？」哈利問道。

「喔，咯咯——就是頭目的意思。」

「你怎麼曉得哪一個是咯咯？」榮恩問道。

海格怪有趣地哼了一聲。

「簡單得很，」他說，「就是其中塊頭最大、長得最醜，又最懶惰的那個。光只是坐在那兒，等其他人拿食物給他吃，都是些死山羊之類的東西。他的名字叫嘎哭，我猜他大概有二十二、二十三呎高，體重跟兩頭公象差不多，皮膚就像犀牛皮。」

「你們就這樣走上去找他？」妙麗屏息說。

「呃……應該說是走**下去**找他，他躺在下面的山谷裡嘛。他們住在四座高山中間的一道凹縫裡，營地旁邊還有個湖泊。嘎呎就躺在湖邊，對其他人大吼大叫，逼他們餵他和他老婆吃東西。歐琳和我順著山腰走下去——」

「他們看到你們的時候，難道沒有想要殺死你們嗎？」榮恩懷疑地問道。

「有幾個人的確是有這種念頭，」海格聳聳肩說，「可是我們遵照鄧不利多的指示，高舉著禮物，眼睛盯著咯咯，不理其他人。我們就這樣去做，其他人馬上安靜下來，乖乖望著我們經過他們身邊，直接走到嘎呎腳邊。我們鞠了個躬，把禮物放在他前面。」

「你們送巨人什麼禮物？」榮恩急切地問道，「吃的嗎？」

「才不哩，他又不缺食物，」海格說，「我們送的是魔法。巨人喜歡魔法，只是不喜歡我們用魔法來對付他們。所以，那一天我們送給他一根『不滅火』。」

妙麗輕輕「哇！」了一聲，哈利和榮恩兩人卻滿頭霧水地皺起眉頭。

「一根——？」

「永遠不會熄滅的火啦，」妙麗沒好氣地說，「你們應該知道的啊，孚立維教授至少在課堂上提過兩次了！」

「哦，反正就是，」海格連忙接話，免得榮恩回嘴跟妙麗吵起來，「鄧不利多施法讓那根樹枝永遠有火在燒，這可不是隨便哪個巫師都會的道行。我把這玩意兒擱在嘎呎腳邊的雪地上，跟他說：『這是阿不思．鄧不利多送給巨人咯咯的禮物，以此表達他的敬意。』」

「那嘎呎怎麼說？」哈利急切問道。

「啥也沒說，」海格說，「他不會說英語。」

「你開玩笑！」

「這不要緊，」海格沉著地說，「鄧不利多早就料到這樣的情況。最起碼嘎哭還知道要叫一、兩個會說我們這種鬼話的巨人過來，為我們做翻譯。」

「那他喜歡這個禮物嗎？」榮恩問道。

「喔，當然喜歡。他們一明白這玩意兒的功用，樂得都快鬧翻天了，」海格說，把龍肉翻了個面，將較涼的那一面貼到他的腫眼上，「開心得不得了呢。接著我又開口說：『阿不思·鄧不利多請求咯咯，在使者明天再帶別的禮物過來時，跟他們談談。』」

「你們為什麼不能當天就跟他談？」妙麗問道。

「鄧不利多要我們慢慢來，」海格說，「先讓他們知道我們很守信用。**我們明天會再帶別的禮物過來**，而我們說話算話，真的又帶去另一份禮物——給他們一個好印象嘛，懂吧？而且還可以讓他們先試用第一份禮物，等到一發現那的確是好東西，他們就會急著想再要。反正一下子跟嘎哭這類的巨人說太多，他們會乾脆把你給殺了省得麻煩。接著我們就鞠了躬離開，找了個挺不錯的小山洞過夜。到了第二天早上，我們再回去找他們，這次嘎哭竟然坐了起來，急著要見我們哪。」

「你們跟他談了嗎？」

「談啦。我們先送給他一頂漂亮的戰盔，那是妖精做的，怎麼敲都敲不破哩——然後我們就坐下來，談了一會兒。」

「那他怎麼說？」

「沒說什麼，」海格說，「他主要是在聽，但看來情況還不錯。嘎哭聽過鄧不利多，也知道他曾經公開反對殺死英國境內最後的幾個巨人。嘎哭好像對鄧不利多交代我們說的事挺感興趣的，另外還有幾個巨人，特別是那些會說幾句英語的傢伙，也都圍在旁邊一塊兒聽。我們那天離開的時候，覺得挺有希望的。我們答應他，明天早上會再帶一份禮物過來。

「可惜那天晚上，希望就完全落空了。」

「怎麼說？」榮恩立刻問道。

「我剛才跟你們說過，巨人根本就不適合群居生活，」海格難過地說，「哪能這麼大群人住到一塊兒呢。他們根本就管不住自己，每隔幾個禮拜就來場大混戰，把人殺光一大半。男的跟男的，女的跟女的互相捉對廝殺。這個古老種族僅存的子孫，就這樣沒理由地自相殘殺，並不是為了搶食物、火堆，也不是睡覺的地方起衝突。想想看，眼看他們整個種族就快要滅絕了，他們應該放過對方，可是……」

海格深深嘆了口氣。

「那天晚上他們突然打了起來，我們矮著身子，挨在山洞口偷看下面的峽谷。大混戰持續了好幾個鐘頭，你們絕對想不到那聲音有多嚇人。等太陽升起的時候，下面的雪地變成一片血紅色，他的頭就躺在湖底。」

「誰的頭？」妙麗倒抽了一口氣。

「嘎哭，」海格沉重地說，「新的咯咯叫勾勾瑪。」他深深嘆了一口氣，「我們完全沒料到，我們好不容易才和第一個咯咯攀上交情，過兩天，他們就換了個新咯咯。而且我們懷疑勾勾瑪不是很想聽我們說話，可還是得試試看。」

「你們去跟他說話？」榮恩不敢相信地問，「你們不是才親眼看到他扯掉別人的頭嗎？」

「當然要去，」海格說，「我們走了那麼遠的路，可不會只待上兩天就打道回府！我們帶著本來要送給嘎哭的禮物走到下面。

「我還沒張開嘴，就知道情況不妙。我們走過去，他戴著嘎哭的頭盔坐在那兒，斜睨著我們。他塊頭很大，是裡面最壯的幾個巨人之一。黑頭髮，連牙齒都是黑的，脖子上掛了串骨頭項鍊，有些骨頭看起來像是人骨。我試著去碰碰運氣──舉著一大捆龍皮──跟他說：『這是送給巨人咯咯的禮物。』──才說完，我就被人抓住腿拎起來倒掛在半空中，動手的是他的兩個手下。」

妙麗猛然用雙手按住嘴巴。

「你是怎麼從**那裡**逃出來的？」哈利問道。

「要不是歐琳的話，我就完蛋了。」海格說，「她掏出魔杖，用我從來沒見過的最快速度施了些咒語。真是棒透了。那兩個抓著我的傢伙眼睛被結膜咒擊中，馬上就把我扔下來──但是這下就麻煩了，因為巨人最恨巫師用魔法對付他們。我們只好趕快逃走，我們心裡明白，以後休想再光明正大地踏進他們的營區。」

「天哪，海格。」榮恩輕聲說。

「好吧，既然你們只在那裡待了三天，那你為什麼這麼久才回到家？」妙麗問道。

「我們可沒只待三天就開溜！」海格露出受到侮辱的神情，「鄧不利多這麼信賴我們！」

「是你自己說你們休想再回去的！」

「大白天是絕對不行，我們只是得再多考慮一下。我們花了一、兩天時間，矮著身子躲在山洞裡偷看，但看到的情況不太妙。」

「他又扯掉別人的頭了？」妙麗問，她好像快要吐出來了。

「不是，」海格說，「我倒希望他這麼做。」

「你這話是什麼意思？」

「我們很快就發現，他只是對我們反感，並不是看所有巫師都不順眼。」

「食死人？」哈利立刻問道。

「沒錯，」海格陰沉地說，「有兩個傢伙天天都去拜訪咯咯，送禮物給他，他可沒讓他們倒掛在半空中亂晃。」

「你怎麼曉得他們是食死人？」榮恩問道。

「因為其中一個我認識，」海格咆哮，「麥奈，記得他吧？他們派來殺巴嘴的那個傢伙？那個瘋子麥奈，他就跟勾勾瑪一樣嗜殺，難怪他們兩個這麼投緣。」

「所以，麥奈已經說服巨人支持『那個人』了？」妙麗絕望地問道。

「別老是插嘴行不行，我故事還沒說完哩！」海格老大不高興地說，完全忘了他一開始根本什麼都不肯告訴他們，而現在卻好像是說上癮了。「我和歐琳討論了一下，我們都覺得只是咯咯一個人偏好『那個人』，並不能代表全部巨人都跟他一樣。我們得想法子去說服其他人，特別是那些不想讓勾勾瑪當咯咯的人。」

「你怎麼知道要找哪些人？」榮恩問。

「這個嘛，找那些被揍得最慘的就成了，是不是？」海格耐心地解釋，「那些還算有點兒頭腦，知道要避開勾勾瑪，像我們一樣躲到峽谷山洞裡藏身的巨人。所以我們決定夜裡到各個山洞裡去打探情況，看能不能設法說動幾個巨人。」

「你們跑到黑漆漆的山洞裡到處尋找巨人？」榮恩的語氣充滿了敬畏。

「嗯，我們倒不怎麼擔心巨人，」海格說，「我們怕的是那兩個食死人。鄧不利多在我們出發前特別交代過，盡量避免跟食死人起衝突。麻煩的是，他們曉得我們就在附近——我懷疑是勾勾瑪告訴他們的。到了晚上，等巨人全都睡著，我們正準備悄悄溜進山洞的時候，麥奈和另外一個傢伙卻鬼鬼祟祟地在山裡亂晃，想要搜尋我們。歐琳差點兒就跳上去，我費了好大的勁兒才把她給攔住，」海格說，他嘴角邊的雜亂鬍鬚微微上揚，「她急著要去對付他們……她一火起來可真是嚇人，歐琳……兇得要老命啊……大概是因為她有法國人的脾氣……」

海格雙眼迷濛地凝視著爐火。哈利先讓他回憶了三十秒，接著就大聲清清喉嚨。

「後來呢？你們到底有沒有跟其他巨人接觸？」

「啊？喔……喔，是啊，我們有。沒錯，在嘎哭被殺掉後的第三天晚上，我們悄悄溜出藏身的山洞，往下走回峽谷，一路上還得小心提防那些食死人。我們走進幾個山洞找了一下，啥也沒有——然後，大約是在第六個山洞，我們終於發現裡面躲了三個巨人。」

「山洞裡想必擠得要命。」榮恩說。

「擠得連讓一隻獅尾貓轉身的空間都沒有。」海格說。

「他們看到你們的時候，難道沒有動手攻擊嗎？」妙麗問道。

「要是還有力氣，大概早就動手了，」海格說，「不過他們三個都受了重傷，勾勾瑪的手下把他們揍昏了。他們一醒過來，就趕緊就近找個避難處爬進去，躲了起來。其中有個巨人會說幾句英語，他負責幫忙翻譯。他們好像還聽得進去我們說的話，所以我們繼續拜訪這些受傷的巨人……有一陣子，我還以為我們已經說動了六、七個巨人。」

「六、七個？」榮恩急切地說，「不錯啊——他們是不是就要到這裡來，和我們一起對抗『那個人』？」

妙麗卻問他：「你為什麼會說『有一陣子』，海格？」

海格難過地回望著她。

「勾勾瑪的手下突襲那些山洞。在那以後，那些還活著的巨人就全都不理我們了。」

「所以說……所以說根本沒有一個巨人要過來？」榮恩露出失望的表情。

「沒，」海格說，他深深嘆了一口氣，把龍肉換了個面，將較涼的另一面貼到臉上，「不過我們可以說是已經達到目的了。我們把鄧不利多的訊息告訴他們，有些人聽到了，有些人還把它記在心裡。說不定哪天，這些人不想再跟勾勾瑪待在一塊兒，就會離開山區，碰上時機湊巧，他們就會想起鄧不利多對他們相當友善……那他們就很有可能到這兒來了。」

現在雪花都快將窗戶堆滿了。哈利這才發現，他膝蓋以下的長袍也溼透了。牙牙把頭擱在哈利的大腿上，不停流口水。

「海格？」過了一陣子，妙麗輕聲喊。

「嗯？」

「你待在那裡的時候，有沒有……找到任何線索……有沒有聽到任何關於你……你……母親的消息？」

海格用他那隻沒被遮住的眼睛盯著她，妙麗看起來相當害怕。

「對不起……我……忘了吧——」

「死了，」海格咕噥一聲，「好幾年前死了。這是他們告訴我的。」

「喔……我……真的很抱歉。」妙麗的聲音細得像蚊子叫，海格聳聳他那龐大的肩膀。

面孔。

「沒必要道歉，」他簡短地表示，「我對她沒啥印象，她不算是個好母親。」

接下來又是一片沉默。妙麗緊張地瞥了哈利和榮恩一眼，顯然是希望他們能趕緊找話講。

「你還沒告訴我們你是怎麼弄成這副德行的，海格？」榮恩說，伸手指著海格血跡斑斑的面孔。

「還有，你為什麼這麼久才回來？」哈利說，「天狼星說美心夫人幾百年前就到家了──」

「是誰攻擊你？」榮恩問道。

「沒人攻擊我！」海格斷然表示，「我──」

門外突然響起一陣敲門聲，蓋過了海格的聲音。妙麗倒抽了一口氣，手中的馬克杯掉下來，摔碎在地板上，牙牙大聲狂吠。他們四人全都望著門邊的窗口，薄薄的窗簾上浮動著一個矮胖的身影。

「**是她！**」榮恩輕聲說。

「快躲進來！」哈利立刻說，一把抓起隱形斗篷，抖開來罩在妙麗和自己身上，而榮恩也快步繞過餐桌，撲到斗篷底下。他們三個人擠在一起，往後退到一個角落。牙牙像發瘋似地對著大門狂吠，海格露出一臉迷惑的表情。

「海格，快把我們的杯子藏起來！」

海格抓起哈利和榮恩的馬克杯，塞到牙牙狗籃的墊子下面。牙牙現在已經撲到了門上，海格抬腿把牙牙推開，打開了門。

恩不里居教授站在門口，穿著綠色斜紋軟呢斗篷，搭了一頂附有耳罩的同花色帽子。她噘著嘴，整個身子朝後仰，才好看清海格的臉孔，她甚至還沒海格的肚臍眼高。

「**所以**，」她說得又緩慢又大聲，就好像是在跟聾子說話似的，「你就是海格，是嗎？」

她沒等海格回答，就慢慢晃進房中，凸眼珠滴溜溜地轉個不停，打量四周的環境。

「走開。」她厲聲吼著，朝牙牙揮舞她的皮包。牙牙剛才撲到她身上，想去舔她的臉。

「呃——我是不想失禮，」海格望著她說，「可妳到底是誰啊？」

「我叫桃樂絲．恩不里居。」

她的目光來回掃視整間小木屋。哈利這時正像夾心餅乾似地擠在榮恩和妙麗中間，她有兩次直接注視著他們三人藏身的角落。

「桃樂絲．恩不里居？」海格的聲音顯得非常困惑，「妳是魔法部的人吧——妳不是夫子的手下嗎？」

「我以前的確是部長手下的政務次長，沒錯，」恩不里居說，現在她在小木屋裡到處走來走去，忙著打量房中的每一個細節，從牆邊的大背袋到棄置的旅行斗篷全都不放過。「我現在是黑魔法防禦術的老師——」

「妳可真有勇氣，」海格說，「已經沒多少人敢接下這份工作了。」

「——兼霍格華茲總督察。」恩不里居說，好像完全沒聽見他說話。

「那是什麼？」海格皺著眉頭問道。

「我正打算問你這個問題。」恩不里居說，指著地板上妙麗剛剛砸破馬克杯留下來的陶瓷碎片。

「喔，」海格說，用非常無助的眼神朝哈利、榮恩和妙麗藏身的角落瞥了一眼，「喔，那個是……是牙牙闖的禍，他打破了一個馬克杯，所以我只好用這玩意兒。」

海格一手指著他剛才喝茶用的馬克杯，另一手仍緊緊按住那塊貼在他眼睛上的龍肉。恩不里居再次打量房間，她面對著海格，仔細打量他身上的每一個細節。

「我聽到說話的聲音。」她平靜地說。

「我在跟牙牙聊天。」海格嘴硬地說。

「那他也有回你話囉？」

「呃……可以這麼說，」海格露出困窘的表情，「我有時候還真覺得，牙牙簡直就跟人沒什麼兩樣——」

「雪地裡有三道從城堡大門直通到你這棟小木屋的腳印。」恩不里居教授狡獪地說。

妙麗倒抽了一口氣，哈利趕緊用手蒙住她的嘴巴。幸好牙牙正在朝恩不里居教授的長袍下襬大聲地嗅來嗅去，所以她看來並沒有聽見。

「呃，我才剛回到家，」海格說，伸出一隻巨掌朝大背袋揮了一下，「說不定早些時候有人來找過我，跟我錯過了沒碰著。」

「外面並沒有從你家門口離開的腳印。」

「呃，我……我也搞不懂這是怎麼回事兒……」海格說，緊張地扯著自己的鬍鬚，又往哈利、榮恩和妙麗站的地方瞥了一眼，似乎是在向他們求援。「這個嘛……」

恩不里居迅速回過身來，大步越過房間，開始仔細地四處搜查。她彎下身來望著床底，她打開海格的碗櫥，她掠過哈利、榮恩和妙麗身邊，只差兩吋就會直接撞到他們身上。他們三個人緊貼著牆壁，哈利甚至還得在她經過時努力縮起小腹。在仔細檢查過海格用來煮食的超級大釜後，她又再度回過身來說：「你出了什麼事？你身上的傷是哪來的？」

海格慌忙取下臉上的龍肉，哈利認為這真是大錯特錯，因為現在海格眼睛四周的青紫瘀傷變得清晰可見，更別說他臉上那一大堆鮮血和血塊了。「喔，我……出了點兒小意外。」他胡亂找個藉口。

「哪一類的意外？」

「我——我摔了一跤。」

「你摔了一跤。」她冷冷重複。

「沒錯，就是這麼回事兒。是被……被我朋友的飛天掃帚給絆倒的，我自己可不會去騎那玩意兒。怎麼說呢，妳看我塊頭這麼大，飛天掃帚哪能載得動我呢？我有個朋友繁殖了一群阿不拉薩馬，我不曉得妳有沒有見過，好大一隻啊，還長了翅膀。我騎過一次，那真是——」

「你去了哪裡？」恩不里居問道，冷酷地打斷了海格的嘮叨閒話。

「我去了——？」

「哪裡，沒錯，」她說，「學校已經開學兩個月了，我們得另外找位老師來替你代課。你的同事全都不肯對我透露你的行蹤，你也沒留下聯絡地址，你究竟去了哪裡？」

海格用他剛才掀掉遮蓋的眼睛望著恩不里居，楞了一會沒回答，哈利幾乎可以聽見他的腦袋在飛快地運轉。

「我——我是去休養身體。」他說。

「休養身體，」恩不里居教授說。她的目光掃過海格那張花不拉幾的腫臉，龍血輕悄地滴下來，落到他的背心上。「我明白了。」

「沒錯，」海格說，「一點兒——一點兒新鮮空氣——」

「是啊，獵場看守人想呼吸新鮮空氣還真是很困難呢。」恩不里居用甜蜜的嗓音說。海格臉上沒變成青紫色的一小塊地方脹成了紅色。

「呃——換個環境嘛，妳知道的——」

「去山裡欣賞風景囉？」恩不里居立刻問道。

她知道了。哈利絕望地想著。

「山裡？」海格重複著，顯然是在拚命思索，「不是，我是去法國南部。曬曬太陽……看看海什麼的。」

「是嗎？」恩不里居說，「你沒怎麼曬黑嘛。」

「是啊……呃……我皮膚比較敏感。」海格說，努力擠出一個討好的微笑。哈利注意到他缺了兩顆牙。恩不里居冷冷望著他，他的笑容就快要撐不住了。這時，她把手提包提高些，掛到手肘彎上，說：「當然，我會向部長報告，說你逾期回校。」

「好啊。」海格點點頭說。

「你也該知道，身為總督察，負責審核同事的教學狀況是我責無旁貸的工作。所以，我們一定很快就會再見面的。」

她忽地轉身，大步走到門前。

「妳審核我們？」海格望著她的背影茫然地說。

「啊，是的，」恩不里居柔聲說，一手握著門把，回過頭來望著他，「魔法部決定要淘汰一些不適任的教師，海格。晚安。」

她走出去，砰的一聲關上大門。哈利正準備脫掉隱形斗篷，妙麗卻一把抓住他的手腕。

「先別急，」她附在他耳邊悄聲說，「她說不定還沒走。」

海格好像也是這麼想，他踏著沉重的腳步越過房間，把窗簾拉開一條一吋左右的縫。

「她回城堡去了，」他壓低聲音說，「天哪……她在審核我們？」

「沒錯，」哈利扯下隱形斗篷說，「崔老妮已經被她列為留校觀察……」

「嗯……你打算用什麼生物來給我們上課，海格？」妙麗問道。

「喔，這妳不用擔心，我準備了好多好精采的課哩，」海格熱心地說，撈起桌上的龍肉，再啪地貼回眼睛上，「我早就預備了一、兩種生物，在你們考普等巫測這年拿來作教材用。你們到時候就曉得了，牠們真的很特別……」

「呃……是哪一類的特別？」妙麗遲疑地問道。

「不告訴妳，」海格快樂地說，「我可不想破壞這個驚喜。」

「聽我說，海格，」妙麗不再拐彎抹角，急切地有話直說，「你要是帶些太危險的生物到課堂上，恩不里居教授一定會不高興的。」

「危險？」海格說，露出真摯的迷惑神情，「別傻了，我哪會帶什麼危險怪獸去教你們！我的意思是，好吧，牠們可以管好自己——」

「海格，你必須通過恩不里居的審核，要做到這一點，最好是讓她看到你教我們一些如何照顧醜馬伕啦、如何分辨魔刺蝟和刺蝟之間的差異啦，這一類的教材就對了！」妙麗認真地說。

「那一點兒也不好玩，妙麗，」海格說，「我準備的東西可精采多了。我飼養牠們好多年了，我想全英國就只有我養的這批不是野生的。」

「海格……求求你……」妙麗用一種絕望的口氣說，「恩不里居正在找藉口，好除掉所有她認為跟鄧不利多關係密切的老師。求求你，海格，教我們一些無聊，但是一定符合普等巫測標準的課程吧。」

海格只是打了個大呵欠，用一隻眼睛渴望地瞄著牆角的巨床。

「聽著，我今天累得很，現在也很晚了。」他說，輕輕拍了一下妙麗的肩膀，害她膝蓋一彎，砰通一聲跪到地上。「喔——對不起——」他抓住她的長袍後領，把她拉了起來。「聽我說，妳不用替我擔心，我可以向妳擔保，我這次回來，可是準備了一些真正的好東西要教你們……好，你們該回城堡去了，別忘了把路上的腳印去掉！」

「不曉得他到底有沒有聽進去妳說的話。」榮恩隔了一陣子後才開口說，這時，他們已做好安全檢查，確定了沒有任何危險，開始踏著厚厚的雪地往城堡走去。妙麗邊走邊施消跡咒，因此一路上沒再留下任何蹤跡。

「那我明天會再去找他，」妙麗下定決心表示，「必要的話，我會親自替他規劃課程。她把崔老妮趕走我無所謂，但我絕對不能讓她開除海格！」

21 以蛇之眼

星期日上午，妙麗跋涉過兩呎深的積雪再度來到海格的小木屋。哈利和榮恩很想陪她一起去，但他們的作業又堆積如山了，只好萬分不情願地待在交誼廳內，假裝沒聽見不斷從外面飄進來的嬉鬧聲。許多學生正在屋外冰凍的湖面上溜冰、滑雪橇，更過分的是有人瞄準了葛來分多塔，施展魔法用雪球重重打在玻璃窗上。

「喂！」榮恩終於失去耐性，把頭伸出窗外大叫。「我是級長，要是誰再把雪球丟到這扇窗——**哎喲喂！**」

他立刻把頭縮進來，一臉的雪。

「是弗雷和喬治啦，」他恨恨地說，用力把窗子關上，「混蛋……」

午飯前，妙麗從海格的木屋回來了，她冷得瑟瑟發抖，膝蓋下的長袍都溼透了。

「如何？」榮恩看著她走進來說，「幫他把課程都設計好了嗎？」

「我已經盡心盡力了。」她鬱悶地說，在哈利身邊的一張椅子坐下，拔出她的魔杖在空中比畫了一下，魔杖頂端噴出一股熱氣。她把熱氣對準她的長袍，長袍在烘乾的同時不斷冒出煙來。「我到的時候他甚至不在家，敲門敲了至少半個鐘頭，他才從森林出來——」

哈利發出絕望的呻吟，禁忌森林裡面有許多怪獸，這些怪獸都很可能害海格被解聘。「他在裡面養了什麼？他有說嗎？」他問。

「沒有，」妙麗很懊惱，「他說要給大家一個驚喜。我告訴他恩不里居的事，但他聽不進去，他一直說傻瓜才會不愛獅面龍尾羊而去愛魔刺蝟——啊，我想他還沒**弄到**什麼獅面龍尾羊，」她看著哈利與榮恩臉上驚駭的表情，又說，「倒不是他沒下工夫去找，而是他說很難取得那些蛋。我不知道跟他說過多少次，叫他最好沿襲葛柏蘭的計畫，我相信他半句也沒聽進去。他看起來怪怪的，還是不肯說他那些傷是怎麼來的。」

第二天早餐時間，海格在教職員餐桌上出現，但並沒有受到全體學生的歡迎。有些學生，好比弗雷、喬治和李都高興得大吼大叫，從葛來分多和赫夫帕夫餐桌間的走道跑過去，衝向前緊緊握住海格的大手。另外有一些學生，像芭蒂和文妲，卻失望地相視搖頭。哈利知道許多人寧願葛柏蘭教授繼續代課，最糟糕的是，他內心裡公正無私的那一小部分相當清楚，他們確實有充分的理由：葛柏蘭以趣味為主的上課方式，絕對好過上那種隨時擔心有人腦袋會被咬掉的課程。

星期二，哈利、榮恩和妙麗憂心忡忡地冒著酷寒去海格的小木屋上課。哈利擔心的不僅是海格會給他們看什麼東西，更擔心萬一恩不里居在一旁觀察，其他同學，尤其是馬份和他那一票跟班，不知道會有什麼反應。

不過，他們在積雪中跋涉前進時，遠遠地只見海格站在森林邊緣等候他們，並沒見到那位總督察的蹤影。海格的模樣還是不怎麼讓人放心，星期六晚上看到的那些深紫色的瘀血，現在已經轉成黃綠色，有些傷口仍然一副要流血的樣子。哈利不明白為什麼會這樣，海格是不是被什麼有毒的動物咬到，而這種動物的毒性會使傷口不能癒合？彷彿這樣還嫌不夠看，海格竟然又把看上去像半條死牛的東西扛在肩上。

「我們今天在這兒上課！」海格開心地對陸續走近的學生說，順勢把頭往他身後黝黑的森林一扭，「有點暗！不過，反正牠們也比較喜歡黑暗。」

「什麼東西比較喜歡黑暗？」哈利聽到馬份立刻對克拉和高爾說，他的聲音有點恐慌，「他說什麼東西比較喜歡黑暗——你們聽到了嗎？」

哈利想起馬份以前也進去過一次森林，那次他也膽小害怕得很。他想著，忍不住微笑，經過魁地奇球賽事件後，任何能使馬份不自在的事，在他眼中看來都是好事。

「準備好沒？」海格高興地說，看看全體同學，「好，這次森林教學是我特別為你們五年級保留的，我想帶你們去看看這些怪獸的自然習性。我們今天要研究的怪獸相當罕見，我想，我可能是英國唯一有辦法馴服牠們的人。」

「你確定牠們都已經完全被馴服了嗎？」馬份說，驚慌的語氣更明顯，「你又不是第一次把這種兇殘的怪物帶到班上來，不是嗎？」

史萊哲林的學生都贊同他的說法，少數幾個葛來分多學生的表情似乎也認為馬份的話有道理。

「牠們當然都被馴服了。」海格皺著眉頭說，把他肩上的牛屍再甩高一點。

「那你的臉又是怎麼一回事？」馬份問。

「不關你的事！」海格憤怒地說，「現在，如果你的問題問完了，就跟著我來吧！」

他轉身邁開大步直直走進森林，其他人都不敢動。哈利瞥一眼榮恩和妙麗，他們嘆口氣，點點頭，三個人便帶頭跟在海格後面。

走了大約十分鐘，他們來到一處林木密集的地方，這裡的光線暗沉得像薄暮時分，地上也沒有積雪。海格哼一聲，把半條牛拋在地上，後退一步，轉身面向學生。學生們多半躲在樹幹後面，神情緊張地望著他，彷彿隨時會有狀況發生。

「靠過來，靠過來，」海格催促他們，「牠們會被肉的味道吸引過來，不過我還是會叫牠們，因為牠們喜歡聽到我來了。」

他轉身，搖頭晃腦地把臉上亂蓬蓬的毛髮甩開，尖聲呼嘯起來，他的聲音在黑暗的樹林間迴盪，聽起來很像什麼怪鳥的尖嘯聲。現場沒有人敢笑，大部分學生都害怕得不敢出聲。

海格再度發出刺耳的呼嘯聲，一分鐘又過去了，學生們依舊緊張地躲在樹後面偷看。這時候，海格第三次甩開他的頭髮，挺起他那寬大的胸膛。哈利用手肘頂一頂榮恩，指著兩棵紫杉之間一處陰暗的地方。

一雙白色、晶亮、毫無表情的眼睛在黑暗中逐漸變大，過了一會，一匹長著龍的頭和脖子，骨骼嶙峋、身軀高大、背上有一對翅膀的黑色翼馬從黑暗中出現了。牠看看在場的學生，搖搖牠的黑色長馬尾，便低頭用牠的尖牙撕扯地上的牛肉。

哈利鬆了一大口氣，總算證實這些怪獸是真實的，並非他的幻想，而且海格也知道有這些怪獸。他熱切地望著榮恩，榮恩還是茫然地瞪著樹林間黑暗的地方，過了一會後他小聲問哈利：「海格為什麼不再叫了？」

大部分學生都和榮恩一樣，滿臉的困惑和緊張的期待，一直東張西望，而不是看著翼馬站立的地方。似乎只有兩個人看得到牠們：一個站在高爾後面，瘦瘦的史萊哲林男生，他以極憎惡的眼光注視著馬吃肉。另一個是奈威，他的視線一直跟著長長的黑尾巴轉。

「喔，另一匹也來囉！」海格驕傲地說。第二匹黑馬出現在黑暗的樹林間，堅韌的翅膀緊貼著身軀，也低下頭啃食牛肉。「現在……看得見牠們的人舉手？」

哈利終於明白這些馬的神秘之處了，他高興地舉手，海格朝他點頭。

「嗯……嗯，我知道你看得見，哈利。」他一本正經地說，「你也是嗎，奈威？還有——」

「請問，」馬份用嗤笑的語氣說，「你到底要我們看什麼？」

海格不說話，只是指著地上的牛肉當作回答。全班這時都專注望著那，幾秒鐘後，有幾個同學嚇得倒抽一口氣，芭蒂尖叫起來。哈利知道為什麼，一塊牛肉從骨頭上被撕下來，頃刻間平空消失，這的確是件非常詭異的事。

「它怎麼會這樣？」芭蒂躲到附近的一棵樹後面，恐懼地問，「什麼東西在吃它？」

「騎士墜鬼馬，」海格得意地說，妙麗站在哈利旁邊，恍然大悟說了聲：「喔！」海格繼續說，「霍格華茲養了一群這種動物，現在，誰知道——？」

「可是，牠們是非常、非常不吉利的動物！」芭蒂打斷海格的話，一臉緊張地說，「看到牠們的人會遭遇不幸，崔老妮教授曾經告訴過我——」

「不不不，」海格笑著說，「那是迷信，牠們不會不吉利，牠們聰明得很，而且很有用哩！當然，這種族類不常被用來做事兒，牠通常只拉學校的座車。除非鄧不利多要長途旅行，又不想使用現影術——那邊又來一對哩，你們看——」

又有兩匹馬安靜地從樹林間走出來，其中一匹從芭蒂旁邊經過，芭蒂顫抖著躲到樹後，說：「我好像碰到什麼東西了，我感覺牠在我附近！」

「別擔心，牠不會傷害妳。」海格耐心地說，「好，現在，誰能告訴我，為什麼有些人看得見，有些人卻看不見？」

妙麗舉手。

「說吧。」海格說，對妙麗笑一笑。

「只有見過死亡的人，」妙麗說，「才看得見騎士墜鬼馬。」

「答對了，」海格嚴肅地說，「葛來分多加十分。現在，騎士墜鬼馬——」

「**嗯哼，嗯哼**。」

恩不里居教授來了，她就站在距離哈利幾呎的地方，還是穿戴著她的綠色帽子和斗篷，手上拿著記事板。海格從來沒聽過恩不里居假裝咳嗽的聲音，他專注地看著附近的一匹騎士墜鬼馬，以為這個聲音是那些翼馬發出來的。

「**嗯哼，嗯哼**。」

「喔，哈囉！」海格找到聲音的來源，微笑著打招呼。

「你接到我今天早上送到你家的通知了嗎？」恩不里居還是用她先前對他說話的緩慢語氣大聲說，彷彿她的談話對象是個很笨的外國人。「說我要督察你的上課情形？」

「啊，有啊，」海格輕快地說，「很高興妳找到地方了！妳看得見吧——或者，我不知道——妳看得見嗎？我們今天在教騎士墜鬼馬——」

「對不起？」恩不里居教授大聲說，用手圈住她的耳朵，蹙著眉頭。「你說什麼？」

海格看起來有些困惑。

「呃——**騎士墜鬼馬！**」他大聲說，「就是那種大的——呃——有翅膀的馬呀！」

他信心十足地拍動他巨大的胳臂。恩不里居教授揚起眉毛，念念有詞地在她的記事板上寫著：「必……須……訴諸……於……粗糙……的……肢體語言。」

「呃……總之……」海格說著，回到他的班上，神情顯得有點不安，「嗯……我剛才說到哪兒？」

「短……期……記憶……似乎……很……差。」恩不里居的喃喃聲大到每個人都聽得見。跩哥．馬份的樣子彷彿聖誕節提早一個月來臨，相反地，妙麗的臉色因氣憤而脹紅。

「喔，對了，」海格說，不安地看一眼恩不里居的記事板，卻還是很勇敢地講下去，「是的，我要告訴大家我們怎麼會有一群這種馬。一開始只有一匹公馬和五匹母馬，這一匹，」他拍拍最早出現的那匹馬，「名叫黑暗，是我最喜歡的，牠是在這座森林出生的第一匹翼馬——」

「你知道嗎？」恩不里居打斷他的話，大聲地說，「魔法部把騎士墜鬼馬列為『危險動物』。」

哈利的心像石塊一樣往下沉，海格卻笑了。

「騎士墜鬼馬一點兒也不危險！當然，要是你不小心激怒牠們，牠們說不定會咬你一口哩——」

「有……樂於……見到……暴……力……的……傾……向。」恩不里居喃喃說，又在記事板上寫著。

「哎——別這樣嘛！」海格說，有點著急了，「我是說，就算是狗也會咬人，不是嗎——可是騎士墜鬼馬的名聲完全因為和死亡有關而受連累——人們以為牠們是不祥的徵兆，是不是？但他們只是不明白，對不對？」

恩不里居完全不予理會，她記完了筆記，才抬頭對他大聲說：「請繼續教學，我隨便走一走。」她裝模作樣地到處走動（馬份和潘西．帕金森無聲地笑著），「找幾個同學，」她指著幾個學生，「問些問題。」她指著她的嘴表示說話。

海格望著她，完全不明白她為什麼要裝出他不懂英語的樣子。妙麗氣得眼眶含著淚。

「妳這個老巫婆，妳這個邪惡的老巫婆！」當恩不里居走向潘西．帕金森的時候，妙麗小聲說，「我知道妳想幹嘛，妳這個可怕的、畸形的、邪惡的——」

「呃……總之，」海格說，想把學生的注意力拉回課堂上，「那麼——騎士墜鬼馬，是的，牠們有許多……」

「妳覺得，」恩不里居教授用清脆的嗓音對潘西．帕金森說，「妳聽得懂海格教授說的話嗎？」

潘西和妙麗一樣眼裡有淚，但她是笑出了淚。為了忍住嘰嘰咯咯的笑聲，她的回答聽起來斷斷續續的。

「聽不懂……因為……嗯……他的聲音聽起來……經常是唏哩呼嚕、不清不楚的……」

恩不里居在記事板上寫下這句話。海格臉上沒有瘀青的地方紅了起來，但他假裝沒有聽到潘西說的話。

「呃……是的……騎士墜鬼馬有許多優點，只要把牠們馴服了，像這匹，牠們就永遠不會走失哩。牠們有非常神奇的方向感，只要告訴牠們你要去哪兒——」

「當然，假如牠們能聽得懂你的話。」馬份大聲說。潘西．帕金森又開始嘰嘰咯咯笑起來，恩不里居教授慈愛地對他們笑笑，轉向奈威。

「你看得見騎士墜鬼馬是嗎，隆巴頓？」她說。

奈威點頭。

「你曾經看過誰死了？」她問，口氣轉為冷淡。

「我……我祖父。」奈威說。

「那你對牠們有什麼看法？」她說，用她那粗短的手往騎士墜鬼馬一比，幾匹騎士墜鬼馬已經把一大塊牛肉吃到剩下骨頭。

「呃，」奈威緊張地說，偷看一眼海格，「還……還……呃……還好……」

「**學生……不……敢……承……認……他們……害……怕**。」恩不里居喃喃地說，又在她的記事板寫字。

「不是！」奈威心煩意亂。「不是，我不怕牠們！」

「不要緊。」恩不里居拍拍奈威的肩膀，帶著一個很體諒的笑容，看在哈利眼中卻是一種輕蔑。「海格，」她轉頭對著海格，再度用那種緩慢的語氣大聲說，「我想我都知道了，你會在十天內（她舉起十根粗短的手指頭）接到（她做出從空中拿東西的樣子）你的督察報告（她指指記事板）。」她臉上的笑容擴大，在那頂綠帽子底下，更是前所未有地像極了一隻蟾蜍，然後她穿過學生們中間走掉了。馬份和潘西．帕金森笑起來，妙麗氣得發抖，奈威則一臉困惑和沮喪。

「那個惡劣的、謊話連篇的、畸形的老怪物！」半個小時後，他們沿著來時在雪地上留下的足跡走回城堡，妙麗氣得大罵：「你知道她是什麼意思嗎？還不又是她那一套混血的鬼話——她想凸顯海格像個傻乎乎的山怪——只因為他有個巨人血統的母親——喔，這太不公平了，這堂課其實還不錯——我是說，如果拿爆尾釘蝦來比，騎士墜鬼馬倒是不錯——事實上，對海格來說，牠們真的很棒！」

「恩不里居說牠們是危險動物。」榮恩說。

「可是，就像海格說的，牠們會照料自己。」妙麗耐著性子說，「我想，像葛柏蘭那種老師，大概不會在超勞巫測以前給我們看那種東西。可是牠們還**滿**有趣的，對不對？有的人看得見，有的人看不見！真希望我也能看見。」

「妳真的希望嗎？」哈利靜靜地問。

她悚然一驚。

「啊，哈利——對不起——不，我當然不希望——我真不該說這種傻話。」

「沒關係，」他馬上說，「沒事。」

「我很驚訝有這麼多人**可以**看得見牠們，」榮恩說，「一班就有三個——」

「對啊，衛斯理，我們也在想，」一個不懷好意的聲音說。因為雪地的關係，他們完全沒注意到馬份、克拉和高爾就走在他們後面，「如果你看過有人掛掉，會不會更容易看到快浮？」

說完，他、克拉和高爾放聲大笑，一面跑回城堡，一面還齊聲呼喊「衛斯理是我們的王」。榮恩的耳根紅了。

「別理他們，別理他們。」妙麗說著，拔出她的魔杖，念念有詞地再度變出一股熱空氣，在他們與溫室之間沒人踩過的雪地上融出一條好走的路來。

＊＊＊

十二月降臨了，帶來更多的雪和堆積如山的五年級作業。隨著聖誕節逼近，榮恩和妙麗的級長責任也加重了。他們被奉命監督城堡的裝飾工作（「你一邊忙著掛吊飾，皮皮鬼卻在一旁搗蛋，企圖用那些吊飾勒死你。」榮恩說），還得管那些因為天冷，下課時只好待在室內的一、二年級生（「他們簡直是冒失的搗蛋鬼，我們一年級時也沒那麼粗魯。」榮恩說），同時必須和阿各．飛七輪班巡邏走廊，因為飛七懷疑聖誕幽靈也許會在巫師決鬥中現身（「這個傢伙，腦袋裝的是大便。」榮恩憤怒地說）。兩人忙得連妙麗都停止織小精靈的毛線帽，一直擔心她還有三頂沒織。

「那些還沒有被解放的小精靈真可憐，因為帽子不夠而不得不留下來過聖誕節！」

哈利不忍心告訴她，多比把所有她織好的東西都拿走了。他低著頭繼續寫魔法史報告，再說，他也不願意去想聖誕節的事。自從進入霍格華茲以來，這是他頭一次不想留在學校過聖誕節。他被永遠禁止參加魁地奇比賽，加上擔心海格會被革職，使他此刻對這所學校充滿憎惡。他唯一真心期待的是ＤＡ的聚會，假日期間這項活動不得不暫停，因為幾乎每個參加聚會的團員都要回去和家人共度聖誕。妙麗要和她的家人去滑雪，榮恩對這件事很感興趣，他從沒聽過麻瓜踩著小片木板從山頂一路滑下山這檔事。榮恩要回洞穴屋，哈利羨慕了好幾天，最後忍不住問榮恩回去後準備怎麼過聖誕節，榮恩這才回答說：「你跟我們一起回去呀！我沒說嗎？媽幾個禮拜以前就寫信來叫我邀請你！」

妙麗聽了翻白眼，哈利開心了起來，他想到能在洞穴屋過聖誕節實在是太棒了，不過他又想到不能和天狼星一起度假，心中有點罪惡感。他不知道他是不是能說服衛斯理太太也邀請他的教父去吃聖誕大餐，他懷疑鄧不利多會同意天狼星離開古里某街，同時也不得不想到衛斯理太太也可能不會答應，他們兩個常常一見面就吵架。自從天狼星上次從壁爐中消失後，就一直沒有和他聯繫，哈利明知道在恩不里居的密切監視下和天狼星聯絡是不智之舉，卻還是不願意把天狼星一個人留在他母親的故居，說不定他會寂寞到只能和怪角兩個人一起玩爆竹。

聖誕假期前的最後一次DA聚會，哈利提早到達萬應室。他很高興自己到得早，因為點亮火炬時，他發現多比已經先一步把這個房間裝飾得美輪美奐。他看得出是多比的傑作，因為除了小精靈，沒有人能夠在天花板上吊掛一百個金色的燈泡，每個燈泡都印上哈利的圖像，下面還有一行字，寫著：「**聖誕哈利樂！**」

哈利正要把最後一個燈泡取下來時，門呀的一聲開了，露娜·羅古德走進來，還是一臉茫然的表情。

「哈囉，」她看看剩餘的聖誕裝飾，含糊地說，「這些東西真好看，是你掛上去的嗎？」

「不是，」哈利說，「是家庭小精靈多比掛的。」

「槲寄生，」露娜指著哈利頭上一大叢有白色漿果的掛飾說，哈利急忙跳開來。「反應很快，」露娜一本正經說，「這種東西常有水煙蟲寄生在裡面。」

哈利還來不及問什麼是水煙蟲，剛好莉娜、凱娣、西亞進門，三人都上氣不接下氣，看上去一副凍僵了的樣子。

「好了，」莉娜慢吞吞說道，脫下她的長袍丟在角落裡，「總算找到你的替身了。」

「我的替身？」哈利一臉茫然。

「你，還有弗雷和喬治呀，」她不耐煩地說，「我們找到另外一個搜捕手了！」
「誰？」哈利立刻說。
「金妮・衛斯理。」凱娣說。
哈利吃驚地望著她。
「是啊，我知道，」莉娜說著掏出她的魔杖，一面彎起手臂，「不過她真的很棒，當然不能和你比啦。」說著，懊惱地看他一眼，「可是現在你又不能……」
哈利把差點脫口而出的怨言硬生生吞回去。她有沒有想過，他被逐出球隊，難道不比她更後悔一百倍嗎？
「那打擊手呢？」他問，盡量使口氣平穩。
「安祖・寇克，」西亞無精打采地說，「還有傑克・洛坡。他們兩個都不是很出色，但比起其他笨蛋……」
榮恩、妙麗和奈威進門，結束了這段談話。五分鐘不到，房間裡的人已經多到使哈利看不到莉娜憤恨的表情。
「好，」他說，叫大家注意，「我想今天晚上我們就來復習好了，因為這是假期前的最後一次練習。在長達三個星期的假期結束之前，我們沒有必要再學新的——」
「不學新的啦？」災來耶・史密說，他雖然是自言自語似地發牢騷，聲音卻大到足以讓每個人都聽到，「早知道就不來了。」
「真抱歉哈利沒有事先通知你。」弗雷大聲說。
有幾個人在偷笑。哈利看到張秋也在笑，便覺得胃裡那種突然一緊的熟悉感覺又來了，彷佛下樓梯時不小心踩空一步似的。

「──我們可以兩個兩個練習，」哈利說，「從障礙惡咒開始，練習十分鐘，然後我們再來鋪墊子，練習昏擊咒。」

他們順從地各自找好對象。哈利照慣例和奈威一組，房間內立刻充滿間歇性「噴噴障！」的叫喊聲，被喊的對象會被定住大約一分鐘，這時候喊的人便隨意走動，觀看別組練習，等到法術一解除，就輪到被施咒的人來施這個惡咒。

奈威進步神速。過了一會，當哈利連著三次解定後，他讓奈威和榮恩、妙麗一起練習，他自己繞著房間到處走動查看。當他從張秋旁邊經過時，張秋對他笑笑，他費了好大勁才勉強壓抑住自己不一而再、再而三地從她旁邊走過。

障礙惡咒練了十分鐘之後，他們把墊子鋪在地板上，開始練習昏擊咒。由於空間實在太小，沒辦法讓所有人同時練習這種符咒，因此有一半的人在一旁觀戰，過一會再互相交換。哈利看著他們，心中非常得意。奈威雖然在對丁念昏擊咒時誤把芭瑪．巴提擊昏了，但比起平常已經進步很多，其他人也都有很大的進步。

一個小時後，哈利喊停。

「你們都進步神速，」他笑著對他們說，「等放完假回來，我們再來練幾個更厲害的──也許練護法咒。」

大家聽了都很興奮，照例三三兩兩魚貫離去，房間漸漸空了下來，大多數人走的時候都祝哈利「聖誕快樂」。他開心地和榮恩與妙麗一起將墊子收好，整齊疊在一起。榮恩和妙麗比他先走一步，因為張秋還沒走，他很希望能聽到她對他說聲「聖誕快樂」。

「不，妳先走。」他聽到她對她的朋友毛莉說，心頭怦的一跳，差點跳出他的喉嚨。

他假裝整理墊子。現在他確定只剩下他們兩個了，他等著她先開口。不料，他聽到的卻是傷心的啜泣聲。

他轉頭，看見張秋站在房間中央，兩頰上滿是淚水。

「怎麼——？」

他不知道怎麼辦才好，她只是站在那裡靜靜地流淚。

「怎麼啦？」他手足無措地說。

她搖頭，拿袖子擦眼淚。

「我很——抱歉，」她鼻音重重地說，「我想……是……學這些東西……讓我……忍不住想……假如**他**也學了……就不會死了。」

哈利的心立刻往下沉，沉到他的小腹。他早該想到，她想談的是西追。

「他本來就會這些東西，」哈利沉痛地說，「他的技術好得很，否則他不可能走到迷宮中央。但是假如佛地魔真想殺你，你一點存活的機會也沒有。」

她一聽到佛地魔的名字，立刻打了一個嗝，但望著哈利的眼神毫不畏縮。

「**你**在嬰兒時期就逃過他的魔爪。」她平靜地說。

「是啊，」哈利無可奈何地說，往門口走去，「我也不明白為什麼，誰都不明白，所以沒什麼好得意的。」

「啊，別走！」張秋說，又快要哭起來了，「我很抱歉提這些令人難過的話題……我不是有意的……」

她又打嗝，即使兩眼紅腫，她也還是很漂亮。哈利難過極了，他其實只要聽到一句「聖誕快樂」就很高興了。

「我知道你一定很難受，」她說，又拿她的袖子擦眼睛，「我這樣提起西追，你當時又眼睜睜看著他死……我想你一定想忘了這件事吧？」

哈利沒作聲，這是理所當然的，他不忍心這樣回答。

「你真——真是個好老師，你知道，」張秋含著淚水帶著微笑說，「我以前從來沒有成功把人擊昏過。」

「謝謝。」哈利尷尬地說。

兩人互相對視良久，哈利真想一頭衝出去，但同時，卻又完全不能動彈。

「槲寄生。」張秋平靜地說，指一指頭上的天花板。

「是啊，」哈利說，他的嘴巴好乾，「說不定裡面長滿了水煙蟲。」

「什麼是水煙蟲？」

「不知道，」哈利說。她又靠近了一點，他的腦袋好像被擊昏了，「這要問露瘋子，我是說，露娜。」

張秋發出一個介於啜泣與笑聲之間的怪聲音，現在她離他更近了，他都可以數出她鼻子上有幾粒雀斑。

「我是真的喜歡你，哈利。」

他無法思考。他的全身酥酥麻麻的，兩手、兩腿、大腦都麻痺了。

她靠得好近，他可以清楚看到沾在她睫毛上的每一顆淚珠……

* * *

半個小時後他回到交誼廳，發現妙麗和榮恩已經各自在壁爐旁找到最舒適的位置，其他人幾乎都上床睡覺了。妙麗正在寫一封很長的信，半張羊皮紙都寫滿了，垂在桌緣外。榮恩躺在壁爐旁的地毯上，正在努力完成他的變形學作業。

「怎麼耽擱這麼久？」當哈利在妙麗旁邊的一張椅子坐下時，榮恩問。

哈利沒作聲，他還沒有從驚嚇中恢復。他有點想告訴榮恩和妙麗剛才發生的事，又有點想把這個秘密據為己有。

「你沒事吧，哈利？」妙麗問，從羽毛筆端瞄他一眼。

哈利不置可否地聳聳肩，事實上，他也不知道他好不好。

「怎麼啦？」榮恩撐起上半身好更清楚地看他，「出了什麼事？」

哈利不知道該如何啟齒，甚至不知道自己想不想說。正當他決定不說時，妙麗替他解圍。

「是張秋？」她認真地問，「她在下課後攔住你了？」

哈利半麻木地吃了一驚，點點頭。榮恩竊笑，但是被妙麗使個眼色止住了。

「所以——呃——她要幹嘛？」他故作不經意地問。

「她——」哈利欲言又止，聲音啞啞的。他清一清喉嚨，又說：「她——呃——」

「你們接吻了沒？」妙麗忽然問。

榮恩霍地坐起來，動作太急，把墨水打翻在地毯上。他顧不得這個，睜大眼睛望著哈利。

「說啊？」他問。

哈利看看榮恩好奇又興奮的表情，再看看妙麗微微蹙眉的臉，他點頭。

「哈！」

榮恩往空中揮拳以示大功告成，一面粗聲粗氣地大笑一聲，把幾個坐在窗邊的膽小二年級生嚇了一大跳。哈利看著榮恩在地毯上滾來滾去，無奈地笑一笑，妙麗厭惡地瞪榮恩一眼，繼續寫她的信。

「如何？」榮恩最後望著哈利問，「什麼滋味？」

哈利想了一下。

「溼溼的。」他老實說。

榮恩發出像興奮又像作嘔的聲音，很難分辨。

「因為她在哭。」哈利又心事重重地說。

「噢，」榮恩說，笑容略退，「你接吻的技術真的那麼差？」

「不知道，」哈利說，他沒想到這一點，這時倒真有點擔心起來，「也許喔。」

「當然不是。」妙麗心不在焉地說，還是繼續寫她的信。

「妳怎麼知道？」榮恩不客氣地說。

「因為張秋最近老是在哭，」妙麗面無表情地說，「吃飯時哭，上廁所也哭，走到哪裡都在哭。」

「給她一個吻，她就高興了。」榮恩笑著說。

「榮恩，」妙麗一本正經地說，羽毛筆在墨水瓶內蘸一下，「我太不幸了，你是我所認識的笨蛋中最遲鈍的一個。」

「這話什麼意思？」榮恩忿忿不平地說，「什麼樣的人被吻的時候會哭？」

「是啊，」哈利也有點沮喪地說，「誰會這樣？」

妙麗看著他們，臉上的表情幾乎是憐憫。

「你們不懂張秋此刻的心情嗎？」她問。

「不懂。」哈利和榮恩異口同聲。

妙麗嘆口氣，放下羽毛筆。

「嗯，很明顯的，她很傷心，因為西追死了。接下來，我想她很矛盾，因為以前她喜歡西追，現在她又喜歡哈利，她搞不清楚她比較喜歡誰。然後，她感到有罪惡感，覺得她親吻哈利對西追的記憶是個侮辱，而且她擔心萬一將來和哈利約會，別人不知道會作何感想。再說，她自己說不定還弄不清楚她對哈利的感情，因為西追死的時候他們在一起。這一切加起來都非常混亂而且痛苦，噢，還有，她怕會被雷文克勞的魁地奇球隊踢出去，因為她飛得太爛了。」

妙麗的話說完，兩個男生訝異得張口結舌，好一會榮恩才說：「一個人哪能同時承受得住這麼多情緒，會爆炸的。」

「不要因為你只有一小茶匙量的情緒，就以為我們都和你一樣。」妙麗沒好氣地說，又拾起羽毛筆。

「是她先開始的，」哈利說，「我沒有——她就那樣走過來——然後她就哭了——我不知道該怎麼辦——」

「不必自責，兄弟。」榮恩慌忙說。

「你要對她好一點，」妙麗說，焦急地看著他，「你有吧？」

「啊，」哈利說，臉上不禁一陣熱，「我就——拍拍她的背。」

妙麗一臉拚命忍著不要翻白眼的表情。

「還算好，」她說，「你還要繼續見她嗎？」

「非見不可，不是嗎？」哈利說，「我們不是還有ＤＡ的聚會嗎？」

「你知道我在說什麼。」妙麗不耐煩地說。

哈利沒有吭聲。妙麗的話又為他揭開了另一個可怕的可能性，他想像他和張秋一起出去——就說是活米村吧——兩人單獨相處幾個小時的情景。當然，在發生剛才那件事之後，她一定會希望他約她……想到這裡，他的胃又抽痛了。

「啊，好吧，」妙麗漫不經心地說，又埋頭寫信，「反正你會有許多機會約她出去。」

「要是他不想約她呢？」榮恩說，他望著哈利，臉上帶著罕見的敏銳表情。

「別傻了，」妙麗毫無表情地說，「哈利早就喜歡她了，對不對，哈利？」

他沒回答。是的，他早就喜歡張秋了，但是每當他幻想兩人在一起時，他總是想像她快快樂樂的，而不是這個哭倒在他肩上的張秋。

「你倒是在給誰寫小說呀？」榮恩問妙麗，想從已經快拖到地上的羊皮紙上讀出個究竟來。妙麗一把抽回去不給他看。

「維克多。」

「**喀浪**？」

「我們還有認識哪個維克多？」

榮恩沒答腔，但是一臉不以為然。他們又默默地坐了二十分鐘，榮恩繼續寫變形學作業，中間不時發出厭煩的嘖嘖聲，又頻頻咒罵。妙麗不慌不忙寫完一張羊皮紙後，小心翼翼把它捲起來封好。哈利注視著爐火，盼望天狼星這時候能夠出現，給他一點和女孩有關的建議。爐火卻只是劈劈啪啪地響著，越來越弱，終於火紅的木炭都碎成了灰燼。哈利看看四周，發現他們又是唯一幾個還留在交誼廳的人。

「好了，晚安。」妙麗說，打了個大呵欠，一面往女生宿舍的樓梯走去。

「她到底看上喀浪哪一點？」榮恩和哈利一起走上男生宿舍的樓梯時問。

「這個，」哈利想一想後說，「我想他的年紀比較大吧……還有，他是國際級魁地奇球員……」

「不錯，但是除了這些以外。」榮恩說著，有點氣憤，「我的意思是，他是個愛發脾氣的傢伙，不是嗎？」

「是啊，脾氣是有點壞。」哈利說，他還在想張秋。

兩人默默脫下長袍，換上睡衣。丁、西莫，還有奈威都已經睡著了，哈利將眼鏡放在床頭櫃上，爬上床，並沒有拉上四柱床的簾幕。相反地，他望著奈威床邊窗外視線可及的一小片星空。要是他早在昨天晚上的這個時候，就知道他二十四小時以後會親吻張秋的話……

「晚安。」在他右手邊的榮恩含糊地說。

「晚安。」哈利說。

也許下一次……如果還有下一次的話……她會快樂一點。他應該約她出去，她說不定在等他，也許此刻正在生他的氣……或者，她此刻正躺在床上，仍在為西追哭泣？他不知道該怎麼想才對，妙麗的解釋不但沒有使情況更易於了解，反而更加複雜。

這才是學校應該教的東西，他想著，翻個身側睡，**女孩們的腦子是如何運作的……這比占卜學有用多了……**

奈威在睡夢中發出呼呼聲，外面一隻貓頭鷹在夜色中嗚嚕嗚嚕叫著。

哈利夢見他又回到ＤＡ的練習室，張秋指責他用假藉口引誘她去，她說他答應過，只要她露面，他就會給她一百五十張巧克力蛙卡片。哈利抗議……張秋大聲嚷：「**西追給我好多巧克力蛙卡，你看！**」說著，她從長袍內袋掏出一大把卡片，往空中一扔，然後看著妙麗。妙麗說：「**你的確答應過她，哈利……我想你最好給她別的東西來代替……不如把你的火閃電給她？**」哈利說他沒辦法給張秋火閃電，因為被恩不里居沒收了。何況這整件事太荒謬，他不過是到ＤＡ的練習室去掛幾個形狀像多比腦袋瓜的聖誕燈泡而已……

夢境變了……

他的身體變得非常平滑、有力，又有彈性。他在閃亮的金屬柵欄之間爬行，穿過黑暗冰冷的石塊……他匍匐在地上，緊貼著地板，用他的腹部爬行……眼前一片漆黑，但他可以看出他四周的東西閃爍出奇特的、顫動的色彩……他轉頭……初看之下走廊空盪盪……但是，不對……有個人坐在前方的地板上，他的下巴靠在胸膛上，身體的形狀在黑暗中發出微光……

哈利伸出舌頭……他嚐到空氣中有人的氣味……活的，但是在打瞌睡……坐在長廊盡頭的一扇門前……

哈利很想去咬那人一口……他必須忍住這個衝動……他還有更重要的任務……

可是那人在動……跳了起來，一件銀色的斗篷從那人腿上滑下來。哈利看到顫動、模糊的身影高高在上，看到一支魔杖從腰間拔出……他別無選擇……他從地上拉高身軀，發動攻擊，一次、兩次、三次，他將他的長牙深深插入那人的肉裡，感覺到那人的肋骨在他的下顎底下碎裂，感覺到一股溫熱的鮮血……

那人痛得大叫……然後沒聲音了……他往後一仰，靠著牆壁……鮮血噴灑在地上……

他的頭開始劇痛……痛到快要裂開……

「哈利！**哈利！**」

他張開眼睛，身上每一寸肌膚都覆蓋著冰冷的汗水，床罩像緊身衣似地捲在身上，他覺得額頭上好像有一根炙熱的鐵棒在燒。

「**哈利！**」

榮恩站在他床邊，一臉驚嚇，哈利的床腳還有幾個人影。他用雙手抱住頭，痛楚模糊了他的視線……他翻過身體，在床墊上嘔吐。

「他真的生病了，」一個害怕的聲音說，「我們要不要去找人來？」

「哈利！**哈利！**」

他必須告訴榮恩，這件事很重要……哈利用力吸一口氣，勉強撐起上身，強迫自己不要再吐，他痛得幾乎看不見。

「你爸，」他喘著說，胸口劇烈起伏，「你爸……遭到攻擊……」

「什麼？」榮恩說，一頭霧水。

「你爸！他被咬了，很嚴重，血流了一地……」

「我去找人來幫忙。」還是剛才那個害怕的聲音在說話，接著，哈利聽到有腳步聲跑出寢室。

「哈利，兄弟，」榮恩不知道該怎麼辦，「你……你在做夢……」

「不！」哈利怒聲說，他一定要讓榮恩明白，「那不是夢……不是普通的夢……我在場，我看到了……是我幹的……」

他聽到西莫和丁在說悄悄話，他不在乎。他額頭的痛楚稍微減輕了一點，但還是在冒冷汗，抖得很厲害。他又吐了，榮恩往後跳開。

「哈利，你生病了，」他抖著聲音說，「奈威去找人來幫忙了。」

「我沒事！」哈利的喉嚨噎住，他用睡衣抹抹嘴，直打哆嗦，「我沒病，你要擔心的是你爸──我們要找出他在哪裡──他流好多血──我是──那是一條巨蛇。」

他想下床，榮恩把他推回去，丁和西莫還在一旁小聲說話。不知道是過了一分鐘還是十分鐘，哈利不清楚，他只是坐著直打哆嗦，額頭上的痛楚在緩慢地消退……然後一陣急促的腳步聲上樓，他又聽到奈威的聲音。

「在這裡，教授。」

麥教授穿著她的格子睡袍匆匆進入寢室，她的眼鏡架在高挺的鼻梁上，微微斜向一邊。

「怎麼啦，波特？哪個地方在痛？」

再也沒有任何時刻比此刻更高興看到她，他需要的正是鳳凰會的成員，而不是隨便哪個來對他噓寒問暖、開一些無關緊要的魔藥給他的人。

「是榮恩的父親，」哈利說，又坐了起來，「他被一條蛇攻擊，傷勢很嚴重，我親眼看到的。」

「什麼意思，你親眼看到？」麥教授說，深色的眉毛蹙緊了。

「我不知道……我在睡覺，然後我就在那裡了……」

「你是說你夢到？」

「不是！」哈利生氣地說，怎麼都沒有一個人能了解？「我本來在做一個完全不同的夢，有點蠢的……後來就被這件事打斷。它是真實的，不是我的幻想。衛斯理先生坐在地上打瞌睡，接著被一條巨大的蛇攻擊，流了好多血，他倒下去了，一定要趕快找到他……」

麥教授透過歪斜的眼鏡一直瞪著他，彷彿被她眼前的景況嚇壞了。

「我沒有說謊，我也沒有發瘋！」哈利對她說，聲音拉高到接近喊叫，「我告訴妳，我親眼看見的！」

「我相信你，波特，」麥教授簡單地說，「把睡袍披上——我們去見校長。」

22

聖蒙果魔法疾病與傷害醫院

哈利見她很認真，大大鬆了一口氣，毫不遲疑地跳下床，抓起他的睡袍，把眼鏡戴好。

「衛斯理，你也一起來。」麥教授說。

他們跟著麥教授走過奈威、丁和西莫身邊，走出寢室，走下螺旋形樓梯進入交誼廳，穿過畫像洞口，走進胖女士畫像前有月光照射的走廊。哈利覺得他體內的恐懼隨時都會傾倒出來，他很想用跑的，大聲叫鄧不利多。衛斯理先生一直在流血，他們卻還這麼慢吞吞地走著，萬一那些長牙（哈利儘可能不去想「我的長牙」）是有毒的呢？他們從拿樂絲太太面前經過，牠用探照燈似的眼睛注視他們，微弱地喵一聲，麥教授發出「噓！」的一聲趕牠走，拿樂絲太太躲進陰影中。幾分鐘後，他們來到看守鄧不利多辦公室入口的石像鬼面前。

「嘶嘶咻咻蜂。」麥教授說。

石像鬼活過來，跳到一旁，它後面的牆壁裂成兩半，現出一道石階，像旋轉梯一樣不斷往上升。三人踏上石階，牆壁砰的一聲在他們背後合攏，他們便轉著小圈圈一直往上升高，直到抵達一扇擦拭得亮晶晶的橡木大門，門上有個黃銅做的鷹面獅身獸門環。

雖然此時已過了午夜十二點，門內卻有喋喋不休的談話聲傳出，聽起來好像鄧不利多正在招待至少十多位客人。

麥教授用門環敲三下，談話聲立刻戛然而止，彷彿有人把開關關掉似的。門自動打開，麥教授領著哈利和榮恩走進去。

房間內半明半暗、奇形怪狀的銀色儀器靜靜地站在桌上，不像往常那樣轉動和噴出一縷一縷的煙。牆上幾幅歷任男女校長的畫像此刻都在畫框內打盹，門後面有一隻全身漂亮的紅、金色羽毛，體型和天鵝差不多大的鳥，牠的頭藏在翅膀底下，正蹲在棲木上打盹。

「噢，是妳，麥教授……還有……**啊**。」

鄧不利多坐在他書桌後頭的一張高背椅上，身子往前傾向他面前被一片燭光照亮的紙張。他穿著一件雪白的睡衣，外罩著繡有華麗花紋的紫金兩色睡袍。他看起來非常清醒，清澈的亮藍眼睛牢牢注視著麥教授。

「鄧不利多教授，波特做了……呃，一個惡夢，」麥教授說，「他說……」

「那不是惡夢。」哈利立刻說。

麥教授回頭看看哈利，略略皺眉。

「很好，那，波特，你來告訴校長。」

「我……呃，我**在**睡覺……」哈利說，即便處在很恐懼又急著想讓鄧不利多了解一切的狀況下，對於校長一直不看他，只看著自己交叉的手指，還是令哈利感到有點生氣，「這不是普通的夢……它是真實的……我親眼看到它發生……」他深吸一口氣，「榮恩的父親——衛斯理先生——遭到一條巨蛇的攻擊。」

這幾句話出口後彷彿在空中產生迴音，聽起來竟有點荒謬，甚至好笑。鄧不利多往椅背上一靠，兩眼注視天花板做沉思狀。榮恩看看哈利又看看鄧不利多，一臉蒼白震驚。

「你是如何看到的？」鄧不利多平靜地問，還是不看哈利。

「嗯……我不知道，」哈利說，感到有點生氣——這又有什麼關係？「在我的腦子裡，我想——」

「你誤會我的意思，」鄧不利多說，還是一樣平靜的語氣，「我是說……你記不記得——呃——你看到這起攻擊事件發生時，你的位置在哪裡？你是站在被害人旁邊呢，或是從上往下看？」

這個問題問得太奇怪了，哈利吃驚地望著鄧不利多，他彷彿知道似的……

「我就是那條蛇，」他說，「我是從蛇的角度來看的。」

大家都沒有說話，過了一會，鄧不利多望著依舊蒼白著臉的榮恩說：「亞瑟的傷勢嚴重嗎？」

「**是的**，」哈利加重語氣——這些人怎麼老是聽不懂，他們知不知道一個人被那麼長的牙齒刺穿身體會流多少血？還有，鄧不利多為什麼也不禮貌性地看他一眼？

鄧不利多站了起來，因為動作太突然，哈利嚇了一跳。他對掛在靠近天花板的一幅古老畫像說：「埃拉？」又大聲說，「還有妳，得麗！」

一個黃臉、留著黑色短劉海的巫師，和他旁邊畫框內一個留著銀色長鬈髮的老女巫，兩人本來好像都睡得很熟，這時立即張開眼睛。

「你們都聽見了嗎？」鄧不利多說。

巫師點頭，女巫說：「當然。」

「這個人有一頭紅髮、戴眼鏡，」鄧不利多說，「埃拉，你要發出警報，務必讓適當的人找到他──」

兩人點頭，從畫框旁邊離開，但不是出現在鄰近的畫像裡（這在霍格華茲是常見的景象），而是消失。現在一個畫框內只剩下深色的簾幕背景，另一個畫框剩下一張漂亮的皮革扶手椅。哈利注意到牆上掛著的那些男、女校長們，雖然像在熟睡或打盹，卻都不時地從眼皮底下偷看他們。他這才恍然大悟，原來他們敲門時聽到的談話聲就是這些人。

「埃拉和得麗是霍格華茲幾位最有名的校長中的兩位，」鄧不利多說，他朝哈利、榮恩和麥教授掃了一眼，走近那隻蹲在門邊棲木上打盹的華麗大鳥，「他們的名氣大到許多重要的巫師機構都懸掛他們的畫像。由於他們能夠在畫像中來去自如，所以才能告訴我們別的地方發生了什麼事……」

「可是衛斯理先生有可能在任何地方！」哈利說。

「你們三位，都請坐下。」鄧不利多說，不理會哈利，「埃拉和得麗也許要過一會才會回來，麥教授，請妳拿幾張椅子來。」

麥教授從睡袍口袋掏出魔杖揮了一下，三張直背式的木頭椅平空出現，和鄧不利多在哈利聽審會上變出來的那張舒服的棉布沙發扶手椅不同。哈利坐下，轉頭看著鄧不利多，鄧不利多這時候用一根指頭輕柔地撫摸佛客使頭上的金色羽毛，這隻鳳凰立刻醒來，牠那美麗的頭抬得高高的，用一對明亮的黑眼睛注視著鄧不利多。

「我們需要，」鄧不利多以非常平靜的語氣對這隻鳥說：「一個警告。」

一陣火光，鳳凰消失了。

鄧不利多出其不意地從那堆哈利始終不知道用途的細緻銀器中，抓起一樣東西拿到他的桌上，再坐下來面對他們，用魔杖在那銀器上輕輕點一下。

這個儀器立即叮一聲活動起來，發出規律的叮噹聲，一股細微的淡綠色煙霧從上面一根細細的銀色小管冒出來。鄧不利多專注地看著那股煙霧，眉頭微蹙。幾秒鐘後，細細的煙變成穩定的煙柱，越來越濃，盤旋上升……煙柱的頂端形成一個蛇頭，張著大嘴。哈利不知道這個儀器會不會證明他的故事，他渴切地望著鄧不利多，想從他那裡證實他的猜測，但鄧不利多還是沒有抬頭看他。

「果然，果然，」鄧不利多顯然在自言自語，仍然平靜地觀察那股煙柱。「在本質上分裂了？」

哈利被他這句話問得莫名其妙。這時那條煙霧形成的蛇忽然分裂成兩條，它們都盤著身體，在黝暗的空氣中浮沉。鄧不利多臉上露出陰沉滿意的神情，又用魔杖在儀器上輕輕點了一下，叮噹聲逐漸減緩、消失，煙霧形成的兩條蛇也漸漸變淡，最後形成一片無形的煙霧消散了。

鄧不利多把儀器放回細緻的小桌上，哈利看到許多畫像中的老校長也都跟著他的視線在轉，發現哈利在看他們，便又急忙閉上眼睛假裝熟睡。哈利很想問這個奇怪的銀色儀器是什麼，但他還沒來得及開口，便聽到右邊牆上傳出叫聲。那個叫埃拉的巫師又出現在畫框裡，微微喘著氣。

「鄧不利多！」

「有什麼消息？」鄧不利多立刻問。

「我一直喊到有人跑出來，」那個巫師說，他正在用他背後的簾幕擦眉毛，「我說我聽到樓下有東西在動——他們也不知道該不該相信我，不過還是下去察看了——你知道，那邊沒有畫框可以讓我存身監看。總之，幾分鐘後他們把他抬了上來，他看起來不大好，全身都是血，我是跑到艾弗麗達．克雷的畫像裡才看清楚他們離開——」

「好，」鄧不利多說。榮恩這時震驚不安地動了動，「那，我想得麗會看到他們抵達——」

片刻之後，留著銀色鬈髮的女巫也出現在她的畫框內。她一面咳嗽，一面在她的椅子上坐下說：「是的，他們把他送進聖蒙果醫院了，鄧不利多……他們抬著他，從我的畫像前面經過……他看上去很嚴重……」

「謝謝妳。」鄧不利多說，轉向麥教授。

「米奈娃，我要妳去把其他幾個衛斯理家的孩子都叫起來。」

「好的……」

麥教授起身，迅速往門口走去。哈利瞥一眼榮恩，他一臉驚駭。

「鄧不利多——那茉莉呢？」麥教授在門口停下來說。

「等佛客使完成防止他人接近的守望任務後，他會去通知她。」鄧不利多說，「她說不定已經知道了……她那個神奇的鐘……」

哈利知道鄧不利多說的那個鐘，那個鐘的指針指的不是時間，而是衛斯理家中每個成員的下落和狀況。哈利心中一痛，他想到衛斯理先生的指針此刻說不定指著「生命危險」的地方。不過現在已經很晚了，衛斯理太太或許正在睡覺，沒有看著時鐘。哈利想起衛斯理太太的幻形怪幻化成衛斯理先生的屍體，他的眼鏡歪了、滿臉是血……他的心跟著一涼……但是衛斯理先生不會死……他不可能……

鄧不利多這時又在哈利和榮恩背後的櫥櫃找東西，他從裡面拿出一只燻黑了的舊茶壺，小心翼翼地放在桌上。他舉起魔杖，念念有詞：「港口現！」一會後茶壺開始震動，發出奇異的藍光，不久又在一陣顫抖後停息下來，恢復先前的漆黑。

鄧不利多走到另一幅畫像前，這次是一個蓄著翹鬍子、一臉精明的巫師，畫中的他穿著代表史萊哲林的銀綠兩色衣服，顯然睡得正熟，連鄧不利多呼喚他的聲音都沒聽到。

「非尼呀，**非尼呀**。」

排列在房間裡的畫像全部都沒辦法再假裝睡著了，一個個在畫框裡動來動去，找個更好的角度觀察動靜。那一臉精明的巫師繼續裝睡，有幾個畫中人於是也大喊大叫起他的名字。

「非尼呀！**非尼呀！非尼呀！**」

他再也裝不下去了，先戲劇性地動了一下，再張大眼睛。

「有誰在叫我嗎？」

「我要你去你另外一幅畫像看看，非尼呀，」鄧不利多說，「我還要你帶一個口信。」

「去我另外一幅畫像看看？」非尼呀尖著嗓子說，裝模作樣地打了一個長長的呵欠（他的眼睛滴溜溜繞著房間轉，最後停在哈利身上），「唉，不行，鄧不利多，我今天晚上太累了。」

哈利覺得非尼呀的聲音聽起來很耳熟，他以前在哪裡聽過？但還來不及細想，四周牆上的畫像已經紛紛提出抗議。

「違抗命令，先生！」一個肥胖的紅鼻子巫師敲著拳頭怒吼，「怠忽職守！」

「我們在道義上都有責任要為現任的霍格華茲校長服務！」一個孱弱的老巫師大聲說，哈利認出他就是鄧不利多的前一任，阿曼多．狄劈校長，「太丟臉了，非尼呀！」

「要不要我來給他一點顏色，鄧不利多？」一個眼光銳利的巫師說，舉起一支特別粗，看起來像樺木棒的魔杖。

「唉，**好吧**，」那個叫非尼呀的巫師說，有點畏懼地看著那支魔杖，「不過他或許早已經把我的畫像銷毀了，家裡的畫像多半都已經被他銷毀了——」

「天狼星知道他不能銷毀你的畫像，」鄧不利多說，哈利立即想起他在哪裡聽過非尼呀的聲音，就在古里某街房間裡的那個空白畫框。「你要帶個口信給他，說亞瑟．衛斯理受重傷，他的妻子、兒女和哈利波特不久會抵達他家。你明白嗎？」

「亞瑟．衛斯理受傷，妻子、兒女和哈利波特要過來待一陣子。」非尼呀不耐煩地跟著朗誦，「好的，好的……好極了……」

他隱沒在畫框裡，這時候門剛好打開，弗雷、喬治還有金妮被麥教授匆匆帶進來。三個人都衣衫凌亂，身上還穿著睡衣，一臉的驚嚇。

「哈利——發生了什麼事？」金妮說，一臉害怕的表情，「麥教授說你看到爸受傷——」

「你們的父親在替鳳凰會工作時受傷，」鄧不利多不等哈利開口便先說，「他已經被送進聖蒙果魔法疾病與傷害醫院了。我現在要送你們去天狼星家，從那裡去醫院要比洞穴屋方便一點，你們會在那邊和你們的母親會合。」

「我們要怎麼去？」弗雷說，還是很震驚的樣子，「用呼嚕粉？」

「不，」鄧不利多說，「此時此刻用呼嚕粉太危險，呼嚕網已經遭到監視，你們要改用港口鑰。」他指著桌上那把舊茶壺，「我們先等非尼呀．耐吉回來報告……我要等港口都安全了才送你們去——」

辦公室中央突然出現電光石火般的火光，一根金色羽毛輕輕飄落。

「這是佛客使的警告，」鄧不利多說，從半空接住羽毛，「恩不里居教授大概已經知道你們都離開床鋪了……米奈娃，去把她引開——隨便給她編個藉口——」

麥教授一揮格子睡袍，走了。

「他說他很樂意，」鄧不利多背後出現一個不耐煩的聲音說，那個叫非尼呀的巫師又出現在他的史萊哲林旗幟前，「我的玄孫一向喜歡在家招待客人。」

「那就來吧，」鄧不利多對哈利和衛斯理家的幾個小孩說，「要快一點，免得有人半路攔截。」

哈利和大家一起圍在鄧不利多桌前。

「你們都用過港口鑰吧？」鄧不利多問，他們點頭，每個人都伸手去摸那把黑色的茶壺，「好，現在數到三，來……一……二……」

就在那一剎那間，鄧不利多即將喊到「三」之前的那一瞬間，哈利抬頭看他——他們都靠得很近——鄧不利多清澈的藍眼睛剛好從港口鑰移到哈利臉上。

哈利的傷疤忽然灼痛起來，彷彿舊傷疤又再度撕裂——一股無法克制的、非自願的，卻又極度強烈的恨意剎那間從哈利心底生出，那一瞬間，他只想攻擊——用他長長的毒牙——狠狠咬一口眼前這個人——

「……三。」

哈利感到一股強烈的力量從背後推擠他，他腳下的地面消失了，他的手還黏在茶壺上。他和其他人猛烈碰撞，以極快的速度被捲進一陣五彩繽紛的強烈風勢中不停旋轉，茶壺拉著他們往前……直到他的腳猛力接觸到地面，他的膝蓋一軟，茶壺也掉在地上了。他聽到旁邊有個聲音說：

「又回來了，這群純種的叛徒、作惡多端的傢伙，他們的父親真的快死了嗎？」

「**滾出去！**」另一個聲音怒道。

哈利掙扎著爬起來，看看四周。他們已經抵達古里某街十二號陰暗的地下室廚房，室內唯一的光源是爐火和一道搖曳不定的燭火，幽幽地照著餐桌上一盤殘羹剩菜。怪角朝著通往走廊的門走去，一面拉扯他的圍裙，一面惡狠狠地回頭瞪他們一眼。天狼星急忙走向他們，一臉焦急。他滿臉的鬍碴，身上還穿著白天的衣服，並有一股和蒙當葛相似的污濁酒味。

「出了什麼事？」他說，伸手去扶金妮站起來，「非尼呀．耐吉說亞瑟傷得很嚴重——」

「問哈利。」弗雷說。

「是啊，我也想親耳聽聽看。」喬治說。

雙胞胎和金妮都望著他，怪角的腳步聲在外面的樓梯上停了下來。

「是——」哈利開口說，這比在麥教授和鄧不利多面前都更難啟齒，「我有一個——一種——幻覺……」

他把夢中所見到的通通告訴他們，只是把故事稍微改了一下，變成他在一旁目擊巨蛇的攻擊，而不是從蛇眼的角度看這件事。臉色依舊蒼白的榮恩飛快地瞄他一眼，但是沒說話。哈利敘述完畢後，弗雷、喬治和金妮又注視著他好一陣子。哈利不知道是不是他的想像，他覺得他們的眼光有責備的意思。如果他們真的為了他目睹這攻擊事件而責怪他，那他應該慶幸沒有說出他當時其實是在巨蛇體內的事實。

「我媽在嗎？」弗雷轉向天狼星說。

「她說不定還不知道發生了什麼事，」天狼星說，「重要的是在恩不里居出面干預以前，把你們都弄出來。我想鄧不利多現在已經通知茉莉了。」

「我們要去聖蒙果醫院，」金妮催促著說，看看她的幾個哥哥們，他們當然都還穿著睡衣，「天狼星，你能借我們幾件斗篷或什麼的嗎？」

「慢點，你們不能急著去聖蒙果醫院！」天狼星說。

「我們當然想去就可以去，」弗雷執拗地說，「他是我們的爸爸！」

「你們要怎麼解釋？醫院都還沒通知他太太，你們怎麼會知道亞瑟遭到攻擊的事？」

「這有什麼關係？」喬治氣沖沖地說。

「有關係，因為我們不想因此引起大家注意，讓他們發現哈利能夠看到幾百哩以外發生的事！」天狼星激動地說，「你們有想過魔法部會對這個消息作何感想嗎？」

弗雷和喬治露出他們才不管魔法部作何感想的表情。榮恩依舊蒼白著臉，默不作聲。

金妮說：「有可能是別人告訴我們的啊……我們可能是從哈利以外的人那裡聽到消息。」

「比如誰？」天狼星煩躁地說，「聽著，光是你們的父親在為鳳凰會值勤時受傷就已經夠可疑的，再加上一出事，他的子女居然立刻就知道了，你們這樣很可能會嚴重傷害到會裡的——」

「我們才不管那個什麼驢會！」弗雷嚷著說。

「我們談的是我們生命垂危的爸爸！」喬治也喊道。

「你們的父親非常清楚他所做的事，他絕不會感謝你們把鳳凰會搞砸的！」天狼星說，他也一樣生氣，「事情就是這樣——這也是為什麼不讓你們加入的原因——你們根本不了解——有些事是值得犧牲性命的！」

「你說得倒容易，整天躲在這裡！」弗雷罵道，「我怎麼沒看見你出去冒生命危險！」

天狼星臉上僅剩的一點紅潤唰的一下變白，他怒目而視，彷彿很想揍弗雷一頓，但是當他開口說話時，語氣裡有強忍的鎮定。

「我知道這很難，可是我們暫時都必須假裝什麼事都不知道。我們要保持安靜，至少等我們接獲你們母親的消息再說，好嗎？」

弗雷和喬治還是一副桀驁不馴的樣子，金妮走到最近的椅子坐了下來。哈利看看榮恩，榮恩做了一個又像點頭又像聳肩的奇怪動作，他們倆也坐了下來。雙胞胎又瞪著天狼星好一會，這才在金妮旁邊的椅子上坐下。

「這就對了，」天狼星嘉許說，「來吧，我們……趁我們在等待的時候，來點飲料吧。速速前，奶油啤酒！」

他舉起他的魔杖念念有詞，半打啤酒立刻從餐儲室飛出來，沿著桌面滑行，把天狼星吃剩的飯菜推到地上撒了一地，隨後俐落地停在六個人面前。大夥兒都喝起啤酒，好一陣子只聽到廚房爐火的劈啪聲，和酒瓶碰觸桌面發出的輕微撞擊聲。

哈利喝飲料是為了讓他的手有事做，他的胃灼熱得可怕，他不斷自責。要不是他，他們不會坐在這裡，他們會在床上熟睡。他告訴自己，提醒大家一定要找到衛斯理先生是錯誤的，因為還有一件不可避免的事，就是他是那個攻擊衛斯理先生的人。

別傻了，你又沒有毒牙。他告訴自己，盡量保持冷靜，但是握著奶油啤酒的手還是不聽話地抖著。**你躺在床上睡覺，你沒有攻擊任何人……**

可是，在鄧不利多辦公室的那一瞬間又是怎麼回事？他自問，**當時我也很想攻擊鄧不利多……**

他放下酒杯，力道稍微大了點，濺出一點啤酒在桌上，但根本沒人在意。這時空中忽然現出火光，照亮了他們眼前髒污的杯盤，大夥驚呼，一捲羊皮紙啪的一聲掉落在桌上，還有一根金色的鳳凰尾羽。

「佛客使！」天狼星立刻說，抓起羊皮紙，「這不是鄧不利多的筆跡——一定是你們母親送來的訊息——來——」

他把信塞到喬治手中，喬治匆忙撕開，大聲念：「**爸還活著，我現在要出發去聖蒙果醫院，你們待在原地，我會盡快給你們消息。媽。**」

喬治看看大家。

「還活著……」他徐徐說著，「聽起來好像……」他不需要把話說完，連哈利聽起來都覺得，衛斯理先生似乎正在生死邊緣掙扎。臉色依舊蒼白的榮恩注視著母親的信背面，彷彿可以從那裡得到些許安慰。弗雷從喬治手中拿走羊皮紙，自己讀一遍，然後抬頭看哈利。哈利覺得自己握著奶油啤酒的手又在發抖，只好握得更緊一點來阻止顫抖。

哈利不記得自己曾度過比今天更漫長的一夜了。天狼星一度隨口提議大家都上床睡覺，而衛斯理家的孩子露出的厭惡表情就是最好的答覆。他們多半時間都沉默地坐在餐桌旁，看著蠟燭逐漸縮短，最後變成一攤蠟油。他們偶爾會舉起啤酒喝一口，開口問一下時間，大聲怪呼這是怎麼一回事，再又互相安慰說，萬一有什麼壞消息，他們一定會馬上知道，因為衛斯理太太應該早就抵達聖蒙果醫院了。

弗雷開始打瞌睡，他的頭歪到肩膀上。金妮像隻小貓縮在椅子上，眼睛卻睜著，哈利可以從她眼中看到反射的火光。榮恩雙手蒙著臉，看不出睡或醒著。哈利和天狼星不時地互相對視，跟著這一家人一起憂傷，等待……等待……

榮恩的錶顯示是清晨五點十分了，這時門砰的一聲打開，衛斯理太太走進廚房。她的臉色極為蒼白，但是當他們轉頭看她，而弗雷、榮恩和哈利都從座位上站起身來時，她對大家微微一笑。

「他沒事了，」她說，她的聲音因為疲倦而顯得虛弱，「他現在在睡覺，我們晚點可以去看他。比爾現在跟他在一起，他今天早上不能去上班了。」

弗雷坐回椅子上，雙手蒙著臉。喬治和金妮站起來，迅速走到他們母親身邊擁抱她。榮恩悽慘地笑一笑，一口氣把剩下的奶油啤酒喝光。

「早餐！」天狼星高興地大聲說，站起來，「那個該死的家庭小精靈哪裡去了？怪角！**怪角！**」

怪角並沒有應聲而來。

「噢，那就算了，」天狼星喃喃說，數了一下眼前的人數，「那，早餐——我看——七人份……培根加蛋，我想，還要一點茶和吐司——」

哈利趕去爐邊幫忙，他不想干擾衛斯理一家人的快樂，同時也怕衛斯理太太叫他再敘述一遍他夢中的影像。然而，他剛從碗櫥拿出餐盤，衛斯理太太便從他手中接過，一把將他摟進懷抱。

「哈利，要不是你，我真不知道會發生什麼狀況，」她哽咽地說，「他們說不定幾個小時以後才找到亞瑟，到時一切都太遲了。不過，謝謝你，他還活著。鄧不利多也想出一個很好的藉口，替亞瑟掩飾他為什麼會在那裡，否則的話，不知會引來多少麻煩。瞧那可憐的史特吉……」

哈利幾乎承受不了她的感激，所幸她很快就放開他，轉而感謝天狼星整夜照顧她的孩子們。天狼星說他很樂意效勞，希望在衛斯理先生住院期間他們都能住在這裡。

「喔，天狼星，我真感激……他們認為他可能要住院一陣子，能夠住近一點實在太好了……當然，那表示我們可能要在這裡過聖誕節了。」

「那再好不過了！」天狼星誠摯地說。衛斯理太太聽了後對他欣慰一笑，這才穿起圍裙，開始幫忙做早餐。

「天狼星，」哈利囁嚅地說，他再也按捺不住，「我能不能和你說句話？呃——**現在**？」

他走進幽暗的餐儲室，天狼星跟在後面。哈利開門見山地把他的夢境一點一滴詳細說給他的教父聽，包括他自己就是那條攻擊衛斯理先生的巨蛇這個事實。

等他說完喘一口氣時，天狼星說：「你告訴鄧不利多了嗎？」

「有，」哈利煩躁地說，「可是他沒告訴我那表示什麼，事實上，他再也不跟我說任何話了。」

「我相信如果是值得擔憂的事，他一定會告訴你。」天狼星不慌不忙地說。

「可是，還不止這些，」哈利說，他的聲音比耳語大不了多少，「天狼星，我……我想我快發瘋了，在鄧不利多的辦公室時，就在我們快要碰港口鑰之前……那一、兩秒鐘時間，我以為我是一條蛇，我**覺得**自己是一條蛇——我看著鄧不利多的時候，我的傷疤痛得很厲害——天狼星，我那時很想攻擊他！」

他只看見天狼星臉上閃過銀色的亮光，其餘全隱沒在黑暗中。

「一定是那個影像的後遺症，」天狼星說，「你還在想那個夢什麼的——」

「不是，」哈利搖頭說，「感覺好像有東西從我體內出現，就好像我身體內有一條**蛇**。」

「你需要睡覺，」天狼星斬釘截鐵地說，「你要吃早餐，然後上樓睡覺，吃過午餐後你才可以和大家一起去探望亞瑟。你受到驚嚇了，哈利，你在為你旁觀的事而自責，但幸好被**你**看見，否則亞瑟可能就沒命了。你不要再擔心了。」

他拍拍哈利的肩膀，離開餐儲室，留下哈利獨自在黑暗中。

* * *

除了哈利以外，其他人都去睡回籠覺了。他上樓來到暑假最後幾個禮拜和榮恩共用的房間，榮恩爬上床，幾分鐘後就睡著，哈利卻還是那一身衣服，弓著身靠在冰冷的金屬床架上，故意讓自己坐得不舒服，以免打瞌睡。他怕自己又會在睡夢中變成那條蛇，醒來後發現他已經咬了榮恩，或者溜到屋子裡，一個一個地咬其他的人……

榮恩醒來後，哈利裝作他也睡了一個舒服的覺。吃午飯時，他們的行李箱從霍格華茲寄來了，所以他們可以打扮成麻瓜的樣子去聖蒙果醫院。除了哈利以外，大夥都反常地快樂，脫下長袍換上牛仔褲、T恤時嘰嘰喳喳說個不停。東施和瘋眼出現並帶他們穿過倫敦的大街小巷，大夥興奮地和他們兩個打招呼。他們笑瘋眼為了遮他的魔眼而戴的圓頂高帽，並且誠心向他保證，東施今天的亮粉色短髮在地鐵上會比較不引人注目。

東施對哈利看見衛斯理先生遭到攻擊的事很感興趣，但哈利不太願意談論。

「你家族中有任何**先知**的血統因子嗎？」他們並肩坐在地鐵上，一路搖晃著進入倫敦市中心，她好奇地問他。

「沒有。」哈利說，他想到崔老妮教授，這讓他覺得有點受辱。

「沒有，」東施沉吟說，「不，我想你的情形不是真的未卜先知，對吧？我的意思是，你看到的不是未來，你看到的是現在……這太奇怪了，啊？不過，倒是很有用……」

哈利沒回答。幸好他們在下一站就下車了，那是倫敦的中心點。下車的人潮十分擁擠，哈利故意讓弗雷和喬治走在他和東施中間，由東施帶頭。大家跟著她進入電梯，穆敵一蹬一蹬地尾隨在團體最後，他的圓頂高帽斜戴一邊，一隻飽經風霜的手插在大衣鈕釦間，緊緊握住他的魔杖。哈利感覺他那隻隱藏的眼睛正嚴密地注視他。為了避免任何人再追問他有關做夢的事，他問瘋眼聖蒙果醫院隱藏在哪裡。

「離這裡不遠，」穆敵低聲說，在寒冷的空氣中隨著眾人來到一條寬大的街道，街道兩旁櫛比鱗次的商店擠滿聖誕節的購物人潮。他催哈利稍微走在他前面一點，自己一蹬一蹬地跟在後頭。哈利知道那隻眼睛正在斜斜的帽簷下滴溜溜地瞧著四面八方，「要為醫院找個好地點不容易，斜角巷不夠大，沒有地方放，我們又不能像魔法部一樣，把它放在地底下——那太不衛生。最後他們在這裡找到一棟建築，理論上，這個地點要讓生病的巫師可以進進出出，又可以融入人群之中。」

他抓住哈利的肩膀，以免被一群嘰嘰喳喳的購物民眾拆散。這群人沒有其他意圖，只是想進入旁邊一家販賣電器用品的商店而已。

「到了。」片刻後，穆敵說。

他們已經抵達一棟高大的老式磚造百貨公司，名叫「清浸百貨公司」，這個地方有股寒傖淒涼的氣氛。櫥窗上有幾個人形模特兒，假髮歪一邊，不規律地站著，擺出來的姿勢至少落伍十年以上。每一扇布滿灰塵的門上都掛著大招牌，上面寫著：「整修內部，暫停營業」。哈利聽到一名提著塑膠購物袋的大塊頭女人從旁經過時，對她的友人說：「這個地方，**從來**沒見它開過……」

「就是這裡。」東施說，招手叫他們靠近一扇櫥窗，那裡面只有一具長得特別醜的女模特兒，她的假睫毛顫巍巍地快脫落了，身上展示著一件綠色的尼龍無袖洋裝。「大家都準備好了嗎？」

他們點頭，在她旁邊聚攏。穆敵在哈利背上又推了一把，催他上前。東施帶頭貼近玻璃窗，仰看著裡面那個極醜的女模特兒，她的呼吸在玻璃上形成霧氣。「門巫，」她說，「我們來探望亞瑟．衛斯理。」

哈利心想，這簡直太荒謬了，東施竟然隔著一片玻璃對假人說悄悄話。後面車輛來來往往，街上行人如織，如此嘈雜，它怎麼可能聽見。接著他又提醒自己，假人本來就聽不見。不料下一秒鐘，他驚訝得張大了嘴巴，人形模特兒微微點一下頭，用她那一節一節的手指向他們招手。東施抓著金妮和衛斯理太太的手肘，往右邊跨一步，穿過玻璃消失了。

弗雷、喬治和榮恩跟在後面，哈利看看四周擁擠的人潮，似乎沒有一個人有那個閒情逸致去看一眼像清浸百貨公司這樣醜陋的櫥窗。似乎也沒有人發現，有六個人就這樣平空在他們眼前消失。

「走啊。」穆敵低聲催促，又在哈利背上推了一把，他們同時往前跨一步，穿過一片彷彿冷水的東西，進入十分乾燥溫暖的另一邊。

醜模特兒不見了，她站立的地方也不見了，他們現在站在一間擁擠的接待室，許多巫師和女巫坐在一排排搖晃的木椅上。他們有的看上去相當正常，在閱讀過期的《女巫週刊》；有的外形發生可怕的異變，例如長出大象的鼻子，或胸前多出一隻手。房間裡和外面一樣嘈雜，因為有許多病人發出各不相同的雜音：坐在第一排中間一個滿臉是汗的女巫，正拿著一份《預言家日報》用力搧著，她的嘴巴一面冒出蒸汽，一面發出高頻率的呼哨聲；角落裡有個看起來髒兮兮的男巫，一動就發出噹噹的鐘聲，每噹一下，他的頭就劇烈擺動，以至於他必須抓住他的兩隻耳朵把它穩住。

一些穿著檸檬綠長袍的男女巫師在排隊等候的人群中走動，像恩不里居一樣問問題，然後記在記事板上。哈利看到他們胸前繡了一個圖案：一支魔杖和一根骨頭互相交叉。

「他們都是醫生嗎？」他問榮恩。

「醫生？」榮恩說，嚇了一跳，「那些專門切割人的麻瓜瘋子？當然不是，他們是治療師。」

「過來這邊！」衛斯理太太說，聲音蓋過角落裡那個發出噹噹聲的巫師。他們跟著她來到一位胖胖的金髮女巫前排隊，這位女巫坐在桌前，桌上有個牌子寫著「詢問台」。她背後的牆上掛著一些告示和海報，上面分別寫著：「**乾淨的大釜才不會使魔藥變毒藥**」以及「**合格治療師認證過的解毒劑才是真正的解毒劑**」。還有一幅很大的銀色長鬈髮女巫畫像，畫像底下有一行說明：

得麗．德溫
聖蒙果醫院治療師，一七二二年——一七四一年
霍格華茲魔法與巫術學校校長，一七四一年——一七六八年

得麗瞧著衛斯理一行人，彷彿在數他們的人數。哈利接觸到她的視線時，她對他微微眨了一下眼，走出她的畫像消失了。

在這同時，排在最前頭的一個年輕巫師像是在表演即興而奇怪的吉格舞，拚了命似地一邊呼痛一邊向桌後的女巫解說他的病情。

「都是——哎喲——我哥哥送我的這雙鞋啦——噢——它會咬我的——**哎喲**——腳——妳看，它一定被施了什麼——**啊噢**——惡咒，我——**啊啊啊啊噢**——消不掉。」他從一隻腳跳到另一隻腳，彷彿在燒紅的炭火上舞蹈。

「鞋子不會妨礙你的視線，對不對？」金髮女巫不耐煩地指著她左邊的一塊大標示牌，「你要看的是符咒傷害科，五樓，樓層簡介寫得清清楚楚。下一位！」

那位男巫蹦蹦跳跳地走開，衛斯理一行人往前移動幾步，哈利乘機讀著樓層簡介：

巫術用品意外科……………………一樓
大釜爆炸、魔杖回火、飛天掃帚墜落等
怪物傷害科……………………二樓
咬傷、螫傷、燒傷、扎傷等
魔蟲科……………………三樓
傳染病，如龍痘、暈失、淋巴黴等
魔藥與植物中毒科……………………四樓
出疹、反胃、失控傻笑等
符咒傷害科……………………五樓
無法解除的惡咒、厄咒、施咒不當等
訪客休息室・醫院福利社……………………六樓
找不到路，或無法正常說話，或想不起來為什麼到醫院者，請向接待女巫尋求協助。

一個彎腰駝背、戴著助聽器的老巫師一步一拖地走到隊伍最前面，「我來看柏得．簿德！」他喘著氣說。

「四十九號病房，不過我看你是白費力氣了，」那個女巫輕蔑地說，「他已經完全腦筋不正常了——還是以為自己是個茶壺。下一位！」

一個滿臉倦容的巫師緊緊抱著他小女兒的腳踝，女孩的連身衣後背長出一對超大的羽毛翅膀，在她父親頭上用力拍打著。

「五樓。」女巫問都不問便用厭煩的聲音說。男人像抱著一個奇形怪狀的氣球般抱著他的女兒，消失在桌旁的一扇對開門內。「下一位！」

衛斯理太太往桌前移動。

「哈囉，」她說，「我丈夫，亞瑟．衛斯理，今天早上應該已經轉到另一間病房了，請問——？」

「亞瑟．衛斯理？」女巫說，伸出手指在她面前的一長串名單中尋找，「有了，二樓，右邊第二個門，大盧病房。」

「謝謝，」衛斯理太太說，「來吧，各位。」

他們跟著她穿過對開門，進入狹長的走道，走道兩旁懸掛著更多著名治療師的畫像，許多裝滿蠟燭的水晶燈泡飄浮在天花板上，看上去好像肥皂泡泡。還有更多穿檸檬綠長袍的巫師和女巫從兩旁的門內進進出出。他們經過其中一扇門時，一股惡臭的黃色氣體飄進走廊，不時還有微弱的哀號傳出。他們爬上二樓，進入怪物傷害科走廊，右手邊第二個門上寫著：「危險」大盧病房：嚴重咬傷。底下有一塊黃銅牌子，上面手寫著——主治治療師：希波格拉底．史梅，實習治療師：奥古．派。

「我們在外面等，茉莉，」東施說，「亞瑟不會希望一次來太多訪客……家人先。」

瘋眼低聲表示贊同，兀自往牆上一靠，魔眼滴溜溜亂轉。哈利也退出來，但衛斯理太太伸手把他推進門，說：「別傻了，哈利，亞瑟要謝謝你。」

病房很小，有點暗，因為窗子很小，又裝在正對著門的牆壁上方。大部分光線來自病房中央天花板上一堆亮晶晶的水晶燈泡，牆上用橡木板裝飾，上面掛著一幅看起來有點邪惡的巫師畫像，下面寫著：烏瓜．哈洛，一六一二年——一六九七年，消臟咒發明人。

病房內只有三個病人，衛斯理先生躺在最裡面靠近小窗的病床，哈利見他背下墊著幾個枕頭，就著照射在他床上的陽光讀著《預言家日報》，感到很欣慰。他們走上前時，他抬起頭，看見是他們，高興地笑了。

「哈囉！」他大聲說，擱下手上的《預言家日報》，「比爾剛走，茉莉，他得趕回去上班，他說晚一點會過來看妳。」

「你還好嗎，亞瑟？」衛斯理太太問，彎腰親了一下他的臉頰，焦急地看著他的臉，「你看起來還是有點虛弱的樣子。」

「我覺得很好啊。」衛斯理先生輕快地說，伸手摟了一下金妮，「只要他們能把繃帶拆掉，我就可以回家了。」

「為什麼不能拆掉，爸？」弗雷問。

「因為他們每次拆繃帶，我就開始流血，」衛斯理先生愉快地說，伸手抓起他的魔杖一揮，六張椅子出現在病床四周，讓大家都有位子坐。「看來那條蛇的蛇牙有種不尋常的毒液，使傷口無法癒合，不過他們一定會找到解毒劑。他們說，他們還碰過比我更嚴重的病例。同時，我還要每個小時服用一劑補血魔藥，不過那邊那個傢伙，」他說著壓低嗓門，朝對面一張病床點頭，一個臉色發青，狀甚嚴重的男人瞪著天花板發呆，「被狼人咬了，可憐的傢伙，沒救了。」

「狼人？」衛斯理太太小聲說，一臉緊張，「他住在一般病房安全嗎？他不是應該住進單人病房？」

「現在離滿月還有兩個禮拜，」衛斯理先生平靜地提醒她，「今天早上他們跟他討論過，就是那些治療師，他們想勸他出去過正常生活。我也對他說——當然沒有提到名字——我說，我認識一個狼人，人非常好，他對這種事有很好的處理辦法。」

「他怎麼說？」喬治問。

「他說，如果我不閉嘴，他也會咬我一口。」衛斯理先生傷心地說，「還有，那邊那個女的，」他指指另外一張緊靠著門口的病床，「不肯告訴治療師她是被什麼咬的，我們都猜她一定是幹了違法的勾當。總之，她的大腿被不明的東西咬下一大塊肉，拆開繃帶的時候，那個味道可難聞極了。」

「那你告訴我們到底出了什麼事，爸？」弗雷說，把椅子拉近一點。

「你們不是都已經知道了嗎？」衛斯理先生說，朝哈利笑一笑，「事情很簡單——我那天很累，在打瞌睡，結果被偷偷地咬了一口。」

「《預言家日報》有報導你被偷襲的事嗎？」弗雷問，指著衛斯理先生擱在一旁的報紙。

「沒有，當然沒有，」衛斯理先生說，微微苦笑，「魔法部不讓大家知道有條該死的巨蛇在——」

「亞瑟！」衛斯理太太警告他。

「在——呃——咬我。」衛斯理先生急忙說，不過哈利確信那不是他本來想說的話。

「那事情發生的時候你在哪裡，爸？」喬治問。

「那是我的事，」衛斯理先生說，不過他臉上還是帶著笑容。他抓起《預言家日報》抖開說，「你們進來時，我剛好讀到威利．逆行被捕的消息，你們知道嗎？今年夏天的回流廁所事件背後主謀就是威利。他的一個惡咒回火了，馬桶爆炸，結果他們發現他躺在地上昏迷不醒，全身從頭到腳都被碎片蓋住——」

「你每次說你在『值勤』，」弗雷小聲打斷他的話說，「你都在幹什麼？」

「你父親說過了，」衛斯理太太小聲說，「我們不能在這裡討論這件事！繼續說那個威利．逆行的事，亞瑟。」

「不要問我怎麼辦到的，但他硬是撇清了和這個馬桶有關的罪嫌，」衛斯理先生悶悶不樂地說，「我只能猜一定是錢能使鬼推磨——」

「你在看守它，對不對？」喬治平靜地說，「那個武器？『那個人』在尋找的武器？」

「喬治，閉嘴！」衛斯理太太喝斥。

「無論如何，」衛斯理先生提高嗓門說，「這次威利又因為出售會咬人的門把給麻瓜，終於被逮到了。我想他這一回不可能再脫身了，因為根據這篇報導，有兩個麻瓜手指被咬斷，現在就在聖蒙果醫院做骨頭再生和修改記憶的緊急手術。想想看，麻瓜也住進聖蒙果醫院！不知道他們住在哪個病房？」

說完，他熱切地四下張望，彷彿希望能看到一張指示牌似的。

「你不是說過『那個人』有一條蛇嗎，哈利？」弗雷問，一面觀察他父親的反應，「一條大蛇？你在他回來的當天晚上看見的，不是嗎？」

「夠了，」衛斯理太太生氣地說，「瘋眼和東施在外面，他們也來看你，亞瑟。你們這些小鬼都出去外面等。」她又對孩子們和哈利說，「你們等一下可以進來說再見，去吧。」

他們幾個魚貫走出病房，瘋眼和東施進門後隨手把門帶上，弗雷使了個眼色。

「好，」他冷冷地說，在口袋內摸索著，「算你們厲害，不說就不說。」

「找這個嗎？」喬治拿出一條捲好的，看起來像肉色繩子的東西。

「你會讀我的心。」弗雷笑著說，「我們來看看聖蒙果醫院有沒有在病房施不動咒，如何？」

他和喬治一起把繩子解開，又把五個伸縮耳各自分開，弗雷和喬治發給每人各一個，哈利猶豫著沒接。

「來呀，哈利，拿去！你救了爸的性命，如果有誰最有權利偷聽，那一定是你。」

哈利聽了忍不住笑笑，他接過繩子的一端，學雙胞胎那樣，把繩子塞進耳朵內。

「好，開始！」弗雷小聲說。

肉色的繩子扭動著，像一條細長的蚯蚓從門底下爬進去。哈利起初聽不到聲音，然後當他聽到東施的聲音時，嚇了一跳，東施的悄悄話清晰得好像她就站在他旁邊。

「……他們把整個地區都搜遍了，還是找不到那條蛇，牠好像在攻擊你之後就消失了，亞瑟……可是『那個人』不可能派一條蛇去偷那個東西，是不是？」

「我猜他派那條蛇去當探子，」穆敵低聲說，「因為到目前為止，他的運氣一直很差，對吧？不是要蛇去偷，我認為他是想看清楚他要面對的是什麼。如果亞瑟不在那裡，那條蛇就多得是時間到處探了。波特不是說他看到整起事件的發生嗎？」

「是的，」衛斯理太太的聲音有點不安，「你要知道，鄧不利多好像早料到哈利會看到這種事。」

「是啊，」穆敵說，「波特這小子是有點古怪，大家都知道。」

「今天早上我和鄧不利多談話時，他好像很擔心哈利。」衛斯理太太小聲說。

「他當然擔心，」穆敵低聲說，「這孩子是從『那個人』的蛇眼看東西，波特顯然還不明白那是什麼意義。但是，假如『那個人』已經控制了他——」

哈利一把扯下伸縮耳，他的心臟劇烈地怦怦跳著，一陣熱潮衝上他的臉頰。他看看其他人，他們都在看他，伸縮耳仍舊順著他們的耳朵在延伸，幾個人忽然都露出恐懼的神情。

23 隔離病房的聖誕節

是因為這樣，所以鄧不利多不再直視哈利的眼睛嗎？他是否認為自己會看見佛地魔回瞪著他，或者，他害怕那雙鮮綠的眼睛會陡然轉為血紅，變出像貓一般細長的瞳孔？哈利想起佛地魔的蛇臉從奎若教授的後腦撕裂而出時的景象，不由得伸手摸了摸自己的頭，一邊想像著，如果佛地魔從他的頭殼迸出來的話，會是什麼感覺。

他覺得自己骯髒污穢，彷彿身上帶著某種致命的病菌。從醫院回家的地鐵上，坐的全是乾淨而純真的人，身心都不曾受到佛地魔的污染。他沒有資格和他們坐在一起……他不僅見到了蛇，他自己**就是**那條蛇，現在他知道了……

接著他心裡升起一個恐怖透頂的想法，一段回憶浮上他腦海，使他的內臟如蛇一般翻騰扭動。

除了追隨者，他還想要什麼？

一些他要用偷的才能得到的東西……比方說，武器。一些他上一回手中沒有的東西。

我就是武器，哈利想。這個結論彷彿毒藥注入他的血管，使他全身冰涼，冒出一身冷汗。列車穿入黑暗的隧道時，他只能木然地隨著車廂搖擺。「我正是佛地魔想利用的人。所以無論我去哪裡，他們都派保鑣跟著我，這不是為了保護我，而是為了別人。只不過這麼做並沒有用，他們無法派人在霍格華茲隨時盯著我……昨天晚上我**確實**攻擊了衛斯理先生，是我。佛地魔控制我去做的，現在，他可以進到我體內，傾聽我的思想——

「你還好嗎，哈利，親愛的？」衛斯理太太輕聲問，列車轟隆隆地穿越隧道，她從金妮旁邊傾身對他說話。「你看起來不大好，你身體不舒服嗎？」

大家全看著他。他用力搖搖頭，抬頭望向一張房屋保險的廣告。

「哈利，親愛的，你**確定**你沒事嗎？」他們繞過古里某街中央一片凌亂的草皮時，衛斯理太太語氣擔憂地問。「你臉色好蒼白……你今天早上真的有睡嗎？離晚餐還有幾個小時，你先上樓去睡一會吧？」

他點點頭，他正渴望能夠獨處，現在剛好有現成的藉口可以讓他不必跟別人說話。因此等衛斯理太太打開前門後，哈利便快步經過山怪腿雨傘桶，直接上樓回到他和榮恩的房間。

到了房裡，在兩張床和非尼呀．耐吉的空畫框前，哈利開始來回踱步。他腦中塞滿了疑問，更多可怕的念頭在他心裡不停翻攪。

他是怎麼變成蛇的？或許他是個化獸師……不，不可能，不然他自己早就知道了……或許**佛地魔**是個化獸師……沒錯，哈利心想，這就通了，他當然**能**變成一條蛇……他附身在我身上時，我們兩人都會變形……但是那仍然無法解釋我如何在五分鐘左右的時間裡，一會跑去倫敦，一會又回到自己的床上……不過話說回來，除了鄧不利多，佛地魔大概是世界上最厲害的巫師，要他像那樣把人四處傳送，應該根本不成問題。

接著，猛然一陣恐慌襲來，他心想，**可是這太瘋狂了——如果佛地魔附身在我身上，那麼此刻，我正一覽無遺地向他展示鳳凰會的總部！他將知道會裡有哪些人，天狼星又在**

哪……我還聽到了一大堆我不應該知道的事，包括我第一天抵達時天狼星告訴我的一切……

只有一個方法可行，他必須馬上離開古里某街。他要獨自待在霍格華茲過聖誕節，這樣至少能確保大家安全度過假期……可是，不，這樣行不通，霍格華茲仍有許多人可能會受到傷害與威脅。如果下一次是西莫、丁或奈威怎麼辦？他停止踱步，站在原地瞪著非尼呀．耐吉的空畫框。他的胃裡彷彿沉甸甸地壓著一顆鉛塊。他別無選擇，他只有回到水蠟樹街，徹底切斷自己與其他巫師之間的聯繫。

好吧，如果他必須這麼做，他心想，那麼就別繼續在這裡閒晃了。當德思禮一家人發現他比預期的提早六個月出現在家門口，不知道會有什麼反應。哈利努力克制自己別去想，他跨步走向自己的皮箱，關上箱蓋，上好鎖，接著他反射性地張望四周，尋找嘿美，但馬上想起牠仍在霍格華茲——好吧，至少不需要扛牠的籠子——他抓起皮箱的一端，拖向門口，走到一半時傳來一個譏誚的聲音：「想溜，是嗎？」

他回頭張望，非尼呀．耐吉出現在自己的肖像畫中，他正倚著畫框，滿臉興味盎然地看著哈利。

「不是，才不是想溜。」哈利簡短地說，繼續拖著皮箱朝門口又移動了幾步。

「我以為，」非尼呀．耐吉撫摸著他尖翹的鬍子說，「屬於葛來分多學院的人應該很**勇敢**，不是嗎？在我看來，你好像應該來我的學院比較好。我們史萊哲林的人也很勇敢，沒錯，但是不笨。比如說，給我們選擇的話，我們永遠會選擇保住自己的腦袋。」

「我想保住的不是我自己的腦袋。」哈利簡潔地說，用力把皮箱拖過門口正前方那一塊凹凸不平、蟲蛀的地毯。

「噢，**我懂了**，」非尼呀．耐吉說，仍舊撫摸著鬍子，「這不是膽小的開溜——你是在表現**高貴情操**。」

哈利不理他。他的手已經握住了門把，這時非尼呀才懶洋洋地說：「阿不思．鄧不利多要我傳個口信給你。」

哈利猛然轉身。

「是什麼？」

「『待在原地。』」

「我沒有動啊！」哈利說，他的手仍握著門把，「是什麼口信？」

「我剛剛說了，蠢蛋。」非尼呀．耐吉的嘴巴毫不饒人，「鄧不利多說『**待在原地**』。」

「為什麼？」哈利急切地問，放開皮箱的一端。「他為什麼要我留下？他還說了什麼？」

「就這句，沒別的。」非尼呀．耐吉說，他揚起一道細細的黑眉毛，好像覺得哈利很無禮。

哈利的火氣又冒上來，就像一條蛇從長長的草叢中直起了身子。他好累好累，整個人混亂到極點，在過去十二個小時內，他經歷了恐懼、放鬆，然後再度恐懼。儘管如此，鄧不利多還是不肯和他說話！

「只有這樣，是嗎？」他大聲說，「『**待在原地**』？在我被那些催狂魔攻擊後，大家也只對我說這句話！哈利，乖乖待在原地，讓大人來解決！我們懶得跟你講太多，因為你小小的腦袋可能會承受不了！」

「你知道嗎？」非尼呀．耐吉拉開嗓門壓過哈利的聲音，「這就是為什麼我**厭惡**當老師！

年輕人總是很惹人厭的自以為是。你這個自以為了不起的狂妄小子，你有沒有想過，霍格華茲的校長之所以不與你分享他計畫中的每一個小細節，可能有極為充分的理由？每當你感覺受到不合理的要求時，你有沒有曾經停下來思考過，到目前為止，遵從鄧不利多的指示什麼時候讓你受到過傷害？沒有、沒有。和所有年輕人一樣，你對自己充滿把握，以為只有你會感覺和思考，只有你察覺到危險，只有你是唯一發現黑魔王可能在計畫——」

「他**是**在計畫和我有關的事嗎？」哈利敏捷地打斷他。

「我有這麼說嗎？」非尼呀．耐吉說，心不在焉地檢視他的絲質手套。「現在，不好意思，我還有比聽青少年無病呻吟更重要的事要做……祝你晚安。」

他漫步走向畫框邊緣，失去蹤影。

「好啊，你走啊！」哈利對著空畫框怒吼，「去告訴鄧不利多謝謝他什麼忙都沒幫上！」

空盪盪的畫布一片寂靜。怒火中燒的哈利拖著皮箱回到床腳，然後臉朝下縱身趴在蟲蛀的床罩上，他閉起眼睛，全身沉重痠痛。

他感覺自己好像旅行了好遠好遠……很難想像，不到二十四個小時前，張秋才在槲寄生下慢慢靠向他……他累癱了……他害怕睡著……但他不知道自己能撐多久……鄧不利多叫他待在這裡……那麼意思一定是准他睡覺了……可是他好怕……如果再度發生怎麼辦？

他逐漸沉入陰影中……

彷彿他腦中有一部電影正等著開演。他走在一條空盪盪的長廊裡，通往一扇素淨的黑門，經過粗糙的石牆、火炬、敞開的門口，踩上一道石階下樓往左邊……

他來到了黑門前，可是打不開……他站在原地盯著它，急切地想進去……門後面是某個他全心全意想要的東西……一個超越他夢想的獎品……真希望他的傷疤別再刺痛……讓他能夠更清楚地思考……

「哈利，」榮恩的聲音從很遠很遠的地方傳來，「媽說晚餐好了，如果你還想待在床上的話，她會替你留一些。」

哈利睜開眼，榮恩已經走出房間。

他不願意和我單獨相處，哈利想，**自從聽到穆敵的話之後**。

如今大家知道他身體內有「什麼」之後，他猜想，沒有人願意他繼續留在這裡了。

他不想下樓吃晚餐，他不想在場折磨大家。他翻個身，過了一會，又睡著了。他睡了很久才醒來，這時已經是清晨，他的肚子餓得發痛，榮恩躺在隔壁床上打呼。他瞇起眼睛四下打量，看到非尼呀·耐吉陰暗的輪廓再度出現在肖像畫中，哈利忽然想，鄧不利多大概是派非尼呀·耐吉來看守他，以免他去攻擊別人。

這又加深了哈利覺得自己骯髒的想法，他隱約希望自己沒有聽鄧不利多的話……如果從今以後，他在古里某街的生活都將如此，或許回到水蠟樹街還會好過一點。

* * *

接下來一整個早上，其他所有的人都忙著擺設聖誕裝飾。在哈利印象中天狼星的心情從來沒有這麼好過，他甚至唱起了聖誕歌曲，顯然很高興有人作伴陪他過聖誕節。他的聲音穿過地板，傳到寒冷的會客室裡，哈利一個人呆坐在房中，望著窗外的天空越變越白，警告著大雪的來臨。想到自己躲在這裡可以給別人一個機會好好談論他，哈利心中油然升起一股殘酷的快感——而且，現在想必就在進行。到了午餐時間，當他聽見衛斯理太太從樓梯口輕聲喊他的名字時，他再退上一層樓，不予理會。

傍晚六點左右，門鈴響了，布萊克夫人又開始尖叫。躲在巴嘴房裡的哈利猜測，大概是蒙當葛或鳳凰會的其他成員前來拜訪，因此他只是靠著牆讓自己坐得更舒服些，一邊拿死老鼠餵鷹馬，一邊試著不要去想自己有多餓。幾分鐘後，忽然有人用力搥這房間的門，令他有些吃驚。

「我知道你在裡面，」說話的是妙麗，「拜託你出來好嗎？我想跟你說話。」

「**妳**跑來這裡幹嘛？」哈利問她，他拉開門，巴嘴還在鋪著乾草的地板上繼續翻揀，尋找牠不小心掉落的零散老鼠殘骸。「我以為妳跟妳爸媽去滑雪了。」

「嗯，老實說，我並不是**那麼**喜歡滑雪。」妙麗說，「所以啦，我到這裡來過聖誕節。」她的頭髮沾著雪，臉頰凍得微微發紅。「不過別告訴榮恩，因為他一直笑我，所以我跟他說滑雪真的很棒。我爸媽有一點失望，我告訴他們凡是認真準備考試的學生都留在霍格華茲念書。他們希望我考得好，所以他們會了解的。總之，」她輕快地說，「我們去你房裡，榮恩的媽媽已經把那邊的爐火點起來了，還送上了三明治。」

哈利跟著她回到三樓。他進入房間，很驚訝地看到榮恩跟金妮坐在榮恩的床上，都在等他們。

「我搭騎士公車來的。」哈利還來不及說話，妙麗就輕鬆地開口，一邊脫下身上的外套。「昨天一大早鄧不利多就告訴我發生了什麼事，可是我得等到學期正式結束才能離開。恩不里居氣得發抖，你們居然當著她的面消失。雖然鄧不利多向她解釋是因為衛斯理先生住在聖蒙果醫院裡，所以他允許你們全部去探病，還是安撫不了她。反正……」

她朝金妮旁邊坐下，兩個女孩和榮恩一起抬頭看哈利。

「你覺得怎麼樣？」妙麗問。

「還好。」哈利僵硬地說。

「噢，別騙人，哈利，」她不耐煩地說，「榮恩和金妮說，你從聖蒙果醫院回來後就一直躲著大家。」

「是他們說的，是嗎？」哈利說，怒目望向榮恩和金妮。榮恩低頭看自己的腳，金妮卻理直氣壯地回瞪他。

「你是在躲啊！」她說，「你甚至不看我們一眼！」

「是你們不看我一眼！」哈利生氣地說。

「也許你們互相輪流看，又剛好一直錯過。」妙麗提出假設，她的嘴角抽動。

「很好笑。」哈利斷然說，別過身去。

「噢，別老在那裡自怨自艾了，」妙麗尖銳地說，「他們告訴我昨天晚上你從伸縮耳偷聽到了什麼——」

「是嗎？」哈利怒吼，雙手深深插入口袋，眼睛望向窗外白茫茫的飄雪。「大家都在講我，對吧？算了，我也慢慢習慣了。」

「大家是想**跟你**講話，不是想講你，哈利，」金妮說，「可是自從我們回來後，你就一直躲著——」

「我不想跟任何人說話。」哈利說，覺得自己越來越惱火。

「不過，你這麼做挺蠢的，」金妮生氣地說，「看在你只認識我這個曾經被『那個人』附身的人的份上，我可以告訴你那是什麼感覺。」

她的話衝擊了哈利，他呆楞了一會，然後轉身面對她。

「我忘了。」他說。

「你真走運。」金妮冷冷地說。

「對不起，」哈利發自內心地說，「所以……所以，妳認為我被控制了嗎？」

「這個嘛，你記得你最近做過的每一件事嗎？」金妮問，「有沒有一段時間是一片空白，你不知道自己到底做了什麼？」

哈利絞盡腦汁回想。

「沒有。」他說。

「那麼，『那個人』其實並沒有控制你，」金妮下了簡單的結論，「之前我被他控制的時候，我記不得自己前幾個小時做了什麼。我常會發現自己在某個地方，卻不知道自己是怎麼到那裡的。」

她的話難以說服哈利，不過，他的心中卻不由自主地卸下一塊重擔。

「可是，我夢見妳爸和那條蛇──」

「哈利，你以前也做過這些夢，」妙麗說，「去年你也曾經在夢中閃現佛地魔的計畫。」

「這次不一樣，」哈利搖著頭說，「我在那條蛇**裡面**，而且感覺好像我**就是**那條蛇……如果說佛地魔設法把我傳送到倫敦──？」

「總有一天，」妙麗說，語氣極為惱火，「你會讀到《霍格華茲：一段歷史》，到時候或許它會提醒你，在霍格華茲裡你無法現影或消影。哈利，就連佛地魔也不能使你平空飛出你的宿舍。」

「兄弟，你沒離開你的床。」榮恩說，「我看見你在睡夢中翻來覆去，我們至少叫了你一分鐘你才醒來。」

哈利再度繞著房間踱步，思考著。大家說的話不只有安撫作用，而且很有道理……很自然地，哈利從床上的盤子裡拿起一個三明治，餓極了地塞進嘴裡。

我畢竟不是他的武器，哈利心想。他心中充滿了喜悅和輕鬆。這時天狼星剛好大步踏過他們的門口，走向巴嘴的房間，聽見他扯開嗓門高唱「願主賜與鷹馬平安」時，哈利不由得想加入合唱。

＊ ＊ ＊

他當初怎麼會想要回水蠟樹街去過聖誕節呢？天狼星的快樂感染了每一個人，他好開心這幢老宅裡又再度塞滿了人，特別是有哈利在。他不再是夏天那個陰沉的主人，現在他似乎下定決心要讓大家盡情盡興地玩樂，至少，也要和在霍格華茲裡一樣。因此從聖誕節前夕一直到節日當天，他每天從早忙到晚，在大家的協助下打掃和布置。忙碌的結果是，到了聖誕夜大家都上床後，這間屋子已經幾乎不是原來的樣子了。晦暗無光的水晶吊燈不再垂著蜘蛛網，而是掛上了許多冬青花環以及金色、銀色的閃亮流蘇；被磨禿的地毯上堆著幾堆瑩瑩閃爍的魔法白雪；一棵蒙當葛弄來的巨大聖誕樹，上面裝飾著真的小仙子，把天狼星的家譜樹完全擋住；甚至連大廳牆上的精靈頭標本，也都戴上了聖誕老人的帽子和鬍子。

聖誕節早晨哈利醒來時，發現床腳堆滿了禮物。一旁的榮恩早已動手拆起他自己的那一堆了，他的堆得更高，已經拆了一半。

「今年大豐收，」他透過層層堆疊的包裝紙告訴哈利，「謝謝你的掃帚羅盤，棒極了，勝過妙麗的——她送我一本**家庭作業計畫手冊**——」

哈利在他的禮物堆中翻揀，找到一個寫著妙麗筆跡的包裝。她也送給他一本類似日記的冊子，每當他翻動一頁，書本就會大聲叫嚷一些名言，像是：「今日事，今日畢，不然你就斃！」

天狼星和路平合送哈利一套很棒的書，叫做《實用防禦魔法及其對抗黑魔法之使用》，書中附有細膩的彩色動作插畫，用來示範說明裡提到的反惡咒及厄咒。哈利興匆匆地翻閱第一冊，一看便知這對他為ＤＡ所設計的課程極有幫助。海格送的是一個毛茸茸的棕色錢包，上頭長著尖牙，原本的設計應該是為了防盜，不幸的是，哈利也無法把自己的錢放進去，除非讓它把手指頭咬斷。東施送的禮物是一個活動的、縮小的火閃電模型，哈利望著它在房裡飛來飛去，好希望自己仍保有原來標準尺寸的那一支。榮恩送給他好大一箱全口味豆，衛斯理夫婦是一如往常的手織毛衣和幾個百果餡餅。多比的是一幅著實難看透頂的圖畫，哈利不得不懷疑是家庭小精靈自己畫的。正當他把圖畫上下反轉，想試試哪樣會比較好看一些時，巨大的一聲**哐啷**，弗雷和喬治在他的床腳現影。

「聖誕快樂，」喬治說，「先別下樓去。」

「為什麼？」榮恩問。

「媽又在哭了，」弗雷沉重地說，「派西把他的聖誕毛衣退回來了。」

「連張字條都沒有，」喬治補充，「也沒問爸的情況，也沒去探望他什麼的。」

「我們盡量安慰她，」弗雷說，繞過床腳來到哈利身旁看他的畫像，「跟她說派西只不過是一大坨老鼠屎。」

「沒用，」喬治說，伸手拿了一塊巧克力蛙，「所以路平接手。我想，最好先讓他安撫她之後，我們再下樓吃早餐。」

「不過，這到底是什麼？」弗雷問，瞇起眼端詳多比的畫。「看起來像是一隻長臂猿，有兩顆黑眼睛。」

「是哈利！」喬治指著圖畫的背面說，「背後寫的！」

「果然神似。」弗雷咧嘴笑著說。哈利把剛收到的家庭作業手冊丟向他，書本打到對面的牆壁，掉在地上，它快樂地說：「小地方不忘記，好事情等著你！」

他們起床換好衣服，聽見屋子裡各式各樣的居住者都在彼此互道「聖誕快樂」。下樓梯的路上他們遇到妙麗。

「謝謝你的書，哈利，」她開心地說，「我好久以前就一直想要那本《命理學新論》！還有榮恩，香水的味道確實很特別。」

「不算什麼啦。」榮恩說，「倒是，那是給誰的？」他又問，頭朝她手裡一個包裹整齊的禮物一點。

「給怪角的。」妙麗興高采烈地說。

「最好不要是衣服！」榮恩警告她，「妳明白天狼星說的，怪角知道太多事了，我們不能放他自由！」

「這不是衣服，」妙麗說，「不過如果我可以做主，我一定會給他一件像樣的東西穿，代替他那條骯髒的破抹布。不是啦，這是一條拼布被子，可以點綴他的臥室。」

「什麼臥室？」他們經過天狼星母親的畫像時，哈利壓低聲音耳語說。

「哦，天狼星說那算不上臥室，比較像是——**窩**。」妙麗說，「他其實就睡在廚房後面那個櫥櫃裡的煮鍋底下。」

他們來到樓下，地下室裡只有衛斯理太太一個人。她站在爐灶邊，向他們祝賀「聖誕快樂」時，聲音聽起來好像得了重感冒，大家都刻意避開她的眼睛。

「這就是怪角的臥室嗎？」榮恩說著，跨向餐櫥對面角落裡一扇髒兮兮的門。哈利從沒看它打開過。

「對，」妙麗說，聲音變得有點緊張。「呃……我想我們最好先敲門。」

榮恩用指節敲敲門，沒有回應。

「他一定偷偷摸摸溜到樓上去了。」他說，不假思索伸手拉開門，「**噁！**」

哈利探頭窺視。櫥櫃大部分的空間都被一個巨大的老式煮鍋占據了，不過水管底下還有一點小空間，怪角在那裡為自己弄了一個看起來像是巢的東西。地板上堆著一團雜七雜八的碎布和又爛又臭的毛毯，布堆中央形成一個小小的凹陷，顯示出怪角每天晚上蜷著睡覺的位置。在這一堆東西裡，到處散布著腐敗的麵包屑和發霉的乳酪碎片。一些小東西和錢幣在角落閃閃發亮，哈利猜那是怪角的收藏，像偏愛叼零碎東西的喜鵲那樣，從天狼星大掃除的垃圾中撿來的。他甚至還回收了天狼星夏天丟掉的家庭合照，儘管銀相框的玻璃已碎裂，裡頭的黑白小人卻仍然高傲地瞥著他，其中包括──他的胃抽搐了一下──那位眼皮黝黑而厚重的女士──貝拉．雷斯壯。在鄧不利多的儲思盆裡，他曾目擊了她的審判。以保存狀態來看，她一定是怪角最心愛的照片。他把它放在其他所有東西的前面，還笨手笨腳地用魔法膠帶把玻璃黏補起來。

「我想我把禮物留在這裡就好。」妙麗說，她把包裹整齊地放在破布和毛毯之間的那個凹陷，悄悄關上門。「就這樣吧，他晚一點會發現的。」

「說到這件事，」當他們關上櫥櫃的門時，天狼星正巧從餐儲室扛了一大隻火雞出來，說道：「最近有誰確實看到過怪角的？」

「打從我們回來的那天晚上之後，我就沒再看過他。」哈利說，「當時你命令他滾出廚房。」

「是啊……」天狼星皺著眉說，「知道嗎，我想那也是我最後一次見到他……他一定躲在樓上某個地方。」

「他不可能走掉了吧？」哈利說，「我的意思是，你說『**滾出去**』的時候，他或許以為你是叫他滾出這棟房子。」

「不，不，除非有人給家庭小精靈衣服，否則他們不能離開。他們跟主人家的屋子是綁在一起的。」天狼星說。

「如果他們真的想離開屋子，還是可以。」哈利反駁，「多比就做了，三年前他離開馬份家跑來警告我，雖然之後他必須處罰自己，不過他還是辦到了。」

天狼星露出些微不安的表情，過了一會後他說：「我等會去找他，我想他一定是在樓上，對著我媽的燈籠褲或什麼的哭得死去活來。當然，也有可能爬進烘碗機死在那裡……不過我還是別期望太高吧。」

弗雷、喬治和榮恩大笑，相反地，妙麗滿臉責備的表情。

吃完聖誕午餐後，衛斯理一家人、哈利及妙麗計畫再去醫院探望衛斯理先生，瘋眼和路平隨行護送。上菜到最後的聖誕布丁和乳脂鬆糕時，蒙當葛及時趕到，由於聖誕節當天地鐵不開，因此他特地設法「借」了一輛車。這輛車——哈利強烈懷疑車主並不知道它被借走了——也像衛斯理家的老福特安格里亞怪車一樣，用魔咒加大了。外表看起來比例正常，車內卻能舒服地塞下十個人外加開車的蒙當葛。衛斯理太太猶豫了很久不肯上車——哈利知道她內心在交戰，她不贊同蒙當葛的行為，但又很討厭不靠魔法移動——不過，她最後敗給了戶外的冷風以及孩子們的哀求，心甘情願地坐進後座，夾在弗雷和比爾中間。

因為馬路上幾乎沒車，所以他們很快就到達聖蒙果醫院。空曠的街道上只有零星幾個巫師和女巫，賊頭賊腦地接連溜上馬路，往醫院走去。哈利與其他人一起下車，蒙當葛把車子開到轉角去等他們。大家輕鬆散步，走向穿綠色尼龍洋裝的假人站著的那個櫥窗，然後，一個接一個跨進玻璃。

醫院的接待區充滿了節慶的歡樂，平常做為聖蒙果醫院照明燈的水晶圓球都塗上了紅色和金色，變成許多巨大、發光、俗豔的聖誕吊球。冬青花環懸掛在每一個通道上方，耀眼的白色聖誕樹覆蓋著魔法白雪和冰柱，在各個角落閃閃發亮，每一棵樹頂更裝飾上一顆炫目的金色星星。這裡沒有他們上次來的時候那麼擁擠，雖然如此，才穿過半個房間，哈利就被一個左鼻孔裡卡著一顆薩摩蜜柑的女巫擠到一旁。

「家庭糾紛，呃？」櫃台後的金髮女巫竊笑，「妳是我今天看到的第三個……符咒傷害科，五樓。」

他們看到衛斯理先生斜坐在床上，腿上放著一個托盤，裡頭是沒吃完的火雞大餐。見到他們來訪，他臉上露出膽怯的表情。

等所有的人都和衛斯理先生打過招呼並送上禮物之後，衛斯理太太問，「一切都好嗎，亞瑟？」

「很好，很好，」衛斯理先生有點過於熱情地回答，「妳——呃——還沒見過治療師史梅吧？」

「沒有，」衛斯理太太狐疑地說，「怎麼？」

「沒事，沒事。」衛斯理先生輕快地說，動手拆開面前的一堆禮物。「如何，大家今天都好嗎？你們拿到什麼聖誕禮物？噢，**哈利**——這實在**棒透了！**」他剛好打開哈利的禮物，保險絲和螺絲起子。

衛斯理太太對衛斯理先生的回答似乎不太滿意。趁她丈夫傾身向前和哈利握手時，她朝他睡衣下面綁的繃帶瞥了一眼。

「亞瑟，」她說，語氣像捕鼠夾似的又快又利，「你換包紮了。為什麼會提早一天換繃帶呢，亞瑟？他們跟我說明天才需要更換的。」

「什麼？」衛斯理先生一臉惶恐，他拉高床單蓋住胸口，「不是，不是——沒什麼——是——我——」

在衛斯理太太銳利的注視下，他似乎洩了氣。

「好吧——先別生氣，茉莉，不過奧古．派提出一個點子……他是實習治療師，一個很可愛的小伙子，而且認真在研究……哦……補充醫學……意思是，一些麻瓜的傳統治療法……嗯，就是所謂的**縫線**，茉莉，它們非常有效，針對——針對麻瓜的傷口——」

衛斯理太太發出一聲介於尖叫和怒吼的怪聲音。路平轉身離開病床，走向隔壁床的狼人，他沒有任何訪客，正羨慕地望著衛斯理先生周圍的人群。比爾嘟囔著要去喝杯茶，弗雷和喬治聽見了馬上跳起來加入他，一邊咧著嘴猛笑。

「你是在告訴我，」衛斯理太太一個字比一個字大聲地說，完全沒有察覺她身旁的人正四處竄逃尋求掩護，「你在胡搞一些麻瓜的治療法？」

「不是胡搞，茉莉，親愛的，」衛斯理先生低聲下氣，「那只是——只是一種我和派都覺得可以試試的方法——可惜，非常遺憾——嗯，對於這種比較特別的傷口——好像不如我們期望的那麼成功——」

「**意思是**？」

「嗯……嗯，我不確定妳是否明白什麼是——什麼是縫線？」

「聽起來像是你們想要把你的皮膚縫合起來，」衛斯理太太說，從鼻子哼出一聲冷笑，「不過就算是你，亞瑟，也不會笨到**那個**地步——」

「我也想去喝杯茶。」哈利說，一躍而起。

妙麗、榮恩和金妮幾乎和他同時彈到門口，當他們身後的門滑上時，他們聽見衛斯理太太的尖叫：「**你告訴我，什麼叫做那是基本的概念？**」

「典型的老爸，」金妮搖著頭說，他們開始走上長廊。「縫線……我想知道……」

「嗯，它們對非魔法造成的傷口確實很有效，」妙麗平心而論，「我猜蛇的毒液裡可能有什麼成分把它們溶解或是消除掉了。休息室到底在哪裡？」

「六樓。」哈利說，想起接待女巫桌子上的標示牌。

他們沿著走廊前進，穿過一扇對開門，找到一座搖搖晃晃的樓梯，樓梯間裡排列了更多幅面孔兇惡的治療師畫像。他們爬上樓梯時，每一個治療師都朝他們叫喊，為他們診斷出許多詭異的症狀，還建議各種恐怖的療法。榮恩受到一位中古世紀巫師的強烈侮辱，他大喊說榮恩明顯患有極嚴重的多發性點狀爛麻疹。

「那是個什麼鬼東西？」他氣憤地問，那位治療師追著他跑過六張畫像，一路擠開原先住在畫中而擋路的人。

「此乃最嚴重、最痛苦的皮膚疾病，少爺，它將在您的臉上留下坑坑疤疤，甚至比您目前的長相更為醜陋——」

「你敢說誰醜陋！」榮恩說，他的耳朵發紅。

「——唯一的治療方法是取一片蟾蜍的肝，緊緊纏綁在您的喉嚨，並在月圓之時，裸身站立於一桶鰻魚眼珠裡——」

「我沒有多發性點狀爛麻疹！」

「可是您顏面上那些不美觀的污點，少爺——」

「那是雀斑！」榮恩氣急敗壞地說，「現在滾回你自己的畫裡去，別來煩我！」

他轉身怒視其他人，大家全都維持肅然的表情。

「這是幾樓？」

「我想是六樓。」妙麗說。

「不，是五樓，」哈利說，「還有一層——」

然而就在他踩上平台時，整個人猛地定住，他瞪著嵌在對開門上的一個小窗，門上標示著「**符咒傷害科**」，門後是一道長廊。一個男人把鼻子貼著玻璃從小窗偷看他們，他有一頭波浪狀的金髮、淡藍色的眼珠，他咧著嘴蠢蠢地笑著，露出一排耀眼的白牙。

「要命！」榮恩說，也盯著那個男人。

「噢，我的天，」妙麗頓時喊了一聲，有點喘不過氣來，「洛哈教授！」

他們的前黑魔法防禦術教授推門而出，走了過來，他身穿一件淡紫色的晨袍。

「哈囉，你們好！」他說，「我猜你們想要我的簽名，對吧？」

「真是一點都沒變，啊？」哈利對金妮低聲說，她偷偷微笑。

「呃——你好嗎，教授？」榮恩說，語氣帶著些微歉疚。洛哈教授之所以會流落到聖蒙果醫院，是因為榮恩那根故障的魔杖使他的記憶嚴重受損。不過在當時是洛哈先試圖抹去哈利與榮恩的全部記憶，因此哈利並不感到太過同情。

「我好極了，謝謝！」洛哈神采奕奕地說，從口袋掏出一枝用得爛爛的孔雀羽毛筆。「好吧，你們想要幾個簽名？告訴你，我現在會用草寫簽了喔！」

「呃——我們目前不需要，謝謝。」榮恩說著，揚起眉毛望向哈利。哈利接著問：「教授，你怎麼在走廊上晃？你不是應該在病房裡嗎？」

洛哈臉上的笑容逐漸退去。他仔細端詳了哈利好一陣子，然後說：「我們見過嗎？」

「呃……對，我們見過。」哈利說，「你以前在霍格華茲教過我們，記得嗎？」

「教？」洛哈重複，神情有點迷惑，「我？我有嗎？」

接著他的笑容忽地又回到臉上，突兀得嚇人。

「我一定把所知的全都教你們了，對吧？那麼，簽名的事呢？就先來一打吧，你們可以送給你們所有的朋友，通通有獎，皆大歡喜！」

就在此時，一顆頭從走廊盡頭的一扇門探出來，一個聲音喊：「吉德羅，你這個小淘氣，在那裡晃來晃去要去哪？」

一個頭戴閃亮聖誕花圈、母親模樣的治療師匆忙地穿越走廊，對著哈利與其他人溫暖的微笑。

「噢，吉德羅，你有訪客啊！真**貼心**，而且還在聖誕節！你們知道嗎？他從來沒有訪客，可憐的小羊，我也搞不懂為什麼，他是這麼一個小甜心，喔？」

「我們在簽名！」吉德羅面帶耀眼的微笑對治療師說，「他們想要一大堆，還不准我拒絕！我只希望我們的照片夠用！」

「你們聽聽，」治療師說，她勾起洛哈的手臂，溺愛地朝他微笑，彷彿他是個過早發育的兩歲小娃。「幾年前他真是相當出名，我們非常希望他喜歡幫人簽名的這個特性，是他的記憶正逐漸恢復的徵兆。你們往這裡走好嗎？他住在一間隔離病房，想必是趁我拿聖誕禮物進去的時候溜出來了，因為平常門是鎖上的……並不是說他很危險！不過，」她壓低聲音耳語，「他偶爾會傷害自己，上天保佑……不知道自己是誰，跑出去亂晃又記不得怎麼回來……你們能來看他**真的是**太好了。」

「呃，」榮恩不知所措地指著上面一層樓，「其實，我們只是——呃——」

治療師充滿期待地朝他們微笑著，於是榮恩那軟弱無力的一句「打算去喝杯茶」就飄得無影無蹤。大家無助地彼此互望，然後跟隨洛哈和他的治療師走進長廊。

「我們不要待太久。」榮恩小聲說。

治療師拿出她的魔杖指向甲奴稀奇特別病房，並喃喃念道：「阿咯哈姆啦。」房門敞開，她帶頭走進去，一隻手牢牢抓住吉德羅的手臂，引領他到床邊的一張扶手椅上坐好。

「這是我們長期住院病患的病房，」她低聲向哈利、榮恩、妙麗以及金妮解釋。「都是受到永久性咒語傷害的。當然啦，用強烈的矯正魔藥和符咒，再加上一點運氣，還是能產生一些進步。吉德羅確實恢復了一些自我意識。而在簿德先生身上，我們更是看到了顯著的改善，他似乎逐漸恢復了語言能力，雖然他說的語言我們完全無法理解。好啦，我得去把聖誕禮物全部發完，你們大家慢慢聊吧。」

哈利環顧四周，病房裡各個角落都清楚顯示，這裡是這些病人永久的家。比起衛斯理先生的病房，這裡的病人床邊擺放了更多的私人物品。舉例來說，在吉德羅床頭周圍的牆壁上，貼滿了他自己的照片，每一張都露齒而笑，對著來訪的人揮手。許多照片上，他都為自己畫上了歪扭幼稚又不連貫的親筆簽名。治療師才把他安頓在椅子上，吉德羅已經抽出一疊新照片拿到自己面前，抓起一枝羽毛筆，開始發瘋似地簽著名字。

「妳可以用信封裝好，」他對金妮說，每簽完一張照片就丟到金妮腿上。「我沒有被遺忘，告訴你們，沒有，我仍然不停收到一大堆支持者的信……葛蕾蒂．哥傑**每星期**都寫信來……我真希望我知道**為什麼**……」他停頓，表情有點困惑，緊接著又展開笑臉，充滿活力地繼續簽名。「我猜純粹是因為我長得太帥了……」

一個皮膚泛黃、神色悲傷的巫師躺在對面的床上，凝視著天花板，他一個人在那邊喃喃自語，好像對身邊的事物全然沒有意識。再隔壁一張床上是一個整顆頭都覆蓋著獸毛的女人，哈利記得他們二年級的時候，類似的事也曾發生在妙麗身上，不過還好，她所受到的傷害不是永久性的。病房的盡頭拉起一道小碎花布簾子，遮擋住兩張病床，方便給病人和他們的訪客一點隱私。

「給妳，愛妮。」治療師開朗地對毛臉女人說，遞給她幾包聖誕禮物，「看吧，沒被忘記，對不對？妳的兒子還派了一隻貓頭鷹，說他今晚會來拜訪，真是太好了，對不對？」

愛妮狂吠了幾聲。

「簿德，你看，有人送你一株盆栽和一本漂亮的月曆，上面每個月都有一隻不同的美麗鷹馬，讓人看了眼睛一亮，對不對？」治療師一邊說，一邊快步走向喃喃自語的男人，把一株搖晃著長觸手的難看植物放在他床邊的小櫃子上，再使用魔杖把月曆固定在牆上。「還有──噢，隆巴頓夫人，你們要走了嗎？」

哈利猛然轉頭。病房盡頭那兩張床的布簾已經拉開，兩名訪客走回病床與病床之間原來的走道。一個外表凜然的老女巫，身穿綠色長洋裝，披著一條蟲蛀的狐皮圍巾，頭戴一頂尖帽子，帽上的裝飾顯然是一隻兀鷹標本。而尾隨在她身後一臉憂傷的那個人，正是──**奈威**。

哈利忽然間頓悟，他知道盡頭那兩張病床上是誰了。他狂亂地四下打量著，試圖尋找一些方法引開其他幾個人的注意力，好讓奈威不受任何注意或查問地離開病房。然而當聽見有人喊「隆巴頓」這個名字時，榮恩也抬起頭來，在哈利沒來得及阻止之前，他已經大喊：「**奈威！**」

奈威身體一震，忙往後縮，彷彿一顆子彈從身旁擦過。

「奈威，是我們！」榮恩快活地說，站起身來。「你看到了嗎——？洛哈在這裡！你來探望誰？」

「奈威，是你的朋友嗎，親愛的？」奈威的奶奶優雅地說，並朝他們走近。

奈威的神情就好像他在全世界哪裡都行，唯獨別在這裡。一抹暗紫色的紅暈悄悄泛上他圓胖的臉頰，他努力避開所有人的目光。

「啊，沒錯，」他奶奶說，端詳著哈利，並伸出一隻爪子似的乾枯手掌跟哈利握手。「沒錯，沒錯，我知道你是誰，當然。奈威對你推崇備至。」

「呃——謝謝。」哈利握握她的手說。奈威沒有看他，只是盯著自己的腳，臉上的紅暈越來越深。

「你們兩位顯然是衛斯理家的，」隆巴頓夫人繼續，尊貴地輪流朝榮恩和金妮遞出她的手，「是的，我認識你們父母——不很熟，當然——都是高尚的人，高尚的人……而妳一定就是妙麗．格蘭傑了？」

妙麗有點驚訝隆巴頓夫人居然知道她的名字，她也握了手。

「是的，奈威告訴過我有關妳的一切。妳幫他解決不少困難，對不對？他是個好孩子，」她說，隔著她瘦骨如柴的鼻子對奈威投下一個嚴格評估的眼神，「可惜沒有遺傳到他父親的智慧，我不得不承認。」她朝病房盡頭那兩張床的方向點了點頭，這使得她帽子上的兀鷹標本驚慌地一陣顫抖。

「什麼？」榮恩說，一臉驚訝。（哈利很想用力踩榮恩的腳，可是穿著牛仔褲而非長袍時，做這種事很難不被發現。）「那邊的人是你**爸**嗎，奈威？」

「怎麼一回事？」隆巴頓夫人嚴厲地說，「你沒有跟你的朋友談過你父母嗎，奈威？」

奈威深吸一口氣，仰頭望向天花板，搖搖頭。哈利好像不曾為誰感到如此難受過，他想不出任何方法能替奈威化解尷尬。

「這不是丟臉的事！」隆巴頓夫人生氣地說，「你應該感到**驕傲**，奈威，**驕傲**！他們犧牲了自己的健康和神智，目的不是為了讓他們唯一的兒子替他們感到丟臉啊，你要知道！」

「我不覺得丟臉。」奈威極小聲說，游移的目光仍舊避開哈利他們。榮恩這時踮起腳尖望向那兩張床上的病人。

「可是你表現的方式很糟糕！」隆巴頓夫人說，「我兒子和他的妻子，」她高傲地轉向哈利、榮恩、妙麗和金妮，「被『那個人』的追隨者折磨到發了瘋。」

妙麗和金妮同時伸手掩住嘴巴，榮恩本來一直拉長脖子想瞥一眼奈威的父母，也突然停了下來，一臉驚駭。

「他們原本是正氣師，在巫師社群內備受推崇，」隆巴頓夫人繼續說，「他們兩個人都極具天賦。我——怎麼了，愛麗絲，親愛的，那是什麼？」

奈威的母親穿著睡衣，很慢很慢地挨過來。她不再是哈利在穆敵那張鳳凰會初始成員舊照片中所看到的模樣，那時的她有著一張圓潤開朗的臉孔。如今她的臉瘦削憔悴，兩隻眼睛大得嚇人，已轉白的頭髮乾枯鬆亂且毫無光澤。她似乎不想說話，或者可能她沒有能力說話，只是怯生生地朝奈威比了一個動作，伸長了手，手裡握著什麼東西。

「又來了？」隆巴頓夫人說，口氣有些微的厭煩。「很好，愛麗絲，親愛的，很好──奈威，收著吧，不管是什麼。」

奈威早已伸出他的手，他母親往他手心扔下一張吹寶超級泡泡糖的包裝紙。

「非常好，親愛的。」奈威的奶奶裝出開心的聲音說，拍拍他母親的肩膀。

奈威輕輕說：「媽，謝謝。」

他母親蹣跚地離開，回到病房盡頭，一路自哼自唱著。奈威掃視周圍的人，一臉挑釁的神情，彷彿挑戰大家看誰敢笑。但是哈利明白，他這輩子還沒碰過比這更不好笑的事。

「好吧，我們該回去了，」隆巴頓夫人嘆口氣，戴上綠色的長手套，「很高興遇見你們大家。奈威，把包裝紙丟到垃圾桶裡，她給你的數量現在都足夠拿來貼臥室的牆了。」

然而當他們離開時，哈利確信自己看見奈威把糖果紙塞進口袋裡。

房門在他們身後關上。

「我從來不曉得。」妙麗淚水盈眶地說。

「我也是。」榮恩沙啞地說。

「我也不知道。」金妮耳語。

他們全望著哈利。

「我知道，」他沉重地說，「鄧不利多告訴過我，我承諾不告訴任何人……貝拉．雷斯壯就是因為這件事被關進阿茲卡班，她對奈威的父母施展酷刑咒，折磨他們到精神錯亂。」

「貝拉．雷斯壯做出這種事？」妙麗悄聲說，驚恐不已，「那個怪角把她的照片藏在窩裡的女人？」

房裡靜寂了好長一段時間，直到洛哈憤怒的聲音將它打斷。

「喂，告訴你們，我學草書簽名可不是學好玩的欸！」

24 鎖心術

照這情況看來，怪角一直躲在閣樓中。天狼星說他是在樓上發現他的，全身沾滿灰塵，很顯然是在找尋更多布萊克家族的傳家之寶好藏進他的櫥櫃裡。雖然說天狼星對這個說法很滿意，這卻讓哈利感到很不安。怪角重新出現之後心情似乎好了不少，他那些憤恨的咕噥次數減少許多，對於命令也比以往更溫馴地聽從，不過有一、兩次哈利發現家庭小精靈貪婪地瞪著他，只要他看見哈利注意到了，就會馬上把眼光轉開。

哈利並沒有將這層模糊的懷疑向天狼星提起，自從過了聖誕節後，天狼星的愉悅好心情正快速蒸發。隨著他們返回霍格華茲的日期一天天逼近，他越來越容易產生衛斯理太太所謂的「低潮發作」。碰到這種時候，他脾氣就變得很壞，不停抱怨，常常躲進巴嘴的房間，一進去就是好幾個小時。他的憂鬱在整間屋子內蔓延開來，像某種毒氣似地從一道道門縫下滲出來，於是所有的人也都跟著感染了。

哈利不想再度留下天狼星單獨與怪角作伴，事實上，這是他生平頭一回不那麼盼望回到霍格華茲。回到學校就表示又要再一次屈就於桃樂絲．恩不里居的暴政之下，她在他們不在的這段期間，鐵定又運作通過了十幾條教育章程。再說，他被禁止參賽之後，魁地奇也沒得期待了。隨著考試日期越來越近，他們的作業分量絕對是節節上升，而鄧不利多仍舊跟之前一樣不見人影。事實上，如果不是為了ＤＡ，哈利很可能會去求天狼星，讓他離開霍格華茲住到古里某街來。

接著，就在假期的最後那一天，發生了一件事，讓哈利對於重返學校更感到無限的恐懼。

「哈利，親愛的，」衛斯理太太說，把頭探進了他和榮恩的房間，他們兩個正在下巫師棋，妙麗、金妮和歪腿則在一旁觀看，「你可不可以下樓到廚房來？石內卜教授有話想要跟你說。」

哈利並沒有馬上明白過來她在說什麼，他手下的一枚城堡正在和榮恩的一個士兵做激烈的肉搏戰，他興奮地在旁邊搧風點火。

「把他壓扁——**壓扁他**，他只是個士兵啊，你這個白痴。對不起，衛斯理太太，妳剛剛說什麼？」

「親愛的，石內卜教授在廚房裡。他想要和你說句話。」

哈利的嘴害怕地張開，他轉頭望向榮恩、妙麗和金妮，他們全都目瞪口呆地看著他。前一刻鐘一直被妙麗使勁壓制住的歪腿，這一下開心地跳上了棋盤，嚇得那些棋子四處逃命，一面還扯開嗓子嘰嘰尖叫。

「石內卜？」哈利茫然地說。

「是石內卜**教授**。」衛斯理太太責備地說。「趕快來吧，快點，他說他不能待太久。」

「他找你幹嘛？」衛斯理太太一離開房間，榮恩就神色不安地說。「你做了什麼事情嗎？」

「沒有！」哈利憤慨地說，絞盡腦汁想要搞清楚，自己到底做了什麼會讓石內卜追到古里某街來找他的事。難道說他上一篇作業拿了個「T」嗎？

一、兩分鐘後，他推開了廚房的門，發現天狼星和石內卜正對坐在那長長餐桌的兩端，互相怒目瞪著。兩人之間的沉默充滿了對彼此的憎惡，沉重不已。天狼星的桌前擺著一封拆開了的信。

「呃。」哈利出聲，表示他到了。

石內卜轉頭望向哈利，他的臉孔框在兩側油膩膩的黑髮中間。

「坐下，波特。」

「你最好要知道，」天狼星大聲說，朝後面的椅背上一靠，對著天花板說，「我希望你不要在這裡發號施令，石內卜。請搞清楚這可是我的房子。」

石內卜蒼白的臉上泛起一片醜陋的紅。哈利坐到天狼星身旁的椅子上，越過桌面望向石內卜。

「其實我應該單獨和你會面的，波特，」石內卜說，嘴唇又因為那熟悉的冷笑而噘起來，「可是布萊克——」

「我可是他的教父。」天狼星說，嗓門是前所未有的大聲。

「我是奉鄧不利多的命令來到這裡，」石內卜說，他的聲音反而變得越來越輕，非常刻薄的輕，「不過儘管留下來吧，布萊克，我很清楚你想要……插上一腳。」

「你這是什麼意思？」天狼星說，他的椅子砰的一聲，四隻椅腳落回地上。

「只是說我很確定你一定覺得——啊——很沮喪，因為自己**派不上任何用場**，」石內卜輕輕在那幾個字上加重語氣，「對鳳凰會。」

這回輪到天狼星臉紅了。石內卜的嘴唇勝利地撅了起來，他轉向哈利。

「校長要我來告訴你，波特，他希望你這學期學鎖心術。」

「學什麼？」哈利茫然地說。

石內卜冷笑得更厲害了。

「鎖心術，波特，一種保護心智不受外界侵入的防禦魔法。非常冷僻的一門魔法，但是極為有用。」

哈利的心確確實實又開始狂跳。防禦外界的侵入？可是他又沒有被附身，大家都已經同意這點了……

「為什麼我要學鎖——什麼的？」他脫口而出。

「因為校長認為這是個好主意，」石內卜不假思索地說。「你每個星期要接受一次個別課程，可是你不准對任何人提起這件事，特別是桃樂絲．恩不里居。你明白嗎？」

「明白，」哈利說。「誰會來教我？」

石內卜揚起一條眉毛。

「我。」他說。

哈利全身起了一種可怕的感覺，好像內臟正在融化。還要額外上石內卜的課——他到底是做了什麼要受到這樣的報應？他很快地瞥向天狼星，尋求援助。

「為什麼鄧不利多不能教哈利？」天狼星兇狠地問。「為什麼要你？」

「我想這是因為，身為校長，他就有特權將沒人想做的任務分派出去。」石內卜柔滑地說。「我向你保證，我並沒有求他給我這項工作。」他站了起身。「星期一晚上六點我會等你過來，波特，到我的辦公室。如果有人問起，就說是為了要學調製矯正閱讀障礙魔藥。在我的課堂上見識過你的人想必都不會反對你有這個需要。」

他轉身要走，身上那件旅行用的黑色斗篷在他背後漲得鼓鼓的。

「等等。」天狼星說，在椅子上稍微坐直起來。

石內卜回轉身面對他們，冷笑著。

「我在趕時間呢，布萊克。我可不像你有無限的休閒時間。」

「那麼我就長話短說，」天狼星說著，站了起來。他比石內卜要高得多，這時哈利注意到，石內卜的手在長袍口袋中握成了拳頭，哈利確定他底下握的是魔杖的握柄。「如果讓我知道你利用鎖心術上課的機會刁難哈利，我一定會找你算帳。」

「真是感人哪，」石內卜冷笑。「不過想必你已經注意到了波特很像他父親？」

「對，我有注意到。」天狼星驕傲地說。

「啊，那麼，你應該就會曉得他有多麼傲慢，別人的批評他根本就是左耳進、右耳出。」石內卜不慌不忙地說。

天狼星粗暴地將他的椅子推到一旁，大步繞過桌子走向石內卜，邊走邊抽出他的魔杖，石內卜也抽出了他的。他們面對面對峙著，天狼星看起來很激動，石內卜則是冷冷地在盤算，眼睛在天狼星的魔杖和他的臉之間飄來飄去。

「天狼星！」哈利大聲說道，可是天狼星只當沒有聽見。

「我警告過你了，**鼻涕卜**，」天狼星說，他的臉和石內卜的只差上一吋，「我不管鄧不利多是不是認為你改過自新了，我可是很了解你——」

「喔，那你為什麼不親口對他說呢？」石內卜低語。「還是你害怕，他不會去聽一個在他母親房子裡躲了六個月的傢伙的意見？」

「告訴我，魯休思．馬份最近好不好？他有一隻乖狗狗在霍格華茲工作，一定很高興吧，對不對？」

「說到狗啊，」石內卜輕聲說道，「你知不知道上回你在外面玩大冒險的遊戲，魯休思．馬份認出你了？很聰明的主意啊，布萊克，讓自己在一個安全的火車月台上被別人發現……這可是給了你一個很好的藉口，往後都不用離開這個藏身窟了，不是嗎？」

天狼星舉起魔杖。

「**不行！**」哈利大喊，急忙爬上桌子翻過去，試圖擋在他們之間。「天狼星，不行！」

「你是在說我沒種嗎？」天狼星大吼，想要將哈利推開，可是哈利死都不移動。

「嗯，對啊，我想就是。」石內卜說。

「哈利——你——不要——插——手！」天狼星吼著，用他空出來的手將他往一旁推。

廚房門開了，衛斯理全家人加上妙麗一起走了進來，全都看起來很開心。衛斯理先生驕傲地走在中央，穿著一套條紋睡衣，睡衣外面有雨衣遮著。

「復元啦！」他高興地對整個廚房裡的人說，「完全復元啦！」

他和衛斯理家其他的人全都凍結在門檻上，呆望著眼前的情景，眼前的另一方也動作到一半就這樣懸著。天狼星和石內卜轉頭望著門口，魔杖直指著對方的臉，哈利夾在他們之間動彈不得，他兩隻手往他們一人一邊伸過去，想要將他們隔開。

「梅林的鬍子啊！」衛斯理先生說，笑容從臉上抹去，「這裡發生了什麼事？」

天狼星和石內卜兩人都將魔杖放下，哈利看看這一個，又看看那一個，兩人臉上都帶著極度的輕蔑，然而這麼多證人突然到來似乎讓他們恢復了理智。石內卜將魔杖收進口袋，大步走過廚房，不發一語地越過衛斯理一家人。到了門口，他回過頭來。

「六點，星期一晚上，波特。」

接著他便離開了。天狼星怒目瞪著他的背影，魔杖垂在身旁。

「到底是怎麼一回事？」衛斯理先生又問。

「沒事，亞瑟，」天狼星說，他呼吸很急促，彷彿剛剛跑完長途跑似的。「只是兩個老同學友善地聊個天。」他似乎費了好大的勁才擠出一個微笑。「所以……你復元了是嗎？那真是好消息，真的太好了。」

「可不是嗎？」衛斯理太太說，帶著她的丈夫往前走向一張椅子。「史梅治療師的魔法到最後終於生效了，那條蛇的毒牙裡不曉得到底是什麼鬼東西，反正他已經找出解藥來。而且亞瑟也學到了教訓，以後再不會隨便去碰麻瓜醫學了，**對不對啊，親愛的？**」她追加了這番話，態度十分兇狠。

「是的，茉莉，親愛的。」衛斯理先生溫馴地說。

由於衛斯理先生的歸來，那一晚的晚餐原本該吃得十分愉快。哈利可以看出天狼星很努力想讓氣氛變得輕鬆，然而只要在沒有勉強他自己對弗雷和喬治的笑話大笑，或是勸每一個人多吃些菜時，這位教父的臉上就會回復到憂鬱沉重的表情。哈利和他的座位中間隔著蒙當葛和瘋眼，他們是路過來恭喜衛斯理先生痊癒的。他很想要跟天狼星說話，告訴他完全不用理會石內卜所說的任何一個字，石內卜是在故意激怒他，其他人並不會認為天狼星遵照鄧不利多的命令留在古里某街是沒種的行為。但是他根本沒有機會這麼做，而且，看見天狼星的臉色這麼難看，哈利偶爾還會懷疑，就算真有機會，自己可能也沒有勇氣去提這件事。結果，他反倒是低聲地對榮恩和妙麗說了必須向石內卜學鎖心術的事。

「鄧不利多希望你不要再去做那些佛地魔的夢，」妙麗馬上說。「嗯，你應該會很高興終於可以擺脫那些夢了吧？」

「還要再另外去上石內卜的課？」榮恩說，聽起來嚇壞了。「那我寧可繼續做惡夢！」

他們第二天必須搭乘騎士公車回到霍格華茲，同樣又是由東施和路平護送。隔天早上哈利、榮恩和妙麗下樓去時，他們兩人已經在廚房吃早餐了。哈利開門的時候，東施和路平原本似乎在低聲討論著什麼事情，忽然紛紛轉頭張望，安靜下來。

早飯匆匆吃完了，他們全都穿上外套、圍上圍巾，灰色的一月早晨實在太冷了。哈利胸口有一種很不舒服的悶脹感，他並不想跟天狼星道別。他對於這次離別有著很糟的預感，不曉得他們下一次見面會是什麼時候。他覺得自己非得盡快和天狼星談一下，要他別做任何傻事——哈利很擔心，石內卜那一句沒種的指控刺傷天狼星太重，搞不好他現在就在計畫脫離古里某街的大膽旅行。然而，他還沒想清楚究竟該如何開口，天狼星就已經將他叫過去了。

「我要你把這個帶著。」他小聲地說，將一個一般書籍大小的粗糙包裹塞進哈利手中。

「這是什麼？」哈利問。

「萬一石內卜找你麻煩，就用這個來通知我。不行，不要在這裡拆開！」天狼星說，警戒地望了一眼衛斯理太太，她正在勸說雙胞胎戴上手工編織的毛手套。「我不認為茉莉會同意——但我希望當你需要我時，就把它拿出來用，好嗎？」

「好。」哈利說，將包裹塞進外套的內袋。他心裡很清楚，不管那是什麼東西，他都不會去用它。他，哈利，絕對不會將天狼星誘出安全地帶，不管在往後的鎖心術課程上，石內卜怎麼使壞對付他。

「那麼，我們走吧。」天狼星說，拍了拍哈利的肩膀苦笑著。在哈利還來不及說任何話之前，他們已經往樓上走去，來到那扇上鎖加鍊的大門，周圍站著衛斯理一家人。

「再見，哈利，保重喔。」衛斯理太太說著，摟住他。

「拜拜，哈利，要幫我注意蛇喔！」衛斯理先生和藹地說，跟他握手。

「喔——好。」哈利心不在焉，這是他對天狼星叮囑要小心的最後機會。他轉過身，望著他教父的臉，張嘴想要說話，還沒開口，天狼星一手已經環住他，短促地摟了他一下，粗著聲音說：「好好照顧自己，哈利。」下一刻，哈利發現自己已經置身在寒冬的冰冷空氣當中，東施（偽裝成一個高大、穿著羊毛衫的鐵灰色頭髮女人）一個勁地在催他趕快走下台階。

十二號的門在他們背後砰一聲關上，他們跟隨路平走下大門台階。哈利站上人行道，四處張望著。十二號迅速萎縮變小，它兩邊的屋子開始向兩側擴展，很快就將老宅擠到看不見。只一眨眼，它已經不存在了。

「快點，我們越早上公車越好。」東施說，哈利覺得她在左右查看環境時神情有些焦慮。路平猛地揮出右臂。

砰。

一輛豔紫色的三層公車從他們眼前冒了出來，差一點就撞上最近的電線杆，電線杆趕緊連連往後跳。

一名瘦長、滿臉青春痘、一對招風耳的青年身穿紫色制服，從車裡跳到人行道上，說著：

「歡迎搭──」

「好了，好了，我們都曉得，謝謝。」東施急急說道。「上去，上去，通通上去──」

她將哈利往前推上公車的階梯，經過車掌時，他瞪大眼看著哈利走過。

「老爾──是阿利──！」

「你如果敢大喊他的名字，我就下咒讓你的記憶消失。」東施威脅地低語，這時又將金妮和妙麗往前推。

「我一直想來坐這個。」榮恩高興地說，上車加入了哈利，不停東看西看。

上一次哈利是在晚上搭乘騎士公車，那時三層車廂裡都擺滿了黃銅床架。如今，一大清早，車子裡面塞滿了許多各式各樣不搭調的椅子，沿著兩邊的窗戶凌亂地擠著，其中有幾張顯然是在古里某街緊急煞車時翻倒的。有幾位女巫和巫師還在那裡搖搖晃晃爬起來，一邊埋怨著。不曉得誰的購物袋也從公車後頭溜到了前方，地板上到處都是青蛙卵、蟑螂和奶油夾心餅乾，看起來有些噁心。

「看來我們得分開坐，」東施輕快地說，東張西望找尋空椅子。「弗雷、喬治和金妮，你們坐到後面那幾張椅子上……雷木思會陪著你們。」

她、哈利、榮恩和妙麗往上走到最高層車廂，在最前端有兩張沒人坐的椅子，在最後面也有兩張。史坦．桑派，那位車掌，急切地跟隨哈利和榮恩走到後面。哈利經過時，座位上的頭都一起轉了過來，當他坐下時，他看見所有的臉馬上又轉回前方。

哈利和榮恩分別給了史坦十一西可，公車開動了，危險地劇烈搖晃著。它沿著古里某街繞了一圈，在人行道忽上忽下，接著，又是巨大的一聲**砰**，他們全都往後傾倒。榮恩的椅子整個由下往上翻了過來，而原本擺在他膝上的豬水鳧也順勢衝出籠子，瘋狂地邊叫邊飛，一路衝到公車最前面，拍拍翅膀降落在妙麗的肩膀上。哈利及時抓住了一個蠟燭的支架才沒有摔倒，他朝窗外看，他們現在好像是在一條高速公路上猛衝。

「剛剛出了伯明罕，」史坦開心地說，回答了哈利沒問出口的問題，這時榮恩掙扎著從地上爬了起來。「那你最近還好吧，阿利？我整個夏天一天到晚在報上看見你的名字，可是都不是報導什麼好事。我就跟老爾說，我說，上次我們遇見他的時候，他也不像瘋子啊，只是說說嘛，對不對啊？」

他將車票遞給他們，繼續著迷地盯著哈利。顯然，史坦是不會在意對方是不是瘋子，只要出名到會上報，他就覺得這個人很棒。騎士公車嚇人地搖晃著，一口氣超越了內線的一排車子。哈利往公車前端望去，看見妙麗用兩隻手摀著眼睛，豬水鳧在她肩膀上開心地搖來晃去。

砰。

椅子再度向後倒，騎士公車從伯明罕的高速公路跳到了一條安靜的鄉間小道上，路面彎彎曲曲。他們一路往前橫衝直撞，兩旁的樹叢籬笆紛紛從他們面前閃開。從這裡，他們又移上了某個熱鬧小鎮市中心的幹道，再轉向一條高丘環繞的高架橋，再跑上一條颳大風的街道，街道兩旁都是高聳的公寓樓房，每換一次都是**砰**的一大聲。

「我改變主意了，」榮恩咕噥，這已經是他第六次從地上爬起來，「我再也不要坐這個東西。」

「各位，下一站就是握格娃茲啦，」史坦輕鬆地說，搖搖晃晃朝他們走過去。「坐前面那個跟你們一起上來的跋扈女人，她給了我們一點小費，把你們的目的地排到前面了。不過，我們得先放馬許夫人下車——」樓下傳來了一陣作嘔聲，接著是一陣可怕的唏哩嘩啦聲。

「——她人不大舒服。」

過了幾分鐘，騎士公車在一間小酒吧前頭嘰的一聲煞了車，酒吧趕緊自己挪出個空位，怕被撞上。他們可以聽見史坦趕著可憐的馬許夫人下車，也聽見第二層車廂裡跟她同乘的客人鬆了一口氣的咕噥聲。公車又開始移動，加快速度，接著——

砰。

他們在白雪皚皚的活米村當中行駛。哈利瞥見了坐落在那條小街上的豬頭酒吧，那個野豬頭招牌在冬日的風中咿呀作響，片片雪花打在公車前端的大片玻璃上。終於，他們在霍格華茲的大門前停了下來。

路平和東施幫他們將行李提下公車，接著下來跟他們道別。哈利往上瞄著騎士公車的那三層車廂，看見所有的乘客都往下盯著他們，鼻子緊緊貼著車窗。

「只要你們進到校園裡就安全了，」東施說，小心地朝那無人的路面望了一眼。「好好把握這學期，知道嗎？」

「要照顧自己。」路平說，和大家一個一個握手，最後輪到哈利。「你聽我說……」他將嗓門壓低，這時其他人正和東施做最後的道別，「哈利，我知道你不喜歡石內卜，可是他是個很棒的鎖心者。而我們——包括天狼星——都希望你學會保護自己，所以好好地去學，好嗎？」

「好，我知道了，」哈利沉重地說，抬頭望著路平那張未老先衰的臉。「那就再見囉。」

他們六人奮力走上通往城堡的那條滑溜路徑，行李拖在身後，妙麗已經開始在談上床睡覺前要織上幾頂小精靈的帽子。抵達橡木大門時，哈利回頭望，騎士公車已經離開了。一想到隔天晚上等著他的課程，不禁有些希望自己仍舊坐在那輛車上。

＊＊＊

第二天，哈利一整天都在為晚上的來臨提心吊膽。上午兩堂魔藥學課程並沒有驅散他的不安，因為石內卜仍舊跟以往一樣惹人厭。每到下課時間，DA的成員又一個個都在走廊上拉住他，滿懷希望地詢問今晚會不會上課，他越聽心情越差。

「我會照平常的方式通知你們下一次集會的時間，」哈利一遍又一遍地說，「可是我今晚真的不行，我得去——呃——學調製矯正閱讀障礙魔藥。」

「學調製**矯正閱讀障礙魔藥**？」災來耶．史密傲慢地問，他吃完午餐後在入口大廳堵住了哈利。「老天，你的情況一定很糟，石內卜不輕易額外幫人上課的吧？」

史密大搖大擺地離去，那德行非常惹人反感，榮恩怒目瞪著他的背影。

「我對他下惡咒好不好？我從這裡還是打得到他。」他說，魔杖舉起，瞄準了災來耶的肩胛骨。

「算了，」哈利喪氣地說。「反正大家都會這樣想的吧？認為我實在有夠笨——」

「嗨，哈利。」他身後有一個聲音，他轉過身發現張秋站在那裡。

「喔，」哈利說道，胃很不舒服地開始亂跳。「嗨。」

「我們會在圖書館，哈利。」妙麗明確地說，她已經從手肘上方抓住榮恩，拽著他走向大理石階梯。

「聖誕節過得好嗎？」張秋問。

「呃，還不錯。」哈利說。

「我都沒做什麼特別的事，」張秋說。不曉得為了什麼原因，她看起來有些尷尬的樣子。

「呃……下個月還有一次活米村郊遊，你有沒有看到布告？」

「什麼？喔，沒有，我從回來以後還沒有去看布告欄。」

「對啊，就是在情人節那天……」

「喔，」哈利說，不明白她為什麼要向他提這件事。「那麼，妳是不是想要——？」

「如果你也想要的話。」她熱切地說。

哈利瞪著她。他本來要說的是，「妳是不是想要問下一次DA的聚會時間？」可是她的反應好像跟這不太合。

「我——呃——」他說。

「啊，你不想要的話也無所謂，」她說，看起來像是被羞辱了。「沒關係。那我們就——就先這樣吧。」

她走了。哈利站在那裡瞪著她離去，腦子拚命轉。終於，叮咚一聲有某些東西接了起來。

「張秋！嘿——**張秋！**」

他追了上去，在大理石階梯的中途趕上她。

「呃——妳願意情人節那天跟我一起去活米村嗎？」

「喔，好啊！」她說，臉變得通紅，對他甜甜笑著。

「好……那麼……就這麼說定了。」哈利說，他現在覺得這天總算不是一無所獲，他幾乎是用跳的衝去圖書館找榮恩和妙麗一起去上下午的課。

然而，到了這一晚的六點，就連約張秋出去的成就感也不管用了。隨著一步步接近石內卜的辦公室，哈利心中那種不祥的感覺便越發加重。

他到了那裡後，先在門外停了一會，好希望自己現在能在別的地方，幾乎是隨便哪裡都行。之後，他做了一次深呼吸，敲敲門，走了進去。

陰暗的房間裡豎著一排排的架子，上頭擺了上百個玻璃瓶，瓶子裡都是五顏六色的魔藥水，浸泡著各種黏答答的動植物器官。在一個角落立著一個擺滿原料成分的壁櫥，石內卜當初曾經指控哈利——指控得也很有道理——在這裡偷過東西。然而，哈利的注意力卻移向了書桌，那裡擺著一個淺淺的石盆，躺在一池燭光當中，上頭刻滿古文字和符號。哈利馬上認出它來——那是鄧不利多的儲思盆。他正在想這東西怎麼會跑到這裡，石內卜冰冷的聲音突然從陰影中出現，嚇得他跳起來。

「把門關上，波特。」

哈利照他的話做，心裡有種很可怕的感覺，就好像是把自己監禁在裡頭了。當他轉回身進到房間深處時，石內卜已經走到了燈火下，靜靜指著書桌對面的一張椅子。哈利坐下，石內卜也坐下，那對冷酷的黑眼睛死盯著哈利，眨也不眨，臉上每條紋路裡都清楚刻了厭惡兩個字。

「好吧，波特，你曉得自己為什麼會在這裡。」他說。「校長要求我教你鎖心術，我只能希望你在這上面會比魔藥學有天分。」

「好。」哈利簡短地應著。

「這也許不是正規的課程，波特，」石內卜說，眼睛邪惡地瞇了起來，「但我仍舊是你的老師，而你也必須隨時都用『先生』或是『教授』來稱呼我。」

「是的……**先生**。」哈利說。

「鎖心術，就像我在你那親愛教父的廚房裡告訴你的，這門魔法是當你的心智碰到外來的侵入和影響時，用來封鎖心靈的。」

「鄧不利多教授為什麼會認為我需要學它，先生？」哈利說，直直看著石內卜的眼睛，狐疑著石內卜是否會回答。

石內卜回瞪了他好一會，輕蔑地說：「就算是你，到現在也應該弄懂這一點了吧，波特？黑魔王對於破心術非常拿手——」

「那是什麼？**先生**？」

「那是從另一個人的心智抽取情感和記憶的能力——」

「他可以讀取別人的心智？」哈利馬上說，他最大的恐懼證實了。

「你真是粗枝大葉，波特。」石內卜說，他那對深色眼睛閃爍著。「你沒有辦法了解細微的區別，這也就是你魔藥會調製得這麼爛的原因之一。」

石內卜停頓片刻，顯然是在享受侮辱哈利的快感，然後才又說下去。

「只有麻瓜才會用『讀心術』這種說法。心不是一本書，說翻就翻開，隨你高興喜歡。思想並不是刻在腦袋裡面，任由入侵者欣賞的。心這個東西構造複雜，有著許多的層面，波特——或者應該說是，大部分的心都是的。」他賊笑。「然而，精通破心術的人確實是有辦法，在特定條件之下，侵入受害者的心智，並且正確地解讀他們的發現。比方說，黑魔王，幾乎就永遠有辦法知道別人是不是在對他說謊。只有那些擅長鎖心術的人，才能夠把和謊言矛盾的感覺和記憶封鎖，也才能夠在他的面前口是心非而不被識破。」

石內卜說了半天，在哈利聽來，破心術根本就還是讀心術，他一點都不喜歡這背後的含意。

「所以他可以知道我們現在腦子裡在想什麼囉？先生？」

「黑魔王目前離我們很遠，而霍格華茲的城牆和土地都有許多古老的咒語和符咒保護，確保居住在裡面的人身心上的安全，」石內卜說。「時間和空間關係著魔法，波特。視線接觸通常是破心術的基本條件。」

「這麼說來，我為什麼還要學鎖心術？」

石內卜打量著哈利，一面用一根細長的手指撫弄著嘴唇。

「一般的規則對你似乎不適用，波特。當初『那個人』的詛咒沒有能殺掉你，結果似乎反而在你和黑魔王之間建立了某種連結。證據指出，在某些情況下，當你的心智最放鬆最脆弱的時候——比方說，像你在睡覺時——你會分享黑魔王的想法和情感。校長認為這不應該再持續下去，他希望我教導你，如何對黑魔王關閉你的心智。」

哈利的心又開始劇烈跳著，這些話全都似是而非。

「鄧不利多教授為什麼要它停止呢？」他突兀問道。「我也不喜歡這種現象，但是這一直很有用，不是嗎？我是說……我看見了那條蛇攻擊衛斯理先生，如果不是我看見，鄧不利多教授也就沒有辦法去救他了，不是嗎？先生？」

石內卜瞪了哈利好一會，手指仍舊撫弄著嘴唇。當他再度開口時，語調非常的緩慢做作，似乎每一個字都深思熟慮了半天。

「看起來，黑魔王似乎是到了最近才知道，你跟他之間有這麼一道連結存在。一直到目前為止，你似乎是在他不知不覺的情況下，經歷他的情感和分享他的思想。不過，你在聖誕節前夕所看到的那個景象──」

「就是有蛇和衛斯理先生那個？」

「不准打斷我的話，波特。」石內卜的語氣透露了這件事的危險性。「如同我剛剛所說的，你在聖誕節前夕所看到的景象，代表著你如此強烈地侵入了黑魔王的想法──」

「我是在蛇的腦袋裡看到的，不是他的！」

「我不是叫你不准打斷我的話嗎，波特？」

可是哈利根本不在乎石內卜生氣，至少他似乎已經快要把事情弄清楚了。他在椅子上往前挪了挪，卻沒意識到身子已經坐到了椅子邊緣，整個緊繃著，像是準備要打鬥一般。

「如果我分享的是佛地魔的思想，為什麼我會從蛇的眼睛中看出去？」

「**不准說出黑魔王的名字！**」石內卜怒道。

兩人都憤怒地不說話，他們隔著儲思盆怒眼相對。

「鄧不利多教授就敢說出他的名字。」哈利小聲地說。

「鄧不利多是一個極為強大的巫師，」石內卜低語。「**他**可能不害怕說出這個名字……但我們其他人……」他揉了揉左邊的胳膊，顯然是不自覺地撫摸著一塊區域，哈利曉得那是當初黑魔標記烙印上去的位置。

「我只是想要知道，」哈利又開口了，強迫自己恢復有禮貌的聲音，「為什麼──」

「你似乎探訪了那條蛇的心智，因為黑魔王那一刻就是在那裡。」石內卜低吼。「他當時正附在蛇的身上，所以你才會夢見自己在裡面。」

「結果佛——他——也明白了我在那裡？」

「似乎是如此。」石內卜冷冷說道。

「你怎麼曉得的？」哈利急急說道。「這只是鄧不利多教授的猜測，還是——？」

「我告訴過你，」石內卜說，全身在椅子裡僵硬起來，眼睛瞇成一條線，「稱我為『先生』。」

「好，先生，」哈利不耐煩地說，「可是你怎麼會知道——？」

「反正我們知道就對了，」石內卜訓斥地說。「重要的是黑魔王現在已經察覺你有辦法進入他的思想和情感，他也推論出這個過程是可以逆轉的。也就是說，他已經明白了，他也許有辦法反過來進入你的思想和情感——」

「那他可能會利用我去替他做事囉？」哈利問。「**先生**？」他匆匆補上一句。

「可能，」石內卜說，聲音聽起來冰冷又不在乎，「所以讓我們回到鎖心術。」

石內卜從他長袍內袋中抽出魔杖，哈利在椅子上緊張起來，可是石內卜只是將魔杖舉到太陽穴的地方，將它的尖端伸進他油膩膩的髮根。他抽回魔杖時，某種銀色的物質跑了出來，從太陽穴拉長到魔杖上，像又粗又厚的蜘蛛絲。魔杖一移開銀絲就斷了，輕巧地落進儲思盆裡，在那裡急速旋轉成銀白色、既不是氣體又不是液體的東西。又連續兩次，石內卜將魔杖舉到太陽穴的地方，把銀色物質置入石盆，接著，他對這番舉動也不做任何解釋，小心端起儲思盆，把它移到一個架子上，轉身面對哈利，手中的魔杖擺好了準備的姿勢。

「站起來，把魔杖拿出來，波特。」

哈利站起身，非常緊張。他們隔著那張辦公桌面對面站著。

「你可以試著用你的魔杖來把我的打掉，或著用其他任何你想得到的方法防禦自己。」石內卜說。

「那你又要怎麼做？」哈利問，焦慮地盯著石內卜的魔杖。

「我會試著侵入你的心智，」石內卜輕輕說道。「我們來看看你能抵抗到什麼程度。有人告訴過我，你已經表現出了抵抗蠻橫咒的天分。你會發現你需要類似的能力來對抗這個東西……現在，準備好了，*破破心！*」

哈利根本還沒準備好，根本還來不及召喚任何力量或防禦，石內卜就出手了。辦公室在他面前游動，接著消失，一個又一個的畫面從他的心中穿梭過，像是閃動的影片，如此的鮮明，讓他根本分不清自己到底置身於何處。

他五歲，在看達力騎一輛全新的紅色腳踏車，他心中充滿了嫉妒……他九歲，牛頭犬殺手把他追上了一棵樹，德思禮一家人在下頭的草地上大笑……他坐在分類帽底下，它正在對他說他到史萊哲林會表現很好……妙麗躺在醫院廂房，臉上蓋滿了濃密的黑毛……有一百個催狂魔在黑暗的湖邊朝他逼近……張秋在槲寄生樹下向他靠近……

不，當張秋的記憶浮現之時，哈利腦海裡一個聲音說道，**這個你不能看，不准你看，這是私人的——**

他感到膝蓋上一陣劇痛。石內卜的辦公室又回到了他的視線，他才發現自己摔到了地板上，一個膝蓋撞上了石內卜辦公桌的一隻桌腳，痛得要命。他抬頭看石內卜，後者的魔杖垂下了，正揉著手腕。那裡起了一塊憤怒的印痕，像是一個燒焦的疤痕。

「你是不是故意用了螫人蠱咒？」石內卜冷冷問道。

「沒有。」哈利忿忿地說，從地上爬了起來。

「我想也沒有，」石內卜輕蔑地說。「你讓我太深入了，你失去了控制。」

「我看見的每一件事，你都看到了嗎？」哈利問，不確定自己想要聽到什麼樣的答案。

「片段，」石內卜說，嘴撇了起來。「那隻狗是誰的？」

「我瑪姬姑姑的。」哈利低語，他好恨石內卜。

「嗯，就第一次嘗試來看，表現算是勉強，」石內卜說，魔杖再度舉了起來。「你最後終於阻止了我，雖然說你浪費了許多時間和精力在大叫。你必須學會專注，用你的腦子將我驅逐掉，這樣你就不必動用到魔杖。」

「我有在試，」哈利生氣地說，「可是你又不告訴我該怎麼做！」

「注意禮貌，波特，」石內卜恐嚇地說。「現在，我要你閉上眼睛。」

哈利兇狠地瞪了他一眼，然後才照做。他不喜歡石內卜舉起魔杖站在他面前的時候，自己卻把眼睛閉起來傻站著。

「把你的心淨空，波特，」石內卜那冷酷的聲音說。「放掉所有的情感……」

可是哈利對石內卜的怒氣繼續像毒液般灌入他的血脈之中，放掉他的憤怒?那還不如拆了他的兩隻腳比較容易……

「你沒有在做，波特……你必須更自律才行……現在專心……」

哈利努力空出心靈，試著不要去思考，或著是回憶，或著是感受……

「我們再來一次……數到三……一——二——三——破破心！」

一隻巨大的黑龍在他面前張牙舞爪……他的父親、母親從一面施了咒的鏡子裡對他揮手……西追・迪哥里倒在地上，兩眼空洞地瞪著他……

「不不不不不不！」

哈利又跪到了地上，雙手掩面，腦子痛到彷彿有人想要把它拉出頭殼似的。

「起來！」石內卜兇惡地說。「起來！你沒有在試，你根本沒有努力。你讓我輕易地進到你所恐懼的記憶裡，在那裡束手就擒！」

哈利又站了起來，他的心狂野地跳著，彷彿他剛剛真的見到西追死在墓園裡。石內卜看起來比以往更蒼白、更生氣，但生氣的程度卻無法和哈利相比。

「我——有——在——努力。」他咬著牙說。

「我告訴過你，要把所有的情緒出清！」

「是嗎？那我告訴你，目前我覺得做到這一點非常困難。」哈利吼著。

「那麼你就等著去做黑魔王的獵物吧！」石內卜野蠻地說。「只有愚蠢的人才會自負地隨便流露自己的情感，控制不了自己的情緒，沉溺在悲傷的記憶裡，輕易地容許自己被人激怒——這些就是軟弱的人，換句話說——他們根本就擋不住他的力量！他輕而易舉就能穿透你的心智，波特！」

「我才不軟弱。」哈利低聲說道。怒氣衝激著他的全身，他覺得不用再過多久，自己就會出手攻擊石內卜。

「那就好好證明！駕馭你自己！」石內卜啐道。「控制你的脾氣，掌握你的心！我們再來試一次！準備好了，來！破破心！」

他在看威農姨丈用鐵鎚把信箱封死……一百個催狂魔飄過庭院裡的湖面往他逼近……他在和衛斯理先生沿著一條沒有窗戶的走廊往前跑……他們離走廊盡頭那扇素淨的黑色大門越來越近……哈利打算要跑完這條走廊……衛斯理先生卻帶著他左轉，下了一道石頭樓梯……

「**我知道！我知道了！**」

他又雙手雙腳跪在石內卜辦公室的地上，傷疤難受地刺痛著，但是剛剛從他嘴裡發出的是勝利的聲音。他再度撐起身來，看見石內卜瞪著自己，魔杖高舉著。看來這一次，在哈利還沒嘗試反擊之前，石內卜就將咒語解除了。

「又發生了什麼事，波特？」他問，專注地望著哈利。

「我看見——我想起來了，」哈利喘著氣。「我剛剛弄懂了……」

「弄懂什麼？」石內卜尖銳地問。

哈利並沒有馬上回答，他揉著額頭，仍舊在回味剛才那莫名其妙明白體會了的一剎那……幾個月來，他不斷夢見一處沒有窗戶的走廊，走廊盡頭是一扇上鎖的門，哈利從來沒有弄懂到底是不是真有這地方存在。現在，再度面對這回憶，他明白了這些日子以來自己所夢見的正是八月十二日那天，和衛斯理先生趕往魔法部審判室時跑過的走廊，那就是通往神秘部門的走廊，而衛斯理先生在被佛地魔的巨蛇攻擊的那一晚就在那裡。

他抬頭看著石內卜。

「神秘部門裡頭有什麼？」

「你說什麼？」石內卜小聲地問，而哈利非常滿意地看見石內卜不安了起來。

「我說，神秘部門裡頭有什麼，**先生**？」哈利說。

「為什麼，」石內卜緩緩說道，「要問這種事？」

「因為，」哈利說，緊盯著石內卜的臉，想看他的反應，「我所看見的那條走廊——幾個月來我一直夢見它——我剛剛認出它了——它是通往神秘部門的……而我認為佛地魔想從裡面拿什——」

「**我說過不准提黑魔王的名字！**」

他們怒目瞪著對方。哈利的傷疤又開始燒痛，這次他不在乎了。石內卜看起來很慌張，可是當他再度開口時，他的語氣彷彿是在盡力表現冷酷和漠不關心。

「神秘部門裡頭有很多東西，波特，沒有幾樣是你能了解的，跟你有關係的更是一樣都沒有。我說得夠清楚了嗎？」

「清楚。」哈利說，仍舊揉著他刺痛的傷疤，它現在痛得越來越厲害。

「我要你星期三同樣時間回到這裡，我們到時候再繼續練習。」

「好。」哈利說。他急著想離開石內卜的辦公室去找榮恩和妙麗。

「你每晚上床前必須把所有情感從心中放掉，把它淨空，讓它變得空白和冷靜，你聽懂了嗎？」

「懂。」哈利說，他已經無心聽下去。

「記住，波特……如果你沒有練習，我會發現的。」

「知道。」哈利含糊地說。他撿起書包，朝肩膀上一甩，往辦公室的門急急走去。打開門時他回頭看一眼，石內卜正背對著他，將自己的心思從儲思盆中用魔杖尖端挑出，小心地將它們放回自己的腦袋裡。哈利一言不發地離開，小心地將門帶上，他的傷疤仍舊劇烈地刺痛著。

哈利在圖書館裡找到了榮恩和妙麗，他們在做恩不里居剛給的那一大堆作業。其餘的幾乎全是五年級生，也都坐在周圍點著燈的書桌旁，鼻子貼著書本，羽毛筆不停唰唰寫著。格子窗外的天色越來越黑，唯一另外的聲響就是平斯夫人鞋子發出的輕微擦地聲，因為她正具威脅性地在走道當中踱來踱去，對著那些碰了她寶貝書本的人後腦勺猛噴氣。

哈利覺得自己在打顫，他的傷疤仍舊在痛，痛得幾乎像在發燒。他在榮恩和妙麗對面坐下時，從對側的窗玻璃上瞥見自己，他非常蒼白，傷疤似乎比以往更加清楚地顯露出來。

「課上得怎麼樣？」妙麗低語，接著表情變得很關切。「你還好吧，哈利？」

「嗯……還好……我不曉得，」哈利不耐煩地說，傷疤又是一陣痛，讓他難受得皺起臉。

「告訴你們……我剛剛弄懂一些事……」

於是他將自己剛才所看見以及所推論的都告訴他們。

「所以……所以你是說……」這時平斯夫人從他們身旁走過，榮恩的聲音小到有點尖，「那樣武器——就是『那個人』想要弄到手的——就藏在魔法部裡？」

「在神秘部門裡面，一定是，」哈利低語。「你爸帶我到審判室參加聽審會那天，我看過那扇門，那絕對就是他被蛇咬的時候所看守的同一扇門。」

妙麗發出了一聲長長緩緩的嘆息。

「當然了。」她吸氣說。

「當然什麼？」榮恩有點不耐煩地說。

「榮恩，你想一想……史特吉．包莫當初不是想要闖過魔法部的一扇門嗎……一定就是那一扇，因為這實在是太巧了！」

「史特吉．包莫是我們這一邊的人，他為什麼會想要闖進去？」榮恩說。

「嗯，這我就不曉得了，」妙麗承認。「這實在有點怪……」

「那個神秘部門裡頭到底藏了什麼？」哈利問榮恩。「你爸有沒有提過跟那有關的任何事情？」

「我知道他們把在那裡工作的人叫做『不可說』，」榮恩說，皺著眉頭。「因為沒有人真正搞得清楚自己是在做什麼——對藏武器來說實在是個奇怪的地方。」

「這一點都不奇怪，非常合理，」妙麗說。「那一定就是魔法部一直在研發的某種最高機密，我想……哈利，你確定你還好嗎？」

哈利用兩隻手重重地壓著額頭，彷彿是想要將它壓平。

「嗯……還好……」他說，把手放下，手顫抖著。「我只是覺得有點……我不怎麼喜歡鎖心術。」

「我想不管是任何人，如果心智一再受到攻擊，一定會惶恐不安的。」妙麗充滿同情地說。「這樣好了，我們還是回到交誼廳去吧，到那裡講話會比較自在。」

可是交誼廳裡擠滿了人，到處是歡笑和興奮的尖叫聲，弗雷和喬治正在展示他們惡作劇商店的最新商品。

「無頭帽！」喬治大叫，這時弗雷對觀看的同學們揮起了一頂尖尖的帽子，上頭插著一根毛茸茸的粉紅羽毛。「每頂兩加隆，現在請看弗雷這邊！」

弗雷將帽子咻一聲戴上頭，咧嘴笑著。有那麼一秒，他看起來不過是一副蠢樣，接著帽子和頭就一起消失了。

有好幾個女生都尖叫出來，其他的人則哄堂大笑。

「現在把它摘下來！」喬治大叫，弗雷的手往他肩膀上看起來是空氣的地方摸索了一會，接著他的頭再度出現，粉紅羽毛帽也摘了下來。

「這些帽子到底是用什麼原理做出來的啊？」妙麗的注意力從作業上被拉開了，望著弗雷和喬治說。「我是說，這顯然是某種隱形咒，但把對物體下咒隱形的範圍擴大。他們居然會想到這個，實在是很聰明……如果是用一般符咒，我想功效可能不會持續很久。」

哈利沒有答腔，他人很不舒服。

「我明天再做。」他輕聲嘀咕，將剛才從書包拿出來的書又塞了回去。

「那把它寫在你的家庭作業計畫手冊上吧！」妙麗鼓勵地說。「這樣就不會忘掉！」

哈利和榮恩交換一個眼色，手伸進了袋子裡抽出計畫本，有點害怕地將它打開。

「不要拉拉又拖拖，你個二流小次貨！」哈利記下恩不里居的功課時，記事本教訓他。妙麗開心地對它笑著。

「我想我要上床了。」哈利說，將家庭作業計畫手冊塞回書包。一面暗暗告訴自己，只要一有機會就把它丟進火裡燒了。

他穿過交誼廳，躲過了喬治，喬治本來想把無頭帽戴到他頭上。接著他來到了通往男生宿舍的那層安詳寧靜的樓梯，他又覺得不舒服起來，就像那一晚他看見那條蛇的畫面時一樣。他心想，只要能躺下來休息一會，應該就會好的。

他將宿舍的門打開，才走進一步，就感受到了最強烈的痛，讓他以為一定是有人在他頭頂上割了一大刀。他不曉得自己身在何處，自己究竟是站著還是躺著，他甚至連自己叫什麼名字都不知道了。

瘋狂的笑聲在他耳裡迴盪著……他已經很久沒有這麼高興了……喜悅、狂樂、勝利……有一件很美妙、很美妙的事情發生了……

「哈利？**哈利！**」

有人在拍他的臉，那著魔的笑聲被一陣痛苦大叫穿透了。快樂從他身上排了出去，可是那笑聲仍舊持續著……

他睜開雙眼，而在這同時，他意識到了那狂野的笑聲是從自己的嘴裡發出來的。就在他明白過來的那一刻，笑聲消失了。哈利躺在地上喘著氣，往上瞪著天花板，額頭上的傷疤痛到他無法忍受。榮恩在他上方彎著身子，看起來非常擔心。

「怎麼了？」他說。

「我……不曉得……」哈利喘著氣，又坐了起來。「他非常高興……非常高興……」

「是『那個人』嗎？」

「發生了好事。」哈利咕噥著。他劇烈地顫抖，就像當初見到那條蛇攻擊衛斯理先生之後一樣，感覺難受得想吐。「是他一直在等的事。」

這些話跑了出來，就像當時在葛來分多更衣室裡發生的情形，好像有某個陌生人藉由哈利的嘴在說話，然而他知道這些都是真的。他不斷深呼吸，告訴自己不准吐到榮恩身上，他非常高興丁和西莫這一次沒有在場目睹。

「妙麗叫我過來看看你的情況，」榮恩低聲說道，幫助哈利站了起來。「她說你現在的防衛能力會很差，因為石內卜剛剛才在你的心智裡面搞了老半天……不過，我想就長遠來看，這還是會有幫助的吧？」

他懷疑地望著哈利，扶著他走到床邊。哈利毫無招架能力地點了點頭，倒回枕頭上，這一晚一再摔倒在地板上令他全身痠痛，他的傷疤也依然難受地刺痛著。他忍不住想到，他第一次和鎖心術的短暫接觸不但沒有幫助自己的心智變得強壯，反而削弱了他的抵抗力。他更惶惶不安地思索著，佛地魔王十四年來都沒有這麼高興過，究竟是發生了什麼事？

25 請蟲入穀

第二天上午，哈利的疑問得到了解答。當妙麗的《預言家日報》送達之後，她攤開報紙，對著頭版新聞凝神細看了一會，咦了一聲，使得四周的人都抬起頭來看她。

「什麼事？」哈利和榮恩異口同聲問。

她把報紙攤開，指著占滿頭版的十張黑白照片給他們看當作回答。這十張照片中有九個是巫師，第十個是個女巫，他們有的在默默嘲笑，有的用手指敲著相框，一副滿不在乎的樣子。每張照片都附註姓名和他們被送進阿茲卡班的罪嫌。

安東寧．杜魯哈，一個面色蒼白、齜牙咧嘴的長臉巫師對著哈利嗤笑，謀害吉昂與費邊．普瑞兄弟的兇手。

奧古斯都．羅克五，一個臉上有麻點、頭髮油膩的巫師，靠在他的照片邊上，一臉不耐煩的樣子，洩漏魔法部的秘密給「那個不能說出名字的人」。

但哈利的視線被那個女巫的照片所吸引，他第一眼就看到這張照片。她有一頭又長又黑的頭髮，從照片中看來有些凌亂，但他曾經見過它整齊光潔的樣子。她從厚厚的眼皮底下瞪著他，薄薄的嘴唇帶著一抹倨傲的微笑。她和天狼星一樣都長得很好看，只是也許是阿茲卡班的緣故，大部分的美已被消磨殆盡。

貝拉·雷斯壯，對法蘭克與愛麗絲·隆巴頓施虐，導致他們發瘋。

妙麗用手肘輕推哈利一下，指著照片上方的標題。哈利因為專心看著貝拉，所以忽略了它。

阿茲卡班大逃亡

魔法部擔心布萊克「號召」

食死人黨羽

「布萊克？」哈利大聲說，「不——？」

「**噓**！」妙麗急忙小聲說，「不要那麼大聲——用看的就好！」

魔法部昨夜宣布，阿茲卡班發生集體逃亡事件。

魔法部長康尼留斯·夫子在他的私人辦公室對記者發表談話，證實有十名高危險性的囚犯在昨天晚上逃出監獄。他表示，他已經告知麻瓜總理這些逃犯的危險性。

「我們發現很不幸地，我們又再度面臨兩年半前殺人兇手天狼星·布萊克越獄逃亡的緊急狀況，」夫子昨夜說，「我們認為這兩起越獄逃亡事件有關連。像這種大規模的逃亡，外面一定有人在接應。我們都記得布萊克是頭一位逃出阿茲卡班的人，他顯然經過精心策劃，協助其他人追隨他的腳步。我們認為這些人，其中包括布萊克的表姊貝拉·雷斯壯，有可能推舉布萊克為他們的首腦。但我們會盡全力追捕這些逃犯，同時我們請求魔法界人士提高警覺、小心提防，這些人很可能就在你們的身邊。」

「怪不得，哈利，」榮恩驚懼地說，「這就是他昨晚會那麼高興的原因。」

「我不相信，」哈利怒氣沖沖地說，「夫子把這些人的逃亡歸罪給**天狼星**？」

「他能有什麼選擇？」妙麗沉痛地說，「他又不能說，『很抱歉，各位，鄧不利多早就警告過我，說阿茲卡班的警衛早就和佛地魔王勾結』——不要**哀哀叫**，榮恩——『所以現在連佛地魔最有力的支持者也逃出去了。』我的意思是，這六個月來，他不斷告訴大家你和鄧不利多是騙子，不是嗎？」

妙麗把報紙打開，開始讀裡面的內文。哈利看看餐廳，他不明白他的同學們為什麼都沒有害怕的神情，或至少互相討論這條恐怖的頭條新聞。他們只有極少數人像妙麗一樣，每天讀這份報紙。他們在談論的都是家庭作業和魁地奇球賽，還有那些無聊又沒營養的事情，他們完全不知道，在這道圍牆之外，又有十個食死人壯大了佛地魔的聲勢。

他瞥一眼教職員餐桌，那邊又是另一番景色。鄧不利多教授和麥教授密切交談著，兩人都面色凝重。芽菜教授拿著一份《預言家日報》蓋在一瓶番茄醬上，專注閱讀頭版新聞，完全沒注意到有一滴蛋黃從她靜止的湯匙溢出，滴落到腿上。坐在最旁邊的恩不里居教授舀著碗裡的燕麥粥，難得這一次，她那對鬆垂的蟾蜍眼沒有橫掃餐廳尋找不規矩的學生。她一面大口吞下她的食物，一面皺著眉，不時對密切交談的鄧不利多和麥教授投以惡毒的眼光。

「啊，我的天——」妙麗驚呼，視線仍停留在報紙上。

「又怎麼啦？」哈利立刻心驚膽跳地說。

「這……**太可怕了**。」妙麗震驚地說，她把第十版折起來，遞給哈利和榮恩。

魔法部員工意外身亡

現年四十九歲的魔法部員工柏得．簿德，經人發現被一棵盆栽勒死在病床上，治療師前往搶救時已經回天乏術。簿德先生是在死前幾個星期因公受傷住進聖蒙果醫院治療。意外發生後，負責簿德先生病床的治療師咪蘭．史超已被免職，記者昨天無法找到她就這件事發表談話，但醫院發言人發表聲明：

「對於簿德先生的死，我們聖蒙果醫院深表遺憾。在這樁悲劇發生之前，簿德先生的健康狀況一直有在穩定進步。

「本院對可允許的病床裝飾品一向有嚴格的規定，但這位史超治療師顯然在聖誕假期間因過於忙碌，以致忽略了簿德先生病床邊的植物所帶來的危險性。由於簿德先生入院治療後，語言與行動能力都有顯著的進步，史超治療師便鼓勵簿德先生親自照料這盆植物，完全沒有料到它不是普通的飄紅花，而是一截魔鬼網。它一接觸到康復中的簿德先生，立即將他勒死。

「聖蒙果醫院尚未查出這盆植物是如何進入病房，院方將繼續針對男、女巫師所提供的消息展開調查。」

「簿德……」榮恩說，「**簿德**，聽起來好熟……」

「我們見過他，」妙麗小聲說，「在聖蒙果醫院，記得嗎？他就躺在洛哈對面的病床，瞪著天花板。我們還看見那盆魔鬼網被送進來，她——那個治療師——說，那是聖誕禮物。」

哈利回憶當天的情景，一種恐怖的感覺像膽汁一樣溢到他的喉嚨。「為什麼我們都沒看出那是魔鬼網？我們以前見過呀……我們應該可以阻止這件事發生。」

「誰想到魔鬼網會偽裝成盆栽出現在醫院裡？」榮恩脫口說，「那不是我們的錯，要怪，應該怪那個送花的人！他們也未免太蠢了，為什麼不看清楚再買？」

「噢，算了吧，榮恩！」妙麗氣呼呼地說，「我不相信任何一個把魔鬼網放進花盆的人，不知道它會殺死任何一個觸摸它的人。這——這根本就是蓄意謀殺……智慧性謀殺。再說……如果這盆花是匿名者送的，又如何去查誰下的毒手？」

哈利心裡想的不是魔鬼網，他想到的是他去聽審會那天，搭電梯到魔法部地下九樓時，在中庭那一層樓進入電梯的那個臉黃黃的人。

「我見過簿德，」哈利慢吞吞說著，「我和你爸在魔法部見過他。」

榮恩一聽，嘴巴張得好大。

「我在家聽爸談起過他！他是一個『不可說』——他在神秘部門上班！」

幾個人面面相覷，一會後，妙麗收回報紙，折好，對著頭版的十個食死人照片楞了一會，忽然跳起來。

「妳要去哪？」榮恩嚇一跳，問道。

「去寄一封信，」妙麗說著，把書包往肩上一甩，「這……唉，我也不知道行不行……但值得一試……這件事只有我辦得到。」

「我**最恨**她說這種話，」榮恩一面發牢騷，一面和哈利慢慢走出餐廳，「說清楚一點會死嗎？又不會多耽擱她十秒鐘——嘿，海格！」

海格站在入口大廳門口，等著讓一票雷文克勞的學生先走。他仍舊和出使巨人任務回來當天一樣滿臉瘀青，而且鼻梁上還多了一道新的傷口。

「你們兩個都好吧？」他試著想擠出笑容，他們看到的卻是疼痛的表情。

「你還好吧，海格？」哈利說，也跟著他走在那些雷文克勞學生後面。

「很好，很好，」海格故做輕鬆說，一面揮揮手，差點嚇到從旁經過的薇朵教授，「就是忙一點，老樣子——準備教材——一、兩隻火蜥蜴在掉鱗——還有，我被列入觀察。」他喃喃說。

「**你被列入觀察**？」榮恩大聲說，路過的幾個學生好奇地轉頭來看，「對不起——我是說——你被列入觀察？」他又小聲說一遍。

「是啊，」海格說，「我早料到了，老實說，你們不要再小題大作了，那次督察成績不是很好，你知道……總之，」他重重嘆一口氣，「我看我最好再給那些火蜥蜴多搽一點辣椒粉，否則連牠們的尾巴也要掉了。再見了，哈利……榮恩……」

他舉步艱難地走了，走出大門，步下石階，踏上潮溼的地面。哈利目送他離去，心想不知他還能忍受多少壞消息。

* * *

海格被列入觀察的消息幾天後便傳遍學校各個角落，令哈利感到憤慨的是，幾乎沒有人感到難過。事實上，以跩哥．馬份為首的一些人似乎顯得非常高興。至於神秘部門一個沒沒無聞的職員在聖蒙果醫院離奇死亡的事件，似乎只有哈利、榮恩與妙麗是唯一知道或關心這件事的人。現在走廊上唯一可以聽到的話題是那十個越獄的食死人，這件事總算從一些看過報紙的人口中逐漸傳遍學校。而且謠言滿天飛，說有人在活米村看到某幾個犯人，說他們可能藏匿在尖叫屋內，打算伺機潛入霍格華茲，就像天狼星．布萊克一樣。

那些來自巫師家庭的學生從小到大都在聽這些食死人的名字，提起食死人的恐懼程度幾乎就和提起佛地魔一樣。這些食死人在佛地魔恐怖統治時期所犯下的罪行已經成了傳奇，霍格華茲學生中就有許多是被害人的家屬，他們現在只要從走廊經過，都會發現自己身不由己地成為讓人回想起毛骨悚然回憶的對象。蘇珊．波恩的叔叔、嬸嬸和他們的兒女，都死在其中一個逃犯的手中。她在藥草學課堂上說，她現在終於明白哈利的感覺了。

「我不知道你是如何忍受的——這太可怕了。」她直言不諱地說，失手撒了太多龍糞肥料在她的尖叫豆苗上，害它們難受得一直扭動尖叫。

的確，哈利這陣子又在走廊上成為被人指指點點的目標，但他察覺他們說悄悄話的口氣和以前不大一樣了。現在他們是好奇的成分多於敵視，而且他還有一兩次偷聽到一段對話，言下之意是對《預言家日報》所做有關十個食死人如何，以及為什麼逃出阿茲卡班監獄的報導甚表不滿。在困惑與恐懼之際，這些心存疑慮的人似乎轉而相信他們唯一可以聽到的解釋，也就是哈利與鄧不利多去年一直強調的事實。

現在不但學生的情緒起了變化，甚至常常可以看到兩、三位老師聚在走廊上，急切地低聲交談，只不過他們一看到學生靠近，便立刻終止談話。

「他們顯然無法在教職員休息室自由交談了，」妙麗低聲說，她與哈利和榮恩有一天看見麥教授、孚立維教授以及芽菜教授站在符咒學教室外交談，「只要恩不里居在場就不行。」

「不知道他們有沒有新消息？」榮恩說，回頭瞧那三位老師。

「就算他們知道也不會告訴我們，不是嗎？」哈利氣憤地說，「根據……現在是第幾條規定了？」阿茲卡班囚犯越獄逃亡的消息傳出後，第二天上午學校的布告欄便張貼了新的通知。

霍格華茲總督察令諭

今後教師們不得提供學生任何與課業無關的消息。

上述規定係依照教育章程第二十六條頒定。

簽署者：桃樂絲·珍·恩不里居總督察

這條新規定立刻成為學生開玩笑的話題。李·喬丹還向恩不里居挑明著說，根據新規定，她不能叫弗雷和喬治不可以在教室後面玩爆炸牌。

「爆炸牌和黑魔法防禦術沒有關係，教授！那和妳的課堂無關！」

等哈利下次再見到李時，他的手背正在嚴重流血，哈利建議他泡海葵鼠鬚汁。

哈利原以為阿茲卡班逃亡事件爆發後，恩不里居或許會收斂一點，也許她會因為她親愛的靠山夫子在部長任內出這麼大的紕漏而窘迫不安，不料她反而更憤怒地加強對霍格華茲的箝制。她似乎決意至少短期內要開除一個人，唯一的問題是首先開刀的對象會是崔老妮教授，還是海格。

現在，每一堂占卜學和奇獸飼育學，恩不里居都帶著她的記事板蒞臨指導。她會躲在香噴噴的塔樓教室的爐火旁，打斷崔老妮教授漸漸變得歇斯底里的談話，問她一些有關鳥占卜與七字學的尖刻問題，又強迫她預測學生的答案，要求她輪流用水晶球、茶葉和吉凶石表演預言的技巧。哈利覺得崔老妮教授在這種壓力下很快便會精神崩潰，他有好幾次在走廊上與她擦身而過——這已經是不尋常的現象，因為她通常都躲在她的塔樓裡——見她大聲地自言自語，兩隻手不住地纏絞著，一面畏懼地回頭看她背後，身上還可以聞到強烈的烹調用雪利酒的味道。哈利要不是太擔心海格，他也會同情她——但是，假如他們其中之一必須離職，那麼，對哈利而言，誰應該留下來的選擇只有一個。

不幸的是，哈利看不出海格的表現有比崔老妮好。他雖然像是聽從妙麗的建言，不再給他們看太可怕的怪獸，頂多是叉尾犬——外型酷似英國小獵犬，除了那條叉狀的尾巴——但其實，早在聖誕節以前，他的膽子似乎就已經變小了。他上課時心不在焉，變得很神經質，常常忘了要說的話，答非所問，還不時焦慮地偷看一眼恩不里居。他和哈利、榮恩與妙麗的關係也比以前更疏遠，還表明了禁止他們天黑以後去看他。

「萬一被她逮到，我們都會沒命的。」他直截了當地說，絕對不願再做任何可能危及他飯碗的事，他們只好放棄天黑以後去他住的地方。

哈利覺得恩不里居正在一步步剝奪他繼續待在霍格華茲的樂趣：拜訪海格的小屋、寫信給天狼星、他的火閃電和魁地奇。他唯一可以報復的方法，就是為ＤＡ加倍效力。

但哈利很高興看到，自從更多食死人越獄脫逃的消息傳出後，包括災來耶．史密在內，大夥都更認真練習了，但進步最神速的還是奈威。傷害他父母的兇手越獄逃亡的消息，對他起了一個奇特而且帶點警惕意味的改變。他始終沒有提及他在聖蒙果醫院的隔離病房遇見哈利、榮恩與妙麗這件事，他們也一直緊守秘密。他更從不提及貝拉和她那些同黨脫逃的事，事實上，奈威在參加DA訓練時根本難得開口，只顧勤奮地練習哈利教他們的每一個新惡咒和反詛咒，他的胖臉專注地扭曲著，一點也不怕受傷或意外，比房間裡任何一個人都更認真學習。他進步得太快，簡直令人錯愕，哈利教他們屏障咒——一種使輕型惡咒轉向的手段，讓這些惡咒反彈到施咒的人身上——他們之中只有妙麗的動作比奈威快一步。

哈利必須多下點功夫練習鎖心術，才能像奈威在DA訓練上一樣進步。哈利從一開始上石內卜的訓練課程狀況就很糟，現在非但沒有改善，相反地，根本是每況愈下。

在他還沒有開始學習鎖心術之前，他的傷疤偶爾會刺痛，通常發生在夜晚，或者在突然想到佛地魔的想法或情緒之後。但現在，他的傷疤幾乎無時無刻不在痛，而且常常會忽然出現與當時無關的惱怒或愉快，緊接著他的傷疤就會產生劇痛。他有種恐怖的感覺，覺得他好像慢慢變成一支天線，頻道對準了佛地魔細微的情緒波動。他確信自從他開始向石內卜學習鎖心術後，這種敏感度便明顯增強。更壞的是，他現在幾乎每天晚上都會夢見自己走在那條通往神秘部門入口的長廊上，最後總是以無限盼望地站在那扇素淨黑門前面做為結束。

「說不定那有點像生病，」當哈利把這種情形說給妙麗和榮恩聽時，妙麗說，「像發燒什麼的，總要壞到一個程度才會好轉。」

「石內卜的課讓它變得更糟，」哈利一口咬定說，「傷疤痛得我煩死了，每天晚上走那個走廊也很煩。」他氣憤地揉著他的傷疤說，「我真希望那扇門能打開，老是站在那裡看那扇門煩死了——」

「那可不是開玩笑的，」妙麗嚴厲地說，「鄧不利多根本就不希望你做走廊那個夢，否則他不會叫石內卜教你鎖心術，你自己要更用功才行。」

「我有在努力呀！」哈利生氣地說，「哪天妳自己試試看——讓石內卜進入妳的腦子裡——那可不是好玩的事，妳要知道！」

「說不定……」榮恩欲言又止。

「說不定什麼？」妙麗沒好氣地說。

「說不定哈利無法封鎖他的心，並不是他的錯。」榮恩神秘兮兮地說。

「你這話什麼意思？」妙麗說。

「嗯，說不定石內卜並沒有真心在幫助哈利……」

哈利和妙麗都瞪著榮恩，他意味深長地看著他們。

「說不定，」他又低聲說，「他其實是想把哈利的心再打開一點……讓『那個人』更容易——」

「住口，榮恩，」妙麗怒氣沖沖地說，「你每次都懷疑石內卜，有**哪一次**你對了？鄧不利多信任他，他是替鳳凰會工作的，光是這一點就足夠了。」

「他以前是食死人，」榮恩固執地說，「我們從來也沒見過他**真正**改邪歸正的證據。」

「鄧不利多信任他，」妙麗又說，「如果我們不能相信鄧不利多，那我們誰也不能相信了。」

＊＊＊

有太多的事要煩惱，又有太多的事要做——多得驚人的作業往往使五年級生忙到三更半夜，外加ＤＡ的練習，以及要固定接受石內卜的指導。不知不覺中，時序已進入二月，帶來更潮溼溫暖的天氣，人人都在期待第二次的活米村假期。哈利自從和張秋說好一起去活米村玩之後，兩人便一直很少有時間說話，但他忽然間發現，就快要面對一個有她陪伴一整天的情人節了。

十四日當天早上，他特別仔細打扮了一下。他和榮恩一起進入餐廳吃早飯，正好趕上貓頭鷹送信來。嘿美沒有出現——哈利並沒有期待——就在他們入座時，妙麗從一頭陌生的褐鴞嘴上取下一封信。

「也差不多該到了！要是今天再沒到的話……」她說著，急忙打開信封，拉出一小片羊皮紙，她的眼睛隨著信的內容從左掃到右，臉上露出一抹高興的微笑。

「聽著，哈利，」她說，抬頭看他，「這件事真的很重要，你今天中午能不能在三根掃帚和我碰面？」

「這……我不知道，」哈利沒有把握地說，「張秋也許會要我陪她一整天，我們沒說要去哪裡。」

「那，你就帶她過來好了，」妙麗急忙說，「你會來吧？」

「這……好吧，幹嘛？」

「我現在沒空告訴你，我得趕快去回這封信。」

她一手抓著信，另一手抓著一片吐司，匆忙離開餐廳。

「你去不去？」哈利問榮恩，榮恩搖頭，表情黯然。

「我連活米村都進不得。莉娜要練習一整天，希望有點幫助，我們是我所見過最爛的球隊。你應該看看洛坡與寇克，他們好慘，比我更爛。」說著，他用力嘆一口氣，「我不懂莉娜為什麼不乾脆讓我退出算了。」

「那是因為只要你能進入情況，你的表現就會很好。」哈利煩躁地說。

他發現他很難對榮恩的困境產生同情，因為他自己多麼希望不計一切代價參加即將和赫夫帕夫學院舉行的球賽。榮恩似乎也察覺到哈利的語氣，因此早餐期間他就沒再提起魁地奇球賽，飯後兩人互道再見的口氣也有點冷淡。他們分手後，榮恩走向魁地奇球池，哈利對著湯匙背面照出來的自己整理那一頭不聽話的頭髮，然後走到入口大廳與張秋碰面。他心中七上八下的，不知道兩人到底要聊些什麼。

張秋站在橡木大門邊等他，她的長髮在後面紮成一束馬尾，非常漂亮。哈利朝著她走去時，忽然覺得他的腳配他的身材比例似乎嫌太大，兩隻手臂在身體兩側晃來晃去的，看起來也好蠢。

「嗨。」張秋有點喘不過氣。

「嗨。」哈利說。

他們互相對視了一會，哈利說：「那——呃——我們走吧？」

「喔——好……」

他們加入正在由飛七點名的隊伍，兩人偶爾互相對看一眼，笑一笑，又立即避開視線，沒有交談。當他們接觸到戶外新鮮的空氣後，哈利鬆一口氣，他發現這樣默默漫步，比站在那裡尷尬地四目相視容易得多。這一天的空氣清爽，微風吹拂，經過魁地奇球場時，哈利看見榮恩和金妮掠過看台上方，想到自己沒能和他們一起在上面飛行，他心中不由得一陣痛。

「你很想念魁地奇，對不對？」張秋說。

他轉過頭來，看見她在看他。

「是啊，」哈利嘆氣，「很想。」

「還記得我們第一次比賽的時候嗎？」她問他。

「記得，」哈利笑說，「妳不斷阻擋我。」

「木透叫你不要太紳士，必要時把我從掃帚上撞下來。」張秋說，笑得很燦爛，「我聽說他被選進波樹之光隊，是這樣嗎？」

「不，是泥水池聯隊，我在去年世界盃有看到他。」

「啊，我也看到你了，記得嗎？我們在同一個營區，那次比賽真精采，不是嗎？」

魁地奇世界盃比賽的話題一路跟著他們離開車道，離開學校大門。哈利簡直不敢相信跟她談話竟然如此輕鬆自在——事實上，一點也不比和榮恩與妙麗談話更困難——正當他開始生起信心和愉快時，一大群史萊哲林學院的女生從旁經過，潘西．帕金森也在其中。

「波特和張秋！」潘西尖叫，一群女生不懷好意地起鬨笑著，「噁，張秋，沒想到妳是這種品味……西追至少還好看一點！」

女生們嘰嘰喳喳尖叫著快步走過去，還不時回頭看他們一眼，害他們在後面尷尬地沉默著。哈利再也想不出任何和魁地奇有關的話題，張秋的臉微微脹紅，一直注視著腳尖。

「那……妳想去哪裡？」進入了活米村時，哈利問。大街上擠滿了熙來攘往的學生，有的在看商店的櫥窗，有的三五成群聚集在人行道上。

「啊……我無所謂，」張秋聳聳肩說，「嗯……那我們逛逛商店好了。」

他們一起往德維與班吉商店走去，窗口上貼著一張大海報，幾個活米村居民正在看。當哈利與張秋接近時，他們讓出空間給他們，哈利發現他又一次看到那十個越獄脫逃的食死人照片。「奉魔法部令諭」張貼的這張海報，懸賞一千加隆給通風報信的男女巫師，以便將這一干逃犯再度緝拿歸案。

「很奇怪，不是嗎？」張秋看著那些食死人的照片低聲說，「記得當年天狼星．布萊克逃獄時，活米村到處可見催狂魔在搜捕他。現在十個食死人逃出來了，卻連一個催狂魔的影子也沒見到……」

「是啊，」哈利說，勉強把他的視線從貝拉．雷斯壯的照片上移開，看看大街四周，「是啊，的確很怪異。」

他對附近沒見到催狂魔的行蹤並不覺得遺憾，只覺得這件事有些蹊蹺。他們不但讓食死人逃出監獄，還不急著出來搜捕……看來這些催狂魔果然已經脫離魔法部的掌控了。

他和張秋經過的每一家商店都張貼著這十個食死人的通緝照片。他們走到寫字人羽毛筆店時，又大又冷的雨滴不停打在哈利的臉上和後腦勺。

「嗯……你想不想喝杯咖啡？」張秋試探性地問。雨下得更大了。

「噢，好呀。」哈利說，看看四周，「哪裡？」

「喔，前面有個很棒的地方，你去過泥腳夫人的店沒有？」她愉快地說，帶他走到旁邊一條路，進入一家哈利以前從沒注意過的小茶館。那是個擁擠、潮溼的空間，每樣東西似乎都用花邊或蝴蝶結來裝飾。哈利不由得想起恩不里居的辦公室。

「很可愛，是不是？」張秋愉快地說。

「呃……是啊。」哈利言不由衷地說。

「看，她特別做了情人節布置呢！」張秋指著許多金色的小天使，這些小天使在每一張小圓桌上面飛翔，不時把一些粉紅色的小碎紙撒在顧客頭上。

「啊……」

他們在僅剩的最後一張桌子坐下，桌位就在霧濛濛的窗邊。羅傑．達維——雷文克勞的魁地奇球隊隊長——帶著一個漂亮的金髮女孩坐在旁邊，距離他們只有一呎半。他們互握著雙手，這情景讓哈利有點不安，尤其是他看了看四周，發現茶館內坐滿一對對情侶，每個人都互相握著手。說不定張秋也會期待他握著**她**的手。

「想喝什麼，親愛的？」泥腳夫人說，她是個非常肥胖的婦人，頭上梳著一個油亮的黑色髮髻，困難地擠到他們和羅傑．達維的桌子中間。

「請來兩杯咖啡。」張秋說。

在等候咖啡送來的時候，羅傑．達維和他的女朋友開始隔著糖罐接吻。哈利真希望他不要這樣，他覺得達維這樣等於設下一個典範，會使張秋也期待他向他看齊。他覺得他的臉開始發燙，因此把視線移向窗外，但是窗子上起了一層霧，看不到外面的街景。為了減少和張秋的眼光接觸，他抬頭望著天花板，假裝欣賞上面的彩繪，卻被飛翔的小天使當頭撒下一把碎花紙。

好不容易捱過幾分鐘後，張秋提到恩不里居，哈利趕緊逮住機會，兩人高興地批評了一陣子，但這個話題在DA聚會時已經被徹底討論過，所以談不了太久，兩人又再度陷入沉默。哈利察覺到隔壁桌傳來的嘖嘖聲，心慌意亂地東張西望，想找點話來說。

「呃……聽我說，中午的時候，妳想不想和我一起去三根掃帚？我和妙麗．格蘭傑約好在那裡見面。」

張秋揚起眉毛。

「你要和妙麗．格蘭傑見面？今天？」

「是的，呃，是她問我的，我想我會去。妳要不要和我一起去？她說妳去沒有關係。」

「喔……是喔……她真好心。」

但張秋的口氣好像完全不是那一回事。相反地，她的腔調冷冷的，而且態度忽然變得很冷漠。

兩人又默默對坐了幾分鐘，哈利一下子就把咖啡喝光了，需要再來一杯。坐在鄰桌的羅傑．達維和他女朋友的唇彷彿已經膠住了。

張秋的手擱在桌上的咖啡杯旁邊，哈利很想去握它。**握吧**，他告訴自己，痛苦與興奮在他內心交雜，**伸手去握她的手吧**。真想不到，把手臂伸長十二吋去摸她的手，竟然比伸手去抓在空中高速飛翔的金探子更困難……

就在他準備伸手時，張秋卻把她的手縮回去了，她現在正以有趣的眼光看著羅傑．達維親吻他的女朋友。

「他本來要約我的，你知道，」她以平靜的語氣說，「羅傑。在兩個星期以前，不過我拒絕了。」

哈利已經擱上桌的手趕緊握住糖罐當掩護，他想不通她為什麼要告訴他這件事，如果她希望她坐在鄰桌接受羅傑·達維的熱吻，又何必答應和他一起出來？

他沒說話，小天使又在他們頭上撒下一把彩紙，有幾片落在哈利準備喝的冷掉咖啡裡。

「我去年也和西追來這裡。」張秋說。

哈利立刻聽懂了她話中的意思，覺得一陣心寒。四周有好幾對情侶在接吻，頭上又有小天使在飄浮，他不敢相信在這種時刻她還要談西追。

張秋再開口時聲調又抬高一些。

「我一直想問你……西追——他死前有沒有提——提——提——到我？」這是哈利最不想談論的話題，特別是對張秋。

「這——沒有——」他平靜地說，「他沒——沒時間留下遺言。呃……所以……妳……妳放假期間常去看魁地奇球賽嗎？妳支持龍捲風隊，是吧？」

他的語氣聽起來有偽裝出來的輕鬆與自在，但他驚慌地發現，張秋的眼中又蓄滿了淚水，就像上一次聖誕節前在ＤＡ聚會時那樣。

「聽我說，」哈利無奈地說，身子略略往前探，免得被人聽到，「我們不要在這裡談西追的事……我們談點別的……」

但是這句話顯然說錯了。

「我以為，」她的淚水紛紛落下，「我以為**你**會明——明——明白！我**需要**談開！你當然也——也需要談開！我是說，你看著它發生的，不——不——是嗎？」

一切變得越來越離譜了，羅傑．達維的女朋友甚至挪開她的嘴唇轉頭看著張秋哭。

「我——我談過了，」哈利小聲說，「我有和榮恩和妙麗談過，但——」

「喔，你和妙麗．格蘭傑談！」她怒氣沖沖地說，臉頰滿是淚水，有幾對正在接吻的情侶這時都分開來看她，「你卻不願跟我談！不——不如我們把……把帳付——付了，你好去見妙麗．格——格蘭傑，顯然你會比較高興！」

哈利張口結舌地瞪著她，看她抓起一張有荷葉邊的紙巾按在閃著淚光的臉上。

「張秋？」他無奈地說，真希望羅傑趕快再抓起他的女朋友親吻，不要瞪大了眼睛看他和張秋。

「去啊，走！」她說，用紙巾捂著臉哭，「如果你還要去見別的女孩，我不懂你為什麼要約我出來……你和妙麗見面後，還要再見幾個？」

「根本不是這麼回事！」哈利說，當他終於明白她為什麼生氣後，他鬆了一大口氣笑起來。沒隔多久，他才發現自己又犯了錯，但已經太遲了。

張秋跳起來，整間茶館這時候變得十分安靜，每個人都在看他們。

「再見，哈利。」她誇張地說，微微打著嗝，然後轉身衝向門口，把門打開，快速衝進滂沱大雨中。

「張秋！」哈利在後面喊她，門已叮噹一聲關上。

茶館內毫無聲息，每一隻眼睛都望著哈利。他扔了一枚加隆在桌上，甩掉頭髮上的粉紅彩紙，衝出去追張秋。

外面下著傾盆大雨，已經見不到她的身影。他實在不明白到底是怎麼回事，半個小時以前他們還相處得很融洽。

「女人！」他恨恨地說，雙手插在口袋裡，在滂沱大雨的街道上快步走，「她到底為什麼要談西追？她為什麼老要扯出一個話題，然後讓自己變成一條自來水管？」

他向右轉，邁開步伐快步跑，幾分鐘後便來到三根掃帚門口。他知道比和妙麗約定的時間早，但也許可以在這裡找到認識的人打發一點時間。他把蓋在眼皮上的溼頭髮甩開，四下張望，果然看見海格獨自坐在角落，表情十分落寞。

「嗨，海格！」他從擁擠的桌子縫中間擠過去和他打招呼，順手抓了一張椅子在他旁邊坐下。

海格嚇一跳，低頭看哈利，彷彿不認識似的。哈利發現他臉上又多了兩道新的傷口，和幾處新的瘀青。

「喔，是你，哈利，」海格說，「你好嗎？」

「嗯，我很好。」哈利騙他。比起眼前傷痕累累、滿臉哀傷的海格，他覺得他沒什麼好抱怨的。「呃——你還好吧？」

「我？」海格說，「喔，是啊，我很好，哈利，很好。」

他盯著他的白鑞啤酒杯裡面，嘆一口氣，那個啤酒杯有一個大水桶那麼大。哈利不知道應該說些什麼，兩人並肩默默坐了一會，海格忽然開口說：「同病相憐，你和我，對不對，哈利？」

「呃——」哈利說。

「是啊……我以前就說過……兩個局外人，」海格說，自作聰明地點頭，「而且兩個都是孤兒，是啊……兩個都是孤兒。」

他就著大酒杯喝了一大口。

「有個高尚的家庭就不一樣哩，」他說，「我老爸是高尚的人，你媽和你爸也是高尚的人。要是他們都還活著，人生就會不一樣了，嗄？」

「是吧……我想。」哈利謹慎地回答，海格的情緒似乎有點不對勁。

「家庭，」海格悶悶不樂地說，「再怎麼說，血統還是很重要哩……」說著，他從一隻眼睛抹去一滴淚水。

「海格，」哈利實在忍不住了，「你哪裡弄來這些傷？」

「嗄？」海格嚇一跳，「什麼傷？」

「這些呀！」哈利指指海格的臉。

「喔……都是普通的擦傷和撞傷，哈利，」海格故作輕鬆地說，「我有個不好對付的差事。」

他一口飲盡杯中酒，站起來。

「改天再見，哈利……保重。」

說完，他落寞地走出酒館，消失在滂沱大雨中。哈利目送他離去，感到很淒涼。海格不快樂，而且心事重重，但他好像決意不接受幫助。到底發生什麼事？哈利還沒來得及細想，就聽到有人叫他。

「哈利！哈利！在這裡！」

妙麗從房間的另一個角落向他招手。他站起來，穿過擁擠的人群走過去，還沒走幾步，他便發現妙麗不是一個人，和她坐在一起的是他無論如何也想不到的兩個人：露娜·羅古德和麗塔·史譏——已離職的《預言家日報》記者，也是這個世界上妙麗最不喜歡的人。

「你來早了！」妙麗說，移動一下讓他坐，「我還以為你和張秋在一起，至少還要再過一個小時才會到！」

「張秋？」麗塔馬上說，轉過身子注視哈利，「**女生**？」

她啪的一聲打開她的鱷魚皮包，在裡面摸索。

「哈利就算和一百個女生約會也沒**妳**的事，」妙麗冷冷地對麗塔說，「妳可以把那個東西收起來。」

麗塔本來準備從她包包抽出一枝鮮綠色的羽毛筆，聽了這話彷彿硬生生吞下一口臭樹汁，便又把皮包關上。

「妳們在幹嘛？」哈利問，坐下來，看看麗塔、露娜，又看看妙麗。

「我們的完美小姐正準備要告訴我你何時會到，」麗塔喝一大口她的飲料，「妳允許我和他**說話**吧？」她問妙麗。

「是的，可以。」妙麗很酷地說。

麗塔不習慣過這種失業的日子，以前一度整齊漂亮的鬈髮，現在直直垂下來，凌亂披在脖子上，兩吋長指甲上的猩紅蔻丹已經有點剝落，臉上那副眉梢往上挑的眼鏡上面的假珠寶也掉了幾顆。她又喝一大口飲料，抿著嘴說：「她漂亮嗎，哈利？」

「妳敢提一句哈利的感情生活，這場交易就取消。我說話算話。」妙麗不耐煩地說。

「什麼交易？」麗塔說，用手背抹嘴巴，「妳還沒說是什麼交易呢，大小姐，妳只叫我出來。啊，總有一天……」她長嘆一口氣。

「是、是，總有一天妳會寫更多有關哈利和我的可怕故事，」妙麗冷淡地說，「妳怎麼不去找個對這些有興趣的人？」

「他們今年不必我費事就寫了許多有關哈利的可怕故事，」麗塔說，從她的玻璃杯口瞄他一眼，又用刺耳的細微聲音說，「你看了那些報導有何感想，哈利？被出賣？痛苦煩惱？被誤解？」

「他當然憤怒，」妙麗用嚴厲、清晰的口吻說，「因為他把真相告訴了魔法部長，可是部長太愚蠢了，居然不相信他。」

「這麼說，你還是堅持到底，是嗎？說『那個不能說出名字的人』回來了？」麗塔說著，低下眼鏡，對哈利投以銳利的眼光，同時一隻手在她的鱷魚皮包裡面摸索，「鄧不利多向大家宣布，說『那個人』回來了，而你是唯一的目擊者，你支持他這番鬼話？」

「我不是唯一的目擊者，」哈利怒道，「還有十幾個食死人也看見了，妳要他們的名單嗎？」

「太好了，」麗塔高興地說，又伸手到皮包內摸索，她看著他，那眼神彷彿他是她所見過最美麗的東西，「一條大膽的標題：『波特指控……』，接下來的副標是：『哈利波特供出潛伏的食死人名單』，然後放一張你的大照片，下面再接內文：『飽受困擾，屢次在「那個人」的攻擊下死裡逃生的少年哈利波特（十五歲），昨天指控巫術界若干受人敬重的知名人士為食死人黨羽，此舉已引起軒然大波……』」

她手上拿著速記筆，筆桿都快碰到了嘴巴的時候，臉上狂喜的表情忽然黯下來。

「不過當然，」她放下羽毛筆，用銳利的眼光注視著妙麗，「我們的完美小姐不會希望這個故事見報吧？」

「事實上，」妙麗甜甜地說，「這**正是**完美小姐的要求。」

麗塔注視著她，哈利也是，只有露娜做夢似地哼著「衛斯理是我們的王」，一面用叉著一粒雞尾酒洋蔥的小食籤攪拌她的飲料。

「妳**要**我報導他所說有關『那個不能說出名字的人』的事？」麗塔望著妙麗失聲說。

「是的，沒錯，」妙麗說，「我要真實的故事，全部真相，完全依照哈利所說一字不漏地報導。他會告訴妳一切細節，他會告訴妳他在那裡看到哪些潛伏的食死人，他會告訴妳佛地魔現在的模樣——哎，克制一點。」她輕蔑地說，扔給她一張紙巾，因為麗塔一聽到佛地魔三個字便大吃一驚，把半杯火燒威士忌打翻在身上。

麗塔擦一擦她那件邋遢的雨衣，仍然注視著妙麗，一會後她坦白地說：「《預言家日報》不會刊登這種文章的，難道妳沒注意到，沒有人相信他那些荒誕無稽的故事，大家都認為他是瘋子。現在，如果妳讓我從那個角度來寫——」

「我們不需要再來一篇哈利失去理智的報導！」妙麗憤怒地說，「拜妳之賜，那種報導已經夠多了！我要給他一個說出真相的機會！」

「那種故事是沒有市場的。」麗塔冷冷說。

「妳要說的應該是，《預言家日報》不會刊登，是因為夫子禁止。」妙麗不耐煩地說。

麗塔對妙麗投以嚴厲的眼光注視良久，這才傾著上身靠向妙麗，以談公事的口吻說：「好吧，夫子是靠向《預言家日報》那一邊沒錯，不過問題還是一樣，他們不會刊登對哈利有利的文章，沒有人要看，那樣的文章不符合大眾的口味。這次阿茲卡班逃亡已經夠大家煩惱的了，誰也不願相信『那個人』回來了。」

「所以《預言家日報》的存在是為了告訴大家他們愛聽的新聞，是嗎？」妙麗嘲諷說。

麗塔坐直身子，揚一揚眉，乾掉杯子裡的火燒威士忌。

「《預言家日報》的存在是為了推銷它自己，妳這個傻姑娘。」她冷冷說。

「我爸認為它是一份很爛的報紙，」露娜出其不意地插嘴說，一面吸她的雞尾酒洋蔥，一面用她那對很大、很凸，又有點瘋狂的眼睛瞪著麗塔，「我爸刊載的都是他認為大家應該知道的重要報導，他不在乎賺不賺錢。」

麗塔用鄙視的眼光看她。

「我猜妳老爸是經營某個無聊的鄉村小通訊報吧？」她說，「大概是《與麻瓜周旋的二十五種方法》，還有下次快賣會的日期？」

「不是，」露娜說，把那粒洋蔥又浸入她的紫羅蘭水，「他是《謬論家》雜誌的編輯。」

麗塔大哼一聲，鄰桌的客人都轉頭看她。

「『他認為大家應該知道的重要報導』，嗄？」她尖酸刻薄地說，「我可以把那些報導拿來當我花園的肥料了。」

「這不是妳揚眉吐氣的大好機會嗎？」妙麗愉快地說，「露娜說她父親很樂意接受這篇採訪哈利的報導，人家可是願意把它刊登出來的。」

麗塔望著她們倆，一會後她不可置信地笑笑。

「《謬論家》！」她咯咯發笑著說，「如果是刊登在《謬論家》雜誌上，妳以為大家會當真嗎？」

「有些人不會，」妙麗壓低聲音說，「但《預言家日報》的阿茲卡班逃亡事件報導有一些漏洞，我想會有很多人想知道到底是怎麼一回事。如果能有另外一篇平衡報導，就算是刊登在——」她瞥一眼坐在旁邊的露娜，「在——呃，一本**獨特**的雜誌上——我想他們還是會想看的。」

麗塔沉默良久，銳利的眼光一直注視著妙麗，微微偏著頭思考。

「好吧，我就答應吧，」她忽然又說，「那我可以拿到多少稿費？」

「我爸一向不付錢給為雜誌寫稿的人，」露娜夢囈似地說，「他們寫文章是為了榮譽，當然，他們的名字會印在上面。」

麗塔的表情彷彿口中又有強烈的臭樹汁味，她轉頭望著妙麗。

「我得**免費**寫這篇報導？」

「啊，是的，」妙麗平靜地說，啜一口飲料，「否則，妳心裡明白，我會向當局舉發妳是一個沒有執照的化獸師。當然，《預言家日報》以後說不定會給妳不少錢寫阿茲卡班監獄生活的內幕報導。」

麗塔的表情像是恨不得抓起插在妙麗飲料中的紙傘，戳進她的鼻子裡。

「看樣子我沒別的選擇了，是嗎？」麗塔說，聲音微微發抖。她又打開她的鱷魚皮包，抽出一張羊皮紙，拿起她的速記筆。

「我爸會很高興。」露娜開心地說，麗塔的下巴抽搐了一下。

「好了嗎，哈利？」妙麗轉向他說，「準備對大眾說出真相了嗎？」

「我想是吧。」哈利說，他看著麗塔把速記筆穩穩放在那張隔在他們中間的羊皮紙上。

「那就開始吧，麗塔。」妙麗平靜地說，從她的杯底撈出一粒櫻桃。

26 看見和未預見

露娜含混地表示，她不曉得《謬論家》什麼時候才會刊登麗塔對哈利的專訪，因為她父親正在等一篇關於犄角獸再度現身的精采長篇報導，「——當然啦，這會是一篇重量級的文章，所以哈利的專訪可能得延到下一期才登。」露娜說。

哈利發現，重新述說佛地魔復活當晚所發生的一切，對他來說不是件容易的事。麗塔逼他把每一個細節全都交代清楚，而他自己也知道，這是他向世人公開真相的大好機會，因此他將他記得的所有事情全都鉅細靡遺地告訴麗塔。他不曉得大家看到這篇報導會有什麼樣的反應，他猜想，這篇文章的內容大概會讓許多人更加確定：他，哈利波特，真的已經完全瘋了。更糟的是，它居然還是登在專門報導犄角獸這類胡說八道的無聊雜誌上。但貝拉・雷斯壯和其他食死人越獄逃亡的消息，讓哈利心中燃起一股強烈的渴望，急著想要去做**一些事**，不管有沒有用……

「我真等不及想看看，恩不里居要是發現你公開發言，會有什麼樣的反應。」丁在星期一吃晚餐時，用滿懷敬畏的語氣說。西莫正忙著把一大堆雞肉和火腿派剷到自己的盤子裡，哈利知道他正在聽他們說話。

「你這麼做是對的，哈利，」奈威說，他坐在哈利對面。奈威的臉色有些蒼白，他繼續壓低聲音說：「那一定……很不好過吧……重新提起那些事……是不是？」

「是啊，」哈利囁嚅地說，「但總得讓大家知道，佛地魔會做出什麼樣的事來，對不對？」

「沒錯，」奈威點點頭說，「還有他手下的那些食死人……是應該讓大家知道……」

奈威話還沒完全說完，就又開始吃他的烤馬鈴薯。西莫抬起頭來，他一接觸到哈利的目光，就又立刻低頭望著餐盤。不久之後，丁、西莫和奈威就先回交誼廳去了，餐桌邊只剩下哈利和妙麗兩個人。他們在等榮恩，他忙著練習魁地奇，到現在都還沒來吃晚餐。

張秋跟她的朋友毛莉一起走進餐廳。哈利胃中立刻出現一種很不舒服的感覺，但她連看都沒看葛來分多餐桌一眼，就背對著哈利坐了下來。

「對了，我忘了問你，」妙麗愉快地說，往雷文克勞餐桌瞥了一眼，「你那天跟張秋約會的時候發生了什麼事？你怎麼這麼早就回來了呢？」

「呃……嗯，既然妳提起這件事……」哈利說，把一盤大黃布丁拉到面前，替自己再添了一些，「那我告訴妳，那個約會真是糟糕透頂。」

接著他就把他們在泥腳夫人的店裡發生的事情告訴妙麗。

「……結果，」他花了好幾分鐘才說完，盤中的大黃布丁也吃得一乾二淨，「她就跳起來，拋下一句：『再見，哈利。』接著就衝出大門去了！」他放下湯匙，望著妙麗，「這是什麼意思啊？這到底是怎麼回事？」妙麗往張秋的後腦勺瞥了一眼，嘆了口氣。

「喔，哈利，」她悲哀地說，「嗯，請原諒我這麼說，你實在是有點不解風情。」

「**我**，不解風情？」哈利憤慨地說，「前一分鐘我們還處得好好的，下一分鐘她卻突然告訴我，說什麼羅傑．達維邀她出去啦，西追以前跟她到過那家愚蠢的茶館啦，而且他們兩個還在裡面親嘴什麼的——妳說我心裡會怎麼想？」

「嗯，你該知道，」妙麗換上一副耐心十足的口吻，彷彿是在對一個非常情緒化的一、兩歲小孩解釋一加一等於二的簡單道理似的，「你不應該在你們約會到一半的時候，跟她說你想要來跟我碰面。」

「可是，可是，」哈利急得語無倫次，「可是——是妳要我十二點去找妳，還要我帶她一起過去，我要是不告訴她，那我怎麼去得成啊？」

「你應該換一種不同的方式跟她說，」妙麗仍然帶著那副令人生氣的容忍表情說，「你應該這麼說，是我**逼**你答應來三根掃帚跟我碰面，你覺得很煩，而且你真的一點也不想來。你寧願一整天都待在她身邊，不過你還是覺得應該來跟我碰個面，所以拜託她也跟你一起來，希望這樣你就可以早點脫身。對了，你最好再跟她說，你覺得我長得很醜。」妙麗說完後，又突然想到補上一句。

「可是我不覺得妳醜啊。」哈利滿頭霧水地說。

妙麗大笑。「哈利，你簡直比榮恩還要糟……喔，不，你還是比他好一點，」她嘆了口氣，說到一半，榮恩拖著沉重的腳步走進了餐廳，他渾身沾滿了泥巴，臉也臭得要命。「聽我說——你跟張秋說你要來跟我見面，她聽了心裡很不舒服，所以她就故意想要讓你吃醋。她是想用這個方法來試探你到底有多喜歡她。」

「真的是這樣嗎？」哈利問道，榮恩頹然坐在他們對面的椅子上，把他能夠拿得到的餐點全都拉到面前，「好吧，那她為什麼不乾脆問我，妳和她兩個我到底比較喜歡誰，那不是簡單多了嗎？」

「女孩子通常是不會問這種問題的。」妙麗說。

「她們應該要問！」哈利用強烈的語氣說，「這樣我就可以直接告訴她，說我很喜歡她。她也不用又突然開始發作，為西追的死哭得死去活來！」

「我不是在替她講話，」妙麗說，金妮在他們身邊坐下，她跟榮恩一樣全身沾滿污泥，臉同樣也是臭得要命。「我只是想辦法讓你了解，她那時候心裡是怎麼想的。」

「妳真應該去寫本書，」榮恩邊切馬鈴薯邊對妙麗說，「把女孩子那些瘋兮兮的舉動翻譯一下，好讓我們男生知道她們心裡到底在想什麼。」

「對啊。」哈利熱烈附和，轉頭望著雷文克勞餐桌。張秋剛好站起來，她還是連看都不看哈利一眼，就走出了餐廳。哈利感到有些沮喪，回過身來望著榮恩和金妮說：「魁地奇練習得還順利嗎？」

「惡夢一場。」榮恩沒好氣地說。

「喔，別這麼說，」妙麗望著金妮說，「我相信不至於那麼——」

「沒錯，那真的是場惡夢，」金妮說，「簡直是恐怖至極。練習結束的時候，莉娜都快要哭出來了。」

榮恩和金妮吃完晚餐後就先去洗澡，哈利和妙麗回到熱鬧的葛來分多交誼廳，繼續寫他們那好像永遠寫不完的功課。哈利開始畫天文學要交的一張新星座圖，在他奮戰了半個鐘頭之後，弗雷和喬治出現在他面前。

「榮恩和金妮不在這裡？」弗雷問道，一邊東張西望，一邊拉出一張椅子坐下。哈利搖搖頭，他立刻接口說：「很好，我們剛才在看他們兩個練習，比賽的時候真的死定了。沒有我們幫忙，他們根本什麼都做不成。」

「別這麼說，金妮其實還不錯，」喬治說道，一副很公平的樣子。他在弗雷身邊坐下來，「坦白說，我還真想不通她怎麼會這麼厲害，別忘了，我們可從來都沒讓她跟我們一起打過魁地奇。」

「她從六歲開始，就常常闖進你們家花園裡的飛天掃帚倉庫，趁你們不注意的時候，輪流把你們每個人的掃帚拿出來玩。」妙麗的聲音從一大堆搖搖欲墜的古代神秘文字書籍後面傳過來。

「喔，」喬治說，他似乎有些動容，「難怪——這我就明白了。」

「榮恩有沒有成功擋住一球？」妙麗的眼睛從《神秘象形文字與符號圖案》上方冒了出來。

「這個嘛，只要他不覺得有人在看他，他其實是可以做得到的。」弗雷說，眼珠骨碌碌地轉個不停，「所以說，我們只要在星期六的時候，每次一看到快浮逼近他那邊的球門柱，就趕快叫觀眾全都轉身背對他，假裝專心聊天就行了。」

他又站起來，浮躁不安地走到窗前，望著窗外漆黑的校園。

「妳知道，唯一值得讓我們待在這裡的原因，恐怕就只有魁地奇了。」

妙麗丟給他一個嚴厲的眼色。

「你還要考很多試欸！」

「我告訴過妳，我們沒那麼在乎超勞巫測。」弗雷說，「點心盒就快要上市了，我們已經找到方法去除掉那些疔瘡，只要一、兩滴海葵鼠鬚汁就解決了，這全都是李的功勞。」

喬治打了個大呵欠，悶悶不樂地望著濃雲密布的夜空。

「這場比賽我甚至連看都不太想看。要是我們真的敗在災來耶．史密手裡，我大概只好以死謝罪了。」

「我正好相反，我會殺了他。」弗雷堅決表示。

「這就是魁地奇最大的問題，」妙麗心不在焉地說著，又開始傾身向她的古代神秘文字翻譯作業，「讓不同學院的學生彼此看不順眼，害大家關係鬧得很僵。」

她抬起頭來，想找她那本《符咒家的字音表寶典》，卻看到弗雷、喬治和哈利全都帶著一臉既厭惡又吃驚的神情盯著她瞧。

「幹嘛，本來就是這樣啊！」她沒耐心地說，「它只不過是場遊戲嘛，是不是？」

「妙麗，」哈利搖著頭說，「妳是懂很多事情，也很有自己的看法，但妳一點也不了解魁地奇。」

「也許我是不了解，」她陰沉地說，又繼續做翻譯作業，「但至少我的快樂，不必靠榮恩的救球能力來決定。」

雖然哈利寧可從天文塔跳下來，也不肯向她承認這個事實，但是到了接下來的這個星期六，在哈利親眼目睹他們的練球情形之後，他真的寧願給錢，要多少加隆都行，也不要再管什麼魁地奇了。

這場比賽最大的好處就是時間很短，葛來分多的觀眾們只須忍受二十二分鐘的痛苦折磨。很難說這場比賽最糟糕的是哪一個部分：哈利認為其中以榮恩失掉第十四個球、洛坡揮棒沒打到搏格，反倒擊中莉娜的嘴巴，以及寇克看到災來耶．史密抱著快浮朝他衝過來，就尖叫著往後一栽，從掃帚上掉下來這三件事最為突出。要論排名，倒是各有千秋，很難分出個上下。最神奇的是，葛來分多最後只輸十分：金妮居然當著赫夫帕夫搜捕手夏佰的面一把攫住了金探子，使得這場比賽最後他們只以兩百三十比兩百四十的分數落敗。

「那一手抓得真漂亮。」哈利回到交誼廳後告訴金妮，這裡的氣氛活像是正在舉行一場特別淒慘的喪禮。

「我只是運氣好，」她聳聳肩說，「那時候金探子飛得不算快，而且夏佰感冒了，他打了個噴嚏，正好在最重要的時候閉上眼睛。反正只要等你回到球隊——」

「金妮，我是被罰**終身**禁賽。」

「你只是在恩不里居還待在學校這段期間被禁，」金妮糾正他的說法，「差別就在這裡。反正等你回到球隊，我打算去應徵追蹤手。莉娜和西亞兩個明年都要畢業了，其實我不太愛當搜捕手，我比較喜歡去射門得分。」

哈利望著遠處的榮恩，他弓身縮在一個角落，望著自己的膝蓋發楞，手裡緊握著一瓶奶油啤酒。

「莉娜還是不肯讓他退出，」金妮說，似乎看出哈利心裡在想什麼，「她說她知道他有潛力。」

哈利很感謝莉娜對榮恩這麼有信心，但同時也認為，其實乾脆放榮恩離開球隊，對他反倒還仁慈一些。榮恩在離開球場時，周圍又再次響起一陣響徹雲霄的大合唱：「衛斯理是我們的王」，史萊哲林學生這次顯然對歌詞特別有感覺，唱得十分投入，現在他們已成為最有希望贏得魁地奇盃的隊伍了。

弗雷和喬治晃了過來。

「我甚至連嘲笑他的心情都沒有，」弗雷說，望著榮恩那副垂頭喪氣的模樣，「我告訴你……在他第十四次失球的時候——」

他雙臂在空中激動地亂抓亂扒，就像是站在那裡用狗爬式游泳似的。

「——算了，我還是留到慶功宴再表演吧，如何？」

過了不久，榮恩拖著沉重的腳步上樓睡覺去了。為了尊重榮恩的感受，哈利又再多等了一會，才上樓回寢室，好讓榮恩有點時間假裝睡著，要是他想這麼做的話。果然，在哈利終於踏入寢室的時候，榮恩的鼾聲已經大得有些誇張，一聽就知道是裝的。

哈利爬上床，心裡仍在想著那場比賽，站在球場邊緣觀戰時的挫敗感實在太大了。他對金妮的表現印象深刻，但他心裡知道，如果由他自己上場，一定可以更早抓到金探子……在它飛到寇克腳踝附近那時候出現過一次動手的大好機會，金妮當時要是不遲疑，就有可能讓葛來分多低分險勝了。

恩不里居坐在哈利和妙麗下面幾排的座位上。在看比賽的時候，她曾伏身在位子上，回過頭來看了他幾眼。她那蟾蜍似的闊嘴一路撐開，看在他眼裡就是一副幸災樂禍的笑容。他躺在黑暗的房間裡，一想到她那副嘴臉，心中立刻燃起一股熊熊怒火。過了幾分鐘，他又想起石內卜每次在鎖心術結束時對他的囑咐，他必須在臨睡前去除一切雜念，什麼也別想。

他試了一會，可是在恩不里居上面再加一個石內卜，真是火上加油，只會讓他心裡感到更加怨恨，他發現自己非但沒有去除雜念，反倒專心地痛恨起這兩個人來。榮恩的鼾聲漸漸平息，換上一種深沉緩慢的呼吸聲。哈利過了很久才終於睡著，他的身體相當疲倦，腦中卻思潮翻湧，過了許久才得以平靜。

他夢到奈威和芽菜教授在萬應室裡跳華爾滋，麥教授在一旁吹風笛替他們伴奏。他開心地看了一會，接著就決定去找ＤＡ的其他成員。

但他一踏出房間，就發現面對的並不是呆子巴拿巴的掛幔，而是一根插在石牆托架上的火把。他緩緩將頭轉向左方，就在那裡，在那沒有窗子的通道盡頭，是一扇素淨、黑色的門。

他朝黑色的門走過去，心裡感到越來越興奮。他有一種非常奇怪的感覺，知道這次一定運氣很好，能順利把門打開……他現在距離門只有一呎遠了，他狂喜地發現，門右邊現出一道細長的朦朧藍光……門開了一條縫……他伸手把門推開，可是——

榮恩發出一聲響亮刺耳的真正鼾聲，哈利立刻驚醒過來，他的右手在黑暗中伸向前方，正準備打開一扇遠在數百哩之外的門。他懷著一種混雜了失望和罪惡感的心情，把手放了下來。他知道他不應該看到那扇門，但同時也感到一股強烈的好奇心，想要知道門後面到底藏了些什麼，這使他忍不住有點生榮恩的氣……要是榮恩再晚一分鐘打鼾就好了。

＊　＊　＊

星期一早上，他們到餐廳吃早餐時，送郵件的貓頭鷹正好飛進來。妙麗並不是唯一急著想看《預言家日報》的人，幾乎所有的人都急著想知道有關越獄食死人的新消息，只可惜儘管有許多發現行蹤的報導，但他們目前依然逍遙法外。妙麗把一個納特給了送信的貓頭鷹，就急切地攤開報紙，哈利在一旁悠哉遊哉地倒橘子汁喝。他這一整年來就只收過一封信，因此當第一隻貓頭鷹砰一聲降落在他面前時，他很確定牠是找錯人了。

「你是要找誰啊？」他問貓頭鷹，懶洋洋地把他的橘子汁從牠的鳥嘴下移開，俯身去看收信人的姓名地址：

霍格華茲學校

餐廳

哈利波特收

哈利皺起眉頭，準備伸手去取貓頭鷹送來的信，但還來不及動手，就有三隻、四隻、五隻貓頭鷹，拍著翅膀飛落到牠旁邊。牠們開始擠來擠去地想要找好位子站，在混亂中踩到了奶油，打翻了鹽罐，全都搶著要第一個把信交給哈利。

「這是怎麼啦？」榮恩驚愕地問道，就在葛來分多餐桌上的學生全都湊上前來看時，又有另外七隻貓頭鷹飛過來，降落在原先那群正在大鬧的隊伍中間，不停又叫又啼，猛拍翅膀。

「哈利！」妙麗屏息喊道，把雙手伸進那一堆亂七八糟的羽毛中間，拉出一隻身上綁了個圓筒形長包裹的嗚角鴞。「我大概知道是怎麼回事了——先打開這個包裹！」

哈利拆開褐色的包裝紙，從裡面滾出一本捲成一束的三月分《謬論家》。他攤開雜誌，看到自己的面孔在封面上咧嘴露出靦腆的微笑。照片上印著一排大大的紅字，寫著：

哈利波特終於大膽驚爆內幕：

關於「那個不能說出名字的人」的真相
和我親眼目睹他復活的那一夜

「很棒吧？」露娜說，她輕飄飄地走到葛來分多餐桌旁，擠到弗雷和榮恩兩人中間坐下，「昨天就出刊了，我請我爸寄一份送給你。至於這些呢，」她伸手朝桌上那堆貓頭鷹揮了一下，牠們仍不死心地在哈利面前亂轉，「是讀者們寄來的信。」

「我也是這麼想，」妙麗滿臉渴望地說，「哈利，我們可不可以——？」

「別客氣。」哈利說，他感到有些困惑。

榮恩和妙麗兩人開始拆信。

「寫這封信的傢伙覺得你是個神經病，」榮恩說，又瞥了一眼他手中的信，「啊，這個……」

「這個女的建議你去聖蒙果醫院試試，說那裡有一種非常棒的驚嚇咒療程。」妙麗說，在那一瞬間她臉上露出氣餒的表情。

「這封信看起來還不錯，」哈利慢吞吞地說，眼光掃過一封長信，寫信的人是一名住在佩斯利的女巫，「嘿，她說她相信我！」

「這個人說他猶豫不決，」弗雷說，他熱心地加入他們的拆信活動，「他說你看起來不像是個瘋子，可是他實在不願意相信『那個人』已經復活，所以他現在不曉得自己該怎麼想。哎唷喂呀，這簡直是白白浪費羊皮紙嘛。」

「又有一個人被你說服了，哈利！」妙麗興奮地說，「看過你述說的事情之後，我不得不做出一個結論，那就是，《預言家日報》對你實在是太不公平了……雖然我不是很願意相信，『那個不能說出名字的人』已經重新復活，但我不得不承認你說的全都是事實……這真是太棒了！」

「又有個人說你是瘋狗亂吠，」榮恩說，把揉成一團的信拋到背後，「……這個人倒是說你完全改變了她的想法，她現在認為你是一位真正的英雄——她還附上一張照片——哇！」

「這裡是怎麼回事啊？」一個帶著虛假甜膩語氣，像小女孩似的嗓音說。

哈利抬起頭來，手裡還抓著一大堆信。恩不里居教授站在弗雷和露娜後方，用那對蟾蜍般的凸眼珠掃視哈利面前桌上那堆亂七八糟的貓頭鷹和信件。他看到她背後有許多學生，正帶著準備看好戲的表情在望著他們。

「你為什麼會收到這麼多信，波特先生？」她緩緩問道。

「現在連這都不准啦？」弗雷大聲說，「難道收信也犯法嗎？」

「你說話小心點，衛斯理先生，要不然我就只好罰你勞動服務了。」恩不里居說，「怎麼回事啊，波特先生？」

哈利遲疑了一會，他實在想不出，要如何去隱瞞他接受採訪的事，恩不里居教授遲早都會注意到這期的《謬論家》。

「這些人寫信給我，因為我接受採訪，」哈利說，「談我去年六月遇到的事情。」

由於某種原因，他一邊答話，一邊朝教職員餐桌望了一眼。哈利有一種奇怪的感覺，好像在前一秒鄧不利多還在盯著他，等他轉過頭來看的時候，這位校長卻帶著專注的表情，忙著去跟孚立維教授聊天。

「採訪？」恩不里居重複道，她的聲音變得比平常更尖更高，「你這話是什麼意思？」

「意思是，有個記者問了一些問題讓我回答，」哈利說，「就是這個——」

他拋給她一本《謬論家》。她拿起雜誌，低頭看著封面。她那張慘白、像發麵糰似的面孔，現在變成一朵顏色斑駁、難看極了的紫羅蘭。

「你是在什麼時候接受採訪的？」她問，聲音微微顫抖。

「上次去活米村度週末的時候。」哈利說。

她勃然大怒地抬頭望著他，雜誌在她那粗短的手指中抖動。

「以後你休想再去活米村度假了，波特先生，」她悄聲說，「你好大的膽子……你竟然敢……」她做了一次深呼吸，「我一而再、再而三地教導你，叫你不要再撒謊。顯然你並沒有把我的話牢牢記在心裡，葛來分多扣五十分，另外再罰你一個禮拜的勞動服務。」

她把《謬論家》緊緊扣在胸前，昂首闊步地掉頭走開，許多學生的眼睛一路跟隨著她。

早上才過了一半，學校就到處都貼滿了大張布告，而且這次不只是貼在學院的布告欄上，甚至連走廊和教室也都不放過。

霍格華茲總督察令諭

任何持有《謬論家》的學生將予以開除學籍。

上述規定係依照教育章程第二十七條頒定。

簽署者：桃樂絲．珍．恩不里居總督察

不知道為了什麼，妙麗每次只要看到其中一張布告，就會笑得非常開心。

「妳到底在高興什麼啊？」哈利問她。

「喔，哈利，你看不出來嗎？」妙麗輕聲說，「有一件事她只要做了，那學校裡的人百分之百都會看這篇專訪，那就是下令查禁！」

妙麗的看法似乎相當正確。到了當天深夜，雖然哈利在學校裡根本連《謬論家》的影子都沒瞧見，大家卻好像都在互相轉告採訪的內容，就這樣一傳十，十傳百，迅速傳遍了整個校園。哈利在排隊進教室時，聽到學生們在旁邊竊竊私語，他在午餐和課堂休息時間，也聽到其他人在熱烈討論，而妙麗甚至向他報告，說她在上古代神秘文字研究之前匆匆趕去上廁所的時候，聽到女生廁所裡的每一個人都在談論這件事。

「接著她們突然看到我，她們顯然都知道我跟你認識，所以就纏著我問了一大堆問題。」妙麗告訴哈利，她的雙眼閃閃發光，「而且我覺得她們都相信你，哈利，我是說真的，你終於說服她們了！」

在同一時間，恩不里居教授正大搖大擺地在校園裡巡行，不時攔下學生隨意抽查，要他們把書本和口袋裡的東西全都交出來讓她過目。哈利知道她是在找《謬論家》，但學生們的動作比她快了好幾步。他們早就對刊登哈利專訪的那幾頁動了手腳，施法把它們變得跟課本內容一模一樣，只有他們自己才能看到真正的文字。要不然就是用魔法把它們變成一張白紙，等他們想要再仔細閱讀的時候才會重新顯現。很快地，學校裡每一個人似乎真的都看過了。

老師們自然也受到教育章程第二十六條的限制，不准提起這篇專訪，不過他們還是有辦法找到管道來表達心中的感受。芽菜教授在哈利遞灑水壺給她的時候，當場賞了葛來分多二十分；笑容滿面的孚立維教授在符咒學下課時，塞給哈利一盒吱吱尖叫的糖鼠，說了聲：「噓！」就急忙離去；而崔老妮教授在上占卜學時突然歇斯底里地大聲飲泣，當著全班驚駭莫名的學生和滿臉不以為然的恩不里居的面前宣布，說哈利**並不會**少年早夭，而是可以長命百歲，日後還會當上魔法部長，一連生下十二個孩子。

哈利最高興的是，第二天正準備趕去上變形學的時候，張秋快步走到他身邊。他還來不及意識到究竟發生了什麼事，她就握住了他的手，貼在他耳邊悄聲說：「我真的非常非常抱歉。我看了那篇專訪，你實在是太勇敢了……我都忍不住哭了。」

哈利雖然很遺憾那篇訪問又害她多掉了一些眼淚，但他還是非常高興張秋終於又肯跟他說話了。接著她就飛快地在他臉上吻了一下，又匆匆離去，使他感到欣喜若狂。更令人無法相信的是，他才剛走到變形學教室外面，就發生了一件天大的好事，西莫離開隊伍，走過來面對著他。

「我只是想說，」他囁嚅地說，斜眼望著哈利左邊的膝蓋，「我相信你。而且我寄了一份雜誌給我媽。」

而馬份、克拉和高爾三人的反應，使哈利的快樂達到巔峰。當天下午在圖書館裡，他看到他們三人正在咬耳朵，他們身邊還有一名看起來非常瘦弱的男孩。妙麗悄聲告訴他，那個人名字叫喜多·諾特。哈利瀏覽著書架上的書目，尋找關於「局部消失魔法」的資料時，他們回過頭來望著他。高爾充滿恐嚇意味地把指關節掰得啪啪響，馬份輕聲對克拉說了幾句顯然不太好聽的話。哈利心裡很清楚他們為什麼會這麼做：他指名道姓地公開宣稱他們的父親是食死人。

「最棒的就是，」妙麗在他們離開圖書館時開心地輕聲說，「他們完全不能反駁你的說法，因為他們根本不敢承認自己看過那篇文章！」

在晚餐時，他的喜悅又到達新的高峰，露娜說《謬論家》從來沒在這麼短的時間內就全都賣得精光。

「我爸正在加印！」她告訴哈利，興奮得眼珠子都快要蹦出來了，「他完全不敢相信這是真的，他說大家好像對這篇專訪比對犄角獸的報導還更感興趣！」

當晚哈利成了葛來分多交誼廳裡的英雄。弗雷和喬治非常大膽地對《謬論家》的封面施了一個放大咒，再把它掛到牆上，讓一個超大的哈利的頭俯視下方的一切活動，不時還會用聲若洪鐘的嗓音冒出幾句「**魔法部是白痴**」或「**去吃屎吧，恩不里居**」之類的話。妙麗並不覺得這個花招多有趣，她說這會害她不能專心寫功課，最後還氣沖沖地提早跑上樓去睡覺。哈利不得不承認，過了一、兩個鐘頭，特別是當說話咒語的效力逐漸消退之後，那張海報就沒剛開始那麼好玩了。現在它只是斷斷續續地喊出「**屎**」和「**恩不里居**」之類的片段字句，而且間隔時間變得越來越短，嗓音也變得越來越高亢響亮。事實上，他被它吵得頭都痛了，而且他的傷疤又開始很不舒服地陣陣刺痛。因此當一大堆人圍在哈利身邊，要求他不知道第幾次重複他在專訪中提過的事情時，他終於開口說他也想早點上床睡覺，招來他們一陣失望的抱怨聲。

回到寢室，房中空無一人。他把額頭貼到床邊冰涼的窗玻璃上，這使他的傷疤疼痛減輕了一些。他脫下衣服，爬上床，只希望頭疼快點消失。他也覺得有點想吐，翻了個身，側躺在床上，閉上眼睛，幾乎立刻陷入夢鄉……

他站在一個簾幕低垂的黑暗房間裡，房中唯一的光源是一個托座上的幾支蠟燭。他前面有一張椅子，他的雙手抓著椅背。這雙手有著細長的手指，慘白得彷彿多年沒曬到陽光，在黑絲絨椅背的襯托下，看起來就像是兩隻蒼白的大蜘蛛。

在椅子後方，那圈燭火照亮的光暈中，有一名身穿黑袍的男子跪在地上。

「看來我好像受到了誤導。」哈利用一種高亢冰冷的嗓音說，他的語氣充滿了怒意。

「主人，我懇求您原諒。」跪在地上的男人淒聲說。他的後腦勺在燭光下發出閃爍的微光，他好像在發抖。

「我不怪你，羅克五。」哈利用那冰冷殘酷的嗓音說。

他鬆開椅背，從椅子旁邊繞過去，走向那名畏縮著跪在地上的男人，站在他正前方的黑暗中，從一種超乎尋常的高度往下看。

「你確定你說的是事實，羅克五？」哈利問道。

「是的，我的主人，是的……畢竟我以前是在魔法部工——工作……」

「艾福瑞告訴我，說簿德可以除掉它。」

「簿德永遠也拿不到它的，主人……簿德也曉得他自己做不到……他肯定就是因為這個原因，才會那麼奮力去抵抗馬份的蠻橫咒……」

「站起來，羅克五。」哈利悄聲說。

跪著的男人趕緊聽命站起，慌亂得差點摔倒在地。他的臉上布滿了坑坑疤疤的痘疤，那些凹凸不平的疤痕在燭光下顯得格外清晰。他站起來後仍然微弓著身，好像鞠躬鞠到一半似的，他用恐懼的眼神飛快地瞥了哈利的臉龐一眼。

「你把這件事告訴我，做得很好，」哈利說，「非常好……看來我是白白浪費了幾個月，去進行這無用的計畫……沒關係……我們就從現在重新開始。佛地魔王很感激你，羅克五……」

「我的主人……是的，我的主人。」羅克五喘著氣說，他鬆了口氣，嗓音變得有些沙啞。

「我會需要你幫忙，我會需要你提供我所有的情報。」

「當然，我的主人，當然……一切情報……」

「非常好……你可以走了。叫艾福瑞來見我。」

羅克五邊鞠躬邊慌忙後退，一下子就走出門不見了。

哈利獨自待在黑暗的房中，他轉過頭來望著牆壁。牆上的暗影中掛了一面布滿歲月痕跡的破鏡，哈利朝鏡子走去。鏡中的他，在黑暗中變得越來越大和清晰……一張比骷髏還要慘白的面孔……一對瞳孔如細縫般的紅眼……

「不不不不不不不不不！」

「怎麼啦？」他身邊有個嗓音在喊。

哈利瘋狂地亂踢亂滾，結果被床邊的簾幕纏住，從床上摔了下來。他有好幾秒的時間完全不曉得自己是在哪裡，並深信他馬上就又會看到那張骷髏般的蒼白面孔在黑暗中朝他逼近，這時他耳邊響起了榮恩的嗓音。

「拜託你別發瘋亂動，這樣我才能幫你解開！」

榮恩用力扯開纏在哈利身上的簾幕，哈利平躺在地上，在月光下仰頭望著榮恩，他額上的傷疤如燒灼般的陣陣刺痛。榮恩看來好像是剛準備上床，身上的長袍已經脫下了一條袖子。

「是不是又有人被攻擊了？」榮恩問道，粗魯地把哈利拉起來，「是我爸嗎？是不是那條蛇？」

「不——大家都沒事——」哈利喘著氣說，他的額頭好像有火在燒，「嗯……除了艾福瑞……他有麻煩了……他提供了錯誤的情報……佛地魔非常生氣……」

哈利發出一聲呻吟，渾身顫抖地倒在床上，揉著額上的傷疤。

「不過現在羅克五會幫他……他又重新找到正確的途徑……」

「你究竟在說什麼？」榮恩的語氣顯得十分害怕，「你的意思是……你剛才看到了『那個人』？」

「我**就是**『那個人』，」哈利說，他在黑暗中伸出雙手湊到眼前檢查，要確定它們不再長有死白的細長手指。「他跟羅克五在一起，就是那批從阿茲卡班逃出來的食死人之一，記得吧？羅克五剛才告訴他，說簿德不可能辦得到。」

「辦得到什麼？」

「除掉某個東西……他說簿德應該早就知道自己不可能辦得到……簿德受到蠻橫咒控制……我記得他說下手的人是馬份他爸。」

「他們用魔法控制簿德，要他去除掉某個東西？」榮恩說，「但是——哈利，那一定就是——」

「那個武器，」哈利替他把話說完，「我知道。」

寢室大門敞開，丁和西莫走了進來。哈利趕緊把腿縮到床上，西莫好不容易才相信哈利不是神經病，他可不想讓西莫看出剛才又有怪事發生。

「你是說，」榮恩假裝去拿床頭裝上的水罐，把頭湊到哈利耳邊低聲說，「你剛才**就是**『那個人』？」

「沒錯。」哈利平靜地說。

榮恩雖然不渴，卻還是灌下了一大口水。哈利看到水溢到他下巴上，淌到他的胸前。

「哈利，」他說，丁和西莫在他們旁邊吵吵鬧鬧地到處走動，忙著換衣服和聊天，「你必須把這告訴——」

「我不用告訴任何人，」哈利不耐煩地說，「我要是能把鎖心術練好，就根本不會再看到這種事情。我應該學會關上腦袋，把這一切全都擋在外面。這就是他們要我做的事情。」

他口中的「他們」，其實指的是鄧不利多。他重新躺到床上，翻了個身，背對著榮恩側躺，過了一陣子，他聽到榮恩的床墊在吱吱嘎嘎響，榮恩也躺回了床上。哈利的傷疤又開始陣陣灼痛，他用力咬著枕頭，不讓自己發出一絲聲音。他知道，在某個地方，艾福瑞正在受到懲罰。

＊　＊　＊

第二天一大早，哈利和榮恩就把事情一五一十地告訴妙麗，他們十分小心，不讓任何人聽到他們的談話內容。他們三個走到校園中常去的老地方，站在那個涼爽通風的角落，哈利把他所記得的夢中情景全都告訴她，連一絲細節都不放過。他說完之後，她沉默了好一會沒答腔，只是帶著一種痛苦的專注神情，緊盯著站在庭院對面的弗雷和喬治。他們兩人現在頭都不見了，正忙著從斗篷底下取出他們發明的魔術帽向大家兜售。

「所以那就是他們要殺他的原因，」她終於收回視線，不再盯著弗雷和喬治，開始平靜地說，「在簿德試著去偷那個武器的時候，發生了某些怪事。我認為在那個東西上或是在它周圍，必然施了些防護性的符咒，制止人去碰它。這就是簿德為什麼會被送到聖蒙果醫院的原因，他的腦袋出了毛病，變得不會說話了。記得那個治療師是怎麼跟我們說的嗎？他正在漸漸康復，而他們絕對不能冒這個險，讓他真的好起來，對不對？我的意思是，他在碰到那個武器時所受到的不明魔法攻擊，很可能同時也解除了他身上的蠻橫咒。等他一恢復說話能力，他就會向大家解釋他做了些什麼事情，是不是？那大家就會曉得他是被派去偷武器了。當然啦，魯休思．馬份要對他下詛咒還挺方便的，他不是根本就住到魔法部裡了嗎？」

「他甚至連我去參加聽審會那天都待在那裡，」哈利說，「就在──等等……」他緩緩說道，「他那天是待在神秘部門的走廊上！你爸說他大概是想要溜下去探查我受審的情形，但要是──」

「史特吉！」妙麗倒抽了一口氣，露出震驚的神情。

「對不起？」榮恩滿臉迷惑地問道。

「史特吉．包莫──」妙麗屏息說，「就是因為企圖闖進一扇門而被逮捕！魯休思．馬份想必也對他下了咒！我敢說，他一定就是在你看到他那天動手的，哈利。史特吉帶著穆敵的隱形斗篷，是不是？所以說要是史特吉當時站在門前看守，穿著隱形斗篷，而馬份聽到他走動的聲音──或者只是猜到有人站在那裡──再不然就是，他抱著萬一有人在那裡看守的想法，就不管三七二十一用蠻橫咒胡亂攻擊？所以，當史特吉那裡有了下手的機會──很可能就是再度輪到他執勤看守的時候——他就被控制並闖進神秘部門替佛地魔偷武器——榮恩，你先別吵——結果卻被逮捕了，並且關進了阿茲卡班……」

她凝視著哈利。

「現在羅克五已經把取得武器的方法告訴佛地魔了嗎？」

「我沒有聽到他們全部的談話內容，不過聽起來應該就是這樣。」哈利說，「羅克五以前是在那邊工作……也許佛地魔會派羅克五去偷武器？」

妙麗點點頭，她顯然仍在沉思。然後，她突然沒頭沒腦地說了句：「你根本就不應該看到這些的，哈利。」

「什麼？」他吃了一驚。

「你應該學會如何關閉你的心靈，阻止這類事情侵入。」妙麗說，她突然變得非常嚴肅。

「我是在學啊，」哈利說，「可是——」

「嗯，我認為，我們應該把你看到的事情全都忘光，」妙麗堅定地表示，「而且從現在開始，你必須再多用功一點，好好把鎖心術學會。」

這一整個禮拜的情況不見好轉。哈利在魔藥學拿到了兩個「D」，他仍在提心吊膽地害怕海格會被解雇，而且老是忍不住回想起他化身為佛地魔的那個夢境——他並沒有再跟榮恩和妙麗提起這些事，他可不想再被妙麗臭罵一頓。他很希望能夠跟天狼星好好談一下，但這是不可能的事，所以他只好設法把這件事深深埋在心底。

不幸的是，他的心底已不再像過去那麼安全了。

「起來，波特。」

在哈利夢到羅克五的一、兩個禮拜後，他又再度跪倒在石內卜的辦公室地板上，努力讓自己的腦袋變得一片空白。剛才他又再度被迫去回想一連串非常遙遠的記憶，他甚至不知道自己居然還記得這些事情，大部分都是達力和那些狐群狗黨在小學時羞辱他的往事。

「剛才最後一段記憶，」石內卜說，「那是什麼？」

「我不曉得，」哈利說，勉強撐腿站了起來。他發現他越來越難在石內卜召喚出的一連串快速聲音影像中，清楚分辨出不同的記憶。「你是指我表哥要我站在馬桶裡面的那段嗎？」

「不是，」石內卜柔聲說，「我指的是有個男人跪在一個陰暗的房間裡……」

「那……沒什麼。」哈利說。

石內卜的黑眼珠深深望進哈利的眼底。哈利想起石內卜說過，視線接觸是破心術最重要的關鍵，他趕緊眨眨眼，別過臉去。

「那個男人和那個房間是怎麼跑進你的腦袋裡去的，波特？」石內卜問道。

「那——」哈利說，硬是不看石內卜一眼，「那是——那只是我做的一個夢。」

「一個夢？」石內卜重複道。

沉默了一會，哈利定定地望著泡在一罐紫色藥水中一隻很大的死青蛙。

「你應該知道我們為什麼要到這裡來吧，波特？」石內卜用一種低沉而令人驚駭的嗓音說，「你應該知道我為何要放棄我的夜晚休息時間，來做這份無聊的工作吧？」

「知道。」哈利生硬地答道。

「那你告訴我，我們為什麼在這裡，波特？」

「讓我可以學會鎖心術。」哈利說，現在他怒目瞪著一條死鰻魚。

「完全正確，波特。你雖然是笨了點——」哈利轉頭看石內卜，恨死了他。「——但我原本以為，經過兩個多月來的訓練，你或許會有點長進。除了剛才那個，你還做過多少關於黑魔王的夢？」

「就只有那一次。」哈利撒謊。

「也許，」石內卜說，微微瞇起他那對漆黑冷酷的眼睛，「也許你心裡其實很喜歡這些幻象跟夢境，波特。也許它們讓你覺得自己很特別——很重要是吧？」

「不是，並沒有。」哈利說，他咬緊牙關，手指緊緊握住他的魔杖握柄。

「還是一樣，波特，」石內卜冷冷地說，「因為你既不特別也不重要，而且也輪不到你去探聽黑魔王對食死人說了什麼。」

「沒錯——那不是你的工作嗎？」哈利忍不住挖苦他。

他不是有意要這麼說，他只是在盛怒中忍不住脫口而出。他們互相對望了很長一段時間，哈利心裡知道，他這次是說得太過分了。當石內卜再度開口回答時，臉上卻露出一種幾乎可說是滿意的古怪神情。

「是的，波特，」他說，他的雙眼閃閃發光，「那的確是我的工作。好，要是你已經準備好，我們就再開始練吧。」

他舉起魔杖：「一——二——三——破破心！」

上百名催狂魔越過校園中的湖泊朝哈利撲過來……他皺起臉，努力集中心思……牠們越來越近了……他可以看到牠們斗篷帽下的黑洞……同時他也可以看到石內卜站在他面前，緊盯著他的面孔，嘴裡喃喃低聲念誦……不知道為什麼，石內卜變得越來越清晰，而催狂魔卻越來越模糊……

哈利舉起他的魔杖。

「破心護！」

石內卜的身子晃了一下，他的魔杖飛到空中，不再正對著哈利。哈利心中突然充滿了許多不屬於他的回憶：一個有著鷹鉤鼻的男人朝著一個畏縮的女人大吼大叫，一個黑頭髮的小男孩躲在角落哭泣……一名頭髮油膩的青少年獨自坐在漆黑的臥室，用魔杖指著天花板射蒼蠅……一個骨瘦如柴的男孩企圖跨上一根蹦蹦跳跳的飛天掃帚，旁邊有個女孩子在大笑——

「**夠了！**」

哈利感到好像有人朝他胸口用力推了一下。他踉踉蹌蹌地退了好幾步，撞到石內卜辦公室牆邊的架子，他聽到有東西破裂的聲音。石內卜在微微顫抖，臉色一片慘白。

哈利背上的長袍溼了一大片。他把架子上其中一個罐子撞破了，藥水流出來，泡在裡面那個黏答答的東西不停打漩。

「復復修。」石內卜嘶聲說，罐子立刻完好如初。「好，波特……這的確是有點進步了……」石內卜微微喘著氣說，他將上課前用來儲存思緒的儲思盆扶正，看起來彷彿是在檢查，看它們是不是還存在裡面，「我不記得我有教你用屏障咒……但毫無疑問地，相當有效……」

哈利沒有說話，他覺得現在不管說什麼都可能會有危險。他確定剛才自己闖入了石內卜的記憶，而他看到的是石內卜童年時的情景。一想到那個在父母吵架時躲在旁邊哭泣的小男孩，現在就帶著無比憎惡的眼神，活生生地站在他的面前，他不禁感到心底發寒。

「我們再來試一次吧？」石內卜說。

哈利感到一陣強烈的恐懼。他非常確定，他就要為剛才發生的一切付出慘痛的代價了。他們走回原位，隔著書桌面對面站好，哈利暗暗心想，這次要摒除心中的雜念想必會比以前更加困難。

「聽我數到三，」石內卜說，再次舉起魔杖，「一——二——」

哈利根本還來不及重新打起精神，努力摒除心中的雜念，石內卜就揚聲喊道：「破破心！」

他沿著那條通往神秘部門的走廊向前狂奔，經過那片光禿禿的石牆，再經過那根火把——素淨的黑門變得越來越大，他衝得太快了，眼看就要一頭撞到門上，就在他距離那門只剩下一呎遠的時候，他又看到了那條透出微弱藍光的門縫——

黑門突然敞開！他終於穿過那道門，踏入一個牆壁和地板都是黑色的圓形房間。房中點著搖曳藍色火焰的蠟燭，而他四周環繞著更多的門——他必須繼續前進——他究竟該選哪一扇——？

「**波特！**」

哈利睜開眼睛。他又再度平躺在地上，但已完全不記得是怎麼到這裡來的。同時他不停喘氣，彷彿他真的狂奔過神秘部門整條長長的走廊，真的全速衝進那扇黑門，找到了那個圓形的房間。

「給我解釋清楚！」石內卜說，他站在哈利身邊，露出狂怒的神情。

「我……也不清楚這是怎麼回事，」哈利說的是實話，他站起來。頭撞到地上的部位腫起了一個大包，他覺得全身發燙。「我從來沒看過那裡，我的意思是，我以前跟你說過，我夢到過那扇門……可是它以前從來都沒打開……」

「你實在是太不用功了！」

由於某種原因，石內卜看起來甚至比兩分鐘前，哈利看透他記憶時更加生氣。

「你懶惰又不謹慎，波特，也難怪黑魔王——」

「能不能請你告訴我一件事，**先生**？」哈利又開始發火了。「你為什麼老是叫佛地魔『黑魔王』呢？只有食死人會這麼叫他。」

石內卜張嘴準備厲吼——門外某處突然響起女人的尖叫聲。

石內卜的頭猛地往後一仰，凝視著天花板。

「那是什——？」他喃喃地說。

哈利可以隱約聽到一陣騷動聲，據他判斷，來源應該是在入口大廳。石內卜轉過頭來望著他，皺起眉頭。

「你來這裡的時候，一路上有看到任何不尋常的事嗎，波特？」

哈利搖搖頭。在他們上方的某個地方又響起女人的尖叫聲，石內卜大步走向辦公室的門，仍舉著魔杖擺出備戰的姿勢，然後一溜煙跑不見了。哈利遲疑了一會，也跟著走出去。

尖叫聲的確是從入口大廳傳過來的。哈利快步跑上從地牢通往上方的石階，尖叫聲變得越來越響亮。當跑到石階頂端時，他發現入口大廳裡擠滿了人。當時晚餐時間尚未結束，一波又一波的人潮從餐廳湧出來，想看看到底出了什麼事，另外還有些人擠在大理石階梯上。哈利從一群高大的史萊哲林學生中間擠過去，看到所有旁觀者圍成一個大圈，有些人露出震驚的表情，另外有些人甚至顯得相當害怕。麥教授正對著哈利，站在大廳另一邊，看她的神情，彷彿是覺得眼前的景象令她忍不住感到微微作嘔。

崔老妮教授站在入口大廳正中央，一手握著魔杖，另一手抓了個空雪利酒瓶，看起來活像是個瘋婆子。她的頭髮到處亂翹，眼鏡歪戴在臉上，所以只有一隻眼睛透過鏡片放大，顯得一眼大一眼小，極不協調。她身上那些數不清的披肩和圍巾，現在邋裡邋遢地從肩上垂下來，看起來很像是剛被她自己亂抓亂扯過。她身邊的地板上擱了兩個巨大的行李箱，其中一個整個翻轉過來，這讓人強烈懷疑這個箱子是有人從樓梯上扔下來的。崔老妮教授正帶著明顯的驚恐神情，望著某個似乎是站在樓梯最下方，哈利卻完全看不見的東西。

「不！」她尖叫道，「**不**！不可能會發生這種事……不可能……我拒絕接受！」

「難道妳不明白，這是遲早都會發生的事嗎？」一個如小女孩般的尖細嗓音說，語氣透出一絲冷酷無情。哈利微微移到右邊，看到那個讓崔老妮驚恐失措的景象，原來是恩不里居教授。「妳連明天的天氣都預測不了，也應該心裡有數啊？在我督察期間妳表現得那麼差勁，而且毫無改進的跡象，被解雇不就是勢所必然的事嗎？」

「妳不——不能這樣！」崔老妮教授大聲哭號，源源不絕的淚水從她巨大的鏡片後面流出來，淌落到她的面頰上，「妳不——妳不能解雇我啊！我在——這裡都待十六年了！霍——霍格華茲是我——我的——家啊！」

「它**以前**是妳的家，」恩不里居教授說。她看到崔老妮教授垂頭喪氣地坐在其中一個行李箱上，無法控制地不停啜泣。她那蟾蜍般的臉上露出了愉快的神情，那副嘴臉令哈利看了厭惡至極。「在一個鐘頭前，魔法部長簽署了妳的免職令，這裡就不再是妳的家了。現在麻煩妳快點離開這個大廳，妳這樣讓我們感到很尷尬呢。」

話說完她卻站在原處，帶著一種幸災樂禍的愉快表情望著崔老妮教授簌簌打顫，哀哀呻吟地坐在行李箱上，身子不停陣陣前後搖晃，悲傷得幾乎快要發狂了。哈利聽到左邊隱約傳來一陣低泣聲，他轉過頭去看，文妲和芭蒂兩人抱在一起暗暗哭泣。然後他聽到一陣腳步聲。麥教授從圍觀的人群中走出來，筆直走向崔老妮教授，堅定地輕拍她的背，並從長袍下掏出一塊大手帕。

「好了，不要緊的，西碧……冷靜一點……用這擤擤鼻涕……事情沒妳想的那麼糟……妳不是一定得離開霍格華茲……」

「喔，是嗎，麥教授？」恩不里居用一種充滿惡意的語氣說，並往前走了幾步，「請問是誰授權讓妳來發表……？」

「是我。」一個低沉的嗓音說。

橡木大門此時已經敞開。站在門邊的學生一看到鄧不利多站在門口，立刻退後讓路。哈利想不通鄧不利多這麼晚跑到校園外面去做什麼，看著他背後襯托著煙霧朦朧的夜色，靜靜站在門前的情景，竟帶著某種令人動容的力量。鄧不利多並未關上大門，就大步穿越圍觀的人群，走到崔老妮教授跟前。她淚流滿面，渾身顫抖地坐在行李箱上，麥教授陪在她身邊。

「是你嗎，鄧不利多教授？」恩不里居說，並發出一陣難聽的輕聲怪笑，「你大概還不太了解狀況吧？我這裡有一份──」她從長袍裡掏出一個羊皮紙卷，「──一份由我本人和魔法部長所簽署的免職令。根據教育章程第二十三條，霍格華茲總督察有權做審核，決定列入觀察的期限，或是解雇任何她──也就是我本人──認為表現未能達到魔法部標準的教師。我已經判定崔老妮教授未能達到水準，我已經解雇她了。」

哈利驚訝萬分地發現，鄧不利多竟然還在微笑。他低頭望著仍坐在行李箱上哽咽啜泣的崔老妮教授，開口說：「妳說的當然都沒錯，恩不里居教授。身為總督察，妳確實有資格解雇我的教師。不過，恐怕妳並沒有權力把他們趕出城堡，」他彬彬有禮地微微鞠了一個躬，「這份權力仍然屬於校長本人所有，而我希望崔老妮教授繼續住在霍格華茲。」

聽到這裡，崔老妮教授發出瘋狂的一聲笑，中間還打了個相當明顯的酒嗝。

「不——不，我會走——走，鄧不利多！我會——會——離開霍格華茲去別——別的地方找出路——」

「不，」鄧不利多斷然表示，「我希望妳留下來，西碧。」

他轉向麥教授。

「請妳帶西碧回樓上去好嗎，麥教授？」

「沒問題，」麥教授說，「起來吧，西碧……」

芽菜教授快步走出人群，抓住崔老妮教授的另一隻手臂。她們兩人一起扶著崔老妮教授經過恩不里居身邊，再爬上大理石階梯。孚立維教授急匆匆地跟在她們身後，舉起魔杖指向前方，尖聲叫道：「疾疾動箱！」崔老妮教授的行李飛到空中，跟著她一起爬上樓梯，孚立維教授跟在後面。

恩不里居教授一動也不動地站在原處，凝視著鄧不利多，他的臉上仍帶著和藹的笑容。

「那麼，」她用一種響遍整個入口大廳的耳語聲說，「等我指派了一名新的占卜學老師過來，需要用到她的宿舍，那時候你要怎麼處置她？」

「喔，這不成問題，」鄧不利多愉快地說，「我已經替大家找到一位新的占卜學老師，我想他會比較喜歡住在一樓。」

「你已經找到——？」恩不里居尖聲說，「**你已經**找到了？讓我提醒你，鄧不利多，根據教育章程第二十二條——」

「魔法部有權——而且只能——在校長無法找到適當人選的時候，指派一名合適的候選人。」鄧不利多說，「我很高興能達成這項任務，讓我來替妳介紹好嗎？」

他轉身面對著敞開的大門，氤氳的夜霧從門外陣陣飄送進來。哈利聽到一陣蹄聲，大廳中響起一陣驚訝的耳語。那些離門邊最近的學生又慌忙退後幾步，讓出一條路讓新來者通過，有些人還因為走得太急而不小心絆倒。

門外的濃霧中浮現出一張面孔，哈利過去曾在一個黑暗而危險的夜晚，在禁忌森林中見過他一面：一頭白金髮和一雙美得驚人的藍眼睛，頭和上半身是個男人，腰部以下是奶油色的馬身。

「這位是翡冷翠，」鄧不利多開心地對著嚇傻了的恩不里居說，「我想妳會發現他絕對能勝任這份工作。」

27

人馬與告密者

「妙麗，我敢打賭，妳現在一定後悔自己放棄了占卜學，對不對？」芭蒂笑嘻嘻地問。是早餐時間，崔老妮教授被解雇的兩天後。芭蒂用她的魔杖在捲眼睫毛，再從湯匙的背面檢視成果。這個早上他們要去上翡冷翠的第一堂課。

「才不，」妙麗冷淡地說，專心看著《預言家日報》。「我從來就沒喜歡過馬。」

她翻到報紙的下一頁，快速掃描報紙的專欄。

「他不是馬，他是人馬！」文妲的語氣很震驚。

「一名**美好**的人馬……」芭蒂嘆著氣。

「再怎麼說，他還是有四隻腳，」妙麗冷冷地說。「不管怎麼樣，我想妳們兩個一定很失望崔老妮走了吧？」

「那當然！」文妲提出保證。「我們帶了一些黃水仙去她的辦公室看她——不是芽菜教授那裡拿的會叭叭叭亂叫的那種喔，是很不錯的品種。」

「她好嗎？」哈利問。

「一點都不好，可憐的傢伙，」文妲充滿同情地說。「她哭著說她寧願永遠離開城堡，也不要待在這個有恩不里居在的地方。這也不能怪她，恩不里居對她真的很惡劣，不是嗎？」

「我有種感覺，這只是恩不里居惡劣的開頭而已。」妙麗陰鬱地說。

「不可能，」榮恩說，他大口大口吃著盤子裡的培根蛋。「她已經惡劣到極點了。」

「記住我的話，她一定會想辦法報復鄧不利多沒有跟她商量，就擅自聘請新老師，」妙麗說著，把報紙合起來。「尤其又是一個半人生物。你有沒有注意她看到翡冷翠時的臉色？」

早餐過後，妙麗離開他們去上算命學，哈利和榮恩跟著芭蒂和文妲走進入口大廳，前往占卜學的教室。

「我們不上北塔嗎？」芭蒂繞過大理石階梯時，榮恩一臉疑惑地問。

芭蒂不屑地轉頭看著他。

「你想翡冷翠要怎麼爬那個樓梯？我們現在改在十一號教室上課，昨天的布告欄有寫。」

十一號教室在一樓，沿著走廊，從入口大廳進去，就在餐廳的正對面。哈利知道這也是一間平常沒在使用的教室，所以自然而然就把它當成大櫥櫃或是儲藏室那樣視而不見。他緊跟在榮恩後面走進去，發現自己竟然置身在森林空地的正中央，一時之間大感驚訝。

「這是什麼——？」

教室的地板全都布滿了潮溼的青苔，樹木高過天井，茂盛的枝葉繞過屋頂和窗子在那裡擺動輕拂，點點和煦的綠色光線在屋內搖曳交錯。那些早到的學生坐在泥土地上，背靠著樹幹或是大塊的鵝卵石，有的抱著膝蓋，有的兩手緊緊疊抱在胸前，每個人看起來都相當緊張。空地中間，一棵樹也沒有，站著翡冷翠。

「哈利波特。」哈利一進來，他便伸出手。

「呃——嗨，」哈利跟人馬握手，人馬用那雙藍得驚人的眼睛打量他，眨都沒眨一下，沒有笑容。「呃——很高興見到你。」

「我也是，」他那白金髮的頭，微微低了一下。「有預言說我們會再見面。」

哈利注意到翡冷翠的胸前隱約有個蹄形的瘀傷。他轉過身加入班上其他席地而坐的同學時，才發現所有的人都帶著敬畏的神情看著他，顯然他和翡冷翠的交談方式令他們太佩服了，因為翡冷翠給他們望之卻步的感覺。

最後一個學生在廢紙簍旁邊的樹墩坐下時，門關了起來，翡冷翠用手指著屋內。

「鄧不利多教授很體貼地安排這間教室給我們使用，」大家都就位之後，翡冷翠說，「仿造我的天然棲息地。我原本是想在禁忌森林裡教你們的，那個——在星期一以前——還是我的家……但現在已經不可能了。」

「請問——呃——先生——」芭蒂喘著氣，舉起手來，「——為什麼不去呢？我們跟海格去過那裡了啊，我們不怕！」

「你們的勇氣是不容質疑的，」翡冷翠說，「純粹是因為我個人的立場，我不能再回去森林裡了。我那一群已經把我驅逐了。」

「一群？」文妲用一種困惑的語氣說，哈利知道她想到的是一群牛。「什麼——喔！」她的臉上露出理解的表情。「那裡還有**更多的你**？」她驚愕不已。

「海格是不是像餵騎士墜鬼馬那樣餵你？」丁急切地問。

翡冷翠慢慢轉過頭來看著丁，他立刻明白自己說了非常冒犯的話。

「我沒有——我的意思是——抱歉。」丁壓低聲音把話說完。

「人馬並非人類的奴隸或是玩物。」翡冷翠平靜地說。接下來是一陣靜默，然後芭蒂又舉起手來。

「請問，先生……為什麼其他的人馬要驅逐你？」

「因為我答應替鄧不利多教授工作，」翡冷翠說，「他們認為這是背叛同類的行為。」

哈利想起來，大約在四年前，翡冷翠為了安全起見讓他騎在背上，當時人馬禍頭是如何對翡冷翠怒吼，罵他是一頭「平凡的驢子」。哈利懷疑翡冷翠胸前的傷或許就是禍頭踢的。

「讓我們開始吧。」翡冷翠說。他嗖嗖揮動起奶油色的長尾巴，一隻手高舉向枝葉茂密的天頂，再慢慢放下。就在他這樣做的同時，房間的光線暗了下來，因此他們好似坐在黎明時分的森林空地，天頂出現了點點繁星。一片**哦啊**和驚喘聲，還有榮恩清晰可辨的聲音在說著：

「我的老天啊！」

「往後仰躺在地上，」翡冷翠沉靜的聲音說，「仔細觀察穹蒼。對那些窺看得出其中奧秘的人來說，上面寫著我們種族的命運。」

哈利四平八穩地躺著，凝視著上面的天頂。一顆閃爍的紅色星星在他頭頂上對他眨眼睛。

「我知道你們在天文學課裡已經學到行星和衛星的名字，」翡冷翠沉靜的聲音出現，「而且知道星星在天空運行的方向。人馬早在好幾世紀以前便破解了它們移動的秘密，這樣的發現使我們領悟，也許我們可以從頭頂上的天空窺看得見未來——」

「崔老妮教授有教過我們天文學！」芭蒂興奮地說，把手舉在她面前，看起來那手就像是直立在半空中。「火星會導致事故和燒傷這一類的事件，當它傾斜到土星的位置，就像現在這樣——」她在自己的上方，懸空畫了一個直角，「——那就表示人們在接觸熱的東西時，要特別小心——」

「那些，」翡冷翠冷靜地說，「是人類的無稽之談。」

芭蒂的手無力地垂到身旁。

「一些瑣碎的傷害，渺小的人類事故，」翡冷翠的馬蹄砰砰踩在青苔地上。「這在廣闊的宇宙裡有如匆忙移動的螞蟻，沒什麼重要，也不會因為行星運行而受到影響。」

「可是崔老妮教授——」芭蒂帶著一種受傷和憤怒的語氣開口說話。

「——是個人類，」翡冷翠簡短地說。「因此目光狹隘，而且受到人類極限的束縛。」

哈利稍稍轉過頭看著芭蒂。她一臉被激怒的樣子，她周圍其他的人也一樣。

「西碧・崔老妮也許看到了我所不知道的事，」翡冷翠繼續說，他在他們前面到處走動，哈利又聽到他尾巴揮動的聲音，「但她主要是浪費時間在人類稱之為算命，一種自吹自擂的無稽之談。然而，我，在這裡跟你們解釋的是人馬非個人以及無私的智慧。我們觀察的是穹蒼有時會標出的巨大禍害或是變遷。這往往得花上十年左右的時間，才能確定我們所看到的到底是什麼。」

翡冷翠指著哈利正上方的那顆紅色星星。

「在過去的十年裡，種種跡象都指出巫師族類在兩個戰爭之間，會有短暫的風平浪靜時期。火星，戰爭的帶來者，在我們上方閃閃發亮，暗示著很快就會再度爆發戰爭。至於有多快，人馬或許會嘗試燃燒藥草和葉子，靠其煙霧和火焰來占卜……」

這是哈利上過最不一樣的課。他們真的在教室的地上燃燒鼠尾草和錦葵，翡冷翠告訴他們如何在嗆鼻的煙霧裡尋找特定的形狀和記號。他似乎完全不在意沒人看得出他描述的標記，反而跟他們說人類對此本來就不在行，即使是人馬也得花好多好多年的時間才得以窺見奧秘。最後他以過於仰賴這種東西是很愚蠢的行為，即使是人馬有時也會誤讀其中的含意做為結束。他完全不像哈利其他任何一位人類的老師，他的重點不在於將他所懂的東西教他們，而是要他們牢記，絕沒有一件事情——即使以人馬的博學——會是百分之百簡單明瞭的。

「他好像對任何事情都不太確定，是吧？」他們把錦葵的火熄滅時，榮恩壓低聲音說，「我的意思是，對於我們這場即將到來的戰爭，我都還能略知一二，你呢？」

教室外面的鐘聲應聲響起，每個人都跳了起來。哈利完全忘了他們仍舊待在城堡裡面，還真以為是在森林裡，同學一臉迷惑地排成縱隊離開。

哈利和榮恩正要跟著同學走出去時，翡冷翠叫道：「哈利波特，能否留步，說句話。」

哈利轉過身，人馬稍微靠近他一些，榮恩躊躇不前。

「你可以留下，」翡冷翠跟他說。「但麻煩把門關上。」

榮恩趕緊照著做。

「哈利波特，你是海格的朋友，是吧？」人馬說。

「是的。」哈利說。

「那請代我警告他，他的企圖是徒然的，最好放棄。」

「他的企圖是徒然的？」哈利茫然地重複。

「而且他最好放棄。」翡冷翠點著頭說。「我很想親自去警告海格，但我被驅逐了——現在對我來說，太接近森林並非一個明智的做法——海格的麻煩已經夠多，沒有必要再捲入人馬的戰爭。」

「但是——海格的企圖是什麼？」哈利緊張地說。

翡冷翠面無表情地看著哈利。

「海格最近給予我相當大的幫助，」翡冷翠說，「而且他長期以來對生物的關懷與照顧贏得我相當的尊敬。我不應該洩露他的秘密，但他必須恢復理智。他的企圖是徒然的，告訴他，哈利波特。祝你今天一切都好。」

＊　＊　＊

哈利在《謬論家》的專訪事件後感受到的快樂，似乎已經蒸發遠走了。沉悶的三月不清不楚地就進入了不安寧的四月，他的生活再度變成了一連串的擔憂和麻煩。

恩不里居持續每堂奇獸飼育學都來，所以根本很難把翡冷翠的警告傳遞給海格。終於有一天，他逮到機會，假裝掉了那本《怪獸與牠們的產地》，下課後跑了回去。他傳達了翡冷翠的訊息之後，海格用他那雙鼓脹發黑的眼睛瞪著他瞧了好一陣子，一副十分震驚的樣子，隨後又恢復了冷靜。

「好傢伙，翡冷翠，」他粗魯地說。「對於這件事，他根本不知道自己在說什麼。我這企圖進展得好極了。」

「海格，你到底在做什麼？」哈利嚴肅地問。「因為你千萬要小心，恩不里居已經把崔老妮給開除了，你要知道，這代表她已經開始發動攻勢。如果你在做一些不應該做的事，你就會——」

「有些事比保住工作更重要，」海格說，他的手微微在抖，一盆裝滿魔刺蝟糞便的容器哐噹一聲掉在地上。「別擔心我，哈利，快走吧，我還有事要忙哩。」

哈利除了讓海格一個人在那裡擦拭滿地的糞便之外，別無選擇。他拖著步伐走回城堡，心中沮喪到了極點。

在這同時，老師和妙麗都不斷提醒他們普等巫測的時間就快到了。所有五年級學生都深受不同程度的壓力和痛苦，漢娜．艾寶是第一個從龐芮夫人那裡拿到鎮定劑的人。她在上藥草學時突然哭了起來，嗚咽地說她太笨了不能參加考試，想要現在就離開學校。

哈利在想，如果少了ＤＡ的教學課，他一定會變得非常不快樂。有時候他甚至覺得，他是為了在萬應室的那幾個小時而活的，雖然工作得很辛苦，卻也樂在其中。他驕傲地巡視ＤＡ的成員，察看他們學習的進展。事實上，哈利有時候在想，假如所有的ＤＡ成員在普等巫測的黑魔法防禦術項目都得到「傑出」時，恩不里居不知道會有何反應。

他們終於開始練習護法咒，每個人都很熱中於此。不過哈利還是不斷提醒他們，在光線明亮的教室裡，在沒有受到任何威脅的情況下召喚護法，跟他們真正在對抗像催狂魔之類的東西時是完全不一樣的。

「哎呀，別這麼掃興嘛，」張秋愉悅地說，這是他們在復活節前的最後一堂課，她看著那天鵝形狀的銀色護法繞著萬應室飛行。「多漂亮啊！」

「它們不是要漂亮，而是要去保護妳，」哈利耐心地說。「我們的確是需要一個幻形怪什麼的，我就是那樣學的。當幻形怪假裝是催狂魔時，我就得念咒召喚一個護法——」

「那會很嚇人的！」文姮說，從她的魔杖尾端射出一陣陣的銀色煙霧。「我還是——沒辦法——做到！」她生氣地加了一句。

奈威也有同樣的問題。他的臉專心地扭成一團，但只有一小束微弱的銀煙從他的魔杖尖端流出來。

「你得想一些快樂的事。」哈利提醒他。

「我有在試啊。」奈威悲慘地說，他試得相當用力，汗水在他圓圓的臉上閃閃發光。

「哈利，我好像辦到了！」西莫大喊，這是他第一次參加ＤＡ聚會，丁帶他來的。「看——啊——不見了……可是那很明顯是個毛茸茸的東西，哈利！」

妙麗的護法是隻閃亮的銀色水獺，繞著她身邊玩耍。

「牠們**是**有點可愛，不是嗎？」妙麗溫柔地看著牠們。

萬應室的門打開又關上。哈利朝四周看看是誰進來了，但似乎沒人在那裡。過一會他才發覺，靠近門的那些人全都不出聲了。緊接著的是有個東西在他膝蓋附近，拉扯著他的長袍。他低頭看，大吃一驚，家庭小精靈多比從他平常戴的那八頂毛線帽底下冒出頭來盯著他瞧。

「嗨，多比！」他說。「你怎麼——發生了什麼事？」

家庭小精靈的眼睛張得老大，滿是恐懼，全身顫抖。最靠近哈利的ＤＡ成員全都靜了下來，房間裡的每個人都看著多比。剩下幾個有護法的人，都設法念咒把牠們消退成銀色的煙霧，這使得房間看起來比先前更暗。

「哈利波特，先生……」家庭小精靈尖聲地說，從頭到腳抖個不停。「哈利波特，先生……多比是來警告你的……但所有的家庭小精靈都被警告說不能講……」

他用頭去撞牆。哈利有過幾次經驗，知道多比有自我懲罰的習慣，他試著去抓住多比。還好多比撞上石頭又彈了回來，因為他的八頂帽子緩衝了撞擊的力量。妙麗和其他幾個女生都發出恐懼又同情的尖叫聲。

「發生了什麼事，多比？」哈利問他，緊緊抓住家庭小精靈瘦小的手臂，把他拉離任何他可能會找來傷害自己的東西。

「哈利波特……她……她……」

多比用他那隻沒被抓的手用力揮拳打自己的鼻子，哈利也把那隻手給抓住了。

「『她』是誰，多比？」

他大概知道了，能讓多比這樣恐懼的肯定只有那一個「她」吧？家庭小精靈抬頭看著他，有點鬥雞眼，嘴巴說不出一句話來。

「恩不里居？」哈利驚愕地問。

多比點點頭，然後試著用自己的頭猛撞哈利的膝蓋。哈利把他架開。

「她怎樣？多比——她還沒發現這個——發現我們——這個DA吧？」

他從多比那張憂慮的臉上讀到了答案。多比的手被哈利抓得緊緊的，他試著踢他自己，結果跪倒在地上。

「她來了嗎？」他輕聲問。

多比大叫一聲。

「是的，哈利波特，是的！」

哈利挺直了身子，環顧這些一動不動、驚恐不已的人，他們在那裡猛盯著不斷在痛揍自己的家庭小精靈。

「**你們還在等什麼？**」哈利大吼。「**快跑！**」

大夥立刻趕向出口，爭先恐後地往門口擠成一團，再一起爆衝出去。哈利可以聽見他們在走廊全力衝刺的聲音，只希望他們動點腦筋，可別這樣一路衝回寢室。現在才八點五十分，如果他們先躲到距離這裡比較近的圖書館，或是貓頭鷹屋——

「哈利，快走！」妙麗從一群人中尖叫，使出全力逃跑。

多比還在那裡試著要傷害自己，哈利一把將他抄起來，抱在懷裡，跟在隊伍最後面跑。

「多比——這是命令——回去底下的廚房和其他家庭小精靈待在一起，如果她問你有沒有警告過我，對她說謊，要說沒有！」哈利說。「還有，我嚴禁你再傷害自己！」他又加了一句。他們總算跨過了門檻，他用力把房門帶上，再把家庭小精靈放下來。

「謝謝你，哈利波特！」多比吱吱叫著，飛也似地跑走了。哈利左顧右看，其他人的速度都很快，他只看到走廊兩頭有一些飛奔的腳後跟，然後就不見任何人影了。他開始往右跑，前面有一間男生廁所，他可以假裝一直都在那裡面，只要他到得了——

「**啊啊啊唷！**」

有東西抓住他的腳踝，他很響亮地跌了個狗吃屎，往前滑了六呎才止住。有人在他後面哈哈大笑。他翻轉身，看到馬份藏在一個醜陋的龍形花瓶底下的壁龕裡。

「絆倒咒，波特！」他說。「嘿，教授——**教授**！我逮到一個了！」

恩不里居匆忙從遠處的轉角跑過來，她氣喘吁吁，但帶著愉快的笑容。

「就是他！」她看了在地上的哈利一眼，愉快地說。「太好了，跩哥，太好了，喔，很好——史萊哲林加五十分！我要把他帶走……站起來，波特！」

哈利站了起來，怒視著他們這一對。他從來沒看過恩不里居這麼開心過，她像老虎鉗一樣緊緊地鉗住哈利的手臂，再笑容滿面地轉向馬份。

「踫哥，你趕緊到別的地方去看看還能不能再多圍捕到幾個。」她說。「告訴其他的人去查查圖書館——有沒有誰氣喘吁吁的——檢查廁所，帕金森小姐可以檢查女廁——你可以走了——而你，」在馬份走後，她用她那最輕柔又最危險的聲音補上一句，「波特，你跟我一起到校長室。」

沒多久他們就到了石像鬼前。哈利在想，不知道已經有多少人被抓了。他想到榮恩——衛斯理太太一定會把他給殺了——想到妙麗要是在拿到普等巫測之前就被開除，她會作何感想。西莫還是第一次參加這個聚會……奈威已經進步了許多……

「嘶嘶咻咻蜂。」恩不里居說。石像鬼跳到旁邊，後面的牆壁裂開來，他們登上不斷往上移動的石頭螺旋梯，到達那扇光澤閃亮、有著鷹面獅身獸門環的大門。恩不里居連敲都不敲，大剌剌地直接走進去，同時仍舊緊抓著哈利不放。

辦公室裡面都是人。鄧不利多神情安詳地坐在他的辦公桌後面，指尖合在一起。麥教授臉部緊繃，全身僵硬地站在他旁邊。魔法部長康尼留斯．夫子在火爐旁邊，踮著腳尖前搖後晃，擺明了非常滿意這個狀況。金利．俠鉤帽和一個有著一頭粗硬短髮、臉部表情剛硬、哈利不認得的巫師，兩個人像警衛一樣在門口各站一邊。滿臉雀斑，戴著眼鏡的派西．衛斯理興奮地在牆邊來回走動，手上握著一枝羽毛筆和一捲厚重的羊皮紙，一副準備做記錄的架式。

今天晚上歷任校長和女校長的畫像都沒在裝睡，他們全神戒備地關注著畫像底下發生的一切。哈利一進來，有些畫像就溜到隔壁的畫框，急忙跟他們的鄰居咬耳朵。

門一關上，哈利就使勁從恩不里居的掌握中掙脫。康尼留斯．夫子瞪著他，臉上一副稱心如意的邪惡樣。

「啊，」他說，「好哎，好哎……」

哈利竭盡所能地用最卑劣的表情回應夫子，他的心在狂暴地怦怦跳個不停，頭腦卻異常冷靜。

「他正要回葛來分多塔哪，」恩不里居說。她的聲音帶著一種很卑劣的興奮。哈利曾經聽過這種冷酷絕情的喜悅感，她在入口大廳看著因痛苦而崩潰的崔老妮教授時，就是這個聲音。「是馬份那孩子把他半路攔截的喔。」

「哦，是嗎？是嗎？」夫子讚賞說。「那我一定得記得要告訴魯休思。嗯，波特……你應該知道自己為什麼在這裡吧？」

哈利打定主意全部都要用明確的「是的」來作答，就在他的嘴巴已經張開，話快說出口的那刻，他看到鄧不利多的臉。鄧不利多沒有直視哈利——他的眼睛凝視著他肩膀上方的位置——但當哈利盯著他看的時候，他把頭朝左右兩邊稍微晃動了一吋。

哈利話說到一半，馬上改口。

「是——不。」

「對不起，你說什麼？」夫子說。

「不。」哈利堅定地說。

「你**不**知道自己為什麼在這裡？」

「是的，我不知道。」哈利說。

夫子一臉懷疑地從哈利看向恩不里居教授。哈利趁著注意力不在自己身上的空檔，又快速地偷偷瞄了一眼鄧不利多，他微微地朝地毯點了點頭，然後輕輕地眨了眨眼。

「所以你毫無概念，」夫子用一種相當挖苦人的聲調說，「恩不里居教授為什麼要把你帶到這個辦公室來？你沒有意識到你已經觸犯了校規？」

「校規？」哈利說。「沒有。」

「或是魔法部的章程？」夫子生氣地問。

「我並沒有意識到。」哈利溫和地說。

他的心還是怦怦怦地跳得極快。看著夫子的血壓上升，說這些謊似乎是滿值得的，只是他不知道自己究竟如何才能脫困。如果已經有人偷偷跟恩不里居洩露了ＤＡ的事，那他這個領導人，可能馬上就得捲鋪蓋回家了。

「我們發現學校裡面有個非法的學生組織，」夫子的話語充滿了憤怒，「所以，這對你來說也是個新聞囉，是嗎？」

「是的。」哈利擺出一臉無辜，一副驚訝難以置信的表情。

「部長，我想，」恩不里居在他旁邊輕柔地說，「如果我把告密者請來，進展會比較順利。」

「是的，是的，就這麼做。」夫子點著頭說，恩不里居一離開房間，他就不懷好意地看著鄧不利多。「沒有什麼比一個好證人來得更好了，是吧，鄧不利多？」

「絕對是的，康尼留斯。」鄧不利多嚴肅地說，點了點頭。

等了幾分鐘，這段期間，大家都互不相望，然後哈利聽到身後的門打開的聲音。恩不里居走過哈利身邊進到房間裡面，緊抓著張秋那位鬈髮朋友毛莉的肩膀，她正用手遮住自己的臉。

「別害怕，親愛的，別恐懼，」恩不里居溫柔地說，拍拍她的背，「不會有事的。妳做了很正確的事，部長對妳很滿意，他會跟妳母親說妳是一個多麼棒的女孩。部長，毛莉的母親，」她抬起頭看著夫子補充說明，「是邊坑夫人，她在魔法運輸部門的呼嚕網管理局工作——她在幫我們監控霍格華茲的火爐，你知道的。」

「很好，很好！」夫子熱情地說。「有其母必有其女，是吧？好，現在可以開始了，親愛的，抬起頭來，別害羞，讓我們聽聽妳知道什麼——哎呀，會跑的石像鬼啊！」

毛莉抬起頭來時，夫子嚇得往後跳，差點就跌坐進火爐裡。他邊咒罵，邊踩熄冒著煙的斗篷下襬。毛莉嚎啕大哭，她把長袍的領口提上來遮住眼睛，但是慢了一步。大家都看到她的臉完全毀了，一連串緊密的紫色膿包橫漫過她的鼻子和臉頰，排列成「**告密者**」三個字。

「親愛的，現在不要管那些膿瘡，」恩不里居沒有耐心地說，「把長袍從妳的嘴邊拿開，跟魔法部長說——」

毛莉又開始蒙頭痛哭，瘋狂搖著頭。

「喔，非常好，妳這個蠢女孩，就由**我**來說吧。」恩不里居怒氣沖沖地說。她把那令人作嘔的笑容掛回到臉上，開始說，「是這樣的，部長，今天晚餐過後不久，邊坑小姐就到我的辦公室跟我說，她有事想告訴我。她說如果我進入八樓的一個秘密房間，有個叫做萬應室的地方，就會在那裡找到我想要的東西。我再進一步追問，她便承認有某個聚會在那裡進行。很不幸地，就在這節骨眼上，這個厄咒，」她不耐煩地揮向毛莉遮住的臉，「就起了作用。這女孩在我的鏡子一看到自己的臉，就難過得什麼也不肯多說了。」

「哦，好、好，」夫子說，用他自以為是慈父的表情注視著毛莉，「我的好孩子，妳敢去跟恩不里居教授說，就是真正的勇敢。妳做得完全正確，現在，妳可以告訴我聚會是在做什麼？目的何在？有誰在那裡？」

毛莉不想開口，她只是再度搖著頭，眼睛張得很大，異常恐慌。

「我們沒有任何的反惡咒可以對付這個嗎？」夫子不耐煩地問恩不里居，指著毛莉的臉。「讓她可以自在說話？」

「我還沒設法去找，」恩不里居不情願地承認，哈利對妙麗下咒的功力感到相當驕傲。「她不講話也沒關係，我可以從這裡把故事接下去。

「部長，你應該記得，我在十月的時候送過一份報告給你，指出波特在活米村的豬頭酒吧跟一群學生碰面——」

「妳有什麼證據？」麥教授打斷她。

「麥教授，我有威利．逆行的證詞，他剛好到那個酒吧。他是傷得很重沒錯，但他的聽力可是好得很，」恩不里居得意地說。「波特講的每一個字他都聽得清清楚楚，馬上就跑到學校直接來向我報告——」

「原來**這**就是他設置回流廁所卻沒有被起訴的原因啊！」麥教授揚起眉毛。「這樣來理解我們的司法體系可真有趣！」

「公然的腐化！」鄧不利多書桌後面牆上的一幅畫像怒吼著，那是一個肥胖的紅鼻子巫師。「在我那個時代，魔法部才不會去跟那些低三下四的罪犯打交道，不會的，先生，絕對不會！」

「謝謝你，福球，別再說了。」鄧不利多溫柔地說。

「波特和這些學生見面的目的，」恩不里居教授繼續說，「是要說服他們加入一個非法的團體，目的是要學習那些魔法部認為不適合學生的咒語和詛咒——」

「關於這點，我想妳到時就會知道自己是錯的，桃樂絲。」鄧不利多靜靜地說，透過掛在他彎曲的鼻子中間那副半月形的眼鏡凝視著她。

哈利盯著他看。他根本不知道鄧不利多要怎樣才能說服夫子放棄這個證據。如果威利．逆行真的聽到他在豬頭酒吧說的每一個字，那他就真的無處可逃了。

「喔呵！」夫子的腳又開始踮啊踮的。「好啊，讓我們來聽聽專門設計為波特脫困，最新版本的荒謬故事吧！繼續啊，接下來，鄧不利多，繼續——威利．逆行在說謊，是嗎？還是那天出現在豬頭酒吧的是波特的雙生兄弟？或者是那些老掉牙的解釋，包括一個時間的錯置啦、一個死人的復活啦，還有幾個隱形的催狂魔啦？」

派西．衛斯理痛快地笑出來。

「喔，太好了，部長，真棒！」

哈利真想踢他，然後他驚訝地看到鄧不利多也面帶微笑。

「康尼留斯，我並不否認——同時我相信，哈利也不會否認——那天他的確出現在豬頭酒吧，同時我也不否認，他是在吸收學生加入黑魔法防禦術組織。我只是想指出，桃樂絲認為這樣的團體在當時是違法的，絕對是錯誤的想法。如果你還記得，魔法部禁止學生成群結社的章程，是在哈利的活米村聚會兩天後才生效的話，那麼他在豬頭酒吧並沒有違反任何的規定。」

派西看起來一副被很重的東西砸到臉的樣子。夫子的腳踮到一半突然停了下來，一動也不動，他的嘴巴張得開開的。

恩不里居首先恢復鎮靜。

「校長，那是一點問題也沒有的，」她笑得很甜，「我們公布教育章程第二十四條差不多有半年了。如果第一次聚會沒有違法，那接下來的所作所為就肯定違法了。」

「這個嘛，」鄧不利多從他合在一起的指頭上方有禮貌地打量著她，「如果他們在章程生效之後**還在**繼續，那**肯定**就是違法了。妳有任何的證據可以證明他們在繼續這類的聚會嗎？」

鄧不利多在說話的時候，哈利聽到在他背後有窸窸窣窣的聲音，他甚至在想金利是不是悄悄地在說些什麼。他還可以發誓，他真的感覺到有東西輕輕拂過他身邊，一個輕輕柔柔像是風或是小鳥拍翅的東西。他低頭，卻什麼也看不到。

「證據？」恩不里居重複，臉上帶著她那可怕的大蟾蜍笑容。「你都沒在聽嗎，鄧不利多？那你想邊坑小姐在這裡幹嘛？」

「喔，她能告訴我們這六個月的聚會內容嗎？」鄧不利多揚起眉毛。「我以為她只有報告今天晚上的聚會。」

「邊坑小姐，」恩不里居立刻說，「親愛的，告訴我們這個聚會已經持續多久了？妳可以簡單地點點頭或是搖搖頭，我很確定那不會使妳的膿瘡更加嚴重的。他們在過去六個月有定期的聚會嗎？」

哈利感覺他的胃嚴重往下墜。這次，有這麼一個可靠的證人，他們是窮途末路了，即使是鄧不利多也無法改變了。

「只要點點頭或搖搖頭，親愛的。」恩不里居哄著毛莉，「快，現在說，這不會讓這個惡咒重新活躍起來的。」

房間裡的每個人都盯著毛莉的臉。在她往上拉的長袍和鬈鬈的劉海中間，只能看得到她的眼睛。也許是爐火的火光反射，她的眼睛看起來有種怪異的茫然感，然後——出乎哈利意料之外——毛莉搖搖頭。

恩不里居快速瞧一眼夫子，再轉頭看著毛莉。

「親愛的，我並不認為妳了解這個問題，是吧？我的問題是，妳過去六個月有沒有參加這個聚會？有還是沒有？」

又一次，毛莉搖搖頭。

「妳搖頭的意思是什麼，親愛的？」恩不里居用暴躁的聲音說。

「我認為她的意思已經夠明確了，」麥教授嚴厲地說，「過去六個月並沒有任何的秘密聚會。是這樣嗎，邊坑小姐？」

毛莉點點頭。

「可是今天晚上就有一個！」恩不里居狂怒地說。「邊坑小姐，妳跟我說過今天晚上有一個聚會，就在萬應室！波特是領導人，不是嗎？是波特組織的，波特——**為什麼妳要搖頭，女孩？**」

「這，通常一個人搖頭，」麥教授冷靜地說，「他們的意思是『不是』。所以邊坑小姐是用一般的肢體語言來表達，這對我們人類來說並不陌生——」

恩不里居抓著毛莉，把她拉到一邊看著她，再用力搖著她。只一眨眼的工夫，鄧不利多站了起來，舉起魔杖。金利開始向前，恩不里居從毛莉身邊跳開，她兩隻手在空中揮著，彷彿被火燒到的樣子。

「我不允許妳對我的學生動粗，桃樂絲。」鄧不利多說，這是他第一次看起來很生氣。

「妳應該冷靜下來，恩不里居夫人，」金利用低沉緩慢的聲音說。「妳不想讓自己惹上麻煩吧？」

「不想，」恩不里居喘著氣說，抬頭看著高大的金利，「我的意思是，是的——你說得對，俠鉤帽，我——我——有點失控了。」

毛莉就在恩不里居放開她的那個位置呆站著。她似乎沒有因為恩不里居突然對她攻擊而心緒不寧，也沒有因為她把她放開而放鬆心情。她還是把長袍往上拉到她那雙異常茫然的眼睛那邊，直直看著前方。

從毛莉這個樣子，再聯想到金利的耳語以及剛才有東西掠過的感覺，哈利的腦海中突然閃現一個出乎他自己意料之外的懷疑。

「桃樂絲，」夫子說，帶著一種決絕的姿態，準備一次把事情解決掉，「今天晚上的聚會——這個我們百分之百確定是有的——」

「是的，」恩不里居說，讓自己恢復鎮靜，「是的……嗯，邊坑小姐一向我透露這個消息，我立刻就著手進行，在幾位**值得信賴**的學生陪同下趕到八樓，去抓那些參加聚會的現行犯。很顯然已經有人先去通風報信，警告他們我會過去，因為我們一到八樓便發現他們四處逃竄。但沒關係，我手上有他們全部成員的名字。帕金森小姐替我跑進萬應室，檢查看他們是否有留下什麼東西。我們需要證據，這個房間就提供給了我們。」

哈利驚恐莫名，她從口袋拿出那張釘在萬應室的名單，交給夫子。

「我一看見波特的名字在上面，就知道該怎麼處理了。」她輕聲說。

「很好，」夫子說，笑容擴散到整張臉，「非常好，桃樂絲。而且……千真萬確……」

他抬頭看著鄧不利多，他仍站在毛莉的身邊，魔杖鬆垮垮地握在手裡。

「看看他們給自己取了個什麼名字？」夫子靜靜地說。「**鄧不利多的軍隊**。」

鄧不利多伸出手，把那張羊皮紙從夫子手中拿過去。他看著妙麗幾個月以前在上面潦草寫下的標題，有一度似乎說不出話來。接著他抬起頭，笑了。

「這個嘛，遊戲結束了，」他簡短地說。「你是要我寫自白書呢，康尼留斯——還是當著這些證人面前做個口頭供述就夠了？」

哈利看到麥教授和金利彼此互望，兩個人的臉上都充滿了驚恐。他不知道發生了什麼事，很顯然地，夫子也搞不清楚。

「供述？」夫子慢慢地說。「什麼——我沒有——」

「鄧不利多的軍隊，康尼留斯，」鄧不利多說，他把名單在夫子面前揮來揮去時，還是笑著。「不是波特的軍隊，是**鄧不利多的軍隊**。」

「但是——但——」

夫子的臉上突然一陣紅，似乎有所頓悟。他驚訝地往後退了幾步，大聲喊叫，又再次跳開火爐。

「你？」他極小聲地說，再次踩熄他斗篷上的火苗。

「沒錯。」鄧不利多快活地說。

「是你組織這個？」

「是的。」鄧不利多說。

「你吸收這些學生去做——做你的軍隊？」

「今天晚上應該算是第一次聚會，」鄧不利多點頭說。「只是想知道他們是否有興趣加入我。當然，我現在知道邀請邊坑小姐是個錯誤。」

毛莉點點頭。夫子看著她又看著鄧不利多，他的胸部鼓了起來。

「那你**已經**有預謀要對抗我！」他大吼。

「是的。」鄧不利多愉快地說。

「**不**！」哈利大喊。

金利對他使了個警告的眼色，麥教授威脅性地圓瞪起她的雙眼，哈利突然明白鄧不利多打算要怎麼做了，他絕對不能讓它發生。

「不——鄧不利多教授——！」

「安靜，哈利，不然我恐怕得把你請出我的辦公室。」鄧不利多冷靜地說。

「是的，波特，給我閉嘴！」夫子咆哮著，他仍然用那種樂哈哈的可怕眼神瞟著鄧不利多。「哎呀呀——我今天晚上來這裡本來是預計要開除波特的，沒想到——」

「沒想到卻逮到我，」鄧不利多笑著說。「這就像是丟掉一個納特，卻撿到一個加隆，是吧？」

「衛斯理！」夫子大聲喊叫，現在無疑是樂得發抖，「衛斯理，你有全部寫下他說的每一件事嗎？他的招供，有沒有記下？」

「是的，長官，有的，長官！」派西急切地說，因為快速記筆記的結果，他濺了一鼻子的墨水。

「尤其是他如何不遺餘力地組織一個軍隊來對抗魔法部，如何暗中運作打算顛覆我的這些部分？」

「是的，長官，我已經全都記下，是的！」派西說，高興地掃視自己的筆記。

「非常好，去，」夫子現在是容光煥發，「把筆記複製一份，衛斯理，立刻送到《預言家日報》。如果派最快速的貓頭鷹，就可以趕上明天早上的版面！」派西立刻衝出房間，砰的一聲把門帶上，夫子轉身面對鄧不利多。「你現在就要被押解回魔法部，在那裡接受正式的控訴，然後再把你送往阿茲卡班等候審判！」

「啊，」鄧不利多有禮貌地說，「是的，是的，不過我們也許會遇到意外的小阻礙。」

「阻礙？」夫子說，他的聲音仍發出喜悅的顫動。「我看不出有什麼阻礙，鄧不利多！」

「恐怕，」鄧不利多帶著歉意地說。「是有的。」

「喔，是嗎？」

「哦——你似乎深受錯覺所苦，以為我會——那句話要怎麼說？——乖乖跟你走。我恐怕無法乖乖跟你走，康尼留斯。我完全沒有意思要去阿茲卡班，當然，我是可以逃獄——但是為什麼要那麼浪費時間呢？老實說，我可以想到一大堆我比較喜歡用的法子。」

恩不里居的臉變得越來越紅，看起來好像裝滿了滾燙的熱水。夫子用一種很傻的表情瞪著鄧不利多，像是突然被打了一拳，彷彿過度驚訝而無法相信到底發生了什麼事似的。他小小地乾咳了幾下，轉頭看著金利和那個灰色短髮的男人，他是整個房間裡，到目前為止唯一保持全程沉默的人。後者對夫子點了點頭做為保證，他離開牆壁，稍微往前一步。哈利看到他的手，一副若無其事地伸向他的口袋。

「不要傻了，鈍力，」鄧不利多親切地說。「我很清楚你是個很棒的正氣師——我還記得你的超勞巫測拿到了『傑出』——可是如果你打算要——呃——**逼我**訴諸武力，那我就得傷害你了。」

這個叫做鈍力的男人傻傻地眨著眼。他又往夫子瞧，這次似乎是想尋求指示，確認下一步該怎麼做。

「所以，」夫子恢復鎮定，冷笑著說，「你想跟我、鈍力、俠鉤帽和桃樂絲單打獨鬥，是嗎，鄧不利多？」

「梅林的鬍子啊，當然不是，」鄧不利多面帶微笑，「除非你笨到逼我這樣做。」

「他不會一個人單打獨鬥的！」麥教授大聲地說著，把手插進她的長袍。

「他會的，米奈娃！」鄧不利多嚴厲地說，「霍格華茲需要妳！」

「廢話夠多了！」夫子說，拔出了他自己的魔杖，「鈍力！俠鉤帽！**拿下他！**」

一道銀光閃遍整個屋內，像槍響似地發出砰一聲，地板在震動，有一隻手抓住哈利的後頸，強迫他趴在地上，第二道銀光就在這時爆了出來。好幾幅畫像在大吼，佛客使發出尖銳刺耳的叫聲，空中布滿了塵埃。哈利在塵土中咳著，他看到一個黑色的人影重重栽倒在他的面前，有一聲尖呼，有一聲碰撞，還有人在喊：「不！」接著是打破玻璃、凌亂的腳步和痛苦呻吟的聲音……然後一切沉寂。

哈利奮力掙扎著想看是誰差點把他勒死，他看到麥教授蹲在他旁邊，使出全力不讓他和毛莉受到傷害。塵埃仍緩緩地在空中飄蕩，哈利微微喘著氣，看著一個非常高大的身軀朝他們移動過來。

「你們都還好嗎？」鄧不利多問。

「很好！」麥教授說，她拽著哈利和毛莉一起爬了起來。

塵埃總算是沉澱清淨了。漸漸可以看出辦公室災情的輪廓：鄧不利多的桌子整個翻轉了過來，所有支架脆弱的桌子全部倒在地上，上頭擺的銀色儀器也全部解體。夫子、恩不里居、金利和鈍力都一動也不動地躺在地上。鳳凰佛客使在他們上方繞著大圈圈盤旋，輕柔唱著歌。

「遺憾的是我得連金利也一起下咒，否則會讓人起疑心。」鄧不利多低聲說。「他的理解力非常強，當大家的注意力都在別處的時候，他修改了邊坑小姐的記憶——幫我謝謝他，好嗎，米奈娃？

「他們很快就會醒過來，最好不要讓他們知道我們有交談過——妳得裝作時間根本沒在走，就好像剛剛才被撞倒在地上，他們不會記得的——」

「你要去哪裡，鄧不利多？」麥教授低聲說。「古里某街？」

「喔，不，」鄧不利多帶著倔強的笑容說，「我離開不是為了找個藏身的地方。夫子很快就會後悔把我逐出霍格華茲了，我向妳保證。」

「鄧不利多教授……」哈利開口說。

他不知道該先說哪件事：是先說組織這個ＤＡ引起這一切的麻煩，他感到多麼的抱歉；還是，鄧不利多為了不讓他遭到開除，因此得離開學校，他覺得多麼的糟糕？但是，鄧不利多在他要繼續說話之前就打斷他。

「聽著，哈利，」他急迫地說。「你一定得盡全力去學鎖心術，你了解我說的話嗎？照著石內卜教授告訴你的每件事，每天晚上在睡覺以前，一定要確實做練習，你才可以關閉你的心，不再進入惡夢當中——你很快就會明白為什麼了，你一定得答應我——」

那個叫做鈍力的男人身體動了一下，鄧不利多抓著哈利的手腕。

「記住——關閉你的心——」

鄧不利多的手指一接近哈利的皮膚，他前額的傷疤便閃過一陣疼痛。他再次感受到那可怕的、像那條蛇一樣的渴望，渴望著要攻擊鄧不利多，咬他、傷害他——

「——你會了解的。」鄧不利多低聲說。

佛客使繞著辦公室轉個圈，俯衝下來。鄧不利多放開哈利，伸手抓住鳳凰金黃色的長尾巴，一道火光閃過，他們兩個就不見了。

「他在哪？」夫子大喊，試著從地上爬起來。「**他在哪？**」

「我不知道！」金利大聲說，也同樣跳了起來。

「他不可能用消影術的！」恩不里居叫了出來。「不能在學校裡面使用——」

「樓梯！」鈍力大叫，拔腿衝向門口，用力把門打開，消失在他們眼前，後面跟著金利和恩不里居。夫子猶豫了一下，慢慢站穩腳步，拍拍袍子上的灰塵，然後是一陣漫長而難受的沉默。

「好了，米奈娃，」夫子語氣惡劣地說，一面弄直被拉扯破的袖子，「我想妳的朋友鄧不利多恐怕是完了。」

「你這麼認為嗎？」麥教授輕蔑地說。

夫子似乎沒在聽她說話。他四處張望看著混亂的辦公室，有些畫像對他發出噓聲，其中一、兩個還對他比出粗魯的手勢。

「妳最好把這兩個弄回床上去睡覺。」他回頭看著麥教授，輕視地朝哈利和毛莉點著頭。麥教授一聲不吭，帶著哈利和毛莉往門口走。就在他們把門帶上時，哈利聽到非尼呀．耐吉的聲音。

「老實說，部長，我並不同意鄧不利多許多的價值觀……可是你不能否認，他真的很有自己的風格……」

28

石內卜最糟的回憶

魔法部令諭

總督察桃樂絲·珍·恩不里居已取代阿不思·鄧不利多，成為霍格華茲魔法與巫術學校新任校長。

上述規定係依照教育章程第二十八條頒定。

簽署者：魔法部長康尼留斯·傲司沃·夫子

布告在一夜間就貼遍了全校，然而，有一些似乎整個學校上上下下都已經知道的事，在布告上頭卻沒有做出解釋，那就是鄧不利多打退了兩名正氣師、總督察、魔法部長和他的初級助理之後，逃逸無蹤。不管哈利走到城堡的哪一個地方，大家談論的，就只有鄧不利多逃跑了這一個話題。令人驚訝的是，儘管某一部分的細節開始越傳越離譜（哈利正好聽見了一名二年級的女生信誓旦旦地對另一個女生說，夫子躺在聖蒙果醫院裡，頭腫得跟南瓜一樣大），大部分的消息卻都非常精確。比方說，所有人都知道哈利和毛莉是唯一在鄧不利多辦公室目睹一切的學生。現在毛莉進了醫院廂房，哈利於是發現自己被群起包圍，大家都想從他那裡挖出第一手消息。

「鄧不利多不用多久就會回來了，」在仔細聽完哈利的敘述之後，阿尼．麥米蘭從藥草學教室走回去的途中自信地說，「我們二年級那次他們就沒有辦法除掉他，這一次當然也不可能。胖修士告訴我——」他像是有什麼秘密似地將嗓門壓低，於是哈利、榮恩和妙麗只好靠近去聽。「——昨晚他們搜索了城堡和附近一帶之後，恩不里居又想回到鄧不利多的辦公室，結果通不過石像鬼那一關。校長的辦公室自己封鎖了起來，不讓她進去。」阿尼竊笑。「顯然，這讓她哇哇大叫了好一會。」

「喔，我看她真的是巴不得要坐上校長辦公室的寶座，」妙麗惡意地說，這時他們走上了通往入口大廳的石頭台階。「她還對其他的老師們大呼小叫，那個愚蠢痴肥、迷戀權力的老——」

「哎呀，妳**真的**想把這句話說完嗎，格蘭傑？」

跩哥．馬份從門後頭滑了出來，後面跟著克拉和高爾兩人，他那蒼白尖瘦的臉上盡是亮晃晃的惡意。

「看來我得從葛來分多和赫夫帕夫各扣個幾分了。」他拖著嗓音說。

「級長不能扣級長的分，馬份。」阿尼馬上說。

「我知道**級長**之間不能互相扣分，」馬份奸笑著，克拉和高爾在一旁竊笑。「可是督察小組的隊員們就——」

「**督什麼**？」妙麗大聲問道。

「督察小組，格蘭傑，」馬份說，指向他長袍上頭別在級長徽章下的一個小小銀色字母「I」[3]，「由一群支持魔法部的菁英學生所組成，恩不里居教授親自挑選的成員。反正，督察小組的隊員就是**有**扣分的權力……所以呢，格蘭傑，我要扣妳五分，因為妳對我們的新校長不禮貌。麥米蘭，扣五分，因為頂撞我。波特，扣你五分，因為我看你不順眼。衛斯理，你的襯衫沒塞好，也扣五分。喔，對囉，我忘了，妳是個麻種，格蘭傑，所以再扣十分。」

榮恩抽出了他的魔杖，可是妙麗將它按下，低聲說：「不行！」

「很聰明嘛，格蘭傑。」馬份吸了口氣。「新領導、新時代……要乖乖的喔，剝皮……餵屎王……」

他開懷大笑，大搖大擺地跟克拉和高爾離開了。

「他在吹牛，」阿尼說，看起來嚇到了。「他不可能有辦法扣分的……這樣太可笑了……這麼一來會把級長制度整個破壞掉。」

可是哈利、榮恩和妙麗已經自動轉過身望著背後的牆壁，牆上那些凹槽裡擺著一個個巨型沙漏，都是用來記錄學院積分的。那天早上，葛來分多和雷文克勞還是肩並肩排在第一名，但就在他們查看的同時，沙漏裡的石子都還在不停往上飛，沙漏下半部的量也跟著一直減少。事實上，唯一沒有異動的好像只有史萊哲林那個裝滿翡翠石的玻璃瓶。

「注意到了吧？」弗雷的聲音說。

他和喬治剛剛才走下大理石階梯，加入哈利、榮恩、妙麗和阿尼，一起站在沙漏前面。

「馬份剛才扣了我們大概有五十分。」哈利憤怒地說，這時他們眼睜睜看著葛來分多的沙漏裡又有好幾顆石子往上飛去。

「沒錯，蒙塔在下課時本來也要扣我們分。」喬治說。

「什麼叫『本來也要』？」榮恩馬上接道。

「他最後來不及把扣分的指令說完，」弗雷說，「因為我們先把他的頭按進二樓的消失櫥櫃，再把他整個人送進去。」

妙麗嚇壞了。

「你們這樣會惹上大麻煩的！」

「那也要等到蒙塔重新出現，而且可能要等到好幾個禮拜以後，我也不曉得我們把他送到哪裡去了，」弗雷冷冷地說。「反正……我們已經決定，以後就算惹上再大的麻煩也不會在乎。」

「你們有在乎過嗎？」妙麗問。

「當然有，」喬治說。「我們從來沒被開除過，不是嗎？」

「我們向來懂得適可而止。」弗雷說。

「我們偶爾會稍微過分一點點。」喬治說。

「可是我們都會在製造出真正的混亂之前打住。」弗雷說。

「不過現在？」榮恩怯生生地說。

「嗯，現在——」喬治。

「——既然連鄧不利多都被趕走了——」弗雷說。

3. 督察小組，英文全名為「Inquisitorial Squad」。

「——我們認為一點點的混亂——」喬治說。

「——正是我們親愛的新校長應該得到的。」弗雷說。

「你們不可以！」妙麗低聲說。「你們絕對不可以！要是讓她有藉口開除你們，她求之不得啊！」

「妙麗，妳還是沒聽懂，對不對？」弗雷說，對她微笑著。「我們根本不想再待了。要不是我們決心要先為鄧不利多盡點義務，我們現在就直接走出這扇大門。所以，反正，」他看一下手錶，「第一階段就要開始了。我要是你們的話，會趕快進餐廳吃午飯，這樣老師們才曉得事情不是你們幹的。」

「幹什麼事？」妙麗焦急地說。

「到時候妳就知道，」喬治說。「現在趕快走吧。」

弗雷和喬治轉過身，消失在一大群下樓吃午飯的人當中。阿尼一副心神不寧的樣子，咕噥著一些關於變形學功課沒做完的事，倉皇地離開了。

「我認為我們**應該**離開這裡了，你們知道嗎？」妙麗焦急地說。「以免……」

「對，好吧。」榮恩說，他們三個便朝著通往餐廳的門走去，哈利連餐廳飄著浮動白雲的白晝天花板還都沒來得及看到，就差點鼻對鼻撞上管理員飛七。他急忙後退幾步，對飛七這個人最好是站遠一點看比較順眼。

「校長要見你，波特。」他斜睨著眼說。

「不是我幹的。」哈利笨笨地說，心裡只想著弗雷和喬治不曉得在計畫些什麼好事。飛七面頰骨上的贅肉因為無聲的笑而抖動起來。

「已經有罪惡感了，是嗎？」他喘吁吁地說。「跟我走。」

哈利回頭看榮恩和妙麗，他們一臉擔憂的神色。他聳了聳肩，跟著飛七走回入口大廳，迎向一波飢腸轆轆的人潮。

飛七心情似乎好得很，他低著嗓子哼著荒腔走板的小調。這時，他們已經爬上了大理石階梯，在抵達二樓樓梯平台時，他說：「這裡現在一切都不一樣了，波特。」

「我注意到了。」哈利冷冷答道。

「沒錯……我跟鄧不利多說了多少多少年，他對你們太寬厚了，」飛七惹人厭地呵呵笑著。「要是我早能夠有權力拿鞭子把你們抽到爆，你們這些可惡的小畜生還敢扔小臭丸嗎，敢嗎？要是我早能夠把你們倒吊在我辦公室裡頭，還有人敢在走廊上擲獠牙飛盤嗎，敢嗎？不過等到教育章程第二十九條開始實行以後，波特，這些事我就通通可以做啦……**而且**她已經要求部長簽署命令，把皮皮鬼趕出這裡……哎呀，在**她**上台以後，這裡真的是會通通不一樣啦……」

恩不里居顯然花了很大一番力氣把飛七拉攏到她那邊，哈利想，最糟的是，他可能真的會成為一項很有用的武器；他對學校秘密通道以及躲藏地方的了解，大概僅次於衛斯理雙胞胎。

「到啦。」他低頭瞄著哈利，在恩不里居教授的門上敲了三下，將它推開。「波特小子來見您了，夫人。」

因為多次的勞動服務，哈利對恩不里居的辦公室已經相當熟悉，這裡看起來和以往一樣，除了她辦公桌的前端多了塊木製名牌，上頭印著金色的「**校長**」兩個字。此外，令他看了心痛不已的是，他的火閃電以及弗雷和喬治的狂風掃帚，都用鐵鍊大鎖綁在桌子後面牆腳的一根粗鐵柱上。

恩不里居坐在辦公桌後頭，忙著在她那粉紅色的羊皮紙上寫東西。他們一進來，她就抬起頭、咧大嘴笑著。

「謝謝你，阿各。」她甜甜地說。

「不客氣，夫人，不客氣。」飛七說，腰已經彎到了他那風溼痛所能容忍的最大極限，倒退著離去。

「坐。」恩不里居簡單地說，指向一張椅子。哈利坐下，她繼續又寫了幾分鐘，哈利看著那幾隻毛色骯髒的小貓在她頭頂上方幾個壁盤打鬧嬉戲，心想不知道她又準備了什麼樣的驚恐在等著他。

「嗯，好，」恩不里居終於說話了。她放下羽毛筆，露出看起來就像蟾蜍準備要吞下一隻特別美味的蒼蠅的樣子。「你想喝點什麼？」

「什麼？」哈利說，猜想肯定是他聽錯了。

「喝點飲料，波特先生，」她說，笑容咧得更開了。「茶？咖啡？南瓜汁？」

她每說出一樣飲料，就揮舞一下那支短魔杖，而茶杯、玻璃杯也跟著一樣樣出現在她桌上。

「都不要，謝謝。」哈利說。

「我希望你能和我喝一杯，」她說，聲音變得極為危險的甜蜜。「選一樣。」

「好……那就茶吧。」哈利說，聳了聳肩。

她站起身，背對著他煞有其事地加些牛奶，然後端著杯子快步繞過辦公桌，虛假地裝出甜蜜的笑容。

「來，」她說，把茶遞給他。「快喝吧，別讓它涼了，好嗎？我說，波特先生……經過昨晚發生的事後，我想我們應該稍微談一下。」

哈利不吭氣，她坐回了她的椅子等著。靜悄悄地過了幾分鐘後，她輕鬆地說：「你都沒喝呢！」

他將茶杯舉到嘴邊，突然又放下了。恩不里居背後那幾隻畫得很醜的小貓裡，有一隻眼睛是藍的，又大又圓，就像是瘋眼穆敵的那隻魔眼。哈利猛地想到，他這樣喝下一個明知是敵人所給的東西，要是給瘋眼聽見了會怎麼說啊？

「怎麼了？」恩不里居問，她仍舊專注地盯著他。「你要加糖嗎？」

「不用。」哈利說。

他再將把茶杯舉到嘴邊，假裝喝了一小口，實際上嘴巴卻閉得緊緊的。恩不里居的笑容咧得更大。

「好，」她低聲說。「非常好。那現在……」她身子往前傾了一些。「**阿不思．鄧不利多人在哪裡？**」

「不知道。」哈利立即回答。

「把它喝完、喝完，」她說，仍舊笑著。「波特先生，我們不要再玩小孩子的遊戲了。我曉得你知道他跑到哪裡去了，你和鄧不利多一開始就是同夥的。想一想你的處境，波特先生……」

「我不知道他人在哪裡。」

哈利又假裝喝茶。

「很好，」恩不里居說，看起來很不高興。「既然這樣，就請你告訴我天狼星‧布萊克的藏身處。」

哈利的胃翻滾了一下，端茶的手顫抖起來，茶杯在碟子上喀啦喀啦響。他將茶杯歪斜到嘴邊，嘴唇閉緊，一些熱騰騰的液體便沿著他的長袍流下。

「我不知道。」他說得太急了些。

「波特先生，」恩不里居說，「讓我提醒你。當初十月的時候，在葛來分多的火爐裡差一點就逮到那個逃犯布萊克的可是我。我十分清楚跟他會面的就是你，要是那時候讓我拿到了任何證據，今天你們兩個都別想逍遙法外，我跟你保證。我重複一次，波特先生……天狼星‧布萊克在哪裡？」

「不知道，」哈利大聲地說。「完全不知道。」

他們就這樣大眼瞪小眼，最後哈利覺得眼睛開始流出了淚水，恩不里居才站了起來。

「很好，波特，這一回我就相信你，不過你聽好了，魔法部的龐大勢力可是站在我這一邊。這間學校對外的一切通訊管道都已經被監控了，有一位呼嚕網管理者負責監看霍格華茲的所有火爐──當然，我的除外。我的督察小組會把所有進出城堡的貓頭鷹郵件拆開來檢閱，飛七先生也會看管所有進出城堡的秘密通道。只要讓我找到一絲證據，證明……」

砰隆！

辦公室的地板在搖晃，恩不里居打斜滑了出去，她一把抓住桌子才站穩，滿臉驚嚇。

「怎麼──？」

她瞪向房門。哈利乘機將那杯近乎全滿的茶倒入就近的乾燥花瓶裡，他聽見好幾層樓底下很多人在奔跑尖叫。

「回去吃你的午飯，波特！」恩不里居大叫，她舉著魔杖衝出辦公室。哈利等她出去幾秒之後，才跟在後面趕去察看混亂的來源到底是什麼。

其實一點都不難查，就在底下一層樓，簡直亂得不可開交。有人（哈利很清楚是什麼人）點燃了看似有整整一大箱下過咒的煙火。

一隻隻完全由綠色和金色火花變成的龍在走廊上下飛舞著，一路吐出響亮的爆炸火球。直徑長達五呎，顏色粉紅到嚇人的飛輪煙火在半空中致命地飛滾著，像是無數個飛碟。一支支火箭尾巴拖著一長串明亮的銀色星星，在牆壁間彈來撞去。還有耀眼的火星炮在半空中寫起罵人的字句，不管哈利往哪裡望，鞭炮都像地雷一樣到處爆炸。這些燦爛的煙火奇景非但沒有燒光耗盡、淡化褪色或者聲嘶力竭，反而似乎越燒越有勁，聲勢越變越浩大。

飛七和恩不里居兩人樓梯只下到一半，便傻傻站在那裡，顯然是驚嚇到動彈不得。就在哈利觀望的時候，其中一個大號的飛輪似乎決定要爭取更多揮灑的空間，它兇狠地發出「**咿咿咿咿咿咿咿咿咿**」的聲音朝著恩不里居和飛七飆過去。兩人害怕地大叫著，拚命閃躲，飛輪直接穿出了他們身後的窗戶，沿著校園一路飛衝離去。在這同時，有好幾隻龍和一隻不斷冒怪煙的紫色大蝙蝠利用走廊盡頭開著的一扇門竄上了三樓。

「快，飛七，快！」恩不里居尖叫，「如果我們再不採取行動，會搞得全校大亂的——咄咄失！」

從她魔杖的尖端射出一道紅色光束，打中其中一支火箭。被打中的火箭並沒有凍結在半空中，反而整個炸開來，力道強得把牆上一幅畫炸開一個洞。畫上面原本有一位多愁善感的女巫坐在草地中央，她及時逃開了，飛快地擠進隔壁的一幅畫，幾名在玩牌的巫師匆忙站起身來，讓位子給她。

「不要用昏擊咒啊，飛七！」恩不里居生氣大叫，好像這咒是他施的。

「是的、是的，校長！」飛七喘氣著說，身為一個爆竹，要他昏擊這些煙火，就等於要他生吞這些煙火，根本不可能。他衝到附近的壁櫥，抽出一根掃帚，對著半空中的煙火亂揮亂打。不到幾秒，掃帚頭就著了火。

哈利真是看夠了，他大笑著，彎低了身子衝向走廊。他知道隔不遠有一扇門就藏在一幅錦幔後面，他鑽過了門，發現弗雷和喬治就躲在門後頭，聽著恩不里居和飛七大吼大叫，兩人憋笑憋到全身發抖。

「太棒了，」哈利低聲說，笑著。「真的太棒了……你們會讓飛力博士的煙火店關門大吉的，毫無問題……」

「謝啦。」喬治小小聲說著，一面將臉上笑出來的淚水抹去。「喔，希望她接下來會用消失咒對付……每用一次它們就會繁殖十倍。」

那天下午，煙火繼續在全校燃燒蔓延。雖然造成了不少混亂，特別是那些鞭炮，可是別的老師似乎不怎麼在意。

「哎呀，哎呀，」一隻龍飛到麥教授的教室周圍打轉，砰砰砰地吐著火焰，麥教授帶著嘲諷的口氣說，「布朗小姐，麻煩妳到校長那裡，通知她我們教室裡有一隻脫逃的煙火龍好嗎？」

事情發展的結果是，恩不里居教授當上校長的第一個下午都花在全校奔走，回應老師們的召喚上面，這些老師似乎非得靠她才有辦法趕走煙火似的。最後一節下課鈴聲響起，大夥提著書包走回葛來分多塔時，哈利看見，並且滿意到極點，恩不里居已經不成人形。她全身沾滿煤灰、滿頭大汗，搖搖晃晃地從孚立維教授的教室走出來。

「非常感謝妳，教授！」孚立維教授用他那細小的尖音說。「當然，我自己也有辦法除掉火星炮的，只是我不敢確定自己有沒有這個**權力**做主。」

他笑咪咪地當著她那張氣歪的臉將教室門關上。

那一晚，弗雷和喬治在葛來分多的交誼廳成為了英雄。就連妙麗都擠過興奮的群眾，跑去向他們道賀。

「真的是一流的煙火。」她崇敬地說。

「謝謝，」喬治說，看起來又驚又喜。「衛氏野火魔爆彈。唯一的問題是，我們把所有的庫存都用光了，現在又得從頭開始了。」

「不過很值得，」弗雷說，他正忙著從嘈雜不休的葛來分多學生那裡接受訂單。「要不要也在申購單上加個名字，妙麗？基本型火焰盒是五加隆，衝跳火焰豪華版是二十加隆……」

妙麗回到了哈利和榮恩坐的這一桌，他們兩個死瞪著書包，好像在期待作業會從裡頭跳出來，自己開始寫似的。

「喔，我們為什麼不休息一晚呢？」妙麗興高采烈地說，這時窗外飛過了一支銀色尾巴的衛斯理火箭。「反正復活節假期星期五就要開始了，到時候會有很多時間。」

「妳還好吧？」榮恩問，不敢相信地瞪著她。

「既然你提到了這點……」妙麗開心地說，「你們曉得嗎……我想我現在感覺有點……**叛**

逆。」

一個小時後，他和榮恩上樓就寢，哈利仍舊可以聽見亂竄的鞭炮從遠處傳來的爆炸聲。他換睡衣時，一顆火星炮飄過了他們那座塔，仍舊堅決地要拼出「**便便**」兩個字。

他上了床，打著呵欠。摘下眼鏡之後，那些偶爾掠過窗外的煙火也變得模糊了，看起來好像是閃亮的雲朵映著那黑色夜空，美麗又神秘。他側過身，心想恩不里居接手鄧不利多工作第一天的心情不知如何。夫子聽到學校花了將近一整天陷在混亂無秩序當中，不知道又會有什麼反應。哈利微笑著，閉上眼睛……

校園裡亂竄煙火傳來的咻咻聲和爆炸聲似乎越來越遙遠……或者，也許是他自己在不斷地離它們遠去……

他直直掉入了通往神秘部門的那條走廊。他快速地衝向那扇素淨的黑門……**打開吧**……**打開吧**……

門打開了。他在這個排滿了門的圓形房間裡面……他橫越過房間，將手搭在式樣相同的另一扇門上，它朝內旋開了……

現在他來到一個很長的長方形房間，裡頭充斥著一種奇特的機器滴答聲，牆上有斑斑點點的光塊舞動著。他沒有停下來研究……他必須繼續向前……

在最遠的盡頭有一扇門……它，同樣在他的碰觸下打開了……

現在他來到一個昏暗的房間，像教堂一樣的大小，除了一排排高大的架子之外，什麼也沒有。每個架子上裝滿了小小的、沾滿灰塵的纖維玻璃球體……現在，哈利的一顆心因為興奮而怦怦跳得好快……他知道要往哪裡走……他往前跑，可是他的腳步在那巨大荒置的房間裡竟沒有絲毫聲響……

這個房間裡有一樣他非常、非常想要的東西……

是他想要的東西……或者是另外某個人想要的……

他的傷疤又痛了起來……

砰！

哈利立刻就醒了，困惑而憤怒。黑漆漆的寢室裡到處都是笑聲。

「酷！」西莫說，他站在窗旁，映著光線只看得見他的輪廓。「有一個飛輪撞上了一支火箭，看起來好像交配成一對了，來看啊！」

哈利聽見榮恩和丁翻下了床，想要看得更清楚。他躺在那裡，不動也不出聲，傷疤的疼痛開始消退，沮喪淹沒了他。他覺得彷彿有一樣美妙的獎品偏偏在最後一刻被奪走了……這一次他幾乎就要得手了。

閃閃發光的粉紅和銀色飛翅小豬在葛來分多塔的窗外飛來飛去。哈利躺在那裡，聽著從他們底下寢室傳來葛來分多學生讚嘆的歡呼聲。他想起明天晚上還有鎖心術的練習，胃於是又翻攪起來。

* * *

第二天一整天，哈利都在擔憂，若是石內卜發現他在上個夢裡又更深一層地探入了神秘部門，不知道會說些什麼。他泛起一陣罪惡感，自從上次的課程之後，他的確沒有再練習過鎖心術。鄧不利多離開以後實在是發生了太多事情，他確信即使去練習，也沒有辦法將自己的心靈掏空。然而，他懷疑石內卜會接受這樣的藉口。

他在這天的課堂上很想做一點臨時抱佛腳的練習，但是根本行不通。每當他一安靜下來，試著摒除一切雜念和情感時，妙麗就會問他哪裡不對勁。畢竟要淨空腦袋，實在不該挑選在老師對班上提問題做復習的時候。

再糟的後果也只好面對。晚餐後他往石內卜的辦公室走去，在走過入口大廳一半的時候，張秋向他跑了過來。

「過來這邊，」哈利說，很高興有了個拖延和石內卜會面的理由，他打手勢要她走到入口大廳放置巨型沙漏的那個角落，葛來分多的沙漏現在幾乎是空空如也。「妳還好嗎？恩不里居沒問妳ＤＡ的事吧？」

「喔，沒有，」張秋急急地說。「沒有，那只不過是……哎呀，我只是想說……哈利，我完全沒想到毛莉會說出……」

「啊，這個……」哈利悶悶地說，他確實覺得張秋交友實在有些不慎。唯一的小小安慰是，據他目前所了解，毛莉仍舊躺在醫院廂房，而龐芮夫人對於她長出來的那些痘子是一點辦法也沒有。

「她其實是一個很好的人，」張秋說。「她只是犯了錯……」

哈利不敢相信地望著她。

「**很好的人，犯了個錯**？她把我們所有人都出賣了，連妳都賣了！」

「呃……我們最後還是沒事了，不是嗎？」張秋求情地說。「你知道，她媽媽在魔法部工作，對她來說實在是有點為難——」

「榮恩的爸爸也在魔法部工作！」哈利憤怒地說。「妳要是不知道，我可以告訴妳，**他**臉上可沒寫著**告密者**這幾個字——」

「都是那個妙麗．格蘭傑想出來的餿主意，」張秋激動地說。「她應該告訴我們她對那張名單下過惡咒——」

「我認為那是個很棒的主意。」哈利冷冷地說。張秋臉發紅，眼睛也放亮起來。

「喔，沒錯，我忘了——當然，如果是親愛的**妙麗**想出來的主意——」

「妳不要又開始哭。」哈利警告她。

「我沒有要哭！」她大叫。

「喔……那……很好，」他說。「我現在要應付的事已經夠多了。」

「那你就去好好應付吧！」張秋憤怒地說，鞋跟一轉，大步離去。

哈利怒氣沖沖走下通往石內卜地牢的樓梯，從過去的經驗知道，他這樣生氣怨恨地走進去，石內卜很容易就會看穿他的心思。儘管如此，在到達地牢的大門前，他滿腦子想的卻仍是剛才和張秋談起毛莉時應該再多說上幾句的事。

「你遲到了，波特。」當哈利將門在身後帶上時，石內卜冷冷地說。

石內卜站在那裡背對著哈利，像以往一樣，正將一部分的思緒取出，小心地放進鄧不利多的儲思盆裡。他將最後一縷銀絲丟進了石盆之後，轉身面對哈利。

「所以，」他說。「你最近有練習嗎？」

「有。」哈利撒謊，小心翼翼地望著石內卜辦公桌的一支桌腳。

「我們馬上就會知道的，對不對？」石內卜輕鬆地說。「魔杖拿出來，波特。」

哈利移到他平常的位置，面對著石內卜，兩人當中隔著辦公桌。他的心怦怦跳得很快，一半是因為對張秋感到憤怒，另一半是感到焦慮，不曉得石內卜會挖出他多少心思。

「那就數到三吧，」石內卜懶洋洋地說。「一——二——」

石內卜辦公室的門突然砰一聲打開了，跩哥．馬份衝了進來。

「石內卜教授，先生——喔——抱歉——」

馬份帶幾分驚訝地瞪著石內卜和哈利。

「沒關係，跩哥，」石內卜說，將魔杖放下。「波特來這裡學一些矯正閱讀障礙魔藥。」

從上次恩不里居監督海格的事件之後，哈利還沒看馬份這麼開心過。

「這我還不知道呢。」他斜眼瞟著哈利說，哈利知道自己的臉在燒。他實在很想不顧一切把事實吼給馬份聽——或者，更好的話，直接對他的臉好好下一記詛咒。

「那麼，跩哥，有什麼事？」石內卜說。

「是恩不里居教授，先生——她需要你的協助，」馬份說。「他們發現蒙塔了，先生。他剛剛在五樓的廁所裡出現了，人塞在馬桶裡。」

「他怎麼會跑到那裡去？」石內卜質問。

「我不曉得，先生，他現在神智有點不清。」

「好吧，好吧。波特，」石內卜說，「我們明天晚上再繼續這堂課。」

他轉過身大步走出辦公室，馬份臨走前還在石內卜的背後對哈利用唇語說了一句：「**矯正閱讀障礙魔藥？**」

哈利一肚子火，將魔杖塞回了長袍準備離開，至少他多出了二十四小時來練習。他曉得這樣驚險地逃過一劫應該要感激才對，只不過還是很不甘心，因為代價是馬份會告訴全校他需要矯正閱讀障礙魔藥。

就在他走到辦公室的門前時，他看見了門框上有一團閃爍的光在舞動著。他停下來，站在那裡看著它，這勾起了對某件事的回憶……接著他回想起來，那跟昨晚在夢裡見到的光有點類似——在穿越神秘部門之旅中，經過第二個房間時所見到的那道光。

他轉過身。光是從石內卜桌上的儲思盆裡發出來的，銀白色的東西在那裡起伏旋轉著。石內卜的思緒……當哈利意外穿透了他的防禦，石內卜不想要他看見的東西……

哈利盯著儲思盆，好奇心在體內膨脹著……石內卜到底有什麼事情非瞞著哈利不可？

銀色的光在牆上閃爍著……哈利往桌子前進了兩步，拚命想著。石內卜決心不讓他知道的，會不會就是關於神秘部門的資料？

哈利轉過頭去看，他的心跳得比任何時候都來得重又快。石內卜把蒙塔從馬桶中救出來要花多少時間？他之後會直接回辦公室嗎？還是陪蒙塔去醫院廂房？一定是後者……蒙塔是史萊哲林魁地奇球隊的隊長，石內卜一定要確認他沒事才行。

哈利走完最後幾步到儲思盆的路，站在它面前，看進石盆的最深處。他猶豫著、傾聽著，再次抽出了他的魔杖。他身後的辦公室和走廊一片安靜，他用魔杖尖端對儲思盆裡頭的東西輕輕戳了一下。

盆裡面的銀色物體開始飛快打轉，哈利傾身向前，看見它已經變得透明起來。於是，又一次地，他在俯看一個房間，就像是從天花板上的圓形窗戶往下看那樣……事實上——除非他看錯——他往下看著的正是學校餐廳。

他呼出的氣已經模糊了那些石內卜思緒的表層……他的腦子似乎是一團渾沌……他非常想做這件事，但要是真的做了又實在太瘋狂……他全身顫抖著……石內卜隨時都會回來……可是哈利想到了張秋的憤怒，想到了馬份那張嘲弄的臉，他決定豁出去。

他深深吸了一大口氣，接著把臉壓進石內卜思緒的表層。頓時，辦公室的地板晃動起來，哈利一頭栽進了儲思盆……

他在冰冷的黑暗當中往下落，途中瘋狂旋轉著，然後——

他站在餐廳的正中央，可是那四排學院桌不見了。取而代之的是一百多張的小桌子，通通面向同一個方向。每張桌子前都坐了一個學生，頭埋得低低的，在羊皮紙上唰唰寫著。唯一聽得見的聲響是羽毛筆的刮紙聲以及偶爾有人調整紙張的沙沙聲，這很明顯的是考試時間。

陽光透過高處的窗戶灑在一個個低著的腦袋瓜上，在明亮的光線下閃現出了栗子、紅銅以及純金的髮色。哈利小心地四處張望，石內卜一定在這裡的某個地方……這可是**他**的記憶……

他就在那裡，就在哈利身後的那張桌子旁。哈利瞪著他，十幾歲的石內卜長得一副冷硬、慘白的模樣，像是在黑暗中擺了好久的植物。他的頭髮平直油膩，通通垂到了桌上，他在那裡拚命寫著，鷹鉤鼻離羊皮紙不到半吋。哈利移到石內卜身後，讀著試卷的標題：「**黑魔法防禦術——普通等級巫術測驗**」。

所以石內卜一定是十五、十六歲左右，差不多是哈利的年紀。他的手在羊皮紙上飛來飛去，他寫的至少比他的近鄰要多出了一呎，他的字跡還是像螞蟻一樣小，而且緊貼在一起。

「還有五分鐘！」

說話的聲音讓哈利跳了起來。轉過身，他看見孚立維教授的頭頂在不遠處的課桌之間移動。孚立維教授正走過一個有著亂糟糟黑髮的男孩身旁……非常亂的黑髮……

哈利飛快趕過去，他如果是實體，這麼急的動作早已經把桌子撞翻了。結果沒有，他反而是用滑的，像做夢似地滑過了兩排走道來到第三排。黑髮男孩的後腦勺越來越近……男孩現在坐直起來，放下羽毛筆，將羊皮紙拉近自己，重新讀著自己剛剛寫好的答案……

哈利停在書桌前向下望著他那十五歲大的父親。

興奮在他的胃裡頭爆炸，他好像正在望著另一個自己，只是這一個的身上有著幾處蓄意的誤差。詹姆的眼睛是淡褐色，鼻子比哈利的要稍微長一些，額頭上也沒有疤，不過他們有著一樣的瘦臉、一樣的嘴巴、一樣的眉毛。詹姆的頭髮後面翹著，跟哈利的完全一樣，他的手可以說就是哈利的。哈利還看得出，如果詹姆站起來，他們倆的身高差距應該不到一吋。

詹姆打了好大一個呵欠撥弄著他的頭髮，這使它變得比之前更亂。他先瞟一眼孚立維教授，然後在座位上轉過頭去，對坐在他後面隔了四個位子的一個男孩咧嘴笑著。

哈利再度感到又驚又喜，他看見天狼星正在向詹姆豎起大拇指。天狼星很悠哉地閒坐在椅子上，伸著兩腿，身子往後躺。他非常帥，深色的頭髮垂落到他的眼睛，那一股滿不在乎的優雅氣質是詹姆或哈利永遠都學不來的。他身後有一名女孩正心存希望地注視著他，而他似乎渾然不覺。從這名女孩再過去兩個座位——哈利的胃又快樂地跳了一下——坐的是雷木思·路平。他看起來很蒼白，病懨懨的（是滿月快到了？），正專心考著試。這時他重新檢視一遍自己的答案，一面拿羽毛筆桿頭搔了搔下巴，眉頭微微皺著。

那就表示蟲尾一定也在附近……果然沒錯，哈利不到幾秒就認出他，小小的、鼠褐色頭髮的一個男孩，鼻子尖尖的。蟲尾看起來很緊張，他正在咬指甲，瞪著他的考卷，腳趾頭在地上磨來蹭去，還不時充滿渴望地瞥著他鄰座的考卷。哈利盯著蟲尾看了一會，再回頭看詹姆，他正在一小張空白羊皮紙上塗鴉著。他已經畫了個金探子，現在描著兩個英文字母「L.E.」。這代表的是什麼意思？

「請把羽毛筆放下！」孚立維教授細聲叫著。「也包括你，史特賓！請留在座位上等我把各位的羊皮紙收完！速速前！」

一百多捲的羊皮紙衝上了空中，再轉進孚立維教授伸開的臂彎，將他撞了個人仰馬翻。有好幾個人都笑了，坐在前排課桌的幾名學生站起來，拉住孚立維教授的手肘，將他扶起來站好。

「謝謝……謝謝，」孚立維教授喘著氣。「很好，各位，你們可以走了！」

哈利低頭望著他的父親，他已經匆忙地將之前描繪的「L.E.」兩個字母畫掉，跳起身，把羽毛筆和試題塞進書包，往背上一揹，站在那裡等天狼星過來。

哈利四處張望，在不遠處瞥見了石內卜，他正在那些桌子中間移動，往入口大廳的門走，一路上仍舊專心在研究著試題。他肩膀很寬但都是骨頭，走起路來一抽一划的，讓人想起蜘蛛，他那頭油膩膩的頭髮在臉孔四周跳呀跳的。

一票嘰嘰喳喳的女孩將石內卜跟詹姆、天狼星和路平隔開了，於是哈利移到他們中間，一邊設法讓石內卜維持在視線之內，一邊又豎起耳朵聽詹姆和他朋友間的交談。

「月影，你喜歡第十題嗎？」他們走近入口大廳時，天狼星問道。

「愛死了，」路平輕快地說。「**列舉指認狼人的五個徵兆**，真是好問題。」

「你所有徵兆都寫了嗎？」詹姆帶著促狹的關切口吻說。

「有啊，」路平認真地說，這時他們加入了擠在前門的一大群人裡，大家都想要到陽光普照的校園去。「第一，他就坐在我的椅子上。第二，他就穿著我的衣服。第三，他的名字就叫雷木思．路平。」

蟲尾是唯一沒有大笑的。

「我寫了口鼻形狀、眼睛瞳孔，還有簇毛狀的尾巴，」他著急地說，「可是我想不出其他的——」

「你到底有多蠢啊，蟲尾？」詹姆不耐煩地說。「你每個月都會跟個狼人到處跑上一次——」

「小聲一點。」路平懇求著。

哈利急切地又往回看。石內卜仍舊在不遠處，專心研究著他的試題——可是這是石內卜的記憶，哈利確定，如果石內卜決定要往別的方向走離校園，他，哈利，就不可能再繼續跟隨詹姆了。好在，他終於鬆了一大口氣，詹姆和他的三位朋友往湖邊的草坪走去時，石內卜也跟了上來，仍舊低頭看著試題，顯然不是很在乎要往哪個方向走。哈利保持超前他一點點的程度，繼續緊緊跟在詹姆和其他人後面。

「嗯，我想那份考卷真是太簡單了，」他聽見天狼星說。「如果連個『傑出』都拿不到，那才奇怪。」

「我也覺得。」詹姆說。他手探進口袋，拿出了一顆不停掙扎的金探子。

「你從哪裡弄來的？」

「偷來的。」詹姆若無其事地說。他開始玩弄金探子，讓它飛離足足有一呎遠，再一把抓回來。他的反射動作一流，蟲尾敬畏地在一旁看著。

他們停在湖邊一棵山毛櫸的樹蔭下，正巧就是有個星期日哈利、榮恩和妙麗做功課的同一棵樹下，那四個人紛紛坐上了草皮。哈利橫過肩膀往回看，高興地發現石內卜在一大叢灌木遮影裡的草地上坐好了。他仍舊跟之前一樣全神貫注在普等巫測的試題上，這使得哈利可以隨意坐在山毛櫸和灌木叢之間的草地上，觀察著樹下的那四個人。陽光在光滑的湖面上閃爍，湖邊岸上是剛剛離開餐廳的那群女孩，正坐在那裡有說有笑，鞋子和襪子都脫了，把腳泡進湖水裡頭。

路平拿出了一本書，在那裡讀著。天狼星瞪著草地上那些散步的學生，一副自大厭煩的神情，不過模樣很瀟灑。詹姆還在跟金探子玩，讓它衝得越來越遠，幾乎就要逃走了，但是總會在最後一秒將它抓回來。蟲尾目瞪口呆地在一旁看著，每次詹姆做了個特別困難的抓球動作，蟲尾就驚呼一聲然後鼓掌。在看了五分鐘之後，哈利開始感到奇怪，詹姆為什麼不會要求蟲尾稍微自制一些？然而詹姆似乎非常享受有人矚目的感覺。哈利注意到他父親有個撥亂頭髮的習慣，好像故意不要它整齊似的，同時他還在不斷瞧著湖岸邊的那群女孩。

「把它收起來，好不好？」天狼星終於說，這時詹姆做了個很漂亮的接球動作，蟲尾跟著氣喘歡呼，「要不然蟲尾興奮得都要尿褲子了。」

蟲尾的臉微微紅了起來，詹姆卻笑了。

「你如果嫌煩，那好吧。」他說著，將金探子塞回口袋。哈利有個很強烈的印象，天狼星是詹姆唯一肯給面子停止炫耀的人。

「好無聊，」天狼星說。「真希望現在是滿月。」

「你儘管去希望吧，」路平陰陰地從他書本後頭說道。「我們還有變形學要考，要是嫌無聊可以來考我。來……」接著他遞過他的書。

可是天狼星嗤之以鼻。「我不需要看那種垃圾，我全部都懂了。」

「這個可以讓你打起精神來，獸足，」詹姆小聲地說。「看看誰在那裡……」

天狼星頭轉了過去。他整個人定住，一動也不動，像是狗嗅到了兔子。

「太好了，」他輕輕說道。「**鼻涕卜**。」

哈利轉頭查看天狼星到底看見了什麼。

石內卜又站了起來，一面將普等巫測的試題收回書包。他離開了灌木叢的遮蔭準備走過草地，這時天狼星和詹姆都站起來了。

路平和蟲尾繼續坐著。路平照舊垂著眼睛盯著書本，不過眼睛並沒有在移動，眉頭也微微皺著。蟲尾的頭正在天狼星、詹姆和石內卜三個人之間來回張望，一臉期待的表情。

「還好嗎，鼻涕卜？」詹姆大聲說。

石內卜反應得如此之快，彷彿他一直等著對方攻擊似的。他把書包扔了，手急速探進長袍，他的魔杖才剛剛抽出來，詹姆已經大喊：「去去，武器走！」

石內卜的魔杖飛上了十二呎的空中，接著輕輕啪一聲掉在他背後的草地上，天狼星發出了一陣嚎笑。

「噴噴障！」他將魔杖指向石內卜，石內卜衝去撿魔杖，半路上就被硬生生地打倒在地。

四周的學生都轉過頭來觀戰。有的人站起身往這邊靠攏，有的神情很焦慮，其他人都在盡情地看好戲。

石內卜躺在地上喘著氣。詹姆和天狼星向他逼近，舉起魔杖，詹姆一面走一面回頭望湖邊的那群女生。蟲尾現在也站了起來，貪婪地觀看著，還湊到路平身旁想要取得較好的視野。

「考得如何，小鼻涕卜？」詹姆說。

「我有在觀察他，他的鼻子都貼在羊皮紙上，」天狼星刻薄地說。「上面一定到處都是油漬，他們大概連一個字都沒辦法讀。」

一旁好幾個觀望的人都笑了出來，石內卜很顯然不受歡迎。蟲尾尖聲地嘿嘿笑著，石內卜試著要爬起來，可是惡咒仍然控制著他，他掙扎著，彷彿被看不見的繩索綁住似的。

「你——等著，」他喘著氣，用最最厭惡的表情瞪著詹姆，「你——等著！」

「等什麼？」天狼星冷冷說道。「你打算做什麼，小鼻涕卜，在我們身上擤鼻涕嗎？」

石內卜罵出了一連串各式各樣的髒話和厄咒，他的魔杖在十呎之外，因此一點效果都沒有。

「把你的嘴巴洗一洗，」詹姆冷酷地說。「滅滅淨！」

粉紅色的肥皂泡泡馬上從石內卜的嘴裡流出來，泡沫蓋住了他的嘴唇，他沒法出聲，嗆得快要窒息——

「不要**鬧**他！」

詹姆和天狼星轉過頭，詹姆那隻空出來的手立刻跳上他的頭髮。

那是在湖畔的其中一名女孩。她有著一頭垂肩、深紅色的濃密秀髮，還有一對亮麗的綠色杏仁形眼睛——哈利的眼睛。

哈利的母親。

「妳好嗎，伊凡？」詹姆說，說話的語調突然間變得愉悅親和，而且更深沉、更成熟。

「不要鬧他，」莉莉重複著。她望著詹姆，臉上充滿了厭憎。「他到底哪裡惹到你了？」

「這，」詹姆一副深思熟慮的模樣，「應該說是，他這個人的存在就惹到大家，妳明白我的意思吧……」

周圍的許多學生都笑了，包括天狼星和蟲尾在內。路平沒有，他仍舊專心地在那裡看書，而莉莉也沒笑。

「你自以為很幽默，」她冷冷地說。「你只不過是個自大、欺負弱小的爛人，波特。不要再**鬧**他。」

「好啊，伊凡，只要妳跟我約會的話，」詹姆馬上接道。「好不好……跟我約會，我以後就再也不會碰老鼻涕卜。」

在他身後，障礙惡咒的威力在逐漸消退。石內卜開始往他那掉落在地上的魔杖一吋吋爬過去，邊爬邊吐著肥皂泡沫。

「就算要我只能在大烏賊和你之間挑選，我也不會跟你出去。」莉莉說。

「運氣不好，鹿角。」天狼星輕鬆地說，接著轉向石內卜。「**嘿！**」

太遲了，石內卜已經將魔杖對準詹姆，一陣閃光射出，詹姆一邊的面頰上立刻出現了一道傷口，鮮血濺上了他的長袍。詹姆一個旋身，在第二道閃光之後，石內卜已經倒懸在半空中，長袍覆蓋到他的頭上，露出了蒼白的竹竿腿和一條發灰的內褲。

小小的觀眾群裡很多人都在喝采，天狼星、詹姆和蟲尾轟然大笑。

莉莉那憤怒的表情稍微抽搐了一下子，彷彿原本也想笑的樣子，她說：「放他下來！」

「沒問題。」詹姆說著，將魔杖往上一彈，石內卜摔到地上，蜷縮成一團。他將長袍翻回原狀，迅速爬了起來，舉起魔杖，但是天狼星說了一句：「整整——石化！」於是石內卜又跪倒在地，全身變得像塊木板似的僵硬。

「**不要鬧他！**」莉莉大叫。這時她將她自己的魔杖抽了出來，詹姆和天狼星戒慎地瞄著它。

「啊，伊凡，不要逼我對妳下咒啊。」詹姆急切地說。

「那你就解了他的詛咒！」

詹姆深深嘆了一口氣，轉向石內卜低聲念出反詛咒的咒語。

「這樣可以了吧？」他說，這時石內卜搖搖晃晃地爬了起來。「算你好運，遇到伊凡在這裡，鼻涕卜——」

「我不需要像她這種低賤的麻種來幫我！」

莉莉眨著眼。

「很好，」她冷冷地說。「以後我也不會再多管閒事。而且我要是你的話，我會把內褲洗一洗，**鼻涕卜**。」

「向伊凡道歉！」詹姆用魔杖對準石內卜，威脅著。

「我不要**你**來叫他道歉，」莉莉大叫，轉向詹姆開罵。「你跟他一樣壞。」

「什麼？」詹姆叫著。「我**絕對不會**叫妳——那種東西！」

「整天亂撥頭髮，想讓自己看起來像剛從掃帚下來似的，以為這樣很酷。拿著那顆白痴金探子到處炫耀，走廊上有人惹到你就對人家施咒，以為自己很厲害。我真覺得奇怪，你那把掃帚載了你這麼肥一個豬頭，怎麼還有辦法起飛？我看到你就想**吐！**」

她腳跟一轉就急匆匆地走了。

「伊凡！」詹姆對著她大叫。「喂，**伊凡！**」

她頭也不回。

「她到底怎麼回事？」詹姆說，很想裝成這只是個不值一提的小問題，但是完全不成功。

「從她話裡的含意聽起來，我會說她認為你有點自作多情，兄弟。」天狼星說。

「好，」詹姆說，現在滿臉怒火，「很好——」

又是一道閃光，接著石內卜再度倒過來掛在半空中。

「有誰想看我把小鼻涕卜的小褲褲脫下來？」

但是，詹姆究竟有沒有脫下石內卜的內褲，哈利永遠無法知道。因為這時有一隻手用力抓住了他的上臂，像鉗子一樣扣得死緊。哈利哀叫一聲，轉過頭看是誰抓住了他，大驚失色之下，他看見一個完全長大成人的石內卜就站在他身旁，一張臉憤怒到毫無血色。

「好玩啊？」

哈利感到自己升上了空中。夏日的空氣在他四周蒸發，他在冰冷的黑暗中向上飄浮，石內卜的手仍舊緊緊扣住他的上臂。接著，他感到一陣天旋地轉，好像整個人顛倒在半空中。他的腳撞上了石內卜地牢的石頭地板，他回到了現在魔藥學教授的陰暗地牢裡，站在石內卜辦公桌上的儲思盆旁。

「怎麼樣？」石內卜緊掐著哈利的臂膀，哈利的手開始發麻。「**怎麼樣啊**……你玩得還盡興嗎，波特？」

「沒——沒有。」哈利說，想要將臂膀掙脫。

實在是太可怕了。石內卜的嘴唇顫抖著，一張臉慘白，一口牙齒都露了出來。

「很風趣的人啊，令尊，對不對？」石內卜說，猛烈搖著哈利，把他的眼鏡都搖下了鼻子。

「我——不是要——」

石內卜用盡全力將哈利從他身旁摔開，哈利重重跌到地牢的地板上。

「剛剛你所看見的，一個字都不准給我說出去！」石內卜咆哮。

「不會，」哈利一邊站起身，一邊儘可能地遠離石內卜。「不會，我當然不——」

「滾，給我滾，以後再也不要讓我看見你走進這間辦公室！」

哈利朝房門衝去時，一罐死蟑螂就在他腦袋的上方爆炸開來。他一把扭開門，沿著走廊狂奔，一直到他離石內卜距離有三層樓遠了才停下。他靠到牆上，喘著氣，揉著瘀青的臂膀。

他一點都不想這麼早就回葛來分多塔，也不想把剛剛看見的事對榮恩和妙麗說。哈利之所以感到如此害怕和不快樂，並不是因為有人對他大吼大叫，也不是因為被瓶罐砸到。是因為他明白在一堆人團團圍住之下被羞辱是什麼滋味，明白石內卜被他父親嘲弄時心裡是什麼感覺。根據他剛才所目睹的一切來判斷，他更明白，他的父親完全就像石內卜一直以來所說的那樣——傲慢自大。

29

就業諮詢

「可是，你為什麼不再去練鎖心術了呢？」妙麗皺著眉頭問。

「我**告訴過**妳啦，」哈利囁嚅地說，「石內卜認為我已經學會一些基本技巧，其他的我自己練就可以了。」

「那你不再做怪夢了？」妙麗懷疑地說。

「很少做了。」哈利說，不敢看她。

「嗯，我認為石內卜不會停止上課，除非你有絕對的把握能控制它們！」妙麗激動地說，「哈利，我想你應該回去找他，請——」

「不，」哈利斬釘截鐵說，「不要再說了好嗎，妙麗？」

這一天是復活節假期的第一天，妙麗照慣例一整天都在為他們三個人擬復習時間表。哈利和榮恩由著她去，這比和她爭執容易得多，再說，這些復習時間表說不定真的有用。

當榮恩發現離考試只剩下六個禮拜時大吃一驚。

「這有什麼好大驚小怪的？」妙麗說著，用她的魔杖點著榮恩表上的小方格，使不同的科目顯現出不同的顏色。

「我不知道，」榮恩說，「看起來好多。」

「好了，給你。」她說，將他的復習時間表遞給他，「如果你按照這個進度復習，應該可以考得很好。」

榮恩愁眉苦臉地看著，旋即又開心起來。

「妳每個星期都放我一個晚上的假！」

「那是你的魁地奇練習時間。」妙麗說。

榮恩臉上的笑容消失。

「有什麼用？」他說，「我們今年贏得魁地奇盃的機會，和我爸當上魔法部長的機會一樣小。」

妙麗沒理他，她在看哈利。哈利正茫然望著交誼廳的另一面牆，歪腿在抓他的手，想叫他替牠搔耳朵。

「怎麼啦，哈利？」

「什麼？」他立即回答，「沒事。」

他拿起《魔法防禦理論》，假裝在看裡面的索引。歪腿看看沒戲可唱，便悄悄走到妙麗椅子底下。

「我剛才看到張秋，」妙麗試探性地說，「她看起來也很無精打采……你們兩個又吵架了嗎？」

「什——喔，是啊，我們又吵架了。」哈利乘機找到一個藉口。

「為什麼吵？」

「還不是她那個笨蛋朋友毛莉。」哈利說。

「是啊，這不能怪你！」榮恩氣憤地說，放下他手上的復習時間表，「要不是她……」

榮恩開始大聲數落毛莉・邊坑，哈利發現這一招很管用，他只要表現出憤怒的樣子，隨著榮恩的話鋒點頭或搭一句「對」、「沒錯」，便可以自由自在地回想他在儲思盆裡看到的東西。

他感覺這段往事正在啃噬他的心。他一直認為他的父母是好人，始終不相信石內卜對他父親人格的中傷。海格和天狼星這些人不是都一再**告訴**哈利，他父親是多棒的一個好人嗎？（是啊，瞧天狼星那副德行，一個惡毒的聲音在哈利腦中說……他也一樣壞，不是嗎？）是的，他曾經有一次偷聽到麥教授說，他的父親和天狼星以前在學校是一對搗蛋分子，她形容他們是衛斯理家那對雙胞胎的先驅，可是哈利從沒見過弗雷與喬治為了好玩而把人倒吊起來……除非他們真的痛恨這個人……也許像馬份，或某個真正活該的人……

哈利試著設想一個石內卜活該被詹姆整的理由，但莉莉不是也說了：「他到底哪裡惹到你了？」詹姆不也回答：「他這個人的**存在**就惹到大家，妳明白我的意思吧。」詹姆之所以做出這件事，不就只是因為天狼星說了一句他很無聊？哈利記得在古里某街時路平說過，鄧不利多選他做級長，是希望他能管一管詹姆與天狼星……可是在儲思盆，他依舊袖手旁觀……

哈利不斷提醒自己，莉莉曾經出面阻止，他的母親是個好人，但是回憶中她對詹姆大吼的表情，卻一樣困擾他。她的表情明顯厭惡詹姆，哈利不明白他們兩人後來為什麼會結婚。他甚至有一、兩次懷疑，會不會是詹姆強迫她……

將近五年以來，他對父親的思念一直是他慰藉與振作的來源。任何時候有人說他像詹姆，他便感到十分驕傲，但現在……現在一想到他，便感到寒心與痛苦。

隨著復活節假期的結束，天氣也變得更舒爽宜人、明亮溫暖，但哈利和其他五年級與七年級的學生一樣被困在室內，不是復習功課，就是閒蕩，總是在圖書館這條路上來來去去。哈利假裝他的情緒低落完全是因為考試逼近的關係，當他的葛來分多同學讀書讀累了的時候，他的藉口更是理直氣壯。

「哈利，我在跟你說話，你聽見沒？」

「嗄？」

他放眼一看，金妮．衛斯理一副被大風吹過的樣子來到圖書館，在他獨自坐著的書桌旁坐下。這是星期日的晚上，時間不早了，妙麗已經回去葛來分多塔復習古代神秘文字研究，榮恩還在練習魁地奇。

「喔，嗨，」哈利說，把書拉過來，「妳怎麼沒去練球？」

「結束了，」金妮說，「榮恩帶傑克．洛坡去醫務室。」

「為什麼？」

「這個嘛，我們也不清楚，**好像是**被他自己的球棒打昏的。」她嘆口氣，「算了……剛剛收到一個包裹，不過被恩不里居拆開檢查過了。」

她掏出一個用褐色包裝紙包裝的盒子放在桌上，它顯然已被打開過又草草包裝，上面用紅墨水寫了一行字：

霍格華茲總督察檢查通過。

「是我媽寄來的復活節蛋，」金妮說，「一顆是要給你的……在這裡。」

她遞給他一顆裝飾著小小冰糖金探子的漂亮巧克力蛋，包裝上寫，裡面還有一袋嘶嘶咻咻蜂。哈利注視了一會，忽然覺得喉嚨哽塞。

「你沒事吧，哈利？」金妮平靜地問。

「嗯，沒事。」哈利低啞著聲音說。喉嚨那一塊東西堵得他好痛，他不明白為什麼一顆復活節蛋會讓他有這種感覺。

「你最近好像情緒很低落，」金妮說，「如果你找張秋**談一談**，我相信……」

「我想找的對象不是張秋。」哈利粗聲說。

「那是誰？」金妮說。

「我……」

他看看四周，確定沒有人在偷聽。平斯夫人在幾座書架以外的地方，正在為一臉緊張的漢娜．艾寶要借出去的那一疊書蓋章。

「我很想找天狼星談，」他囁嚅地說，「可是我知道不行。」

哈利為了找點事做，便拆開那顆復活節蛋的包裝紙，剝了一大塊放進嘴裡。

「如果，」金妮徐徐地說，自己也剝了一塊放進嘴裡，「如果你真想找天狼星談，我們可以想個辦法。」

「算了啦，」哈利絕望地說，「恩不里居又是監督爐火，又是檢查信件的，哪有可能？」

「從弗雷和喬治那裡可以學到一件事，」金妮認真思考著，「那就是，只要有足夠的膽量，就可以做到你想做的事。」

哈利看著她，也許是巧克力起的作用——路平總說，遇到催狂魔之後最好吃點巧克力——也許是他終於大聲說出悶了一整個禮拜的心願，總之，他確實感到多了幾分希望。

「**你們在幹嘛？**」

「啊，該死，」金妮小聲說，跳起來，「我忘了——」

平斯夫人瞪大眼睛看著他們，她的臉氣得扭成一團。

「**在圖書館裡吃巧克力！**」她尖聲大叫，「**出去——出去——出去！**」

她揮動魔杖，讓哈利的書、書包、墨水瓶一起飛起來，追著他和金妮跑出圖書館，一面跑還一面敲打他們的腦袋。

＊　＊　＊

彷彿要強調這次考試的重要性，在假期即將結束之前，一大堆有關各類巫師職業的小冊子、宣傳單不斷出現在葛來分多塔的桌上。布告欄上也多了一張通告，上面寫著：

就業諮詢

全體五年級生都必須在夏季學期的第一個禮拜接受各學院導師的面談，討論就業前途。個別面談的時間公布如下。

哈利看看名單，發現他應該在星期一下午兩點半去麥教授的辦公室，換句話說，他無法上完占卜學的課。他和其他五年級生一樣，幾乎把復活節假期的最後一個週末全花在閱讀這些供他們瀏覽的就業資訊上了。

「我不想當治療師，」榮恩在假期的最後一個晚上說，他專心看著一張畫有聖蒙果醫院院徽——交叉的骨頭與魔杖——的宣傳單，「上面說，在魔藥學、藥草學、變形學、符咒學，以及黑魔法防禦術的超勞巫測上，至少要拿到『E』才行。我是說……我的天……要求還真不高，啊？」

「那不是責任很重的一個職業嗎？」妙麗漫不經心地說，她正在看一疊鮮粉紅色和鮮橘色的宣傳單，上面有一行標題，「**你喜歡做跟麻瓜溝通的工作嗎？**跟麻瓜溝通好像不需要太多資格嘛，他們只要通過麻瓜研究的普等巫測就夠了。更重要的是你的熱情、耐心與幽默感！」

「你確實需要幽默感才能和我姨丈溝通，」哈利幽幽說，「還要懂得什麼時候該閃人。」他在看一本有關巫師銀行的宣傳手冊，「聽聽這個，你是不是在尋找一種挑戰性的職業？一種涉及旅行、冒險，財務津貼可觀但有危險性的職業？就請考慮加入古靈閣巫師銀行，本行正在招募解咒師前往海外擔任多采多姿的任務……不過要會算命學。妳可以去，妙麗！」

「我對銀行工作沒多大興趣，」妙麗說著，又念道：「**你有能力訓練保全山怪嗎？**」

「嘿，」有個聲音在哈利耳邊響起，弗雷和喬治也來了，「金妮把你的話轉告我們了，」弗雷說著，兩條腿往面前的桌上一擱，把好幾本有關魔法部就業資訊的宣傳手冊掃到地上，「她說你想和天狼星說話？」

「什麼？」妙麗驚呼，她本來要伸手去撿那張「**向魔法部的意外事故與災難宣戰**」，這時猛地停下來。

「是啊……」哈利說，儘可能裝得滿不在乎，「是啊，我想——」

「別開玩笑了，」妙麗說著，直起身子望著他，彷彿不敢相信她的耳朵。「在恩不里居暗中監視爐火，又檢查所有貓頭鷹的情況下？」

「這個嘛，我們可以想出一個辦法來，」喬治伸個懶腰，笑了一笑，「這是個簡單的調虎離山計。你們有沒有注意到，復活節這段假期我們這裡好像太安靜了點？」

「我們自己問自己，擾亂一點休息時間有沒有關係？」弗雷接著說，「答案我們自己回答，一點關係也沒有。當然，可能會打擾到別人復習功課，這可是我們最不願意做的事。」

他裝模作樣地朝妙麗微微頷首，她被他的體貼嚇一跳。

「不過明天起一切就恢復正常，」弗雷輕鬆說道，「再說，既然要製造一點騷動，那何不乘此機會讓哈利和天狼星說個話？」

「是的，**可是**，」妙麗的口氣好像在對某個非常遲鈍的人說明一件非常簡單的事，「就算你們**成功**把她調開了，哈利要怎樣和他說話？」

「恩不里居的辦公室。」哈利小聲地說。

他已經想了兩個星期了，怎麼也想不出其他的方法。恩不里居自己說過，全校唯一不會遭受檢查的壁爐，就是她辦公室的那一個。

「你——瘋——了？」妙麗失聲說道。

榮恩放下他手上的蕈菇養殖業宣傳單，謹慎地看著他們討論。

「我不認為。」哈利聳聳肩說。

「首先，你要如何進入她的辦公室？」

哈利早已想好答案。

「用天狼星的小刀。」他說。

「什麼？」

「前年聖誕節，天狼星送我一把什麼鎖都能開的小刀。」哈利說，「所以，就算她在門上施了連阿咯哈呣啦咒也打不開的魔法也沒關係——我猜想，她一定會——」

「你說呢？」妙麗問榮恩。哈利又不由自主想起他第一天抵達古里某街時，衛斯理太太在晚餐桌上對她先生說的話。

「我不知道，」榮恩忽然被問到，嚇了一跳，「如果哈利想做，應該由他自己作決定，不是嗎？」

「這才是好朋友和典型的衛斯理家人應該說的話。」弗雷說著，拍拍榮恩的肩膀，「那，好吧，我們明天就動手。下課以後，因為大家都在走廊上才能造成最大程度的震撼——哈利，我們會在東廂找個地方發動，這樣可以把她從辦公室引出來。我們應該可以向你保證有——多久？二十分鐘？」他說著，看看喬治。

「簡單。」喬治說。

「那是什麼樣的調虎離山計？」榮恩問。

「到時候你就會知道，老弟。」弗雷說著，和喬治雙雙站起來，「至少，明天下午五點左右走上馬屁精葛列果那條走廊，你就會看到了。」

* * *

次日哈利很早便醒了，那種焦慮的感覺幾乎和他出席魔法部聽審會那天早晨一樣。一想到即將闖入恩不里居的辦公室，利用她的爐火和天狼星說話，就夠他緊張的。再加上這一天剛好又是哈利被石內卜趕出辦公室後，第一次要和石內卜做近距離接觸的日子。

躺在床上想了一下今天即將面對的事後，哈利靜悄悄起床，走到奈威床邊的窗口。從窗子望出去是個美麗的早晨，天空是清朗有霧的蛋白藍顏色，正前方，哈利可以看到他父親整石內卜的那棵高大山毛櫸。他不知道天狼星會跟他說什麼來掩飾他在儲思盆裡看到的情景，但他很想聽天狼星親口告訴他當天發生的事。他要知道任何具有緩頰作用的因素，可以為他父親的行為提出解釋……

這時候，哈利的注意力被某個東西吸引，禁忌森林邊緣有個東西在動。哈利眨眨眼，看見海格從樹林間出現，腳步似乎有點蹣跚。他一直看著海格搖搖晃晃走到他的小屋門口，又一晃消失在門後。哈利對著小屋看了幾分鐘，海格沒有再出現，有一縷煙從煙囪升起，可見海格的傷還沒嚴重到不能生火。

哈利離開窗子，回到他的床鋪，開始換衣服。

由於要強行闖入恩不里居的辦公室，哈利根本就不敢期待這一天會是個平靜的日子，但他沒有料到的是，妙麗幾乎不間斷地在努力勸阻他去做五點鐘的那件事。有生以來第一次，妙麗在上魔法史時比哈利和榮恩更不專心聽丙斯教授講課，她不停小聲警告他，哈利只好充耳不聞。

「……萬一當場被她逮到，除了被學校開除外，她還會猜測你和塞鼻子說了什麼話。我猜她一定會**逼**你喝吐真劑，叫你回答她的問題……」

「妙麗，」榮恩壓低嗓子生氣地說，「妳到底要不要住口乖乖聽丙斯講課，還是我自己來抄筆記？」

「這次換你抄筆記好了，又不會死！」

等他們來到地牢，哈利和榮恩都不跟妙麗說話，但她不死心，在他們都保持沉默的時候仍持續不停警告他們。她抿著嘴狠勁十足地發出嘶嘶嘶的聲音，害得西莫浪費了五分鐘一直檢查是不是他的大釜有裂縫。

同時，石內卜似乎打定主意對哈利視而不見，哈利當然非常熟悉這種策略，因為這是威農姨丈的拿手好戲，還好他並沒有吃到更多的苦頭。事實上，比起往常要忍受石內卜的嘲諷和奚落，他發現這種新態度更有利得多，在沒人注意他的情況下，他反而更容易調製回力藥水。下課後，他舀了一些回力藥水在瓶子裡，用塞子塞好，拿到石內卜的桌上讓他評分，心想說不定可以拿個「E」了吧。

他剛一轉身，就聽到瓶子破裂的聲音。馬份高興地大笑，哈利回頭一看，他的魔藥樣品在地上摔成碎片，石內卜正以心滿意足的愉悅表情看著他。

「哎唷，」他輕聲說，「又一個零分，波特。」

哈利氣得說不出話來，他慢慢走回他的大釜，想再裝一瓶回力藥水逼石內卜打分數，不料他驚駭地發現，剩下的回力藥水都不見了。

「對不起！」妙麗捂著嘴巴道歉，「真的對不起，哈利，我以為你不用了，所以把它倒掉了！」

哈利氣得連話都懶得說。下課鐘響，他頭也不回地急急走出地牢，吃午餐時他也刻意坐在奈威和西莫中間，免得妙麗又喋喋不休勸他不要去恩不里居的辦公室。

等他要去上占卜學時，他的心情已經惡劣到極點，以致忘了他和麥教授約好的就業諮詢。直到榮恩問他為什麼沒去麥教授的辦公室，他才想起來。他急急忙忙上樓，等他上氣不接下氣抵達時，已經晚了幾分鐘。

「抱歉，教授。」他喘著氣關門時說，「我忘了。」

「不要緊，波特。」她輕鬆說道，但就在她說話的當下，聽到角落裡有個人在吸鼻子，哈利轉頭去看。

恩不里居教授坐在那裡，腿上擱著記事板，脖子上圍著一圈花稍餡餅皮似的荷葉邊妝飾，臉上是要笑不笑的恐怖表情。

「坐下，波特。」麥教授簡短地說，她翻閱桌上一疊小冊子的手在微微發抖。

哈利背對著恩不里居坐下，盡量假裝沒聽到她羽毛筆寫字的聲音。

「好，波特，這次面談是為了討論你對未來職涯的看法，並協助你決定六、七年級要選的主科。」麥教授說，「你有沒有想過，離開霍格華茲以後你想做什麼？」

「呃——」哈利說。

他發現背後的寫字聲會讓他分心。

「嗯？」麥教授催他。

「呃，我想過，也許，做個正氣師。」哈利喃喃說。

「那必須要有很高的分數才可以，」麥教授說著，從她桌上一堆東西底下抽出一張小小的、深色的傳單，將它打開，「他們要求至少要有五科通過超勞巫測，而且不得低於『超乎期待』。接下來你必須在正氣師局接受一連串嚴格的人格與性向測驗，這是一條艱辛的就業之路，波特，他們只接受最優秀的人才，事實上，我不認為過去三年來有任何人通過。」

這時恩不里居小小聲咳了一下，彷彿在測試她可以咳得多小聲。麥教授沒有理會。

「那，你想知道應該選修哪些課程囉？」她繼續說，聲調比剛才略略提高。

「是的，」哈利說，「我想一定有黑魔法防禦術，對不對？」

「當然，」麥教授說得很乾脆，「我還建議——」

恩不里居教授又咳一下，這次比較大聲。麥教授閉上眼睛，一會後睜開，繼續若無其事地說下去。

「我還建議你修變形學，因為正氣師在工作時常常需要變形或復形，而且我要告訴你，波特，除非普等巫測成績達到『超乎期待』或是更高分，否則我不會接受你做我超勞巫測班的學生。我得說你目前的平均成績只在『合格』而已，所以你得在考試前多加努力，才能繼續修這門課。再來你要修符咒學，符咒學永遠有用。還有魔藥學，是的，波特，魔藥學，」她加上一句，臉上微微帶著一絲微笑，「魔藥學和解毒是正氣師的基本課程，我必須告訴你，石內卜教授絕對不接受普等巫測成績低於『傑出』的學生，所以——」

恩不里居教授又大聲咳了一下。

「要不要給妳一點咳嗽藥水，桃樂絲？」麥教授隨口說，卻不看她。

「啊，不用，多謝。」恩不里居說，臉上帶著哈利最討厭的假笑，「我是在想，我可不可以插句非常短的話，米奈娃？」

「當然可以。」麥教授咬著牙說。

「我只是懷疑波特先生的火爆脾氣**適合**當正氣師嗎？」恩不里居教授嬌聲說。

「是嗎？」麥教授語氣倨傲。「好，波特，」她繼續往下說，彷彿根本沒被打斷過，「如果你真有這個雄心壯志，我要奉勸你專心把變形學和魔藥學學得更好。我知道孚立維教授過去兩年給你的分數介於『合格』和『超乎期待』之間，看起來你的符咒學似乎還算令人滿意。至於你的黑魔法防禦術分數一向很高，路平教授對你有很高的評價——**妳真的不要喝一點咳嗽藥水嗎，桃樂絲**？」

「啊，不用，謝謝妳，米奈娃。」恩不里居教授假惺惺地說，她剛才明明咳了好大一聲，「我只是在擔心，妳或許沒有哈利最近的黑魔法防禦術分數，我確信我有把它交給妳。」

「什麼，這個嗎？」麥教授一邊用厭惡的口氣說著，一邊從哈利的資料夾中抽出一張粉紅色的羊皮紙。她看了一眼，眉毛略略往上挑，然後把它塞回資料夾裡，不做任何評論。

「那麼，我剛剛說過，波特，路平教授認為你在這門課的表現相當傑出，顯然要做個正氣師——」

「妳看不懂我的字條嗎，米奈娃？」恩不里居教授用她甜滋滋的聲音說，完全忘了咳嗽。

「我當然看得懂。」麥教授咬著牙說，她的牙關咬得很緊，以至於說出來的話有些模糊。

「那，那我就不明白了……我不明白妳為什麼還要給波特先生不切實際的希望——」

「不切實際的希望？」麥教授重複恩不里居教授的話，還是不看她，「他每次黑魔法防禦術的測驗都拿到高分——」

「很抱歉我要反駁妳的看法了，米奈娃。妳看過我的字條就該知道，哈利在我課堂上的分數都很低——」

「我應該把我的話說得明白一點，」麥教授說，終於轉過去面對面看著恩不里居教授，「他之前在所有的黑魔法防禦術測驗上都拿到很高的分數，而出那些試題的是一位很優秀的老師。」

恩不里居教授臉上的笑容像爆破的燈泡一樣瞬間消失，她往後一靠，在記事板的羊皮紙上快速寫著，鼓凸的眼珠左右移動。麥教授轉向哈利，她窄小的鼻翼膨脹，兩眼充滿怒火。

「還有任何問題嗎，波特？」

「有，」哈利說，「假如我通過了規定的超勞巫測標準，魔法部還會對我做什麼樣的性向測驗？」

「你必須展現你在抗壓這些方面的能力，」麥教授說，「要堅持到底和專心不二，因為正氣師的訓練還要多加三年的時間，在實際運用防禦術上的各種高超技巧就更別提了。換句話說，畢業後你還要不斷學習，所以除非你準備——」

「而且你還會發現，」恩不里居說，現在她的口氣變得冰冷，「魔法部還會調查申請者的紀錄，犯罪的紀錄。」

「——所以除非你已經準備好在離開霍格華茲後再接受更多的測驗，否則你應該考慮其他——」

「這表示這個孩子成為正氣師的機會，和鄧不利多重回這所學校的機會差不多。」

「那表示機會很大。」麥教授說。

「波特有犯罪紀錄。」恩不里居大聲說。

「波特的罪名都洗清了。」麥教授的聲音比她更大。

恩不里居教授站了起來，但是她實在太矮，站起來跟坐著也沒什麼差別。她本來那種裝模作樣、大驚小怪的態度，此刻全部都被狂怒所取代，她原本就寬大鬆弛的臉龐看上去顯得格外惡毒。

「波特無論如何都不可能成為正氣師！」

麥教授也站起來了，而且和恩不里居相比，她的動作和聲勢更嚇人。她居高臨下地望著恩不里居教授。

「波特，」她聲音響亮地說，「我說什麼也要協助你成為一個正氣師！就算我必須在半夜訓練你，我也要讓你達到必須具備的分數！」

「魔法部絕不會雇用哈利波特！」恩不里居憤怒地大聲說。

「等波特準備加入時，說不定早已換了新的魔法部長！」麥教授大聲說。

「啊哈！」恩不里居尖聲說道，粗短的手指指著麥教授，「是了！是了，是了，是了！這才是妳想要的，不是嗎，麥米奈娃？妳希望阿不思・鄧不利多取代康尼留斯・夫子！妳以為妳會得到我現在的職務，對不對？而且是魔法部政務次長兼霍格華茲校長！」

「妳瘋了，」麥教授倨傲地說，「波特，今天的就業諮詢就到這裡為止。」

哈利抓起書包，立刻衝出辦公室，不敢再多看恩不里居教授一眼。他在走廊上還可以聽到她和麥教授不停互相大聲叫罵。

那天下午，恩不里居教授走進黑魔法防禦術教室時，還在大口喘氣，彷彿剛剛參加過賽跑。

「我希望你對計畫要做的事再想想，哈利，」他們剛打開課本上的〈第三十四章，非報復與談判〉，妙麗便小聲說，「看樣子，恩不里居的情緒真的很壞很壞……」

恩不里居不時對哈利投以憤怒的眼光。哈利一直低著頭看他的《魔法防禦理論》，但他的注意力不能集中，他的思緒……

他可以想像麥教授的反應，如果在她不惜一切替他做擔保之後的幾個小時不到，他就因為私闖恩不里居教授的辦公室而被逮……但他現在已經沒有退路，不可能就這樣回葛來分多塔，也不可能等到下個暑假再找機會去問天狼星有關他在儲思盆裡見到的一切……不可能的。只是想到這個明目張膽的行動，仍然使他感覺心裡有千斤重……再說這還關係到弗雷與喬治，他們已經計畫好調虎離山計，何況還有天狼星送他的小刀，現在就放在書包內，連同他父親的隱形斗篷一起。

問題是，萬一被逮到……

「鄧不利多已經犧牲了自己讓你繼續留在學校，哈利！」妙麗悄聲說，豎起她的課本不讓恩不里居看見她的臉，「你今天要是被趕出校門，那他的犧牲就太不值得了！」

他可以放棄這個計畫，就讓他父親在二十多年前一個夏天裡所作所為的這段記憶，埋藏在心底吧……

然後他想起天狼星在葛來分多交誼廳的壁爐裡出現的情景……

你沒有我原先想的那麼像你父親……你認為這是冒險，但對詹姆來說這會是挑戰……

可是，他還要再繼續像他父親嗎？

「哈利，不要去，拜託不要去！」下課鐘響時，妙麗焦急地說。

他沒有回答，他不知道該怎麼辦。

榮恩似乎決意不贊同也不反對，他不看哈利，但是當妙麗又想勸阻哈利時，他低聲說：

「省省吧，好嗎？他自己會作決定的。」

哈利離開教室時心跳得好快，在走廊上走到一半時，他果然聽到遠處出現騷動的聲音。尖叫聲與呼喊聲在他們頭上某個地方迴響，學生們都興奮得跑出來看。哈利被擋住去路，他心驚膽跳地抬頭望著天花板——

恩不里居以她的短腿所能帶動的最快速度衝出教室，拔出魔杖，匆匆往相反方向奔去——此時不行動還要等到什麼時候？

「哈利——求求你！」妙麗無奈地哀求他。

他已經下定決心，他把書包穩穩揹在肩上拔腿就跑，穿過一群群往反方向擠去東廂看熱鬧的學生。

哈利來到恩不里居辦公室的走廊，發現這裡一個人影也沒有。他迅速躲在一具高大的盔甲後面，盔甲的頭左右轉動注視著他。他打開書包，拿出天狼星的小刀，披上隱形斗篷，然後小心翼翼從盔甲後面倒著爬出來，一直爬到恩不里居辦公室門口。

他將那把神奇的小刀插進門縫裡，輕輕地上下移動，然後拔出來，他聽到一聲小小的喀嚓聲，門豁然打開。他潛進辦公室，立刻把門關上，四下張望。

除了那些掛在牆上的可怕磁盤小貓在嬉戲外，屋內沒有任何其他動靜，那幾支被沒收的飛天掃帚就在磁盤的下方。

哈利脫下斗篷，走到壁爐前，便立刻發現他要找的東西，一小盒亮晶晶的呼嚕粉。

他在空壁爐前蹲下，他的手在發抖，他以前沒做過這種事，他猜想應該沒問題。他把頭伸進壁爐，抓起一大把呼嚕粉撒在疊得整整齊齊的木頭上，木頭立刻爆出鮮綠色的火光。

「古里某街十二號！」哈利清楚地大聲說。

這真是他所經歷過最奇特的感覺，他以前也曾經利用呼嚕粉旅行，但那時候是整個身體在全國巫師壁爐網的火焰中旋轉。這一次他的膝蓋仍跪在恩不里居冰冷的辦公室地上，只有他的頭在翠綠的火光中旋轉……

忽然間旋轉停止了，他感覺有點噁心，又覺得頭上彷彿罩著一塊很燙的毛巾。哈利張開眼睛，發現他正從廚房的壁爐望見那張長長的木桌，桌上有個人正在看一張羊皮紙。

「天狼星？」

那個人嚇一跳，看了看四周，他不是天狼星，而是路平。

「哈利！」他非常吃驚，「你在——出了什麼事，一切都好嗎？」

「都好，」哈利說，「我只是想——我是說，我只是想——和天狼星聊一聊。」

「我去叫他，」路平說著站起來，仍然一臉迷惑，「他上樓去找怪角了，他好像又躲在閣樓裡……」

哈利看到路平匆匆走出廚房。這下他除了餐椅和餐桌腳之外，什麼也沒得看。他不知道天狼星為什麼從來沒提起從爐火現身說話有多麼的不舒服，他的膝蓋跪在恩不里居冰冷的石頭地板上已經開始疼痛。

一會後，路平帶著天狼星回來了。

「什麼事？」天狼星著急地說，一面撥開遮住眼睛的黑長髮，在壁爐前的地上坐下來，這樣他和哈利便在同一個高度。路平也跪下來，關切地注視著。「你還好嗎？你需要協助嗎？」

「不，」哈利說，「不是啦……我只是想談談……我爸。」

天狼星和路平兩人詫異地互看一眼，哈利沒有時間尷尬，他的膝蓋越來越痛，而且他猜想從調虎離山計開始到現在應該已經過了五分鐘，喬治只擔保給他二十分鐘的時間。因此他立即把話帶入正題，敘述他在儲思盆看到的事。

他敘述完畢後，天狼星和路平都默不作聲，接著路平才不慌不忙說：「我不希望你光憑著看到的事來評斷你父親，哈利，他那時候才十五歲——」

「我也是十五歲呀！」哈利急切地說。

「聽我說，哈利，」天狼星安慰他說，「詹姆和石內卜從第一次見面，兩人就互相看不順眼，就是那回事，你明白吧？我想詹姆正是石內卜所仰望的目標——他到處受歡迎，魁地奇又打得好——樣樣都行。而石內卜不過是個小怪胎，眼中只有黑魔法。詹姆——不管你對他的印象如何，哈利——詹姆一向最痛恨的就是黑魔法。」

「是沒錯，」哈利說，「但是他沒來由地作弄石內卜，只因為——只因為你說你很無聊。」他的語氣有點抱歉。

「那是我的不對。」天狼星立刻說。

路平瞄了天狼星一眼，說：「聽我說，哈利，你要明白你父親和天狼星在學校裡不管做什麼，都是做得最好的——大家都覺得他們很酷——就算他們的行為有點過分、脫軌——」

「你的意思就是，有時候我們是目中無人的小渾球。」天狼星說。

路平微笑。

「他老是抓亂他的頭髮。」哈利痛苦地說。

天狼星和路平都笑起來。

「我都忘了他常這樣。」天狼星不勝懷念地說。

「他有沒有在玩金探子？」路平急切地問。

「有，」哈利說，不懂天狼星和路平為什麼笑得那麼開心，「我覺得他有點白痴。」

「他當然有點白痴！」天狼星笑著說，「我們都是白痴！呃——路平比較不會啦。」他公正地說，望著路平。

但路平搖頭，「我有沒有哪一次叫你們放石內卜一馬？」他說，「我有沒有那個勇氣對你們說我覺得你們太過分了點？」

「嗯，好吧，」天狼星說，「不過你有時會讓我們感到慚愧……這倒是真的……」

「還有，」哈利固執地說，他決定既然已經來了，不如把心裡的話都說出來，「他一直看湖邊那些女生，希望她們也看他！」

「喔，是啊，只要有莉莉在，他就會耍寶。」天狼星說著聳聳肩，「只要她在旁邊，他就變得很愛現。」

「那她為什麼會嫁給他？」哈利難過地說，「她恨他！」

「不，她才不恨他。」天狼星說。

「她七年級時才開始和他約會。」路平說。

「等詹姆不那麼驕傲以後。」天狼星說。

「而且也不再為了好玩而捉弄人。」路平說。

「包括石內卜？」哈利說。

「這個嘛，」路平徐徐說著，「石內卜是個特殊的例子。我的意思是，他每次見了詹姆總要咒罵他，所以你不能怪詹姆忍不下這口氣，你懂嗎？」

「那我媽也同意他這樣？」

「老實說，她不太清楚這回事。」天狼星說，「我的意思是，詹姆總不會在和她約會的時候去捉弄石內卜，在她面前對他施惡咒吧？」

天狼星對哈利皺眉頭，哈利還是一臉不信的樣子。

「聽我說，」他說，「你父親是我最要好的朋友，而且他是個好人。許多人在十五歲的時候都很白痴，他也是過來人。」

「好吧，」哈利沉重地說，「我只是沒想到我會對石內卜感到抱歉。」

「既然你提到了，」路平說著，眉頭微微一蹙，「石內卜發現你看到這一切時，有什麼反應？」

「他告訴我，他再也不教我鎖心術了，」哈利淡淡說，「我猜他大概很失望吧——」

「**什麼**？」天狼星大聲說，害哈利嚇了一跳，吃進一嘴的灰。

「你是說真的嗎，哈利？」路平馬上說，「他不教你了？」

「是啊，」哈利很奇怪他們為什麼會有如此激烈的反應，「這不要緊，我不在乎，老實說我還覺得鬆了一口氣——」

「我去找石內卜說！」天狼星斬釘截鐵地說，果真站了起來，路平把他又拽了下去。

「如果要跟石內卜說，去的人也應該是我！」他堅定地說，「不過，哈利，首先你要回去找石內卜，告訴他無論如何他都不能停止授課——要是給鄧不利多聽到了——」

「我不能跟他說這些話，他會殺了我！」哈利氣呼呼說，「你沒看到我們離開儲思盆時他那個德行。」

「哈利，目前再也沒有比你學會鎖心術更重要的事了！」路平嚴厲地說，「你明白嗎？沒有比這更重要的了！」

「好啦，好啦！」哈利心煩意亂，更別提有多氣惱，「我……我會試著跟他說……不過，不會有——」

他停下來，聽到遠處傳來腳步聲。

「那是怪角下樓的聲音嗎？」

「不是，」天狼星說，瞥一眼背後，「一定是你那邊的。」

哈利的心臟快速跳動起來。

「我得走了！」他急忙說，把頭拔出古里某街的壁爐。好一陣子，他的頭好像在肩膀上不停旋轉，接著他發現他跪在恩不里居的壁爐前，腦袋好端端地在他脖子上，眼前翠綠的火焰閃一下就熄滅。

「快，快！」他聽到一個氣喘吁吁的聲音在辦公室門外說，「啊，她的門沒鎖——」

哈利急忙伸手去抓他的隱形斗篷，才剛把身體遮好，飛七便進入辦公室。他顯然非常興奮，不斷自言自語，一面走到恩不里居書桌旁，拉開抽屜，在裡面找東西。

「鞭打許可……鞭打許可……我總算等到這一天了……他們早該接受這個教訓……」

他抓出一張羊皮紙高興地親吻著，抱在胸前，又匆匆忙忙走出辦公室。

哈利站起來，確定書包連同全身都妥善地隱藏在隱形斗篷裡面，這才把門打開，跟在飛七後頭衝出辦公室。飛七一跛一拐的速度之快，是哈利過去從未見識過的。

離開恩不里居辦公室之後，哈利來到樓梯口。他認為這裡大概安全了，便脫下隱形斗篷塞進書包裡，匆匆往前奔。入口大廳傳來大呼小叫與人群躁動的聲音，他衝下大理石階梯，發現大部分學生都擠在那裡。

此情此景就像崔老妮教授被解雇那天晚上一樣，學生們都貼著牆壁圍成一個圓圈（哈利注意到有些學生臉上覆蓋著一層像臭樹汁似的東西），老師們與幽靈也都夾雜在人群裡。旁觀者中最顯眼的是幾個督察小組的成員，他們臉上都帶著幸災樂禍的表情。皮皮鬼在半空中飄浮，注視著站在人群中央的弗雷與喬治，兩人臉上擺明著一副認栽的表情。

「這下逮到了吧！」恩不里居得意地說，哈利這才發現她就站在他前方幾步階梯的地方，居高臨下望著她的俘虜，「所以——你們以為把學校走廊變成沼澤是件很好玩的事嗎，啊？」

「是啊，很好玩。」弗雷抬頭挺胸看著她，毫不畏懼。

飛七排開人群擠到恩不里居身邊，幾乎要喜極而泣。

「我找到文件了，校長。」他用粗啞的嗓音說，手上揮動一張哈利剛才看著他從她辦公桌取出來的羊皮紙。「我找到文件了，我把鞭子也準備好了……啊啊，讓我現在就動手吧……」

「很好，阿各。」她應一聲。「你們兩個，」她盯著弗雷與喬治繼續說，「我要讓你們知道，在我的學校為非作歹會有什麼下場。」

「告訴妳，」弗雷說，「我可不這樣想。」

說著，他轉向他的雙胞胎兄弟。

「喬治，」弗雷說，「我想我們已經長大，不太適合全天候的學校教育了。」

「對，我也是這麼想的。」喬治開心地說。

「是時候在現實世界試試我們的才能了，你不覺得嗎？」弗雷問。

「一點也沒錯。」喬治說。

於是不等恩不里居開口，他們便舉起他們的魔杖，同聲齊呼：「速速前，飛天掃帚！」

哈利聽到遠處傳來很大一聲巨響，他往左邊看，剛好及時低下頭。弗雷與喬治的飛天掃帚正沿著走廊朝他們的主人飛衝而來，其中一支上面還掛著恩不里居鎖在牆上用的粗鐵鍊和鐵栓。只見它們一個左轉，順著樓梯疾馳而下，在雙胞胎面前緊急煞車，鐵鍊拖在石頭地板上發出巨大的聲響。

「我們不會再見了。」弗雷對恩不里居教授說，騎上了他的飛天掃帚。

「是啊，不勞妳聯絡了。」喬治說，也騎上他的飛天掃帚。

弗雷看著聚在那裡的學生，那些沉默、受驚嚇的群眾。

「要是有任何人想購買剛才在樓上展示的可攜式沼澤，請光臨斜角巷九十三號，衛氏巫師法寶店，」他大聲說，「本店隆重新開幕！」

「凡是有意用我們的商品除掉這隻老蝙蝠的霍格華茲學生，都會有特別的折扣優待。」喬治指著恩不里居教授追加一句。

「**攔住他們！**」恩不里居高聲尖叫，但是太遲了，等督察小組圍上來，弗雷與喬治已經兩腳一蹬離開地面，竄升到十五呎高的半空中。在鐵鍊劇烈搖晃、險象環生的情況下，弗雷低頭望著大廳中在群眾頭上飄浮的吵鬧鬼。

「替我們教訓她，皮皮鬼。」

之前，哈利從未見過皮皮鬼聽從任何學生的命令，這次，皮皮鬼竟摘下帽子，向弗雷與喬治敬禮。弗雷與喬治在爆出熱烈掌聲的學生頭上繞行一周後，立刻快速衝出大開的前門，往絢麗輝煌的夕陽飛去。

30

呱啦

接下來好幾天，校園裡到處都在傳誦弗雷和喬治兩人飛向自由的精采故事。哈利敢肯定地說，這個事件很快就會成為霍格華茲傳奇史上的大好素材。事情過了還不到一個禮拜，甚至連那些曾親眼目睹經過的人，都開始半信半疑地表示，他們好像看到雙胞胎兄弟在飛出大門前，先駕著飛天掃帚俯衝下來，用屎炸彈去轟炸恩不里居。他們離開學校最直接的影響，就是在學生的言談中造成了一波有心仿效的風潮。哈利經常聽到學生說出類似這樣的話：「老實說，有時候我還真想跳上掃帚，離開這個鬼地方。」要不然就是：「再逼我上一堂這種爛課，我說不定真的會施他一招『衛斯理』。」

弗雷和喬治自然不會讓大家輕易就忘記他們。比方說，他們並沒有留下任何指示，教大家該如何除掉六樓東廂那片淹沒整條走廊的沼澤。有人看到恩不里居和飛七兩人試了一大堆方法想除掉它，全都一點用也沒有。最後學校只好拿條繩子把這個區域圍起來，讓氣得咬牙切齒的飛七划船把學生們一一送到教室。哈利心裡很確定，對麥教授或是孚立維這些法力高強的老師來說，這片沼澤就跟當初弗雷和喬治施放的衛氏野火魔爆彈一樣，只要花上幾秒就可以除得一乾二淨，但他們好像寧可讓恩不里居去傷透腦筋。

另外還有恩不里居辦公室門上那兩個掃帚形的大洞，那是弗雷和喬治兩人的狂風號掃帚在衝出門去跟主人會合時所留下的痕跡。飛七換上一扇新門，把哈利的火閃電搬到地牢，謠傳恩不里居派了一名武裝保全山怪在那裡看守。但是，她的麻煩並未到此結束。

弗雷和喬治的先例讓許多學生大受鼓勵，一大票人現在搶著想要奪下新任「搗蛋大王」的空缺。就算恩不里居換了扇新門，還是有人設法偷偷把一頭毛鼻玻璃獸塞進恩不里居的辦公室。牠立刻大展雄風，把那裡拆得四分五裂，好尋找亮晶晶的東西，並且在恩不里居踏進辦公室的時候，直接撲到她身上，想把她粗短手指上的戒指全都咬下來。走廊上老是扔滿了屎炸彈和小臭丸，這使得學生們又興起了一股新的流行風潮，在走出教室前先對自己施一個氣泡頭咒。這雖然會讓他們看起來怪模怪樣，活像是把一個金魚缸倒扣在頭上，不過保證可以讓他們呼吸到新鮮的空氣。

飛七手裡握著一條馬鞭，在走廊上到處亂晃，氣急敗壞地想要逮到那些胡鬧的惡棍，問題是搗蛋的人實在太多，他常常不知道該先往哪邊走才好。督察小組試圖對他伸出援手，他們的隊員卻接二連三出了許多怪事。史萊哲林魁地奇隊的瓦林頓，帶著一身恐怖的皮膚病到醫院廂房報到，看起來像是身上多了一層玉米穀片的外皮。潘西．帕金森第二天一整天沒來上課，因為她頭上突然長出了一對叉角，這讓妙麗開心得不得了。

同時現在大家也可以清楚看出，弗雷和喬治在離開霍格華茲之前，究竟賣出了多少摸魚點心盒。只要恩不里居一走進教室，班上的學生就立刻昏的昏，吐的吐，瞬間發起高燒，或是突然狂噴鼻血。恩不里居惱羞成怒地哇哇尖叫，企圖找出這種神秘病徵的真正來源，學生們都倔強地堅稱，他們是得了「恩不里居炎」。恩不里居一連罰了四個班級全班勞動服務，卻還是無法看透其中的機關，最後她只好宣告放棄，放那些噴血、昏厥、冒汗和嘔吐的學生們成群結隊地離開教室。

不過點心盒的用戶們再怎麼厲害，也比不上製造混亂的老祖宗皮皮鬼。皮皮鬼似乎已把弗雷臨去前的話牢牢記在心頭，徹底照辦。他咯咯狂笑地在學校裡亂飛亂竄，一路上不停撞翻書桌、衝破黑板、推倒花瓶和雕像。他兩度把拿樂絲太太塞進一副盔甲裡面關起來，最後都是靠管理員飛七怒氣沖天地跑來營救，才把他那不斷淒厲慘叫的愛貓給放了出來。皮皮鬼四處砸破提燈、吹熄蠟燭，拿著熊熊的火把在嚇得尖叫的學生頭上玩雜耍，使得一堆疊得整整齊齊的羊皮紙不是倒下來起火燃燒，就是掉落到窗外。他還把洗手間的水龍頭全部拔掉，使得三樓陷入一片汪洋。他在大家吃早餐的時候，朝餐廳正中央扔下一大袋的狼蛛。每當他鬧累了想休息的時候，就一連好幾個鐘頭跟在恩不里居後面飄浮，只要她一開口講話，他就大聲地呸呸呸。

除了飛七之外，其他的教職人員似乎都懶得費神去幫恩不里居的忙。事實上，在弗雷和喬治離開一個禮拜之後，哈利就親眼看到，在皮皮鬼下定決心要拆掉一盞水晶吊燈的時候，麥教授直接從他身邊經過，而哈利敢發誓，他絕對聽到她用嘴角在偷偷告訴那個吵鬧鬼：「螺絲要朝另外一邊轉。」

更糟的是，蒙塔在經過廁所受難事件後，直到現在都還沒有完全復元。他仍然是頭腦混亂、意識不清，星期二的早晨，他們看到蒙塔的父母親帶著憤怒至極的神情沿著前門道路大步走來。

「我們是不是該去說一下？」妙麗用擔心的語氣說，她把面頰貼到符咒學教室的窗戶上，望著蒙塔夫婦走進城堡。「跟他們說一下他到底出了什麼事，也好幫助龐芮夫人早點把他治好？」

「當然不要，他總有一天會好的。」榮恩漠不關心地說。

「還可以讓恩不里居再多傷點腦筋，對不對？」哈利的語氣顯得十分滿意。

他和榮恩兩人都拿魔杖敲著用來練習下咒的茶杯。哈利的茶杯冒出了四條短得連桌面都碰不到的小腿，在半空中白費力氣地亂扭亂動。榮恩的杯子長了四條非常細的長腿，費了好大力氣才勉強把杯身撐離桌面，顫抖了幾秒鐘，就又垮下來，把杯子摔成了兩半。

「復復修。」妙麗立刻念道，揮了一下魔杖把榮恩的杯子修好，「這樣是不錯啦，但要是蒙塔永遠都好不了呢？」

「誰管他啊？」榮恩暴躁地說，他的茶杯又像喝醉酒似地站起來，膝蓋劇烈地抖個不停，「誰叫蒙塔自己想要去害葛來分多扣那麼多分，是不是？妳要是真想替別人擔心，妙麗，那還不如來擔心我！」

「你？」她說，她的茶杯現在正用四隻畫著柳景圖案的結實小腿，快樂地在桌面上跑來跑去。她伸手把它抓起來，重新放到面前，「你有什麼好擔心的？」

「等我媽下封信通過恩不里居的檢查，」榮恩痛心地說，現在他乾脆伸手去扶住茶杯，它那四條細腿再怎麼努力也使不出什麼力來撐住杯子了，「我就要倒大楣了。就算她又來一封咆哮信，我都不會覺得奇怪。」

「可是——」

「她會把弗雷和喬治離開學校的事都怪到我頭上，妳等著看好了。」榮恩沉著臉說，「她會說我應該攔住他們，我應該拚老命地抓著他們的掃帚，掛在上面硬是不下來……沒錯，她一定都會怪到我頭上。」

「她如果**真的**這麼說，那實在是很不公平，你根本就攔不住他們！我相信她不會怪你的，我的意思是，他們要是真的在斜角巷找到店面，一定是很久以前就計畫好了。」

「沒錯，但這下又會產生另一個問題，他們哪來的錢去租店面？」榮恩說，用魔杖狠狠敲了他的茶杯一下，害它的腿又再度垮下來，躺在他面前不停抽搐。「這件事還真有點詭異，對不對？他們必須花上一大堆加隆，才能付得起斜角巷的店租。她會想要知道他們到底幹了什麼好事，到哪裡去污來這麼多金幣。」

「沒錯，我也有想到這一點，」妙麗說，她讓茶杯繞著哈利的杯子兜小圈子慢跑，哈利杯子的四條小短腿到現在還是沒能碰到桌面，「我在想，蒙當葛是不是已經說動他們，要他們去替他銷售贓物或是其他一些不好的東西。」

「絕對不是。」哈利斷然表示。

「你怎麼曉得？」榮恩和妙麗齊聲問道。

「因為——」哈利遲疑了一會，好像終於到了不得不跟他們坦白的時候。要是有人懷疑弗雷和喬治是罪犯，那他也實在沒必要再繼續保持沉默。「因為他們的金幣是我給的，我把去年六月得到的三巫大賽獎金送給了他們。」

一陣震驚的沉默，然後妙麗的茶杯直接跑向桌邊，掉到地上摔得粉碎。

「喔，哈利，你**不會**吧！」她說。

「誰說不會，我就是這麼做的，」哈利用反抗的語氣說，「而且我一點也不後悔。我不需要那筆錢，正好可以拿它來開家惡作劇商店。」

「這真是太棒了！」榮恩說，露出非常激動的表情，「這全都是你的錯，哈利——我媽這下可完全不能怪我了！我可以把這件事告訴她嗎？」

「可以啊，你最好快點跟她說，」哈利無精打采地說，「免得她真以為他們倆在銷售偷來的大釜或是其他贓物。」

妙麗接下來整堂課什麼也沒說，但哈利十分懷疑她的自制力究竟還能撐多久。果然沒錯，等他們在下課時走出城堡，站在柔和的五月陽光下時，她就用一對亮晶晶的眼珠定定瞅著哈利，帶著一副堅決的架勢張開嘴巴。

哈利在她還沒說話前就先發制人。

「妳現在罵我也沒有用，做都已經做了，」他堅定地表示，「弗雷和喬治已經收下那些金幣——看樣子，也已經花掉了不少——我不可能再把錢要回來，我也不想這麼做。所以妳就省點力氣別再囉嗦了，妙麗。」

「我又不是要跟你說弗雷和喬治的事！」她用一種受傷的語氣說。

榮恩不信地哼了一聲，妙麗惡狠狠瞪了他一眼。

「我真的不是啊！」她生氣地說，「事實上，我是想問哈利什麼時候才要回去找石內卜，說要繼續上鎖心術！」

哈利的心沉了下來。弗雷和喬治兩人戲劇化的離去，讓他們三個一連聊了好幾個鐘頭。在這個話題談膩之後，榮恩和妙麗就開始逼問他天狼星的消息。哈利先前並沒有對他們透露他為什麼想要跟天狼星談話的真正原因，因此一時還真想不出該從何說起。最後他只是老老實實地告訴他們，說天狼星希望他再繼續上鎖心術，話一說出口他就感到後悔莫及。妙麗當然不會輕易放過這個話題，而且總是在哈利最料想不到的時候，又重新提出來跟他嘮叨。

「你別騙我說你已經沒再做怪夢了，」妙麗現在又開口說，「因為榮恩告訴我，說你昨天晚上又說了一些夢話。」

哈利憤怒地瞪著榮恩。榮恩倒還有些羞恥心，露出一臉慚愧相。

「你只說了幾句，」他抱歉地囁嚅道，「大概都是什麼『再往前一點』之類的。」

「我夢到我在看你們打魁地奇，」哈利撒了一個殘酷的謊，「我是想要叫你再往前一點，好去抓住快浮。」

榮恩的耳朵變得通紅。哈利感到一種復仇的快感，他當然不是做這類的夢。

昨晚，他又再度沿著神秘部門的走廊往前走。他經過了圓室，穿越那個充滿時鐘滴答聲與光線舞動的房間，最後終於再度踏入那個如洞窟般深廣，擺滿了架子的房間。架上排列著許多布滿灰塵的玻璃球。

他快步直接走向第九十七排，向左轉，再沿著架子往前走……他大概就是在那時候大聲說了夢話……**再往前一點**……因為那時他感覺自己的意識正掙扎著想要醒過來……還沒來得及走到通道盡頭，就發現自己又重新躺回床上，凝視著四柱大床的罩篷。

「你有**努力**封鎖你的心靈嗎？」妙麗說，用晶亮的眼睛盯著哈利，「你有繼續練習鎖心術嗎？」

「當然有。」哈利盡力裝出一副這問題讓他受到莫大侮辱的神情，卻不敢正視妙麗的眼睛。事實上，他有一股強烈的好奇心，非常想知道那個擺滿髒兮兮玻璃球的房間裡究竟藏了些什麼秘密。他其實還挺希望能讓夢境繼續的。

問題是，現在距離考試只剩下一個月的時間，他所有的空閒時間都用來復習功課，腦袋裡填滿了一大堆東西。上床準備休息的時候，他發現自己根本就睡不著。好不容易睡了，他那使用過度的腦袋又時常做些跟考試有關的蠢夢。同時他也在懷疑，他心中有某一部分——常常用妙麗的口氣在講話的那個部分——現在時不時會產生罪惡感，因此每當他的心思遊走到那條通往黑門的走廊，總會在到達旅途終點前把他叫醒。

「要是，」榮恩說，他的耳朵仍然脹得通紅，「在史萊哲林和赫夫帕夫比賽以前，蒙塔還沒能好起來的話，那我們說不定就有機會贏得冠軍。」

「沒錯，我想也是。」哈利說，他很高興能換一個話題。

「我是說，我們贏了一場，輸了一場——要是下週六史萊哲林輸給赫夫帕夫——」

「是啊，沒錯。」哈利應道，他完全不曉得自己在胡亂同意些什麼。張秋剛才走過庭院，故意連看都不看他一眼。

＊　＊　＊

魁地奇球季最後一場競賽將於五月的最後一個禮拜舉行，這場比賽是由葛來分多對戰雷文克勞。雖然史萊哲林在上一場比賽以些微差距敗給了赫夫帕夫，但葛來分多仍然不敢大膽奢望自己能贏得勝利。這主要是因為榮恩（當然沒人會跟他說）那慘不忍睹的守門紀錄，不過，榮恩自己倒是發展出一套全新的樂觀態度。

「我是說，反正我已經糟到不可能再糟了，是吧？」榮恩在比賽那天吃早餐的時候，告訴臉色凝重的哈利和妙麗，「再壞也就只是這樣了，對不對？」

「我跟你說，」不久之後，當妙麗和哈利夾在一波興奮至極的人潮中往球場走去時，她表示，「我覺得弗雷和喬治不在場，榮恩很可能會表現得比以前好。他們總是讓他感到沒什麼自信。」

露娜．羅古德趕上他們，她頭上好像坐了一隻活生生的老鷹。

「喔，天哪，我都忘了！」妙麗望著那頭拍著翅膀的老鷹說，而露娜正泰然自若地走過一群咯咯狂笑、朝她指指點點的史萊哲林學生面前。「張秋也會上場，是不是？」

哈利自然不會忘記這件事，他只是咕噥了一聲。

他們在看台最上面數下來第二排的地方找到位子坐下。一個晴朗無雲的日子，這對榮恩來說是最有利的好天氣，哈利發現，他心中還是抱著最後一絲希望，但願榮恩不要再給史萊哲林任何機會，讓他們又開始進行那熱情的大合唱：「衛斯理是我們的王」。

李．喬丹仍像往常一樣負責做現場實況報導，但在弗雷和喬治離開之後，他的心情一直都非常沮喪。兩支球隊飛進球場時，他有氣無力地報著球員的姓名，完全沒有以往那種勁道十足的趣味。

「……賴利……達維……張秋……」他念著，張秋走進球場，一頭閃亮的黑髮在微風中輕輕飄揚，哈利發現他的胃竟然沒有猛的一震，只好像微微動了一下。對他們倆的未來，他已經不確定還有什麼期待了，他只知道，他真的受不了再這樣跟她吵下去。甚至當他看到她在騎上掃帚前，跟羅傑．達維兩人聊得十分開心時，也只引動他一絲絲的醋意而已。

「他們出發！」李說，「達維立刻搶到快浮，雷文克勞隊長達維帶著快浮，閃過強生，閃過貝爾，接著又閃過史賓特……他直接飛向球門柱！他準備射門——而——而——」李大聲咒罵一聲，「而他得分了。」

哈利和妙麗跟著其他所有葛來分多學生們一同發出呻吟。哈利害怕的事果然發生了，坐在看台另一邊的史萊哲林學生們開始唱道：

衛斯理球技不強，
他連一球都無法抵擋……

「哈利，」哈利耳邊響起一個粗啞的嗓音，「妙麗……」

哈利回過頭去，看到海格那張長滿鬍鬚的大臉從後方座位中探了出來。他顯然是沿著他們後面那排座位硬擠過來的，因為那些被他擠過的一、二年級學生現在都出現一副東倒西歪、亂七八糟的狼狽相。不知道為了什麼，海格刻意彎下身子，好像是生怕被別人看到似的。只可惜他就算彎得再低，也還是比其他人至少高上四呎。

「聽我說，」他悄聲說，「你們跟我來一下好嗎？就現在趁其他人看比賽的時候，嗄？」

「呃……不能等一下嗎，海格？」哈利問道，「先等我們看完比賽好嗎？」

「不成，」海格說，「不成啊，哈利，我們非得現在去不可……得趁其他人不注意的時候去……拜託啦？」

海格的鼻子在微微滴血，他的兩隻眼睛一片瘀青。自從海格回到學校以後，哈利還沒從這麼近的距離看過他，他真的是滿面愁容。

「好，」哈利立刻說，「我們現在就去。」

他和妙麗側身沿著他們那排座位擠出去，其他學生只好一邊抱怨，一邊站起來讓路。海格擠著的那排學生卻沒人抱怨，只是儘可能地把身體縮小好讓他通過。

「我很感激你們兩個，我是說真的。」海格在他們走到樓梯時表示。他們三個沿著樓梯走向下方的草坪，海格一路上不停緊張地東張西望。「我只希望她沒注意到我們離開。」

「你是指恩不里居嗎？」哈利說，「她才不會注意呢，她把整個督察小組都叫去坐在她身邊，你沒看到嗎？她一定是怕比賽的時候又有人搗蛋。」

「沒錯，嗯，有人搗個小蛋倒是不錯哩，」海格說著，停下腳步，仔細察看看台周圍的環境，他要確定從這裡到他小木屋之間的草坪沒有任何人出沒。「可以給我們多點兒時間。」

「是什麼事啊，海格？」妙麗問道，他們急匆匆地走上通往森林外緣的草坪時，她抬起頭，神情關注地望著海格。

「嗯──妳等會兒就曉得了。」海格說，這時他們背後傳來一陣響亮的歡呼聲，海格回過頭去看，「嘿──有人射門得分啦？」

「想必是雷文克勞。」哈利沉重地說。

「很好……很好……」海格心不在焉地應道，「真的很好……」

他邁開大步越過草坪，每走兩步就緊張地四處察看，而他們兩人必須用小跑步才跟得上他。到了海格的小木屋，妙麗自動左轉走向前門。海格自己卻直接從門前走過，踏入森林最邊緣的樹蔭下，抓起一把靠在樹幹上的石弩。這時他才發現他們兩個沒跟在他身邊，於是趕緊回過頭來。

「我們要進去裡面。」他說，毛茸茸的大頭朝背後點了一下。

「進森林？」妙麗一臉迷惑地問道。

「沒錯，」海格說，「快過來啊，免得被別人看到！」

哈利和妙麗對望一眼，就隨著海格一起躲進了樹林。海格此時已手挽著石弩，走入幽暗的綠色密林，哈利和妙麗快步跑到他身邊。

「海格，你幹嘛要帶武器？」哈利問道。

「以防萬一。」海格聳聳他那巨大的肩膀說。

「可是上次你帶我們去看騎士墜鬼馬的時候，並沒有帶石弩。」妙麗膽怯地說。

「是沒有，那時候我們不用走這麼遠，」海格說，「再說，那可是在翡冷翠還沒離開林子之前，是吧？」

「這跟翡冷翠離開林子有什麼關係？」妙麗好奇問道。

「因為其他人馬現在氣我氣得要命，懂了吧？」海格平靜地說，往四周瞥了一眼，「他們以前——嗯，也不能說多友善——但我們處得還算不壞啦。平常各過各的，只要我想跟他們說句話，他們一定會出現，現在可不一樣囉。」

他深深嘆了一口氣。

「翡冷翠說他們會生氣，是因為他跑去替鄧不利多工作。」哈利說，他只顧盯著海格的側臉，結果一不小心被凸起的樹根絆了一跤。

「沒錯，」海格沉重地說，「生氣這個辭兒還用得太輕了，他們是肚皮都要氣炸了呢。要不是我插手，我看翡冷翠真會活活被他們給踢死——」

「他們攻擊他？」妙麗用震驚的語氣問道。

「是啊，」海格粗聲說，從幾根低垂的枝椏中間硬擠過去，「至少有一半的人馬都跑來修理他。」

「你救了他？」哈利既驚訝又感動地問道，「就靠你一個人？」

「當然啦，我可不能眼睜睜看他們要他的命吧？」海格說，「幸好我正巧打那兒經過……翡冷翠這傢伙要是還記得我救過他的命，就不該囉哩囉嗦地給我什麼愚蠢的警告！」他沒頭沒腦地怒聲補上一句。

哈利和妙麗吃驚地面面相覷，海格只是皺眉怒視，沒再多說下去。

「反正呢，」他的呼吸變得比平常濁重了一些，「從那時候開始，其他人馬就氣我氣得要命哩。麻煩的是，他們在這個林子裡影響力大得很……他們是這兒最聰明的生物。」

「這就是你把我們帶到這裡的原因嗎，海格？」妙麗問道，「因為人馬？」

「嗄，不是，」海格說，非常果斷地搖搖頭，「不，不是他們。當然啦，他們是有可能讓問題變得更複雜，沒錯……你們待會兒就曉得了。」

他拋下這段令人費解的話之後就沉默不語，略微加快了速度向前走去。現在他每跨一步，就等於哈利和妙麗的三步，因此他們必須費很大的勁才能跟上他。

他們越來越深入黝黑陰暗的森林，小徑上的雜草開始變得越來越多，路旁的樹林也變得越來越茂密，很快就把海格上次帶他們看騎士墜鬼馬的林中空地遠遠拋在背後。一路上哈利並未感到不安，直到海格突然出乎意料地離開小徑，不慌不忙地在樹叢中穿梭，漸漸往黑暗的森林中心走去時，他才開始覺得不太對勁。

「海格！」哈利努力穿過一叢海格輕鬆跨過的茂密荊棘，過去在他偏離森林小徑時所發生的種種事情，全都清晰地浮現在眼前。「我們要去哪裡？」

「再往裡頭走一些，」海格回過頭來說，「快啊，哈利……現在我們得盡量待在一塊兒。」

現在他們兩個人必須拚命掙扎前進，才有辦法趕上海格的腳步。那些茂密的枝椏和帶刺的灌木叢對海格來說就像蜘蛛網，輕輕鬆鬆就可以大步穿過，哈利和妙麗卻老是被它們勾到長袍，而且不時因為實在纏得太緊，只好暫時停下腳步，花上好幾分鐘才能脫身。哈利的雙手雙腿，很快就弄得到處都是輕微割傷和擦痕。他們已進入森林最深處，在周遭陰暗的光線中，有時候哈利看到的海格只不過是前方一個龐大的黑影。在這彷彿被消音的死寂中，任何聲音都令人感到膽戰心驚。細枝碎裂的聲響也能激起響亮的迴音，而任何一點最輕微的沙沙聲，即使只是一隻無害的麻雀飛過，都會讓哈利緊張地瞇起眼睛，企圖要在陰暗的環境中找出罪魁禍首。他突然想到，以前他每次進入森林深處時總是會看到一些生物，可是現在他幾乎什麼都沒看見，這令他有一種相當不祥的預感。

「海格，我們可不可以點亮魔杖？」妙麗輕聲問道。

「呃……好吧，」海格悄聲說，「老實說——」

他突然停下腳步，轉過身來。妙麗一頭撞到他身上，當場往後栽倒，哈利趕在她栽到地面之前及時把她抓住。

「我們先停下來待一會兒，這樣我可以……先跟你們說清楚些，」海格說，「然後再過去。」

「好啊！」妙麗說。哈利把她扶穩了，兩人低聲念道：「路摸思！」他們的魔杖尖端立刻亮起火光。在兩道搖曳光束照耀的昏暗中浮現出海格的面孔，哈利又再一次看到他露出既緊張又難過的表情。

「好吧，」海格說，「這……這……事情是……」

他深深吸了一口氣。

「我現在隨時都可能會被解雇。」他說。

哈利和妙麗彼此對望一眼，再把視線轉回他身上。

「你都已經撐這麼久了——」妙麗遲疑地說，「為什麼會覺得——」

「恩不里居認為是我把那頭玻璃獸弄進她的辦公室。」

「是你嗎？」哈利不假思索地問道。

「不，絕對不是我！」海格憤慨地說，「只要是跟奇獸有關的事兒，她就全都認定是我幹的。你們也曉得，打從我回來那天起，她就一直在找機會想要除掉我。我當然是不願意走，但要不是為了……那個我正想對你們解釋的特別情況，我現在早就走了，省得讓她像對付崔老妮那樣，當著全校人的面轟我走。」

哈利和妙麗兩人都出聲反對，海格只是揮了揮大手，不理會他們的抗議。

「這又不是啥世界末日，等我一離開這兒，我就可以去幫鄧不利多，我可以替鳳凰會做點兒事。葛柏蘭會來替你們上課，這樣你們也可以——你們也可以順利通過考試……」

他的聲音顫抖，哽咽得說不下去。

「別替我操心，」他在妙麗伸手想拍拍他的手臂時，又急忙表示。他從背心口袋掏出一條髒兮兮的大手帕，揩了揩眼睛，「要不是不得已，我是絕對不會告訴你們的。如果我一定得走……嗯，我可不能……誰都沒告訴就這樣走掉……因為我——我需要你們兩個幫我忙。還有榮恩，要是他願意的話。」

「我們當然會幫你，」哈利立刻說，「你要我們做什麼？」

海格用力吸了吸鼻子，無言地拍拍哈利的肩膀，勁道強得害哈利往旁一歪，撞到一棵樹上。

「我就知道你們會答應，」海格把臉埋在手帕裡說，「我……絕對不會……忘記……好了……來吧……只要再往這兒走一小段路……你們小心點兒，這兒有蕁麻……」

他們默默地繼續往前走了十五分鐘，就在哈利張開嘴，打算問海格他們到底還要走多久時，海格猛地揮出右手，示意他們停下。

「腳步放慢點兒……」他柔聲說，「現在盡量別出聲……」

他們躡手躡腳往前走，哈利看到他們面前出現一座巨大平坦，幾乎跟海格差不多高的土丘，他嚇得心頭一震，那必然是某種巨獸的巢穴。土丘周圍的樹木大多都被連根拔起，因此它等於是矗立在一片光禿禿的地面上，周圍還圍了一圈用樹幹和粗樹枝拼湊成籬笆或路障之類的東西，哈利、妙麗和海格此刻就是站在這圈籬笆外面。

「在睡覺。」海格輕聲說。

果然沒錯，哈利可以聽到一陣陣遙遠而有節奏的呼嚕聲，聽起來就像是某種龐大巨獸的鼾聲。他斜眼望著妙麗，她凝視著那座土丘，嘴巴微微張開，看上去非常害怕。

「海格，」她說，在沉睡巨獸的鼾聲中，她的耳語幾乎細不可聞，「他是誰？」

哈利覺得這個問題很奇怪，他本來打算問的是：「它是什麼東西？」

「海格，你說過，」妙麗說，現在她手裡的魔杖開始顫抖，「你說過，他們根本沒一個人想過來！」

哈利先看看她，再看看海格，終於恍然大悟。他不禁嚇得輕輕倒抽了一口氣，回頭望著那座土丘。

那座可以讓妙麗、海格還有哈利三人輕易站上去的巨大土丘，此刻正隨著那呼嚕呼嚕響的低沉呼吸聲，緩緩地上下起伏。那根本就不是一座土丘，那是某種生物拱起的背部，而他顯然是——

「呃——對——他是不想來啊，」海格用氣急敗壞的語氣說，「可我一定得把他給帶過來，妙麗，我非這麼做不可！」

「為什麼？」妙麗問，她似乎就快要哭出來了，「為什麼——是什麼——喔，**海格！**」

「我曉得我只要帶他回來，」海格說，他自己好像也快要流淚了，「再——再教他一點兒規矩——我就可以把他帶出來跟大家見面，讓大家曉得他根本就不會傷人！」

「不會傷人！」妙麗尖聲大叫，他們面前的龐然大物在睡夢中發出一陣響亮的呼嚕聲，並微微移動了一下，把海格急得拚命比手畫腳，示意妙麗小聲一點，「他一直在傷害你，對不對？難怪你身上會有這麼多傷！」

「他只是不曉得自己力氣有多大！」海格很認真地說，「而且他現在好多了，沒像以前那麼愛打架——」

「所以你才會花上兩個月的時間才回到家！」妙麗心煩意亂地說，「喔，海格，既然他不想來，你為什麼一定要把他帶回來呢？讓他跟他自己的夥伴待在一起，他不是會比較快樂嗎？」

「他們全都在欺負他啊，妙麗，因為他個兒長得太小了！」海格說。

「小？」妙麗說，「小？」

「妙麗，我不能拋下他不管哪，」海格說，淚水沿著他那傷痕累累的面孔淌下來，流到他的鬍鬚底下，「聽我說——他是我的兄弟啊！」

妙麗只是張開嘴巴，望著他發楞。

「海格，你說的『兄弟』，」哈利緩緩問道，「是指——？」

「嗯——該說是同母異父的兄弟。」海格修正先前的說法，「我發現我媽在離開我爸以後又跑去跟另一個巨人相好，生下了這一個呱啦——」

「呱啦？」哈利說。

「沒錯……他說自己名字的時候，聽起來就是這聲音。」海格憂心忡忡地說，「他不太會說英語……我試著教他說了幾句……看來他好像也沒比我受寵，我媽也不怎麼疼他。對女巨人來說，生小孩兒是個兒越大越好，而呱啦在巨人裡面，實在是長得太矮小了——只有十六呎高——」

「喔，是啊，小得很咧！」妙麗用一種歇斯底里的挖苦語氣說道，「簡直就是個小不點！」

「他成天就被他們踢來踢去——我可不能拋下他不管哪——」

「美心夫人也想要把他帶回來嗎？」哈利問道。

「她——怎麼說，她曉得這對我來說很重要，」海格扭著他的大手說，「不過——我得承認，過了一陣子，她就覺得他有點兒煩……所以我們在回家的路上就拆夥了……她答應我不會告訴任何人……」

「你從那麼遠的地方把他帶回來，怎麼可能完全沒引起任何人注意？」哈利問道。

「呃，所以才得花上那麼久的時間，懂了吧？」海格說，「我們只能在晚上趕路，而且淨挑些沒人住的鄉下地方走。當然，他要是願意，是可以走得挺快的，可他偏偏老是想要往回走。」

「喔，海格，那你為什麼不乾脆放他回去！」妙麗說，頹然坐到一株被連根拔起的樹上，把臉埋進手裡，「你幹嘛非要把一個根本不想來的暴力巨人帶過來！」

「哎，等等——『暴力』——這辭兒用得太重了，」海格說，仍在激動地扭著雙手，「我得承認，他脾氣壞起來，有時候的確是會對我揮個一、兩拳。不過他的情況越來越好，已經好太多了，在這兒住習慣了嘛。」

「那這些繩子是用來幹嘛的？」哈利問道。

他剛剛才注意到，在四周幾株最高大的樹木上，各綁了一段跟樹幹差不多粗的繩索，而繩子一路延伸到那背對著他們、蜷曲著身子躺臥在地上的呱啦身邊。

「你還得用繩子綁住他？」妙麗幾乎快要昏倒了。

「嗯……沒錯……」海格露出不安的表情說，「聽我說——我剛才說過——他不曉得自己的力氣有多大。」

哈利現在終於明白，為什麼剛才在森林中心會完全看不到任何生物。

「那，你到底要哈利、榮恩和我做什麼事？」妙麗憂慮地問道。

「照顧他，」海格啞聲說，「在我走了以後。」

哈利和妙麗互相交換一個淒慘的眼色，哈利不安地想著，剛才已經答應海格不管要做什麼他都一定照辦。

「那——那究竟是要做哪些事呢？」妙麗詢問。

「不用替他準備食物！」海格急切地說，「他自己會找東西吃，像鳥兒和鹿什麼的……不，他要的是有人跟他作伴兒。我得確定，有人會繼續幫他點兒忙……教他一些事兒，明白吧？」

哈利什麼也沒說，只是回過頭去，望著那躺在前面地上沉睡的巨大形體。他跟海格不一樣，海格看起來只是像個超大型的人類，呱啦卻長得奇形怪狀，怎麼看都不太對勁。在那座巨大土丘的左方，有個哈利原本以為是長滿苔蘚大石頭的東西，現在他認出來，那其實就是呱啦的頭。以人類的身材標準來衡量，他的頭實在是大得不成比例，而且圓得不得了，上面還長滿了羊齒蕨類顏色的濃密小鬈髮。大頭邊上露出一隻大肥耳朵的邊緣，不過他跟威農姨丈一樣，頸項粗短，甚至可說是完全沒有脖子，因此，這圈耳朵看起來簡直就像是直接「坐」在他的肩膀上。他的背脊非常寬闊，穿了一件很髒、用許多獸皮胡亂縫製成的淺褐色罩衫。在呱啦躺著睡覺時，那些粗針縫合的獸皮接縫處看起來好像繃得太緊了些。他的兩條腿收起來縮在身下，哈利可以看到兩塊像雪橇般大的骯髒光腳板，並排擱置在森林的泥地上。

「你要我們教他。」哈利用一種空洞的聲音說，他現在總算了解翡冷翠的警告所代表的含意了。他的企圖是徒然的，最好放棄。住在森林裡的其他生物，自然會聽到海格在徒勞無功的企圖教呱啦說英語。

「沒錯——就算你們只跟他說說話兒都成，」海格滿懷希望地說，「我是這麼想的，只要他可以跟別人說說話兒，他就會明白，我們大家真的都很喜歡他，希望他能留在這兒。」

哈利望著妙麗，她用手蒙著臉，透過指縫凝視著他。

「這就跟你希望我們把蘿蔔帶回來差不多，是不是？」他說，妙麗發出一陣顫抖的笑聲。

「所以你答應了是吧？」海格說，他好像沒聽懂哈利真正的意思。

「我們會……」哈利說，他都已經答應了，現在反悔也來不及了，「我們會試試看的，海格。」

「我就曉得我可以拜託你，哈利。」海格淚汪汪地露出開心的微笑，又用手帕揩了揩眼睛，「我不會要你們太費事……我知道你們還得應付考試……大概只要每星期抽個空，穿上隱形斗篷趕到這兒，跟他聊一聊就成了。那我現在來叫醒他——替你們介紹一下——」

「什——不要！」妙麗跳了起來，「海格，不要，不要叫醒他，我是說真的，我們不用——」

海格已經跨過他們前方的巨大樹幹朝呱啦走去，他在距離呱啦大約十呎的地方停下來，從地上撿起一根斷裂的粗枝，回過頭來朝哈利和妙麗笑了笑，要他們放心，然後就用粗枝尖端往呱啦背脊正中央戳了一下。

巨人發出一聲吼叫，在寂靜的森林中激起轟隆隆的迴響，樹上的鳥兒吱吱喳喳地從林中竄出飛向天空。就在此時，在哈利和妙麗的正前方，那個龐大的呱啦已從地上爬起，用一隻巨掌按住地面，用力撐著跪起身來，震得地面突然一陣抖動。他轉過頭，想看看是什麼人或是什麼東西在吵他睡覺。

「怎麼樣啊，小呱啦？」海格用一種自以為開朗愉快的語氣說，舉著長長的粗枝往後退，準備好隨時再戳呱啦一下，「睡得不錯吧，嘎？」

哈利和妙麗盡量在仍然可以看到巨人的範圍內退得遠遠的，呱啦跪在兩棵還沒被他拔起的樹中間，他們抬頭看著他那張駭人的大臉，那就像是浮現在林中大空地上的一輪灰色滿月。他的五官彷彿是用粗斧在一顆大石球上胡亂劈出來的，鼻子粗短而且輪廓模糊，嘴巴歪向一邊，露出滿嘴殘缺不全、足足有半塊磚頭大的黃牙。以巨人的標準來看，他的眼睛相當小，顏色是像泥巴似的綠褐色，此時半瞇著，顯然還沒睡醒。呱啦舉起骯髒的、每一個都有板球那麼大的手指節，湊到眼睛旁邊，使勁揉了幾下，然後，在毫無預警的情況下，忽地站了起來，身手出奇地迅速靈活。

「天哪！」哈利聽到妙麗在他身邊嚇得哇哇大叫。

那些用繩子跟呱啦的手腕、腳踝綁在一起的樹木，開始發出陣陣不祥的吱嘎聲。海格說得沒錯，他至少有十六呎高。呱啦用視線模糊的雙眼打量四周，伸出一隻跟海灘遮陽傘一般大的手掌，抓起一個築在高聳松樹尖上的鳥巢，把它整個翻轉過來，然後發出一聲很不高興的怒吼，顯然是在生氣裡面居然一隻鳥也沒有。鳥蛋像手榴彈般落向地面，海格趕緊用手抱住頭，免得被蛋砸到。

「好了，小呱啦，」海格大喊道，擔心地抬頭看了看，生怕又有鳥蛋掉下來，「我帶了些朋友來看你喔。記得我跟你提過這件事兒吧？記得我跟你提過，說我可能會出趟遠門，得請他們來照顧你一下？你該沒忘記吧，小呱啦？」

呱啦只是又發出一聲低吼，很難看出他有沒有在聽海格講話，甚至無法確定，他到底聽不聽得懂海格說話的內容。這時他一把抓住松樹的頂端，用力地拽向自己，他這麼做顯然只是為了好玩，想看看一放手，它究竟可以彈得多遠。

「別這樣，小呱啦，別這麼調皮！」海格大叫，「其他樹就是這樣被你拔出來的——」的確如此，哈利可以看到樹根附近的泥地已經開始出現裂痕。

「我替你找了些同伴！」海格大叫，「同伴，懂了吧？低下頭來看看嘛，你這愛耍把戲的大活寶，我替你找了些朋友過來！」

「喔，海格，不要這樣。」妙麗在哀叫，海格已經又舉起粗樹枝，朝呱啦膝蓋上狠狠戳了一下。

巨人放開樹梢，低下頭來看。樹開始劇烈地擺盪，松針如驟雨般撒落到哈利身上。

「**這位**，」海格說，匆匆朝哈利和妙麗站的地方比了一下，「是哈利，呱啦！哈利波特！我要是離開了，他會到這兒來看你，懂不懂？」

巨人這才發現哈利和妙麗也站在這裡。他們兩人驚慌失措地望著他垂下那顆大石頭般的頭顱，用視線模糊的雙眼盯著他們。

「這位是妙麗，知道嗎？妙——」海格遲疑了一會。他轉頭望著妙麗說，「妳不介意就讓他叫妳喵吧，妙麗？妳這名字對他來說有點兒難念。」

「不會，一點也不會。」妙麗尖著聲音說。

「這位是喵，呱啦！她也會來看你！很棒吧？給你找了兩個朋友——**小呱啦，不可以！**」

呱啦的手忽地朝妙麗伸過來，哈利趕緊抓住她，把她拉到樹後面。呱啦的拳頭擦過樹幹，撲了個空。

「**壞孩子，小呱啦！**」他們聽到海格大喊，妙麗躲在樹後面，緊抓著哈利，不停嗚咽顫抖，「**真是個壞孩子！你不准抓——哎喲！**」

哈利從樹幹後探出頭來，看到海格平躺在地上，用手摀住鼻子。呱啦顯然已對他們失去興趣，他又挺起身子，忙著把松樹盡量往後扯。

「好吧，」海格用沙啞的聲音說。他站起來，一手捏住淌血的鼻子，另一手緊抓著石弩，「就這樣吧……你們已經見過他了，等——等下次再來的時候，他就知道你們是誰了，對……沒錯……」

海格抬頭望著呱啦，他還在使勁把松樹往後扯，那張大石頭似的臉上露出一副愉快的表情。樹根在他硬扯硬拔之下，發出吱吱嘎嘎的響聲。

「今天就到此為止吧，」海格說，「我們——呃——我們現在回去吧？」

哈利和妙麗點點頭。海格仍用一手捏住鼻子，重新把石弩扛到肩上，一馬當先地走回樹林。

有好一陣子沒人開口說話，甚至在聽到遠處傳來一陣嘩啦啦的聲響，表示呱啦終於把那棵松樹連根拔起時，也沒有一個人吭聲。妙麗的臉繃得死緊，面色一片慘白。哈利完全不知道該說什麼才好。要是有人發現海格把呱啦藏在禁忌森林裡面，天曉得會招來什麼樣的後果？而他竟然還許下承諾，說他、榮恩和妙麗三個人會繼續替海格執行那毫無用處的任務，自不量力地去教化一名巨人。海格向來就非常善於自欺欺人，把那些長滿獠牙的怪物當作是馴良無害的可愛小動物，但他怎麼有辦法欺騙自己，奢望呱啦以後會跟人類打成一片？

「等等。」海格突然說，這時哈利和妙麗正在他身後努力穿越一叢濃密糾結的雜草堆。他從肩上的箭囊中抽出一支箭，把它搭在石弩上。哈利和妙麗舉起魔杖，現在他們也停下腳步，同時也聽見了附近傳來一陣聲響。

「天啊。」海格輕聲說。

「我們好像告訴過你，海格，」一個低沉的男聲說，「這裡已經不歡迎你來了？」

剎那間，一個男人裸露的上半身迅速穿越林中斑駁的綠色光影，朝他們飄了過來。緊接著他們就看到，他的腰部以下平整滑順地跟栗色的馬身連結在一起。這名人馬有著一張顴骨高聳的倨傲面龐，和一頭黑色的長髮。他跟海格一樣，身上也帶著武器，他的肩上掛了一個裝得滿滿的箭囊和一把大弓。

「你好嗎，瑪哥仁？」海格小心翼翼地說。

人馬後方的樹叢響起一陣沙沙聲，又有四、五名人馬出現在他身後。哈利立刻認出，那個滿臉鬍鬚、有著黑色馬身的人馬就是禍頭。將近四年前，哈利跟翡冷翠相識的那個夜晚，他跟禍頭有過一面之緣，但禍頭看來好像根本不認識哈利。

「所以，」他用一種很討厭的腔調說著，迅速轉向瑪哥仁，「我想大夥兒已經說好，這個人類要是敢再到林子裡露臉，我們應該怎麼做吧？」

「現在我成了『這個人類』啦？」海格暴躁地說，「就只不過因為我阻止你們犯罪殺生？」

「你不該插手管那件事的，海格，」瑪哥仁說，「我們跟你不是同路人，你也不懂我們的法律。翡冷翠背叛了我們，使我們全族蒙羞。」

「我真搞不懂你們到底是怎麼想的，」海格沒耐性地說，「他根本啥都沒幹，只不過是去幫阿不思・鄧不利多——」

「翡冷翠已經接受了人類的奴役。」一名皺紋滿面，看起來兇巴巴的灰色人馬說。

「**奴役**！」海格不屑地冷嘲道，「他只不過是幫鄧不利多一點兒忙——」

「他向人類兜售我們族類的知識與秘密，」瑪哥仁平靜地說，「這是沒人能彌補的莫大恥辱。」

「隨便你說吧，」海格聳聳肩說，「我倒是覺得，你們這麼做可真是大錯特錯——」

「你自己也一樣，人類，」禍頭說，「在我們警告過你以後，竟然還有膽再回到我們的林子——」

「你給我聽好，」海格生氣地說，「我不管你們怎麼想，休想要我承認這兒是什麼『我們的』林子。誰要到這地方來，可由不得你們來作主——」

「現在是由不得你來作主了，海格。」瑪哥仁順理成章地接口說，「我今天就暫時放過你一次，因為你帶著你的孩子——」

「他們不是他的孩子！」禍頭不屑地插嘴說，「是學生，瑪哥仁，從學校來的學生！他們大概已經上過那個叛徒翡冷翠的課，得到不少好處了呢。」

「就算是這樣，」瑪哥仁平靜地說，「屠殺幼駒仍是一種非常嚴重的罪行——我們不能對無辜的人下手。海格，今天我們就放過你一次。從現在開始，你就別再踏進這個地方。在你幫助叛徒翡冷翠脫逃的那一刻，你就喪失了人馬的友誼。」

「就憑你們這群老騾子，誰敢叫我別再踏進森林！」海格大聲說。

「海格，」妙麗音調又高又急又怕地說，禍頭和那名灰色人馬都在忿忿地刨抓著地面，「我們走吧，求求你快走吧！」

海格開始往前走，但他仍舉著石弩，用恐嚇的眼神死盯著瑪哥仁。

「我們知道你在林子裡藏了什麼，海格！」瑪哥仁在他們背後喊道，其他人馬迅速離去，「我們就要忍無可忍了！」

海格轉過身來，一副想要直接衝向瑪哥仁的姿態。

「只要他待在這兒一天，你們就得繼續忍耐下去，他跟你們一樣有權利住在這林子裡！」他大喊，而哈利和妙麗兩人使出所有的力氣頂著海格的鼴鼠皮背心，要他繼續往前走。他低下頭來，臉上仍帶著怒容，一看到他們兩個在推他，立刻換上一副微微吃驚的表情，好像根本沒感覺到有人在推他。

「冷靜點兒，你們兩個。」他說，回過身來繼續往前走，他們兩人氣喘吁吁地跟在他背後，「真是群可惡的老騾子，沒錯吧？」

「海格，」妙麗喘吁吁地說，繞過一叢他們曾在途中經過的蕁麻，「要是那些人馬不讓人類踏進森林，那看來我和哈利大概沒辦法去——」

「啊，妳聽到他們說了，」海格不當一回事地答道，「他們不會傷害幼駒——我是說小孩。再說，我們可不能讓那些傢伙牽著鼻子走，是吧？」

「至少妳試過了。」哈利低聲對滿臉沮喪的妙麗說。

終於他們重新踏上小徑，又繼續往前走了十分鐘，周遭的樹林開始變得稀疏，他們又可以透過上方的樹縫，看到一片片澄淨的藍色天空，也可以清楚地聽見遠方陣陣清晰的歡呼喝采聲。

「又有人得分啦？」海格問著，停在樹蔭底下看，魁地奇球場已出現在他們眼前，「還是比賽已經結束了？」

「不曉得。」妙麗可憐兮兮地說。哈利這才注意到她看起來非常狼狽，她的頭髮上沾滿了細枝和樹葉，長袍破了好幾個洞，臉上和手上到處都是擦傷。他知道他自己也好不到哪裡去。

「我看是打完哩！」海格說，仍瞇著眼眺望球場，「你們看——都已經有人走出來了——你們兩個跑快一點兒，就可以混進人潮裡面，誰也不會發現你們不在場咧！」

「好主意，」哈利說，「嗯……那就再見了，海格。」

「我不敢相信，」妙麗等他們一走出海格聽力所及的範圍，就用非常不穩定的嗓音說，「我不敢相信，我**真**不敢相信他會做出這種事來。」

「冷靜一點。」哈利說。

「冷靜！」她非常激動地說，「一個巨人！森林裡住了一個巨人欸！我們還要去替他上英文課！當然還得假設，在每次來回的路上，那群兇暴的人馬都會放我們通過！我——真不敢——**相信**——他會做出這種事！」

「我們現在什麼都還不用做啊！」哈利低聲安撫她，他們現在已經加入吵吵鬧鬧的赫夫帕夫學生隊伍，往城堡的方向走去，「他要真被學校解聘了，才會要我們幫忙，那說不定根本就不會發生。」

「喔，少裝了，哈利！」妙麗生氣地突然定住不走，害她後面的人只好趕緊轉向，從她身邊繞過去。「他當然會被解雇，而且，我坦白說句心裡話，在看到剛才那種情形之後，誰還有理由去怪恩不里居呢？」

一陣短暫的沉默，哈利對著妙麗怒目相向，她的眼中慢慢盈滿了淚水。「妳不是真的這麼想吧？」哈利靜靜地說。「不……嗯……好吧……我不是真的這麼想，」她說，氣憤地擦了擦眼睛，「可是他為什麼偏偏就要讓日子變得這麼難過，他就不能放過自己——放過**我們**嗎？」

「我不知道——」

衛斯理是我們的王，
衛斯理是我們的王，
看到快浮他就擋到一旁，
衛斯理是我們的王……

「我希望他們不要再唱那首笨歌了，」妙麗難過地說，「難道他們幸災樂禍得還不夠嗎？」

一大群學生湧出球場，爬上草坪斜坡。

「我們快點回去吧，免得碰到史萊哲林的人。」妙麗說。

衛斯理球技高強，
誰來射門他全能抵擋，
我們葛來分多高聲歌唱，
衛斯理是我們的王。

「妙麗……」哈利拖長了聲音。

歌聲變得越來越響亮，卻不是來自於那群穿著銀綠兩色服裝的史萊哲林觀眾群，而是一大群紅金色的人潮。有一個單獨的人影由許許多多的肩膀扛著，慢慢朝城堡的方向走去。

衛斯理是我們的王，
衛斯理是我們的王，
看到快浮他就擋到一旁，
衛斯理是我們的王。

「不會吧？」妙麗輕聲說。

「**是真的！**」哈利大聲說。

「**哈利！妙麗！**」榮恩喊著，揮舞著銀色的魁地奇獎盃，看起來樂得都快要發狂了，「**我們辦到了！我們贏了！**」

他們眉開眼笑地望著他從身邊經過。到了城堡大門口，大家全都爭先恐後地往裡面擠，害榮恩的頭撞上了門楣，看來撞得還不輕，但還是沒人想要把他放下來。群眾邊唱邊擠進入口大廳，沒多久就失去了蹤影。哈利和妙麗笑咪咪地目送他們離去，直到「衛斯理是我們的王」最後一絲餘音也漸漸沉寂下來。他們轉頭望著對方，臉上的笑容迅速消失。

「我們明天再告訴他好了，可以嗎？」哈利說。

「好，可以啊，」妙麗疲憊地說，「反正我也不急。」

他們一起爬上階梯，在大門前，兩人都下意識地回頭望向禁忌森林。哈利不確定這是否只是他的想像，他好像看到一小群鳥兒從遠方的樹梢竄出來飛上天空，彷彿牠們築巢的樹剛被連根拔起。

31 普等巫測

第二天，榮恩亢奮到什麼事都沒辦法做，他滿腦子還是自己幫葛來分多險勝取得魁地奇獎盃這件事。他只想談比賽，這讓哈利和妙麗覺得很難打斷他的話去提呱啦。話說回來，他們兩個其實也沒有非常努力嘗試，兩個人都不想用這麼殘忍的方式將榮恩拉回現實。由於這一天天氣暖和晴朗，他們便勸榮恩一起到湖邊的山毛櫸樹下復習功課，和交誼廳比起來，在那裡談話比較不容易被人偷聽。榮恩起初對這個主意並不太熱中——在交誼廳裡，每一個葛來分多的學生現在走過他的椅子時都會拍拍他的背，不時還會有人爆出一句「衛斯理是我們的王」，這些實在讓他開心得不得了——可是過了一會，他終於決定，出去呼吸一下新鮮空氣應該也滿好的。

他們在湖畔的山毛櫸樹蔭下坐了下來，將書本攤開。榮恩仍舊喋喋不休地談著他在這場比賽中的第一回救球，不曉得是第十幾遍了。

「我是說，那時候我已經讓達維進了一球，所以我不是很有自信，可是我也不知道，當賴利朝著我衝過來，突然之間，我就想——**你辦得到的！**那時我只有一秒鐘可以決定該往哪邊飛，因為他看起來是要瞄準右邊的球門——當然，是我的右邊，他的左邊——可是我有種奇怪的感覺，認為那應該是假動作，我就決定拚了，往左邊飛過去——也就是他的右邊啦——然後——然後你們都看到了，」他謙虛地下了結論，非常不必要地將頭髮往後撥了撥，好讓它看起來像是被風吹過很性格的樣子，一面又東張西望，看看坐在附近的人——一群在閒聊的三年級赫夫帕夫學生——看他們有沒有聽見他剛才說的話。「後來，五分鐘左右吧，錢柏衝著我來了——幹嘛？」榮恩話說到一半，看見哈利臉上的表情，就停下來問。「你在笑什麼？」

「我沒有，」哈利答得飛快，同時低下頭看他的變形學筆記，試圖擺出嚴肅的表情。事實上，榮恩剛才的表現強烈地讓哈利想起了另一位葛來分多的魁地奇球員，他也曾經在這棵樹下撥弄過頭髮。「我只是很高興我們贏了，就這樣而已。」

「就是啊，」榮恩說得很慢，回味著那幾個字，「**我們贏了**。金妮從張秋鼻子下搶過金探子的時候，你有沒有看見張秋的表情？」

「她哭了，對不對？」哈利苦澀地說。

「對——不過大部分是因為情緒激動吧……」榮恩微微皺了下眉頭。「可是你有看見她降落後把掃帚扔到一旁的事嗎？」

「呃——」哈利說。

「好吧，其實……沒有，榮恩，」妙麗重重嘆了口氣，將書本放下，滿懷歉意地望著他。「其實，整場比賽哈利和我只看到達維射進的那第一球而已。」

榮恩撥了老半天的頭髮似乎因為失望而萎謝了。「你們沒看？」他有點暈眩地說，來回望著他們倆。「我搶救那麼多球，你們一球都沒看到？」

「嗯——沒有，」妙麗說，一邊朝他伸出手想要平息他的怒火，「可是榮恩，我們也不想離開——當時實在是不得已！」

「是嗎？」榮恩說，他的臉現在已經脹得通紅。「為什麼？」

「因為海格，」哈利說。「他決定要告訴我們為什麼他從巨人那裡回來後就一天到晚受傷。他要我們跟他進森林裡去，我們別無選擇，你知道他的脾氣。總之……」

故事花了五分鐘就說完，等到聽完的時候，榮恩臉上的怒火已經轉為難以置信的表情。

「**他帶了一個回來，還把他藏在森林**？」

「沒錯。」哈利沉重地說。

「不對，」榮恩說，彷彿被他這樣一說，事情就會變成假的似的。「不對，他不可能這麼做。」

「他已經做了，」妙麗堅決地說。「呱啦差不多有十六呎高，很喜歡拔二十呎高的松樹，他還認得我，」她哼了一聲，「他叫我**喵**。」

榮恩緊張地笑了一聲。

「那海格要我們……？」

「教他英文，沒錯。」哈利說。

「他瘋了。」榮恩用一種幾乎是嘆為觀止的口氣說。

「就是啊，」妙麗火氣很大地說，翻了一頁《中級變形術》，狠狠瞪著那一連串的圖表，上面展示著一隻貓頭鷹如何變化成一副觀賞歌劇用的望遠鏡。「就是啊，我也開始認為他瘋了。可是，很不幸地，他逼得哈利跟我答應了。」

「那你們只要反悔就行啦，」榮恩堅決地說。「我是說，拜託……我們要考試了，我們就差這樣——」他舉起手，做出拇指和食指幾乎要碰到的手勢，「——就要被踢出去了。再說……記得蘿蔔嗎？記得阿辣哥嗎？我們跟海格那些怪獸夥伴打交道，哪一次有好下場的？」

「我知道，只是——我們答應了。」妙麗小小聲說。

榮恩把頭髮又撥平了，一臉專注入神的樣子。

「反正，」他嘆口氣，「海格到現在都還沒被開除，對不對？他已經撐了那麼久，也許他可以撐到這學期結束，那我們根本就不用接近呱啦了。」

＊　＊　＊

城堡內的校園在陽光下閃耀著，彷彿上了一層新漆，萬里無雲的晴空笑看著光燦不見波紋的湖水中的自己，絲緞般的青草地在和風中起伏掀動。六月到了，對五年級生來說，這只代表一件事：他們的普等巫測終於來臨了。

老師們已經不再出功課給他們做，課堂的時間都用來復習一些老師認為最有可能考到的主題。這種專一狂熱的氣氛，逼得哈利心裡只有普等巫測，其他什麼事都不管了。但是偶爾在魔藥學課堂上他還是忍不住會想到，不曉得路平有沒有告訴過石內卜，要他繼續給哈利上鎖心術的課。如果說了，那石內卜對路平就是完全不理不睬，就像他現在對待哈利一樣。這對哈利來說是求之不得，他已經夠忙夠累，沒有精力再另外去上石內卜的課。最讓他鬆一口氣的是，妙麗最近自己也忙到沒空再對他囉嗦鎖心術的事。她幾乎一天到晚自言自語，而且好一陣子沒展示任何小精靈的衣服了。

她並不是唯一因為普等巫測到來而舉止反常的人。阿尼．麥米蘭也是，他最近養成了一個討厭的習慣，見人就盤問對方做復習練習的時數。

「你一天通常復習幾個小時？」他們在藥草學教室外頭排隊時，他這樣質問哈利和榮恩，目露兇光。

「不曉得，」榮恩說，「就幾小時吧。」

「差不多有八小時嗎？」

「沒那麼多吧，我想。」榮恩說，稍微有些慌張起來。

「我一天練習八小時，」阿尼說，挺了挺胸膛。「八到九小時。我每天在吃早飯前就先排一個小時出來，平均是八小時。如果是週末，情況好，我可以做十小時。星期一我可以做九小時半，星期二情況就比較差——只有七又四分之一小時，然後星期三——」

哈利很感激芽菜教授在這時候催他們進入溫室，逼得阿尼放棄他的背誦。

同時，跩哥．馬份也發現了製造恐慌的新方法。

「當然，重要的不是你念了多少，」在考試前幾天，有人聽見他在魔藥學教室外對克拉和高爾大聲地說，「重要的是你認識誰。我跟你們說，我父親和巫術考試局的局長是多年的老朋友——老溫順．馬治邦——她來我們家吃過晚飯，我們都很熟……」

「你們覺得這是真的嗎？」妙麗警覺地對哈利和榮恩耳語。

「就算是真的，我們也不能怎麼樣。」榮恩陰鬱地說。

「我不認為是真的，」奈威小聲地從他們身後說。「因為溫順．馬治邦是我奶奶的朋友，她從來沒提過馬份這一家人。」

「她到底是個什麼樣的人，奈威？」妙麗馬上問。「她很嚴格嗎？」

「其實滿像我奶奶的。」奈威聲音突然變小了。

「可是，認識她考過的機會總比較大吧？」榮恩鼓勵他。

「喔，我不認為會有什麼不同，」奈威說，口氣更痛苦了。「奶奶一直對馬治邦教授說我比不上我爸……呃……你們在聖蒙果醫院也看見她是什麼樣的人了。」

奈威直勾勾望著地板。哈利、榮恩和妙麗互相望著，都不知道該說些什麼。這是奈威第一次承認他們在巫師醫院見過面。

在這同時，黑市交易也風行起來，五年級和七年級生紛紛買賣起各式各樣的考試用商品，包括有提高注意力、心智敏銳度以及保持清醒狀態的產品。哈利和榮恩對於一瓶包你醒腦萬靈丹感到非常動心，那是雷文克勞的六年級生埃迪．加米提供的，他發誓說去年他在測試中拿到九科的「傑出」評分，都是因為服用了這種藥的關係，開價只要十二加隆就賣給他們一整品脫。榮恩向哈利保證，等畢業找到工作後會立刻把錢還給哈利，但就在他們成交之前，妙麗從加米手中沒收了那瓶藥，把它倒進了馬桶裡。

「妙麗，那是我們要買的！」榮恩大叫。

「別傻了，」她吼著。「你們乾脆去買好樂．丁格的龍爪粉來用好了。」

「丁格有龍爪粉？」榮恩急急地說。

「已經沒有了，」妙麗說。「也被我沒收了。你要知道，這些東西全部都是騙人的。」

「龍爪真的有用啊！」榮恩說。「那應該有很大的威力，真的會加強你的腦力，會有好幾個小時變得很聰明——妙麗，讓我拿一點吧，拜託，又不會造成什麼傷害——」
「會，」妙麗嚴肅地說。「我都看過了，那根本就是乾掉的黑妖精大便。」
這一個情報馬上打消了哈利和榮恩對補腦藥品的渴望。
他們在下一節的變形學拿到了普等巫測考試的時間表以及考試程序細節。
「各位可以看見，」大夥忙著從黑板上抄考試的日期和時間時，麥教授對全班說，「普等巫測總共要考兩個禮拜。早上都是筆試，下午是考術科。至於天文學的術科測驗，當然，是在晚上考。
「現在，我必須提醒各位，你們的考卷都被下了最強力的反作弊咒。自動作答羽毛筆一律禁止帶進考場，另外包括了記憶球、分離式抄襲袖套和自動更正墨水也都嚴禁使用。我要很遺憾地說，每一年總會出現至少一個自以為能躲過巫術考試局規定的學生，我只希望不要是葛來分多的學生。我們的新——校長——」麥教授說這個字時，臉上的神情就和佩妮阿姨在注視某塊小污點時的表情一樣，「——已經要求各學院的院長對所屬的學生宣布，作弊行為將會受到最嚴厲的處分——因為，你們的考試結果，理所當然的，等於新校長上台後的成效表現——」
麥教授微微嘆了口氣，哈利看見她那尖鼻子的鼻孔噴張了一下。
「——然而，這絕不是你們可以不用盡力的理由，你們要考慮自己的前途。」
「請問，教授，」妙麗說，手舉得高高的，「我們什麼時候可以知道考試結果？」
「七月會派出貓頭鷹通知各位。」麥教授說。
「太好了，」丁．湯馬斯用大家聽得見的音量低聲說道，「這樣一直到放假之前，我們都不用煩惱了。」

哈利想像著六個星期之後坐在水蠟樹街的臥室裡，等著他的普等巫測結果。起碼，他想，這個夏天總算可以收到那麼一封郵件。

他們的第一堂考試——符咒學理論——將在週一早上進行。哈利答應了星期天午餐之後幫妙麗做測試，可是才開始沒多久他就後悔了。她非常焦慮，不斷從他那裡搶過書本，想要知道她是不是完全答對了，最後甚至因為用力過猛，那本《符咒學技能養成》尖利的書邊還重重打中他的鼻子。

「妳自己練習不就好了？」他堅決地說，將書還給她，眼睛已經疼得流出淚水。

同一時間，榮恩默默讀著兩年份的符咒學筆記，他的手指插在耳朵裡，嘴唇無聲地動個不停。西莫．斐尼干躺在地毯上，背誦著獨立型符咒的定義，而丁就在旁邊拿著《標準咒語．五級》幫他比照查對。芭蒂和文妲在練習基本的移動型符咒，讓兩個鉛筆盒沿著桌子邊緣賽車。

那一天的晚餐草草了事。哈利和榮恩並沒有多做交談，不過因為埋頭苦讀了一整天，吃得倒挺兇的。而妙麗卻不斷停下刀叉，鑽到桌子底下翻書包，從裡頭找書出來查看某個論點或圖形。榮恩才在說她應該好好把飯吃完，否則晚上會睡不好覺時，她手指一軟，叉子滑落下來，鏘的一聲砸到她的餐盤上。

「喔，我的天啊，」她沒力地說，瞪著入口大廳。「就是他們啊？那些就是監考官啊？」

哈利和榮恩急忙從長椅上轉過身。在餐廳大門的另一頭，他們看見恩不里居和一小群骨董級年紀的女巫和巫師站在那裡。令哈利高興的是，恩不里居顯得非常緊張。

「我們要不要過去靠近一點看？」榮恩說。

哈利和妙麗點點頭，於是他們朝入口大廳的雙扇大門走去，跨過門檻時便將速度放慢，很鎮定地從監考官們的身旁走過。哈利認為馬治邦教授一定就是那個子極小的駝背女巫，她臉上的皺紋多到像是敷過蜘蛛網似的。恩不里居對她講話很恭敬，而馬治邦教授似乎有點耳背，她回答恩不里居教授的嗓門非常大，但其實兩人之間只相隔一呎而已。

「旅途很順利，旅途很順利，我們以前來過不曉得多少次了！」她不耐煩地說。「哎呀，我最近居然都沒聽見鄧不利多的消息！」她補充道，環視著整個大廳，彷彿希望他會突然從哪個掃帚櫥櫃當中冒出來似的。「妳應該不曉得他人在哪裡吧？」

「完全不清楚，」恩不里居說，惡狠狠地瞪了哈利、榮恩和妙麗一眼。他們現在在樓梯口附近磨磨蹭蹭，榮恩假裝綁鞋帶。「我猜想魔法部很快就會把他找出來的。」

「這我很懷疑，」嬌小的馬治邦教授叫著，「如果鄧不利多不願意，那可是很難找了！我曉得的……當年他考超勞巫測的時候，就是我親自主考他的變形學和符咒學……他用一根魔杖變出些我從來沒見過的東西。」

「是……是……」恩不里居教授說，這時哈利、榮恩和妙麗三個人一步一步慢到不能再慢地踩上大理石階梯，「讓我帶各位到教職員室吧。我相信各位在長途跋涉之後，一定想喝杯茶的。」

真是一個難熬的晚上。每個人都想要把握最後一分鐘做總復習，可是似乎誰也沒有特別的進展。哈利很早就上床了，卻在床上像是躺了有好幾個小時之久，還是睡不著。他想起之前所做的就業諮詢，想到麥教授那番憤怒宣言，她說什麼都要幫助他成為一名正氣師，就算她因此失去一切也不在乎。如今考試就在眼前，他反倒希望她當初提出的是一個比較實際可行的目標。他知道現在躺在床上醒著的絕不止他一個，可是寢室中其他人誰也沒開口說話，到最後，他們一個接一個的都睡著了。

第二天早餐時，五年級生幾乎沒有人在交談。芭蒂壓低了聲音在練某些咒語，她面前的鹽罐在那裡扭來扭去。妙麗在重讀《符咒學技能養成》，讀得太快，眼睛都好像看花了。而奈威則不斷掉下刀叉，又打翻果醬。

早餐一過，五年級和七年級生就移到了入口大廳，在那裡走來走去，其餘的學生都上課去了。接著到了九點半，他們一個班一個班的被叫喚上前，再度進入餐廳。那裡已經重新布置過，看起來就像哈利在儲思盆中看他父親、天狼星和石內卜當年參加普等巫測時的布置一樣。四排的學院餐桌已經移開，全部換成許多張單人考試桌，通通面向著餐廳盡頭的教職員桌，麥教授就站在那裡看著他們。當全體坐好並安靜下來之後，她說：「各位可以開始了。」她將身旁桌上的一個巨型沙漏倒了過來，那張桌子上同時還擺著一組組的羽毛筆、墨水瓶以及羊皮紙。

哈利把試卷翻過來，一顆心怦怦跳著——在他右邊三排的前面第四個座位上，妙麗已經開始唰唰唰地寫著——他垂眼看第一個問題：請寫出讓物件飛行的（a）咒語，並敘述（b）魔杖的使用動作。

哈利腦中閃過一個畫面：一根棒子高高飛到空中，大聲地打在一個山怪厚重的腦袋瓜上……他微微一笑，身子伏在試卷上，開始寫。

＊＊＊

「怎麼樣，應該還不錯吧，對不對？」兩個小時後，妙麗焦急地在入口大廳問著，手裡仍舊抓著試題紙。「打氣咒的部分我沒太大把握，時間根本不夠用。你們寫了打嗝的反符咒沒？我不確定自己該不該寫，感覺上好像是要——還有第二十三題——」

「妙麗，」榮恩嚴厲地說，「我們之前都說好的……不要每考完一堂就馬上討論，那些東西做過一次就已經夠煩的了。」

五年級生和學校其他的人一起用完午餐（四排學院餐桌到了午餐時間又回到原來的位置），便成群結隊來到餐廳旁邊的小房間，他們在這裡等候唱名應考術科。唱名是以字母順序編排，一小群一小群的學生被叫到前頭去，其餘的人就留在後頭低聲背著符咒並且練習魔杖的揮舞動作，偶爾會不小心戳到對方的背或是眼睛。

叫到妙麗的名字了。她顫抖著，和安東尼・金坦、葛果里・高爾以及月桂・綠茵離開了房間。考過的學生並沒有再回到房間來，因此哈利和榮恩並不知道妙麗到底考得如何。

「她一定沒問題的，記不記得她在我們的一次符咒學考試中拿到了一百一十二分？滿分也不過才一百分而已。」榮恩說。

十分鐘之後，孚立維教授叫道：「潘西・帕金森——芭瑪・巴提——芭蒂・巴提——哈利波特。」

「祝你好運啦。」榮恩小聲地說。哈利走進餐廳，緊緊握住他的魔杖，用力到手在發抖。

「波特，禿福教授有空。」孚立維教授站在進門入口處尖著聲音說。他為哈利指點一個看起來最老，頭最禿的監考官。他坐在最遠角落的一張小桌子後頭，隔不遠就是馬治邦教授，她正在考踋哥・馬份，像是考到一半的樣子。

「波特，是嗎？」禿福教授說，查看了一下他的筆記，透過他的夾鼻眼鏡望著走上來的哈利。「就是鼎鼎大名的那個波特？」

透過眼角餘光，哈利清楚瞧見馬份不懷好意地朝他這裡打量了一眼，於是被馬份作法而飄浮在半空中的那個酒杯掉到了地上，砸得粉碎。哈利忍不住咧嘴一笑，禿福教授也回他一個鼓勵性的微笑。

「沒錯，」他用那年老顫抖的聲音說，「沒有必要感到緊張。現在，請你拿這個托蛋杯，叫它翻幾個觔斗給我看。」

大體上來說，哈利覺得一切進行得算是挺順利的。他發出的飄浮咒絕對比馬份的好很多，不過，如果變色和生長兩個咒沒搞混就好了，本來應該變成橘色的那隻老鼠也不會因此膨脹到嚇人的地步。等到哈利將錯誤修正過來，那隻老鼠已經變得和獾一樣大了。他很高興妙麗當時不在餐廳裡，事後也不用再對她提起這件事。他倒是可以去告訴榮恩，因為榮恩同樣把一個晚餐盤突變成了一顆大蘑菇，而且不明白是怎麼一回事。

那一晚他根本沒有時間放輕鬆。晚飯後，他們直接前往交誼廳，專心準備第二天要考的變形學。哈利上床時，他的頭已經在嗡嗡作響，塞滿了各種複雜的咒語範本和理論。

第二天早上筆試時，他忘了一個轉換咒的定義，在術科方面更是馬馬虎虎，但至少他把一整隻鬣蜥蜴成功變消失了。隔壁桌那可憐的漢娜・艾寶完全失常，不知怎地把那隻雪貂繁殖成了一大群紅鶴，搞得整場考試暫停十分鐘，因為大家得忙著去抓鳥，再把牠們帶離餐廳。

星期三考藥草學（除了被一朵獠牙天竺葵咬一口之外，哈利認為自己的表現還算不錯）。然後星期四，黑魔法防禦術。到了這一堂，哈利才第一次有確定自己會通過的感覺。他筆試的所有問題通通會答，而術科測驗更是輕鬆愉快，他在恩不里居面前盡情施展各種反惡咒和防禦咒語，恩不里居只是站在通往入口大廳的門那裡冷冷望著他。

「啊，太棒了！」禿福教授大叫，他再次審核哈利，哈利展示了一次完美的幻形怪驅逐咒。「真是太好了！就到此為止吧，波特……除非……」

他稍微往前傾了傾身。

「我從我的好朋友太比略．歐登那裡聽說你會施護法咒？要不要來點額外加分……？」

哈利舉起魔杖，筆直望向恩不里居，心中想像她被開除的樣子。

「疾疾，護法現身！」

他的銀色雄鹿從魔杖尖端竄出，沿著餐廳奔跑起來。所有監考官的視線都跟著牠轉來轉去，當牠化成一團銀色霧氣的時候，禿福教授熱情有勁地拍起他那一雙青筋暴露、指節長繭的手來。

「太棒了！」他說。「非常好，波特，你可以走了！」

當哈利經過站在門口的恩不里居身邊時，他們的眼神交會了一下。她那張鬆垮垮的闊嘴咧出了一個討厭的笑容，可是他不在乎。除非他估算錯誤到離譜（他也不打算告訴任何人，怕萬一自己真的錯了），他剛剛已經在普等巫測贏得了一個「傑出」的評分。

星期五，哈利和榮恩休兵一天，而妙麗必須參加她的古代神秘文字考試。由於他們有一整個週末等在眼前，便決定讓自己休息一下不做復習。兩個人在打開的窗戶旁伸著懶腰打呵欠，溫暖的夏日氣息輕輕飄送，他們坐在窗口下著巫師棋。哈利看見遠處的海格，正在森林的邊緣給一個班級上課。他猜想著他們在觀察哪種生物——八成是獨角獸，因為那些男生站得似乎太後面了一些——這時畫像洞口的門開了，妙麗爬進來，一副氣急敗壞的模樣。

「神秘文字考得如何？」榮恩說，一面打呵欠伸懶腰。

「我把 **ehwaz** 翻譯錯了，」妙麗憤怒地說。「那指的是『**合夥關係**』，不是『**防禦**』，我把它跟 **eihwaz** 搞混了。」

「這樣啊，」榮恩懶洋洋地說，「那也不過就錯了一題而已，對不對，妳還是可以拿到——」

「喔，閉嘴！」妙麗生氣地說。「也許就是錯這麼一題，決定了過關或是不及格。更糟的是，有人又在恩不里居的辦公室放了一隻玻璃獸。搞不懂牠們是怎麼穿過那道新的門，我剛才經過那裡，恩不里居的尖叫聲快把我頭給炸掉了——從聲音聽起來，玻璃獸打算啃掉一大塊她的腿肉——」

「好耶。」哈利和榮恩異口同聲說。

「才**不**好！」妙麗激動地說。「她當初就認為都是海格幹的，記得嗎？我們可**不**希望海格被踢走！」

「他正在上課，她不可能把這怪到他頭上的。」哈利朝窗子外比了比。

「啊唷，你有時候真是夠**天真**的，哈利。你真的認為恩不里居會等到有證據嗎？」妙麗似乎下定決心要保持這樣的火爆狀態，她快步衝向女生寢室，砰一聲將門甩上。

「真是一個又可愛又好脾氣的女孩。」榮恩非常心平氣和地說著，將他的皇后往前推，吃掉了哈利的一個騎士。

妙麗的壞心情持續了幾乎整個週末，哈利和榮恩發現不去理會她倒也容易。他們大部分週六和週日的時間仍舊花在復習星期一的魔藥學上，這也是哈利最不想考的一個科目——他更確定自己想成為一名正氣師的夢想，即將因為這一科而破滅。果不其然，筆試對他來說十分困難，不過他認為在變身水那一題有可能拿了滿分，二年級時他曾經偷喝過，所以能非常精確地描述它的效果。

下午的術科測驗並不像他先前所想的那麼可怕。由於石內卜不在場，他覺得自己要比平常調製魔藥時來得輕鬆自在。奈威坐在離哈利非常近的位置，他看上去也比上魔藥學的任何一個時候都來得快樂。當馬治邦教授開口說：「請各位離開大釜，考試結束。」哈利便將他的樣本瓶塞上塞子，心想也許拿不到高分，但幸好，也不會不及格。

「只剩下四科了。」他們往葛來分多交誼廳走回去時，芭蒂·巴提疲倦地說。

「只剩下！」妙麗發火地說。「我**還有**算命學要考，而且這還可能是最難的一科！」

沒有誰笨到會去回嘴，她也就沒辦法將怒氣發洩在他們任何一個人身上，最後她只好對幾個一年級學生說教，嫌他們在交誼廳裡頭咯咯笑得太大聲。

哈利決心要在星期二的奇獸飼育學測試上有好表現，這樣才不會讓海格失望。下午的術科考試是在禁忌森林邊緣的草地上舉行，要求學生正確無誤地辨認躲在十幾隻刺蝟當中的魔刺蝟（訣竅是拿牛奶一隻一隻餵魔刺蝟，這種身上刺毛具有各種魔法特性的動物疑心病很重，通常在認定有人要對自己下毒時會兇性大發）。再以實例表現如何正確處理木精；如何在不受嚴重灼傷的情況下，餵食並清潔火螃蟹；如何從廣泛的食物堆中，選出適當的種類，給生病的獨角獸服用。

哈利看見海格焦急地從他小屋的窗口拚命往外看。當哈利的主考官——這一回是一位圓胖矮小的女巫——對他笑了笑說可以走了的時候，哈利先對海格遠遠豎起了大拇指之後，才回頭往城堡走去。

星期三早晨的天文學筆試考得不錯。哈利不敢說自己把木星所有衛星的名稱都寫對了，但至少有把握那些衛星上沒有一顆是住滿了鼠層。他們得等到晚上才繼續進行天文學的術科測驗，而下午改成考占卜學。

就算是以哈利自己的低標準來看，他的占卜學實在考得很差。要他瞪著那顆頑強的、始終一片空白的水晶球，還不如看桌上型電腦裡的動畫。在讀茶葉命理這一關時，他的頭整個都昏了，居然說在他看來，馬治邦教授不久就會碰到一個胖嘟嘟、黑皮膚、全身溼答答的陌生人。最後在結束這場鬧劇時，更是將她掌上的生命線和智慧線弄混，指稱其實她上星期二就該死掉了。

「我們本來就會被當掉那一科的。」他們登上大理石階梯時，榮恩悶悶不樂地說。也只有他才讓哈利覺得好過了些，他告訴哈利他是如何鉅細靡遺地對監考官說，在水晶球裡見到一個鼻子上長了一顆疣的醜男人，結果一抬頭，發現自己描述了半天的，竟是監考官的投影。

「我們一開始就不應該選這個白痴科目的。」哈利說。

「不過，至少現在我們可以正式把它放棄了。」

「沒錯，」哈利說。「不必再假裝關心當木星和天王星靠得很近時會發生什麼事了。」

「而且從現在開始，我也不必在乎那些茶葉會拼出什麼『**去死，榮恩，去死**』——我就直接倒進垃圾桶，那才是真正屬於它們的地方。」

就在哈利哈哈大笑的時候，妙麗跑到了他們後頭。他立刻止住笑，怕又會激怒她。

「嗯，我想我的算命學考得還可以，」她說，哈利和榮恩馬上鬆了一口氣。「現在到吃晚飯前還有一點時間可以稍微看一下星圖表，然後……」

他們在十一點抵達天文塔頂端，這是一個非常適合觀察星象的夜晚，沒有雲也沒有風。校園沐浴在銀色的月光中，空氣帶有些許的涼意。每個人都架起了自己的望遠鏡，等到馬治邦教授一聲令下，就開始填寫剛才發下的那張空白星圖表。

馬治邦教授和禿福教授在他們中間走來走去，看著他們將觀察到的星星以及行星的位置精確地填上星圖表。所有的人都很安靜，只聽得見羊皮紙的摩擦聲，偶爾傳來望遠鏡調整時的嘎吱聲，以及許多枝羽毛筆同時寫字的唰唰聲。半個小時過去，接著是一個小時。底下，那些由燈光投射顯現出來、金光閃閃的小方塊開始在地面上消失，因為城堡窗戶裡頭的光源一處一處都熄滅了。

然而，就在哈利完成了圖表上的獵戶座星系時，城堡的前門打開了，位置正好在他所站立的牆緣下方，於是光線便沿著石頭台階灑下，一路蔓延到草地上。哈利瞥了一眼，將望遠鏡的位置稍微調整了一下，他看見五、六個拉長了的黑影子在燈火通明的草地上移動著，隨著後門關上，草地也跟著變回原來的一片黑色海洋。

哈利把眼睛湊回望遠鏡，重新對焦，開始觀察金星。他低頭看著圖表，將這顆行星填上去，可是突然有別的東西將他的注意力吸引過去。他的羽毛筆懸空在羊皮紙上，他瞇起眼往下方那黑暗的校園裡看，看見六個身影匆匆走過草坪。要不是他們不斷在移動，月光把他們頭頂鍍了一層銀光，否則走在這片黑地裡根本難以察覺。即使隔了這麼遠的距離，哈利卻突然有種奇特的感覺，他認出其中最矮最胖那個人的走路姿勢，那人似乎是這一群的領隊。

他想不透為什麼恩不里居會在半夜過後到外頭溜達，而且還帶著五個人。身後有人咳嗽一聲，他這才想起自己還在考試當中。他幾乎把金星的位置都忘了，他將眼睛湊回望遠鏡，重新找到它。當他再次想把它填上星圖表時，他原本就一直投注在四周動靜的注意力卻讓他聽見了奇怪的聲音，是遠處的敲門聲，聲響迴蕩在空盪的校園裡，隨之而起的是一隻大狗隱約的吠叫聲。

他抬頭看，一顆心怦怦跳。海格家的窗戶有燈光亮了起來，方才他看見走過草坪的那一群人現在遮住了那道光。門開了，他清楚地瞧見六個輪廓分明的身影走過門檻。門又再關上，一片寂靜。

哈利覺得渾身不自在。他往周圍張望，想知道榮恩和妙麗是不是也看見他所看見的，馬治邦教授正巧在這個時候走到了他的身後。哈利不想讓人誤解自己是在偷看別人的答案，只好急忙彎向他的星圖表，假裝是在上面添加註記，實際上卻是透過牆緣頂端偷窺海格的小屋。那些身影現在移到了窗戶前，暫時將光線擋住了。

他可以感覺到馬治邦教授的目光落在自己的後頸上，便把眼睛再湊回望遠鏡，往上瞪著月亮看，其實早在一個小時前他就已經標好了它的位置。馬治邦教授走開的時候，他聽見了遠處小木屋那邊傳來一聲大吼，回聲穿過黑暗，直衝上天文塔頂。哈利周圍的好幾個人都從望遠鏡後面退開，改用肉眼往下方察看海格的小屋。

禿福教授又輕輕乾咳了一聲。

「要專心一點啊，各位同學。」他輕聲說道。

大部分的人又轉回到望遠鏡上。哈利看向他的左方，妙麗怔怔地盯著海格的小屋。

「嗯哼——還剩二十分鐘。」禿福教授說。

妙麗跳了起來，立刻回到她的星圖表上。哈利也低頭看自己的圖表，這才發現自己將金星錯標成了火星，他趕緊彎下腰來更正。

校園又傳來響亮的「砰」一聲。好幾個人大叫著「哎喲！」大夥急著想要看清楚底下的狀況，結果被望遠鏡的尾端戳到臉。

海格的門被撞開了，藉著從小屋流瀉出的一片光芒，他們很清楚地看見他巨大的身影在發怒，拳頭揮舞著。六個人包圍著他，從他們發出的細紅光束來看，每一個都在試圖把他擊昏。

「不要！」妙麗大叫。

「啊呀！」禿福教授用憤怒的口氣說。「我們正在考試呢！」

可是已經沒有人再去管他們的星圖表了。一道道紅色光束仍舊在海格的小屋旁射來射去，卻一直從他身上彈開。他仍舊站得又高又挺，就哈利看來，仍舊在戰鬥著。大吼大叫的聲音響徹校園，一個男人吼著：「不要衝動，海格！」

海格狂嘯：「不要衝動個鬼，你休想這樣把我抓走，鈍力！」

哈利可以看見牙牙那小小的輪廓，牠拚命想要保護海格，不斷朝圍住他的那群巫師們撲上去。一發昏擊咒打中了牠，牠摔到地上。海格憤怒地咆哮，將那名禍首整個從地面上提了起來，狠狠一拋，那個男人飛出去約有十呎遠，再也沒有爬起來。妙麗驚呼著，兩隻手都摀住了嘴，哈利轉身去看榮恩，發現他也一臉的驚嚇。他們誰也沒見過海格真正發怒的樣子。

「你們看！」芭蒂尖叫，她趴過牆緣，指著城堡底下，前門又打開了，更多的光線湧上了黑暗的草地，但只有一個瘦長的黑影在草坪上迅速移動著。

「哎呀，真是的！」禿福教授焦急地說。「只剩下十六分鐘了，各位！」

完全沒有人理會他，大家都聚精會神地望著那個人影，全力向著海格小屋邊上的戰役衝刺。

「你們好大的膽子！」那個身影邊跑邊叫喊。「**好大的**膽子！」

「是麥教授！」妙麗小聲說。

「不准動他！**不准**動他，我說了！」麥教授的聲音從黑暗中傳來。「你們憑什麼攻擊他？他什麼都沒做，什麼都沒做，居然被你們這樣——」

妙麗、芭蒂和文妲一起尖叫起來。在小屋旁邊的那幾個身影對麥教授射了至少四發的昏擊咒，紅色光束在小屋和城堡的中間地帶擊中了她。有那麼一會，她看來全身發出一種詭異的紅光，接著她整個人飄浮起來，仰面朝後重重摔倒在地上，再也不動了。

「哎呀，會跑的石像鬼！」禿福教授大叫，他似乎也將考試忘得一乾二淨。「警告也不用做到這種地步！真是太可惡了！」

「**孬種！**」海格吼著，他的聲音清楚地傳到塔頂，城堡裡有好幾處的光線都又重新閃爍起來。「**沒品的孬種！嘗嘗這個吧——還有這個——**」

「啊我的——」妙麗驚喘。

海格對最靠近他的兩名攻擊者揮出兩記重拳，就他們當場倒下的情形判斷，想必是昏死過去了。這時哈利看見海格彎低了身子，還以為他終於被咒語制住了。結果相反，海格馬上又站了起來，背上扛著一個袋子似的東西——哈利明白過來，那是牙牙癱軟的身軀垂掛在他的肩膀上。

「抓住他，抓住他啊！」恩不里居尖叫著，她剩下的那名幫手似乎很不想再進到海格的拳頭範圍之內。確實，他後退的速度之快，甚至讓其中一名昏迷的同伴給絆倒，跌了一大跤。海格已經轉過身開始奔跑，牙牙仍然掛在他的脖子上。恩不里居向他發出最後一個昏擊咒，但是沒有射中，海格繼續朝著遠方的大門全速狂奔，消失在黑暗中。

有好一會靜悄悄的，靜得可怕，每個人都目瞪口呆地望著校園，然後禿福教授虛弱地說：「嗯……還剩五分鐘，各位。」

雖然只完成了整張圖表的三分之二，哈利已經等不及考試趕快結束。當考試終於結束，他、榮恩還有妙麗匆忙將望遠鏡推回固定架，再回頭衝下螺旋梯。沒有一個學生要上床睡覺，大家都在樓梯口大聲激動地討論著剛才目睹的情景。

「那個邪惡的女人！」妙麗喘著氣，她憤怒到連說話都很吃力。「居然在三更半夜這樣偷襲海格！」

「她一定是不想讓崔老妮的事件再度重演。」阿尼．麥米蘭自以為很懂地說，擠到了他們身旁。

「海格表現得真棒，啊？」榮恩說，他的神情與其說驚奇，倒不如說是很驚恐。「為什麼咒語都會從他身上彈開？」

「那是因為他有巨人血統的關係，」妙麗顫抖著說。「要昏擊一個巨人是很困難的，他們就像山怪一樣，非常強悍……可是可憐的麥教授……四發昏擊咒打中她的胸口，她已經不年輕了，是不是？」

「可怕，可怕，」阿尼說，自以為是地搖著頭。「好吧，我要上床了。晚安，各位。」

他們身旁的人紛紛散去，一路上仍激動談論著剛才目睹的一切。

「還好他們沒有把海格抓進阿茲卡班，」榮恩說。「我猜他一定是跑去加入鄧不利多了，對不對？」

「我想是吧，」妙麗淚眼汪汪地說。「這真是太糟了，我本來真的以為鄧不利多過不了多久就會回來，但現在連海格都走了。」

他們疲憊地走回葛來分多交誼廳，發現裡頭滿滿的人。方才校園裡的騷動已經吵醒了不少人，他們又把朋友們都叫了起來。西莫和丁比哈利、榮恩和妙麗早回來，已經在對大家敘述他們在天文塔頂上的所見所聞。

「可是為什麼現在要開除海格呢？」莉娜．強生搖著頭。「這情形又不像崔老妮，他今年教得比以前好太多了！」

「恩不里居最討厭半人生物，」妙麗恨恨地說，癱坐進一張扶手椅。「她一直在想辦法要把海格趕走。」

「而且她認為是海格把玻璃獸放進她辦公室的。」凱娣．貝爾高聲說道。

「啊，糟了，」李．喬丹摀住了嘴巴。「她辦公室裡的玻璃獸全部都是我放的。弗雷和喬治還留了幾隻給我，我就用飄浮咒把牠們送進了她的窗子。」

「反正她遲早會把他開除，」丁說。「他跟鄧不利多太要好了。」

「這倒沒錯。」哈利說，坐進了妙麗旁邊的那張扶手椅。

「我只希望麥教授沒事。」文妲流著淚說。

「他們已經把她抬回城堡了，我們從寢室窗戶看見的，」柯林．克利維說。「她看起來情況不太好。」

「龐芮夫人會把她醫好的，」西亞．史賓特堅定地說。「她從來沒有失敗過。」

等到交誼廳人都散光時，已經是將近夜裡四點了。哈利覺得人好清醒，海格拚命跑進黑暗中的畫面一直在他腦海裡。他實在是太氣恩不里居了，不知道該想一個怎樣狠毒的方法來整她，榮恩建議拿她去餵一整箱餓慌了的爆尾釘蝦，這主意聽起來倒不錯。他最後就在盤算各種毒辣的復仇方法當中睡著了，三個小時之後起床時，他覺得全身不對勁。

最後一堂考試，魔法史，一直要到那天下午才會進行。哈利很想在吃完早飯後再去睡個回籠覺，可是他之前已經計畫好了，要利用早上的時間做最後一次復習。於是他坐到了交誼廳的窗邊，兩手托著腮，讀著妙麗借給他的那一疊足足有三呎半高的筆記，邊讀邊努力不要打瞌睡。

到了兩點，五年級生進入餐廳就座，面前的試題卷已經朝下擺好。哈利覺得精疲力盡，他只希望這場試趕快考完好讓他回去睡覺。等到明天，他和榮恩要一起到魁地奇球池去——他要借榮恩的掃帚飛一下——再不用管什麼復習，好好享受一番。

「把試卷翻面，」馬治邦教授在餐廳最前面說，同時把那個巨型沙漏顛倒過來。「各位可以開始了。」

哈利直勾勾瞪著第一個問題。過了幾秒鐘之後，他才明白過來，自己根本一個字都沒有看懂。一扇高窗上，有一隻黃蜂不斷撞著玻璃，讓人分神。很慢很慢地，很痛苦地，他開始作答。

他發現要記那些人名實在很困難，而且不斷把日期搞混。寫到第四題時，他根本是直接跳過（就你的觀點來看，魔杖的立法登記對於掌控十八世紀的妖精叛變是否有直接或是間接的貢獻？），心想等全部寫完了要是還有時間，再回頭來回答這題。第五題倒寫了不少（保密法令在一七四九年是如何遭到破壞的，之後又採取了什麼樣的補救防範措施？），卻又疑神疑鬼的，老覺得自己好像錯失了好幾個重要的論點，他記得這起事件好像有吸血鬼的介入。

他繼續往下看，希望能找到一題絕對有把握回答的，到第十題，他的眼睛亮了起來：敘述國際巫師聯盟建立之時的客觀環境，並解釋為何列支敦士登的巫師拒絕加入。

這個我知道，哈利心想。雖然他的大腦已經遲鈍呆滯到了極點，眼前還是浮現了一個標題，是妙麗的筆跡：國際巫師聯盟的建立……就是今天早上才讀過的那段筆記。

他開始寫，不時抬起頭查看馬治邦教授身旁桌子上的大沙漏。他坐在芭蒂．巴提的後面，她那頭深色長髮整個垂到了椅背上。有一、兩次，他發現當她移動頭部的時候，他會傻傻地瞪著她髮絲間一閃一閃的小金光，這時候他就必須搖一搖自己的頭，清醒一下。

……國際巫師聯盟的第一任最高議長是皮耶．波拿古，可是他的派任卻遭到了列支敦士登巫師團的質疑，因為——

哈利四周，一枝枝羽毛筆拚命在羊皮紙上搔刮著，就像竄跑鑽洞的老鼠。太陽曬著他的後腦勺，曬得他好熱。波拿古到底做了什麼事以至於得罪列支敦士登的巫師？哈利有個感覺，那好像跟山怪有關……他又開始傻愣愣瞪著芭蒂的後腦勺。要是他可以使用破心術在她的後腦勺開一扇窗，看一看到底是不是山怪引起皮耶．波拿古和列支敦士登的爭執……

哈利閉上雙眼，將臉埋進手心，讓熱得發紅的眼皮涼下來。波拿古想要阻止獵捕山怪並賦予山怪權利……列支敦士登卻和某一族特別兇惡的山區山怪有過節……就是這樣。

他睜開眼，一看見白色刺眼的羊皮紙，眼睛又馬上刺痛流淚。他非常緩慢地寫了兩行關於山怪的事，再把寫過的部分看一遍。看上去既沒什麼深度，也沒什麼程度，而妙麗那些關於巫師聯盟的筆記可是寫了一頁又一頁。

他再閉上眼，試著去「看」清楚，試著去記憶……聯盟的第一次集會是在法國，是的，這一點他已經寫上去了……

妖精原本想要出席，卻被趕出去了……這點他也寫了……

而列支敦士登裡頭沒有一個人想要參加……

動動腦，他對自己說，臉埋在手裡，他四周的羽毛筆在拚命寫著那永遠寫不完的答案，前方沙漏裡的沙石正一點一點地流失……

他又在那條通往神秘部門涼爽黑暗的走廊上行走，腳步堅定而明確，偶爾會來個小跑步，一心一意要跑到目的地……黑色的門像往常一樣為他打開了，他來到一個圓形房間，四周有許多道門……

直直越過石頭地板，走過第二道門……牆上和地上都有一塊塊的光影跳躍著，還有那怪異的機械喀啦聲，但沒有時間探查了，他必須快……

他又小跑了幾步，來到第三扇門，它也像其他的門一樣自動轉開了……

他又一次來到這個教堂大小，排滿架子以及玻璃球的房間……他的心現在跳得非常快……這一次他一定要到達那裡……到了第九十七號，他向左轉，沿著兩排架子當中的通道急急往下走……

可是在最盡頭有一個形體，一個黑色的形體在地板上移動著，像一頭受傷了的野獸……哈利的胃抽緊了，因為他感到恐懼……還有興奮……

從他自己的口中冒出了一個聲音，一個尖銳冷酷的聲音，完全沒有人類的任何情感……

「把它拿過來給我……拿下來，現在……我不能碰……可是你能……」

地板上的那個黑色形體動了動。哈利看見一隻白色的、手指很長的手握住了一根魔杖，那隻手正從他自己的手臂末梢揚起……他聽見那個尖銳冷酷的聲音說：「咒咒虐！」

地板上的那個人發出了痛苦的尖叫聲，企圖站起來，卻又跌了回去，扭動著。哈利在大笑，他舉起魔杖，詛咒跟著施出，那個人形一陣悶哼，不動了。

「佛地魔王正在等……」

很慢很慢地，地面上那個男人的手臂顫抖著，他把肩膀撐起了幾吋，抬起頭。他的臉削瘦枯槁，沾滿了血污，痛苦地扭曲著，卻依然頑強不屈……

「你得先殺了我。」天狼星低語。

「最終我是一定會的，」那個冷酷的聲音說。「不過首先你得先把東西取來給我，布萊克……你以為你現在這樣就叫受苦了嗎？再想一想吧……我們還有很多時間，不管你怎麼樣尖叫，都不會有人聽見的……」

可是當佛地魔再度拿魔杖朝下指時，有人尖叫了，有人大叫著從一張熾熱的桌子上滾落到冰冷的石頭地上——哈利撞上地面，醒了過來，仍舊不停叫喊著。他的傷疤著了火，在他四周，整個餐廳都跟著爆發開來。

32 自火焰中歸來

「我不要去啊……我不需要去醫院廂房……我不想去……」

哈利一邊急促說著一邊想要推開禿福教授，教授關切地望著他，同時已經把他扶到了入口大廳，好多學生們圍著在看。

「我——我很好，先生，」哈利吃力地說，將汗從臉上抹掉。「真的……我只是睡著了……做了個惡夢……」

「考試壓力太大了！」老巫師同情地說，顫巍巍地拍了拍哈利的肩膀。「這都會發生的，年輕人，都會發生的！先喝杯涼水，或許等一下你就可以回餐廳去了？考試就快結束了，不過你還是可以把最後一題好好寫完？」

「可以，」哈利胡亂地說著。「我是說……不行……我已經盡——盡全力了，我想……」

「很好，很好，」老巫師溫和地說。「我會去收你的試卷，你要找個地方躺下好好休息一會。」

「我會的，」哈利說，拚命點著頭。「真的很謝謝你。」

老人的鞋跟才消失在餐廳的門檻，哈利就跑上大理石階梯，拚了命在走廊上衝著，惹得兩旁牆上肖像一路斥責。他又爬上好幾級樓梯，終於像一陣旋風似地衝進醫院廂房的對開門，龐芮夫人——正舀了一匙鮮藍色的液體餵進蒙塔張得大大的嘴裡——驚恐地尖叫起來。

「波特，你這是在做什麼？」

「我必須見麥教授，」哈利喘著，每個呼吸都在撕裂他的肺。「馬上……非常緊急！」

「她人不在這裡，波特，」龐芮夫人傷心地說。「她今天早上被轉到聖蒙果醫院了。她這個年紀的人胸部遭到四發昏擊咒直接命中，他們沒要了她的命可真是個奇蹟。」

「她……已經離開了嗎？」哈利說，大驚失色。

鈴聲就在病房外頭響了起來，他聽見遠處隆隆的奔跑聲，走廊上上下下像平常一樣湧進了大批的學生。他依舊一動也不動，望著龐芮夫人，恐懼在他身體裡不斷上升。

已經沒有人可以找了。鄧不利多走了，海格走了，他以為麥教授永遠都會在，或許她有些跋扈和暴躁，但是她永遠都會在這裡，堅定、可靠……

「看你這麼震驚，我不會感到奇怪的，波特。」龐芮夫人說，臉上帶著強烈的贊同。「這些傢伙有哪一個敢在大白天和麥米奈娃面對面，把她擊昏！沒種，實在是……沒種到讓人瞧不起……如果不是擔心你們學生沒人照顧，我現在已經辭職抗議了。」

「沒錯。」哈利茫然地說。

他盲目地從醫院廂房踱出來走到擁擠的走廊上，站在那裡，任由人潮推擠著，體內的恐懼不斷像毒氣一樣蔓延擴散。他的頭也跟著暈眩起來，想不出自己究竟該怎麼做……

榮恩和妙麗，一個聲音在他腦海裡說道。

他又跑了起來，一路上撞開了不少學生，也不去理會別人生氣的抗議。他衝下兩層樓，並在大理石階梯頂看見他們正朝自己跑過來。

「哈利！」妙麗馬上說道，看起來非常驚嚇。「怎麼回事？你還好嗎？你生病了嗎？」

「你剛剛跑到哪裡去了？」榮恩問著。

「跟我來，」哈利馬上說。「快點，我有事要告訴你們。」

他帶著他們走過二樓的走廊，察看每個經過的門口，最後找到一間空教室，便衝了進去。等榮恩和妙麗一踏進教室，他立刻把門關上，靠著門，面對他們。

「佛地魔抓了天狼星。」

「**什麼**？」

「你怎麼會——？」

「我親眼看見的。就在剛剛，我在試場睡著的時候。」

「可是——可是在哪裡抓的？怎麼抓的？」妙麗說，臉色慘白。

「我不知道，」哈利說。「但是我非常清楚在哪裡。神秘部門裡有一個房間，裡面有一排排擺滿小玻璃球的架子，他們就在第九十七排的最後面……他現在正想辦法要天狼星去拿藏在那裡面的什麼東西……他在折磨他……還說最後會把他給殺了！」

哈利發現自己的聲音在顫抖，他的膝蓋也是。他移到一張書桌旁，坐了上去，努力控制自己。

「我們要怎麼樣才能到那裡？」他問他們。

三個人都沉默了一會後，榮恩開口問：「到——到哪裡？」

「到神秘部門去啊，這樣我們才能救天狼星啊！」哈利大聲地說。

「可是——哈利……」榮恩無力地說。

「怎樣？**怎樣**？」哈利說。

他不明白為什麼他們兩個人都瞪大眼睛望著他，好像他做了個無理的要求。

「哈利，」妙麗用很害怕的聲音說，「呃……為……為什麼佛地魔可以這樣潛入魔法部而不被任何人發現？」

「我怎麼曉得？」哈利吼著。「問題在於**我們**自己要怎麼樣才能潛進去！」

「可是……哈利，你想一想，」妙麗說，朝他走近一步，「現在是下午五點……魔法部一定到處都是上班的人……佛地魔和天狼星怎麼可能跑進去不被發現？哈利……他們兩個可以算是全世界的頭號通緝巫師……你認為，他們有辦法跑進一棟到處都是正氣師的建築而不被察覺嗎？」

「我怎麼知道，佛地魔用了隱形斗篷或什麼的！」哈利叫著。「反正神秘部門永遠都是空盪盪的，每一次我到那裡都是這樣——」

「你從來沒有到過那裡，哈利，」妙麗小聲地說。「你夢見過那個地方，就這樣而已。」

「那些不只是普通的夢而已！」哈利衝著她的臉大叫，他站起身朝她一步一步地靠近，很想去搖她。「那妳要怎麼解釋榮恩的爸爸是怎麼回事？為什麼我知道他發生了什麼事？」

「他說得有道理。」榮恩小聲說，望向妙麗。

「可是這實在——實在**不太可能**啊！」妙麗急切地說。「哈利，天狼星人一直在古里某街，佛地魔怎麼可能抓得到他？」

「天狼星可能撐不住了，想出門透透氣，」榮恩用很擔憂的語氣說道，「他一直盼望著要離開那棟屋子——」

「可是為什麼，」妙麗堅持著，「為什麼佛地魔非要利用**天狼星**得到那樣武器，或者不管那是什麼東西？」

「我怎麼知道，原因太多太多了！」哈利對她大喊。「可能因為佛地魔不會在乎天狼星會不會因此受傷吧——」

「你們知道嗎，我剛剛想到一件事，」榮恩壓低了嗓門說。「天狼星的弟弟是個食死人，對不對？也許他曾告訴天狼星如何拿到那樣武器的秘密！」

「對——這就是鄧不利多這段日子以來拚命想把天狼星關起來的原因！」哈利說。

「聽著，我很抱歉，」妙麗叫著，「可是你們兩個講的都沒道理。這些話一點證據都沒有，連佛地魔和天狼星是不是在那裡的證據都沒有——」

「妙麗，哈利親眼看到他們了！」榮恩說，對她兇了起來。

「好，」她說，看起來很害怕但仍舊很堅決，「我只有一點要說——」

「什麼？」

「你……這不是批評，哈利！可是你真的……有一點……我是說——你不覺得自己有點喜歡——喜歡——**逞英雄**嗎？」

他怒目瞪著她。

「這句話是什麼意思，什麼叫『逞英雄』？」

「就是……你……」她看起來急壞了。「我是說……去年，比方說……在那個湖裡……參加鬥法大賽時……你不應該……我是說，你沒有必要去救那個叫戴樂古的小女孩……你有點……被沖昏頭了……」

哈利體內竄過一陣熾熱刺痛的怒意，她怎麼可以在這種時候對他提起那件過失？

「我是說，你那樣做真的很了不起，」妙麗說得飛快，看樣子真的被哈利的神情嚇壞了，「大家都認為那是個值得欽佩的舉動——」

「有趣極了，」哈利用顫抖的聲音說，「因為我清楚記得榮恩說過的，我老是在浪費時間**當英雄**……妳是不是認為我現在就是這樣？妳覺得我又想跑去當英雄了是嗎？」

「不，不，不！」妙麗張皇失措地說，「我絕對不是那個意思！」

「是嗎，那就有話快說，因為我們現在就是在浪費時間！」哈利大叫。

「我要說的是——佛地魔對你很了解啊，哈利！他當初把金妮抓到密室就是為了要把你引誘過去，他就是會做這種事。他知道你是那種——那種會跑去救天狼星的人！如果這只是他想把**你**騙到神秘部門去——？」

「妙麗，不管他這麼做是不是要把我騙過去都無所謂——他們已經把麥教授送進了聖蒙果醫院，現在我們在霍格華茲已經找不到一個鳳凰會的人討論了。要是我們再不趕過去，天狼星就死定了！」

「可是哈利——如果你的夢只是——只是這樣，就只是個夢呢？」

哈利發出了一聲煩躁的大吼。妙麗居然往後退開，滿臉警戒。

「妳根本不懂！」哈利對她叫著，「我不是在做惡夢，我不是光在做夢而已！妳以為練習那些鎖心術是要幹什麼？妳認為鄧不利多為什麼要防止我看到這些東西？因為這些都是**真的**，妙麗——天狼星被困住了，我看見了。佛地魔抓了他，其他人都不曉得，也就是說我們是唯一可以拯救他的人。如果妳不想去，沒關係，但是我要去，明白嗎？我要是沒記錯，當初我把妳從催狂魔手中救出來的時候，妳對我的**逞英雄**可沒有表示反對啊，或者說——」他轉身朝榮恩開罵：「——當初我從蛇妖那裡救出你妹妹的時候也一樣——」

「我從來沒說過我反對！」榮恩激動地說。

「可是哈利，你自己剛剛都說了，」妙麗激烈地說，「鄧不利多要你學習把這些東西關到你的心靈之外。如果你把鎖心術練好，自然就不會看到這些——」

「**妳如果以為我可以當作沒看到這些**——」

「天狼星跟你說過，再沒有任何事比關閉你的心靈更重要的了！」

「**我看他一定會改口，如果他知道我剛才見**——」

教室的門開了，哈利、榮恩和妙麗急忙轉過身。金妮走進來，滿臉好奇，後頭跟著露娜，和往常一樣像是不小心晃進來似的。

「嗨，」金妮有些遲疑地說。「我們認出了哈利的聲音。你到底在喊什麼啊？」

「不用妳管。」哈利粗惡地說。

金妮揚了揚眉毛。

「沒必要用那種口氣跟我說話，」她冷冷地說，「我只是想知道可不可以幫忙而已。」

「這個嘛，妳幫不了。」哈利不客氣地說。

「你這樣很沒禮貌，知不知道？」露娜幽幽地說。

哈利邊罵邊走開，他現在壓根就不想和露娜．羅古德講話。

「等等，」妙麗突然說。「等等……哈利，她們**幫得上忙**。」

哈利和榮恩望向她。

「聽著，」她急急說道，「哈利，我們得先搞清楚天狼星究竟離開總部了沒。」

「我跟妳說過，我看見了——」

「哈利，我求求你，拜託！」妙麗拚了命說。「在我們這樣殺去倫敦之前，拜託先查一下天狼星到底在不在家。如果我們發現他不在那裡，那我發誓我不會阻止你。我會一起去，我會去——去做任何該做的事，只要可以把他救出來。」

「天狼星**現在**正在受折磨！」哈利大吼。「沒有時間讓我們去浪費。」

「可是如果這是佛地魔的詭計，哈利，我們就必須先查清楚，非查不可。」

「怎麼查？」哈利質問。「妳要我們怎麼去查？」

「我們得去利用恩不里居的爐火看可不可以聯絡上他，」妙麗說著，她似乎被自己這個念頭整個嚇到了。「我們會把恩不里居再度引開，可是需要有人把風，那就要用到金妮和露娜了。」

儘管一副努力想要搞清楚狀況的樣子，金妮還是立即說：「好，沒問題。」而露娜說的是：「你們提到的這個『天狼星』，是在說史大餅．伯門嗎？」

沒有人回答她。

「那好，」哈利兇悍地對妙麗說，「那好，只要妳可以很快想出怎麼進行，我就聽妳的，不然我馬上就趕到神秘部門去。」

「神秘部門？」露娜說，神情有點吃驚。「你要怎麼去啊？」

哈利照樣不理她。

「好，」妙麗絞著兩隻手，在桌子間來回踱著步子。「好……那……我們其中一個得去找恩不里居，然後——然後引她到錯誤的方向，讓她遠離辦公室。可以告訴她——我隨便說的——說皮皮鬼又開始搗蛋了……」

「這個我來做，」榮恩馬上說。「我會告訴她皮皮鬼在變形學教室砸東西或什麼的，那裡離她辦公室很遠。其實，如果在路上碰到皮皮鬼，說不定真的可以說服他去砸呢。」

妙麗完全是看在事態緊急的份上，才沒有對砸毀變形學教室表示異議。

「好吧，」她說，繼續踱著步，眉頭深鎖起來。「在我們硬闖她辦公室的這段時間，就得阻止同學們靠近那一帶，不然史萊哲林的人會跑去跟她打小報告。」

「我和露娜可以站在走廊的兩邊，」金妮自告奮勇，「警告大家不要走過去，因為有人放了很多絞脖瓦斯。」聽見金妮居然從容不迫地準備好要說謊，妙麗相當吃驚，金妮聳了聳肩說：「弗雷和喬治在離開之前本來就打算要去放的。」

「好吧，」妙麗說。「那，哈利，你跟我就躲在隱形斗篷下面，我們一起溜進辦公室，你就可以跟天狼星說話——」

「他人不在那裡，妙麗！」

「我的意思是你可以——可以查一查天狼星是不是在家。我在旁邊把風，你單獨一個人在裡面不太好。李已經證實窗戶是個空窗，當初玻璃獸就是從那裡丟進去的。」

儘管滿腔怒火與不耐，哈利仍然很明白，妙麗自願陪他進恩不里居辦公室是一種決心與忠誠的表示。

「我……好吧，謝謝。」他咕噥著說。

「很好，嗯，就算我們這些行動通通做到了，我認為頂多只能爭取到五分多鐘的時間，」

妙麗說，看到哈利似乎接受了整個計畫，她鬆了一口氣，「這是指沒有飛七和那些督察小組的人到處亂晃的情形下。」

「五分鐘夠了，」哈利說，「快點，我們走吧——」

「**現在**？」妙麗大驚失色。

「當然是現在！」哈利生氣地說。「不然妳以為呢，要等到晚飯以後才開始嗎？妙麗，天狼星**現在**正在受折磨！」

「我——喔，好啦，」她急切地說。「那你現在去拿隱形斗篷，我們和你約在恩不里居辦公室的走廊最後面，好嗎？」

哈利沒有答話，只是一頭衝出了教室，努力跟外面壅塞的人群奮鬥。爬上兩層樓後，他遇見了西莫和丁，他們開心地叫住他，告訴他說他們正計畫在交誼廳舉辦一個「考試結束通宵達旦樂無窮」的慶祝活動。哈利連他們在說什麼都沒聽清楚，他鑽過畫像洞口的時候，他們仍在為到時候需要多少黑市奶油啤酒爭論不休。一會後他又爬出來，袋子裡已經裝好了隱形斗篷和天狼星的小刀，趕在這兩個人還沒注意到他時就離開了。

「哈利，你要不要也出幾個加隆呀？好樂．丁格說他有辦法弄到一些火燒威士忌來賣我們——」

可是哈利已經撥開人群衝過走廊了，不到幾分鐘就跳上最後幾級台階，加入了榮恩他們。榮恩、妙麗、金妮和露娜正聚在恩不里居那條走廊的盡頭，他們四個人擠成一團。

「拿到了，」他喘著氣。「可以開始了嗎？」

「好，」這時一群聒噪的六年級生經過了他們，妙麗小小聲說。「榮恩——你就去引開恩不里居……金妮、露娜，妳們開始動手把大家帶離走廊……我跟哈利就罩上斗篷，等候走廊淨空……」

榮恩跨著大步走了，他那鮮紅色的頭髮一直到了走廊的另一端都還看得見。同時，金妮那個同樣惹眼的頭也已經往另一個方向移動，穿梭在他們周圍那群走來走去的人群當中，後頭跟著的是露娜那顆金色的腦袋。

「過來這裡，」妙麗低聲說，她拽著哈利的手腕將他拉進一個凹進去的角落，那裡有一根柱子，上頭立著一顆醜陋的中世紀巫師頭，正自顧自地在那裡咕噥著。「你——你確定你沒問題嗎，哈利？你臉色還是很蒼白。」

「沒事。」他只短短說了一句，從袋中翻出隱形斗篷來。說實話，他的傷疤在痛，並不算痛得厲害，因此他認為佛地魔還沒給天狼星致命的一擊。當初佛地魔在處罰艾福瑞時，要比現在痛得多了……

「來。」他說著將隱形斗篷披到他們倆的身上，兩人就站在那裡，聽著面前的半身巫師像用拉丁文喃喃自語，留意著外邊的一切動靜。

「你們不能走這裡！」金妮在向人群呼籲。「不行，抱歉，你們得繞路走旋轉樓梯，有人沿著這裡放出了絞脖瓦斯——」

他們聽見人們抱怨著，一個不滿的聲音說：「我沒看見什麼瓦斯。」

「那是因為它是無色的，」金妮的煩躁語氣幾可亂真，「如果你真的要走過去，請便，到時候我們就可以拿你的身體當活證據，給下一個不信邪的白痴看。」

群眾慢慢散開了，絞脖瓦斯的新聞似乎已經傳開，沒有人再往這個方向過來。周圍終於淨空之後，妙麗小聲地說：「哈利，我想也只能做到這樣了——來吧，我們動手。」

他們往前移動，有斗篷罩著。露娜站在走廊遠遠的另一頭，背對著他們。當他們經過金妮時，妙麗悄悄地說：「幹得好……別忘了暗號。」

「暗號是什麼？」哈利低聲問，這時他們已經接近了恩不里居辦公室的門。

「如果她們看見恩不里居來了，就大聲唱『衛斯理是我們的王』。」妙麗答道，哈利已將天狼星那把刀的刀身插進門和牆壁的縫隙。鎖喀嗟一聲開了，他們進到辦公室裡。

那幾隻色澤俗麗的小貓舒服地窩在向晚的陽光下休息，牠們的壁盤也讓陽光烤得暖暖的，除此之外辦公室就和上回一樣靜悄悄且空無一人。妙麗放下心嘆了口氣。

「我還以為在第二隻玻璃獸之後，她會加強安全措施呢。」

他們脫下斗篷。妙麗急急走到窗戶旁，小心不露出身體，握著魔杖朝底下校園內窺探。哈利衝到火爐旁，抓起那罐呼嚕粉撒了一小把進壁爐裡，頓時竄起一團翡翠綠的火焰。他很快蹲下身，將頭伸進那舞動的火舌，大喊：「古里某街十二號！」

他的頭開始打轉，彷彿剛剛才從雲霄飛車七轉八轉地下來，只是膝蓋仍然牢牢釘在冰冷的辦公室地板上。飛灰在空中打著旋，他瞇緊了眼睛，等旋轉停止後，睜開眼一看，發現自己正看著古里某街那個長長冷冷的廚房。

沒有人在那裡。這是他預料之中的事，但令他措手不及的是，自己在見到這間空盪盪的房間後，心底竟會爆發出一股彷彿熔岩般的炙熱驚恐。

「天狼星？」他大叫。「天狼星，你在嗎？」

他的聲音在屋內迴蕩著，沒人回應，只有爐火的右邊傳出一陣細微的窸窣聲。

「誰啊？」他喊著，心想那會不會只是一隻老鼠。

家庭小精靈怪角溜進了他的視線，一副事事順心的快活樣子，雖然兩隻手都像是近期才受了重傷，纏滿了繃帶。

「原來是那個波特小子的頭在火裡，」怪角對著空盪盪的廚房報告，一邊用怪異又得意洋洋的眼神鬼鬼祟祟瞄著哈利。「怪角覺得很奇怪，他跑到這裡要幹嘛？」

「怪角，天狼星在哪裡？」哈利問他話。

家庭小精靈嘿嘿笑了起來。

「主子出去了，哈利波特。」

「他去哪裡？**他去哪裡了，怪角**？」

怪角只是一個勁咯咯笑著。

「我警告你！」哈利說，心裡很清楚自己在這種姿勢下，幾乎沒有機會對怪角施加懲罰。

「那路平呢？瘋眼呢？隨便一個，到底有沒有人在？」

「這裡只有怪角一個！」小精靈開懷地說，他轉身背對哈利，慢慢朝廚房盡頭的門走去。

「怪角現在要跟他的夫人去聊一下天，是的，他已經很久沒有這種機會了，怪角的主子一直不讓他靠近她——」

「天狼星去哪裡了？」哈利對著小精靈大喊。「**怪角，他是不是去神秘部門了**？」

怪角停住腳步。哈利只能從面前那一大片的椅腳中間，勉強看見他光禿的後腦袋。

「主子從來不告訴可憐的怪角他去哪裡。」小精靈靜靜地說。

「可是你知道！」哈利大叫。「對不對？你知道他人在哪裡！」

一陣沉默。接著，小精靈發出了到目前為止最響亮的笑聲。

「主子再也不會從神秘部門回來了！」他開心至極地說。「怪角又和他的夫人單獨在一起了！」

他急促地往前跑，消失在通往玄關的那道門後。

「你——！」

可是哈利連一個罵人的字都來不及吐出，就感到頭頂一陣劇痛。他吸進一大口灰，引發劇烈的咳嗽，直到他發現自己被人從火焰中往後拽時，才驚覺此刻他直勾勾瞪著的，正是恩不里居教授那張寬大、慘白的臉。她揪著他的頭髮一路將他從壁爐裡拖出來，把他的脖子往後扳到了一個極限，就像是要折斷他的喉嚨似的。

「你以為，」她很小聲地說，把哈利的脖子往後扳得更低，他現在仰看著天花板，「在闖入了兩隻玻璃獸之後，我還會隨便再讓一個齷齪的、扒垃圾的小畜牲進來我的辦公室嗎？從上一隻跑進來以後，我就已經在門口四周布下了測盜咒，你這個笨小子。把他的魔杖拿走，」她對著某個他看不見的人大吼，他感到一隻手探進了他長袍胸前的口袋，取走了他的魔杖。「她的也是。」

哈利聽見房門那頭傳來一陣扭打聲，他知道妙麗的魔杖也同樣被奪走了。

「我要知道你們跑到辦公室來做什麼？」恩不里居邊說，邊猛搖著那隻緊緊揪住他頭髮的手，逼得他東倒西歪地晃著。

「我只是——想把我的火閃電拿回來！」哈利嘶啞地說。

「說謊，」她又搖晃他的頭。「你的火閃電明明就鎖在地牢裡，你自己很清楚，波特。你把頭伸進了我的火爐，你剛剛到底在跟什麼人聯絡？」

「沒有跟誰——」哈利拚命想從她手裡掙脫，他覺得有好幾根頭髮和頭皮分了家。

「**說謊**！」恩不里居大叫。她一把將哈利推開，他猛地撞上了書桌。現在他可以看見妙麗被米莉森．布洛德押在牆邊。馬份靠在窗台上賊賊笑著，一面用單手將哈利的魔杖在空中來回拋接。

外頭傳來一陣騷動，進來了好幾個大塊頭的史萊哲林學生，分別押著榮恩、金妮、露娜還有——哈利感到很不解——還有奈威，他被克拉用手臂勒住了脖子，看起來隨時會窒息而死。四個人嘴巴都被堵住了。

「通通抓來了，」瓦林頓說，粗暴地將榮恩推進房間。「**這**一個，」他用一根粗大的指頭對準奈威，「想要阻止我抓**她**，」他指向金妮，她正企圖去踢那個抓住她的大號史萊哲林女生的腳脛，「所以我把他也帶來了。」

「好，好，」恩不里居說，觀賞著不停掙扎的金妮。「哎呀，看來霍格華茲不久就要成為『無衛斯理障礙空間』了，是不是啊？」

馬份大聲諂媚地笑了起來。恩不里居綻開一個志得意滿的大笑容，把自己安頓在一張花花草草的棉布扶手椅上，對著她這幾個俘虜眨眼睛，就像花圃裡的一隻蟾蜍。

「所以，波特啊，」她說。「你在我辦公室四周布下一堆哨兵，然後又派了這個小丑，」她衝榮恩點了點頭——馬份笑得更大聲了——「來告訴我那個搗蛋鬼在變形學教室製造破壞。我可是清楚知道，他其實正忙著在全校所有望遠鏡的目鏡上面塗墨汁——飛七先生剛剛才向我通報哪。

「很明顯，你是急著要跟某個人說話，是阿不思・鄧不利多嗎？還是那個雜種海格？我看應該不是麥米奈娃，我聽說她仍舊傷重到沒有辦法講話。」

馬份和其他幾個督察小組的人聽了又哈哈大笑，哈利發現自己憤怒到全身都在顫抖。

「我跟誰說話不干妳的事。」他嘶吼。

恩不里居那張鬆垮的面孔似乎緊繃了起來。

「很好，」她用最危險、最假惺惺的甜蜜聲音說道。「很好，波特先生……我給了你坦白招認的機會，你拒絕了。我別無選擇，只好來硬的。跩哥——去請石內卜教授。」

馬份將哈利的魔杖塞進自己的長袍內，奸笑著走出房間，哈利卻沒空管這個。他剛才明白了一件事，不敢相信自己竟然笨到忘記了。他還以為鳳凰會裡所有的成員、所有那些能幫他拯救天狼星的人，都已經不在這裡——他錯了，霍格華茲裡頭還有一個鳳凰會的成員——石內卜。

辦公室裡安靜無聲，只聽見史萊哲林的人為了要壓制住榮恩和其他幾個人所發出的推擠聲。榮恩奮力要掙脫瓦林頓勒反扣背的摔角動作，嘴唇都碰破了，鮮血滴到恩不里居的地毯上；金妮仍舊試著要去踩那個六年級女生的腳，對方把她兩隻臂膀緊緊抓著；奈威的脖子還是被克拉架著，臉色越來越紫；而妙麗，正白費力氣地想要把米莉森・布洛德從身上摔開；然而，露娜卻是懶洋洋站在她的捕手身旁，呆呆望著窗外，彷彿對整個過程都沒興趣似的。

哈利回頭看恩不里居，她正專注地盯著他。他力持鎮定，面無表情。這時，外頭走廊傳來腳步聲，跩哥・馬份回到房間，把門大開著，讓石內卜進來。

「妳要見我，校長？」石內卜說，完全無動於衷地看著那一對對掙扎的學生。

「啊，石內卜教授，」恩不里居說，咧開大嘴笑著站了起來。「是的，我想要再拿一瓶吐真劑，盡快，拜託。」

「妳上次拿了我最後一瓶去審問波特，」他說，冰冷的目光透過他那頭油膩的黑色長髮打量著她。「妳當然還沒把它用光吧？我跟妳說過三滴就夠了。」

恩不里居臉紅了起來。

「你可以再做些新的吧，行嗎？」她說，聲音變得更甜更嗲，就像她平常憤怒時的樣子。

「那當然，」石內卜說，嘴唇噘了起來。「等藥性成熟要花上一整個月亮週期，所以我差不多一個月內就會準備好給妳。」

「**一個月**？」恩不里居嘰嘰叫著，蟾蜍般的膨脹起來。「一個月？可是我今晚就要，石內卜！我剛剛發現波特用我的火爐去跟不知道是一個還是好幾個人聯絡！」

「是嗎？」石內卜說，轉頭望向哈利，首度微微露出感興趣的跡象。「我並不感到驚訝，波特向來就常常反抗學校的規定。」

他那對冰冷的深色眼睛狠狠地鑽入哈利的眼睛，哈利毫不畏縮地迎上他的目光，專心想著他在夢中所見到的情景，希望石內卜用心靈去感應，去了解……

「我要審問他！」恩不里居生氣吼道，石內卜把視線從哈利身上別開，回到她那張憤怒顫抖的臉。「我要你提供一種可以逼他招供的魔藥給我！」

「我已經跟妳說過了，」石內卜柔滑地說，「我手上已經沒有吐真劑。除非妳想要對波特下毒，我才幫得上忙。但我向妳保證，如果妳真要這麼做，我會非常同情妳，而且麻煩的是，大部分的毒藥藥效發作得太快，往往被害者還來不及招供就斃命了。」

石內卜回看哈利，他也盯著石內卜，急著要傳達出無聲的訊息。

佛地魔把天狼星關在神秘部門，他拚死命地想著。**佛地魔把天狼星**——

「列入觀察！」恩不里居尖叫著，石內卜定定看著她，眉毛微微揚了起來。「你故意和我作對！我本來對你期望還很高，魯休思．馬份還拚命說你好話！給我滾出我的辦公室！」

石內卜對她諷刺地鞠了個躬，轉身離去。哈利知道他能將實情通知給鳳凰會的最後一絲希望，就要走出這道門外了。

「他抓了獸足！」他大叫。「他把獸足關在藏那個東西的地方！」

石內卜的手已經搭上了恩不里居的門把，現在整個人停住。

「獸足？」恩不里居教授大叫，急切地在哈利和石內卜之間來回張望。「獸足是什麼？什麼東西藏在哪裡？石內卜，他到底在說什麼？」

石內卜轉頭望向哈利，他那張臉深不可測。哈利說不上他到底聽懂了沒有，當著恩不里居的面他實在不敢再說得更明白。

「我完全聽不懂，」石內卜冷冷地說。「波特，如果我想要聽亂吼亂叫的瘋話，我會拿胡語汁給你喝的。還有克拉，手不要壓那麼緊，如果隆巴頓窒息了，到時候會有很多討厭的報告要寫。哪天如果你要找工作，我恐怕就得把這寫到你的考核表上。」

他將門啪一聲在身後帶上，留下哈利。哈利的情緒比之前還要更糟：石內卜已經是他的最後希望。他望著恩不里居，她的感受似乎與他差不多，她的胸部因為憤怒挫敗而急速起伏著。

「很好，」她說，接著她將魔杖抽出。「很好……我已經沒有選擇餘地……這已經不只是違反校規了……這牽扯到了魔法部的安全……對……沒錯……」

她似乎正在說服自己去做某件事。她焦躁地將重心由一腳移到另一腳，瞪著哈利，用魔杖拍打著空的那隻手心，呼吸急促。哈利望著她，覺得少了魔杖真的一點辦法也沒有。

「是你逼我的，波特……我不想這麼做，」恩不里居說，仍舊在原地焦躁地走來走去，「可是當情況危急時，就不得不用特殊手段……我相信魔法部會了解我別無選擇……」

馬份用充滿期盼的表情望著她。

「酷刑咒會逼你說出實話的。」恩不里居教授小聲地說。

「不！」妙麗尖叫。「恩不里居教授——那是違法的。」

可是恩不里居根本不理她。她臉上出現了一種邪惡、貪婪、興奮的神情，是哈利從來沒見過的。她舉起她的魔杖。

「部長不會希望妳犯法的，恩不里居教授！」妙麗大叫。

「只要康尼留斯不知情，他就不會過問，」恩不里居說，她開始微微喘起氣來，魔杖對著哈利身體不同部位比畫著，顯然是在決定施哪裡的傷害會最大。「他根本不知道去年夏天是我命令催狂魔攻擊波特的，只要有機會可以開除波特，他照樣高興得很。」

「是**妳**？」哈利驚呼。「**妳**派催狂魔來追殺我？」

「總得**有人**採取行動，」恩不里居吸了口氣，魔杖對準了哈利的腦門。「他們每一個都在那裡哇哇叫，想要封住你的嘴——毀掉你的名聲——可是到頭來只有我實地去執行……只不過最後讓你逃脫了，對不對，波特？不過今天可不同了，這回你逃不了了——」她深呼吸了一下，大叫著，「咒咒——」

「**不！**」妙麗用嘶啞的聲音從米莉森．布洛德身後大喊。「不行——哈利——我們得告訴她！」

「不可能！」哈利大叫，瞪向他所能看得見的那一小部分妙麗。

「一定要，哈利，反正她也會從你身上逼問出來的，這樣有……有什麼意義呢？」妙麗靠著米莉森．布洛德的長袍背後虛弱地哭了起來，米莉森馬上停止把她按在牆上的動作，連連往後退，滿臉噁心。

「喲，喲，喲！」恩不里居說，一副勝利的樣子。「我們的『問問題小姐』居然要給我們一些答案了！那就說吧，小姐，說吧！」

「咪——凹——膩——不迎！」榮恩用被堵住的嘴大叫。

金妮瞪著妙麗，一副從來沒認識過這個人的表情。奈威一方面仍舊拚命嗆咳著想要呼吸，一方面也同樣驚訝地望著她。可是哈利注意到了一件事：儘管妙麗手摀在臉上一個勁地抽泣，卻連一滴淚水也看不見。

「我很——我很抱歉，各位，」妙麗說。「可是——我實在受不了了——」

「沒錯，沒錯，小姐！」恩不里居說，抓住妙麗的肩膀，將她推向空下來的那張印花棉布椅，傾身俯視著她。「說吧……波特剛剛到底是在跟誰聯絡？」

「呃，」妙麗將臉埋進掌心，「呃，他**想要**跟鄧不利多教授講話。」

榮恩僵住了，眼睛瞪得大大的，金妮不再踩那個史萊哲林「捕手」的腳趾，就連露娜看起來都有那麼一點吃驚。幸運的是，恩不里居和她爪牙們的注意力完全都放到了妙麗身上，根本沒察覺到這些可疑的跡象。

「鄧不利多？」恩不里居急切地說。「這麼說來，你們知道鄧不利多的下落囉？」

「呃……不知道！」妙麗哭著說。「我們試了斜角巷的破釜酒吧，還有三根掃帚，甚至還有豬頭酒吧——」

「笨女孩——全魔法部的人都在找鄧不利多，他怎麼可能還會坐在酒吧裡頭！」恩不里居大叫，臉上每一條鬆弛的皺紋上都刻著失望。

「可是——可是我們有重要的事要告訴他！」妙麗哀嚎著，臉上的手按得更緊了。哈利明白，這不是因為痛苦，而是因為不能讓人發現她根本就沒流眼淚。

「真的？」恩不里居說，語氣又興奮了起來。「你們要告訴他什麼事？」

「我們……我們想告訴他東西準——準備好了！」妙麗連連嗆咳著。

「準備好什麼？」恩不里居質問，現在又捉住了妙麗的肩膀，微微搖著她。「準備好什麼，小姐？」

「武……武器。」妙麗說。

「武器？武器？」恩不里居說，她的眼睛似乎因為興奮而凸了出來。「你們一直在研究某種抵抗的方法？可以拿來對付魔法部的武器？這當然是由鄧不利多教授下的命令囉？」

「ㄉ——ㄉㄨ——對，」妙麗抽泣著，「可是東西還沒完成他就離開了，然後ㄒ——ㄒ一ㄢ——現在我們已經幫他完成了，我們卻ㄓ——ㄓㄠ——找不到他，跟他說ㄕ——ㄕㄨㄛ——說這件事！」

「到底是什麼樣的武器？」恩不里居嚴厲地問，那雙粗短的手仍舊緊緊按在妙麗肩膀上。

「我們不是ㄏ——ㄏㄣ——很清楚，」妙麗說，大聲吸著鼻子。「我們ㄓ——只是照著ㄉ——ㄉㄥ——鄧不利多教授的話ㄑ——ㄑㄩ——去做。」

恩不里居挺直身子，簡直樂壞了。

「帶我去看那個武器。」她說。

「我不要給……**他們**看。」妙麗尖聲說，透過她的手指縫輪番望著史萊哲林的人。

「妳沒有資格定條件。」恩不里居教授嚴厲地說。

「好啊，」妙麗說，現在又掩面哭泣起來。「好啊……就讓他們看嘛，我希望他們拿它來對付妳！妳最好把一大堆人都找來一起看！ㄓ——這樣妳就會有報應——啊，我多希望ㄑ——全校都知道它擺在哪裡，而且學會ㄕ——怎麼去使用它，這樣只要妳得罪任何一個人，他們就可以ㄒ——修理妳！」

這番話對恩不里居起了巨大的效應，她很快地帶著懷疑的眼光瞄向她的督察小組，那對凸出來的眼睛在馬份身上停了一會。他動作太慢，沒來得及掩飾掉剛出現在臉上那份熱切貪婪的表情。

恩不里居又打量了妙麗好半晌，接著用顯然是她自己認定充滿母性的聲音說話。

「好吧，親愛的，那就只有妳跟我……還有把波特也帶去，好不好？起來吧，快點。」

「教授，」馬份急急說道，「恩不里居教授，我想應該派幾個小組的人跟妳一起去，這樣可以看管——」

「馬份，我可是個完全符合資格的魔法部官員，你真的認為我自己對付不了兩個手無魔杖的青少年嗎？」恩不里居尖銳地問。「何況，這個武器聽起來也不是什麼適合讓學童們看的東西。你們就在這裡等我回來，絕對不要讓他們任何一個——」她向榮恩、金妮、奈威和露娜比個手勢，「給我跑了。」

「知道了。」馬份說，看起來既不滿又失望。

「你們兩個走在我前面帶路，」恩不里居用魔杖指著哈利和妙麗。「走。」

33 戰鬥與落跑

哈利完全不知道妙麗心裡在打什麼主意，甚至不確定她到底有沒有想好要怎麼做。他們沿著恩不里居辦公室外的走廊往前走，哈利緊跟在妙麗背後，他心裡明白，要是被恩不里居看出他們根本不曉得該往哪裡走，她一定會大大起疑心。他甚至不敢開口跟妙麗說話，恩不里居就跟在他們後面，近得可以聽到她那刺耳的呼吸聲。

妙麗帶領著他們走下樓，踏進入口大廳。一陣陣嘈雜的交談聲和鏗鈴鏘啷的刀盤碰撞聲，從餐廳大門一路迴盪到大廳——哈利幾乎無法相信，就在二十呎外的地方，有群人正在無憂無慮享用大餐，開心慶祝學期結束，完全不用去為這世界感到憂心……

妙麗直接跨出橡木大門，走下石階，踏入傍晚舒爽的微風中。太陽落向禁忌森林的樹梢，妙麗故意邁開大步越過草坪——恩不里居得用小跑步才能跟上——他們身後那長長的黑影，就如斗篷般在草坪上不停起伏波動。

「它就藏在海格的小木屋裡，沒錯吧？」恩不里居在哈利耳邊急切地問道。

「當然不是，」妙麗毫不留情地說，「海格說不定會不小心把它發射出來。」

「沒錯，」恩不里居說，她好像越來越興奮了，「沒錯，他的確有可能會做出這類蠢事，這個身大無腦的混種白痴。」

她哈哈大笑。哈利恨不得立刻轉過身來勒住她的脖子，但強忍住了。他的傷疤在傍晚柔和的空氣中不停抽痛，但並沒有像他每次感知到佛地魔準備動手殺戮時，那種有如火燒般的強烈灼痛。

「那……它到底放在哪裡？」恩不里居問道，看到妙麗繼續大步朝森林的方向走去，她的語氣開始流露出一絲不安。

「當然是在那裡啦。」妙麗說，伸手指著黑漆漆的森林，「我們必須把它藏在不容易被學生發現的地方，對不對？」

「那當然，」恩不里居說，她的聲音現在聽起來有些擔憂，「當然啦……非常好，那麼……你們兩個走在我前面吧。」

「妳要我們走前面，那妳可以把魔杖借給我們用嗎？」哈利問她。

「不，這可不行哪，波特先生，」恩不里居甜蜜蜜地說，用魔杖往哈利背上戳了一下，「在魔法部眼中，恐怕我的命比你們要值錢多了。」

他們一踏進森林涼爽的樹蔭下，哈利就拚命想跟妙麗使眼色。在他看來，沒帶魔杖踏入禁忌森林，簡直比他們今天傍晚所做的一切都要來得魯莽。而妙麗只是滿臉不屑地瞥了恩不里居一眼，就直接大步衝進森林，速度快得讓天生短腿的恩不里居幾乎就要跟不上。

「它藏在很裡面嗎？」恩不里居問道，她的長袍被荊棘割破了。

「對啊，」妙麗說，「對，我們把它藏得很隱密。」

哈利感到越來越不安。妙麗現在走的並不是他們之前去看呱啦的路線，而是他自己在三年前前往怪獸阿辣哥巢穴時走過的路。妙麗那時並沒有跟他一起去，他非常懷疑，她到底曉不曉得走這條路會遇到什麼危險。

「呃——妳確定沒走錯路嗎？」他乾脆挑明了問。

「確定，」她一副斬釘截鐵的口氣，一面劈哩啪啦地奮力穿過那些矮矮的樹叢，盡量發出大到令哈利感到完全沒有必要的噪音。跟在他們後面的恩不里居被一株倒落的小樹絆倒，兩個人都懶得停下來扶她。妙麗只管大步往前走，還側過頭來大聲喊著：「還要再往前走一下下！」

「妙麗，拜託妳小聲一點，」哈利快步趕到她身邊低聲說，「天知道會被什麼樣的怪物聽到——」

「我就是希望被聽到，」她平靜地說，恩不里居在他們後面砰通砰通地跟著跑，「待會你就知道了……」

他們繼續往前走，感覺上似乎走了相當相當長的時間，終於又再次踏入這片森林的最深處，濃密的樹蔭遮蔽了天空，完全透不進一絲陽光。就跟以前進入這裡時一樣，哈利又開始有一種奇怪的感覺，總覺得好像有許多看不見的眼睛在盯著他們。

「到底還要走多遠啊？」恩不里居在他背後氣沖沖地問。

「就快到了！」妙麗大喊，他們踏入一片陰暗溼冷的林中空地，「只要再走一下——」

一根箭矢凌空飛來，發出帶有恐嚇意味的咚一聲，正中她頭頂上的樹木。他們四周在瞬間響起許多響亮的蹄聲，哈利可以感覺到森林的地面在隆隆震動。恩不里居輕輕發出一聲尖叫，把哈利推到她前面當作人肉盾牌——

哈利奮力掙脫她的掌握，轉過身來。大約五十名人馬正從四面八方走過來，他們全都高舉著弓，搭起箭瞄準哈利、妙麗和恩不里居。他們三人緩緩退到林中空地中央，恩不里居嚇得發出小小的、很怪異的嗚咽聲。哈利斜眼望著妙麗，她臉上掛著一個得意洋洋的笑容。

「你們是誰？」一個聲音問。

哈利往左邊看，那名有著栗色馬身，名叫瑪哥仁的人馬，從包圍的人馬群中跨出來，開始走向他們。他也跟其他人馬一樣，高舉著弓瞄準他們三個人。哈利右邊的恩不里居仍在低聲嗚咽，她舉起魔杖指著那個朝他們逼近的人馬，那根魔杖抖到不行。

「我在問你們是誰，人類？」瑪哥仁粗聲說。

「我是桃樂絲．恩不里居！」恩不里居用一種又尖又高，充滿恐懼的嗓音說，「魔法部的政務次長，霍格華茲的校長兼總督察！」

「妳是魔法部的人？」瑪哥仁問道，周圍許多人馬都在不安地躁動。

「沒錯！」恩不里居的嗓音變得更尖更高，「所以你們最好小心點！根據奇獸管控部門所制定的法律，像你們這類的混種生物若是膽敢攻擊人類——」

「妳叫我們**什麼**？」一名長相粗野的黑色人馬大喊，哈利立刻認出那是禍頭。周遭在瞬間響起無數的憤怒耳語和拉緊弓弦的聲響。

「妳不可以這樣叫他們！」妙麗狂怒地說，但恩不里居教授好像根本沒聽到她說話。她仍然用她那根抖到不行的魔杖指著瑪哥仁，繼續說下去：「律令第十五條B項可是寫得清清楚楚：『一隻公認為具有接近人類的智慧，因而被視為有能力對其行為負責的奇獸，若是攻擊——』」

「『接近人類的智慧』？」瑪哥仁重複著，而禍頭和其他幾名人馬在一旁大聲怒吼，不斷用蹄子刨抓地面，「我們認為這是嚴重的侮辱，人類！我們的智慧，感謝上天，可是比你們要優秀多了。」

「你們到我們的林子裡來做什麼？」一名滿臉兇相的灰色人馬沉聲大喝，哈利和妙麗上次進森林的時候曾經見過他，「你們為什麼要到這裡來？」

「**你們的**林子？」恩不里居說，現在她發抖的原因除了害怕以外，好像又多加上了幾分憤慨，「我倒要提醒你，你們之所以可以住在這裡，完全是出於魔法部好心賜給你們一個保留區——」

一根箭矢飛過來，不偏不倚地從她腦袋邊擦過去，甚至勾到她鼠褐色的頭髮，她發出一聲讓人耳膜都要震破的淒厲尖叫，趕緊用雙手抱住頭。有些人馬大聲叫好，有些高聲哄笑，他們如馬嘶般的狂笑聲在昏暗的林中空地上隆隆地四處迴響，他們用蹄子刨抓地面的駭人景象更是令人心驚膽戰。

「妳現在倒是說說，這究竟是誰的林子，人類？」禍頭吼著。

「卑鄙齷齪的雜種！」她尖叫，雙手仍緊抱著頭，「野獸！不服管教的畜生！」

「閉嘴！」妙麗大叫，但已經來不及了，恩不里居用魔杖指著瑪哥仁，尖聲發喊：「繩繩禁！」

如粗蛇般的繩索竄到半空中，緊緊纏住人馬的身軀，綁住他的雙手。他憤怒地大吼，用後腿直立起來，拚命想要掙脫綑綁，其他人馬立刻向他們發動攻擊。

哈利抓住妙麗，拉著她臥倒在地。他的臉緊貼著森林的地面，當四周響起震耳欲聾的蹄聲，他感到一陣驚恐，但人馬只是躍過來圍著他們，不停尖嘶怒吼。

「不不不不要啊！」他聽到恩不里居的慘叫聲，「不不不不不要……我可是政務次長……你們不能——放開我，你們這些畜生……不不不不！」

哈利眼前閃過一道紅光，他知道是恩不里居企圖用昏擊咒攻擊其中一名人馬，緊接著她大聲尖叫起來。哈利微微把頭抬高幾吋，看到禍頭正抓住恩不里居的後背，把她高高舉到空中，嚇得她拚命掙扎喊叫。魔杖從她手裡落下來，掉到地上，哈利的心猛然一震，要是他可以拿到魔杖——

但他才伸出手，就有一名人馬的蹄子踏到魔杖上，俐落地把它踩成了兩半。

「起來！」一個嗓音在哈利耳邊吼著，一隻粗壯毛茸茸的手臂突然凌空而下，把他拉了起來，妙麗同樣也被拉著站直了。越過人馬們上下顛動、五顏六色的背脊和頭顱望過去，他們看到禍頭已經帶著恩不里居竄進樹林。一路上她的尖叫聲沒有停過，只是聲音漸漸越來越模糊，混在周遭一片踐踏的蹄聲裡，終於完全聽不見。

「這些呢？」那名一臉兇相，緊抓著妙麗的灰色人馬問道。

「他們還小，」哈利背後傳來一個緩慢而憂傷的嗓音，「我們不能攻擊幼駒。」

「是他們把她帶到這裡來的，如男，」那個下狠勁緊抓著哈利的人馬答道，「而且他們也不算小了……我看這個都快要成年了。」他揪著哈利的長袍後領搖了一下。

「求求你們，」妙麗屏息說，「請不要攻擊我們，我們的想法跟她完全不一樣，我們不是魔法部的員工！我們到這裡來，只是希望你們能替我們把她趕走。」

哈利一看到那名抓著妙麗的灰色人馬臉上的表情，就知道她這麼說是大錯特錯。灰色人馬猛然昂起頭顱，後腿狠狠跺著地面，大聲怒吼：「你聽到了吧，如男？這兩個已經染上他們那個族類的傲慢習性了！我們天生就得替你們收拾爛攤子，是不是，人類女孩？我們天生就得做僕人伺候你們，像聽話的獵犬，替你們把敵人趕跑？」

「不是！」妙麗驚恐地尖叫，「求求你——我不是那個意思！我只是希望你們能夠——能夠幫助我們——」

她似乎是越描越黑。

「我們不會幫助人類！」抓著哈利的人馬厲聲嘶吼，他的手握得更緊，同時用後腿微微直立起來，因此哈利的雙腳在那一瞬間暫時離開了地面。「我們是孤立的種族，也為此感到驕傲。我們絕不容許你們兩個走出這裡，到處吹噓我們乖乖聽從命令！」

「我們絕對不會說這種話！」哈利喊著，「你們剛才所做的，並不是因為聽從我們的要求——」

根本沒人肯聽他說話。

一名留著鬍子的人馬朝著群眾後方喊：「他們不請自來，就必須為此付出代價！」

他話一說完，周遭就響起一陣贊同的吼叫聲，一名暗褐色的人馬大嚷：「把這兩個帶去跟那個女人一起！」

「你們說過不會傷害無辜的人！」妙麗叫喊著，現在她真的嚇哭了，眼淚沿著面頰淌落下來，「我們根本就沒有做任何傷害你們的事，沒有使用魔杖，也沒有說話恐嚇。我們只是想回學校，請放我們回去吧——」

「我們跟那個叛徒翡冷翠可不一樣，人類女孩！」灰色人馬叫囂，他的同伴們又發出另一陣如馬嘶般的響亮附和聲。「或許妳真把我們當成會說話的馬啦？其實，我們是不願忍受巫師侵略與侮辱的古老種族！不認同你們的法律，不承認你們的優越性，我們是——」

但是他們聽不到下文了，因為就在那一刻，林中空地邊緣突然響起一陣驚天動地的碎裂聲，聲音大得讓哈利、妙麗和擠在空地上五十名左右的人馬立刻全部轉過頭來看。抓住哈利的人馬趕緊把哈利拋到地上，一手握住他的弓，一手顫抖著探向箭囊。妙麗也被拋了下來，哈利快步衝到她身邊，這時候，兩棵粗壯的樹幹危險地往兩邊分開，樹縫中出現巨人呱啦龐大嚇人的身軀。

靠他最近的人馬慌慌張張地往後退，撞到了背後的夥伴。林中空地在剎那間變成了一片蓄勢待發的弓林箭海，所有的弓箭都朝上瞄準了那一張從濃密的樹蔭底下漸漸顯現、步步逼近的灰色大臉。呱啦的歪嘴傻兮兮地咧開，他們可以看到他那磚塊似的黃板牙，在昏暗的光線中微微發光。他瞇起那對呆滯的泥巴色眼睛，斜眼瞅著他腳邊的生物，他的兩個腳踝上都拖著一根斷掉的繩索。

他把嘴咧得更開。

「哈哥兒。」

哈利不懂「哈哥兒」是什麼意思，也不知道這到底是哪種語言，更懶得去細究。他緊盯著呱啦的大腳，那幾乎跟哈利整個身體一樣長。妙麗緊緊抓住他的手臂，人馬此刻變得相當安靜，都抬起頭凝視著巨人。呱啦依舊盯著他們，圓滾滾的大頭不停左轉右轉，彷彿是在尋找某樣掉落的東西。

「**哈哥兒**！」他加強語氣又說了一次。

「快走開，巨人！」瑪哥仁說，「我們不歡迎你！」

但呱啦聽了這些話一點反應也沒有，他微微彎下身子（人馬們握弓的手臂一緊），大喝一聲：「**哈哥兒！**」

有些人馬開始露出擔憂的表情，妙麗卻突然倒抽了一口氣。

「哈利！」她悄聲說，「我猜他是想要說『海格』！」

就在這一刻，呱啦看到了他們，一片黑壓壓人馬群中僅有的兩個人類。他又把頭壓低了一呎左右，專注地盯著他們。哈利可以感覺到妙麗在發抖，呱啦又大大咧開嘴巴，用低沉洪亮的嗓音說：「喵。」

「天哪！」妙麗說，她手越抓越緊，哈利的手臂都快被抓得失去知覺了，她露出一副快要昏倒的表情，「他——他記得！」

「**喵！**」呱啦隆隆地吼著，「**哈哥兒哪裡？**」

「我不知道！」妙麗驚恐地尖著聲音說，「對不起，呱啦，我不知道！」

「**呱啦要哈哥兒！**」

巨人龐大的手掌從空中降下來。妙麗尖叫著往後連退了好幾步，摔倒在地上。巨掌朝哈利掃過來，連帶掃倒了一名雪白色的人馬。身上沒帶魔杖的哈利只好鼓起勇氣拳打腳踢，張嘴亂咬拚命保護自己。

人馬等的就是這一刻——在呱啦伸出的手指距離哈利只剩下一呎遠的時候，五十根箭矢突然劃破天空，飛向巨人，朝他的大臉發動密集攻勢。呱啦立刻又痛又怒地大聲狂叫，挺起身來，用兩隻巨掌去揉他的臉，箭柄紛紛斷裂掉落，箭頭卻反而陷得更深了。

他大吼大叫，巨腳砰砰跺著地面，人馬連忙四處散開。呱啦那如小石頭般大的血滴，唏哩嘩啦地灑落到哈利身上。他趕緊把妙麗拉起來，兩人用最快的速度衝進樹林裡避難。他們一跑進樹林，就回過頭去看。呱啦滿臉是血，伸手朝人馬盲目亂抓。人馬慌亂地四散逃逸，竄向林中空地另一邊的樹林疾馳而去。哈利和妙麗看著呱啦再發出一聲怒吼，追著人馬而去，一路上又碰碎了更多的樹木。

「天啊，」妙麗抖得太厲害，膝蓋一軟跪倒在地，「天啊，這太可怕了，他說不定會把他們全部殺光。」

「老實說我才懶得替他們擔心咧。」哈利恨恨地說。

人馬疾馳的蹄聲和巨人胡衝亂撞的聲響漸漸變得越來越模糊。就在哈利傾聽這些聲音時，他的傷疤又突然一陣可怕的劇痛，一陣恐懼掃過他全身。

他們浪費太多時間了——現在去解救天狼星，成功的機會甚至比他剛看到幻象時還要渺茫許多。哈利不僅失去了魔杖，而且還被困在禁忌森林中央，完全找不到任何交通工具。

「好個聰明的計畫，」他大罵妙麗，心中的怒火非發洩不可，「真是聰明透頂。困在這個鬼地方，我們還想去哪裡呀？」

「我們必須先回城堡。」妙麗虛弱地說。

「等我們回到那裡，天狼星大概已經死了！」哈利說，他在盛怒中踢了旁邊的樹一腳。他頭上突然響起一陣高亢的聒噪聲，他抬起頭，看到一隻勃然大怒的木精，正朝他蜷起了如細枝般的長手指。

「我們沒有魔杖什麼也做不成了，」妙麗絕望地說，又再硬撐著站了起來，「對了，哈利，你本來是打算用什麼方法去離這那麼遠的倫敦？」

「是啊，我們剛才也在想這個問題。」他們背後傳來一個熟悉的聲音。

哈利和妙麗出於本能地趕緊靠在一起，盯著樹林。

他們最先看到的是榮恩，金妮、奈威、露娜則急匆匆跟在他身後。他們看起來都相當狼狽——金妮面頰上有幾條長長的抓痕，奈威的左眼腫成一個紫色的大包，榮恩的嘴唇嚴重流血——但臉上都帶著相當得意的神情。

「怎樣？」榮恩說，推開一根低垂的枝椏，把哈利的魔杖遞給他，「有什麼好主意嗎？」

「你們是怎麼逃走的？」哈利驚訝地問，從榮恩手裡接過魔杖。

「用了一、兩個昏擊咒、一個繳械咒，再加上奈威施了個漂亮的小障礙惡咒。」榮恩輕鬆快活地說，一面把妙麗的魔杖也還給了她，「最厲害的是金妮，她好好修理了馬份一頓——用的是精怪蝙蝠咒——那真是太精采了，他臉上蓋滿了一堆活像大翅膀似的怪玩意兒。別說這些了，反正我們從窗口看到你們往森林裡走，所以就跟了過來。你們把恩不里居弄到哪裡去啦？」

「她被帶走了，」哈利說，「被一群人馬帶走了。」

「他們就這樣放過你們？」金妮帶著驚愕的表情問道。

「不是，他們被呱啦趕跑了。」哈利說。

「誰是呱啦？」露娜很感興趣地問道。

「海格的弟弟，」榮恩立刻接口，「先別管這些。哈利，你在爐火中究竟看到了什麼？『那個人』是不是真的對天狼星下手，還是——？」

「是，」哈利說，他的傷疤又是一陣強烈的刺痛，「而且我確定天狼星還活著，可是我想不出到底該怎麼趕到那裡去救他。」

大家沉默不語，而且都顯得相當害怕。他們所面對的問題簡直困難到完全無法克服。

「這個嘛，我們用飛的啊，不是嗎？」露娜一副「這還用說」的語氣，哈利這還是第一次見識。

「是啊，」哈利暴躁地說，突然對她惱火起來，「第一，如果妳說的『**我們**』是包括妳自己在內，那根本哪裡都不用去。第二，現在只有榮恩的飛天掃帚沒有保全山怪在看守，所以——」

「我有飛天掃帚啊！」金妮說。

「沒錯，可是妳不能去。」榮恩生氣地說。

「對不起，我也跟你們一樣擔心天狼星！」金妮繃緊下巴，這讓她看起來簡直像透了弗雷和喬治。

「妳太——」哈利才開口，金妮就激動地表示：「我現在比你為魔法石跟『那個人』搏鬥時的年紀還大了三歲，而且是我用會飛的大蝙蝠怪去攻擊馬份，才把他困在恩不里居的辦公室裡——」

「沒錯，可是——」

「我們全都是DA的成員，」奈威平靜地說，「我們的目的不就是要去跟『那個人』作戰嗎？這是我們第一次有機會玩真的——否則，以前練的那一切不都只是場遊戲？」

「不是——那當然不是遊戲——」哈利沒耐性地說。

「那我們就應該一起去。」奈威淡淡地說，「我們想要幫忙。」

「說得對。」露娜開心地笑著。

哈利的眼光對上了榮恩。他知道榮恩現在心裡想著跟他同樣的念頭，要是讓他在他自己、榮恩和妙麗三人之外，再要挑選幾名ＤＡ成員一起去營救天狼星，他絕對不會選金妮、奈威和露娜。

「反正沒差，」哈利沮喪地說，「因為我們還是不曉得該怎麼去——」

「不是已經說好了嗎？」露娜的語氣簡直令人氣得發狂，「我們飛過去啊！」

「聽著，」榮恩努力抑制胸中的怒火，「妳自己或許不用騎掃帚就能飛上天，我們其他人可沒辦法隨時長出一對翅膀——」

「除了飛天掃帚之外，另外還有一些飛行方法。」露娜心平氣和地說。

「所以妳是要我們去騎什麼『奇焦手』囉？」榮恩質問她。

「犄角獸不會飛。」露娜用莊嚴的語氣說，「可是**牠們**會飛，而且海格說過，牠們很會找地方，騎牠們的人不管要去哪裡都沒問題。」

哈利急忙旋過身子。兩匹騎士墜鬼馬就站在兩株樹木中間，白眼睛閃爍著詭異的光芒，靜靜望著他們說話，彷彿每個字都聽得懂似的。

「對喔！」他輕聲說，朝牠們走去。牠們昂起那有如爬蟲類的頭顱，甩動長長的黑色鬃毛。哈利熱切地伸出手，拍拍最靠近他的那匹騎士墜鬼馬閃亮的脖子，他以前怎麼會說牠們長得醜呢？

「就是那些長得像馬的怪物嗎？」榮恩不太有把握地說，眼睛盯著哈利輕拍的那匹騎士墜鬼馬稍稍偏左的一個點。「那些只有見過人家掛掉的人，才能看得到的怪馬？」

「沒錯。」哈利說。
「有幾匹?」
「只有兩匹。」
「我們需要三匹。」妙麗說，她看起來好像還在發抖，神情卻無比堅定。
「是四匹，妙麗。」金妮滿臉不高興地說。
「我看看，事實上我們總共有六個人。」露娜算了一下，再平靜地說。
「別傻了，我們不可能全部人都去啊!」哈利生氣地說，「聽著，你們三個——」他指著奈威、金妮和露娜說，「別把自己牽扯進來，你們不——」
這些話招來他們更多的抗議。他的傷疤又開始一陣強烈的劇痛，現在時間非常寶貴，不能再繼續耽擱下去，他可沒空跟他們爭論。
「那好吧，就隨便你們了，」他敷衍了事地說，「但除非我們還能找到更多騎士墜鬼馬，不然你們也沒辦法——」
「啊，牠們等一下就會出現了。」金妮信心十足地說，她跟榮恩一樣，自以為是在盯著那些馬，其實根本沒看對方向。
「妳怎麼知道?」
「因為你大概沒注意到，你跟妙麗兩個全身都是血。」她冷冷地說，「我們都知道，海格是用生肉來引牠們現身的，這兩匹大概就是這樣引過來的。」
哈利感到他的長袍被輕輕扯了一下，他低下頭，看到最靠近他身邊的騎士墜鬼馬，正在舔他沾滿呱啦鮮血的袖子。

「好，那就這樣吧，」他突然想到一個好主意，「榮恩跟我騎這兩匹先走，讓妙麗留下來跟你們三個待在一起，她可以多引幾匹騎士墜鬼馬過來——」

「我不要留下來！」妙麗憤怒地說。

「不用啦，」露娜微笑地說，「你們看，現在又出現了好幾匹……你們兩個的味道一定很濃……」

哈利轉過頭來，至少有六、七匹騎士墜鬼馬正小心翼翼地穿越樹林而來。牠們那如皮革般的巨大翅膀收緊在身體兩側，眼睛在黑暗中閃閃發光，這下他可找不到藉口了。

「好吧，」他生氣地說，「你們就挑一匹騎上去吧。」

34 神秘部門

哈利將身邊那匹騎士墜鬼馬的鬃毛緊緊纏在手上，再一腳踩上附近的樹墩，笨手笨腳地爬上鬼馬如絲緞般光滑的背脊。牠並沒有抗拒，只是扭過頭來，露出牙齒，渴切地想要繼續舔他的長袍。

哈利把兩個膝蓋分別卡緊在牠翅膀關節後面，發現這種方式使他感覺安全許多，然後他回過頭看其他夥伴。旁邊的奈威整個身子都趴到了騎士墜鬼馬的背上，正在努力把他的一隻小短腿翻過那傢伙的背。露娜已經安穩地側坐在馬背上，優閒地整理她的長袍，彷彿對她來說，騎騎士墜鬼馬到天上飛，就跟家常便飯一樣稀鬆平常。榮恩、妙麗和金妮卻仍然呆若木雞地站在原處，張大嘴巴望著前方發楞。

「怎麼啦？」他問道。

「你要我們怎麼上去？」榮恩虛弱地說，「連看都看不到怎麼騎啊？」

「喔，這很簡單。」露娜顯然十分樂於助人，她從騎士墜鬼馬的背上滑下來，大步走向榮恩、妙麗和金妮，「過來……」

她把他們帶到站在一旁的另外幾匹騎士墜鬼馬面前，設法幫助他們一一騎上馬背。他們三個全都緊張得要命，露娜先用騎士墜鬼馬的鬃毛將他們的手仔細纏好，吩咐他們盡量抓緊，再重新爬上她自己的坐騎。

「這真是瘋了，」榮恩嘟囔著，用沒被纏住的那隻手小心翼翼地上下撫摸馬的脖子，「瘋了……要是我能看見牠就好了——」

「你最好還是希望牠繼續隱形吧。」哈利陰沉地說，「大家都準備好了嗎？」

大夥都點頭，他看見五雙膝蓋在長袍底下都繃緊了。

「好……」

他垂眼望著騎士墜鬼馬那漆黑閃亮的後腦勺，吞了一口口水。

「去倫敦，魔法部，訪客入口。」他不太有把握地說著，「呃……要是你知道……該怎麼走……」

有好一陣子，哈利這匹騎士墜鬼馬完全沒有任何反應——忽然，唰的一個動作幾乎把他從馬背上震下來。牠兩邊的翅膀展開了，緩緩蹲伏到地上，然後電光石火般地射向天空，速度之快，角度之陡，使哈利必須手腳並用緊攀住馬身，才不至於一路到底地滑上牠盡是骨頭沒半點肉的屁股。他閉上眼睛，把臉埋入鬼馬那如絲緞般光滑的鬃毛裡，牠們竄離最高的樹梢，飛向血紅的落日。

哈利這輩子從來沒移動得這麼快速過，騎士墜鬼馬迅捷地飛過城堡，牠那寬闊的雙翼幾乎連拍都沒拍過一下。涼爽的空氣朝哈利迎面撲來，呼嘯的狂風颳得他瞇起眼睛，他回過頭來看，五位同伴緊跟在他身後疾飛著，一個個都竭盡所能矮著身子，緊趴在騎士墜鬼馬的脖子上，避開牠帶動起來的強勁氣流。

他們飛過了霍格華茲的校園，越過了活米村。哈利可以看到下方的山巒與峽谷，當日光慢慢黯淡下來，當他們飛越過更多的村落，哈利看到了許多小簇小簇的燈光。一條蜿蜒的道路上，一輛孤零零的汽車正匆匆穿越山區，往回家的路駛去……

「這實在是太詭異了！」他隱約聽到榮恩在他身後某個地方叫喊。他暗自想像著，飛得這麼高又這麼快，卻完全看不到負載自己的交通工具，會是什麼樣的感覺。

黃昏的暮色漸漸隱去，天空變成一片遍布著銀色小星星的暗淡紫色，沒過多久，他們就只能靠那些麻瓜城鎮裡的燈光約略推斷出距離地面有多高，飛行的速度有多快。哈利用雙手緊抱住騎士墜鬼馬的脖子，希望牠能飛得再快一些。在他看到天狼星躺在神秘部門的地板上之後，究竟已經流逝了多少寶貴的時間？而在佛地魔的威逼恐嚇之下，天狼星到底還能撐多久？哈利唯一能確定的就是，他的教父目前既沒有屈從佛地魔的命令，也沒有喪失性命。他深深相信，不論天狼星遭遇哪一種下場，他都會立刻經由自己的身體感應到佛地魔的歡喜或憤怒，他的傷疤會如火燒般的劇烈灼痛，就像衛斯理先生遇襲的那晚一樣。

他們繼續飛向越來越深的黑暗，哈利的臉凍得發僵，緊夾著騎士墜鬼馬兩側的雙腿也開始發麻，但他不敢挪動位置，生怕會從馬背上滑下來……呼嘯的氣流震得他耳聾，寒冷的夜風吹得他嘴唇又乾又冰。他已經完全不知道他們究竟飛了多遠，現在唯一能信賴的就只有他身子底下的這頭野獸。牠仍舊在夜空裡果斷向前飛馳，只有在加速時才稍稍拍動翅膀。

要是他們到得太晚……

他還活著，他還在戰鬥，我可以感覺得到……

要是佛地魔已經看出天狼星絕不會屈服……

我會知道的……

哈利的胃猛地一顛，騎士墜鬼馬的頭突然瞄準了地面，害得哈利沿著牠的脖子一連往前滑了好幾吋。他們終於開始降落了……他好像聽到背後有人在尖叫，他冒著危險扭過頭去看，所幸沒看到有人從空中掉下來……他們大概就跟他一樣，被騎士墜鬼馬突如其來的轉變方向嚇了一大跳。

此刻四周明亮的橘色光點漸漸變得越來越大，越來越圓。他們可以看到建築物的屋頂和川流不息、宛如昆蟲明亮眼睛的車前燈，還有眾多淡黃色小方塊似的窗口。他們冷不防地全速衝向了人行道，哈利努力拚出最後一絲力氣，緊緊抓住騎士墜鬼馬，打起精神準備迎接瞬間落地的強大衝力，但是這馬竟有如影子般輕盈地落到漆黑的地面上。哈利從馬背上滑下來，打量周遭的街道，那個滿得溢出來的大廢料車依然矗立在原處，旁邊沒多遠就是那個快被砸爛的電話亭，在街燈單調刺目的橘色強光中，它們都失去了原有的顏色。

榮恩降落在哈利附近，他立刻從騎士墜鬼馬背上滾下來，倒在人行道上。

「我再也不要騎了，」他掙扎著站起身來，做出好像是想要大步避開騎士墜鬼馬的動作，卻因為根本看不見牠，反而一頭撞上了牠的尾部，差點又摔倒在地。「打死我也不要再騎了……從來沒碰過這麼恐怖的——」

妙麗和金妮分別降落在榮恩兩側。她們滑下馬背的動作雖然比榮恩優雅一些，臉上卻也同樣露出大大鬆一口氣的神情，顯然很高興能重新腳踏實地。奈威全身發抖地跳下來，露娜也俐落滑下馬背。

「我們接下來要去哪裡呀？」她用一種相當禮貌而且深感興趣的語氣問哈利，彷彿是來參加好玩有趣的一日遊。

「跟我來，」他充滿感激地在騎士墜鬼馬身上拍了一下，就領先走向那個破爛的電話亭，拉開門。「**快來啊！**」看其他人遲疑不前，他又催了一聲。

榮恩和金妮聽話地大步踏進電話亭，妙麗、奈威、露娜也跟著擠進來。哈利再回頭瞥一眼，看到那些騎士墜鬼馬正忙著在垃圾堆裡找腐爛的剩菜吃，便也跟在露娜後面擠了進去。

「麻煩最靠近電話的人，撥六二四四二！」他說。

榮恩聽命照辦，扭著手臂伸過去撥號。號碼盤一轉回原位，電話亭內就響起一個酷酷的女聲。

「歡迎光臨魔法部。請說出你的姓名和接洽的業務。」

「哈利波特、榮恩．衛斯理、妙麗．格蘭傑，」哈利說得極快，「金妮．衛斯理、奈威．隆巴頓、露娜．羅古德……快放我們進去救一個人的命，要不然就叫魔法部趕快先去救！」

「謝謝，」那個酷酷的女聲說，「訪客，請拿識別徽章，把它別在你的長袍前面。」

六枚徽章從原本應該是退幣口的金屬槽中滑出來。妙麗把它們取出來，默默掠過金妮頭頂遞交給哈利，他看一眼放在最上面的一枚，上面寫著：哈利波特，救援任務。

「魔法部的訪客，請到中庭最裡面的安檢櫃台，接受檢查並出示魔杖辦理登記。」

「好！」哈利大聲說，他的傷疤又是一陣抽痛。「現在我們總可以**進去**了吧？」

電話亭的地板開始顫動，外面的人行道漸漸升高，遮住了玻璃窗。在垃圾堆裡找東西吃的騎士墜鬼馬迅速失去蹤影，黑暗覆蓋了他們的頭頂，在一陣低沉的摩擦聲中，他們開始往下降，進入魔法部。

一線柔和的金光射到他們腳上，光線越變越寬，一直往上，整個照亮了他們的身體。哈利彎著膝蓋，舉起魔杖，儘可能在擁擠的空間擺出備戰的姿勢，兩隻眼睛仔細地盯著窗玻璃外，提防有人在中庭等著對付他們，但看來裡面是一個人也沒有。這裡的光線比他上次白天來時黯淡得多，那些鑲嵌在牆上的壁爐裡並沒有燃燒著的爐火，但電梯輕輕停下來時，他看到那些金黃色的符號仍在深藍色的天花板上不停扭動變化。

「魔法部祝你有個愉快的夜晚。」那個女聲說。

電話亭的門忽地敞開，哈利從裡面跌了出來，奈威和露娜跟在他的身後。中庭一片寂靜，只聽得到金色噴水池持續不斷的泠泠水聲，一束束水柱從女巫與巫師的魔杖、人馬的箭頭、妖精的帽尖以及家庭小精靈的耳朵噴出來，源源不絕地湧入周遭的水池。

「走吧。」哈利平靜地說，六個人就在哈利的率領之下，開始沿著走廊全速向前狂奔，經過噴水池，跑向安檢巫師的櫃台。哈利曾在那裡把魔杖交給他檢查，此刻櫃台空無一人。

哈利十分確定這裡應該會有警衛在看守，但現在完全看不到一個人影，他覺得這必然是個危險的惡兆。他們穿越通往電梯的金色大門時，他心中不祥的預感變得越來越強烈。他按了一下手邊「下」的按鈕，才一眨眼，電梯就喀啦喀啦地出現在眼前，哐啷一聲巨響，金色的柵欄滑了開來，他們立刻衝進去。哈利戳了一下「九」的按鈕，柵欄砰地關上，電梯開始鏗鏗哐哐、咯咯嘎嘎地向下降。哈利上次跟衛斯理先生一起來的時候，完全沒注意到電梯竟然有這麼吵。他非常確定，這麼喧鬧的噪音，必然會把整座建築裡所有的安檢人員全都引過來。不久之後，電梯停了下來，那個酷酷的女聲說：「神秘部門。」柵欄滑開，他們踏進一條除了火把搖曳的光芒之外不見任何一絲動靜的走廊，火光在電梯激起的一陣風中明滅不定地閃動。

哈利轉身面對那扇素淨的黑門。在一連夢到它好幾個月之後，他終於來到了這裡。

「走吧。」他輕聲說，率先踏上走廊，露娜緊跟在他身後，微張著嘴四處張望。

「好，你們聽著，」哈利在距離黑門不到六呎遠的地方再度停下腳步，「也許……也許應該留一、兩個人待在這裡，好替——替我們把風，還有——」

「就算真有事情發生，我們要怎麼通知你呢？」金妮抬起眉毛問道，「你說不定已經跑很遠了。」

「我們要跟你一起去，哈利。」奈威說。

「我們繼續往前走吧。」榮恩堅定地說。

哈利還是不想讓他們全部都跟進，但他顯然別無選擇。他轉身面對那扇門，往前走去……就像在他夢中一般，黑門隨即敞開。他大步踏向前方，領著其他人跨過門檻。

他們站在一個圓形的大房間裡，這裡包括天花板和地板在內的所有東西，全都是黑漆漆的。黑牆上環繞著一圈有固定間隔距離排列的黑門，這些門看起來一模一樣，上面既沒有標誌，也沒有門把，牆上間或點綴著一簇簇燃燒著藍色火焰的蠟燭。閃爍不定的清冷燭光，倒映在閃亮的大理石地板上，使他們腳下彷彿踩著一汪黝黑的水潭。

「麻煩誰去把門關上。」哈利低聲說。

奈威剛把門關上，哈利就後悔了。少了從後方走廊上透進來那一線火把的光亮，這地方立刻變得非常暗。有好長一段時間，他們唯一能看到的就是牆上搖曳著藍色火焰的蠟燭，和地板上他們幾個有如幽靈一般的倒影。

在夢境中，哈利總是目標明確地越過房間，直接走到入口正對面的那扇門前，開門走進去，可是現在四周有整整十二扇門。就在他凝視著對面的那些黑門試著找出正確的通路時，房中突然響起一陣震耳欲聾的隆隆聲，牆上的蠟燭都歪倒向一邊。這個圓室正在旋轉。

妙麗抓住哈利的手臂，似乎在害怕連地板也會開始移動，幸好沒有。牆壁在他們四周飛快旋轉，有幾秒的時間，他們周圍的藍色火焰模模糊糊，就像一道道霓虹燈的線條。然後，就跟開始的時候一樣突然，隆隆聲在瞬間消失，周遭的一切也再度靜止。

哈利的雙眼像被烙上了許多條藍線，除此之外他什麼都看不到。

「這是在幹嘛啊？」榮恩害怕地悄聲問。

「大概是要讓我們找不到剛才進來的那扇門。」金妮壓低聲音說。

哈利立刻知道她說得沒錯，現在要他分辨出出口的那扇門，就跟要他在漆黑的地板上找出一隻螞蟻同樣困難。而且現在他們必須在周圍那十二扇門中，找到正確的通路繼續前進。

「我們要怎樣才能出得去啊？」奈威不安地問。

「反正現在已經無所謂了，」哈利用強硬的語氣說，用力眨眨眼，想要除掉他眼前的藍色線條，他把魔杖握得比先前更緊，「在找到天狼星之前，我們根本沒必要出去——」

「你不能大聲叫他的名字！」妙麗急切地說。哈利根本不需要她來提醒，他的直覺也要他盡量保持安靜。

「我們現在要往哪裡走，哈利？」榮恩問。

「我不——」哈利開口說，他吞了一口口水，「在夢裡我是先沿著有電梯的走廊往前走，穿過盡頭的黑門，踏進一個黑暗的房間——就是這裡——然後我又穿過另一扇門，踏進一個有點……閃閃發光的房間。所以我們應該先打開幾扇門試試看，」他急急地說，「我只要看一眼就曉得是不是，來吧。」

他大步走向他正前方的黑門，其他人緊跟在他身後，他用左手按住那冰涼閃亮的門面，舉起魔杖，準備門一開就能隨時迎戰。他推門。

門敞開了。

天花板上低懸著幾盞垂著金鍊的吊燈，在經過剛才那個黑暗的房間後，這個狹長的長方形房間顯得明亮許多，但仍然萬萬不及哈利在夢中看過的那樣燦爛耀眼。這個地方空盪盪的，只擺了幾張桌子，在房間的正中央有一個盛著墨綠色液體的巨型玻璃槽，大得足以讓他們全體跳進去游泳，一些珍珠白色的物體在水槽中懶洋洋地四處漂動。

「這是什麼東西？」榮恩悄聲問。

「不曉得。」哈利說。

「是一種魚嗎？」金妮輕聲說。

「是水生蛆！」露娜興奮地說，「我爸說過魔法部在養殖——」

「不是，」妙麗說，她的語氣有些奇怪。她走到水槽邊，隔著玻璃望著裡面的物體。「是腦。」

「**腦**？」

「是的……我真想不通他們要這東西做什麼？」

哈利跟著她走到水槽邊。站在這麼近的距離看，他立刻知道妙麗說得沒錯。它們在綠色的液體中上下浮沉、忽隱忽現，發出詭異的幽光，看上去就像是一些黏答答的花椰菜。

「我們離開這裡吧，」哈利說，「不是這個房間，我們再去試試另一扇門。」

「這裡也有門。」榮恩指著周圍的牆壁說。哈利的心沉了下來，這地方究竟有多大？

「在我夢裡，我是從剛才那個黑暗的房間，再進入下一個房間，」他說，「我想我們還是應該先回到那裡，試試看其他的門。」

於是他們又匆匆退回那個黑暗的圓室。現在哈利眼前晃動的不再是藍色的燭光，而是如鬼影般幽幽漂浮的腦。

「等一下！」就在露娜準備帶上頭腦室的門時，妙麗突然尖聲說，「辣辣燃！」

她用魔杖在空中畫了幾下，門上立刻出現一個燃燒的「×」。門才喀噠一聲關上，房中就又響起另一陣驚天動地的隆隆聲，周圍的牆壁再度飛快旋轉。現在那片朦朧的藍色光影中，又多出了一大團金紅色的影子。當一切再恢復平靜，那個燃燒的叉字仍烙印在門上，標示出那是一扇他們試過的門。

「好主意，」哈利說，「好，讓我們來試試這扇——」

他再次大步走向正前方的門，舉起魔杖，把門推開，其他人跟在他身後。

這個長方形的房間比前一個更大，裡面光線昏暗，中央部分向下陷落，形成一個大約二十呎深的巨大石坑。房間四周環繞著一圈圈層層陡降的石椅，看起來就像是露天圓形劇場，或是哈利上次接受巫審加碼審訊時的審判室。他們此刻就站在最上面一層石椅上，只是石坑正中央並沒有附有鎖鏈的椅子，而是矗立著一塊高起的石台，上面有一座石拱門，看起來非常古老，裂痕斑斑，有多處已經粉碎塌落。它居然還能挺立著，令哈利大感驚奇。在這座周遭完全沒有牆壁支撐的拱門上垂掛著一片破爛不堪、像是帷幔或紗幕的黑色東西，四周凝滯的冰冷空氣雖沒有一絲微風，這片紗幕卻在非常輕微地飄動，彷彿剛被人碰觸過。

「誰在那？」哈利邊問邊跳到下面一層石椅上。沒有人回應，紗幕仍繼續搖擺飄動。

「小心！」妙麗悄聲說。

哈利爬下一層又一層的石椅，最後終於走到石坑的最底部。他緩緩走向高台，他的腳步聲在四周激起響亮的迴音。從現在的位置看來，這座尖聳的拱門顯然比他剛才從上面往下看的時候要高出許多。紗幕仍在微微擺動，彷彿有人剛剛從這裡穿過去似的。

「天狼星？」哈利又開口，聲音放低了許多，他就快要走到石台了。

他突然有一種很怪的感覺，似乎有某個人就躲在紗幕後面，站在拱門的另一邊。他用力抓緊魔杖，側身繞到石台另一邊，那裡沒半個人，除了那片破爛黑紗幕的背面之外，他什麼也沒看見。

「我們走吧，」妙麗喊，她已經走下了一半的石梯，「不是這個地方，哈利，快啊，我們走吧。」

她的聲音聽起來十分害怕，比剛才在那個有腦在游泳的房間要害怕多了。哈利覺得那道拱門雖然破敗，卻有一種獨特的美感。那微微波動的紗幕令他看得入迷，他心中湧出一股強烈的渴望，想要爬上高台，穿過那片紗幕。

「哈利，快走，可以嗎？」妙麗的語氣變得強硬了一些。

「可以。」他說，但沒有移動。他剛才隱約聽到了某些聲音，從紗幕另一邊傳來一陣沙沙耳語聲。

「你說什麼？」他抬高嗓門大聲問，他的聲音在石椅四周迴盪。

「沒人說話啊，哈利！」妙麗說，她朝著哈利接近。

「有人在那後面說悄悄話，」他走開不讓她靠近，繼續皺眉盯著紗幕，「是你嗎，榮恩？」

「我在這裡呢，兄弟。」榮恩說，從拱門另一側繞了過來。

「難道你們都沒聽見嗎？」哈利問，沙沙耳語聲已變得越來越響亮，他在不知不覺中踏上了石台。

「我也有聽見，」露娜低聲說，她也從拱門另一側繞過來加入，雙眼盯著那輕輕飄動的紗幕，「有人在**裡面**！」

「妳說的『**裡面**』是什麼意思？」妙麗質問道，從最後一列石椅上跳下來，語氣中充滿了強烈的怒意。照目前的場合看來，她根本沒理由要發這麼大的火。「哪來的什麼『**裡面**』，這只不過是道拱門，又沒有空間可以讓人待在裡面。哈利，別這樣，走了啦——」

她抓住他的手臂想拉他，他不肯。

「哈利，我們是到這裡來救天狼星的欸！」她用一種非常緊張的高亢嗓音說。

「天狼星，」哈利喃喃重複，仍像被催眠似地凝視著那片不斷擺動的紗幕，「沒錯……」

終於有某個念頭重新回到他的腦海中：**天狼星**，被人抓走，無法脫身，在受折磨。而他居然還在這裡盯著拱門發楞……

他往後退了好幾步，走下石台，硬生生把視線從紗幕上收回來。

「我們走吧。」他說。

「這就是我剛才一直想要——算了，快走！」妙麗說著，率先繞過石台。在石台另一邊，金妮和奈威也在凝視那片紗幕，他們兩人顯然已經看得出神了。妙麗連話都沒說，就一把握住金妮的手臂，榮恩也抓住奈威的，他們就這樣堅定地帶著金妮和奈威，走到最下面的一圈石椅前，開始爬回上方的門。

「妳覺得那道拱門是什麼東西？」哈利在重新返回黑暗的圓室後詢問妙麗。

「我不知道，不過我敢確定它非常危險。」她堅定表示，又在門上畫了一個燃燒的叉字。

牆壁再次旋轉又再次停止。哈利隨便選了扇門走過去，伸手一推，門不動。

「怎麼回事？」妙麗問。

「門……鎖上了……」哈利說，一面用全身的力量去推門，門不動就是不動。

「所以就是這裡了，對不對？」榮恩興奮地說，也開始跟哈利一起去撞門，「一定就是這裡！」

「讓開！」妙麗尖聲說，她用魔杖指著平常門鎖所在的位置說：「阿咯哈呣啦！」沒有任何動靜。

「天狼星的刀！」哈利說。他從長袍裡掏出那把刀，插進門和牆壁中間的細縫。其他人滿臉急切地站在一旁，望著他持刀從最上面劃到最底部，再抽出刀，然後用肩膀去撞門。門仍然關得死緊。更糟的是，哈利低頭一看，發現刀鋒竟然融化了。

「算了，我們放棄這個房間吧。」妙麗果斷說。

「但要是剛好就是這裡呢？」榮恩說，帶著既恐懼又渴望的表情望著那扇門。

「不可能，哈利在夢裡每扇門都進得去。」妙麗在門上又畫了一個燃燒的叉字，哈利把只剩下刀柄，毫無用處的刀子放回口袋。

「妳想裡面會是什麼東西？」露娜熱切問道，牆壁再度開始旋轉。

「顯然是什麼八寶獸吧。」妙麗壓低聲音說，奈威發出一聲緊張兮兮的輕笑。

牆壁減速停了下來，哈利懷著越來越不顧一切的心情推開了下一扇門。

「**就是這裡！**」

他一看到那不斷跳躍舞動，如鑽石般璀璨耀眼的美麗光芒，就知道他終於找到了。等哈利的眼睛漸漸適應那燦爛的強光，他看到周圍到處都擺滿了微微發光的時鐘。尺寸有大有小，有老爺鐘，也有攜帶式的旅行鐘，有的掛在兩座書櫃之間的牆面上，有的放置在那些排滿整個房間的書桌上，因此室內充滿了忙碌不休的時鐘滴答聲，就像是成千上萬個細小的、整齊劃一的腳步聲。那不斷跳躍舞動，如鑽石般燦爛的光芒，是來自房間最遠那頭一個高聳的水晶鐘罐。

「這邊！」

哈利的心在怦怦狂跳，他知道他們已經找對了路。他一馬當先地沿著兩排書桌間的狹窄通道往前走，就跟他在夢中的情形一樣，直接走向那個光源。水晶鐘罐放置在書桌上，相當於哈利的高度，裡面好像裝滿了滾滾翻騰閃爍有光的風。

「喔，**你們看！**」大夥快要走到那裡時，金妮指著罐子正中心說。

一枚如寶石般發光的小蛋，正隨著那燦爛耀眼的氣流緩緩浮動。當它在鐘罐中隨著氣流往上升時，蛋殼突然破裂，從裡面冒出一隻蜂鳥，繼續被氣流帶動到鐘罐最頂端。當小鳥開始隨氣流下降時，牠的羽毛就變得又溼又髒，等到整個降落到罐底時，便再度閉合成了一枚蛋。

「快走！」哈利厲聲說，因為金妮顯然有意要停下來，再欣賞一次蛋變成鳥的過程。

「你自己在舊拱門那裡浪費了那麼多時間！」金妮沒好氣地說，但還是乖乖跟著他走過鐘罐，走向後方唯一的一扇門。

「就是這裡，」哈利又說了一次，他的心現在跳得又快又重，吵得連他的說話聲都聽不清了，「從這裡進去——」

他回頭瞥見所有的夥伴全都舉起了魔杖，表情在瞬間變得既嚴肅又急切。他轉向房門，伸手一推，門立即敞開。

他們到了，他們找到這個地方了。像教堂那麼高，除了一排排高聳的架子外，其他什麼也沒有，架上擺滿了沾滿灰塵的小玻璃球。沿著高架間隔設置了許多燭台架，在流瀉的燭光中，那些小球隱約散發出一些閃爍的亮光。這裡的蠟燭就跟後面那間圓室裡的一樣，也燃燒著藍色的火焰，房間裡非常寒冷。

哈利側身往前走，仔細盯著一條位於兩排架子間的陰暗通道。他聽不到一絲聲響，也完全看不出任何動靜。

「你說過那是在第九十七排。」妙麗悄聲說。

「沒錯。」哈利低聲說，抬頭望著離他最近的架子邊緣。杵在那些搖曳著藍色火光的蠟燭底下，閃爍著幾個銀色的字體：五十三。

「我想我們應該往右邊走，」妙麗悄聲說，瞇眼盯著下一排架子，「沒錯……那是五十四……」

「舉起魔杖。」哈利輕聲說。

他們沿著高架間長長的通道躡手躡腳地向前走，還不時回過頭來瞥上一眼。這些高架最遠的那頭幾乎是徹底的黑，而在架子上的每個玻璃球下面，都貼著一張小小的泛黃標籤。有些球散發出一種詭異的流光，有些裡面又黑又暗，活像是燒壞的電燈泡。

他們經過第八十四排……八十五排……哈利豎起耳朵努力傾聽，想要聽到一絲最輕微的聲響，但天狼星說不定嘴巴被塞住，或是已經失去知覺……**或是**，他腦中突然響起一個不請自來的聲音，**他說不定已經死了……**

那樣的話，我會感覺得到，他暗暗告訴自己。現在，他的心跳得快要從喉嚨裡迸出來，我會曉得的……

「九十七！」妙麗悄聲說。

他們聚攏在架子周圍，凝視著旁邊的通道。沒看到任何人。

「他就在通道最裡面，」哈利說，他的嘴巴有些發乾，「這裡看不清楚。」

他領著他們踏入兩排擺滿玻璃球的架子中間，在他們經過時，有些球在一旁發出柔和的光芒……

「他應該就在這附近，」哈利悄聲說，他相信，現在每一步都有可能把天狼星那疲憊凌亂的身影真實帶引出來，呈現在眼前漆黑的地板上。「大概就在這裡……就快到了……」

「哈利？」妙麗遲疑地說著。他真不想回應，他的嘴巴乾得要命。

「大概就在……這附近……」他說。

他們已走到這排架子的盡頭，踏入更加昏暗的燭光中。這裡一個人也沒有，四周只有迴音裊裊、煙塵彌漫的寂靜。

「他說不定……」哈利用沙啞的嗓音輕聲說，瞇眼望著下一條通道，「說不定……」他快步往前走，繼續打量下一條通道。

「哈利？」妙麗又喊了一聲。

「什麼？」他咆哮。

「我……我想天狼星並不在這裡。」

沒人答腔，哈利實在不願去看他們其中的任何一個人，他感到胃裡作嘔。他不明白天狼星為什麼不在這裡，他應該在的，因為這裡就是他哈利在夢中看到天狼星的地方……

他沿著整排架子盡頭處的空檔往前跑，邊跑邊看，掠過一道又一道空無一人的通道。他再往回跑，經過那些瞪大眼睛望著他的同伴。他到處都找不到天狼星的蹤影，甚至沒看到一絲有人掙扎過的痕跡。

「哈利？」榮恩喊道。

「什麼？」

他一點都不想去聽榮恩要說的話，不想聽榮恩告訴他說他很蠢，或是提議要大家立刻返回霍格華茲。但他的臉開始發燙，他恨不得在這黑漆漆的地方躲上好長一陣子，免得立刻去面對上頭中庭裡的明亮燈光和其他人譴責的眼神……

「你有看到這個嗎？」榮恩說。

「什麼？」哈利說，這次語氣急切了許多——有了，那一定是天狼星留下的痕跡，一個線索。他們現在站在第九十七排再過去一點的地方，哈利大步走回他們身邊，發現榮恩看到的只不過是架子上一個沾滿灰塵的玻璃球。

「什麼？」哈利沮喪地再問一次。

「這——這上面有你的名字。」榮恩說。

哈利往前挪近了一些。榮恩指著架上一個隱隱發出幽光的小玻璃球，球面沾滿了灰塵，顯然已經有很多年沒人碰過了。

「我的名字？」哈利茫然地說。

他上前一步。他的個子沒榮恩高，必須伸長脖子，才能看清貼在這顆沾滿塵垢的玻璃球架面上的泛黃標籤。上面用細長的字體寫著十六年前的一個日期，接下來是：

S. P. T. 給 A. P. W. B. D.

黑魔王

與（？）哈利波特

哈利凝視著那張標籤。

「這是什麼意思？」榮恩問，他的聲音流露出一絲怯意，「這上面為什麼要寫你的名字？」

他看了一下這排架子上其他的標籤。

「沒有我的名字，」榮恩用困惑的語氣說，「也沒有我們其他任何人的名字。」

「哈利，你最好不要去碰它。」哈利才剛伸出手，妙麗就厲聲制止。

「為什麼不行？」他說，「它跟我有關係，不是嗎？」

「不要碰，哈利。」奈威突然開口說。哈利望著他，奈威的圓臉因布滿冷汗而微微發亮。他的神情極端焦慮，彷彿已經到了可以承受的極限。

「它上面有我的名字。」哈利說。

雖然覺得自己有些魯莽，他依然不顧一切地伸手握住那個髒兮兮的小球。原本以為它會很冷，但他錯了，它感覺就像是在太陽下曬了好幾個鐘頭，或是被球內的光芒烤了許久，摸起來暖呼呼的。哈利心中暗暗期待，甚至是希望，接下來會出現某種極端戲劇化的轉變，某種非常驚險刺激、足以讓他們感到這段漫長危險的旅程，果然不虛此行的驚人事件。他把玻璃球從架子上取下來，凝視著它。

什麼事也沒發生。其他人也走過來圍在哈利身邊，望著那顆圓球，看哈利把它上面沾黏的灰塵擦乾淨。

然後，在他們背後，一個慢吞吞的聲音說話了。

「非常好，波特。現在你轉過來，慢慢地、好好地，把那個交給我。」

35 紗幕後

他們四周平空冒出了許多黑影，阻擋住他們左右方的去路。一對對眼睛透過面罩裂縫閃閃發光，十二支點亮的魔杖瞄準他們的心臟，金妮嚇得倒抽了一口氣。

「給我，波特。」魯休思．馬份用他那慢吞吞的嗓音再重複說了一遍，並伸出一隻手，手心朝上向哈利索討。

哈利的五臟六腑陡然往下一沉，令他感到微微作嘔。他們中了埋伏，對手的人數比他們多了一倍。

「給我。」馬份又說了一次。

「天狼星在哪裡？」哈利說。

幾名食死人放聲大笑，從哈利左方那群陰暗的人影中，傳來一個刺耳的女聲，用得意洋洋的語氣說：「黑魔王真是無所不知！」

「無所不知，」馬份柔聲複誦，「現在把預言交給我，波特。」

「我要知道天狼星在哪裡！」

「**我要知道天狼星在哪裡！**」他左邊的女人故意模仿他。

她和她同夥的食死人正朝他們步步逼近，現在距離哈利他們只剩下大約一呎左右，他們的魔杖炫得哈利兩眼發花。

「你們抓了他，」哈利說，他胸中升起一股驚惶的感覺，一種從他踏入第九十七排後就一直在努力抗拒的恐懼，但他刻意不去理會，「他在這裡，我知道他就在這裡。」

「**小寶寶做惡夢怕怕唷，醒了還把夢裡的事情當真咧。**」那個女人用一種令人毛骨悚然、刻意學小嬰兒說話的嗓音說。哈利感到身邊的榮恩動了一下。

「先別動手，」哈利低聲說，「等一下——」

那個模仿他的女人，發出一陣有如刺耳尖叫般的狂笑聲。

「你們聽到他說的話了嗎？**你們聽到他說的話了嗎？**他居然還大剌剌地對其他小孩下指令，好像自以為能打得過我們呢！」

「喔，妳不像我這麼了解波特，貝拉，」馬份柔聲說，「他最大的弱點就是愛充英雄好漢，黑魔王很了解他這個習性。**現在把預言交給我，波特。**」

「我知道天狼星就在這裡，」哈利說，那股驚惶的感覺脹得他胸口發悶，令他感到呼吸都有些困難，「我知道你們抓了他！」

更多食死人放聲大笑，其中笑得最大聲的就是那個女人。

「現在你總該知道現實和夢境的差異了吧，波特。」馬份說，「快把預言交給我，要不然我們可要使用魔杖了。」

「那就來啊。」哈利說，把魔杖舉到胸前。就在他這麼做的時候，站在他兩旁的榮恩、妙麗、奈威、金妮和露娜也同時舉起了五根魔杖。這下哈利心中的結揪得更緊了，要是天狼星真的不在這裡，那他不就是害他的朋友們白白犧牲性命……

那些食死人並沒有發動攻擊。

「乖乖把預言交出來，就不會有人受傷。」馬份冷冷地說。

現在輪到哈利放聲大笑。

「哈，是啊！」他說，「我給你這個——預言，沒錯吧？你就會放我們逃回家去，是不是啊？」

他的話才剛說出口，那名女食死人就厲聲尖叫：「速速前，預——」

哈利及時擋住她的攻擊，他在她還沒念完咒語前就大聲喊：「破心護！」他手中的玻璃球已竄到指尖，他仍設法把它緊緊抓住。

「喔，看來他還懂得耍幾招嘛，波特小乖乖。」她說，她那對瘋狂的眼睛透過面罩細縫盯著哈利，「非常好，那麼——」

「**我告訴過妳，不行！**」魯休思．馬份對那女人怒吼，「妳要是把它摔破——！」

哈利心裡的念頭飛快轉著。食死人想要這個髒兮兮的纖維玻璃球，他自己對它卻沒什麼興趣。他只希望能讓他們大家全都活著離開這裡，他絕對不能讓他的朋友因為他的愚蠢而付出慘痛的代價……

那個女人離開同伴，走上前來，一把扯下她的面罩。阿茲卡班的獄中生涯使得貝拉．雷斯壯的雙頰凹陷、形容枯槁，像極了一個活骷髏，現在那股狂熱的光輝又使她的面孔有了生氣。

「說服力還不夠是吧？」她說，她的胸膛激烈起伏，「非常好——把那個最小的抓起來，」她命令她身邊的食死人，「讓他好好欣賞一下，我們是怎樣折磨這個小女孩。我說到做到。」

哈利感覺到其他夥伴開始把金妮圍在中間，他往旁邊跨了一步，正對著貝拉，把預言舉到胸前。

「妳要是攻擊我們，我就先把這東西摔碎，」他告訴貝拉，「沒把這東西帶回去，我想妳老闆會不太高興吧，是不是？」

她沒有移動，只是凝視著他，用舌尖舔了舔薄薄的嘴唇。

「這，」哈利說，「究竟是哪一類的預言？」

他完全想不出該怎麼辦，只好盡量找話講。奈威的手臂貼在他身邊，他可以感覺到奈威在發抖，他也可以察覺到他背後的某位夥伴，呼在他後腦勺上的氣息明顯加快了許多。他暗暗希望，他們現在全都在努力想辦法脫身，因為他自己腦袋裡是一片空白。

「哪一類的預言？」貝拉重複他的問話，她臉上的笑容消失了，「你在開玩笑是吧，哈利波特？」

「沒有，我沒有在開玩笑，」哈利說，他的目光飛快地在食死人身上來回梭巡，努力想要找出一個防守漏洞，一個可以讓他們脫逃的空間。「佛地魔為什麼會想要得到它？」

幾名食死人發出一陣低沉的噓聲。

「你竟敢直呼他的名號？」貝拉悄聲說。

「是啊，」哈利說，繼續緊握著玻璃球，提防她又施魔法來搶，「是啊，有什麼好不敢的，我愛什麼時候叫佛地——」

「閉上你的臭嘴！」貝拉厲聲尖叫，「你竟敢用你那卑賤的嘴唇直呼他的名號，你竟敢用你那雜種的舌頭玷污這個名字，你竟敢——」

「妳知道他自己也是個雜種嗎？」哈利不顧一切地衝口而出。妙麗在他耳邊發出一點呻吟。「佛地魔？沒錯，他母親是個女巫，但他老爸卻是個麻瓜——難道他在你們這些人面前自稱是純種嗎？」

「**咄咄**——」

「**不行！**」

一束紅光從貝拉．雷斯壯的魔杖尖端射出來，馬份及時偏移了它的目標。他施的咒術讓貝拉的紅光擊中離哈利左邊一呎的架子，把那裡的好幾個玻璃球炸得粉碎。

兩個像幽靈般灰白、像煙霧般流動的人影，從地上的玻璃碎片中飄出來，分別開始張口說話。兩個聲音誰也不讓誰地互相重疊，因此在馬份和貝拉兩人的喊叫聲中，只能聽到他們一些片段的話語。

「……至日將會有一個新的……」一個留鬍子的老男人影子說。

「**不能攻擊！我們必須拿到預言！**」

「他竟敢——他竟敢——」貝拉語無倫次地尖叫，「他還站在那裡——卑鄙齷齪的雜種——」

「**等我們先拿到預言再說！**」馬份大吼。

「……在此之後將完全沒有……」一個年輕女人的影子說。

兩個從玻璃球碎片中冒出的人影已完全消失。他們的形影和他們過去所居住的家此刻都已不復存在，只留下地板上的一堆玻璃片。不過，這卻讓哈利想到了一個好主意。問題是，他得想辦法把這主意告訴其他夥伴。

「你還沒告訴我，你要我交出來的這個預言，究竟有什麼特別的地方？」他設法拖延時間。他把一隻腳慢慢挪向旁邊，試探其他同伴的腳。

「你少在我們面前裝蒜，波特。」馬份說。

「我不是在裝蒜。」哈利說，他現在一心二用，一邊繼續跟馬份說話，一邊用腳去搜尋。他碰到了某個人的腳趾頭，用力往上面踩了一下。他背後傳來刺耳的吸氣聲，他踩到的是妙麗的腳。

「幹嘛？」她悄聲問道。

「難道鄧不利多從沒告訴過你，你頭上帶著傷疤的原因，就藏在神秘部門的老巢裡嗎？」馬份冷笑道。

「我——什麼？」哈利說，在那一刻他幾乎把他的計畫忘得一乾二淨，「我的傷疤怎麼樣？」

「**幹嘛**？」妙麗在他背後耳語的口氣更焦急了。

「這可能嗎？」馬份說，他的聲音帶有一絲惡意的欣喜，幾名食死人又在放聲大笑，哈利就利用笑聲做為掩護，微微掀起嘴角對妙麗嘶嘶地說：「去砸架子——」

「鄧不利多從來沒告訴過你？」馬份又重複了一次，「嗯，難怪你會拖到現在才過來，波特，黑魔王早就在納悶——」

「——我說**砸**就動手——」

「——他在夢中對你顯示了這東西隱藏的地方，而你居然沒有馬上就趕過來。他原本以為你的好奇心一定會使你想要一字不漏地親耳聽到……」

「他是這麼想的嗎？」哈利說。他雖然聽不太清楚，但可以感覺到妙麗正在把他的訊息傳給其他夥伴，於是他繼續說下去，好引開食死人的注意力，「所以他希望我去替他拿這東西，是不是？這是為什麼？」

「**為什麼**？」馬份的聲音帶有一絲難以置信的欣喜，「因為只有那些跟預言內容有關的人，才能獲准從神秘部門取回預言，波特。這是黑魔王在利用其他人去偷取的時候發現的。」

「那他為什麼會想去偷一個跟我有關的預言？」

「是跟你們兩個有關，波特，跟你們兩個有關……難道你從來沒想過，為什麼在你還是個嬰兒的時候，黑魔王就想要動手殺你嗎？」

哈利透過馬份面罩眼睛部位的細縫，凝視他那對閃閃發光的灰眼睛。這個預言就是哈利為什麼會父母雙亡，為什麼頭上會帶著這道閃電形傷疤的原因嗎？難道這一切的答案此刻就握在他手中？

「有人做了一個跟我和佛地魔有關的預言？」他望著魯休思．馬份平靜地問道，他的手指緊緊抓住他手中那個溫熱的玻璃球。它沒比金探子大多少，上面仍黏著灰塵，摸起來沙沙的，

「他要我來替他取出這個東西？他為什麼不乾脆自己來拿呢？」

「他自己來拿？」貝拉咯咯狂笑地尖叫道，「黑魔王啊，在魔法部這麼好心漠視他復活的事實時，難道要他大剌剌自己走進去？黑魔王啊，在正氣師忙著浪費時間捕捉我那親愛的表弟時，難道要他自動送到他們面前就逮？」

「所以，他就叫你們替他做壞事，對不對？」哈利說，「就像他企圖叫史特吉去偷——還有簿德也是？」

「非常好，波特，非常好……」馬份緩緩說，「但黑魔王知道你也不算太笨——」

「**砸！**」哈利大喊。

五個不同的聲音在他背後齊聲大喝：「**嘌嘌消！**」五個咒語朝五個不同的方向竄過去，他們對面的架子立刻被魔法擊得轟然爆炸，整排高聳的架子開始危險地搖晃，上百個玻璃球炸得四分五裂，許多灰白色的人影飄出來浮在半空中。他們那來自遙遠過往的聲音，在如連珠炮般噴落到地面上的碎玻璃和斷裂木片中幽幽迴盪——

「**跑！**」哈利大喊，這時架子都顫巍巍地劇烈搖晃著。更多的玻璃球開始從上面掉下來。他一把抓住妙麗的長袍，一邊拉著她往前跑，一邊抬起一隻臂膀護住頭，裂開的架子和玻璃的碎片像打雷似地迸落到他們身上頭上。一名食死人從翻滾的塵霧中衝過來，哈利用手肘朝他戴面罩的臉上狠狠一撞。所有人都在大吼大嚷，到處是呼痛的聲音，架子崩垮下來重重堆疊撞擊的聲音，以及從玻璃球裡解放的預言家們那些縹緲詭異的片段說話聲——

哈利發現前方的道路暢通無阻，也看到榮恩、金妮和露娜他們雙手護著頭衝過他身邊。一樣很重的東西擊中了他的臉頰，但他只是一低頭，繼續向前衝刺。有一隻手抓住了他的肩膀，他聽到妙麗大叫：「咄咄失！」那隻手立刻放開了他——

他們現在是在第九十七排的盡頭。哈利轉向右，全速向前狂奔，他聽得到緊跟在背後的腳步聲，還有妙麗要奈威加油的說話聲。正前方，他們剛才走進來的那扇門隙開著，哈利看見水晶鐘罐耀眼的光芒，他飛奔著衝進門內，那個預言仍安安穩穩地緊握在他手中。他等其他夥伴一跨過門檻，就用力把門甩上——

「密密膠！」妙麗急喘著說，房間的門發出一聲怪異的咯吱聲，完全密封起來。

「其他——其他人呢？」哈利喘著氣問道。

他本來以為榮恩、露娜和金妮衝在他們前面，因此三個人現在應該已經在這間房裡等他們，可是房間裡一個人也沒有。

「他們一定是走錯方向了！」妙麗滿臉驚恐地悄聲說。

「你們聽！」奈威小小聲說。

從他們剛才密封起來的那扇門後，揚起陣陣的腳步聲和喊叫聲。哈利把耳朵貼到門上傾聽，他聽到魯休思．馬份在咆哮：「別管諾特，**我說別管他**——黑魔王在意的是預言，他根本不會把諾特的傷勢放在心上。賈蔘，快過來，我們必須組織一下！現在分成兩人一組去搜，千萬別忘了，在拿到預言之前，盡量對波特溫和一些，如果必要，可以把其他那些人殺掉——貝拉、道夫，你們兩個走左邊；克拉、巴坦走右邊——賈蔘、杜魯哈，走正前方那扇門——麥奈和艾福瑞，走這邊——羅克五，去那邊——莫賽博，跟我來！」

「我們該怎麼辦？」妙麗問哈利，她從頭到腳都在抖個不停。

「我們不能待在這裡等他們來找，」哈利說，「從這扇門出去吧。」

三人盡量放輕腳步往前跑，經過有枚小蛋在裡面不斷孵化還原的燦爛鐘罐，跑向房間那頭通往圓形門廳的出口。就在他們快要到達時，哈利聽到有個又大又重的東西，正在用力撞擊妙麗用咒語密封起來的房門。

「讓開！」一個粗啞的嗓音說，「阿咯哈呣啦！」

在房門飛開的那一刻，哈利、妙麗和奈威趕緊鑽到桌子底下。他們看到兩名食死人的長袍下襬漸漸逼近，兩雙腳在快速移動。

「他們說不定是直接跑到大廳去了。」那個粗啞的嗓音說。

「檢查桌子底下。」另一個嗓音說。

哈利看到兩名食死人的膝蓋彎下來，他將魔杖從桌子底下伸出去，喊道：「**咄咄失！**」

一束紅光擊中了最接近他的那名食死人。他往後栽倒，撞翻了一座老爺鐘。另一名食死人卻跳到一旁，避開了哈利的咒語，他正用魔杖指著剛從桌子底下爬出來、想要瞄準目標攻擊的妙麗。

「阿哇咀——」

哈利從地板上撲過去，抱住食死人的膝蓋，把他拉倒在地，使他的魔杖偏離了目標。奈威急著趕過來幫忙，不小心掀翻了一張桌子，他慌亂地用魔杖指著在地上打成一團的兩個人，喊道：

「**去去，武器走！**」

哈利和那名食死人的魔杖同時從手中飛出，竄向通往預言廳的入口。地上的兩人立刻爬起來，衝去追他們的魔杖，食死人跑在最前面，哈利在後面緊追不捨，奈威也跟在後面跑，看來是被他自己做的事給嚇壞了。

「讓開，哈利！」奈威喊著，顯然是下定決心，要親自彌補他所造成的傷害。

哈利連忙避到一旁，奈威再度瞄準目標，叫道：

「**咄咄失！**」

一束紅光從食死人的肩膀上方飛過去，擊中了牆壁上一個鑲著玻璃門的裝飾櫃，櫃子裡擺滿了各式各樣的沙漏。櫃子倒了，炸得四分五裂，玻璃到處亂飛，再彈回到牆上，重新修復，之後又掉下來摔得粉碎——

食死人的魔杖就躺在鐘罐旁邊的地板上，他抓起魔杖。哈利在他轉過身的那一刻，迅速鑽到另一張桌子底下。食死人的面罩歪斜，擋住了他的視線。他用另一隻空著的手一把扯下面罩，大喊：「**咄**——」

「**咄咄失！**」妙麗尖叫，她剛好及時趕上。一束紅光正中食死人的胸膛，他整個人突然僵住，一隻手仍舉在面前，魔杖喀噠一聲落在地板上，整個人往後倒向鐘罐。哈利以為會聽到**哐**的一聲，因為這食死人必然會撞到堅實的玻璃，鐘罐一定會滑落到地上——錯了，食死人的頭穿過玻璃表面，陷進了鐘罐，就好像那只是個肥皂泡似的，他就這樣四肢攤平地躺在桌上，腦袋不偏不倚地擱在那裝滿閃爍旋風的鐘罐裡。

「速速前，魔杖！」妙麗大叫。哈利的魔杖從一個黑暗的角落飛到她手中，她拋給哈利。

「謝了，」他說，「好，我們快離開——」

「小心！」奈威驚恐地喊。他盯著食死人擱在鐘罐裡的頭顱。

他們三人再度舉起魔杖，卻沒有一個人發動攻擊。三個人全都張大嘴巴，驚駭地注視著那個人頭出現的變化。

它正在迅速縮小，頭頂變得越來越禿，原先的黑髮和短髭全都縮回腦殼裡面。他的面頰漸漸變得光滑，腦袋變得圓滾滾的，覆蓋著一層如水蜜桃般的細細絨毛……

食死人掙扎著站起來，在他那粗壯結實的脖子上，怪誕地安置著一個小嬰兒的頭。就在他們瞠目結舌地望著他時，他的頭又開始重新膨脹回原先的尺寸，粗黑的毛髮從頭頂和下巴上冒了出來……

「這就是『時光』，」妙麗用敬畏的語氣說，「『**時光**』……」

食死人搖搖他那醜陋的腦袋，企圖讓頭腦清醒一些，但他還沒來得及重新打起精神，他的頭又開始退化到嬰兒期……

附近一個房間傳來一聲喊叫，接著是一陣碰撞和一聲尖叫。

「**榮恩**？」哈利大嚷起來，立刻轉過身去，不再盯著他眼前的荒誕變形過程，「**金妮**？**露娜**？」

「哈利！」妙麗尖叫。

食死人已把頭從鐘罐中拔出來。他的外表看起來實在是怪到了極點，他那細小的嬰兒頭正在哇哇大叫，兩條粗壯的手臂危險地朝四面八方胡亂揮動，差點就打到哈利，幸好他及時低頭閃過。哈利舉起魔杖，令他驚愕的是，妙麗抓住了他的手。

「你不能傷害一個小嬰兒啊！」

他沒時間跟她爭論這個問題，哈利聽到預言廳又傳來陣陣越來越響亮的腳步聲，這才想到，他剛才不應該那樣大吼大叫暴露出他們的行蹤，現在已經後悔莫及。

「快走！」他說，不去管那個醜陋的嬰兒頭食死人在後面跌跌撞撞地跟著，他們向房間另一端那扇通往漆黑門廳的房門猛衝。

才跑到一半，哈利就透過敞開的門縫看到，又有兩名食死人越過漆黑的房間朝他們跑來。他趕緊轉向左邊，衝進一個雜亂陰暗的小辦公室，砰的一聲關上房門。

「密密——」妙麗開口念，但咒語還沒念完，房門就猛然敞開，兩名食死人衝了進來。那兩人發出一聲勝利的歡呼，齊聲喊：

「**噴噴障！**」

哈利、妙麗和奈威全都被擊中，雙腳離地往後飛去，奈威被拋到桌子後面失去了蹤影；妙麗撞到一個書櫃，一大堆厚厚的書立刻如瀑布般轟隆隆掉下了來；哈利的後腦勺狠狠撞上他背後的石牆，撞得他眼冒金星，這下他只覺得頭昏眼花、意識迷糊，完全不曉得該如何反應。

「**我們逮到他了！**」離哈利較近的食死人大喊，「**在一間辦公室裡，就在——**」

「默默靜！」妙麗叫喊，那人的聲音在瞬間消失。他仍然透過面罩的洞口，不停動著嘴唇，卻發不出半點聲音。另一名食死人將他推到一旁。

「整整——石化！」就在第二個食死人舉起魔杖時，哈利急喊。那人的雙手雙腿啪噠一聲併攏，往前撲倒，在哈利腳邊的地毯上跌了個狗吃屎，全身僵硬得像塊木頭似的，無法動彈。

「幹得好，哈——」

但是，那個剛才被妙麗施咒變成啞巴的食死人，突然揚起魔杖，迅速做了一個揮砍的動作，一道看起來像是紫色火焰的東西直接穿透妙麗的胸膛。她輕輕發出一聲彷彿有些驚訝的「喔！」接著身子一軟，癱倒在地上，躺在那裡一動也不動了。

「**妙麗！**」

哈利在她身邊跪下來，奈威也將魔杖舉到前方，從桌子下鑽出來，飛快爬向她。奈威才現身，那名食死人就抬腿重踢奈威的頭——那人的腳先把奈威的魔杖踢成兩半，再重創奈威的臉，奈威痛得狂吼一聲，縮起身子，緊緊摀住他的鼻子和嘴巴。哈利扭過身，高高舉起他的魔杖，他看到那名食死人已將面罩扯了下來，魔杖筆直指著哈利。哈利認出這張蒼白扭曲的長臉曾在《預言家日報》上出現過：安東寧．杜魯哈，那名謀殺普瑞兄弟的巫師。

杜魯哈咧嘴獰笑，他用那隻沒握住魔杖的手，指著仍緊握在哈利手中的預言，再指指他自己，然後又指著妙麗。雖然他已經不能開口說話，他的意思卻非常明顯。快把預言交給我，要不然你就會落到跟她一樣的下場……

「別以為我不曉得，我一把它交給你，你就會動手把我們全都殺光！」哈利說。

他慌得腦袋中咻咻作響，令他無法好好思考。他一手按著妙麗的肩膀，感覺仍是溫熱的，但他還是不敢去仔細看她。**別讓她死掉，別讓她死掉，她要是死了，那全都是我害的……**

「不管扯麼樣，哈利，」奈威在桌子底下厲聲說，他垂下手來，露出被打斷的鼻子，鮮血源源不絕湧出來，流到他的嘴巴和下巴上，「都不能把撤東西交給他！」

門外一陣碰撞聲，杜魯哈回過頭去——嬰兒頭食死人出現在門口，他的頭在哇哇大叫，他那巨大的拳頭仍在無法控制地到處亂揮。哈利趕緊抓住這個機會：

「**整整——石化！**」

杜魯哈還來不及阻擋就被咒語擊個正著，他往前栽倒在他的同伴身上，兩個人現在都僵硬得像塊木頭似的，一分一毫都動不了了。

「妙麗，」他喊著、搖著，這時嬰兒頭食死人又跌跌撞撞跑不見了，「妙麗，醒醒……」

「他們對她做了扯麼？」奈威問道，從桌子底下爬出來，跪在妙麗另一邊，鮮血從他那迅速腫起的鼻子不斷淌下來。

「我不曉得……」

奈威伸手去摸妙麗的手腕。

「還有脈搏，哈利，我很倔定。」

哈利心中的大石頭總算落了地，一時之間，這強大的鬆弛感讓他有些暈頭轉向。

「她還活著？」

「對，我搶她還活著。」

暫時沉默了一會，哈利仔細傾聽是否又有腳步聲逼近，但聽到的只是嬰兒頭食死人在隔壁房間嗚嗚哭泣和跌跌撞撞的聲音。

「奈威，我們現在離出口還滿近的，」哈利悄聲說，「我們現在就在那個圓室隔壁……要是能趁其他食死人趕過來以前把你帶到那裡，找到正確的門出去，我敢說你一定可以帶著妙麗回到那條走廊，進入電梯……然後你就可以找個人……發出警報……」

「那你要去做扯麼？」奈威問，一面用袖子擦他淌血的鼻子，皺著眉頭看哈利。

「我要去找其他人。」哈利說。

「好，那我也要跟你一幾具吵他們。」奈威堅定地表示。

「可是妙麗……」

「我們帶她一幾具，」奈威堅定地說，「我來背她——你打架比我膩害——」

他站起來，抓住妙麗的一隻手臂，瞪眼看著哈利。哈利遲疑了一會，就抓住妙麗另一隻手臂，幫忙把她軟綿綿的身子抬到奈威的肩膀上。

「等一下，」哈利從地上抓起妙麗的魔杖，塞進奈威手中，「你最好把這帶在身上。」

他們慢慢走向房門，奈威將他那斷裂的魔杖踢到一旁。

「我奶奶會扎了我，」奈威用含混不清的聲音說，鼻血在他說話時四處飛濺，「那細我爸的舊魔杖。」

哈利把頭探出門外，謹慎地四處張望。嬰兒頭食死人在尖聲怪叫，乒乒乓乓橫衝亂撞，不斷推倒老爺鐘，掀翻桌子，慌亂地又哭又嚎。而那個有著玻璃門的櫃子，裡面擺滿了哈利現在懷疑是時光器的沙漏，正不斷倒下、摔碎，再彈回後面牆上自動修復。

「他不會再注意到我們了，」他悄聲說，「走吧……跟緊我……」

他們躡手躡腳踏出辦公室，走向通往漆黑門廳的房門，現在房中似乎空無一人。他們往前走了幾步，妙麗的重量壓得奈威腳步有些踉蹌。時光室的房門在他們身後關上，牆壁又再度開始旋轉。哈利剛才後腦勺受到的撞擊似乎令他有些失去平衡，他瞇起眼睛，身子微微搖晃，牆壁終於靜止不動了。哈利發現，原先妙麗在門上畫的燃燒叉字已經消失，他的心沉了下來。

「你覺得該走哪一扇——？」

他們還來不及做出決定，右邊的一扇門就突然彈開，從裡面栽出了三個人。

「榮恩！」哈利啞聲喊道，朝他們衝過去，「金妮——你們全都——？」

「哈利，」榮恩說，他虛弱地吃吃傻笑，身子往前一歪，一把揪住哈利的長袍前襟，目光渙散盯著哈利，「你在這裡呀……哈哈哈……你看起來好滑稽唷，哈利……你怎麼搞得這麼狼狽……」

榮恩的臉色慘白，有些黑黑的東西從他嘴角流下來。緊接著，他就膝蓋一軟跪到地上，他的手仍然緊抓著哈利的長袍前襟不放，硬把哈利拉扯成一個類似鞠躬的動作。

「金妮，」哈利害怕地問道，「發生了什麼事？」

金妮只是搖頭，沿著牆壁滑下來坐到地上，抱住腳踝拚命喘氣。

「她的腳踝大概碎了，我聽到有東西碎掉的聲音。」露娜悄聲說，她彎腰俯向金妮，似乎就只有她一個人毫髮無傷，「四個食死人追著我們跑，把我們逼進了一個有許多行星的黑暗房間。那地方真的很奇怪，有時候我們只是在黑暗中飄浮——」

「哈利，我們離天王星好近喔！」榮恩說，仍在有氣無力地吃吃傻笑，「明白嗎，哈利？我們看到了天王星耶——哈哈哈——」

一個血泡從榮恩的嘴角冒出來，隨即破掉。

「——有個食死人抓住了金妮的腳，我施了一個消除咒，把冥王星送去炸他的臉，可是……」

露娜絕望地朝金妮比了個手勢，金妮現在呼吸很淺，眼睛仍舊閉著。

「那榮恩呢？」哈利害怕地問，榮恩仍在吃吃傻笑，整個人掛在哈利的長袍前襟上，硬是不肯放手。

「我不知道他被下了什麼咒，」露娜傷心地說，「但他變得有點奇怪，我差點沒辦法帶他過來。」

「哈利，」榮恩將哈利的耳朵扯到他的嘴邊，仍在無力地傻笑，「你曉得這個女生是誰嗎，哈利？她是露瘋子……露瘋子．羅古德……哈哈哈……」

「我們必須離開這裡，」哈利堅定地說，「露娜，妳去扶金妮好嗎？」

「好。」露娜說著，先把魔杖插到耳朵後放好，再伸手環抱住金妮的腰，扶著她站起來。

「我只是腳踝受傷，我可以自己走！」金妮不耐煩地說。她話才說完，人就往旁邊歪倒下來，只好趕緊抓住露娜。哈利提起榮恩的手臂繞在他的肩膀上，就像好幾個月前扶達力時的情形一樣。他環顧四周，他們現在只有十二分之一的機會，第一次就要找對出口——

他拖著榮恩走向其中一扇門，就在他們距離房門只剩下幾呎遠的時候，對面的一扇門突然敞開，三名食死人衝了進來，帶頭的是貝拉．雷斯壯。

「**他們在這裡！**」她尖叫。

數個昏擊咒凌空竄過房間，哈利連忙撞進前方的一扇門，隨手把榮恩拋在地上，再折回去協助奈威一起把妙麗扛進來。他們驚險萬分地跨越門檻，關上大門，及時把貝拉擋在門外。

「密密膠！」哈利叫喊，他聽到門外有三個人的身體正在用力撞門。

「不要緊！」一個男人的嗓音說，「還有別的路可走——**我們找到了，他們在這裡！**」

哈利旋過身來，他們又回到了頭腦室，四周的牆壁同樣也環繞著許多扇門。他聽到大廳又傳來陣陣腳步聲，有更多的食死人跑過來，跟先到的同夥會合。

「露娜——奈威——快來幫忙！」

他們三人在房中四處狂奔，邊跑邊忙著施咒把房門密封。哈利在急著衝向下一扇門時，不小心撞到一張桌子，整個人從桌面上翻滾過去。

「密密膠！」

房門外傳來陣陣奔跑的腳步聲，不時就有一個沉重的身體在撞其中的一扇門，把門撞得吱嘎亂晃。露娜和奈威沿著對面的牆壁，邊跑邊施法封門——正當哈利就要跑到最裡面時，他突然聽到露娜大喊：

「密密——**啊啊啊啊啊啊啊……**」

哈利一個轉身，正好看到她飛過空中，五名食死人從她還沒來得及封上的那扇門湧進來。露娜撞到一張書桌，滑過桌面，落到另一邊的地板，四肢攤平地躺在那裡，像妙麗那樣，一動也不動了。

「抓波特！」貝拉厲聲尖叫，朝哈利跑了過來，他趕緊閃過，用最快的速度往回跑。只要他們害怕傷到預言，他就不會有危險——

「嘿！」榮恩已經搖搖晃晃地站了起來，現在像喝醉酒似地蹣跚走向哈利，一路傻笑，「嘿，哈利，這裡有**腦**欸，哈哈哈，很詭異吧，哈利？」

「榮恩，讓開，放下——」

榮恩已舉起魔杖指著水槽。

「真的，哈利，這是腦欸——你看——速速前，腦！」

整個場面似乎暫時凍結。哈利、金妮和奈威，以及每一名食死人，全都不知不覺地轉過頭去，望著水槽上方一個腦如魚躍般地從綠色液體中爆出來。在那一剎那，它似乎是懸在半空中不動，然後就飛旋著衝向榮恩，一條條像是活動影像似的彩帶從它裡面竄出來，如膠卷似地迅速展開——

「哈哈哈，哈利，你瞧瞧——」榮恩邊說，邊望著那個腦吐露它色彩繽紛的帶子，「哈利，過來摸摸看，我敢說一定怪得很——」

「**榮恩，不要！**」

哈利並不知道，要是榮恩去碰那些從腦中飛出來的思想觸鬚，究竟會發生什麼事情。但他敢肯定的是，那絕對不會是什麼好事。他急衝上前，榮恩已經伸出雙手抓住了那個腦。

觸鬚一碰觸到榮恩的皮膚，就開始如繩索般纏繞住榮恩的手臂。

「哈利，看這是怎麼搞的——不要——不要——我不喜歡這樣——不要，快停——**快**

停——」

現在那些細薄的帶子纏上了榮恩的胸膛。他拚命又拉又扯，那腦就像章魚的身體，緊巴著他不放。

「吩吩綻！」哈利試圖切斷那些在他眼前緊緊裹住榮恩的觸鬚，卻沒有成功。榮恩倒下來，在地上激烈打滾，急著要掙脫綑綁。

「哈利，他會窒息的！」金妮尖叫，腳踝斷了的她，只能呆站在原處沒辦法行動——這時一束紅光從一名食死人的魔杖尖端飛出，正中她的面龐。她身子往側一歪，倒在地上昏迷不醒。

「**咄咄稀！**」奈威喊著，一個大迴旋，揮動妙麗的魔杖，指著那些步步逼近的食死人，「**咄咄稀，咄咄稀！**」

但一點作用也沒有。

一名食死人也對奈威發射昏擊咒，差了幾吋就擊中。現在只剩下哈利和奈威兩個人，拚戰五名食死人。其中兩名食死人發射一道道像箭矢樣的銀光，沒打中他們，卻在他們背後的牆壁上留下了一個個彈孔。貝拉．雷斯壯朝哈利衝過來，他趕緊快跑。他把預言高高舉在頭頂上，往回跑到房間另一端，他心裡唯一的念頭就是，把食死人從他的同伴身邊引開。

這個做法似乎相當有效，他們在他後面緊追不捨，把桌子椅子踢得到處亂飛，但就是不敢用法術攻擊他，生怕會傷到那個預言。他狂奔衝進了唯一敞開著的門，也就是剛才食死人闖進來的那扇。他心裡暗暗祈禱，但願奈威會待在榮恩身邊，並且設法解開綑綁在榮恩身上的帶子。他在新踏入的房間內往前跑了幾呎，突然感到腳下一空——

他彈彈蹦蹦地滾下一層又一層陡峭的石梯，最後在一次撞得他幾乎無法呼吸的重擊之後，他終於平躺在那個深陷的石坑中，坑中矗立著那座有著石頭拱門的高台。食死人的笑聲響遍了整個房間，他抬起頭，看到原本在頭腦室中的五名食死人正朝他走下來，更多的食死人從其他房門口出現，跳下一列又一列的石椅，迅速朝他逼近。哈利站起來，他的腿抖得非常厲害，幾乎連站都站不穩。他左手中的預言仍奇蹟似的沒有破裂，他右手緊緊握住魔杖。他往後退，眼觀四方，盡量把所有的食死人都維持在他的視線之內。他的後腿撞到了某個堅實的東西，他已經走到了那座有著拱門的石台邊，他倒退著爬上石台。

食死人全都停下腳步，凝視著他。有些人喘得跟哈利一樣厲害，有個人流了很多血。已掙脫全身鎖咒的杜魯哈此時斜睨著眼，用魔杖直接指向哈利的臉龐。

「波特，你已經無路可退了，」魯休思．馬份慢吞吞說著，扯開了面罩，「現在做個乖孩子，把預言交給我吧。」

「放——放其他人走，我就把它交給你！」哈利不顧一切地說。

幾名食死人放聲大笑。

「你可沒資格跟我們討價還價，波特，」魯休思．馬份說，他蒼白的臉興奮得泛紅，「你看看，我們總共有十個人，而你就只有一個……難道鄧不利多連算數都不教你嗎？」

「他不幾一個人！」一個聲音在他們上方叫道，「他還有我！」

哈利的心沉了下來，奈威爬下石椅走向他們，用顫抖的手緊握住妙麗的魔杖。

「奈威——不要——回去找榮恩——」

「**咄咄稀！**」奈威又喊了，他用魔杖輪流指向每一個食死人，「**咄咄稀！咄咄**——」

一個身材魁梧的食死人從後方抓住奈威，把他兩條臂膀扣牢在身體兩側。他拚命猛掙狂踢，幾名食死人放聲大笑。

「這是隆巴頓，對吧？」魯休思．馬份冷笑道，「反正你祖母也已經習慣了因為我們失去親人……你的死對她來說也不算是太大的打擊吧。」

「隆巴頓？」貝拉又重複一次，一個邪惡無比的笑容點亮了她枯槁的面孔。「哎呀，我很榮幸跟你的父母親見過面呢，孩子。」

「**我機道妳見過！**」奈威吼著，像發了瘋似地要掙脫敵人的掌握，激烈的動作惹得那名抓著他的食死人大聲發喊：「快把他昏擊掉！」

「不不不，」貝拉說。她似乎興奮到了忘我的快活境界，她瞥了哈利一眼，再望著奈威，「不，讓我們來瞧瞧，隆巴頓到底能撐多久，才會像他父母一樣崩潰發瘋……不然，就要波特快點把預言交給我們。」

「**別交給搭們！**」奈威吼道，他激動得要發狂了，不停踢著扭著，而貝拉舉起魔杖，朝他和抓著他的食死人步步逼近。「**別交給搭們，哈利！**」

貝拉舉起魔杖。「咒咒虐！」

奈威厲聲尖叫，他的腿猛然收到胸口底下，因此在那一瞬間，抓著他的食死人等於是把他拎在半空中。食死人手一放，他摔到地上，痛苦得不停抽搐尖叫。

「這只是讓你先嘗嘗味道！」貝拉說，她舉起魔杖讓奈威停止尖叫，他就躺在她的腳邊低聲啜泣。她轉過身來抬頭盯著哈利。「好，波特，你現在是要把預言交給我，還是要眼睜睜看你的小朋友，活活被我折磨慘死！」

哈利連想都不用想，他根本別無選擇。他把預言遞出去，這個玻璃球已被他的手握得發燙，馬份跳上前來想拿。

這時，在他們上方高處，有兩扇門猛然敞開，又有五個人衝進房中：天狼星、路平、穆敵、東施和金利。

馬份轉身，舉起魔杖，東施已搶先朝他射出了一個昏擊咒。哈利沒等著看她到底有沒有擊中馬份，就連忙跳下石台，閃到一旁。食死人的注意力已完全轉移到剛現身的鳳凰會成員身上，他們現在正一面跳下石階走向石坑底部，一面施咒語朝食死人發動密集攻勢。哈利可以越過飛竄的人影與閃現的光束，看到奈威正在地上爬。他閃過另一束紅光，整個人撲倒在地板上去找奈威。

「你沒事吧？」他喊道，另一個咒語從他們頭頂上方幾吋處掠過。

「沒細。」奈威說，試著想要站起來。

「榮恩呢？」

「我搶他應該沒細——我泥開的習後，他還在繼去跟那個腦打洽——」

他們兩人之間的地板被一個咒語擊破了，幾秒鐘前奈威的手還在的那個位置被炸出一個彈坑，他們兩人連忙爬著避開那個地方。突然，一隻粗壯的手臂冒了出來，抓住哈利的脖子，一把將他提起，害他的腳趾頭幾乎搆不著地面。

「把它交給我，」一個聲音在他耳邊咆哮，「把預言交給我——」

這個男人用力壓著哈利的氣管，掐得他無法呼吸。透過淚眼汪汪的眼睛，他看到天狼星在大約十呎外的地方跟一名食死人決鬥。金利一人對付兩個，東施只走到石椅層的一半，居高臨下地用咒語攻擊下方的貝拉——完全沒人注意到，哈利就快要死了。他將魔杖轉向後方，對準男人的腹側，卻無法發聲念出咒語，而這個男人的另一隻手，正摸索著探向哈利緊握住預言的手——

「**啊啊！**」

奈威突然衝了過來，他既然沒辦法口齒清晰地念咒語，乾脆用妙麗的魔杖狠狠戳進食死人面罩上的眼洞。那個男人痛得大叫，立刻放開哈利。哈利呼地旋過身來，面對著他，氣喘吁吁念道：

「**咄咄失！**」

食死人往後栽倒，他的面罩滑了下來，是麥奈，那個被派來殺巴嘴的劊子手，現在他的一隻眼睛變得又紅又腫。

「謝了！」哈利對奈威說著，趕緊把他往旁邊一拉，天狼星和一名食死人正踉踉蹌蹌從他們身旁經過，兩人打得異常激烈，魔杖飛快舞動，變成了一團模糊的光影。哈利一隻腳踢到某個圓圓硬硬的東西，滑了一跤。一時間，他還以為是他把預言掉到了地上，緊接著他就看到穆敵的魔眼正滴溜溜地轉著滾過地板。

魔眼的主人側躺在地上，鮮血從他的頭顱流出來，而那名打倒他的食死人，現在正在朝哈利和奈威逼近。杜魯哈，他蒼白的長馬臉因喜悅而變得扭曲。

「塔朗泰拉跳！」他喊道，魔杖瞄準奈威，奈威的雙腿立刻亂踢亂蹬，就像在跳一種瘋狂的踢躂舞，這讓他失去平衡，再度摔倒在地板上，「輪到你了，波特——」

就在他用魔杖做了一個剛才用來對付妙麗的揮砍動作時，哈利喊出：「破心護！」

哈利感到好像有一把鈍刀劃過他的面頰，咒語的力量把他撞得身子一歪，倒在奈威不停抖動的雙腿上。所幸他及時施出的屏障咒，已替他阻擋住那個咒語大半的殺傷力。

杜魯哈再度舉起魔杖。「速速前，預——」

天狼星突然衝過來，用肩膀把杜魯哈撞到一旁。預言又一次竄到哈利的指尖，他努力把它緊緊抓住。現在天狼星和杜魯哈兩人激烈拚鬥著，他們的魔杖亮閃得有如寶劍，魔杖尖端火花四射——

杜魯哈抽回魔杖，又做了一個他用來對付妙麗和哈利的相同揮砍動作。哈利趕緊跳起來喊：「整整——石化！」杜魯哈的雙臂雙腿又再次啪噠一聲併攏，倒向後方，砰通一聲直挺挺摔到地上。

「漂亮！」天狼星叫道，按下哈利的頭，避開兩發朝他們飛過來的昏擊咒，「我要你現在立刻離開——」

他們兩人又再次低頭閃避，一道綠光驚險萬分地擦過天狼星身邊。哈利看到房間對面的東施已從石梯中間倒了下來，她那癱軟的身軀滾過一列又一列的石椅，而貝拉正洋洋得意地奔回主戰場。

「哈利，抓好預言，帶著奈威立刻逃走！」天狼星喊道，快步迎向貝拉。哈利沒看到接下來發生的事，金利搖搖晃晃地遮住了哈利的視野，他正在跟那個已經脫掉面罩，露出滿臉痘斑的羅克五殺得難分難解。哈利奔過去找奈威，又一束綠光掠過他的頭頂——

「你可以站嗎？」他對著奈威的耳朵吼，奈威的雙腿仍在無法控制地抽搐抖動，「用手勾住我的脖子——」

奈威勾住他的脖子——哈利奮力一扛——奈威的雙腿仍在四處亂踢亂蹬，沒辦法支撐身體的重量，這個當口，有個男人突然朝他們衝了過來，使得他們兩人一起往後栽倒，奈威活像隻翻過來的甲蟲，雙腿在空中狂亂舞動。哈利將左手高高舉起，生怕把那個小玻璃球給砸碎。

「預言，把預言交給我，波特！」魯休思．馬份的聲音在哈利耳邊厲吼，他感覺到馬份的魔杖尖端用力頂在他肋骨中間。

「放——開——我……奈威——接住它！」

哈利把預言拋過地板，仰躺在地上的奈威奮力翻過身來，抄起玻璃球按在胸口。馬份轉而用魔杖指著奈威，哈利已舉起魔杖，朝肩膀後面戳了過去，喊道：「噴噴障！」

馬份被炸得一路向後退。哈利從地上爬起來，看到馬份猛撞上石台，而天狼星和貝拉兩人正在石台上面決鬥。馬份用魔杖再次瞄準哈利和奈威，他還來不及喘過氣來發動攻擊，路平已經跳過來擋在他們中間。

「哈利，去跟其他人會合，**快走！**」

哈利拽住奈威長袍肩膀的部位，把他整個人提上第一級石梯，奈威的雙腿亂踢亂蹬，完全無法支撐全身的重量。哈利又再使出吃奶的力氣，奮力往上一提，爬上了第二級石梯——

一個咒語擊中了哈利腳後跟的石椅，石椅被炸得垮下來，於是哈利又往後落到了下一級石椅上。奈威跌在上一級的石椅，雙腿仍在亂抽亂扭，他把預言塞進了口袋。

「快啊！」哈利氣急敗壞地說，拚命拽著奈威的長袍，「只要兩腿試著用點力氣——」

他又用全身的力氣狠狠往上一提，奈威長袍左邊的縫線就此整個裂開——小纖維玻璃球從他的口袋掉了出來，兩個人還來不及伸手去抓，就被奈威一隻胡踢亂蹬的腿給踢個正著。小球飛到他們右方大約十呎的地方，掉在下方的石梯上摔得粉碎。就在他們倆瞪著它摔碎的地方，為眼前發生的事驚嚇得不知所措時，一個眼睛奇大的灰白色人影飄到了半空中，當場除了他們兩個之外，誰也沒注意到。哈利可以看到他的嘴巴在動，但在周圍嘈雜的碰撞尖叫嘶吼聲中，這個預言他連一個字都沒聽見。人影停止說話，漸漸消失不見，沒留下半點痕跡。

「哈利，對不擠！」奈威哭喊著，他的臉上露出痛苦的表情，雙腿仍在四處亂踢，「我真的很對不擠，我不細有意的——」

「沒關係！」哈利叫道，「只要試著站起來，我們快點離開——」

「**鄧不賦多！**」奈威說，他望著哈利肩膀後方，汗淋淋的臉上露出欣喜若狂的表情。

「什麼？」

「**鄧不賦多！**」

哈利回過身來，看到他們的正上方，在頭腦室的門前，出現了阿不思·鄧不利多的身影。他的魔杖高高舉起，看起來滿面怒容，臉色一片慘白。哈利感到彷彿有一股強大的電流，在瞬間湧遍了他的全身——**他們得救了**。

鄧不利多已快步跑過奈威和哈利身邊，他們兩人現在已經不再急著離開了。距離他們最近的食死人一發現鄧不利多在這裡，立刻大吼大叫通報其他的食死人。一名食死人轉身就逃，像猴子似的手腳並用，爬上了對面的石梯。鄧不利多施了一個咒語，輕鬆容易地就把他拉了回來，彷彿有一條隱形的線把他勾住了似的——

現在只剩下兩個人還在繼續戰鬥，他們顯然完全沒發現鄧不利多的到來。哈利看到天狼星閃過貝拉發射的一束紅光，他在大聲嘲笑她。

迴盪。

「再來啊，妳的道行應該不止如此吧！」他喊著，他的聲音在這個大窟窿似的房間裡隆隆

第二束光正中他的胸膛。

他臉上的笑意尚未完全消失，雙眼卻驚愕得放大。

哈利在不知不覺中鬆開奈威。他跳到地上，掏出魔杖，而鄧不利多同樣也轉向石台。

感覺上，天狼星好像過了好長好長一段時間才完全倒下來，他的身體彎成一個優雅的圓弧，往後沉入那片垂掛在拱門下的破爛紗幕。

哈利眼看著他的教父墜入那座古老的拱門，消失在紗幕後。他那張曾經俊美，如今憔悴的臉上，摻雜著又驚又怕的神情，紗幕彷彿像有狂風吹過似地一陣翻飛，然後還原。

哈利聽到貝拉．雷斯壯發出勝利的尖叫，但他知道這並不代表什麼——天狼星只不過是掉進拱門，他隨時都會從另一邊繞過來重新出現……

天狼星並沒有重新出現。

「**天狼星！**」哈利喊道，「**天狼星！**」

這時哈利的呼吸成了劇烈又痛苦的喘氣。天狼星一定就在簾幕後面，而他，哈利，就要去把他拉出來了……

就在哈利全速衝向石台的時候，路平一把環住他的胸前，把他攔了下來。

「你什麼也不能做，哈利——」

「去找他，去救他啊，他才剛剛穿過去！」

「——太遲了，哈利。」

「我們還可以抓住他——」哈利兇猛地拚命掙扎，路平就是不肯放手……

「你什麼也不能做，哈利……沒用的……他已經走了。」

36 他唯一怕過的人

「他沒有走！」哈利喊著。

他不相信，他說什麼也不會信，他繼續拚盡每一分力氣和路平搏鬥著。路平根本不明白，那道簾幕後頭本來就有人藏著，哈利第一次進到這房間時就聽過他們在那裡低語。天狼星就藏在那裡，只不過是躲著看不見而已——

「**天狼星！**」他吼著。「**天狼星！**」

「他沒有辦法再回來了，哈利，」路平說，他使勁地想要制止哈利，聲音變得斷斷續續。「他再也回不來了，因為他已經死——」

「**他——沒——有——死！**」哈利大吼。「**天狼星！**」

他們周遭的戰鬥繼續著，沒有章法的擾攘，更多咒語的閃光。對哈利來說，這些都是毫無意義的噪音。那些偏離目標擦身而過的咒語不重要，什麼都不重要，除了路平應該停止假裝，天狼星——他現在就站在那面破舊的簾幕後面，距離他們不過幾呎遠——怎麼能說他不會在下一秒出現，甩一甩他那深色的頭髮，急切地重新加入戰場。

路平將哈利從石台那裡一路拖開。哈利仍舊瞪著那座拱門，現在開始生氣了，天狼星居然一直讓他這樣等待——

但是他內心裡有某個部分是明白的，即使在他狠狠地想要掙脫路平的阻擋時也一樣，天狼星以前從來沒有讓他等過……天狼星總是，永遠都是，不計一切代價地來看他、幫助他……如果哈利像這樣拚死拚活叫他，而天狼星還不從拱門那頭再次出現，那唯一可能的解釋就是，他回不來了……他真的已經——

鄧不利多已經把大部分的食死人集中到了房間中央，他們似乎都被隱形的繩索捆得動彈不得。瘋眼穆敵爬到了東施倒下的地方，試圖使她甦醒。石台後面仍舊不時出現閃光、悶哼和叫喊——金利衝上前去接續天狼星和貝拉的決鬥。

「哈利？」

奈威從那些石椅上一張接一張地滑到了哈利站立的位置。哈利已經不再掙扎，路平卻仍舊謹慎地抓住哈利的臂膀。

「哈利……真的細很抱歉……」奈威說。他的腿仍舊無法控制地在舞動。「那個人細——天狼星．布萊克細——你的朋友？」

哈利點點頭。

「來，」路平小聲地說，將魔杖指向奈威的腿說：「止止。」咒語解除了，奈威的兩條腿落回到地板上，靜止不動。路平臉色蒼白，「我們——我們去找其他人吧。他們現在都在哪裡，奈威？」

路平邊說邊轉身離開拱門，感覺上彷彿每說一個字都會使他痛苦似的。

「搭們都在一幾，」奈威說。「一個腦東擊榮恩，搭大概沒細——還有妙膩昏迷不醒，可細還感覺得到搭的脈婆——」

響亮的砰一聲，石台後面有人在吼。哈利看見金利倒下並痛苦地吼著，貝拉．雷斯壯乘機轉身要逃，鄧不利多飛快轉過來。他瞄準她發出一個咒語，卻被她移了方向，她現在已經上了一半的石梯。

「哈利——不行！」路平大叫，可是哈利已經從路平放鬆的掌握中掙脫了手臂。

「她殺了天狼星！」哈利吼著。**「她殺了他——我要把她殺了！」**

於是他開始跑，跌跌撞撞爬上層層的石椅，大家在後面叫嚷，他根本不管。貝拉長袍的下襬在前頭一晃，他們又回到了那個有腦在游泳的房間……

她越過肩頭對準身後發射一記咒語，水槽飛上空中，傾倒了。哈利整個人浸沒在惡臭的魔藥當中，那些腦在他頭頂上飄來溜去，開始吐出長長的、色彩繽紛的觸手，他大喊一聲：「溫咖癲啦唯啊薩！」它們就此閃過他往上空飛去。他又滑又閃，一直往門的方向衝過去。他跳過露娜，她還躺在地上呻吟著。經過金妮，她說：「哈利——怎麼——？」越過榮恩，他虛弱地傻笑著，以及妙麗，她不省人事。他扭開門，進入了黑色的圓室，看見貝拉消失在房間另一側的一扇門後，在她後方就是那條通往電梯的走廊。

他向前跑，可是她已經將她身後的那扇門甩上，牆壁也已經在旋轉，他又一次被旋轉著的燭台所發出的一道道藍色燭光包圍。

「出口在哪裡？」他急切地叫起來，牆壁又再次轟隆隆停了下來。「出去的路到底在哪裡？」

房間似乎就在等他問這句話，他身後的那扇門自動打開了，通往電梯的那條走廊展開在他面前，亮著火把，空無一人。他往前跑……

他聽見前方有電梯的喀啦聲，他沿著通道往前快奔，繞過轉角，用拳頭猛搥按鈕，召來第二架電梯。它鏘啷砰隆地慢慢下降，柵門滑開了，哈利衝進去，現在他搥著標示「中庭」的按鈕。梯門關上，他開始上升……

柵門還沒完全打開，他就拚命擠出了電梯，四處張望。貝拉人幾乎已經到達大廳另一頭的電話亭電梯，他急衝上去時，她回頭看，同時對他射出了另一個咒語。他躲到魔法弟兄噴水池後頭，咒語唰一聲從他身邊擦過，打上中庭另一側的鍍金大門，像鈴鐺似的叮噹作響。不再有腳步聲，她停住不跑了。他蹲在雕像後頭，豎耳傾聽。

「**出來，出來啊，小哈利！**」她用那刻意模仿小嬰兒的聲音喊著，聲音撞上光亮的木頭地板盪了開來。「不然你幹嘛來追我呢？你來這裡不就是想要替我那親愛的表弟復仇嗎？」

「沒錯！」哈利大叫，房間四周似乎有一堆幽靈哈利在跟著合唱，**沒錯！沒錯！沒錯！**

「啊啊啊啊啊……你很**愛**他，對不對，波特小乖乖？」

哈利體內從來沒有這麼強烈的恨竄起，他從噴泉後頭衝了出來，大吼著：「咒咒虐！」

貝拉尖叫，咒語將她整個人打倒在地，但沒有像奈威那樣扭動呼痛——她已經又站了起來，喘著氣，不再笑了。哈利又躲到了黃金噴泉的後頭，她的反制咒擊中了那個英俊巫師的頭，炸得它飛了起來，落到二十呎之外，在木頭地板上鑿出了好長的凹痕。

「從來沒有用過不赦咒吧，小子？」她大吼，現在她不再裝嬰兒的聲音講話了。「你必須**真有心**，波特！你必須真的想要讓對方痛苦——去享受它——光靠復仇的怒火是沒辦法真正傷到我的——我來讓你瞧瞧應該怎麼做，如何？我來給你好好上一課——」

正當哈利小心貼著噴泉慢慢繞到另一側時，她尖叫一聲：「咒咒虐！」他被逼得再度矮下身子，人馬那隻握著弓的手臂就此折斷，嘩啦一聲撞到地上，離那顆金色巫師的腦袋不遠。

「波特，你贏不了我的！」她大喊。

他聽見她移向右側，想要好好找個清楚的打點。他繞著雕像往後退，蹲在人馬的腿下，他的頭和家庭小精靈的腦袋差不多高。

「我從以前到現在都是黑魔王最忠實的僕人。我的黑魔法是從他那裡學的，我懂的咒語威力之強，你啊，你這可憐的小子，永遠都別想能夠抵擋——」

「咄咄失！」哈利吼。他移到了妖精雕像所站的位置，那妖精正對著現在成了無頭的巫師嘻嘻笑著。他趁著貝拉向噴泉四周窺探時，對準她的背部攻擊，而她的反應快到他幾乎沒有時間閃躲。

「破心護！」

一道紅色的光束！他原來所發出的昏擊咒，竟往他自己這邊反彈回來。哈利跌跌撞撞爬回噴泉後頭，妖精的一隻耳朵飛了出去。

「波特，我就給你一次機會！」貝拉叫著。「把預言交出來——把它滾過來給我——我就饒你不死！」

「那妳非得殺我不可了，因為它已經沒了！」哈利吼著，就在他大吼的同時，他的額頭一陣灼痛。他的傷疤又有火在燒，他還感到一股怒氣，跟他本身的怒火毫無關連的怒氣。「而且他也知道！」哈利說著，笑得就跟貝拉一樣瘋狂。「妳那位老哥佛地魔知道那東西已經完了！他可不會給妳好臉色看吧，啊？」

「什麼？你什麼意思？」她大喊，這是頭一次她聲音中出現了恐懼。

「那個預言在我要扶奈威上石梯時已經砸爛了！妳認為佛地魔對這件事會怎麼說呢？」

他的傷疤又刺又燒又痛……痛苦到令他淚水直流……

「**你說謊！**」她尖叫，可是現在他聽出那憤怒之後所隱藏的恐懼了。「**東西就在你手中，波特，趕快給我交出來！**速速前，預言！**速速前，預言！**」

哈利再次大笑，因為他知道這一定會激她發狂，而他腦袋裡不斷加劇的痛楚，更使他覺得整個頭殼就要炸開。他從罩耳妖精身後伸出空著的一隻手揮了揮，很快便縮回來，因為她又對準他送出了一道綠光。

「這裡什麼都沒有！」他大叫。「沒有東西可以讓妳召喚！它已經砸爛了，而且沒有人聽見它究竟說了些什麼，妳就回去跟你們老大這樣報告吧！」

「不！」她尖叫。「這不是真的，你胡說！**主人，我盡力了，我盡力了——不要懲罰我——**」

「不用白費唇舌了！」哈利大吼，他的眼睛因為傷疤的痛而瞇得死緊，現在已經是痛到實在無法忍受的地步。「他聽不見妳在這裡大吼大叫的！」

「我聽不見嗎，波特？」一個很尖銳、很冷的聲音說道。

哈利睜開眼。

他高瘦，披著黑色斗篷，那張可怕的、蛇一般的臉孔蒼白枯焦，那對猩紅的、瞳仁細長的雙眼直視著他……佛地魔王從大廳中央出現了，魔杖對準了哈利，哈利僵直站在那裡，不能動彈。

「所以，你把我的預言砸爛了？」佛地魔柔聲說道，用那對冷酷無情的紅眼凝視著他。

「不，貝拉，他並沒有說謊……我看見真相，從他那顆毫無價值的心眼中望著我……幾個月的準備，幾個月的努力……到頭來我的食死人又再一次讓哈利波特把我整垮……」

「主人，對不起，我真的不知情，我那時在跟化獸師布萊克打鬥啊！」貝拉啜泣著，伏倒在佛地魔面前，而他很慢地一步步向她走近。「主人，您應該知道的啊——」

「安靜，貝拉，」佛地魔的語氣駭人，「我待會再來處置妳。妳以為我進到魔法部是為了聽妳哭著跟我道歉嗎？」

「可是主人——他來了——他就在底下——」

佛地魔不再理會她。

「我對你已經無話可說，波特，」他靜靜地說道。「你煩擾我太長、太久了。**啊哇呾喀呾啦！**」

哈利根本連張嘴抵抗都沒有，他的心思便成了一片空白，他的魔杖無用地指著地板。

可是，噴泉當中那個金色的無頭巫師雕像突然活了起來，它從腳下的台座砰通一聲跳到了地板上，擋在哈利和佛地魔中間。雕像雙臂一揮護住了哈利，那咒語只擦過它的胸膛。

「什麼——？」佛地魔大喊，四處張望，然後他吸了口氣，「**鄧不利多！**」

哈利向後看，心怦怦跳著。鄧不利多就站在金色大門前面。

佛地魔舉起魔杖，又一道綠光射過去，鄧不利多轉身，斗篷一旋，人就不見了。下一秒，他又已經在佛地魔身後出現，將魔杖一甩對準了噴泉的殘餘部分，其他的雕像於是也都活了過來。女巫的雕像向貝拉衝了過去，她尖叫著，對準它的胸部拚命射咒語，一發發都毫無作用地滑落下來，女巫雕像撲上前去，把她制伏在地上。在這同時，妖精和家庭小精靈踩著碎步，衝向鑲嵌在牆壁上的那一排壁爐。獨臂人馬朝著佛地魔狂奔，他消失，接著又在池邊重新出現。無頭雕像將哈利往後一拋，讓他遠離這場戰鬥，這時鄧不利多向佛地魔逼近，金色人馬就繞著這兩個人不快不慢地跑著。

「你今晚來到這裡實在是相當不智，湯姆，」鄧不利多冷靜地說。「正氣師們已經在路上——」

「等他們趕到時，我人早已經離開，而你也死了！」佛地魔啐道。他又對鄧不利多發了一記索命咒，結果失誤，反而打中安檢警衛的辦公桌，把它炸成了一堆烈焰。

鄧不利多魔杖一揮，發射出來的咒語威力太強，以至於哈利即使有金色護衛擋著，在它經過時都能感覺自己的頭髮全部豎了起來，這次佛地魔被迫召喚一個閃亮的銀色防護障來化解它的攻勢。這個咒語，不管它到底是什麼，對防護障本身沒有造成任何看得見的破壞，但還是反彈出一陣深沉有如銅鑼般的聲音——一種教人不寒而慄的怪響。

「你不會是要殺了我吧，鄧不利多？」佛地魔喊著，那對猩紅的眼睛透過防護障頂瞇起來。「太蠻橫了吧？」

「我們倆都知道摧毀一個人有許多方法，湯姆，」鄧不利多冷靜地說，繼續朝佛地魔走去，彷彿這世上沒有什麼是他所怕的，彷彿方才沒發生過任何阻攔他邁步穿越大廳的事。「單單取走你的性命並不足以令我滿足，我承認——」

「沒有什麼比死亡更壞的事了，鄧不利多！」佛地魔嘶吼著。

「那你就錯了。」鄧不利多說，仍舊朝佛地魔節節逼近，口氣是如此輕鬆，好像兩個人正喝著酒在討論事情一樣。看著他這樣毫無戒備，毫無防護地向前行，哈利感到好害怕，他想要大聲警告，那位無頭護衛卻一直拉著他往牆壁那裡退，任憑他怎麼掙扎都不放開他。「說實在，你無法理解還有許多事要比死亡更壞，這一直是你最大的弱點——」

又一道綠光從銀色防護障後飛出，這一回，是由那個在鄧不利多面前踢踏跑的獨臂人馬中了這一擊，它被炸成了無數的碎片。這些碎片還沒落到地面，鄧不利多已將魔杖往回一收，像揮皮鞭似地揮著。魔杖尖端飛出了一道細長火焰，自動往佛地魔和防護障一路包纏上去。有那麼一會，好像是鄧不利多勝利了，但是那條火繩接著就變成一條蛇，牠立刻鬆脫了對佛地魔的綑綁，掉過頭，憤怒地嘶嘶吐舌，面向鄧不利多。

佛地魔消失了，蛇從地板上豎立起來，準備好要攻擊——

鄧不利多上方半空中爆出一團火焰，佛地魔重新現身，站在池子中央的台座上，也就是剛才還有五個雕像站著的位置。

「**小心！**」哈利大喊。

在他大叫的同時，新的綠色光束又已經從佛地魔的魔杖朝鄧不利多發射過去，而蛇也展開攻擊——

佛客使撲到了鄧不利多面前，張大牠的口喙，把那道綠光整個吞了進去。牠炸成一團火球，摔落地上，變成小小乾癟的一團，再也飛不起來。同一時間裡，鄧不利多將魔杖揮出很長、很流暢的一個動作——那條蛇，原本只差一點毒牙就要咬上他，現在高高飛上了空中，在一縷黑煙裡消失無蹤。而池裡的水正在往上升，將佛地魔團團圍住，好像是由玻璃燒熔成的一個繭。

有幾秒鐘的時間，佛地魔成為一個黑暗的、起伏波動又看不見臉的形體，在台座上時而閃爍、模糊不清。他看起來明顯是在掙扎，想要擺脫那一團令人透不過氣的包裹——

然後他不見了，水嘩啦一聲落回池中，猛力濺到池子外，把光亮的地板整個打溼。

「**主人！**」貝拉尖叫。

當然這就是結束，當然佛地魔已經決定逃走，哈利於是想要從雕像護衛身後跑開，但是鄧不利多喝道：「待著別動，哈利！」

這是頭一次，鄧不利多的聲音中出現恐懼，這讓哈利無法理解。大廳裡除了他們之外已經空無一人，啜泣的貝拉仍舊讓女巫雕像壓得動彈不得，鳳凰寶寶佛客使虛弱地在地面上啼叫——

接著哈利的傷疤爆開來，他知道自己死定了，那是超越想像的痛，人類無法忍受的痛——

他人從大廳裡不見了，他被一個紅眼生物捲纏著，鎖住無法動彈，兩個人糾纏得太緊，哈利已經不知道他的身體在哪裡結束，而那生物的形體又是從哪裡開始。他們焊接到一起，痛苦地糾纏著，根本無處可逃——

當那個生物說話時，牠用的是哈利的嘴，於是在極度苦痛之中，他感覺到自己的下顎動了……

「**殺了我，鄧不利多……**」

他瞎了，他快死了，他身上的每一個部分都在尖叫著要求釋放，哈利感覺到那生物又開始利用自己……

「**如果死亡不算什麼，鄧不利多，就把這個男孩給殺了……**」

讓這痛平息吧，哈利心想……讓他把我們殺了……把這結束掉，鄧不利多……死亡跟這比起來根本不算什麼……

然後我就能再見到天狼星了……

就在哈利的心中溢滿了情感時，那個生物的纏繞鬆脫了，痛楚消失了。哈利趴在地板上，他的眼鏡掉了，他抖得像是趴在冰塊而不是木頭上……

大廳裡迴蕩起好多的人聲，比應該有的數目還要多得多……哈利睜開眼睛，看見他的眼鏡躺在無頭雕像的腳旁。無頭雕像原本一直守護著他，如今卻平躺在那裡，全身碎裂，不再動彈。他將眼鏡戴上，微微抬起頭，看見鄧不利多那彎曲的鼻子距離他自己的不過幾吋遠。

「你還好嗎，哈利？」

「還好，」哈利說，他顫抖得太厲害，連頭都無法好好撐著。「是的，我沒事──佛地魔呢，在哪──這些到底是什麼──這是怎──」

中庭裡全是人，地板上映出一團團的翠綠火焰，都是從那一整面牆的壁爐裡冒出來的，女巫和巫師一個接一個的從火焰中跑出來。鄧不利多拉著他站起來時，哈利看見家庭小精靈和妖精的金色小雕像，正領著滿臉震驚的康尼留斯．夫子走上前來。

「他剛才就在那裡！」一位身穿紅色長袍，紮馬尾頭髮的男人大叫，他指著大廳另一側的一堆金色碎塊。才不過幾分鐘前，貝拉還被困在那裡的。「我看見他了，夫子先生，我發誓就是『那個人』，他抓了一個女的然後就消影掉了！」

「我知道，威廉生，我知道，我也看見他了！」夫子結結巴巴地說，他那細條紋斗篷底下穿的是睡衣，氣喘吁吁的，一副剛跑完好幾哩路的模樣。「梅林的鬍子啊──在這裡──竟然**在這裡**！──在魔法部裡頭！──天哪，天哪──這好像是不可能的──我真是──這怎麼可能——？」

「如果繼續往樓下走進神秘部門，康尼留斯，」鄧不利多說——顯然他對哈利的安然無恙感到很滿意。他邊說邊往前走，那些新到場的人這才察覺到了他的存在（少數幾個人舉起了魔杖，其餘的只是驚愕，小精靈和妖精的雕像鼓起掌來。夫子整個人跳了起來，穿著拖鞋的雙腳都離地高高的。）——「你會發現死亡室裡頭關了好幾個逃亡的食死人，全部都被反消影咒困住了，正在等候你的發落。」

「鄧不利多！」夫子驚呼，訝異到無法自制。「你——這裡——我——我——」他狂亂地左右看著他帶來的那批正氣師，情況再明顯不過，他幾乎就要大聲叫出：「抓住他！」

「康尼留斯，我已經準備好要和你的手下作戰——並且再度取得勝利！」鄧不利多的聲氣有如雷鳴。「但是幾分鐘前你看見證據了，你親眼目睹了，這一年來我一直在告訴你這個事實。佛地魔王已經回來，而你卻花了十二個月追捕一個錯誤的對象，現在該是你清醒的時候了！」

「我——才不——哎呀——」夫子氣急敗壞地四處張望，像是希望有人能夠告訴他該怎麼做。結果沒人開口，他只好說，「好吧——鈍力！威廉生！去下面神秘部門看一看……鄧不利多，你——你必須詳詳細細地告訴我——魔法弟兄噴水池——到底發生了什麼事？」他像是哭訴似地加了一句，兩眼盯著地板，現在那些女巫、巫師和人馬雕像的碎屑殘骸散得一地都是。

「這些事等我把哈利送回霍格華茲以後，我們再來討論。」鄧不利多說。

「哈利——**哈利波特？**」

夫子急轉過身，瞪著哈利。他仍舊靠著牆站在倒下的雕像旁邊，這裡就是方才鄧不利多和佛地魔決鬥時，雕像拚命守護著他的位置。

「他——這裡？」夫子說。「為什麼——這究竟怎麼一回事？」

「一切我都會解釋清楚，」鄧不利多重複，「等哈利先回學校再說。」

他離開池邊，走向那顆金色巫師頭顱躺著的地方。他把魔杖指向它，喃喃念著：「港口現！」那頭顱發出了藍光，在木頭地板上抖抖撞撞吵了好幾秒鐘，便又靜止不動。

「你給我聽好，鄧不利多！」夫子說，這時鄧不利多已撿起那顆頭顱，拿著它走回哈利身邊。「你這個港口鑰沒有取得授權！你不可以公然在魔法部犯下這種行徑，你——你——」

他的語氣遲疑起來，鄧不利多正從他那半月形的眼鏡上方，嚴厲地打量著他。

「你必須下令要桃樂絲·恩不里居離開霍格華茲。」鄧不利多說。「你要吩咐那些正氣師停止搜捕我的奇獸飼育學教師，他才好回來工作。今天晚上我給你……」鄧不利多從口袋裡抽出一只十二支指針的手錶，看了一下。「……半個小時的時間，應該足夠我們把這裡所發生的一些重點都交代清楚。之後，我必須回學校去。如果你還需要我幫助，那麼當然，非常歡迎你透過霍格華茲聯絡我。收信人寫清楚是給校長，信就會送到我手中。」

夫子目瞪口呆得更誇張了，他的嘴巴張開，圓臉在那頭亂糟糟的灰髮底下變得更加粉紅。

「我——你——」

鄧不利多轉身背對他。

「把港口鑰拿著，哈利。」

他遞出那顆金色的雕像頭顱，哈利將手放到上面，已經完全不在乎接下來要做什麼或是要去哪裡。

「半個小時後我會去看你，」鄧不利多小聲地說。「一……二……三……」

哈利感覺到肚臍後面被鉤子一拉的熟悉感。光亮的木頭地板從他腳底下消失，中庭、夫子，還有鄧不利多都消失了，他正在一個混合著色彩和聲音的漩渦裡向前飛……

37 失去的預言

哈利兩隻腳蹬著了地，膝蓋微微一曲，金色的巫師頭顱**哐啷**一聲落到地板上。他環顧四周，發現自己已經置身於鄧不利多的辦公室中。

房間裡所有的物品，似乎都趁著校長不在的這段時間自行修復了。那些細緻的銀色儀器再度站穩在桌腳細長的桌子上，安詳地吞吐著裊裊的白煙。歷任的男女校長在各自的畫框裡打盹，有的仰著頭靠在扶手椅上，有的斜倚著畫框邊緣。哈利透過窗子向外看，沿著地平線有一條清楚的淡綠色線，黎明逐漸來臨。

除了熟睡的肖像偶爾傳來一兩聲悶哼與呼吸外，房裡一片寂靜，這份寂靜讓哈利難以承受。要是外在的環境能夠反映出他內心的情緒，那麼這些畫早該痛苦地放聲大哭。他在安靜、美麗的辦公室裡來回踱步，急促呼吸，努力不要去想。可是他不得不想……他無處可逃……

天狼星的死是他的錯，全是他的錯。如果他，哈利，沒有笨到掉進佛地魔的圈套；如果他沒有堅信自己夢中所見的都是真的；如果他肯虛心接受那個可能性，就如妙麗所說的，佛地魔就是看準了哈利**喜歡逞英雄**……

這難以承受，他不要再想了，他受不了……他不想去感覺也不想去檢視心中那一個可怕的坑洞，那個天狼星曾經存在，卻從此消失的一個黑洞；他不想獨自一人面對那片深不見底的死寂空間，他受不了——

哈利身後的一張畫像發出好大一記鼾聲，一個酷酷的聲音說：「啊……哈利波特……」

非尼呀．耐吉打了一個大哈欠，他伸個懶腰，用細長而銳利的眼睛看著哈利。

「是什麼風把你一大清早吹來的呀？」非尼呀耐不住地開口了，「除了合法的校長外，這間辦公室規定禁止任何人進入，還是鄧不利多派你來的？噢，不會是……」他又肆無忌憚地打了一個哈欠，「又有訊息要傳給我那沒用的玄孫？」

哈利說不出話來。非尼呀．耐吉還不知道天狼星已經死了，可是哈利開不了口告訴他。大聲說出這件事就等於是一個定局，絕對的，再也無可挽回的。

這時，又有幾張肖像開始翻身騷動。哈利害怕被眾人質問，邁開大步走向門口，抓住門把。門把轉不動，他被關在裡面。

「我希望這意味著，」掛在校長書桌後面那個肥胖的紅鼻子巫師說，「鄧不利多即將回到我們身邊？」

哈利轉身，說話的巫師興味盎然地打量著他。哈利點點頭，他再度拉扯身後的門把，它依然文風不動。

「噢，太好了，」那位巫師說，「沒有他在這裡真是沉悶極了，沉悶極了。」

他放心靠回原本為他畫好的寶座，親切地衝著哈利微笑。

「鄧不利多非常欣賞你，我想你也知道。」他愉快地說，「真的，他對你讚譽有加。」

罪惡感湧入哈利胸口的空洞，像某種醜陋而沉重的寄生蟲在裡面扭轉蠕動。哈利受不了，他再也受不了做自己……他從來沒有過這麼強烈的受困感受，困在自己的腦袋和身體裡；他從來沒有這樣激動地希望成為別人，成為任何人，隨便誰都好……

空無一物的壁爐忽然爆出翠綠色的火焰，嚇得哈利從門邊跳開，瞪著爐架裡旋轉升起的人影。當鄧不利多高大的身體從火中顯現時，周圍牆上的巫師及女巫全部驚醒，許多人發出歡迎的叫喊。

「謝謝你們。」鄧不利多柔和地說。

一開始他並沒有朝哈利看，而是走向門邊的棲木。金色的棲木是成年佛客使平時站立的地方，下面有一盤灰燼。鄧不利多從長袍的內袋裡拿出瘦小、難看、沒毛的佛客使，輕輕把牠放在細柔的灰燼上。

「好，哈利，」鄧不利多說，終於轉身離開雛鳥，「這個消息你聽了會很高興，你的同學都會復元，昨晚的事不會對他們造成永久的傷害。」

哈利很想說「很好」，但發不出聲音。他覺得鄧不利多好像在提醒他，自己造成了多大的傷害。雖然鄧不利多只有直視他一次，雖然他的表情是親切不是責備，哈利就是沒辦法迎上他的眼睛。

「龐芮夫人正在為大家治療，」鄧不利多說，「小仙女·東施可能需要在聖蒙果醫院待一陣子，不過她應該會痊癒。」

略微安心的哈利朝地毯點點頭，外頭的天色變得更白，地毯也變亮了。他確信房間裡的畫像都在急切地聽著鄧不利多說的每一個字，都想知道鄧不利多和哈利去了哪裡，為什麼會有人受傷。

「我明白你的感受，哈利。」鄧不利多平靜地說。

「才怪，你才不懂。」哈利說，他的聲音突然又響又強，炙熱的怒火在他心頭燃起。鄧不利多根本**不懂**他的感受。

「看吧，鄧不利多？」非尼呀．耐吉油滑地說，「永遠別試圖了解學生，他們最討厭這樣。他們寧可悲劇性地被人誤解，沉溺於自憐，悶在他們自己的——」

「夠了，非尼呀。」鄧不利多說。

哈利轉身背對鄧不利多，堅定地凝視著窗外，他可以看見遠處的魁地奇球場。有一次天狼星偽裝成一隻髒兮兮的黑狗跑到球場，只為了看哈利比賽……他大概想來看哈利是不是和詹姆以前一樣優秀……哈利從沒問過他……

「你心中的感受一點也不丟臉，哈利。」鄧不利多的聲音傳來，「相反地……能夠感受這樣的痛苦，這正是你最大的優點。」

哈利覺得炙熱的怒火灼燙著他的心底，在那可怕的空洞裡焚燒，使他產生強烈的渴望，渴望去傷害滿嘴空話、一臉平靜的鄧不利多。

「我最大的優點，是嗎？」哈利聲音顫抖地說，他瞪視著魁地奇球場，卻什麼也看不見。「你根本毫無概念……你不懂……」

「我不懂什麼？」鄧不利多平和地問。

這太過分了，哈利轉身，氣得發抖。

「我不想討論我的感受，好嗎？」

「哈利，能承受這樣的痛苦證明你還是個人！這種痛是身為人類的一部分……」

「**那麼——我——不想——身為——人類！**」哈利咆哮，他一把握住身邊桌几上那個細緻的銀色儀器，拋了出去，儀器撞在牆上碎成無數小片。好幾幅畫像又氣又驚嚇地大喊，阿曼多．狄劈的肖像說著：「**搞什麼！**」

「**我不在乎！**」哈利對他們大吼，抓起一個觀月儀就往火爐裡扔。「**我受夠了，我看夠了，我要出去，我要一切結束，我什麼都不在乎了——**」

他抓起原本放置銀色儀器的桌子，連它也扔了。桌子在地上四分五裂，桌腳滾向各處。

「你在乎，」鄧不利多說。他一動也不動，絲毫不去阻止哈利毀壞他的辦公室。他表情平靜，甚至有點冷漠。「你非常在乎，你覺得自己好像會因為這樣的痛苦流血而死。」

「**我——不在乎！**」哈利放聲尖叫，他覺得自己的喉嚨就要撕裂了。剎那間他忍不住想衝向鄧不利多，打碎他，打破那張平靜蒼老的臉孔，搖撼他，傷害他，讓他也能體會一丁點自己心中的恐懼。

「不，你很在乎，」鄧不利多說，態度更為平靜。「如今你已失去了母親、父親，還有你這輩子唯一親如父母的親人，你當然在乎。」

「**你不懂我的感覺！**」哈利怒吼，「**你——站在那裡——你——**」

語言再也不足以表達，摔東西也不再幫得上忙。他想要跑，他想一直一直跑，永遠不要回頭。他要跑去一個地方，一個看不到那雙凝視著他的清澈藍眼睛的地方，一個看不到那張討人厭的平靜老臉的地方。他衝向門口，再次抓住門把用力一扭。

門打不開。

哈利轉身面向鄧不利多。

「讓我出去。」他說，從頭到腳都在顫抖。

「不。」鄧不利多簡潔地說。

有好幾秒鐘他們就這樣互相瞪著。

「讓我出去。」哈利再說了一次。

「不。」鄧不利多回答。

「如果你不——如果你把我關在這裡——如果你不讓我——」

「儘管把我的東西全部摔爛，」鄧不利多沉著地說，「我的東西是太多了。」

他繞過書桌，在後面坐下，望著哈利。

「讓我出去。」哈利重複一遍，他的口氣冰冷，甚至幾乎和鄧不利多一樣平靜。

「除非聽我把話說完。」鄧不利多說。

「你以為——你以為我想——你以為我會——**我才不在乎你要說什麼話！**」哈利狂叫，「我不想聽你說的**任何**一句話！」

「你會的，」鄧不利多沉穩地說，「因為你對我的憤怒還遠不及你應該感覺的。我知道你很想衝過來打我，如果你真的這麼做，我也完完全全罪有應得。」

「你在說什——？」

「天狼星的死是**我**的錯，」鄧不利多清楚地說，「或者我該說，幾乎完全是我的錯——我不能高傲到把所有的責任攬在自己身上。天狼星是一個勇敢、聰明、精力充沛的人，這樣的人，當他們相信別人遭遇危險時，往往無法接受自己只是乖乖躲在家裡。只不過，你本來根本就不會相信今天晚上有必要跑去神秘部門的。如果我早點對你坦白，哈利，我確實應該這麼做。那麼，你老早就會知道，佛地魔可能是在引誘你前往神秘部門。那今天晚上，你絕對絕對不會被騙去那裡，而天狼星也不會趕去救你。一切的過錯都在我，是我一個人的錯。」

哈利的手仍放在門把上，他沒有感覺。他凝視著鄧不利多，呼吸困難，他的話傳進哈利耳裡，但哈利完全聽不懂他在說什麼。

「請坐下。」鄧不利多說。這不是命令，而是個請求。

哈利遲疑一會，慢慢走過滿地銀色小齒輪和木頭碎片的房間，在鄧不利多桌前的椅子坐了下來。

「你們是說，」非尼呀．耐吉在哈利左側緩緩說，「我的玄孫——布萊克家族的最後一人——死了？」

「是的，非尼呀。」鄧不利多說。

「我不相信。」非尼呀脫口而出。

哈利轉頭，只見非尼呀大步跨出自己的畫像，哈利知道他要趕往古里某街探視他的另一幅畫像。或許，他會穿過一幅又一幅的畫，在整棟大宅裡呼喊天狼星……

「哈利，我欠你一個解釋，」鄧不利多說，「解釋一個老人的錯誤。因為如今我明白了，有關於你的、我所做過的以及沒有去做的那些事，在在顯現出我年老的證明。年輕人不懂老年人的想法和感覺，這是理所當然；然而老年人如果忘了年少時的種種，那就是他們的錯……而我最近，似乎是忘記了……」

此時太陽正逐漸升起，山頂邊緣泛出一抹燦爛的橘紅，上方的天空白而明亮。陽光落在鄧不利多身上，照亮他銀白的眉毛和鬍鬚，映著他臉上深深鑿刻的紋路。

「十五年前，」鄧不利多說，「當我看見你前額的傷疤時，我猜到了它可能的意義。我猜測那可能是你與佛地魔之間緊緊相連的印記。」

「這你以前已經跟我說過了，教授。」哈利魯莽地說，他不在乎自己不禮貌，現在他什麼都不太在乎了。

「沒錯，」鄧不利多語帶歉意地說，「沒錯，可是——我必須從你的傷疤開始說起。在你重回魔法世界後沒多久，事實就證明我猜得沒錯。當佛地魔接近你，或當他感覺到強烈的情緒時，你的傷疤會給你警告。」

「我知道。」哈利虛弱地說。

「而你的能力——也就是就算佛地魔再怎麼偽裝，你也能察覺他的存在，以及當他情緒上揚時，你就可以知道他的感覺——而自從佛地魔返回自己的身體並且恢復所有力量後，這種情形也變得越來越明顯。」

哈利連點頭都懶得點，這些他早就知道了。

「到了最近，」鄧不利多說，「我開始擔心，佛地魔可能察覺到他與你之間存在著這種連結。顯然，曾經有一次你過於深入他的心靈和思想，以至於他發現了你。我所指的，當然就是你目睹衛斯理先生被攻擊的那一晚。」

「對，石內卜告訴我了。」哈利喃喃道。

「石內卜**教授**，哈利，」鄧不利多輕聲糾正他，「可是你是否懷疑過，為什麼我不向你解釋？為什麼我不親自教你鎖心術？為什麼好幾個月來我幾乎都不看你？」

哈利抬頭，他看見鄧不利多此時的表情哀傷而疲倦。

「嗯，」哈利含糊著，「嗯，我想不透。」

「因為，」鄧不利多繼續，「我認為不久之後佛地魔會企圖闖入你的心靈，試著操控和誤導你的思想，而我不願意給他更強烈的動機這麼做。我相信如果他了解我們之間有——或者曾經有——比師徒更親近的關係，那麼他將會抓住這個機會，利用你來監視我。我擔心害怕，他會用什麼手段來利用你，又會用什麼方式來試圖掌控你。哈利，我相信自己這麼想是對的，佛地魔確實採取了這種方式來利用你。在極少數幾次，我們有近距離接觸的時候，我在你眼中看見了他的陰影，蠢蠢欲動……」

哈利記起過去某些時刻，當他和鄧不利多四目交接時總會湧起的一種感覺，彷彿他心裡一條蟄伏的蛇揚起身體，準備攻擊。

「佛地魔企圖控制你的目的，就如他今晚所做的，並不是為了毀滅我，而是你。不久之前當他短暫地控制你時，他希望我會為了殺死他而犧牲你。因此，哈利，如你所見，為了保護你，我一直試著與你保持距離。這是一個老年人的錯誤……」

他長嘆一口氣。哈利任由這些話沖刷著他，若在幾個月以前，他會渴望知道這一切。但現在，比起心中因為失去天狼星所裂開的深淵，這些都變得毫無意義，一切都不重要了……

「天狼星告訴我，在你目睹亞瑟・衛斯理被攻擊的那一晚，你感覺佛地魔在你體內甦醒。我馬上明白我最糟的恐懼果然成真，佛地魔已經察覺到他可以利用你。為了使你有能力抵抗佛地魔入侵你的心靈，我安排了石內卜教授教你鎖心術。」

他停頓下來。哈利望著陽光慢慢滑過鄧不利多光亮的桌面，照亮一只銀色的墨水瓶和一枝華麗深紅的羽毛筆。哈利可以感覺到周圍的畫像全部醒著，聚精會神地傾聽鄧不利多的解釋。他可以聽見身旁偶爾傳來長袍的窸窣聲，以及低聲清喉嚨的聲響。非尼呀・耐吉還沒有回來……」

「石內卜教授發現，」鄧不利多重新開口，「過去幾個月來你一直夢見神秘部門的那扇門。當然了，佛地魔自從重回自己的軀體後，便發瘋似地尋找任何可以聽見預言的機會。他也被擋在門外，就和你一樣，只不過你不了解這件事的意義。

「然後你看見羅克五，他在被逮捕前曾在神秘部門工作。你聽見他告訴佛地魔一件大家已經都知道的事實——魔法部收藏的所有預言都受到嚴密的保護，只有預言所指涉的人才能夠把它們從架子上取下，而不會遭致精神錯亂。面對這個條件，佛地魔只有兩條路走，他可以冒著揭露身分的危險自己闖入魔法部——或者利用你去替他偷。因此，情況越來越急迫，你必須趕快精通鎖心術。」

「可是我沒有，」哈利怨嘆著。他大聲說出口，想要藉此減輕體內沉甸甸的罪惡感，他想，誠實的自白必定能稍微鬆開勒緊胸口的沉重壓力。「我沒有練習，我根本懶得去學，我其實或許有能力阻止自己繼續做那些夢。妙麗一直叫我練習，如果我練會了，他就無法暗示我去那裡了，這麼一來——天狼星也不會——天狼星也不會——」

一股衝動從哈利的腦中迸發，他需要為自己辯護，為自己解釋——

「我試著求證他是不是真的抓走了天狼星，我跑去恩不里居的辦公室，我穿透爐火去問怪角，他說天狼星不在，他說他走了！」

「怪角撒謊，」鄧不利多平靜地說，「你不是他的主人，他可以騙你而不需要自我處罰。是怪角引導你去魔法部。」

「他——他故意騙我去？」

「噢，是的，我恐怕得說，怪角這幾個月來同時服侍著另一位主人。」

「怎麼會？」哈利腦中一片空白，「他已經好幾年沒踏出古里某街了。」

「聖誕節前幾天，怪角逮到機會，」鄧不利多說，「當時天狼星很明白地對他大叫『滾出去』。他聽從天狼星的話，把它解釋為叫他離開房子的命令。於是他跑去找布萊克家族僅存的，讓他仍感尊敬的一位成員……布萊克的表姊水仙。她是貝拉的妹妹，也是魯休思．馬份的妻子。」

「你為什麼知道這些？」哈利說。他的心臟狂跳，他覺得頭暈反胃。他想起聖誕節那天大家還在擔心怪角的離奇失蹤，他想起怪角後來又在閣樓裡出現……

「怪角昨天晚上告訴我的，」鄧不利多說，「當你用密語向石內卜教授發出警告後，他立刻明白你在夢中見到天狼星被困在神秘部門裡。和你一樣，他馬上試圖聯絡天狼星。我必須解釋，比起透過桃樂絲．恩不里居辦公室的壁爐找人，鳳凰會的成員有更可靠的溝通管道。石內卜教授發現，天狼星好端端地待在古里某街。

「不過，你跟桃樂絲．恩不里居進入森林後，他一直不見你回來。石內卜教授開始擔心，你可能仍舊相信天狼星成了佛地魔王的俘虜，於是他立刻通知了幾位鳳凰會的成員。」

鄧不利多長嘆一聲，繼續說下去：「當他聯絡的時候，阿拉特．穆敵、小仙女．東施、金利．俠鉤帽、雷木思．路平都在總部，他們全體同意馬上去救你。石內卜教授要求天狼星做後援，因為我隨時會抵達總部，所以他需要有人留在那裡告訴我發生了什麼事。在這同時，石內卜教授打算進入森林去找你。

「可是，看到所有的人都去找你，天狼星也不願意留在後頭。他指派怪角負責告訴我事情的經過，因此當所有人都離開總部前往魔法部後，我抵達了古里某街，屋子裡只剩下家庭小精靈──他邊說邊大笑──告訴我天狼星去了哪裡。」

「他大笑？」哈利聲音空洞地說。

「沒錯，」鄧不利多說，「怪角沒有辦法完全地背叛我們。他不是鳳凰會的守密人，他不能向馬份等人通報我們的行蹤，或者透露任何有關鳳凰會禁止透露的機密計畫。他受到他們族類的魔咒限制，也就是說，他不能夠違背他主人天狼星直接下達的命令。不過他提供給水仙的訊息，一定是對佛地魔王極具價值，但對天狼星來說又太枝微末節，所以天狼星並沒有想到要禁止他去講。」

「比如說？」哈利說。

「比如說，天狼星全世界最關心的人是你。」鄧不利多平靜地說，「比如說，你逐漸把天狼星視為父親與兄長的總合。當然，佛地魔早知道天狼星待在鳳凰會裡，而且知道你也清楚他在哪裡──只是怪角的訊息讓他明白，唯一能讓你不計代價前去救援的人，就是天狼星．布萊克。」

哈利的嘴唇冰冷而麻木。

「所以……昨天晚上當我問怪角天狼星在不在時……」

「馬份夫婦──毫無疑問地受到佛地魔的指示──他們告訴怪角，一旦你看過了天狼星受折磨的映像，怪角這邊就得想辦法支開天狼星，不讓他露臉。這麼一來，你去檢查天狼星是否在家時，怪角就可以假裝說他不在。昨天怪角故意弄傷了鷹馬巴嘴，所以當你在爐火裡出現的那一刻，天狼星其實正在樓上照顧他。」

哈利的肺裡好像沒有半點空氣，他呼吸得又淺又急。

「怪角告訴你這一切……還一邊笑？」他聲音嘶啞。

「他並不想告訴我，」鄧不利多說，「但我是個老練的破心者，我知道別人什麼時候在說謊。於是我——說服他——把故事原原本本說出來，聽完後我才出發前往神秘部門。」

「之前，」哈利小聲說，冰冷的雙手在膝蓋上握成拳頭，「之前，妙麗還一直叫我們要對他好一點——」

「她說得很對，哈利。」鄧不利多說，「在我們接收古里某街十二號做為總部時，我曾警告天狼星必須善待並且尊敬怪角。我也曾告訴他，怪角可能會為我們帶來危險。我想天狼星並沒有認真聽進我的話，或者他從來不認為怪角也和人類一樣，具有敏感的心機——」

「不准你怪罪——不准你——這樣子——說天狼星——就好像——」哈利感覺喉嚨被勒住了，他吸不到空氣，他說不出完整的句子。剛才稍微退去的怒火再度燃起，他不准鄧不利多批評天狼星。「怪角是個撒謊的——混蛋——該死——」

「怪角是被巫師塑造成那個樣子的，哈利。」鄧不利多說，「是的，他應該被憐憫，他生存的方式就和你的朋友多比一樣悲慘。他被迫遵從天狼星的命令，因為天狼星是奴役他的這個家族中最後一名成員，但怪角始終無法對他真心的忠誠。不管怪角做錯了什麼，我們都必須承認天狼星從來不曾好好對待過怪角——」

「**不准這樣子說天狼星！**」哈利大吼。

他再度站起身，憤怒至極，隨時準備撲向鄧不利多。他根本一點也不了解天狼星，他不明白他有多勇敢、受過多少苦……

「那麼石內卜呢？」哈利輕蔑地說，「你不想談他，對不對？我告訴他佛地魔抓走了天狼星，他只是像平常一樣對我不屑一顧——」

「哈利，你要知道，在桃樂絲·恩不里居面前，石內卜教授不得不假裝忽視你。」鄧不利多心平氣和地說，「我之前解釋過了，他立刻把你的話傳給鳳凰會成員。當恩不里居教授企圖逼你說出天狼星的下落時，是他推斷出你可能去了哪裡。當你進入森林遲遲不見蹤影時，也是他，給了她假的吐真劑。」

哈利故意忽略這些事實，怪罪石內卜給他一種野蠻的快感，這似乎舒緩了一點他自己深重的罪惡感，他更希望能聽到鄧不利多的附和。

「石內卜——石內卜刺——刺激天狼星，說他只會蹲在家裡——他嘲笑天狼星是膽小鬼——」

「天狼星已經夠成熟夠聰明，不至於被這麼一點奚落所傷害。」鄧不利多說。

「石內卜不教我鎖心術了！」哈利咆哮，「他把我趕出他的辦公室！」

「我察覺了這件事，」鄧不利多沉重地說，「我已經承認這是我的錯，沒有親自教你。雖然說當時我很清楚，如果在我面前更深入地打開你的心靈，讓佛地魔有機可乘，那才是最最危險的情況——」

「石內卜把一切弄得更糟，每次跟他上完課，我的傷疤就痛得更厲害——」哈利記起榮恩對這件事的看法，他乾脆說個痛快，「——你怎麼知道他不是企圖讓我更軟弱，給佛地魔機會，讓他能更輕易地侵入我的身體——」

「我信賴賽佛勒斯·石內卜，」鄧不利多簡潔地說，「不過我忘了——這是老年人的另一個錯誤——有些傷口切得太深難以癒合。我以為石內卜教授能夠克服他對你父親的感覺——我錯了。」

「可是那沒關係，對不對？」哈利大喊，不理會牆上畫像憤慨的表情和不以為然的咕噥，「石內卜憎恨我父親沒關係，可是天狼星討厭怪角就不行？」

「天狼星並不討厭怪角，」鄧不利多說，「他把他視作一個不需要被重視或注意的僕人。冷漠和忽略往往比坦率的憎恨更傷人……今晚被我們毀掉的那個噴泉就是一個謊言，我們巫師們長久以來一直折磨摧殘自己的同伴，現在我們自食其果了。」

「**所以天狼星活該，是不是啊？**」哈利大吼。

「我並沒有那麼說，你也絕不會聽見我那麼說。」鄧不利多平靜地回答，「天狼星不是一個殘暴的人，他對家庭小精靈一般而言都很仁慈。他不喜愛怪角，是因為怪角的存在隨時讓他想起那棟他所憎恨的房子。」

「對，他恨那棟房子！」哈利的聲音哽咽，他轉身背向鄧不利多，往前走幾步。這時房間裡陽光明亮，所有畫像的眼睛全跟著他移動。哈利沒有意識到自己在做什麼，也看不見眼前的辦公室。「你把他關在那棟房子裡，他恨死了，所以昨天晚上他才想離開——」

「我是為了保護天狼星的性命。」鄧不利多平靜地說。

「沒有人喜歡被關起來！」哈利憤怒地轉身對他說，「去年一整個夏天你也是這樣對我——」

鄧不利多閉上眼睛，把臉埋入修長的十指間。哈利望著他，然而鄧不利多這個不尋常的動作，不管是疲倦也好，悲傷也好，不管是什麼，都沒有軟化哈利。相反地，看見鄧不利多展現軟弱的一面反而讓他更生氣。在一心想要憤怒咆哮的哈利面前，他沒有權利表現軟弱。

鄧不利多放下雙手，透過半月形的鏡片審視著哈利。

「是時候了，」他說，「我該告訴你五年前我就該讓你知道的事，哈利。請坐下，我把一切都告訴你吧。我只請求你稍微有點耐心，等聽完後再對我發火——或隨你想做什麼——我不會阻止你。」

哈利怒視著他一會，然後一屁股坐進鄧不利多對面的椅子，等他開口。

鄧不利多凝視著窗外灑滿陽光的草地，過了一會才回頭望向哈利說：「五年前你來到霍格華茲，哈利，和我原本計畫的一樣，你安全而快樂。好吧——不完全快樂，你吃了很多苦。當初我把你留在你阿姨和姨丈家門口時，我知道你會受苦，我知道我宣判了你十年黑暗痛苦的日子。」

他停頓。哈利不吭聲。

「你或許會問——你有充分的理由——為什麼必須這麼安排？為什麼你不是被某個巫師家庭所收養？許多家庭會毫不猶豫地接納你，會開心又驕傲地把你當作自己的兒子扶養。

「我的回答是，保住你的性命是我的第一考量。你的處境比我所知道的任何人都危險，雖然那時，佛地魔已經在好幾個小時之前被擊敗，可是那些支持者——其中許多幾乎和他一樣可怕——仍舊逍遙法外，他們氣憤、極端，而且兇殘。我的決定也必須考慮到往後的幾年，我真相信佛地魔永遠消失了嗎？不，儘管我不知道他要花十年、二十年、還是五十年才回得來，但我確信他一定會再出現。不但如此，根據我對他的了解，我也確信他絕對不會放過你。

「我知道佛地魔的魔法知識，可以說是比世上任何一位巫師都要廣博。我知道一旦他的力量完全恢復後，就連我最深奧、最強大的保護咒語，都制不了他了。

「不過，我也知道佛地魔的弱點在哪裡。因此我做出決定，你要受到一種古老魔法的保護。這種魔法他也知道，但他根本瞧不起它，所以總是低估了它的力量——這就是他付出的代價。當然啦，我說的就是你母親為了救你而犧牲這件事。她在你身上施了一種他連想都沒想過的永恆保護，這個保護直到今天仍在你的血液中流動。因此，我把我的信心寄託在你母親的手足身上，我把你交給她唯一的親人，她的姊姊。」

「她一點也不愛我，」哈利馬上接口，「她根本不屑——」

「但是她收留了你，」鄧不利多打斷，「她或許收留得心不甘情不願、懷恨在心、尖酸刻薄，但她終究收留了你。如此一來，她密合了我下在你身上的魔咒。你母親的犧牲，使得血緣的束縛成為我給你最強的防禦屏障。」

「我還是不——」

「只要你母親的親人所居住的地方還算你的家，佛地魔就無法在那裡碰觸或傷害你。他殺死了你母親，但她的血液繼續在你和她姊姊的體內流動，她的血親成為你的庇護。雖然你需要每年回去一次，不過只要那裡還是你的家，在那裡他就無法傷害你。你阿姨明白這一點，當初我把你放在她家門口時，我留了一封信清楚說明了原委。過去十五年來她都清楚知道，只要在家裡提供你一個房間，就能夠保你活命。」

「等等，」哈利說，「等一下。」

他坐直身體，瞪著鄧不利多。

「那封吼叫信是你寄的，你叫她記住——那是你的聲音——」

「我認為，」鄧不利多微歪著頭說，「需要有人稍微提醒她，在接納你時她所封簽的協定。我懷疑催狂魔的攻擊很可能使她驚覺，收養你做為他們監護的小孩相當危險。」

「沒錯，」哈利低聲說，「不過——比較上，有這感覺的是我姨丈而不是她。他想把我趕出家門，可是後來她收到咆哮信——她說我必須留下。」

他望著地板，過了一會才說：「可是這跟……這又有什麼關連？」

他說不出天狼星的名字。

「五年前，」鄧不利多繼續他的故事，彷彿中間不曾被打斷，「你來到霍格華茲，儘管不如我滿意的那般快樂，也有點營養不良，但至少你活著，而且身體健康。你不是一個受盡保護的小王子，而是如我最期望的，在那種環境下長成的一個正常男孩。因此到那時候為止，我的計畫進行得都還相當順利。

「接著……好吧，你對第一年在霍格華茲的那些遭遇，想必記得跟我一樣清楚。你從容應付出現在面前的挑戰，而且遠比我預期得快——快太多了——你已經面對面遇見佛地魔。你再度逃過一劫，不僅如此，你還做了更多，你拖延他恢復全部力量的時間。你打贏了一場硬戰，我為你感到……難以形容的驕傲。

「然而，我這個絕妙的計畫裡有一個瑕疵，」鄧不利多說，「一個顯而易見的瑕疵。即使在當時，我就清楚這整個計畫很可能因此瓦解，而這個重要的計畫非得成功不可。我告訴自己，絕不允許這個瑕疵毀了一切。我一個人可以防止事情的發生，所以，我一定要堅強。我的第一個考驗來了，就在你打敗了佛地魔之後，虛弱地躺在醫院廂房裡的時候。」

「我不懂你在說什麼。」哈利說。

「你記不記得，你躺在醫院廂房裡問我，當你還是小嬰兒的時候，佛地魔為什麼想殺掉你？」

哈利點頭。

「我是不是應該當時就回答你？」

哈利望進那雙藍色的眼睛，沒有說話，他的心臟又開始狂跳。

「你還沒看出計畫中的瑕疵嗎？不……或許還沒。是這樣的，當時我決定不回答你的問題。十一歲，我告訴自己，實在太年輕了，不需要知道。我從沒打算在你十一歲的時候就告訴你，這件事情對於這麼小的年紀來說實在過於沉重。

「我當時就應該察覺這些危險的訊號。明知道有一天，勢必要給你一個很可怕的答案，而那時你已經開口問了，為什麼我還不煩不急？我應該承認的是，因為我當時實在太高興了，根本不想在那麼特別的日子裡談這種事……你還小，實在還太小。

「就這樣，我們進入你在霍格華茲的第二年。再一次地，你遭遇到連成年巫師都沒有經歷過的挑戰；再一次地，你靠自己的能力脫離險境，我做夢也想不到。不過你沒有再問我，佛地魔為什麼在你身上留下標記。我們討論過你的傷疤，沒錯……我們差一點，差一點點就談到重點。為什麼我不把一切告訴你呢？

「畢竟，在我看來，十二歲並不比十一歲好得了多少，沒有能力接受這樣的消息。我看著你從我面前離開，一身血污、精疲力竭，但是情緒高昂。就算那時我因為該說的沒說，而內心有過一絲不安，也很快就平息了。你還是太年輕了，你知道，更何況我不願意在那個勝利的夜晚太掃興……

「你懂了嗎，哈利？現在你看出我絕妙計畫中的破綻了嗎？我掉入自己早已預見的圈套，那個我一直堅信自己能夠避免，也必須避免的陷阱。」

「我不——」

「我太在乎你。」鄧不利多簡單地說，「比起讓你知道事實，我更在乎你的快樂；比起我的計畫，我更在乎你內心的平靜；比起許多可能因為計畫失敗而送命的人，我更在乎你的性命。換句話說，我的行為完完全全符合佛地魔的期待，他知道我們這群呆子偏愛做這些傻事。

「是我強詞奪理嗎？我敢說所有跟我一樣關注你的人，都會希望能讓你少受點苦，而其中我對你的關注，超乎你能想像的程度。即使將來會有數不清無名無姓的人和生物遭到屠殺，但只要此時此刻的你正健康快樂地活著，我又還有什麼在乎的呢？我從未想過，會有人讓我負起如此重大的責任。

「你進入三年級，我從遙遠的地方注視著你，看你奮力對抗催狂魔，找到天狼星，獲悉了他的身分還救了他。那時我應該告訴你嗎？就在你成功地從魔法部的利齒下救出你教父的那個時刻？這時的你已經十三歲了，我的藉口漸漸站不住腳。你儘管年輕，但已經證明了你的卓越非凡。我良心不安啊，哈利。我知道時候就快到了……

「去年，你從迷宮裡出來，目睹了西追・迪哥里的死，而你自己也才從鬼門關口逃出……我還是沒告訴你，我明知道佛地魔回來了，我的動作必須加快。而這次，今天晚上，我知道你其實早已做好了接受事實的準備。是我瞞得太久了，因為你的表現證明，我應該在今晚的事件之前，就把這個負擔加到你身上。我唯一說得過去的理由是，我一路看著你撐過那麼多的負擔，已經超過這所學校中任何一個學生所能承受的，怎麼能再由我來加上一個——而且是最大最重的一個。」

哈利等待，鄧不利多不說話。

「我還是不懂。」

「在你小時候，佛地魔要殺你，是因為在你出生不久前，有人做了一個預言。他知道預言出現了，但不知道它完整的內容。他決定動手殺掉仍在襁褓中的你，他相信這麼一來，就圓滿了預言的條件。結果他吃了苦頭，發現自己竟然判斷錯誤，原本要殺你的咒語反撲到自己身上。所以自從他返回他的軀體之後，特別是自從去年你出人意料地逃出他的魔掌之後，他就下定決心要聽到預言的完整內容。這便是他重生之後，一直努力不懈尋找的武器：取得如何毀滅你的方法。」

太陽這時已完全升起，鄧不利多的辦公室沉浸在陽光裡。收藏著高錐客．葛來分多寶劍的玻璃匣瀰漫著不透明的白光。被哈利摔在地上的儀器碎片，像雨滴般在陽光下閃爍。在他身後，幼鳥佛客使坐在灰燼巢中輕聲啁啾。

「預言摔破了，」哈利茫然說，「當時我把奈威拉上石椅，在那間——那間有拱門的房間裡，我扯破了他的長袍，它掉出來……」

「摔破的那顆球只不過是神秘部門收藏的預言紀錄，預言最初是向某個人傳達的，那個人有正確複述它的方法。」

「誰聽見了？」哈利問，雖然他已經知道答案。

「我，」鄧不利多說。「十六年前一個溼冷的夜晚，在豬頭酒吧樓上的一個房間裡。我去那裡是為了見一位申請占卜學老師職位的人，儘管我根本反對占卜學這門科目繼續存在。但是申請人是一位非常有名、非常有天賦的先知的玄孫女，基於禮貌，我就去見見她。我很失望，在我看來，她沒有一絲一毫的天賦。我盡量謙和有禮地告訴她，我認為她不適合這個職位，接著便轉身離開。」

鄧不利多站起身，繞過哈利，走向立在佛客使棲木旁邊的一個黑色櫥櫃。他彎下身體，轉開一個環釦，從裡面拿出一只平淺的石盆，石盆邊緣刻著一圈神秘古文，哈利就是在那裡面看見了他父親虐待石內卜。鄧不利多走回書桌，他把儲思盆放在桌上，然後把魔杖高舉到自己的太陽穴旁，從那裡抽出幾縷銀色的細長絲線，記憶細絲沾在魔杖頂端，他把它們放進石盆裡。鄧不利多坐回書桌後面，望著他的記憶在儲思盆裡飄浮旋轉，過了一會，他嘆口氣舉起魔杖，用尖端戳向那團銀色物質。

一個形體從中升起，她全身包裹著長披肩，兩隻眼睛在眼鏡後面放大到驚人，她的腳站在石盆裡，身體緩緩旋轉。當西碧．崔老妮開口時，傳來的不是她往常空靈神秘的聲音，而是一種哈利從沒聽她用過的粗糙沙啞語調：

「擁有消滅黑魔王力量之人將降臨……出身於曾三次抵禦他之父母，出生於第七個月分消失之時……黑魔王將標記他為己之同等，然他將擁有黑魔王所未知之力量……兩者必將死於另一人之手，因兩者無法同存於世……擁有消滅黑魔王力量之人將出生於第七個月分消失之時……」

緩慢旋轉的崔老妮教授沉回腳下的銀色物質，消失不見。

辦公室裡一片寂靜，不論是鄧不利多或哈利或任何一幅肖像，沒有人發出半點聲音，就連佛客使也陷入沉默。

「鄧不利多教授？」哈利聲氣極輕，因為鄧不利多仍凝視著儲思盆，彷彿完全掉入自己的思緒中。「這……意思是……這是什麼意思？」

「意思是，」鄧不利多說，「唯一有機會永遠消滅佛地魔王的這個人，在七月底出生了，大約在十六年前。這個男孩的父母，曾經抵擋過佛地魔三次。」

哈利感覺好像有某樣東西逐漸壓上他，他似乎又無法呼吸。

「意思是——我？」

鄧不利多深深地吸了一口氣。

「奇怪的是，哈利，」他溫和地說，「那個人本來可能根本不是你，西碧的預言原本在兩個巫師男孩身上都說得通。他們都出生於那一年的七月底，他們的父母都是鳳凰會的成員，他們的父母都曾經三次逃出佛地魔的魔爪。其中一個，當然，就是你。另一個就是奈威・隆巴頓。」

「可是……可是為什麼預言球上寫著我的名字，而不是奈威的？」

「當佛地魔攻擊了你之後，官方的紀錄便換了標籤。」鄧不利多說，「對預言廳的守護者來說，很明顯地，佛地魔因為認定你就是西碧所指的人選，他才會要殺你。」

「所以——可能不是我了？」哈利說。

「恐怕，」鄧不利多一個字一個字費力地說，「毫無疑問的那個人**就是**你。」

「可是你剛剛說——奈威也是七月底出生的——他的爸媽也——」

「你忘了預言後面的部分，能夠消滅佛地魔的男孩的最後一個證明方法……**佛地魔將主動標記他為己之同等**。他做了，哈利，他選了你，不是奈威。他在你額上留下同為祝福與詛咒的傷疤。」

「但是他很可能選錯了！」哈利說，「他很可能標記錯人了！」

「他選擇了他認為最可能危害到他的男孩，」鄧不利多說，「而且注意，哈利，他選擇的不是純正血統（根據他的信念，只有這種巫師才值得存在或注意），而是和他自己一樣的混種。還沒見到你之前，他就在你身上看見了自己的影子。當他用傷疤標記你的時候，他沒有如計畫般成功殺死你，反而給了你力量和未來，讓你有辦法從他手中不止一次脫逃，目前為止已經四次——這點連你的父母以及奈威的父母都不曾達到。」

「他為什麼要這麼做？」哈利說，全身冰冷而麻木，「他為什麼在我還是嬰兒的時候就要殺我？他應該要等我和奈威長大一點之後，看看誰可能比較危險，再決定要殺哪一個——」

「那麼做的確比較實際，」鄧不利多說，「只不過佛地魔知道的預言內容並不完整。比起三根掃帚，西碧為求便宜所選擇的豬頭酒吧，長久以來一直吸引了一些比較『有趣』的顧客。這一點，你和你的朋友之前已有所察覺。那天晚上我也注意到了，在那個地方難保自己的談話不被別人聽見。當然在我赴約去見西碧．崔老妮時，我做夢也沒有想到會聽見任何值得聽的閒話。我的——我們的——唯一一絲好運是，那位竊聽者才聽到預言的一半內容，就被人發現並趕出酒吧。」

「所以他只聽到——？」

「他只聽到開頭，那一段預測有個男孩將在七月底出生，他的父母曾經三次抵擋佛地魔。結果，他無法警告他主人的是，如果去攻擊你，他將冒著把能力傳給你的危險，同時也會把你標記為自己的對手。所以佛地魔完全沒料到攻擊你可能有危險，聰明的話應該要等一會，等消息更充足後再動手。他不知道你將**擁有黑魔王所未知之力量**——」

「可是我沒有啊！」哈利窒息地說，「我沒有什麼他沒有的能力，我沒辦法像他今天晚上那樣子戰鬥，我不會控制人或是——殺人——」

「神秘部門裡有一個房間，」鄧不利多打斷他說，「長久以來都鎖著。房間裡保存著一種力量，它比死亡還要美妙和恐怖，它超越人類的智慧，也超越自然的力量。比起魔法部裡所有的收藏，它也很可能是最神秘的一門學科。收藏在密室裡的這個魔法，就是你充分擁有但佛地魔卻完全沒有的力量。這個力量促使你今晚跑去救天狼星，這個力量同時也拯救你免於佛地魔的控制，因為你體內充滿了這股他厭惡的力量，使他無法忍受繼續待在裡面。到頭來，你是否能封閉你的思想已不重要，是你的心救了你。」

哈利閉上眼睛。如果他沒有去救天狼星，天狼星也不會死……沉浸在對天狼星的思念中，哈利心不在焉地隨口問：「預言的最後……說到什麼……**兩者無法**……」

「……**同存於世**。」鄧不利多說。

「所以，」哈利說，彷彿是從內心裡的絕望之井中挖出幾個字，「所以意思是說……我們兩個人到最後必須……殺死另一個人？」

「是的。」鄧不利多說。

很長的一段時間，他們兩人都沒有開口。哈利可以聽見辦公室牆外某個遙遠的地方傳來人們說話的聲音，大概是學生們走下餐廳去吃早餐。世界上怎麼可能還有人想吃東西，還能笑，還不知道或不在乎天狼星．布萊克已經永遠走了？天狼星似乎已經到了好遠好遠的地方，但即便現在，哈利心裡仍有一部分相信，只要他拉開紗幕，他就會看見天狼星正在望著他，甚至，還會用他那咆哮般的笑聲歡迎他……

「我覺得我還欠你另一個解釋，哈利，」鄧不利多猶豫地說，「你或許曾懷疑我為什麼不選你為級長？我必須向你承認……因為我認為……你身上已背負了夠多的責任。」

哈利抬頭望著他，一顆淚珠從鄧不利多的臉頰滾落，滑入他長長的銀色鬍鬚。

38 再次開戰

「那個不能說出名字的人」回來了

魔法部長康尼留斯．夫子星期五晚間發表簡短聲明，證實「那個不能說出名字的人」已經回到這個國家，並且再一次展開積極行動。

「我必須在此向大家證實，那個自稱為王的巫師——各位都知道我說的是誰——目前依然健在，並且又再度出現了。為此，我深感遺憾。」夫子對記者發表聲明時面帶倦容，而且顯得有點慌亂，「同時，我也非常遺憾地向各位報告，阿茲卡班的催狂魔大舉叛變，已經不服從魔法部的管制。我們相信這些催狂魔目前直接接受那位王的實質指揮。

「我們要敦促巫界的居民提高警覺，魔法部目前正在製作每戶家庭與個人必備的防衛指南，將在下個月免費分送給所有的巫師家庭。」

巫界對於部長的聲明都感到驚愕與緊張，因為魔法部才在前不久的星期三向大家保證，「那個人」又再度現身、為非作歹的傳言，均屬不實的謠言。

有關魔法部態度大逆轉的詳細情形仍不得而知，但都認為是「那個不能說出名字的人」挑選了一班他的追隨者（也就是大家都知道的食死人）在星期四晚間闖入魔法部。

目前阿不思．鄧不利多已重新復職，恢復霍格華茲魔法與巫術學校校長、國際巫師聯盟成員，以及巫審加碼首席魔法師的頭銜。記者截至目前仍未能找到他針對此一事件發表聲明，但他過去一年來始終堅稱，「那個人」並非一如大家所盼望與期待的死了，而是再度現身招募他的黨羽，企圖奪權。同時，「那個活下來的男孩」——

「看吧，哈利，我就知道他們一定會把你扯進去。」妙麗從報紙上方看著他說。

他們正在學校的醫院廂房，哈利坐在榮恩的床尾，一夥人都在聽妙麗朗讀《星期天預言家日報》。金妮蜷縮在妙麗的床腳下，她的腳踝已經由龐芮夫人用繩索固定住了。奈威坐在兩張病床中間的椅子上，他的鼻子已經恢復正常的尺寸和形狀。過來探望他們的露娜手上抓著一本最新一期的《謬論家》雜誌，正上下顛倒地讀著，顯然並沒有在注意聽妙麗說話。

「不過，他現在又變回『那個活下來的男孩』了，是嗎？」榮恩皺著眉頭說，「不再說他愛現了，啊？」

他從床頭櫃好大一堆巧克力蛙裡抓起一把，扔了幾個給哈利、金妮和奈威，再用牙齒咬開自己那個的包裝紙。他兩條臂膀上還留有被思想觸鬚纏繞過的痕跡，龐芮夫人說，思緒留下來的勒痕幾乎比任何東西都要來得深，不過她在上面搽了大量的「消醜博士的寧疤軟膏」之後，已經大有改善。

「是啊，他們現在可是大大捧你了，哈利，」妙麗說著，繼續往下念，「『寂寞孤單的肺腑之言……被人視為神經錯亂，但始終堅持己見……被迫忍受嘲笑與誹謗……』嗯，」她蹙著眉頭說，「我發現他們完全不提這個事實，真正在嘲笑與毀謗的其實是《預言家日報》……」

她微微皺了一下眉，一手捂著肋骨的地方。杜魯哈在她身上施的咒語雖然因為他當時沒能大聲念咒而減少了一些殺傷力，但是套句龐芮夫人的說法，仍然「會對將來造成相當大的傷害」。妙麗現在每天服用十種不同的魔藥，病情大有起色，她對醫院廂房已經感到無聊了。

「『那個人』的反叛企圖，第二版至第四版。魔法部理應說明的真相，第五版。為什麼沒有人相信阿不思．鄧不利多，第六版至第八版。哈利波特專訪，第九版……哼，」妙麗說著，折起報紙往旁邊一丟，「他們現在可有得寫了，那篇哈利的專訪也沒什麼特別的，根本就是《謬論家》幾個月前發表的那一篇……」

「那是我爸賣給他們的，」露娜淡淡說，一面翻著《謬論家》雜誌，「他賣到一個很好的價錢，所以我們今年暑假要去瑞典探險，看能不能抓到一隻犄角獸。」

妙麗用力忍了好一會，才說：「聽起來好像很好玩。」

金妮一對上哈利的眼光立刻移開，咧著嘴在笑。

「無論如何，」妙麗說，略微坐直身子，臉上又抽了一下，「學校現在情況如何？」

「這個嘛，孚立維把弗雷和喬治的沼澤清除了，」金妮說，「他三秒鐘就解決了，不過他還留了一點在窗子底下，而且用繩索圍起來——」

「為什麼？」妙麗顯得很詫異。

「喔，他說這個魔法實在太妙了。」金妮說著聳聳肩。

「我想他是要留下來紀念弗雷和喬治。」榮恩滿口巧克力說，「你知道嗎？這些都是他們送的，」他指著旁邊堆得像小山一樣的巧克力蛙，對哈利說，「那間惡作劇商店的生意一定不錯哦？」

妙麗一臉不以為然，問道：「既然鄧不利多回來了，現在一切麻煩都沒有了吧？」

「是啊，」奈威說，「一切都恢復正常了。」

「那飛七應該很高興吧，是不是？」榮恩問，把一張有鄧不利多照片的巧克力蛙卡擱在他的水壺旁邊。

「才不呢，」金妮說，「事實上，他難過得要死……」說著，她把嗓子壓得很低，「他一直說恩不里居是霍格華茲有史以來最好的……」

六個人一起轉過頭去看，恩不里居教授就躺在他們對面，兩眼瞪著天花板。鄧不利多教授自己一個人走進森林，將她從人馬手中救了出來。他是怎麼做到的——他怎麼能做到全身毫髮無傷扶著恩不里居教授從森林出來——沒有人知道，恩不里居當然也沒說。就他們所知，她自從回到城堡後就沒說過一句話，也沒人知道她到底哪裡不對勁。她那一頭習慣梳得服服貼貼的鼠褐色頭髮，到現在還沾著一些小樹枝和樹葉。除此之外，她似乎沒有受到什麼傷害。

「龐芮夫人說她只是受到驚嚇。」妙麗悄聲說。

「我看比較像在生悶氣。」金妮說。

「沒錯，你只要像這樣她就會有反應喔。」榮恩說著，用舌頭輕輕發出咯哩咯囉的聲音，恩不里居立刻坐起來，轉動腦袋發狂地四下張望。

「有什麼問題嗎，教授？」龐芮夫人從她的辦公室探頭進來說。

「沒……沒有……」恩不里居說著，又躺回枕頭上，「我大概在做夢……」

妙麗和金妮用被單捂著嘴偷笑。

「說到人馬，」妙麗止住笑後說，「現在誰在教占卜學？翡冷翠還在嗎？」

「他不得不在，」哈利說，「其他人馬不是都不歡迎他回去嗎？」

「好像他和崔老妮兩個都要教課。」金妮說。

「我猜鄧不利多一定巴不得早一點擺脫崔老妮，」榮恩說著，吞下他的第十四個巧克力蛙，「老實說，這個科目半點用處都沒有，翡冷翠也好不了多少……」

「你怎麼可以說這種話？」妙麗生氣地說，「前不久我們才發現果真有預言這回事啊？」

哈利的心臟開始猛跳，他沒有告訴榮恩和妙麗或其他任何人那個預言的內容。奈威跟他們說，預言球在哈利從死亡室拉他上石梯時摔破了，哈利也一直沒有更正這個說法。他還沒有做好準備，不想看到他們臉上的表情。他要是說出他要不殺人就得死，絕沒有第二條路……

「可惜打破了。」妙麗平靜地說，搖了搖頭。

「可不是。」榮恩說，「不過至少『那個人』也不知道它的內容——你要去哪？」他看到哈利站起來，露出既驚訝又失望的表情。

「呃——海格，」哈利說，「你知道，他回來了，我答應去看他，告訴他你們的狀況。」

「喔，那好吧。」榮恩懊惱地說，望著宿舍窗外那片蔚藍的天空，「真希望我們也能去。」

「替我們跟他打聲招呼啊！」哈利走出病房時，妙麗喊道，「還有，問他那個……那個小朋友現在怎樣了！」

哈利揮揮手，表示都聽清楚了，他走出了病房。

雖然是星期天，城堡卻非常安靜，大家都跑到陽光普照的室外，享受考試結束後的輕鬆，又因為學期即將結束，也不用再復習功課或寫作業。哈利慢吞吞走在空無一人的走廊上，一面從窗口往外望，他可以看到許多人在魁地奇球池上空飛行，還有一、兩個學生在大烏賊的陪伴下在湖中游泳。

他發現自己很難決定究竟想不想和大家在一起，每當有人陪伴時，他總想逃開；而一個人時，他又想找人作伴。不過他確實真的想去看看海格，自從他回來以後，他一直沒有好好和他說話……

哈利剛剛走下大理石階梯踏進入口大廳，便發現馬份、克拉和高爾從右邊一扇門出現，哈利知道那裡直通史萊哲林學院交誼廳的門口。哈利立刻停下腳步，馬份和他的同黨也停了下來，現在可以聽到的聲音，只有從校園飄進來的笑鬧聲和戲水聲。

馬份看看四周——哈利知道他在看附近有沒有老師——然後望著哈利，低著聲音說：

「你死定了，波特。」

哈利挑起眉毛。

「奇怪了，」哈利說，「你以為我不會再走來走去了嗎……」

馬份露出哈利從沒見過的怒容。看到那張蒼白尖削的臉因為憤怒而扭曲，哈利有一種冷漠的滿足感。

「你會付出代價的，」馬份的音量簡直跟耳語差不多，「你對我父親所做的一切，**我**會要你付出代價的……」

「我好怕喔，」哈利嘲諷地說，「比起你們三個，我想佛地魔只能算是熱身運動——怎麼啦？」他說，因為馬份、克拉和高爾一聽到這個名字，立刻露出像中邪似的表情，「他不是你老爸的好朋友嗎？你該不會怕他吧？」

「你別自以為了不起，波特。」馬份說著，往前跨一步，克拉和高爾分別在他兩旁，「你等著，我一定會找你算帳，你不能把我父親送進監獄——」

「我還以為我已經把他送進去了。」哈利說。

「催狂魔都離開阿茲卡班了，」馬份小聲地說，「我爸和其他人很快就會出來……」

「不錯，應該會，」哈利說，「不過，至少現在大家都知道他們是怎樣的貨色——」

馬份的手伸向魔杖，哈利比他快太多，馬份的手指還沒伸進他的長袍口袋，哈利就已經拔出他的魔杖。

「波特！」

一個聲音從入口大廳另一頭傳過來，石內卜出現在通往他辦公室的樓梯口。哈利看見他，一股強烈的怨恨直衝上來，遠遠超過他對馬份的……不管鄧不利多怎麼說，他永遠都不會原諒石內卜……永遠……

「你在幹嘛，波特？」石內卜的語氣和以往一樣冷漠，一面慢慢走向他們四個。

「我正在想要對馬份施什麼樣的咒語，先生。」哈利惡聲說。

石內卜瞪著他。

「立刻把魔杖放下，」他簡單地說，「葛來分多扣十分——」

石內卜朝牆上的巨型沙漏看過去，臉上露出嘲諷的笑容。

「啊，葛來分多已經沒有分數可以扣了。既然如此，波特，我們乾脆——」

「多加幾分？」

麥教授剛好從石階一蹬一蹬地走進城堡，她一手拎著一個格子布做的旅行包，另一手艱難地撐著一支枴杖，除此之外她看上去很不錯。

「麥教授！」石內卜說著朝她走過去，「妳出院了！」

「是的，石內卜教授，」麥教授說著，將她的旅行斗篷抖下來，「我都好了，像全新的一樣。你們兩個——克拉——高爾——」她厲聲召喚他們，克拉和高爾拖著大腳丫尷尬地走過去。

「來，」麥教授說，將她的旅行包塞到克拉懷中，又將她的斗篷塞進高爾懷中，「幫我把這兩樣東西送去我的辦公室。」

他們轉身爬上大理石階梯。

「這樣吧，」麥教授望著牆上的沙漏，「因為波特和他幾個朋友提醒了大家『那個人』回來了，應該每個人各得五十分！你說呢，石內卜教授？」

「什麼？」石內卜大聲問，哈利知道他其實聽得很清楚，「喔——好吧——我想……」

「所以波特、衛斯理家兩個小孩、隆巴頓，還有格蘭傑小姐各得五十分，」麥教授說話的時候，大量的紅寶石立刻落入葛來分多沙漏底層的玻璃斗，「喔，還有羅古德小姐也應該得五十分。」她說，許多藍寶石也落進了雷文克勞的玻璃斗，「剛才你要扣波特先生十分，石內卜教授——那，我們就……」

幾顆紅寶石又退回上面的玻璃斗，而底下還是有相當多的紅寶石。「好了，波特、馬份，我想你們都應該到室外去享受這美好的一天。」麥教授輕鬆愉快地說。

哈利二話不說，將魔杖往長袍裡一插，看也不看石內卜與馬份一眼，便向著大門外走去。他穿過草地往海格的木屋走去，炎熱強勁的太陽照在他身上。許多學生躺在草地上做日光浴、聊天、看《星期天預言家日報》、吃點心，他走過時大家抬頭看，有的叫他，有的向他揮手打招呼，很明顯的表態——就像《預言家》說的——已經把他當英雄看待。哈利沒有和其中任何人說話，他不知道他們對於三天以前發生的事到底了解多少，但目前他不想讓別人問東問西，寧願一個人保持現狀。

他敲著海格的房門時，起初以為他出去了，但是不久後牙牙從屋子旁邊跑出來，熱情地歡迎他，差點把他撲倒，原來海格在他的後花園摘花豆。

「好極了，哈利！」哈利走近籬笆時，海格笑著對他說，「進來吧，我們來喝杯蒲公英汁……」

「都好嗎？」海格問他。兩個人在木桌旁坐下來，一人一杯冰涼的蒲公英汁。「你——呃——還好吧？」

哈利從海格臉上關懷的眼神知道，他指的不是哈利的身體。

「我很好。」哈利答得飛快，因為他無法承受現在談海格意有所指的那件事，「你這一陣子都在哪裡？」

「一直躲在山上，」海格說，「山上的一個洞穴裡，和天狼星以前——」

海格話說一半便打住，他清一清沙啞的喉嚨，看看哈利，又喝一大口蒲公英汁。

「反正，又回來了。」他有氣無力地說。

「你——你看起來好多了。」哈利說，他決定避開天狼星的話題。

「嗄？」海格舉起一隻大手摸摸臉，「喔——喔，是啊。呱啦現在乖多了，乖多了，看到我回來好像很高興。老實說，他其實是個乖孩子……我還想給他找個女朋友哩……」

要是平常，哈利一定會勸海格打消這個主意。再多一個巨人住在森林裡，而且說不定是比呱啦更兇暴的巨人，肯定會惹來許多問題，但哈利這個時候已經沒有力氣和他爭辯這件事。他又想一個人獨處了，帶著想要快快離開的心情，他連喝了幾大口蒲公英汁，一大杯蒲公英汁就去了一半。

「現在大家都知道你說的是實話了，哈利，」海格突然很輕地說道，「這就好多了，是不是？」

哈利聳聳肩。

「聽我說……」海格隔著桌子湊近他，「我認識天狼星比你更久……他死在戰場上，這是他所希望的死法——」

「他才不想死！」哈利憤怒地說。

海格垂下他那個蓬鬆的大腦袋。

「對，我想他確實不想死，」他靜靜地說，「但是，哈利……他絕對不是一個願意坐在家裡，眼睜睜看著別人去作戰的人。如果他不去支援，他一定也過不了自己那一關——」

哈利跳起來。

「我要去醫院廂房看榮恩和妙麗。」他僵硬地說。

「噢，」海格說，他的表情更沮喪了，「噢……好吧，那，哈利……你自己保重，有空就過來……」

「哎……好……」

哈利盡快走去把門拉開，不等海格說再見，他已經又走進陽光下，邁開大步穿過草地。又一次，在他經過時，還是有許多人叫他。他閉上眼睛，希望他們能從他眼前消失，希望他再睜開眼睛時，四周空空如也，只剩下他一個人……

幾天前，考試還沒結束，那時候他看見佛地魔在他心中種下幻影時，他願意不計一切後果，讓巫界知道他說的是事實，讓他們相信佛地魔回來了，讓他們知道他沒有說謊，也沒有發瘋。可是，現在……

他繞著湖走了一會，在岸邊坐下來，躲在一叢灌木後面避開路過學生的眼光，注視著波光粼粼的湖水，想著……

他想逃避眾人的原因，或許是因為在和鄧不利多談過話後，他終於發現自己的孤立。一層無形的障礙把他和這個世界隔絕了，他是個——他一直是個——被標記的人，只不過他從來沒有真正了解其中的意義……

他坐在湖邊，心裡沉甸甸地裝滿許多憂傷，失去天狼星的痛苦猛烈而鮮活，使他還沒有產生太強烈的恐懼感。豔陽高照，校園四周充滿歡笑的人群，儘管他覺得和他們的距離非常遙遠，彷彿自己屬於另一個不同的族類，但還是很難相信他的生命注定要有——或者說，注定結束在，互相殘殺……

他在湖邊坐了很久，注視著湖水，盡量不去想他的教父天狼星，或者去回憶天狼星曾經在湖的對岸，因為對抗一百個催狂魔而不支倒地……

等他感覺有點冷了，才發覺太陽已經下山。他站起來回到城堡，邊走邊用袖子擦拭著臉頰。

＊ ＊ ＊

學期結束前三天，榮恩和妙麗完全痊癒並離開醫院廂房。妙麗還是一直想談天狼星，但每次一提起天狼星的名字，榮恩便故意發出「噓、噓」聲。哈利還不確定他是否想談他的教父，他的想法經常隨著情緒改變。但是有一點他可以確定：儘管他目前很不快樂，再過幾天等回到水蠟樹街四號後，他就會開始想念霍格華茲了。雖然他現在已經明白為什麼每年夏天必須回到那裡的原因，他的心情還是沒有變得更好，甚至比以前更畏懼回去。

學期結束前一天，恩不里居教授離開了霍格華茲。她似乎是在晚餐時刻悄悄離開醫院廂房的，顯然想在沒有人察覺的情況下離開。不幸的是，她在半路遇到皮皮鬼，他逮到最後一個機會執行弗雷交代的任務，一路高興地輪流用一根枴杖和一盒粉筆把她趕出學校。許多學生都跑到入口大廳看她一路飛奔出去，而各學院的導師只是敷衍了事地制止他們的學生。事實上，麥教授有氣無力地告誡了幾聲之後，便往教職員餐桌的椅子上一靠。有人還清楚聽到她遺憾地說，可惜她不能親自去送恩不里居，因為皮皮鬼把她的枴杖借走了。

學期的最後一晚終於來臨，大部分學生都已經整理好行李，陸續下樓參加餞別晚宴，哈利卻還沒開始整理。

「明天再整理吧！」榮恩說，他已經站在寢室門口等候，「走吧，我餓了。」

「我馬上好……聽著，你先去吧……」

可是等榮恩把寢室門一關，哈利並沒有急著整理他的行李。他最不想參加的就是餞別晚宴，他怕鄧不利多會在演說中提到他。他一定會提起佛地魔回來的事，去年他就對大家說了……

哈利從箱子最底層拉出幾件縐巴巴的長袍，好騰出空間放一些已經折好的進去。這時，他注意到箱子一個角落有個包裝得很馬虎的小包裹，他想不起那是什麼東西。他彎下腰，從他的運動鞋底下把那個東西撈出來看。

他一看馬上就明白了，那是天狼星在古里某街十二號前門內交給他的。「當你需要我時，就把它拿出來用，好嗎？」

哈利往床上一坐，將包裹打開，裡面掉出一面方形的小鏡子。它看起來很舊了，當然也很髒。哈利舉起來照他的臉，看到鏡子裡的自己在回看著。

他把鏡子翻過來，後面有一段天狼星寫的字：

這是一面雙向鏡，另外一面在我這裡。如果你想和我說話，只要對著鏡子說我的名字，你就會出現在我的鏡子裡，然後我就可以透過你的鏡子和你說話。從前我和詹姆被隔離關禁閉時，我們就是這麼利用它的。

哈利的心跳加速，他記得四年前曾從意若思鏡裡看見他死去的父母。他可以和天狼星說話了，就是現在，他知道——

他看看四周，確定旁邊沒有別人，寢室裡已經沒人了。他看著鏡子，用顫抖的手將它舉到面前，大聲而清晰地說：「天狼星。」

他呼出的氣息霧了玻璃鏡面。他把鏡子舉得更近，全身興奮，但是在霧中對他眨眼的，毫無疑問是他自己的一雙眼睛。

他再度把鏡子擦拭乾淨，他的聲音清晰地在房間內迴響：

「天狼星．布萊克！」

一點異樣也沒有。鏡子中望著他的那張飽受挫折的臉，依舊是他自己……

哈利的腦子裡有個聲音在告訴他：天狼星跌落拱門時身上沒有帶那面鏡子，所以才發揮不了作用……

哈利動也不動地坐了一會後，將鏡子用力往箱子裡一扔，全碎了。有那麼一瞬間，他真的相信會看到天狼星，再度可以對他說話……

失望使他的喉嚨像火燒一樣灼痛，他站起來，把他的東西亂七八糟全扔進箱子裡，蓋在破碎的鏡子上——

這時候一個主意撞進他腦袋裡……一個比鏡子更好的主意……更可行、更重要的主意……他以前怎麼都沒想到——為什麼他從來不問？

他衝出寢室，奔下螺旋梯，一面跑一面碰撞到牆壁，但他毫不在意。他衝出空盪盪的交誼廳，鑽過畫像洞口，在走廊上奔跑。胖女士在他後面大聲說：「晚宴即將開始，你正好趕上！」

哈利不是要去參加晚宴……

當你不需要幽靈時，到處都可以看到它們，可是現在……

他奔下樓梯，沿著走廊快跑，然而不管活的死的，半個影子也沒見到，他們顯然都在餐廳了。他跑到符咒學教室外停了下來，稍稍喘口氣，心想他應該等一下，等到晚宴結束……

但就在他放棄希望的同時，他看見了——一個透明的身形從走廊盡頭飄過。

「嘿——嘿，尼克！**尼克！**」

那個幽靈從牆上探出頭來，從他那搖搖欲墜的腦袋可以看出他是敏西-波平敦的尼古拉斯爵士。

「晚安，」他從堅硬的石牆中抽出他的身體，對哈利微笑，「看來我不是唯一遲到的，對嗎？不過，」他嘆口氣，「當然，我們倆是不一樣的……」

「尼克，我能問你一個問題嗎？」

差點沒頭的尼克臉上迅速閃過一絲奇特的表情，他伸出一根指頭，插進他脖子上僵硬的皺褶裡，把他的腦袋扶正一點。顯然這需要一點思考的時間，他只有在他的腦袋快完全斷掉時才會停止思考。

「呃——現在嗎，哈利？」尼克說，表情有點為難，「不能等到晚宴結束嗎？」

「不能——尼克——拜託，」哈利說，「我真的需要和你談談，我們能不能進去裡面說？」

哈利打開最近的一間教室，差點沒頭的尼克嘆了一口氣。

「唉，好吧，」他沒轍地說，「我不能假裝沒預料到。」

哈利替他把門打開，他卻輕飄飄穿牆而過。

「預料到什麼？」哈利問，一面把門關上。

「預料到你來找我呀。」尼克說著，飄到窗口，望向黑漆漆的校園，「這是人之常情，有些時候……當一個人受苦於，某種……失去。」

「好吧，」哈利說，不想被引開話題，「你說對了，我——我是來找你的。」尼克沒接腔。「就是——」哈利說，他發現這件事比他想像中更難啟齒，「就是——你已經死了，可是你還在這裡，對不對？」

尼克嘆口氣，繼續凝望著校園。

「是這樣吧，對不對？」哈利追問，「你已經死了，可是我還能和你說話……你可以在霍格華茲到處走動，是不是？」

「是的，」差點沒頭的尼克平靜地說，「我可以到處走動、說話，不錯。」

「所以說，你回來了，對不對？」哈利急忙說，「人死後可以回來，對不對？變成幽靈以後回來，他們不一定會完全消失，**對不對**？」他一直追問，因為尼克還是不說話。

差點沒頭的尼克猶豫了一下才說：「並不是每個人都可以變成幽靈回來。」

「怎麼說？」哈利立刻問。

「只有……只有巫師才可以。」

「喔，」哈利鬆一口氣，差點笑出來，「那就沒問題了，我說的那個人就是個巫師。那麼，他也可以回來囉，對嗎？」

尼克從窗口轉過身來，憂傷地望著哈利。

「他不會回來。」

「誰？」

「天狼星．布萊克。」尼克說。

「可是你回來啦！」哈利激動地說，「你回來了——你死了，可是你並沒有消失——」

「巫師可以在人間留下他們的身影，在他們生前走過的地方悄悄走動，」尼克悲傷地說，

「但是很少有巫師會選擇這條路。」

「為什麼？」哈利說，「反正——沒關係——天狼星不會在意這是不尋常的舉動。他會回來，我知道他會！」

哈利充滿信心，他真的回頭去看門口，那一剎那，他真的以為可以看見天狼星灰白透明的身形，含笑穿門而入飄向他們。

「他不會回來，」尼克又說，「他會……一直走下去。」

「你是什麼意思，『一直走下去』？」哈利接得飛快，「走去哪裡？告訴我——你們死了以後會怎樣？你們都去哪裡？為什麼大家都不會回來？為什麼這裡沒有擠得滿滿都是幽靈？為什麼——？」

「我沒辦法回答你。」尼克說。

「你不是已經死了嗎？」哈利脾氣來了，「還有誰能給我更好的答覆？」

「我怕死，」尼克輕聲說，「所以我選擇留下來。有時我也想，我是不是應該……總之，不是這裡，也不是那裡……事實上，我既不在這裡，也不在那裡……」他輕輕乾笑一下，「我完全不知道死亡的秘密，哈利，因為我選擇了最軟弱的仿造生命。我相信有智慧的巫師能夠從神秘部門學到這方面的知識——」

「不要在我面前提到那個地方！」哈利兇巴巴地說。

「很抱歉我幫不了什麼忙，」尼克柔聲說，「那……那，我就告辭了……你知道的，晚宴……」

說著，他便離開房間了，留下哈利茫然地注視著尼克穿牆而過的地方。

盼望再見到教父並和他說話的希望破滅了，哈利現在的感覺彷彿是又再一次失去了他。他悲戚地慢慢走過空盪無人的城堡，想著他這輩子大概再也快樂不起來了。

他轉進通往胖女士的走廊時，看見有個人在布告欄前貼布告，他再仔細一看，是露娜。附近已經沒有可以躲藏的地方，她一定聽得到他的腳步聲，反正，哈利這時也沒有力氣避開任何人了。

「嗨。」露娜要離開布告欄時看見哈利，她微微向他打招呼。

「妳怎麼沒去參加晚宴？」哈利問。

「這個嘛，我丟了很多東西，」露娜不慌不忙說，「被人家拿走藏起來了。你也知道，今天是學期的最後一天，我非得把它們找回來不可，所以我來貼布告。」

她說著，指指布告欄，上面果然貼著一張紙，列出她遺失的所有書籍和衣物，還有請求歸還的字樣。

哈利心中升起一種異樣的感覺，一種全然不同於天狼星死後滿心憤怒與哀傷的感覺。這一刻他忽然同情起露娜來。

「他們為什麼要藏妳的東西？」哈利問，皺起眉頭。

「啊……這個嘛……」她聳聳肩說，「他們覺得我有點怪，事實上，還有人乾脆叫我『露瘋子』．羅古德呢。」

哈利望著她，同情心取代了他的痛苦。

「那也不能拿走妳的東西，」哈利說，「妳需不需要我幫忙把東西都找回來？」

「啊，不用，」她對他微笑說，「它們會回來的，每次到最後都這樣，只是我今天晚上要打包了。總之……那**你**怎麼沒去參加晚宴？」

哈利聳聳肩說：「不想去。」

「不對，」露娜說，用她那一對迷濛的凸眼觀察他，「我看你是心情不好。那個被食死人殺死的人是你的教父，是嗎？金妮說的。」

哈利微微點頭，不知道為什麼，他覺得可以接受露娜在他面前提起天狼星。他忽然想起她也看得到騎士墜鬼馬。

「妳有……」他說，「我是說，妳看見過……什麼人死亡嗎？」

「有，」露娜不動聲色地說，「我母親，她是個很傑出的女巫，很喜歡做實驗。有一天她弄錯了咒語，錯得太厲害。那年我九歲。」

「很抱歉。」哈利囁嚅說。

「對啊，是很可怕，」露娜像沒事一樣，「我有時想到還是會很難過，不過我還有我爸，再說，我又不是永遠見不到我媽了，是不是？」

「呃——難道不是嗎？」哈利不確定地說。

她不可置信地搖著頭。

「啊呀，你不也有聽到嗎，就在那個紗幕後面？」

「妳是說……」

「就是那個有拱門的房間呀，他們只不過是藏起來看不見了而已，你也有聽到他們的聲音啊。」

他們互相對視，露娜微微一笑。哈利不知道該說什麼，或該作何感想。露娜對許多不尋常的事深信不疑……但他的確聽到紗幕後面有聲音。

「妳真的不需要我幫妳把東西找回來嗎？」他說。

「啊，不用，」露娜說，「不用了，我下去吃點布丁，等著它們自動出現好了……反正每次到最後都這樣……那，祝你假期愉快了，哈利。」

「好……好，妳也是。」

她走開了。哈利目送她離去，他發現原來在他肚子裡沉甸甸的東西好像有點減輕了。

＊　＊　＊

第二天回家途中，在霍格華茲特快車上又發生了幾件事。首先，馬份、克拉和高爾顯然整個星期都在等這個機會，火車上沒有老師在場，他們企圖在哈利上廁所回來的路上攻擊他。這次攻擊本來很有可能得逞，偏偏他們很不智地選在坐滿ＤＡ成員的包廂外面偷襲。當阿尼・麥米蘭、漢娜・艾寶、蘇珊・波恩、賈斯汀・方列里、安東尼・金坦以及泰瑞・布特從窗玻璃看見時，立刻群起支援哈利。他們使盡哈利教他們的各種厄咒與惡咒，把馬份、克拉與高爾變成三隻穿著霍格華茲校服的巨大蛞蝓。哈利、阿尼和賈斯汀把他們三個甩到行李架上，讓他們在那裡慢慢爬行。「我真想看馬份下車時他母親見到他的表情。」阿尼看著馬份在他頭上爬行，心滿意足地說。馬份在短暫擔任督察小組職務時，曾經扣掉赫夫帕夫的分數，阿尼到現在還在生氣。

「高爾的媽一定會很高興，」榮恩說，他也趕過來察看這場騷動，「他這個模樣比平常好看多了……哈利，點心推車過來了，你要不要吃點……」

哈利謝過大家，和榮恩一起回到他們的包廂，他買了一個超大號的大釜蛋糕和一些南瓜餡餅。妙麗又在看《預言家日報》，金妮在填《謬論家》雜誌裡面的智力測驗，奈威在摸他的惡人掌。這棵植物一年來長大許多，現在每次摸它都會發出怪異的咆哮聲。

旅途中，哈利和榮恩下巫師棋來打發大部分時間，妙麗大聲念著《預言家日報》的新聞摘要。現在它每天都刊登許多如何對抗催狂魔，以及魔法部如何追緝食死人的消息。還有許多歇斯底里的讀者投書，宣稱他們那天早上看到佛地魔王從家門前走過……

「還沒真正開始呢，」妙麗愁容滿面說著，把報紙折攏了。「不過，不會太久了……」

「嘿，哈利。」榮恩小聲說，示意他看玻璃窗外邊的走道。

哈利轉頭去看，正好看到張秋和毛莉．邊坑走過去，張秋圍著一條長頭巾。哈利與張秋的視線相遇，張秋臉一紅，直直走過去。哈利把視線拉回棋盤，剛好看到他的一個兵被榮恩的騎士趕出去。

「你──呃──和她之間到底怎樣了？」榮恩暗暗問。

「沒怎樣。」哈利老實說。

「我──呃──聽說她現在在和別人約會。」妙麗試探地說。

令哈利驚訝的是，他聽到這個消息後一點也不難過。想要給張秋留下深刻印象的念頭，彷佛已是久遠以前的事，現在都跟他無關了。許多天狼星去世前讓他心心念念渴望的東西，現在都是這種感覺……而他最後一次見到天狼星後的這個禮拜雖然才剛過去，感覺上卻像是過了很久很久，因為它跨越了兩個宇宙，一個是有天狼星的，一個沒有。

「幸好你脫身了，兄弟。」榮恩加強語氣說，「我的意思是，她長得很好看沒錯，不過你需要一個比她更快樂的人。」

「她和別人在一起或許會比較快樂。」哈利說著聳聳肩。

「她現在到底和誰在一起？」榮恩問妙麗，回答他的卻是金妮。

「麥可．寇那。」她說。

「麥可──可是──」榮恩轉過身來瞪著她，「可是，妳不是在跟他約會嗎？」

「沒有了。」金妮決斷地說，「他不高興葛來分多在魁地奇比賽擊敗雷文克勞，為了這個一直在生氣，所以我把他甩了，現在他回過頭去安慰張秋了。」她心不在焉地用羽毛筆端搔搔鼻子，把手上的《謬論家》顛倒過來開始作答。榮恩露出高興的神情。

「其實，我一直覺得他有點白痴。」榮恩說著，拿起他的皇后直逼哈利岌岌可危的城堡，「太好了，下次──最好選個──好一點的。」

他一面說，一面用奇怪的表情偷看哈利一眼。

「我已經選了丁．湯馬斯，你說他會不會好一點？」金妮含糊地說。

「**什麼**？」榮恩大叫，打翻了棋盤。歪腿被散落一地的棋子嚇得四處奔逃，嘿美和豬水鳧在他們頭上撲著翅膀，生氣地嗚嗚叫。

火車在逐漸接近王十字車站時慢了下來，哈利根本不想下車，他甚至在腦袋裡飛快地想，如果他拒絕下車，一直固執地坐在車上直到九月一日開學，不知道火車是不是又會把他載回霍格華茲。然而火車終究還是緩緩靠站了，他拿起嘿美的籠子，準備像以前一樣把他的行李拖下火車。

可是，當查票員示意哈利、榮恩和妙麗可以安全通過第九月台和第十月台之間的路障時，他發現月台的另一邊有一群意想不到的人在等著迎接他。

那群人中有瘋眼穆敵，他的樣子看起來很邪惡，圓頂高帽壓低遮住他的魔眼，粗糙的雙手抓著一根柺杖，身上披著一件寬大的旅行斗篷。東施站在他後面，她那一頭泡泡糖似的鮮粉紅色頭髮，在髒兮兮的車站頂透過來的陽光照耀下閃閃發亮。她穿著一條有許多補丁的牛仔褲，和一件印有「怪姊妹」字樣的鮮紫色T恤。站在東施旁邊的是路平，他的臉色蒼白，一頭花白的頭髮，一件穿到快磨穿的外套遮著邋遢的上衣和長褲。隊伍的最前面是衛斯理夫婦，都穿著他們最好的痲瓜衣服。還有弗雷和喬治，兩人都穿著鮮綠色、帶有鱗片紋飾的嶄新外套。

「榮恩、金妮！」衛斯理太太大聲喊，快步上前擁抱她的一雙子女，「喔，還有親愛的哈利——你好嗎？」

「很好。」哈利言不由衷，一面跟她擁抱。他從她的肩上看見榮恩瞪大了眼睛注視著雙胞胎的新衣。

「**這是**什麼東西？」他問，指著他們的外套。

「最好的龍皮，老弟，」弗雷說著，拉了一下拉鍊，「生意興隆，我們覺得應該犒賞一下自己。」

「哈囉，哈利。」路平說。衛斯理太太這時已經放開哈利，轉而招呼妙麗。

「嗨，」哈利說，「我沒想到……你們都在這裡幹嘛？」

「這個嘛，」路平微微一笑說：「我們想在你阿姨和姨丈接你回家之前，先和他們說幾句話。」

「我不知道這是不是個好主意。」哈利立刻說。

「噢，我倒認為這是個好主意。」穆敵說，他已經靠了過來，「那就是他們，是嗎，波特？」

他用大拇指指著他背後，他的魔眼明顯地透過他的腦袋和高帽瞪著後面。哈利往左邊稍稍移動一吋看瘋眼手指的方向，果然，德思禮一家三口，正目瞪口呆地看著前來迎接哈利的龐大陣容。

「啊，哈利！」衛斯理先生說，從妙麗的父母那邊轉移目標。妙麗的父母剛剛和他在熱烈寒暄，現在才輪到他們和妙麗擁抱。「那──我們就過去吧？」

「好的，亞瑟。」穆敵說。

穆敵和衛斯理先生帶著大家穿過車站，朝著儼然已被釘在地上無法動彈的德思禮一家三口走去。妙麗溫柔地鬆開了她的母親，加入這一大群人。

「午安。」衛斯理先生走到威農姨丈面前停下腳步，愉快地和他打招呼，「你大概還記得我吧？我叫亞瑟．衛斯理。」

衛斯理先生兩年前曾經單槍匹馬毀了德思禮家的客廳，哈利心想，威農姨丈不認得他才怪。果然，威農姨丈醬紫色的臉脹得更深了，他怒眼相向，但選擇不說話，部分原因或許是相較之下，德思禮一家的人數充其量只有他們的一半。佩妮阿姨的表情既害怕又尷尬，她不斷偷看四周，彷彿擔心會有認識的人看到她和這一群人在一起。同時，達力好像也很想把自己縮小到不引人注意，這當然是不可能的事。

「我們想和你談談有關哈利的事。」衛斯理先生說，臉上還是堆滿笑。

「不錯，」穆敵吼道，「有關他在府上所受到的待遇。」
威農姨丈的鬍子似乎憤慨得翹了起來，可能是因為穆敵頭上的高禮帽給他一個錯覺，以為他是在和一個同類打交道，於是他對著穆敵說話。
「我不明白我家的事和你們有什麼關係——」
「你不明白的事多到可以寫成好幾本書咧，德思禮。」穆敵吼道。
「這都不是重點，」東施插嘴說。她的粉紅色頭髮看在佩妮阿姨眼中最惹眼，她索性把眼睛閉起來不看她。「重點是，假如我們發現你們虐待哈利——」
「——而且你不要搞錯，我們都會知道。」路平不溫不火地說。
「是的，」衛斯理先生說，「包括你不讓哈利打點話——」
「**電話**。」妙麗小聲說。
「——對，要是我們知道哈利受到任何虐待，我們會唯你是問。」穆敵說。
威農姨丈的身子膨脹起來，儘管他對這票怪胎畏懼有加，他的憤怒似乎還是占了一點上風。
「你這是在威脅我嗎，先生？」他大聲說，使得路過的人都轉頭看他。
「正是。」瘋眼說，他似乎對威農姨丈的立即反應感到很高興。
「我看起來像是那種會被威脅的人嗎？」威農姨丈厲聲叫。
「這個嘛……」穆敵說著，將他的高帽往後一推，現出他那滴溜溜轉的邪惡魔眼。威農姨丈吃驚得往後一跳，猛力撞上一輛行李推車，「是的，我看你正是那種人，德思禮。」
說完，他把視線從威農姨丈放回到哈利身上。
「就這樣，波特……有必要時就喊我們一聲，假如我們一連三天沒有你的消息，我們會派人過去……」

佩妮阿姨發出可憐兮兮的呻吟，她一定是想到萬一這些人踏入她的花園，鄰居不知會作何感想。

「那就再見了，波特。」穆敵說，伸出一隻粗糙的手緊緊抱著哈利的肩頭。

「保重，哈利。」路平平靜地說，「保持聯絡。」

「哈利，我們會盡快把你救出來的。」衛斯理太太抱著他，悄聲說道。

「我們很快會再見面，兄弟。」榮恩急切地說，和哈利握手。

「很快，哈利，」妙麗誠摯地說，「我們保證。」

哈利點點頭。看著他們排排站在那裡，個個支持他和幫助他，一時之間竟不知道要用什麼話來表達這對他的意義有多重大。他笑著，揮起一隻手向大夥道別，轉身領先出了車站，走向陽光普照的大街，讓威農姨丈、佩妮阿姨和達力急匆匆地跟在後面。

國家圖書館出版品預行編目資料

哈利波特⑤鳳凰會的密令 / J.K. 羅琳 著；吳俊宏、李佳姍、林靜華、莊靜君、彭倩文、羅源祥譯. -- 二版. -- 臺北市：皇冠, 2021. 5
面; 公分. --(皇冠叢書；第4899種) (Choice；337)
譯自：Harry Potter and the Order of the Phoenix
ISBN 978-957-33-3692-1 (平裝)

873.57 110002819

皇冠叢書第4899種

CHOICE 337

哈利波特⑤
鳳凰會的密令

【繁體中文版20週年紀念】

Harry Potter and the Order of the Phoenix

作　　者—J.K. 羅琳（J.K. Rowling）
譯　　者—吳俊宏、李佳姍、林靜華、莊靜君、彭倩文、羅源祥
發 行 人—平　雲
出版發行—皇冠文化出版有限公司
臺北市敦化北路120巷50號
電話◎02-27168888
郵撥帳號◎15261516號
皇冠出版社(香港)有限公司
香港銅鑼灣道180號百樂商業中心
19字樓1903室
電話◎2529-1778　傳真◎2527-0904
總 編 輯—許婷婷
責任編輯—蔡承歡
美術設計—王瓊瑤
著作完成日期—2003年
二版一刷日期—2021年5月
二版七刷日期—2023年12月
法律顧問—王惠光律師
有著作權・翻印必究
如有破損或裝訂錯誤，請寄回本社更換
讀者服務傳真專線◎02-27150507
電腦編號◎375337
ISBN◎978-957-33-3692-1
Printed in Taiwan
本書特價◎新臺幣849元/港幣283元

WIZARDING WORLD